Passionate Lives
By John Tytell
Copyright © 1991 John Tytell
Korean Translation Copyright © 2009 by Achimyisul Publishing Co.
Korean translation rights arranged with John Tytell
through Eric Yang Agency, Seoul.

이 책의 한국어판 저작권은 에릭양 에이전시를 통한 John Tytell과의 독점계약으로
도서출판 아침이슬에 있습니다.
신 저작권법에 의해 한국 내에서 보호를 받는 저작물이므로
무단전재 및 복제를 금합니다.

이 도서의 국립중앙도서관 출판시도서목록(CIP)은
e-CIP 홈페이지(http://www.nl.go.kr/cip.php)에서 이용하실 수 있습니다.
(CIP제어번호:CIP2009002692)

열정적인, 너무나 열정적인

현대 작가 5인의 사랑과 문학

존 타이텔 지음 | 장경렬·윤혜준·강규한·전수용·이철 옮김

아침이슬

제1장

숭고한 자와 고통 받는 자

광인, 연인, 시인은
모두 상상력으로 꽉 채워진 존재들이지.

셰익스피어

모든 사랑은 비극적이다. 보답을 받은 사랑은 포만감으로 인해 죽음에 이르고, 보답을 받지 못한 사랑은 허기로 인해 죽음에 이른다. 하지만 허기에 의한 죽음은 더 더디게 오고 더 고통스럽다.

루 안드레아스-살로메, 「신을 향한 몸부림」

현대의 낭만주의자들

『열정적인, 너무나 열정적인』은 현대인의 사랑에 관한 책이다. 구체적으로는 데이비드 허버트 로렌스^{David Herbert Lawrence}, 프랜시스 스콧 피츠제럴드^{Francis Scott Fitzgerald}, 헨리 밀러^{Henry Miller}, 딜런 토머스^{Dylan Thomas}, 실비아 플래스^{Sylvia Plath}와 같은 일군의 영국 및 미국 작가들이 삶을 살아가며 체험한 바의 사랑에 관한 책이다. 이들 작가들이 공통적으로 드러내는 것은 우리 시대의 낭만주의 전통이다.

사랑이란 대상이 있게 마련인데, 위에 언급한 작가들의 경우 그 대상은 각각 프리다 위클리^{Frieda Weekley}, 젤다 세이어^{Zelda Sayre}, 준 스미스^{June Smith}, 케이틀린 맥너마러^{Caitlin Macnamara} 그리고 영국 시인 테드 휴즈^{Ted Hughes}였다. 결국 이 책이

다루고자 하는 것은 낭만주의자들 사이에 이뤄진 현대적 결혼 생활이기도 하다. 각각의 경우, 극심한 충돌 속의 결혼 생활이 강력한 예술적 언명言明의 발전과 그 궤적에 영향을 미쳤으며, 바로 이 점이 왜 이들의 삶이 주목할 가치가 있는가에 대한 우선적 이유가 된다. 이 책에서 다루고 있는 부부들은 귀스타브 플로베르Gustave Flaubert의 충고를 우습게 생각한 사람들이라고 할 수 있겠다. 플로베르의 조언에 의하면, 예술가들은 조용히 삶을 살아야 하는데, 이는 격렬한 독창성이 활동할 때를 대비해 자신을 아껴야 하기 때문이라는 것이다. 그런 충고에 귀를 기울이기는커녕, 절박함 및 극단의 심리적 몸짓으로 무장한 채, 그들은 곧잘 구경거리가 될 만한, 때로 경악할 만한 무절제의 순간에 빠져들곤 했다. 사적 절망감, 혼란스러운 이상주의, 이 부부들이 공유하던 현란한 보헤미안적 기질, 그리고 이런 감정들을 작품에서 기꺼이 표출하려는 경향은 모더니스트 문학 학파의 신념에 저항하는 낭만주의적 마음가짐의 징표다. 당시 모더니스트들은 "객관적" 작품의 창작을 위해서는 작가의 개성에 대한 직접적 표현을 수면 아래로 감춰야 한다는 입장을 옹호하고 있었다. 특히, 19세기를 넘기고 당시까지 남아 있던 낭만주의적 태도는 취향에 맞지 않을 뿐만 아니라 반反미학적인 것, 더 이상 20세기의 정신적 황무지와는 어울리지 않는 정조情調라는 것이 모더니즘의 주도적 이론가였던 토머스 스턴스 엘리엇Thomas Stearns Eliot의 진단이었다.

하지만 이 책에서 말하려는 현대의 낭만주의자들은 대체로 그들 주변의 세계가 안고 있는 다양한 병적 증상에 누구 못지않게 인식의 파장을 맞춰 놓고 있는 사람들이었다. 실제로 이들은 이 같은 병적 증상들을 내면화하고 자기 개인의 것으로 받아들였다. 즉, 이들은 이 같은 증상들을 자신들의 정서적 삶 및 예술적 비전과 표현 속에 배어들게 하기도 했으며, 자신들이 살고 있는 시대의 특징이 되고 있는 사상, 심리, 성적 관계, 사회적 변위(變位)의 영역에서 일어날 수 있는 격변을 막아 내는 일종의 충격 흡수 장치의 역할을 하기도 했다. 이들은 작품 속에서 사생활의 정서적 중심 영역이 노출되는 위험을 감수했으며, 종종 이를 주제로 삼음으로써 자신의 개인적 신념, 자신의 갈등과 불안, 자신이 상상하는 바 체험의 진실을 작품 속에 구체화하기도 했다.

어떤 사람은 한 걸음 더 나아가, 세상을 묘사하려 할 뿐만 아니라 이를 바꾸기를 원하기도 했다.

이들 작가들은 일상적 삶의 경계를 넘어 위험의 맨 가장자리 쪽에서 위태롭게 삶을 살아갔던 사람들로, 이들은 그럼에도 불구하고 인간의 딜레마에 대해 비전을 형성하는 데 도움을 주어 왔다. 이들은 우리 모두와 마찬가지로 넘어지고 비틀거리기 쉬운 사람들이긴 했지만, 그들의 삶과 글은 우리를 자극해 우리 자신과 우리가 서 있는 존재 근거를 새롭게 마음에 상정토록 한다. 낭만주의는 기존의 가치를 전복시키고 새롭게 정체성을 규정하기 때문에 다루기가 버겁다. 이 작가들은 자신들이 지닌 신념에 따라 성적 위계질서에 대한 기존의 가정(假定)들을 깨뜨리기도 했으며, 직관적으로 자신들이 느끼기에 동등한 영혼을 지니고 있다고 느끼는 사람들을 배우자로 추구하기도 했다. 이들은 또한 작품을 통해 양성 사이의 변화하는 관계를 추적하려 애를 쓰기도 했다. 실제의 삶을 보면, 현실에서보다는 관념 속에서 존재할 가능성이 높은 그런 종류의 자유의 희생자들이었다.

디오니소스적 모델

일련의 구애 과정 및 그 결과가 『열정적인, 너무나 열정적인』에서 전개되는 서술의 중심부를 형성한다. 물론『열정적인, 너무나 열정적인』은 결혼 생활에 수반되는 감정적 동요를 반영하는 낭만주의적 문학 전통에 관한 책이기도 하지만 현대인의 결혼 생활에서 겪는 그런 감정적 동요에 관한 책이기도 하다.

현대의 낭만주의적 전통은 자기 선생의 아내와 눈이 맞아 달아난 D. H. 로렌스와 함께 시작된다. 전에 로렌스를 가르친 적이 있는 선생의 아내였던 프리다 로렌스와 D. H. 로렌스 두 사람은 모두 사랑과 예술을 위해 모든 것을 포기했지만, 결국에는 개인의 자주권을 확보하기 위한 오랜 투쟁에 말려들게 되었다. D. H. 로렌스와 프리다 로렌스는 서로 상충하는 남편과 아내의 기대를 확대해서 보여 주는 그런 험난한 관계를 유지하며 18년을 함께 살았다. 로렌스의 비전은 어떻게 남성과 여성이 자유롭고 참을성 있게 서로에게 협력해야 하는가에서 시작하여 국가는 어떻게 통치해야 하는가에 이르기까지 폭넓은 범위의 자유주의적 생각들로 이루어진 낭만주의적 이상주의와 뒤섞여 있다. 몽상가이기도 했던 그의 야망은 엄청난 것이었다. 즉, 그 자신이 느끼기에 현대 산업 사회가 파괴한 인간의 성적 능력과 열정이라는 우주적 힘의 해방을 외침으로써, 그것도 전도사적 열의를 바쳐 우주적 힘의 해방을 외침으로써 세계를 바꾸고자 했다. 프리다와의 결혼 생활은 자신의 낭만주의적 비전을 실험하는 사례―말하자면, 그 가능성을 가늠해 보는 방법―가 되었다. 하지만 그의 결혼 생활은 열정에 대한 이상화된 상상과 결혼 생활의 거친 현실 사이의 긴장만을 노정露呈했을 뿐이다. 이 책에 등장하는 나머지 작가들은 모두 다양한 방식으로 선임자로서의 로렌스에게 영향을 받았거나 그를 의식했던 사람들로, 이 같은 긴장이 그들의 결혼 생활에서도 마찬가지로 드러난다. 밀러는 로렌스에 관한 책을 쓰기 위해 고군분투한 바 있으며, 피츠제럴드와 토머스는 더할 수 없는 열의를 바쳐 로렌스의 작품을 읽었다. 한편 실비아 플래스는 그의 소설에 너무도 큰 감동을 받아 자기 딸의 이름을 프리다로 짓기도 했다. 로렌스를 수원*源으로 여기던 밀러는 심지어 늘 그러하듯 아무 계획 없이 무작정 로렌스를 방문하기 위해 뉴멕시코로 여행을 떠나려 하기도 했다.

여기에 제시하는 금이 간 인간관계는 모두 극도의 낭만적 전주곡과 함께 시작되었다. 로렌스는 프리다 위클리에게 안정된 사회적 지위를 포기할 것을, 세 아이를 버리고 자신과 함께 도망갈 것을 요구했다. 프랜시스 스콧 피츠제럴드는 컨트리클럽의 무도장에서 춤을 추고 있는 생기발랄하고 매력적인 한 소녀를 보고는 사랑에 빠져 앞뒤 가리지 않은 채 그녀를 쫓아갔다. 헨리 밀러는 타임 스퀘어에 있는 허름한 댄스홀에서 일하고 있는 직업 댄서를 보는 순간 그녀에게 매혹되어, 결혼 생활을 유지하던 7년 동안은 물론 그 이후에도 계속 그녀에게 빠져 있었다. 딜런 토머스가 케이틀린 맥너마러를 포함한 여러 사람들과 함께 영국의 한 선술집에서 술을 마시는 동안 충동적으로 격렬하게 그녀에게 한 첫마디는 "당신을 사랑하오"였다. 실비아 플래스는 테드 휴즈와 만나는 순간 즉각적으로 그가 "멍해질 만큼 충격적인 사랑" —자신의 마음속 악마로부터 자신을 구원해 줄 것이라고 느꼈던 바로 그 "멍해질 만큼 충격적인 사랑" —의 대상임을 감지했다. 하지만 낭만적 충동이 지속적인 관계 맺기라는 현실 세계에 자리를 내주었을 때 이들의 삶을 장식하게 된 것은 다른 모든 사람들의 결혼 생활 이야기와 다를 바 없는 그런 것이었다. 낭만적 사랑에 빠진 자들은 특히 괴로워할 수밖에 없는데, 낭만적 감정의 수위가 최고조에 이를 때 취하게 된 삶에 대한 낭만적 비전이 저류를 이루기 때문에, 또는 홍수처럼 밀려오는 낭만적 기대감 속에서 현실의 사소한 일상사는 휩쓸려 가 버리고 있는 듯한 착각이 그 저류를 이루기 때문에 그러하다.

결혼 생활은 세상의 기대에 개개인이 얼마나 잘 맞춰 나갈 수 있는가를 보여 주는 증표다. 한편, 이 책에서 다루고 있는 사람들의 결혼 생활은 자기주장을 내세우고 남에게 인정받고자 하는 가운데 어쩔 수 없이 생겨나는 압박과 부조화에 얽매이지 않을 수 없었다. 주장을 내세우고 남에게 인정받고자 함은 예술가들이 자기 자신과 관련하여 갖는 욕구지, 결혼한 사람과 관련하여 갖는 욕구가 아니다. 프리다 로렌스는 남편의 공동 작업자로서의 자신의 역할, 그에게 영감을 불러일으키는 존재로서의 역할이 중요하다는 주장을 꺾지 않았다. 젤다 피츠제럴드는 자기 자신의 영혼과 재능을 인정해 줄 것을 고집했다. 준 밀러는 남편의 일을 통제하려 했고 남편보다 자신이 우월함을 내세우려 애썼다. 케이틀린 토머스는 딜런 토머스가 이끄는 삶의 주변부로 내몰리지 않게 해 줄 것을 요구했다. 실비아 플래스는 자신과 마찬가지 능력이 있고 한결 더 명성이 높은 시인과 결혼 생활을 하는 동안 고개를 쳐들 수도 있는 경쟁심을 예견했었는지도 모른다. 대항 의식과 경쟁 의식은 이들의 결혼 생활에 눈에 띠는 특징이었으며, 이로 인한 불협화음이 어떻게 표출되었는가가 작품의 주제가 되기도 했다. 예외 없이, 이들은 예술을 위해 삶을 멋대로 농단^{壟斷}함으로써, 그러니까 자신의 소설과 시를 위해 연인의 기분 및 태도와 말을 멋대로 자기 것으로 만듦으로써 상대의 마음이 곪아터질 만큼의 분노를 야기했으며, 이로 인해 상대는 이를 상쇄할 만큼 자신을 인정해 줄 것을 요구하는 지경에 이르기도 했다. 어떤 의미에서 보면, 이들 작가는 남자와 여자 사이에 존재하는 서로 상충되는 요구와 기대를 논리적으로 기록하는 역사가들, 우리 시대에 결혼의 문제들을 직접 논의하는 역사가들이라고 할 수 있다.

궁극적으로 이들의 갈등은 결혼 생활의 어려움이라는 차원을 뛰어넘어, 사회적 권력—말하자면, 출판업자에서 시작하여 정치가들에 이르기까지 사회적 권력을 행사하는 주체들—과의 엄청난 논쟁으로 발전하기도 했다. 예술가들이란 일반적으로 절대 권력의 독재에 항거하려는 결의에 차 있는, 더할 수 없이 유별난 소수자들이다. 검열을 받고 공적 비난의 대상이 되는 가운데 로렌스, 밀러, 토머스는 그런 권력 주체들로부터 타격을 입었지만, 예술가를 제외하고 모든 사람들이 영적으로 죽어 있기에 예술가는 관습에 얽매이지 않고 자유롭게 행동할 수 있다는 보헤미안적 믿음에 원기를 회복하기도 했다.

예술가란 보헤미안이라는 낭만적 믿음에 젖어, 또한 부르주아 계급의 사회적 지위에 대한 통념을 받아들일 것을 거부한 채, 이들 작가는 대체로 스스로의 의지에 따라 망명을 선택한 방랑자로서의 삶을, 인습적 유형의 존재 방식과의 대치 상황을 회피한 채 문학적 유목민으로서의 삶을 살았다. 로렌스, 밀러, 토머스는 생활을 하고 글을 쓰기에 충분한 돈을 버는 데 엄청난 어려움을 겪었고 이 때문에 많은 괴로움을 당했으며, 그들의 결혼 생활은 결핍과 가난으로 인해 쪼들리지 않을 수 없었다. 피츠제럴드는 상당히 많은 돈을 벌 수 있는 능력을 재빨리 보여 주긴 했지만, 항상 수입보다 많은 지출로 인해 빚에 허덕이는 삶을 살았다. 로렌스는 부유한 여자들한테서 후원을 받고자 했으며 그와 같은 후원을 받게 되자 프리다는 분노에 가득 찬 질투심에 빠져들기도 했다. 밀러는 수십 년 동안 하루 벌어 하루 먹고사는 생활을 하면서 규칙적 수입이라는 문제를 애써 외면하려 했으며, 돈을 벌기 위해 미덥지 않은 수단에 호소했던 준이 제공하는 돈에 의존해서 생활하기도 했다. 토머스는 외상 수금원들한테 쫓기는 삶을 살았으며, 무일푼 상태나 다름없는 상황에서 집안을 이끌어 가도록 케이틀린에게 책임을 떠넘기면서도 그는 여전히 가난에 빠져들까 봐 겁을 먹기도 했다. 각각 방식이 다르긴 했지만 이들 작가는 자신들의 재원을 고갈시키는 경향을 보였고, 역설적으로 그들이 비판하던 체제에 점점 더 의존하는 신세가 되고 말았다.

그들의 가정생활을 쪼들리게 했던 경제적 어려움은 심각한 것이었지만, 뒤틀린 결혼 생활의 주요 원인은 아니었다. 이들은 모두 예술 창작에 연료 역할을 하게 된 고통, 자기 파멸을 재촉하는 고통을 체험한 바 있다. 그들은 육체적·정신적 질병이 창조의 길로 인도하는 모순투성이의 파괴적 능력이라는 식의 낭만적 생각에 젖어 있었다. 전통적으로 그런 존재들을 우리는 장애자로 보지만, 정신적 번민의 소용돌이 속에 처해 있는 사람, 또는 술에 취해 황홀경에 빠진 사람, 또는 자기 자신의 죽음이 곧 닥쳐오고 있다는 느낌에 사로잡혀 있는 사람은 끔찍할 정도로 엄청난 에너지를 내재하고 있는 힘을 부여받을 수도 있다. 그리스인들이라면 이를 사로잡힌 상태라고 규정했을 것이다. 사로잡힌 예술가는 내적 시련의 불길을 통해 하나의 메시지를 필사적으로 전달하고자 하는 가운데, 자아의 원초적 측면 중 어떤 것—즉, 종종 무언가의 이미지나 이야기를 일깨워 이를 예술가에게 받아 옮기도록 하는 마음속 깊은 곳의 원시적 충동—에 무의식적으로 순응하여 행동하게 된다. 작품이란 일종의 정신적 광란 상태에서 나온 것으로, 이런 상태에 빠져 있을 때 예술가는 에너지의 이동 지점으로 기능하게 되며, 이때 그 에너지의 고통스러운 근원은 에너지를 방출하고 표현하는 데 필요한 촉매 역할을 한다. 에드먼드 윌슨^{Edmund Wilson}과 같은 비평가는 널리 알려진 그의 글 「상처와 활^{The Wound and the Bow}」에서 병들고 비탄에 잠긴 현대의 예술가는 어떤 이유에서

인지 몰라도 자신의 고통으로부터 힘을 얻으며, 통찰력을 치유의 한 방편으로 형성하게 된다고 추론한 바 있다.

윌슨은 피츠제럴드를 셸리와 D. H. 로렌스 및 딜런 토머스와 연관지었는데, 이들을 '죽음에 이른 신'의 문학적 대리인 역할을 예시적으로 수행하는 중요한 세 사람으로 보았다. 이때 '죽음에 이른 신'이란 특히 농경문화를 대표하는 포도의 신이자 주연酒宴의 신인 디오니소스, 감각에 의지해 삶을 살다가 마침내 주연에 참석한 자들에 의해 산산이 찢겨지고 이듬해에 다시 부활하여 새로운 삶의 순환 과정을 되풀이하는 디오니소스를 가리킨다. 한편, 문학적 대리인이란 인간의 심연에 잠재해 있는 어떤 본능적 욕구를 충족시켜 주기 위한 일종의 토템으로서의 역할을 하는 사람들을 가리킨다. 즉, 희생과 삶의 반복되는 순환 과정에 처한 신, 죽음을 초월해 존재하는 고통 속의 신과 관련해 인간이 마음속 깊은 곳에 감추고 있는 어떤 원시적 심상心象에 대한 욕구를 채워 주기 위한 토템으로서의 기능을 하는 사람들이다.

현대의 작가들을 신들에 비유하고 그들의 작품 활동을 불가사의한 제의祭儀에 비유하는 경우, 우리는 그들이 신화의 제의적 재현에 해당하는 삶을 살지는 않았다는 현실 그 자체를 간과할 수도 있다. 역설은 그들이 창조적 능력에 도취되어 삶을 살았던 만큼이나 그들 자신 및 그들과 함께 삶을 살았던 사람들에게 정신적 희생—즉, 삶 자체를 불안하게 할 만큼의 크나큰 정신적 희생—을 강요하지 않을 수 없었다는 데서 찾을 수 있을 것이다.

연애 지상주의자들

아무튼, 신神의 문제가 핵심을 이룬다. 국가를 초월해 전개되었던 철학과 예술 분야의 한 움직임이라고 할 수 있는 낭만주의는 쇠퇴 과정에 있는 믿음들 및 부활한 신들과 깊은 관련이 있다. 부활을 맞이한 중요한 신적 원리들 가운데 하나는 이교도적이자 디오니소스적인 것으로, 감정을 드러내려는 욕망과 이 감정이 행동을 지배하게 하려는 욕망의 결합이 이에 해당한다.

우리는 낭만적 고뇌가 펼쳐 보이는 화려한 장관에 현혹된 나머지 낭만적 입장에 잠재되어 있는 문제의 심각성을 가늠하는 데 실패할 수도 있다. 즉, 더할 수 없이 안이한 우리의 추측들에 의심의 눈길을 보냄으로써 낭만적 입장이 장차 우리가 취할 가정을 어느 범위까지 형성하는가를 가늠하는 데 실패할 수도 있다. 로렌스, 피츠제럴드, 밀러, 토머스, 플래스는 사회가 인정하는 범위를 넘어서서 어느 정도까지 낭만적 입장에 대한 용인이 가능한가를 실험하는 과정에 참여한 작가들이었다. 그들은 19세기에 뿌리를 두고 있는, 기존 체제 및 가치의 파괴적 부정의 전통을 계승한 가장 최근의 낭만파 후손들이기도 했다.

낭만주의란 광범하게 다양한 태도들을 포용하고자 하는 포괄적 용어 가운데 하나다. 낭만주의는 18세기 후반에 모습을 드러낸 산업 시대가 바로 이전까지 인간으로 존재하는 것을 근본적으로 뒷받침해 왔던 자연 세계로부터, 모든 신성의 근원으로부터 인간을 소외시킨다는 자각에서 시작된 움직임이었다. 이 움직임은 미국 독립과 프랑스 혁명이 퍼뜨린 인류 평등의 원리에서 동력의 근원을 찾았으며, 이미 확립된 체제와 사회 규범에 항거하여 개인을 내세웠다. 개인의 힘에 주목하는 가운데 낭만주의는 또한 개인적 감정의 힘에, 고양된 감수성의 힘과 사적 표현의 힘에 주목하기도 했다. 이는 또한 기존의 질서를 깨뜨리고 새로운 가능성과 전망을 창조하는 데 필요한 힘의 원천을 무질서에서 찾고 이를 소중하게 여겼다. 새로운 시대의 출발점이라고 할 수 있었던 1900년에 세상을 떠난 프리드리히 니체^{Friedrich Nietzsche}는 결정적인 낭만적 이단의 논리를 폈는데, 그가 설파한 신념에 따르자면 이제 예수는 죽었고 다윈^{Darwin}과 진보의 허상이 그를 대신하게 되었다는 것이다. 니체적 인간이라면 예전의 신념들을 감싸고 있던 안전망이 제거된 가운데, 모든 과거의 가치를 재평가할 수 있는 기회를 포착할 수도 있었을 것이다. 하지만 니체는 그와 같은 검토 작업이 자신을 소외시킬 뿐이라는 점을 알고 있었고, 또한 그의 신들이 주는 위안이 없다면 인간은 혼자서 또한 고통 속 에서 삶을 견뎌 내야 할 것임을 알고 있었다. 죽기 전 10여 년 동안 질병으 로 쇠약해진 채 정신병에 시달리면서 삶을 살아야 했던 니체는 낭만주의가 요구하는, 또는 해결이 불가능할 정도로 질병 및 고통과 뒤엉켜 있는 것처럼 보이는 창조력이 요구하는 바의 어두운 정신적 희생이 어떤 것인지를 집약 적으로 보여 주고 있다. 그런 의미에서 그는 이 책에서 탐구하고자 하는 작 가들의 원형에 해당한다.

니체는 한때 철학적 체계들은 항상 이를 궁리해 낸 사람들의 삶의 관점에 서 접근해야 한다고 주장한 바 있는데, 이런 관점은 문학에 적용할 때 더욱 타당하다. 낭만적 작가들의 삶에 대한 탐구는 이론에 대한 탐구보다 그들이 관여했거나 일깨웠던 문학적 움직임에 대해 한결 더 많은 것을 이야기해 준 다. 1800년 대 초엽 윌리엄 블레이크^{William Blake}, 윌리엄 워즈워스^{William Wordsworth}, 새뮤얼 테일러 코울리지^{Samuel Taylor Coleridge}의 작업과 함께 영국에서 시작된 낭만 주의 움직임은 조지 고든 바이런^{George Gordon Byron}, 퍼시 비시 셸리^{Percy Bysshe Shelley}, 존 키츠^{John Keats}라는 차세대 낭만주의 시인들의 등장과 함께 새로운 전기를 맞이하게 된다.

이들 시인과 그 추종자들의 낭만적 감수성의 관점에서 보면, 사회의 금기와 금제禁制를 포함한 모든 장벽과 장애물은 사랑을 일깨우는 자극제가 되었다. 재산권을 보존할 목적으로 마련된 결혼에 묶여 자신의 미래를 이와 교환하는 대신 오로지 사랑을 위해 결혼하는 남녀를 옹호하는 선구자의 역할을 한 것이 바로 이들 낭만주의자들이다. 이들은 낭만적 사랑에 대한 중세적 개념을 재창조했지만, 이에 대해 명확한 개념 규정을 하지는 않았다. 그 대신 사랑을 삶의 근본 원리라고 믿었다. 어떤 이들은 이를 명예와 혼동하여, 이를 위해 기꺼이 목숨을 바치고자 했다. 러시아의 시인 푸시킨Pushkin이 그의 아내가 만족할 줄 모르고 끊임없이 다른 남자들에게 추파를 보내자 이에 분개하여 목숨을 건 결투를 했을 때 그가 보여 주었듯 말이다. 사랑을 위해 죽는 것은 극단적인 낭만적 태도로, 이를 집약하여 보여 주는 것이 요한 볼프강 폰 괴테Johann Wolfgang von Goethe의 『젊은 베르테르의 슬픔Sorrows of Young Werther』의 주인공이다. 이 소설의 주인공 베르테르는 사랑에 심취하여 결국 자살을 하게 되는데, 그의 자살은 현실 속의 베르테르들을 자살로 몰아가는 낭만적 유행을 촉발했다.

바이런과 셸리의 삶은 그 어떤 19세기 인물의 삶보다도 창조적 파격에 대해, 낭만주의의 특징이라고 할 수 있는 이상주의의 고뇌와 사적 감정의 혼란에 대해 너무도 생생하게 보여 준다. 그들은 지나칠 정도의 낭만적 모험심의 결과로 죽음을 맞이하게 된 원조 낭만주의자들이라고 할 수 있다. 두 시인은 젊음과 유배된 영웅에 특별한 가치를 부여하는 낭만적 정조를 아낌없이 대표하는 인물들이다. 1816년 봄 그들이 외국에서 만났을 때 바이런은 28세였다. 당시 23세였고 아직까지는 그 명성이 높지 않았던 셸리는 자신이 이른 나이에 병으로 쓰러질지도 모른다고 믿었다. 그들은 제네바에서, 후에는 이탈리아에서 대화와 시를 통해 서로에게 자극제가 되었다. 당시 바이런은 풍자 문학의 걸작이 된 『돈 후안Don Juan』을 집필하고 있었으며, 셸리는 도덕적 완벽성에 대한 찬가이자 폭정의 사슬로부터 해방된 온화한 정신에 대한 찬가라고 할 수 있는 『해방된 프로메테우스Prometheus Unbound』를 집필하고 있었다. 고귀한 이상주의를 표현할 능력을 갖춘 사변적 정신의 소유자였던 셸리는 열에 들뜬 듯 맹렬하게 작업해 눈부실 정도로 다양한 시 작품들과 운문으로 된 희곡 작품들을 창작해 냈다. 하지만 어느 것을 통해서도 그가 비판적 태도를 취하면서도 동시에 갈망한 거대한 독자를 확보하지는 못했다.

일관성의 결여 때문에 셸리가 당황하지는 않았을 것이다. 낭만주의자들에게 이는 변화와 쇄신—즉, 낭만주의자들에게 근본적 동인動因의 역할을 하는 변화와 쇄신—의 원천이기에 소중하게 여겨져야 하고 심지어 얻기 위해 애를 써야 할 미덕으로 간주되었다. 하지만 최악의 경우 이 같은 일관성의 결여는 낭만적 선민의식—말하자면, 낭만적 사랑의 능력을 갖춘 사람은 인습적 기준을 상당히 벗어난 곳에 위치해 있다는 믿음—을 합리화하는 데 사용될 수도 있다.

셸리는 바로 이런 태도를 전형적으로 보여 주는 인물이었다. 그는 메리 고드윈Mary Godwin과 스위스로 애정 도피 행각을 할 때, 자기 부인 해리엇Harriet에게 동반자로 함께 갈 것을 요청하기도 했는데 그는 그녀가 16세일 때 그녀와 결혼했다. 이런 행동은 셸리의 사람됨을 보여 주는 그 특유의 것으로, 언젠가는 자신과 자신의 아내가 어떤 상황에서도 서로 잘 지낼 수 있는 사이임을 입증하기 위해 해리엇에게 자신의 가장 친한 친구와 잠자리를 함께할 것을 설득한 적도 있었다. 결국 해리엇은 호수에 투신해 자살을 하게 되었는데, 이는 목사와 결혼하리라는 기대를 갖고 있던 한 평범한 여인이 거르지 않은 상태 그대로의 낭만적 원리들과 맞닥뜨렸을 때 얼마나 견디기 어려웠을까를 보여 주는 사례라고 할 수 있겠다.

셸리는 어느 날 오후 메리 골드윈의 어머니의 무덤에 있는 비석에 관해 그녀와 함께 오랜 동안 토론을 하다 그녀에게 청혼을 했는데, 메리 고드윈을 선택함으로써 셸리는 자신이 소속되고자 희망했던 전통이 무엇인지를 밝힌 셈이 되었다. 메리의 어머니는 『여성의 권리를 옹호함A Vindication of the Rights of Woman』 이라는 선구적 저술을 남긴 메리 월스톤크래프트Mary Wollstonecraft로, 그녀는 여성이란 남성을 즐겁게 하기 위해 창조된 존재이기 때문에 남성과 동일한 교육이 필요하지 않는다는 식의 호방한 견해를 피력했던 장-자크 루소Jean-Jacque Rousseau에 반기를 들었던 사람이다. 여성의 이성적, 지적 능력에 대해 줄기차게 주장했던 그녀였지만, 그녀는 아이를 낳게 한 다음에 그녀를 버렸던 미국의 한 탐험가의 매력에 굴복하지 않을 수 없었다. 이성을 대신하여 감정을 중시하는 낭만적 경향을 절망적으로 보여 주는 하나의 예에 해당한다고 할 수 있는 그녀는 다리 위에서 몸을 던지려고도 했었다. 제정신을 차린 후에 월스톤크래프트는 무정부주의자 윌리엄 고드윈William Godwin과 결혼하게 되었는데, 윌리엄 고드윈은 당시 종교적 자유사상에 젖어 있는 핵심적 지성인 가운데 하나였다. 이어서 그녀는 셸리의 아내로서뿐만 아니라 『프랑켄슈타인Frankenstein』의 저자로서 문학사에 이름을 남긴 메리를 낳고는 바로 운명을 달리했다.

부주의한 데다가 서투르기까지 했던 끔찍한 뱃사람 셸리는 배를 조종하면서 책을 읽는 쪽을 택했던 사람으로, 그는 수영조차 할 줄 몰랐다. 이 가운데 어느 것도 셸리가 자신의 배를 항해할 때 내린 황당한 결정에 경고를 발할 수 없었다. 셸리가 리보르노Livorno에 머물고 있던 바이런과 시인 리 헌트Leigh Hunt를 방문한 다음 레리시Lerici에 있는 자신의 집으로 돌아오던 도중 그의 자그마한 범선 에어리얼^{Aerial}은 갑작스럽게 여름 폭풍을 만나 침몰했다. 남편으로서든, 뱃사람으로서든, 시인으로서든, 셸리는 낭만적 현실 도피—그러니까 극단적 개인주의에 우선권이 놓이는 움직임을 화려하게 장식하고 있는 특성—의 화신과도 같은 존재였다.

만일 셸리가 사랑에서 낭만적 이상의 표현을 추구했다면, 바이런은 보다 냉소적인 시각에서 이에 접근했다. 영국의 상류 사회를 사로잡았던 영국의 귀족이면서 더할 수 없이 수려한 용모의 인물이자 자기중심적이고 냉소적 인물, 여성들의 넋을 빼앗을 정도로 매력적이면서 때때로 영예롭지 못한 행동의 주인공이기도 했던 바이런은 그의 시에 등장하는 영웅적 인물과도 같이 연극적인 인생의 무대를 살아간 사람이었다. 그는 터키에 대항하여 그리스가 독립 전쟁을 할 때 이에 참가했다가 치명적인 열병에 걸려 끝내 희생되고 말았다. 바이런에게서 우리는 그 모든 자가당착과 매력에 휩싸인 채 거대하게 확대되어 있는 낭만적 영웅의 모습을 본다. 그의 이름은 어떤 현상을 가리키는 일종의 기술적^{記述的} 용어로 언어 세계에 편입되었거니와, 인습에의 도전, 극단의 침울함과 슬픔, 위험한 관계에 이끌림, 불굴의 용기 및 이상주의적 대의명분의 화신 등등으로서의 바이런적 특성은 존경과 모방의 대상이 되었다.

이탈리아에서 바이런 및 셸리를 둘러싸고 있던 사람들의 세계는 급작스런 성적 및 감정적 발견으로 극도의 혼란이 빚어지고 있었다. 마치 수세기 동안의 억압이 갑작스럽게 판도라의 상자에서 해방되어, 부정한 정사, 유산, 사생아 출산 등등의 사건들로 걸쭉한 잡탕을 만들고 있는 것 같은 상황이었다. 낭만적 사랑은 사회적 인습의 경계를 뛰어넘기 때문에 종종 무책임한 것이었고, 그 열정이 쾌락과 관련을 맺고 있는 만큼이나 고통과 관련을 맺고 있다는 점에서 사람들에게 해를 입히는 것일 수도 있었다.

낭만주의 시대는 그것이 우리에게 제공할 수 있는 것보다 상당히 많은 것을 약속했다는 점에서 부정적 평가를 받을 수도 있지만, 우리 자신을 새로운 방식으로 바라볼 수 있게 했다는 점에서 긍정적 평가를 받을 수도 있다. 이 시대를 주도하던 사람들은 개인, 상상력, 정신을 찬미의 대상으로 삼았고, 길들여지지 않은 자연에, 자연과 인간 사이의 "숭고한" 연계 관계에 흠뻑 빠져들기도 했다. 그들은 공포와 열정을 재창조해 냈고, 원시적인 것과 불가해한 것을 재발견해 내기도 했다. 또한 미국 독립 전쟁과 프랑스 혁명에 영감을 받아 자유와 비순응주의를 찬양했고, 전통적인 권위주의적 가치와 결별을 선언하기도 했다. 그들은 민담과 민속에 주의를 기울였으며 상식적인 것과 일상적인 것을 높이 평가하기도 했고, 어린아이의 체험에 새로운 의미를 부여하기도 했다. 감정을 고양시키고 "자아"에 대한 믿음을 북돋는 가운데 그들은 인간의 심리 및 강렬한 느낌들에 대한 탐구를 가능케 하기도 했다. 그들은 또한 새로운 세상을 향해 문을 열고는, 개인의 가능성에 대해 새로운 시각으로 바라볼 것을 받아들이기도 했고, 남성과 여성 사이의 관계를 규정하는 데 보다 더 평등한 토대를 마련할 수 있으리라는 희망을 받아들이기도 했다. 그리고 이 모든 일을 수행하는 가운데 그들은 서서히 의식의 변화를 유도했다.

빅토리아 시대의 사람들도 낭만주의자들만큼이나 모든 체험을 변화시킬 수 있는 그런 종류의 압도적 열정에 매혹되었다. 하지만 이와 동시에 그들은 그런 종류의 통제되지 않은 감정을 두려워하기도 했다. 그들의 내성적이고 감상적이며 비밀스러운 성향은 예의를 표면에 내세운 채 열정을 마음속 깊은 곳에 감추기에 이르렀다. 앨프리드 테니슨^{Alfred Tennyson}이 그러했듯 당대의 시인들도 눈물에 젖은 감정 토로와 수사적 비약을 시에 가득 담은 채 여전히 비탄과 혼절 속에 빠져들곤 했다. 하지만 그들은 표면 아래쪽에 살아 있는 긴장된 마음이 드러나지 않도록 그들이 재발견한 중세의 기사도를 십분 활용하기도 했다. 19세기의 떠들썩한 사랑 이야기들 가운데 하나의 주인공인 엘리자베스 배릿 브라우닝 Elizabeth Barret Browning과 로버트 브라우닝 Robert Browning의 경우, 그들은 완전히 나체가 된 상대의 모습을 결코 보지 않았던 것으로 널리 알려져 있다. 그럼에도 불구하고 빅토리아 시대 여성의 나약함에서 그녀를 구원하고, 그녀의 창조력을 자유롭게 한 것은 바로 그들의 낭만적 열정이었다. 엄격한 도덕성과 청렴성을 내세워 그 시대를 다스렸던 빅토리아 여왕은 남편 앨버트 대공 Prince Albert이 갑작스러운 죽음을 맞이했을 때 대중의 눈에 띄지 않는 곳에 숨어, 과도하다고 할 정도로 열정과 비탄을 쏟아 내면서 3년의 세월을 보냈다. 빅토리아 여왕이 다시 그 모습을 드러냈을 때 그녀는 벤저민 디즈레일리 Benjamin Disraeli 같은 탁월한 정치가의 도움과 인도를 받아 자신의 제국의 지위를 굳건하게 했으며, 오늘날 청교도적 엄격성만큼이나 확고한 지배력으로 세인에게 기억되고 있다.

빅토리아 여왕의 죽음과 거의 시기를 같이하는 19세기 말, 참정권 및 이혼 관련법 개혁에 대한 격론이 이루어지는 가운데 여성들에 대한 일반적인 시각 및 여성들 자신에 대한 여성들의 시각이 바뀌기 시작했다. 하지만 빅토리아 시대의 과학자들은 여성의 두뇌 용량은 남성의 그것보다 작으며, 여성들이 앓고 있는 질병의 대부분은 생식 기관의 기능 장애에서 그 원인을 찾을 수 있다는 주장을 여전히 되풀이하고 있었다. 빅토리아 시대의 사람들은 여성들이 본성적으로 성교에서 쾌락을 느낄 수 없다거나 여성들이 체험하는 성적 욕망은 그것이 어떤 것이든 병적인 것이라는 가설을 내세우기도 했는데, 이 같은 주장은 리카르트 폰 크라프트-에빙^{Richard von Krafft-Ebing}, 헨리 해블록 엘리스^{Henry Havelock Ellis}, 지그문트 프로이트^{Sigmund Freud}의 연구를 통해 거짓임이 판명되고 있었다. 이러한 이론은 급속도로 사람들이 일상생활에서 상상할 수 없는 범위로까지 확장되어 갔으며, 프로이트조차 궁극적으로 자신은 여성을 이해할 수 없음을 고백하기도 했다. 프로이트는 여성을 무능력하게 하는 것은 아마도 생식기 기능에 의한 것인지도 모른다고 고백했다.

19세기가 끝날 무렵 몇몇 여성들은 생물학적 결정론을 반영한 여성에 대한 이 같은 견해에 순응하기를 거부했다. 프랑스의 소설가 조르주 상드^{George Sand}에게 자극을 받아, 또한 자신을 해방하기 위해 그토록 고군분투하던 헨릭 입센^{Henrik Ibsen}의 희곡에 등장하는 여주인공들에게 자극을 받아, 그들은 새로운 삶을 공식화하기 시작했다.

이 책에서 다루고 있는 몇몇 결혼 생활의 주인공인 남편들과 아내들이 만나 그들 나름의 방향을 추구하는 것은 바로 이 교차 지점—즉, 여성들의 성적 및 정서적 삶에 대한 옛날의 기대와 새로운 가정이 만나는 경계선상—에서다. 이 책에서 다루고 있는 작가들 모두가 삶을 살아가는 동안 충분히 받아들이기를 꺼려하거나 받아들일 수 없었던 남녀의 평등한 관계를 정도 차이는 있을지언정 옹호했었고, 그런 한 그들 자신의 모순된 행위로 인해 필연적으로 뒤따르는 장애물과 맞닥뜨리지 않을 수 없었다. 그들 나름의 자존심과 내적 갈등에 쫓겨, 또한 자신의 작업에 헌신하는 일에 우선권을 두지 않을 수 없었기에, 그들은 이론을 앞세우고 실천을 뒷전에 미루어 놓지 않을 수 없었다. 그럼에도 불구하고, 그들은 어느 정도 혁신적 인물로서의 자격을 내세울 수 있는 처지에 있긴 하다.

낭만주의자로서 이 작가들은 꿈, 직관, 상상력을 신뢰했었다. 로렌스, 밀러, 플래스는 비전과 감수성을 위해 고통스러운 위험을 감수했고 정서적 취약점에 호소했다. 도전 의식이 덜하긴 하지만 그럼에도 여전히 본질적으로 낭만적인 작가들이었던 피츠제럴드와 토머스는 또 다른 측면의 낭만적 꿈에 사로잡혀 있었다. 비록 이들 인물 모두가 극단적으로 자기 파괴적인 면을 보이기는 했지만, 그들은 우리 모두를 위해 중요한 대속代贖의 기능을 수행한 셈이다. 즉, 그들은 필연적으로 한결 더 심한 구속과 압력 아래서 삶을 살아갈 수밖에 없는 사람들을 위해 일종의 분신과도 같은 역할—그러니까 유례를 찾기 어려운 '또 하나의 나'로서의 역할—을 떠맡아 했던 셈이다. 그들은 자신을 표현하고자 하는 욕구에 몰두해 있던 영원한 국외자들로, 일상적으로 사람들이 선택하는 출세와 안위를 마다하고 방랑자, 약탈자, 연인으로서의 장래의 삶을 선택했던 사람들이다. 진정으로 낭만적인 삶에 대한 최상의 평가는 아마도 그 입장이 되어서야 제대로 수행할 수 있을 것이다. 그들의 삶은 필연적으로 우리 자신을 지배하는 금제禁制와 갈망을 또렷하게 드러내줄 것이며, 우리 삶이 그들의 삶보다 얼마나 더 한정적이고 조심스런 조건 아래 전개되고 있는가를 가늠하는 데 도움을 줄 것이다.

보다 긍정적인 관점에서 보면, 이들 현대의 낭만주의자들은 우리가 어떤 사람이 될 수 있고 또 어떻게 행동할 수 있는가에 대한 우리의 생각을 변화시킨 장본인들이었다. 그들은 모험에 따른 희생과 그 모험의 가치에 대해 평가하는 일을 우리에게 가능케 한 사람들이었다. 또한, 그들은 자신들이 일관성을 결여하고 있다는 사실에 위축되는 대신, 자신들을 괴롭히는 신경병 증세를 억압하는 대신, 또한 자신들의 마음속 깊이 숨어 있는 욕망을 부정하는 대신, 이 모든 것을 있는 그대로 드러내고, 그들이 살던 역사의 순간이 인간사에 허용했던 것보다 한결 더 넓은 폭의 삶을 자신들에게 허락한 사람들이었다. 보다 더 나은 자유를 지향하는 우리에게 모델의 역할을 하기도 하는 그들은 자신들의 글을 통해 자유를 향한 우리의 의지와 관련하여 눈으로 확인할 수 있는 기록을 남기고 또한 세상과 마주하여 그들이 겪었던 진통의 역사를 우리에게 남겨 주었다. 그들의 불완전함에도 불구하고, 자신들의 영향력을 확대하고자 하는 이기적 욕구에도 불구하고, 또한 자각과 해방이라는 명분 아래 고통스러운 만남을 선호하는 기묘한 취향에도 불구하고, 그들은 자신들의 예술을 심리적 안전 유지 장치로, 정서적 혼돈의 한가운데서도 질서를 유지하기 위한 의지의 표현으로 소유하고 있었다. 우리는 그들의 예술 및 그들의 예술을 형성케 한 인간의 투쟁으로부터 소중한 가르침을 받고 있다.

제2장

로렌스와 프리다

행동하는 자, 아는 자, '존재'에 있어서 근원인 남자, 그가 생명
의 주인인가? 아니면 위대한 모성, 우리를 사랑의 자궁에 품
었다가 낳은 어머니인 여자, 그녀가 최고의 신성인가?

「무의식의 판타지」

허약한 예언자

D. H. 로렌스는 험난한 시대가 던지는 난제들에 대한 답을 갖고 있다고 감히 나선 분노한 예언자였다. 그는 제1차 세계 대전이란 참변이 일어난 것에는 놀라지 않았으나 곧 그 광폭함과 폭력에 질려 낙담에 빠졌다. 이 전쟁은 예이츠^{Yeats} 식으로 표현하자면, 중심이 더 이상 버티지 못하여 모든 인간관계가 변질되는 역사적 시점에 해당됐다. 전쟁으로 인해 로렌스는 정치 체제에 대해 깊은 불신을 갖게 된다. 합리적인 인간들이 세상을 이렇듯 처참하게 붕괴시키는 데로 이끌 수 있다면, 이성 자체가 수상한 것이었다. 로렌스는 육체의 힘, 정신에 맞서는 살과 피의 힘을 믿었다. "우리는 정신이 망가질 수는 있어도, 우리의 피가 느끼고 믿고 말하는 것은 언제나 옳다. 지성은 재

갈이자 고삐일 뿐이다." 그는 어떤 글에서 이렇게 쓰고 있다. 로렌스는 당시 그 어느 작가보다도 더 열정적인 신념에서 자연과 자연의 아름다움을 숭배했다. 그는 산업 사회를 혐오했으며 제1차 세계 대전을 산업 사회의 수치스런 후손으로 파악했다. 그러나 자기 스스로 제시한 정치적 처방은, 그가 예언자적 열정으로 그것을 설파하긴 했지만, 대체로 혼란스러웠다.

로렌스는 양성 간의 관계에 영향을 주는 힘의 요소들이 새롭게 규정되고 있음을 재빨리 감지했고, 그가 느끼는 이러한 변화들의 근본적인 모습을 재현해 줄 만큼 생동감 있는 상황을 자신의 소설 속에서 상상해 냈다. 여성주의자들은 그가 이런 모험을 하다 만 것, 즉 그가 고안해 낸 여성 인물들이 자기 스스로 극복하고 버텨 내는 것은 허락하지 않았다는 점을 비판해 왔다.

예언자의 역할은 창조적 예술가에게는 일정한 제약이 된다. 제안과 해법을 던지는 전지적 입장의 광채에 가려 자신의 인간적 취약점이나 나약함을 잊거나 최소화할 위험에서 자유롭지 못한 것이다. 또한 피드백 체제, 즉 거창한 문제가 제기될 때 자신이 제안한 행동 방식에 특정 집단이 호응할 때 주는 만족감에 도취하여 눈이 멀 위험도 문제이다.

로렌스는 그중 두어 번은 거의 죽을 뻔할 정도로 심한 투병 생활을 이어가면서도 자신의 몸속에 있는 병을 성공적으로 물리친 결핵 환자였다. 병과의 싸움이 로렌스에게 중요했던 이유는, 그것이 그에게 허용된 삶을 있는 그대로 적극 긍정하는 수단이었고, 저항력을 끌어내는 방식이었기 때문이기도 하다. 그러나 그의 폐에서 살고 있던 결핵균은, 신경계를 극단적으로 흥분시키는 강도가 높아지게 했기에, 그를 쇠약하게 만드는 그늘진 함의를 갖고 있었다.

로렌스의 지병은 한편으로는 자신의 어머니에 대한 다소 복잡한 태도와 연관된다는 점 때문에 대개 단순히, 어떤 면에서는 저급하게, "오이디푸스 콤플렉스" 운운하는 논리로 설명하려들 든다. 하지만 로렌스에게 이 문제는 모성의 권위와의 싸움을 의미했다. 그는 어머니를 사랑했고, 그것이 그의 가장 깊은 환상 속에서는 상식을 벗어날 정도의 사랑이었을 수도 있을 것이다. 그러나 이와 동시에 그는 어머니의 세계를 규정하는 비좁은 기독교 근본주의를 거부했기에 자신을 어머니에게서 자유롭게 만들 필요를 느꼈다. 그는 자신의 첫 걸작 『아들과 연인 Sons and Lovers』에서 어머니의 영향력을 떨쳐 버리려 최선을 다했다. 그런데 세 아이의 어머니인 프리다 위클리와 도주하여 살림을 낸 일은, 이를 통해 관습에 정면으로 맞서며 낭만주의적 자유의지가 펼쳐지긴 했어도, 로렌스 자신의 내적인 갈등의 수위도 올려놓고 말았다. 그는 법적으로 또한 정서적으로 졸지에 자신과 하나로 묶인 이 여인이 "아들을 압도하는 강한 어머니"의 또 다른 유형임을 깨달았던 것이다.

대개 사람들은 예언자적 인물들을 이상화하고 우상처럼 추앙하려 든다. 예언자적 인물들의 통찰이 그들 자신의 허약함에서, 자신의 고통이 야기한 인식에서 비롯된다는 점은 잊는 것이다. 로렌스의 비전은 자신의 고통 때문에, 그에게 큰 도전이었던 결혼 생활의 결과로 생겨난 것이다. 프리다와의 삶은 개명한 여성 입장에서 결혼과 그 가능성에 대해 제기하는 새로운 질문들을 로렌스가 직시하도록 부추겼다. 그의 소설 속에서 강한 남성과 여성을 상상해 냄으로써 그는 남녀 양성을 갈라놓은 온갖 문제들을 극화했다.

프리다 위클리의 존재는 로렌스의 정서적 삶에 있어 가장 유일하게 중요한 요인이 되었다. 프리다는 로렌스에게 친구들이나 후견인이 될 만한 사람과의 관계라든지, 로렌스의 특정 소설 인물들이 무슨 말을 해야 하는지에 대해 충고했다. 교묘히 군림하면서 참견하기에 능수인 그녀는 로렌스를 압도

할 만했다. 둘이 만났을 때 나이도 로렌스보다 다섯 살이나 위였고, 산전수전 다 제법 겪어 본 터였다. 갑갑한 결혼 생활에 정착해 있으면서도, 그녀는 두 남자, 첫째는 사업가, 그리고 두 번째는 방종하고 대개 마약에 취해 있던 정신과 의사와 밀애를 즐겼던 것이다. 로렌스가 그녀를 처음 만났을 때 그는 이제 갓 대학을 졸업한 형편이었으니, 그의 삶은 아직 상당 부분은 제한되고 촌스러운 것이었다. 그는 시와 단편집, 첫 장편 『하얀 공작새White Peacock』를 출판했고 『침입자들Trespassers』이 곧 출간될 참이었다. 비록 그의 두 번째 장편소설에서 결혼 관계 밖에서 벌어지는 애정을 탐구하기는 했지만, 자신의 여성 경험이란 대개 뻣뻣이 저항하는 19세기풍 처녀들을 상대한 게 전부였다. 그는 성적인 열정에 대해 직접 겪어 알고 있는 바는 거의 없었던 것이다.

프리다는 로렌스의 창조성의 봇물을 열어 놓았다. 그리하여 이후에 그는 그녀의 선의, 협력, 상호 조화에 의지할 수밖에 없다는 느낌 속에 살았다. 이러한 의존의 감정은, 그 일부는 아들이 어머니에 대해 느낄 법한 것이기에, 프리다로서는 힘의 원천이 되었다. 그녀는 로렌스가 만드는 허구적 세계에 로렌스만큼이나 자신도 책임이 있다고 믿기 시작했다. 그러한 오만함은 그들의 관계에 있어서 핵심적인 지렛대 역할을 했으며 엄청난 갈등을 야기했다.

위클리 부부네에서의 점심

1912년 4월 초의 화창한 오후였다. D. H. 로렌스는 자신의 은사 중 한 분이었던 어니스트 위클리Ernest Weekley 교수 집에 점심 초대를 받고 방문한 몸이었다. 로렌스는 독일 대학에 영어 강사로 취직하길 희망하며 교수 추천서를 부탁한 상태였다. 극성스런 이 젊은이는(로렌스는 당시 26살이었다) 약속 시간보다 빨리 와 있었다. 고집스런 교수는 여전히 서재에 파묻혀 있었던 터라 아내 프리다에게 한 시간 정도 손님을 상대해 주라고 부탁했다.

방문객은, 1890년대 토머스 하디의 작품들이 최초로 고리타분한 19세기 소설들의 관습에 도전한 이후로 그 누구보다도 더 심한 공격을 받는 소설을 장차 쓰게 될 인물이었다. 『아들과 연인』, 『무지개^{The Rainbow}』, 『사랑하는 여인들^{Women in Love}』, 그리고 마침내 『채털리 부인의 연인^{Lady Chatterley's Lover}』 같은 소설에서 로렌스가 골라서 묘사한 노골적인 인간관계의 친밀함은 공식적인 취향이나 체통의 기준에 맞추기에는 너무나 열정적인 것이었다. 그의 소설들은 19세기가 저문 시대에 여성이 스스로 삶의 선택 범위를 확대하여 파악하는 새로운 여성주의적 시각을 반영했으나, 강력한 남성들이 자신의 힘을 유지하기 위해 고안해 낸 계책들도 동시에 보여 주었다. 신문 사설이나 서평란은 외설 혐의를 씌워 로렌스를 질식시키려 했지만, 그가 쓴 그 어떤 책에 담긴 그 어떤 말도 프리다 위클리와 도주한 이 행위 하나와 비교할 때 더 부도덕해 보이지는 않는다.

위클리 교수가 자기 부인한테 옛 제자랑 시간을 보내 달라 한 부탁은 이상한 구석이 전혀 없었으나, 그것이 공공연한 부탁이었다는 점은 두 사람의 결혼 생활의 한 가지 중심적인 측면을 암시했다. 전형적으로 19세기풍 인물이었던 위클리는 연구 외에 다른 일에 관심을 두기보다는 자기 일에 몰두하는 것을 더 선호했다. 그는 연구에 매진하는 문헌학자이자 어원학자였다. 서재의 장서와 거기에 담겨 있는 과거 시대에 푹 빠져 지내는 위클리 교수는 내성적이고, 사색적이며, 얼이 빠진 듯 보였고, 훈장들의 직업병이라고 할 수 있는 고상한 척하며 거만 떠는 권위 의식을 느끼게 하는 사람이었다. 위클리는 언어의 대가였고, 이 방면으로 정통한 사람들에게 대개 따라붙는, 모든 것을 다 안다는 뻣뻣한 태도는 거드름으로 보이기 십상이었다.

로렌스를 기다리게 해 놓고 위클리는 『언어의 로맨스 The Romance of Words』라는, 그의 여러 책 중에서 가장 성공적인 저서의 마지막 마무리 작업을 하고 있었다. 나이는 45세, 정수리 부분이 백발로 변하기 시작한 그는 노팅엄 Nottingham 대학, 말하자면 영국 중부의, 평판이 그저 그런 지방대학의 프랑스어 정교수이자 유럽어학과의 학과장이었다. 그는 거기에서만 40년을 재직하며, 늘 강의 부담에 대해 불평을 하지만 단단하고 믿음직한 붙박이로, 학장까지 지내게 된다. 위클리는 상당히 무거운 보직 업무에 덧붙여 연구와 집필의 부담을 지고 있었다. 게다가 낮에 언어의 역사를 탐구하느라 지친 몸을 끌고, 저녁에는 수입을 늘리려 야간 강의도 했다.

로렌스는 이 야간 강의 하나를 수강했던 학생이었다. 동료 수강생들은 주로 자기 발전을 도모하는 노팅엄 지역의 노동자, 점원, 레이스 공장 직원들이었다. 사회에 대해 호의적인 태도를 갖고 있는 이런 서민 청중을 대학에 모아 놓았으니, 이로써 19세기 영국이 약속했고 때로는 이행했던 기회균등뿐만 아니라 이 시대의 계몽에 대한 사명을 수행하는 셈이었다. 로렌스는, 말 안 듣는 청소년들을 가르치는 일에 만족하지 못하긴 했으나 자신도 교사였으니, 위클리와 공통점을 약간은 갖고 있는 수강생이었다.

노팅엄은 탄광 지역이었다. 한때는 로빈 후드로 유명한 셔우드 포레스트 Sherwood Forest 와 맞닿아 있는 목축 및 농업 지역이었으나, 근래에는 영국 산업 혁명의 원료를 일부 제공하고 있었다. 노팅엄의 분위기는 검은색 슬레이트 지붕과 압도적으로 눈에 띠는 공장과 창고, 검은 연기를 토해 내는 굴뚝, 그리고 시인 윌리엄 블레이크를 한때 그토록 성나게 한 매연이 결정해 버렸다.

로렌스는 그의 마지막 에세이 하나에서 이 지방을 자본주의로 인해 불구가 된, 노동자들을 도구로만 보는 특권층 투자자 계급이 망쳐 놓은 공간으로 묘사했다. 로렌스가 「노팅엄과 탄광 지역 Nottingham and the Mining Countryside」이란 글에서 반복해서 쓰는 단어는 "추악하다"로, 가령 "저급하고 형체도 없는 추악한 환경에 추악한 이상들, 추악한 종교, 추악한 희망, 추악한 사랑, 추악한 복장, 추악한 가구, 추악한 가옥, 노동자와 고용주들 간의 추악한 관계" 같은 구절이 전형적이다.

추악함의 결과물은 그의 소설에서 반복해서 등장하는 다닥다닥 붙은 주거 지역과 끔찍한 건축물들이 들어선 도시였다. 『무지개』에서 로렌스는 노팅엄을 위게스튼 Wiggeston이란 이름으로 지칭했는데, 작가는 천편일률적이고 특징 없고 반복되는 붉은 벽돌 건물들을 재빨리 번지는 피부병에 비유한다. 그러나 위클리 부부는 노팅엄 시에서 상대적으로 예외적인 매펄리 Mapperley 지역에 살았는데, 이 동네 집들에는 집 앞 잔디와 뒤편에 큰 정원이 있었다. 또한 그쪽에 사는 사람들은 하인과 요리사도 두고 지낼 정도의 형편들은 됐다. 말하자면 위클리 부인 같은 여성이 일차적으로 신경을 쓸 일은 남편과 자식의 안녕인 것으로 되어 있는 전형적인 부르주아 동네였던 것이다. 프리다 위클리는 정숙한 가정주부의 역할을 제법 잘 수행하고 있었지만 결혼 기간 동안 그녀는 가사의 규범에 주부를 묶어 두려는 속박에서 벗어나려고 약간의 경미한 모험을 한 적은 있었다.

그녀는 31살로 위클리보다 14세 연하였고, 친정은 폰 리히트호펜 von Richthofen 가문인데, 이들은 실레지아 Silesia에 갖고 있던 영지를 상실한 귀족 집안으로, 대개 외교관, 군인, 고위 공무원 등으로 일하는 독일 지배계급의 일원이었다. 친정아버지는 남작으로, 보불전쟁 때 비스마르크를 위해 싸우다가 오른 손이 마비된 상이군인이었다. 1870~71년의 이 전쟁은 강력한 통일 독일 국가의 등장으로 이어졌고, 이것은 로마제국 쇠퇴 이후에 유럽인들이 늘 두려워하던 사태였다. 폰 리히트호펜 남작은 전쟁 이후 로렌Lorraine 지방의 메츠Metz 시에 정착하였으니, 독일 쪽 피 못지않게 프랑스 쪽 피가 흐르는 사람들이 사는 이 지방에 점령군의 일원으로 와 있었던 것이다. 공학 쪽 교육을 받은 그는 메츠를 둘러싼 운하 체계를 관리하는 직책을 맡았고 부대의 기타 활동에도 동참했다. 메츠는 프리다의 어린 시절에는 군대 주둔지로서, 총 5만 명 주민 중 반은 군대 소속이었기에 프로이센의 엄격한 무사도 규범이 지배하는 곳이었다. 이 규범은, 권위와 군에 의한 권위주의적 통제를 강조하였고, 군비를 충당하기 위해 돈을 징발하고 징집을 조직하는 일을 용이하게 해 주는 것이 그 목적이었다. 이에 따른 프로이센의 문화적 분위기의 특징은 가부장적인 독재, 경직성, 가혹함으로 요약됐다. 중요한 문제들은, 비스마르크가 선언한 대로, 연설과 다수결이 아니라 '피와 강철'로 해결된다고 보는 이러한 신념은 20세기의 첫 번째 대규모 국제적 파국을 야기하는 직접적 원인이 되었다.

독일 국력에 대한 오만한 자신감과 문화적 우월주의는 카이저 궁에서부터 발원하였는데, 그것을 프리다는 가까이서 느낄 수 있었다. 아버지의 삼촌 중 한 사람은 스웨덴 대사를 지냈고 다른 삼촌, 오스발트Oswald 폰 리히트호펜은 베를린에서 프로이센 정부 장관을 지냈다. 프리다는 베를린 오스발트 삼촌네서 1년을 보내면서 외교 연회나 국가 무도회에 참석했다. 그런 자리에서 카이저가 직접 그녀의 미모에 주목했다는 애기도 전해지지만, 막상 그녀의 전망은 별로 밝지 않았다. 아버지가 물려받은 가산을 노름과 값비싼 외도로 탕진한 탓에 세 딸 모두 지참금으로 받을 돈도 유산 상속도 기대할 수 없었다.

프리다는 겨우 18세 때 남편 위클리를 만났다. 위클리는 슈바르츠발트 Schwarzwald (독일 남서부 삼림 지대) 도보 여행 중에 이 아가씨를 만났으니, 그야말로 독일 신화에 나오는 초록색 눈빛의 금발 미녀로 보였을 것이다. 순진하고 활기찬 이 아가씨는 실제 인생 경험이 거의 없었고 애정 경험도 기껏해야 메츠의 하급 장교들하고 약간 사귀는 척하는 유희를 즐긴 것밖에는 없었다. 하지만 위클리는 나이는 더 많았으나, 애정 경험은 그녀보다 더 적었다.

로렌스가 방문하던 날 아침, 프리다는 노팅엄에 벌써 십 년 넘게 살고 있었다. 그녀는 남편의 제자를 맞이할 기회가 온 것이 반가웠다. 이 제자가 프리다의 고국으로 여행 가길 원한다니 자신의 문화적 전통에 관심을 갖고 있다는 말이고, 이것은 둘 간의 공통분모로서 그녀가 평상시 예의를 갖추는 수위 이상으로 손님을 친절하게 대할 만한 인연이 될 잠재적 요인이었다. 이보다 더 관심을 끄는 것은 그날 아침에 남편이, 점심 때 천재 한 사람이 올 것이라고 한 말이었다. 위클리가 '천재'라고 한 것은 전형적으로 조롱기가 섞인 투로, 훈장들이 야심적인 학생의 콧대를 꺾을 때 사용하는 냉소적인 우월감에서 쓴 표현이지만, 프리다는 거기에 깔린 아이러니는 무시했다. 아마도 남편의 품평은 자기 아버지의 한없는 냉소주의를 떠올리게 했을 수 있다. 이것을 몹시 싫어했던 그녀는 남편의 말을 그냥 액면 그대로 받아들였다.

그들은 피아노실에서, 정원으로 나 있는 유리문 위로 커튼이 너풀대는 틈새로, 아이들이 잔디밭에서 뛰어노는 모습을 보면서, 대화를 나눴다. 마치 루벤스 Rubens 그림에 나오는 여인들처럼 통통하고 조각 작품 같은 몸매의 프리다는 상대방의 깡마른 체구와 민첩하고 가볍지만 분명한 몸짓에 호감을 느꼈다. 그녀는 자신의 『회고록 Memoirs』에서 그의 행동거지가 "군주 같았다"고 쓰고 있는데, 이것은, 로렌스에게 자신을 내준 것에 대한 합리화일 수도 있지만 로렌스가 자기의 당연한 권리처럼 그녀를 가져가려는 태도였다는 뜻을 함축한다. 그녀는 로렌스를 보자 그가 근본적으로 정직한 사람이란 느낌을 받았는데, 그의 말투는 사실 신선하게 직설적이었다. 그가 하는 말들은 머릿속에서가 아니라 곧장 가슴속에서 나오는 것들로, 꾸밈이나 가식이 없는 말이었다. 19세기식 사고방식에서는 충격을 받을 만한 문제를 건드리면서도 그의 언어와 말씨는 자연스럽고 편안해 보였다.

프리다를 만나자마자 로렌스가 거의 처음 한 말이, 자신은 여성을 이해하려는 노력은 집어치웠다는 주장이었으니 사뭇 자극적이었다. 물론 남을 '이해'하는 것은, 비록 그것이 소설가 본인의 주관적 관점을 반영하는 형태를 취하는 경우가 빈번하긴 해도, 소설가들의 업무였다. 남자가 여자를 이해하려는 노력을 집어치웠다고 선언하는 것은 더 이상 참지 못하겠다는 태도를 함축하지만, 이것은 여성과의 좀 더 진전된 교류에 대한 욕구를 숨기는 좌절감일 수도 있었다. 프리다를 놀라게 한 것은 이것을 거의 맹렬하다고 할 만큼 힘주어 강조하는 로렌스의 말투였다. 그는 귀에 거슬리게 목소리를 높였으니, 거기에 담긴 에너지와 진지함은 남편 목소리의 용의주도하고 냉정한 자제력과는 전혀 딴판이었다. 로렌스의 얘기는 영감을 받은 듯 거창했다. "나는 이 세상을 바꿔 놓아서, 다음 천 년간 그대로 가게 만들 것이오." 이것이 그들이 두 번째 만났을 때 로렌스가 프리다에게 한 말이다. 이런 식의 주장에 그녀는 흥분됐던 것이다.

연약한 그레이하운드

위클리 교수 내외와 함께 점심을 하다 보니 오후 시간이 다 가 버렸다. 활기차고 기운이 넘치는 로렌스는 대화를 대부분 독점하였고, 자신이 어린 시절을 보냈던 노팅엄 9마일 북쪽 이스트우드^{Eastwood}에서의 삶을 묘사했다. 로렌스는, 위클리 부인이 남편에게 말을 거는 법이 거의 없고, 남편의 존재도 거의 의식하지 않는다는 것을 눈치 챘다. 그래서 분위기는 불편했고 대화를 나누기가 어색했다. 하지만 프리다는 로렌스에게 매우 강한 인상을 주었기에, 그는 이스트우드로 기차를 타고 가는 대신 그냥 걸어가기로 작정했다. 해가 지기 직전에 떠나서, 어두워져 가는 벌판을 여러 시간 터벅터벅 걸어가면서 로렌스는 프리다 위클리 생각에 빠졌다. 혹시 부부 사이에서 느껴지는 거리감을 자기로서는 희망의 증표로 받아들여도 될까 궁금해했던 것이다.

로렌스의 삶에서 여성들은 늘 중심적인 위치를 차지했다. 『아들과 연인』을 대충 훑어본 독자라도 금세 알아차릴 수 있듯이, 일단 자신의 모친이 중요했다. 로렌스 본인이 자기의 청소년기 연인이었던 제시 체임버스^{Jessie Chambers}에게 보낸 편지에서, 자기 모친에 대한 사랑은 과도하고, 부자연스럽고, 아들로서가 아니라 연인으로 어머니를 사랑한다고 주장한 바 있다. 물론 이것을 액면 그대로가 아니라, 특히 모친의 도덕적 자신감과 명백한 청교도적 의식을 감안하면, 하나의 판타지로 받아들여도 좋을 것이다. 또한 당시 로렌스는 어머니가 막 돌아가신 직후에 고인을 애도하는 심정에서 제시에게 비딱하고 불만스런 투로 자신의 감정을 이렇게 표현한 것이기도 하다. 하지만 이런 발언이 아니라 해도, 양친의 결혼 관계나 그것을 아들 로렌스가 바라본 방식에는 오이디푸스적 측면이 분명히 나타난다.

작달막하고 여린 체구로 늘 검은색, 흰색, 아니면 회색 옷만 입고 다녔던 모친 리디아^{Lydia}는 남편보다 사회 계층이 한 급 위로, 무도회에서 만난 남자의 구애를 받고 마음을 준 것이었다. 그녀는 시도 쓰고 소설도 좀 읽었던 학교 교사였다. 자신이 결혼할 사내는 일곱 살 때부터 탄광에서 일을 했던 석탄 캐는 광부로 신문도 제대로 읽지 못할 정도의 수준이었다. 로렌스에게 어머니는 미래에 대한 약속과 섬세함을, 아버지는 보다 너저분하고 거칠고 험한 현실을 의미했다. 자식을 다섯이나 뒀지만, 결혼 생활은 끊임없는 의지의 충돌 과정이나 다름없었으니, 이후 프리다와 로렌스의 다툼의 원형이 충분히 될 만했다. 어머니 리디아는 대개 술에 취해 있거나 고집불통이고 욕설을 퍼붓는 남편과 투쟁했다. 부인이 잔소리를 쏟아 대면 그는 친구들과 술을 마시러 술집으로 향했다. 리디아는 다섯 자녀 모두를 자기편으로 만들었고, 이것이 로렌스의 경우는 고전적인 의미에서의 오이디푸스적 형태를 띠었을지도 모른다. 그는 부친에 대한 혐오증이 있음을 인정했다. 청년기에는 아버지랑 한 방에 있는 것도 참을 수 없어서 아버지가 들어오면 방에서 나가곤 했다.

로렌스는 곤궁한 '디킨스적' 어린 시절을 보냈다. 부친은 제대로 식술을 돌보지 않았고, 탄광에서도 상관들과 늘 다퉜고, 그 덕에 가장 소출이 적은 구석으로 밀려나 노동을 했다. 살림은 입에 풀칠하기도 빠듯한 형편이었고, 이렇게 제대로 먹고 자라지 못한 배경이 아마도 로렌스가 결핵 체질이 된 원인이었을 것이다. "약골 체질에 늘 코감기를 앓았던 꼬마," 이렇게 자신의 어린 시절 모습을 로렌스는 자전적 에세이에서 묘사하고 있다. 병약하고, 깡마른 체구에 얼굴은 백짓장처럼 하얀 아이로 반바지에 긴 양말을 신고, 어린 로렌스는 끝없이 마른기침을 콜록거렸다. 그는 동료 사내아이들과 공을 차고 놀기에는 너무 연약했으므로, 허약한 그를 다른 사내아이들은 예외 없이 따돌렸다. 그 결과, 그의 벗은 여자아이들이었고, 관심사도 식물과 꽃이었다. 학교는 주로 다른 사내아이들의 괴롭힘 때문에 감옥이나 마찬가지였지

만, 그가 12세 때 노팅엄 시내 고등학교에 갈 수 있는 장학금을 얻게 되자
이스트우드의 폐쇄된 세계에서 어느 정도는 벗어날 수 있었다.

로렌스의 청년기 초기는 일련의 충격적인 사건들로 점철되었다. 1901년
여름 만 16세 때 그는 노팅엄의 의료기구 제조 공장의 사환 자리에 취직되
었다. 거기서 반창고와 고무 호스를 만드는 젊은 여공들은 그를 놀리기 시작
했는데, 이것은 말하자면 섬세한 척하는 상대를 혐오하여 깎아내리고 때를
묻혀 주고 싶은 충동의 산물이었으니, 이것은 로렌스 부모의 관계를 거꾸로
뒤집어 놓고 보다 확대시킨 꼴이나 마찬가지였다. 결국 이러다가 몇몇 여공
들이 그를 아래층 창고로 불러내어, 그의 바지를 벗겨서 하체를 드러내려고
시도했다. 로렌스는 그들을 물리치긴 했지만 이 사건이 그를 동요하게 만들
었고 그는 뭔가 깊숙한 데서 더럽혀지고 수모 당한 것을 걸러내려는 듯, 구
토를 하고 말았다. 나중에 『아들과 연인』을 집필하며, 그는 이 사건의 진상
을 억눌러, 주인공 폴이 공장 여공들 사이에서 매우 인기 있는 인물로 만들
어 놓았다. 이것은 로렌스가 실제 현실을 다시 구성해 놓기 위해 허구를 이
용하는 방식을 일찍이 보여 준 예이다.

두 달 후에 가문의 희망이었던 형 어니스트가 런던에서 직장을 다니며 비
즈니스 쪽으로 전망이 막 훤하게 열리던 도중, 폐렴에 걸려 죽었다. 어머니
는 낙담했고 깊이 실망했다. 게다가 로렌스도 폐렴에 걸려서 1901년에서
1902년에 걸친 겨울에 사경을 헤매자 좌절은 더 커질 수밖에 없었다. 봄이
되자 치유를 위해서 그는 이스트우드에서 2마일 떨어진 핵스 농원^{Haggs Farm}에
서 시간을 보냈다. 이 땅에서 농사를 짓던 체임버스 가족은 하나 같이 건강
한 대가족으로 이스트우드의 창백한 광부들과는 신선한 대조가 되었다. 로
렌스는 처음에는 볏단을 모으는 일이나 정원 일을 돕던 이 집 아들 앨런^{Alan}

체임버스와 가깝게 지냈으나, 점차 자기보다 한 살 아래인 그의 여동생 제시와 친하게 되었다. 제시는 수줍음을 타는 신중한 아가씨로 독서와 글쓰기에 관심이 있었고 일기를 늘 썼는데, 이 일기를 로렌스는 그녀를 『아들과 연인』의 미리엄 Miriam 으로 만들면서 사용하게 된다. 둘 간의 우정은 제시의 내성적이고 뻣뻣하고 편안하게 쉴 줄 모르는, 경직된 도덕관에도 불구하고 질질 끄는 연애로 이어졌다. 제시의 이런 점은 로렌스의 모친과 유사했지만, 어머니는 제시가 자기 아들에게 못 미친다는 생각에서 이들이 사귀는 것을 반대했다(이것은 아마도 전형적인 어머니들의 불평일 수도 있겠다). 그러나 가장 심각한 문제는 두 젊은이 사이의 성적인 긴장이 해소될 수가 없었다는 데 있다. 성적인 호기심을 채우고자 하는 당연한 욕구의 결과로 로렌스가 한 십 년은 제시를 설득해 보려고 했음에도 불구하고 그녀는 자신의 처녀성을 보존해야 한다고 고집했다. 『아들과 연인』에서 로렌스는 자신의 성적인 요구를, 제시/미리엄이 해소해 줄 수 없는 열정에 사로잡힌 불세례에 비유한다. 똑같은 장벽이 로렌스가 쫓아다닌 두 번째 여자, 이스트우드에서 같이 견습 교사를 하던 루이 버로우즈 Louie Burrows 사이에도 놓여 있었다. 그들이 약혼한 후에도 루이는 로렌스가 구애자의 선을 넘어 몸을 섞는 것은 허락하지 않았고, 이들의 관계는 얼마 안 있다 파혼으로 이어졌다.

우리는 이들 젊은 여성들이 19세기식 가치관이 지배하는, 여성이 공적으로는 정숙하고 조신할 것을 요구하는 세계에 살았다는 것을 기억할 필요가 있다. 섹스는 가정을 위해 감내해야 하는 것으로, 19세기 영국에서 결혼한 여성은 열두 번은 애를 가질 각오를 해야 했지만, 섹스는 즐기라고 있는 것이 아니었다. 소설책이나 다과를 나누는 자리에서 그것은 남성들의 "무모함"이란 말로 대체되었다.

　여성은 섹스를 갚아야 할 빚으로, 가정의 평화를 확보하는 수단으로 간주했고, 일부 여성들은—지금도 그런 사람들이 있듯이—그것을 아예 혐오했다. 이 시대 결혼 관계가 얼마나 경직된 것인지는 우리로서는 이해하기 쉽지 않다. 부인들이 남편을 '미스터 누구'로 불렀던 관행은 19세기에는 이들 부인들이 집에서 나갈 때 단추가 18개씩 달린 장갑을 끼곤 했던 풍습과 마찬가지로 우리의 감각과는 거리가 멀다. 여성 자신이 혼외정사에 연루돼도 좋다고 느끼는 경우에도 당시 복식의 규율에 속박되었다. 바깥에 나가려면 온몸이 코르셋과 페티코트 한 묶음에 꽉꽉 채워져 포장된 채 헤아릴 수 없이 많은 고리와 단추에 묶여야 했다. 이런 장애물들이 성적인 자발성을 저해했고, 성적인 친밀함은 오직 공식적인 결혼 관계에서만 허용될 수 있다는 관념을 반영했다.

　1906년 가을 로렌스가 21세일 때 그는 노팅엄 대학에 들어갔고 거기서 2년간 교사 훈련 과정을 밟았다. 학과 공부를 따라가는 것보다는 자신의 시나 단편 작업을 하는 것이 더 만족스러운 일이긴 했으나, 위클리는 그가 호감을 가졌던 교수 중에 속했다. 그는 『하얀 공작새』를 쓰기 시작했고, 시골 양반과 결혼한 허풍과 바람기가 특징인 여자에 대한 이야기를 쓰는 이 작업을 향후 4년여 기간 동안 쓰다 말다 하며 이어 갔다. 그는 여전히 제시와 루이 둘 다 만나고 있었는데, 제시는 라이벌이 생긴 것 때문에 상당한 고통을 느끼고 있었다. 로렌스는 한 편지에서 쓰기를, 자기가 살면서 만난 여자들은 하나같이 "로맨스의 보풀"로 장식은 했지만 감상주의 병에 찌든 축들이라고 한 바 있다. 로렌스는 연애에 있어서도 자신의 창작이 중심적인 대상이었으니, 마치 제시나 루이에게 자신의 상상력의 비전, 창조성, 천재성 그 자체를 사랑하도록 요구하는 셈이었다. 로렌스에게는 그가 사랑하는 여인은 누구이건 그의 글들에 적극 반응하는 것이 매우 중요했는데, 제시는 일기에서 그런 반응을 해 주었고 나중에 프리다는 그와 합작을 할 정도였다. 제시 쪽에서는 나중에 시집을 간 후에도 로렌스가 평생의 사랑이었는데, 제시는 그들의 고통스럽고 이루지 못한 사랑을 자신의 소설에 담아 표현해 보려고 했으나 이것을 없애 버렸고, 다만 수기에는 남겼다.

1909년 여름 제시는 로렌스의 시 몇 편을 〈잉글리시 리뷰English Review〉 편집자 포드 매독스 휘퍼Ford Madox Hueffer에게 보냈다. 이 잡지는 겨우 1년밖에 안 됐지만 즉시 당시의 중요한 문학잡지로 자리를 잡았다. 첫 호에는 하디Hardy의 시와 헨리 제임스Henry James, 조지프 콘래드Joseph Conrad와 H. G. 웰스Wells의 작품이 실렸던 것이다. 당시 문단의 흥행꾼이었던 휘퍼는 로렌스의 시들을 게재하기로 결정하고 시 몇 수와 단편도 몇 편 실어 주었다. 그는 로렌스를 만나자고 했고, 연이어 로렌스를 웰스, 예이츠, 에즈라 파운드Ezra Pound 같은 작가들에게 소개했고, 나중에 『하얀 공작새』를 출판해 줄 업자도 주선해 주었다.

로렌스는 이제 런던 근교 크로이든Croydon의 데이빗슨 학교Davidson School에서 교편을 잡고 있었는데, "돼지 떼를 돌보라고 갖다 놓은 연약한 그레이하운드"로 자신의 모습을 회상하지만, 문단에서 점차 명성을 얻기 시작했다. 그는 또한 동료 교사이자 또 다른 야심적인 작가 헬렌 코크Helen Corke에게 관심을 갖기 시작했으나 그녀는 유부남과 연애를 하다 피해만 잔뜩 보고 만 처지라 로렌스와는 지적인 동반자 관계만을 원했다.

로렌스가 섹스에 입문한 계기는 1910년 여름 한 유부녀와의 만남이 열어 주었으니, 이것도 아마 자신의 어머니를 향한 오이디푸스적 투사일지도 모른다. 작달막한 금발 여인 앨리스 댁스Alice Dax는 그 동네 약사의 부인으로, 복장이나 여성주의 등에 대해 진보적인 견해를 갖고 있던 사람이었다. 그녀는 자기 친구에게 주장하기를, 자기 집 위층 서재에서 시 한 수를 쓰다가 그것을 마무리하지 못해 힘겨워하는 로렌스의 심적 부담을 덜어 주려고 몸을 '주었다'고 했는데, 섹스를 마치 찜질 약 정도 되는 처방인 양 '주었다'는 이런 표현은 지극히 19세기적인 것이다. 예술을 위해 이런 '희생'을 감수한 것은, 존 던John Donne이나 앤드류 마벨Andrew Marvell도 상상할 수 없는 수준의 열성이니, 미소를 지을 만한 일이다. 도대체 왜 로렌스가 남편 댁스 씨는 아래층 약국에서 약 조제에 분주한 와중에 그렇게 가까이에 있는 위층 침실에까지 들어갈 수 있었는지는 알 수가 없으나, 로렌스가 쓰던 시를 끝낸 것을 보면 아마도 댁스 부인은 남편보다 훨씬 더 강력한 처방을 해 주긴 한 모양이다. 댁스 부인과의 관계는 로렌스의 총각 상태를 끝내 주었으나 이스트우드에서 이런 은밀한 방문을 성사시키는 것은 힘든 일이었다. 또한 댁스 부인이 즉시 사랑에 빠졌다는 사실도 일을 복잡하게 했다. 그들은 런던에서 주말을 함께 보내면서 스트라우스Strauss의 「엘렉트라Elektra」 공연을 봤는데, 거기에 자극받아 다시 사랑을 나눴으나, 로렌스의 모친 몸에서 암이 발견되자 관계는 단절되고 말았다.

오이디푸스적 틀 안에 갇힌 어머니는 자신의 경쟁자들을 본능적으로 물리치는 법이다. 건강할 때도 로렌스의 모친은 제시나 루이에 반대했으나, 이제 1910년 가을, 고통으로 몸이 뒤틀어지는 상태에서 그녀는 아들의 관심을 모두 빼앗았고 아들은 그녀의 고통과 하나가 되었다. 로렌스는 머리는 백발이 되고 힘이 다 소진된 어머니에게 『하얀 공작새』 초판 첫 권을 드렸으나 그녀가 그 의미를 이해하기에는 이미 너무 상태가 악화되어 있었다.

어머니가 죽은 지 1년 후에 여전히 크로이든에서 교사로서 『아들과 연인』 초고 작업을 하던 로렌스는 다시금 폐렴으로 무릎을 꿇었다. 한 달 동안 그는 심지어 침대에서 몸을 일으켜 세우지도 못할 정도였다. 모친의 사망 이후 얼마 안 돼서 찾아온 질병은 자신이 죽을 수 있다는 인식을 증폭시켰다. 의사는 교사직을 그만두지 않으면 결핵을 앓게 되리라고 경고했다. 그는 병에서 회복을 하는 도중에 두 번째 장편 『침입자들』의 원고를 쓰고 있었다. 로렌스는 교사 생활이 얼마나 자신의 창작 의욕을 좌절시키며 작업을 지연시키는지 곧 깨달았다. 비록 그가 이제 전업 작가로 생활할 수 있다는 자신감은 있었지만 그런 결정은 아무래도 두려운 것이었다. 그는 독일 대학에서 영어를 가르치면 데이빗슨 학교에서보다는 시간 여유가 더 있지 않을까 하는 생각도 하는 중이었다. 바로 이 목적으로 그는 위클리 교수와 점심을 함께하려 그 집을 방문한 것이었다.

오토 그로스의 '자유연애'

로렌스는 위클리 교수 내외와 오후를 함께 보내는 중, 그 자리에서 즉시 사랑에 빠졌다. 위클리 부인은 물론 결혼한 몸으로 세 아이 엄마였고, 적당하게 자리 잡고 살고 있는 것으로 보였다. 그러나 그녀의 형편에 관한 이런 사실들만으로는 로렌스를 포기하게 할 수가 없었다. 그가 제시 체임버스에게 한 말대로, "일체의 당위와 규범과 나는 전혀 상관이 없다!"는 것이 자신에게는 일종의 좌우명이었다.

　이스트우드로 돌아가자마자 그는 프리다에게 그녀가 영국에서 가장 놀라운 여인이라고 선언한 메모를 보냈고, 이에 대해 그녀는 쌀쌀맞게 영국 여인들을 별로 모르는 게 분명하다고 답장했다. 그렇긴 해도 그녀는 로렌스가 며칠 후에 두 번째 방문을 하라고 제안했고, 일부러 남편이 런던에 시부모를 방문하러 가는 부활절 일요일로 날짜를 정해 주었다. 로렌스는 그날 나타났고 두 남녀는 몇 시간을 단 둘이 보낼 수 있었다. 아이들은 정원에서 부활절 달걀 찾는 놀이를 하고 있었고 하인들도 휴가를 보낸 터였다. 프리다는 자신의 『회고록』에서 로렌스가 단란한 가정주부로 보이고자 하는 "반짝거리고 단단한 표피"를 뚫고 그녀의 실상을 간파했음을 회상하고 있다. 그녀가 이해하지 못하는 척했던 바는 애초에 왜 로렌스가 자신에게 관심을 갖는지였는데, 프리다는 자기 자신이 특별히 욕구를 자극하거나 매력적인 여자라고 생각하진 않았다.

프리다에 의하면, 그녀는 결혼 생활과 관습적 의무감에 마비되어 있는 몽유병자처럼 살고 있었다. 처음에 그녀는 위클리의 큰 키와 기품에 끌렸었다. 그러나 그녀는 남편의 권위 있는 모습은 겉치장에 불과하다는 것을 매우 빨리 깨닫게 되었다. 『회고록』에서 그녀는 일부는 허구로 포장하여 자신과 남편을 가명으로 지칭하고 있지만 신혼 첫날밤의 실망감을 기록하고 있다. 그것은 그녀에게는 하나의 상징적인 우화처럼 남아 있는 것으로, 성적 열정에 대한 두려움에 의해 억제되고 위클리 본인의 두려움으로 인해 기계적으로 변해 버린 이 결혼 관계의 실패를 설명해 준다. 스위스 루체른^{Lucerne}의 한 여관에서 신혼부부가 막 침대에 함께 눕기 직전 위클리는 술 한잔 한다며 아래층으로 내려갔다. 그는 불안해서 술기운에 기대어 힘을 내 볼 참이었던가? 아마 프리다는 신랑이 별로 상상력이 없는 사람임을 간파했기에 옷을 반쯤만 벗고 오래된 선반으로 기어 올라가 다리를 대롱대롱 흔들며 기다리고 있었다. 선반에는, 뻣뻣한 모습의 이브, 즉 19세기식의 경직된 신부와 진화의 계보에서 빠져 있는 뭔가 덜떨어진 모습을 연상시키는 아담이 새겨져 있었다. 그녀는 위클리가 돌아와서 자기를 못 찾으면 어떻게 반응할까 궁금해했지만, 선반 위에 홰를 틀고 앉아 있는 모습은 아마 너무 당혹스럽고 너무 장난스러운 것으로 받아들일 것 같았다. 공손하게 그녀는 다시 침대로 돌아갔는데 마치 땅이 꺼진 틈새로 빠져드는 느낌이었다. 이 이야기의 또 다른 버전이 로렌스의 「바버라를 위한 싸움Fight for Barbara」이라는 짧은 연극에 담겨 있다. 여기서는 위클리가 도대체 자기 부인이 왜 선반 위에 올라가 있는지 이해하지 못한 채, "문간에 서서 놀라서 죽을 지경"이 되어 있다.

프리다에 의하면, 그들이 그날 밤 늦게 마침내 성관계를 맺었을 때 위클리는 그녀를 반쯤은 어린아이처럼 반쯤은 늙은 여황제, 말하자면 빅토리아 여왕쯤은 되는 것처럼 대했다. 그녀는 처녀성을 잃는 과정을 그냥 끔직한 정도보다 더했다고 회상한다. 그녀가 기대했던 "말할 수 없는 희열"은커녕 그녀는 "말할 수 없는 영혼의 고통"만 느꼈던 것이다. 회고록의 이 대목을 읽으면서 독자는 프리다가 실상보다 더 나쁘게 상황을 묘사하기 위해 계속 과장하고 있다는 느낌을 받는다. 일단 문체가 눈에 띄게 뚝뚝 끊기고 너무 거창하다. 그녀는 『회고록』을 15년 동안 집필했고, 그녀는 영어로 자신의 생각을 피력하는 데 어려움을 느낀다는 불평을 로렌스와 살면서 줄곧 그에게 했었다. 하지만 이런 부풀리기나 꾸며 내기에도 불구하고 그녀는 아무튼 그래야 하는 것으로 되어 있기에, 남편의 성적인 의지에 수동적으로 복종하는 19세기식 부인의 통념과는 불편한 관계에 있는 한 여인의 초상을 그려 내고 있다. 프리다 위클리는 결혼이 부여한 품행의 도리에 순종했는지는 몰라도, 남편을 성적으로 자극하거나 성적인 요구를 하는 데 주저하지 않았고, 성적인 평등과 성적 쾌락을 추구했던 것이다. 이런 점에서 그녀는 이전 시대의 부인들보다는 훨씬 더 낭만주의 전통을 씩씩하게 이어 갔고, 이 점은 그녀의 향후 변화를 예견케 했다.

위클리가 처음에 대변했던 안정된 생활은 14년간의 결혼 생활을 겪으며 숨 막히는 과보호로 변질되었으니, 이것은 그녀의 성격에 있어 하나의 핵심적 요소와 어긋났던 것이다. 어릴 때부터 그녀는 말괄량이에다 무모하고, 부모가 늘 다치지 않을까 걱정할 정도로 거칠고 도전적인 면이 있었다. 결혼 후에 그녀는 친정에 가려고 몇 번 독일을 방문했다. 이런 여행 중 한번은, 그녀가 『회고록』에서 밝히고 있듯이, "프로이트의 매우 눈에 띄는 제자로 온갖 어설픈 이론을 쏟아 대는 남자"를 만났다. 프리다는 26세 때 언니 엘제 야페 Else Jaffe를 통해 1907년 여름 뮌헨에서 오토 그로스 Otto Gross를 만난 것이다.

세 폰 리히트호펜 자매는 당시로서는 다들 대단한 여인들이었다. 셋 모두 반항아 기질이 있었고 지적인 야심을 갖고 있었으며 모두 교양 있는 신랑을 얻었다. 엘제는 당시 첫 남편 에드가 Edgar 야페와 별거 중인 상태였는데, 그는 성품이 온화하고 지극히 약삭빠른 사람으로 저명한 독일의 사회학자 막스 베버 Max Weber의 제자이며 하이델베르크 Heidelberg 대학 교수였다. 엘제도 또한 지성인이었다. 그녀도 막스 베버에게 배웠고 사회학 박사 학위도 갖고 있었다. 그녀가 사는 곳은 뮌헨의 보헤미안 구역인 슈바빙 Schwabing으로, 여기서 그로스는 카페 스테파니 Café Stephanie나 이름 난 술집인 심플리시시무스 Simplicissimus에서 밤새 죽치고 앉아서 추종자들에게 성적인 자유에 대해 코카인에 흥분된 상태에서 열변을 토하곤 했다. 노팅엄의 덤덤한 생활과는 너무나도 정반대인 이들 카페의 분위기와 만인의 주목을 받는 이 남자에 자극 받아 프리다는 그에게 매혹됐다.

프로이트의 전기를 쓴 어니스트 존스 Ernest Jones는 자신이 만난 사람 중에서 "낭만주의에서 말하는 천재의 개념에 가장 근접한 인물"로 그로스를 묘사하고 있다. 훤칠한 키에 날씬한 몸매로, 마치 뭔가 사라지고 있는 진실을 부단히 쫓아다니는 듯 성큼성큼 걸어다니는 금발의 남자 그로스는 카리스마 넘치는 정신과 의사였고, 그를 모델로 한 인물이 독일 소설 대여섯 권에 등장할 정도로 유명했으며, 그의 막가는 행동 때문에 프로이트 주변의 정신분석학파의 명성이 손상을 입었다. 그로스는 단정치 못한 옷차림새와 모습을 통해 사회의 관습을 전적으로 경멸하고 있음을 과시했다. 그는 일반적인 의미에서 미남은 아니었으나(턱은 뒤로 꺼지고 매부리코에 치아도 고르지 않았다) 그의 지적인 민첩함은 여성들에게는 상당한 매력이 되었다. 니체처럼 그로스는 앓고 있는 병에 너무 시달린 나머지 마약을 복용해서 고통을 덜어야 했던 신동이었다. 남모르게 모르핀에 중독된 채 게다가 아편과 코카인까지 실험해 보면서, 성의 해방을 추구한다며 무책임한 "자유연애"를 실천하는 성 심리 탐구자였다.

한쪽 시각, 대개 버림받은 여인들 쪽에서 보면, "자유연애"란 무책임함이나 아니면 최소한 변덕스러움, 지속적인 관계를 회피하는 태도를 의미하지만, 19세기식 분위기가 유럽에서 쇠퇴하던 시기에 이 개념을 열렬히 지지하는 사람들이 제법 있었다. "자유연애"는 구애와 결혼을 지배하는 전통적인 도덕관과 사회적 기대를 근본적으로 뒤집는 실험이었다. 그것은 여자는 물론 남자도 일부일처제의 의무에서 자유로울 수 있고, 성관계가 보다 자발적인 토대에서 발생할 수 있음을 의미했다. 그로스는 주장하기를, 19세기식 성 규범의 낡은 격식은 사람을 무기력하게 만드는 억압과 노이로제를 그 결과로 낳았고, 오직 성에 대한 입장을 새롭게 바꿔야만 여기에서 벗어날 수 있다고 했다. 그로스는 이제 막 태동하기 시작한 과학인 정신의학에 기여하는 네 권의 책과 일련의 논문을 썼지만, 그는 자신이 하나의 전형적인 의사로서, 환자들(거의 대부분이 여성이었다)의 신뢰를 얻어 내어, 이들을 유혹한 후, "치유"의 중심적인 과정으로서 자신과 사랑에 빠지도록 유도하는 유형이었다. 말하자면 일종의 원시사회의 무당처럼, 의사의 몸과 존재가 대신 질병과 씨름하여 그것을 패퇴시키는 셈이었다. 또한 실제로 사랑에 빠져 있는 동안 대개 환자는 자신이 건강해졌다는 환상을 지탱할 만한 힘을 갖게 되고 자기 행동이 가치 있다고 생각할 자신감을 얻는다.

1907년경에 이 치료법은 상당히 호소력 있는 이론으로 받아들여졌다. 하지만 그로스는 여성을 주무르는 데 능숙한 난봉꾼으로, 혼외정사로 아이를 낳는 데 집착하면서도 늘 자신의 아이임은 부인하곤 했던, 말하자면 정신의학계의 사이비 종교 교주였고, 주위에 자신을 흠모하고 심지어 목숨까지 버리려 하는 여성들의 숭배를 한 몸에 받고 있다고 생각하는 인물이었다. 프리다의 언니 친구와 결혼한 몸인 그는 자기 아내가 자신의 남성 추종자 한 사람과 관계를 맺고 애를 갖도록 설득했고, 이 남자랑 자기 아내는 이후 동거에 들어갔다. 프리다는 1907년 여름에 자기 언니도 그로스의 애를 배고 있다는 것과 이들의 관계가 이미 종착점에 도달했다는 것은 알지 못했다. 이로부터 몇 년 되지 않아 그로스는 자신과 사랑에 빠진 환자 둘 아니면 셋에게, 겉으로는 안락사를 부추기는 행위인 것처럼 독약을 줘서 이들의 자살을 방조했다.

개인이 자신을 바꿀 수 있고 이를 통해 사회의 큰 변화도 도모할 수 있다는 프로이트적 비전에 대한 그로스의 신념 덕에 그는 유달리 매력 있는 인물이었다. 프리다를 만났을 때 그로스는 그녀가 일부일처제가 아닌 새로운 성규범의 선구자가 될 수 있다고 공언하는 말로 그녀를 즉각 추켜세웠다. 그로스는 프리다 속에서 잠자고 있던 성욕을 부추겼던 것이다. 그는 약속하기를 그들의 결합이 미래 시대를 향한 위대한 신념의 전형으로서 하나의 회춘이 될 것이라고 했다. 그는 프리다가 미모의 귀족 계급에 속한 인물이며, 그녀의 미모는 견줄 데 없이 값진 선물이라고 말했다.

우리의 훌륭한 위클리 교수는 난해한 연구에 파묻혀 지내며 식구들을 부양하느라 아마도 부인의 이런 타고난 자질을 그로스만큼 감지하지 못했는지 모른다. 게다가 위클리는 부인을 통해 세 아이를 낳긴 했어도 별로 뜨거운 남자가 아니었고, 여자로서 프리다를 두려워했으며 성에 대해 대체로 불신하면서 성적으로 여성을 즐겁게 해 주는 기술에 대해서는 거의 아는 게 없었다는 증표들이 있다.

프리다는 그로스의 연인이 된 몸으로 영국에 돌아왔다. 그는 연애편지를 통해 계속 그녀를 쫓아다녔다. 그는 프리다를 자신의 힘의 원천이며 근본적 온기의 샘이며, "육감의 축복받은 해방의 물결"에 비유했다. 그로스는 그녀가 아이들을 데리고 뮌헨으로 와서 자기와 함께 살면 다시는 위클리에게 돌아가지 않아도 될 것이라며 설득했다. 프리다는 1907년 9월에 신경정신의학 학회에 가서 그로스를 만났는데, 마침 언니도 거기에 참석했으므로 편리한 핑계가 있었던 것이다. 또한 프리다는 영국으로 돌아오는 페리 선상에서 그로스와 기억에 남는 밤을 함께 보냈고, 이 사건을 계기로 그로스는 열렬한 편지를 계속 더 보냈고, 위클리를 버리고 "영국의 파괴적이며 숨 막히고 비좁은 삶"을 떠나라는 주장을 이어 갔다. 프리다는 그로스의 아이를 배었다고 잘못 생각하고 거의 남편을 버리고 떠나기 직전까지 갔으나, 동생과 이 남자의 관계가 자기처럼 처참한 파국으로 끝날 것임을 감지한 언니가 만류했다. 사실 그로스의 미래는 전혀 수그러들 줄 모르는 재난의 연속이었다. 그는 베를린의 한 창고에서 1차 대전 후에 발견되었는데, 중증 마약 중독으로 인한 극도의 환각에 시달리며 영양 부족으로 죽어 가고 있었다. 프리다는 여전히 그로스에 대해서 감정이 이중적인 상태였고, 또한 1907년에는 결혼 서약에 담긴 도덕적 책임에 대한 지배적 통념을 근본적으로 깨는 데서 오는 온갖 벌칙을 감수하는 위험은 싫어했기에, 그로스에게 자신의 멀쩡한 남편을 파괴할 권리는 없다고 답장은 했지만, 그로스는 그녀에게 자유연애의 관념을 심어 주었고 그 덕에 이것을 프리다는 자신이 예상한 것보다 더 황급하게 로렌스와 즉각 실현했다.

연인들이 대개 무시하고자 하는 매정한 아이러니의 하나는 열정적 로맨스가 악명 높게도 짧다는 것이다. 처음에 프리다는 로렌스를 그냥 일순간 기분 전환 대상 정도로만 보았고, 훌륭한 위클리 부인 노릇 하는 일의 권태를 덜어 내는 방편으로, 흥미로운 생각이 넘치는 남자와의 일시적인 쾌락으로 도피할 요량이었다. 프리다로는 잠시 바람 피우는 게 사모님이자 어머니로서 자신의 역할을 심각하게 배반하거나 더럽히는 셈은 아니라고 생각했다.

그러나 그로스가 프리다의 가슴 속에서 끓게 만들어 놓은 해방에 대한 염원은 그녀가 지난 5년간 누적된 욕구 불만의 한 부분으로 자리 잡았다. 그녀는 본인이 결정적인 행동을 취하기 전에 그로스가 그랬듯이 자신을 부추길 남자를 기다리고 있는 듯 보였다. 로렌스를 만나자마자 그녀는 그의 언어에 휩쓸렸다. 외모가 호감을 주지 않고, 심지어 추하기까지 한 그로스에게 끌렸던 그녀였으니, 로렌스도 어깨는 처지고 가슴은 좁아 외모는 별로 내세울 게 없다는 점에서는 마찬가지였으나, 로렌스도 그로스처럼 강렬하고 유연한 정신의 소유자였고, 이 점은 지성을 갖춘 여성에게는 압도적으로 사랑을 주고 싶은 유인으로 작용할 수 있는 법이다.

그러나 실제로 둘이 도주하자는 제안은 로렌스가 했다. 처음에 프리다는 보다 통념에 맞는 관계, 즉 자신의 가정은 무사히 지키며 남편을 안전하게 속일 수 있는 그런 관계를 가정했었다. 그로스를 만나기 전에도 이미 그런 관계를 유지해 본 전력이 있었다. 노팅엄의 사업가 윌 도우슨^{Will Dowson}이란 사람으로, 자동차를 소유하고 있었고, 당시로서는 이것이 연인들이 사용하기엔 매우 요긴하고 진기한 물건이었다. 그녀는 로렌스를 노팅엄과 이스트우드 중간쯤에 있는 더비셔^{Derbyshire} 기차역에서 만났는데, 남의 의심을 피하려 두 딸도 데리고 갔다. 로렌스가 딸아이들에게 관심을 보이고, 초봄의 들판과 숲에서 마치 자기도 어린아이가 된 것처럼 함께 아이들과 놀아 줄 수 있다는 것이 못내 매력적이었다. 프리다는 일요일 오후에 남편이 런던으로 또 여행할 일이 있음을 알고 나서, 로렌스가 그날 오는 게 어떠냐고 제안했다. 로렌스는 그 집으로 왔고 프리다는 손길의 접촉과 몰래 나눈 키스가 좀 더 열정적인 만남으로 발전하기를 바라며 로렌스에게 자고 가라고 권했다.

그녀로서는 놀랍게도 로렌스는 이것을 거절했다. 자신은 좀 더 책임 있는 관계를 원하고 위클리 교수에게도 자신의 사랑을 숨기지 않겠다는 것이었다. 절대적 가치와 극단적 관념에 이끌리는 낭만주의자는 이상적인 요구에 탐닉하기 마련이다. 로렌스는 이런 식의 불륜은 좌절과 허망함으로 점철된 열등한 쾌락밖에는 주지 못한다는 것을 잘 알았다. 그는 프리다의 모든 것을, 게다가 즉시 원했던 것이고, 그것을 요구하는 열정의 강렬함은 어지러울 정도였다. 그는 프리다에게 둘 간의 사랑을 공표하고, 또한 자신이 계획한 대로 독일로 여행하는 길에 자신이 그녀를 공공연하게 동반하게 해 달라고 요구했다. 드라마 같고 연극 같은 사랑은 장애물을 만나면 더 낭만적으로 보이는 법이다. 프리다는 로렌스를 안 지 기껏해야 한 달 남짓 된 정도였지만 그녀는 『회고록』에 썼듯이 "자신보다 더 강한 어떤 힘"에 복종하고 있는 느낌을 받았다. 위클리가 다음 날 런던에서 돌아왔을 때 그녀는 로렌스와 같이 독일에 가겠다는 뜻을 공표했다. 아들은 남편과 함께 놔두고 그녀는 런던 시부모 집에 두 딸을 데려다 놓으면서, 막연하게나마 아이들과의 생활은 다시는 계속할 수 없으리라 생각했다. 그리고는 로렌스를 런던 채링 크로스^{Charing Cross} 역에서 만났고, 로렌스는 그녀의 "몸과 마음을 번쩍 자신의 과거에서부터 들어 올려 냈다."

현대적 로맨스

폰 리히트호펜 남작은 1912년 5월 4일 메츠에서 자신의 50년간의 공직 생활 은퇴를 기념하는 성대한 가족 파티를 열었다. 처신을 어떻게 할지 또 자신의 행동이 과연 옳은지 자신이 없었던 프리다는 로렌스를 호텔방에 숨겨 놓고 쪽지로만 조심스럽게 연락을 취했다. 로렌스는 두 번째 장편『침입자들』의 원고를 읽고 출판사에 추천해 준 친구 에드워드 가넷^{Edward Garnett}에게 쓰기를, 자신과 프리다가 필요한 것은 가식 없는 친밀함, "숨 좀 편히 쉴 수 있는 공간"이었다고 했다. 메츠에서 그런 공간은 허용되지 않았다. 출국 전에 로렌스는 알 수 없는 어떤 힘이 밑에서부터 자신을 칠 것 같은 불안감을 느꼈다. 그가 떠올린 이미지는 진흙에서 장어가 솟아나서 자신을 무는 것이었고, 무의식적으로 남근적인 이 이미지는 아마도 프리다의 남편이나 아버지를 투사시킨 것일 수 있다. 그는 꿈에 위클리와 결투했고, 프리다는 로렌스가 자신의 아버지와 싸워서 꺾는 꿈을 꿨다. 이런 꿈의 내용은 분명히 프로이트적 해석의 여지가 있으나, 갑옷 입은 기사가 자신의 여인을 얻기 위해 사생 결투 한다는 식의 낭만적인 함의도 있다.

　아직은 어색한 두 연인은 메츠에서 1주일을 보내는 동안 둘만의 시간은 거의 갖지 못했다. 가넷에게 보낸 편지에서 털어놓았듯이, "역사를 다시 쓴다"는 것은, 비록 그가 이 1주일간의 별거를 불가피한 자숙 기간, 한 평생 프리다와 보내기 위한 예비 과정에 비유했지만, 별로 안락한 작업은 아니었다. 그녀는 로렌스를 두 언니에게 소개했고, 둘 다 그에게 합격점을 줬다. 프리다의 부모는 위클리가 보낸 수없는 전보와 간청하는 편지를 받았으니 딸의 도주 행각을 몰랐을 리 없지만 로렌스가 영국 스파이로 몰려서 체포되는 웃지 못할 해프닝이 벌어진 후에야 그를 만났다. 로렌스와 프리다는 메츠 외곽 성벽을 따라 산책을 하는 중이었는데, 이곳은 군사 시설이었다. 그들은 영어로 대화를 나눴는데 경찰관 한 사람이 이것을 엿들었다. 폰 리히트호펜 남작의 연줄 덕에 로렌스의 석방은 빨라졌지만 로렌스는 메츠를 떠나야 했다. 이 사건에서 로렌스는 국가 권력에 적대적인 인물로서 군대의 힘이 그를 제어했으니, 그는 낭만주의에서 말하는 이방인이 된 셈이었다. 이것은 19세기 낭만주의자들에게는 친숙한 시각이지만 현대의 작가들은 이보다 더 소외되고 사회에 불만이 더 많은 인물들인 경향이 있다. 아마도 그만큼 20세기의 전쟁은 보다 더 엄청났고 끔찍했기 때문일 것이다.

프리다의 언니 엘제는 자신의 친구 알프레드 베버 Alfred Weber 를 설득해서 뮌헨 남쪽 이킹 Icking 마을에 있는 휴가용 아파트를 프리다와 로렌스에게 빌려주도록 했다. 가진 돈도 거의 없는 두 남녀는 공기만 먹고 산다는 전설적인 연인들처럼 달걀, 검은 빵, 산딸기, 맥주 따위로 끼니를 때웠다. 이 아파트에는 발코니가 있었고, 여기에서 로렌스는 『아들과 연인』 원고 수정 작업을 했다. 발코니 아래쪽으로는 밀밭에서 일하는 시골 여인들, 수레를 끄는 소, 연녹색 이자르 Isar 강, 그리고 저 너머 멀리 알프스의 눈 덮인 봉우리들이 보였다. 이제 마침내 둘은 함께 있었고 사랑을 나눴다. "지금까지 나는 사랑이 무엇인지 몰랐다"고 로렌스는 한 편지에서 선언한다. 프리다는 쓰고 있던 시를 보여 주는 광부의 아들하고 연애하는 맛을 즐겼는데, 이런 시에서는 대개 "당신은 나의 명령이오, 나는 그 대답이요" 같은 낭만적인 선서가 담겨 있었다. 로렌스로서는 프리다의 귀족적 집안 배경을 선망했으나, 보다 깊은 곳에서는 그녀가 유부녀이자 애 엄마라는 사실이 그의 반항적 기질과 오이디푸스적 염원을 만족시켰다.

목가적인 사랑도 고통이 없을 수 없다. 연인들은 다른 나라로 도망갔으나, 고국에서 편지는 끝없이 날아왔다. 충동적으로, 아마도 죄의식을 던져 버리고 로렌스에게만 탓을 돌리기 싫었던지, 프리다는 남편에게 5년 전 오토 그로스한테서 받은 연애편지를 보냈다. 그렇게 하면 그를 질리게 만들어 둘 간의 관계가 즉시 끝날 수 있으리라고 상상했던가? 위클리는 자식들을 생각하자고 호소했다. 아이들이 어머니를 잃는 불행을 막기 위해 자신은 그로스와 로렌스를 모두 일시적인 일탈로 양해할 수 있다는 것이었다. 프리다도 자식들과 떨어진 것이 크나큰 아픔이었다. 시간이 지날수록, 아이를 잃은 고통은 로렌스와의 감정 충돌의 원인이 되었다. 흥미롭게도 마치 프리다의 자녀 문제는 참을 수 없이 신경질 나는 부분을 건드리는 듯, 로렌스가 이 점에 있어서는 전혀 그녀를 동정하지 않았다. 자기 어머니와 자신의 밀접한 관계, 또한 자기 자식을 버린 어머니로 프리다를 만들어서 최후의 금기까지 위반하도록 했다는 사실을 상기시켰기에 그랬을 것이다. 프리다의 아이들에 대한 로렌스의 태도는 그의 낭만주의적 도피 성향을 예시한다. 아이들에 대한 책임은 그 어떤 자족적 낭만적 환상도 충분히 깨고 남을 현실이기 때문이다.

"나는 사랑을 원했지만 지금의 사랑은 감당할 수 없을 정도이다." 로렌스는 친구 에드워드 가넷에게 프리다에 대해서 이렇게 썼다. 로렌스는 또 다른 친구에게 그는 언제나 사랑의 사제가 되리라고 말했지만, 이 열애 기간 동안 감정의 양면성이 없지 않았다. 프리다는 『안나 카레니나 Anna Karenina』를 읽고 있었는데, 이 작품의 주인공은 가정과 과거의 연줄을 버리고 사랑과 열정을 선택했다는 점에서 자신의 경우와 매우 유사했다. 그녀는 이 책을 자신의 행동에 대한 또 하나의 설명 자료로 남편에게 보냈다. 하지만 『안나 카레니나』 책장 사이에는 자기랑 관계를 맺었던 노팅엄 레이스 업자 월 도우슨이 보낸 편지도 하나 끼워져 있었다. 도우슨이 프리다에게 왜 자기랑 도주하지 않느냐고 묻고 있는 내용인데, 이 편지를 위클리는 명백히 악의를 갖고 다시 로렌스에게 돌려보냈던 것이다.

프리다는 『아들과 연인』의 원고가 진행되는 대로 따라 읽으면서, 특히 로렌스의 모친과 제시 체임버스에 기초한 인물들인 모렐 Morel 부인과 미리엄의 대화나 반응에 대해서, 내키는 대로 논평을 했다. 로렌스는 아직도 제시와 서신 왕래를 하고 있었고 독일로 방문하라고 초대까지 했으나, 제시는 이런 제안을 받아들일 준비는 돼 있지 않았다. 이런 초대가 전형적으로 로렌스답게 공동체를 이루기를 바라는 제스처이긴 했어도, 이것은 셸리가 메리 고드윈과 도주하면서 자기 부인도 같이 가자고 제안하는 것을 연상시키는, 사뭇 유별난 것이기도 했다. 제시는 로렌스에게 다른 여자가 있다는 가능성을 받아들일 수 없었다. 그녀는 로렌스가 루이 버로우즈를 쫓아다닌다고 이미 탓한 바 있고, 프리다는, 자신을 즉시 압도할 인물이었기에, 전혀 참아 줄 수 없었을 것이다.

이킹에서 두 달을 보낸 후, 로렌스와 프리다는 8월 초 무렵에 알프스를 도보로 건너서 이탈리아로 가기로 결정했다. 한때 시인들은 사회학 연구 방법론의 일종으로, 한 지역의 풍습이나 풍경을 직접 익히기 위해 엄청난 거리를 걸어다니곤 했던 적이 있다. 유럽 낭만주의자들은 알프스의 거대한 장엄미에 심오한 황홀경으로 이끌리곤 했다. 산세의 경관은 작가들이 평상시에 볼 수 없는 비전을 보게 하고, 온갖 제약을 극복하여 이전에는 표현할 수 없었던 것으로 여겼던 것들을 분출시켰다. 로렌스와 프리다에게 알프스 트래킹은 자신들의 과거를 씻어내고, 한편으로는 새로운 삶을 함께 시작할 준비를 하는 과정이기도 했다.

배낭과 휴대용 난로만 지닌 채 프리다와 로렌스는 대부분의 짐을 기차로 미리 보내 버렸다. 그야말로 아주 생생한 의미에서 그들은, 멜빌^{Melville}이나 고갱^{Gauguin}이 남태평양으로 도피했듯이, 문명(그리고 위클리의 편지 공세)을 등지고 도피했던 것이다. 그들은 사실상 빈털터리 걸인이나 마찬가지였다. 프리다의 어머니가 이들이 막 떠나기 직전에 나타나서, 남작부인을 술집 여종업원처럼 부려 먹는다고 로렌스를 탓했다. 하지만 대체로 프리다는 가난을 즐기는 듯 보였다. 그들은 걸어가며 노래를 흥얼거렸고, 차가운 샘물에서 목욕하고, 오두막이나 건초 창고, 그리고 한번은 심지어 돼지우리 위에서, 아니면 더러운 여인숙에서 잠자며 한 달 동안 이탈리아 가르다^{Garda} 호수까지 여행했다. 로렌스가 반긴 이런 단순한 삶은 산업화의 해악에 대한 해독제였으니, 이 양자 간의 갈등은 그의 소설에서 거듭해서 극화되었다. 로렌스는 이 도보 여행 과정을 통해 둘은 끊을 수 없는 관계를 맺었다고 믿었다. 프리다에게 로렌스는 첫 번째는 어머니를 통하고 그다음에는 자신이 사랑하는 여인을 통해 두 번 태어나야 하는 그런 남자의 전형이었던 바, 로렌스의 재탄생은 알프스를 넘는 이 여행 도중에 이루어진 것이다.

두 남녀는, 로렌스가 『아들과 연인』 선인세로 50파운드를 현명하게 챙겨두었기에, 뱃길로만 갈 수 있는 마을인 가르가노^{Gargano}에 정착했다. 프리다는 해가 중천에 뜰 때까지도 자리에서 일어나지 않았다. 프리다는 깔끔함과는 거리가 멀었고(혹자는 심지어 너저분하다고까지 할 정도였다) 전 애인 오토 그로스가 그랬듯이 자기 주변 집안 꼴이 엉망인 것을 전혀 개의치 않았는데, 늘 하인들이 알아서 치우고 챙겨 주는 데 익숙해져 있었다. 로렌스는 바닥 청소며 장보기며 요리 등 모든 집안일을 흔쾌히 떠맡았다. 그는 『아들과 연인』의 최종 수정을 하는 중이었고 나중에 『무지개』로 변할 원고인 『자매들^{The Sisters}』 집필에 착수했다. 그의 집중력은 예사롭지 않았으니, 그는 글을 쓰다가 멈추고 잡담을 하다가도 곧장 아무 방해도 없었던 듯 집필을 계속했다. 유일한 문제는 프리다가 아이들을 보러 돌아가고 싶어 하는 마음이었다.

프리다가 위클리와의 이혼 및 자녀 양육권 문제에 대한 협상을 개시할 수 있도록, 1913년 초여름에 연인들은 영국으로 돌아갔다. 『아들과 연인』이 출판되었고 대체로 호의적인 서평들이 나왔기에, 로렌스는 정식 소설가로서 인정되기 시작했다. 이탈리아에서 프리다가 자녀들과 떨어져 있는 아픔을 겪는 문제로 둘 사이에 금이 가게 됐고, 이것은 사랑하는 사이이긴 했어도 둘을 연결하는 공감대의 자원을 축내는 일이었다. 프리다의 고통은 거의 한 세기 전 마리 다구^{Marie d'Agoult}가 겪은 고통과 비견할 만하다. 그녀는 자녀를 버리고 연인인 피아니스트이자 작곡가 프란츠 리스트^{Franz Liszt}를 따라나섰지만, "자기 주변의 모든 것을 부숴 버린 사람은 자기 자신 또한 부숴 버렸음"을 깨닫는다.

프리다의 희생에 대한 동정심이 없었던 로렌스의 태도는 그가 소설가로서 보여 준 동정심의 수준을 감안하면 놀랄 만하다. 정서적으로 그는 자신의 버팀목으로서 프리다가 필요했다. 그러니 그는 프리다가 자식을 잃어 마음 아파하고 불평하고 자기 연민을 늘어놓고 우울증에 빠지는 게 영 맘에 안 들었다. 그들이 막 도주한 직후에 쓴 시 「그녀는 뒤를 돌아본다 ^{She Looks Back}」를 보면 그가 구상한 관계에서 아이들이 차지하는 위협적인 위치를 어느 정도 엿볼 수 있다. 이 시에서 그는 프리다의 모성을 저주하면서, 모성의 파괴적인 잠재성과 심지어 살인적인 능력까지도 회상하고 있다. 바로 이런 모성을 그는 자신의 어머니를 통해 체험했고, 프리다의 논평에 힘입어 『아들과 연인』에서 그렇게도 강렬하게 그려 놓은 것이다. 프리다의 자녀들로 인한 갈등은 자기 자식을 잃은 공허함을 로렌스의 아이를 갖는 것으로 메우려는 그녀의 욕망을 더 심화시켰으나, 로렌스는 전혀 그럴 마음이 없었다. 위클리가 프리다의 자녀 접견권을 완전히 금지하는, 도리를 저버린 어머니에게는 당연한 벌로 생각되던 조치를 취한 점을 감안하면, 그녀의 상실감은 다시 원래의 보금자리로 돌아가게 할 만큼은 아니라고 해도 그녀의 행복에 참을 수 없는 장벽이었다. 그것은 지속적으로 프리다와 로렌스 사이의 불화의 원인으로 남아 있었다. 로렌스는 자신을 전적으로 사로잡은 세계관에 너무나 눈이 멀었던 터라, 한때는 프리다에게 자기가 프리다의 자녀들을 위해서 이 세상을 보다 좋은 곳으로 바꿔 놓을 테니 상실감을 그만 버리라고 한 적도 있을 정도로, 개혁에 대한 비전이 그녀를 위로할 수 있다는 자신의 믿음에 안주했던 것이다.

그들의 불화는 더 심해만 갔다. 프리다는 자신감 넘치고 외향적인 여자로서 회의의 감정을 속에 품고만 있는 성격은 아니었다. 그녀는 불만을 대놓고 쏟아 냈고 화가 나면 고함을 치고 비명을 지르고 한순간 싸웠다가 놀라운 속도로 즉시 다시 화해하는 성격이었다. 반면에 로렌스는 심사숙고하고 분노를 억누르고 자제하는 성격으로, 프리다가 자신의 감정에 상처를 준 것을 두고두고 탓했다.

동거 생활의 스트레스에서 관심을 돌릴 일이 있는 게 그나마 다행이었다. 로렌스는 다른 작가, 예술가, 지식인들을 만나기 시작했고 런던에서 이들과의 친분이 생겼고, 1차 대전 때문에 영국에 발이 묶여 있는 동안 이들과 교류할 수밖에 없었다. 무엇보다도 프리다와 로렌스의 삶에 대한 세세한 사항을 우리에게 전해 준 캐서린 맨스필드Katherine Mansfield와 존 미들튼 머리John Middleton Murry 커플을 만났다. 이 두 쌍의 남녀는 둘 다 정식 결혼을 하지 않고 동거하는 사이이기에 자주 회동했다. 회사원의 아들로 태어나 왜소하고 신경질적이고 수줍음을 타며, 미남이긴 하나 머리가 대머리로 벗겨지고 있는 중이고 서로 연결이 되지 않는 듯한 갈색 눈으로 멍하니 앞을 쳐다보곤 하는 미들튼 머리는 옥스퍼드 대학을 생활 곤란 장학금을 받고 다녔다. 대학을 막 졸업하자마자 당시 24세이던 맨스필드를 만났다. 섬세하고 창백한 여자로, 대개 검은 색조의 옷을 입고 검은 머리를 이마 위로 바짝 빗어서 첨단 유행을 따라 단발머리를 하고 다니던 이 여류 작가는 취급주의 경고를 하는 양 마치 자기 몸이 부서지기라도 할 듯 신중하게 자신을 제어하는 몸짓이 특징이었다. 프리다는 이 여자에 흥미를 느꼈다. 뉴질랜드 중앙은행장의 딸인 맨스필드는 한 남자와 결혼을 했으나 다음 날 신랑을 버리고 영국으로 도망 왔다. 아직 정식으로 이혼한 상태도 아니면서도 그녀는 아버지가 제공한 약간의 연금으로 먹고살고 있었다. 한편으론 자신의 폐에 달고 다니던 결핵 때문에, 다른 한편으론 임신 중절을 잘못해서 더 이상 아이를 갖지 못하게 된 처지 때문에 그녀는 사랑에 대해서, 또한 아마 삶에 대해서도 냉소적이었다.

자신감이 없는 듯 보이고 자조적 성격의 머리는 한 여자에게 완전히 의존하는 데 능숙했는데, 그는 『정물화Still Life』라는 매우 볼품없는, 로렌스 말로는 "우물쭈물거리는 자위행위" 같은 소설을 쓰는 중이었다. 맨스필드는 『독일의 한 하숙집에서 In a German Pension』라는 제목으로 자신의 신랄한 단편들을 모아놓은 훌륭한 책을 이미 출판한 터였다.

맨스필드, 머리, 로렌스는 작품 집필이 업이란 점 외에도 어딘가 깊은 심리적 차원에서 자신들의 생각에 영향을 주기 마련인 육체적 결함을 공통적으로 갖고 있었으니, 셋 다 결핵 초기였다. 19세기 내내 결핵은 낭만적인 병으로 인식되었다. 환자들은 내부에서 자신을 소진시켜 버릴 가능성을 인식한 채 수년씩 보냈고, 기관지염으로 고생하고 기침을 하다 각혈을 하며 궁극적으로 재난이 다가오리라는 것을 두 눈으로 확인해야 했던 것이다.

이 사인방에서 프리다는 예외였다. 그녀는 생기와 건강미가 넘치고, 가장 게으른 순간에도 힘이 넘치는 금발의 여성이었다. 그녀는 특히 맨스필드와 머리를 편하게 느꼈는데, 그것은 그들의 사랑이 자연스럽고 자발적이었기 때문이었다. 한번은 네 사람이 런던 버스를 타고 가는 중에, 프리다는 맨스필드와 머리가 서로 혀를 날름거리면서 놀리고 있는 것을 보고는 재미있어했다. 그런 행동은 무례함이 뒤섞인 가식 없는 장난기였다. 프리다는 맨스필드와 머리 두 사람이 처한 곤경에서 벗어나는 데 도움을 줘야겠다는 생각을 했고 맨스필드를 여동생처럼 대하려 했다. 또한 맨스필드는 프리다와 프리다의 아이들 간의 연결책 노릇을 해 줬다. 프리다는 어느 날 이른 아침 아이들이 학교에 가는 길에 아이들과 마주칠 수 있었다. 다시 이런 식으로 만나려고 시도했으나, 아이들이 엄마한테 말도 하지 말도록 지시를 받은 것을 깨닫고는 충격을 받았다. 프리다는 로렌스와 독일과 이탈리아에서 여덟 달을 보내면서 아이들의 덤덤하고 수상히 여기며 헷갈리는 듯 보이는 표정을 두고두고 되새길 수밖에 없었다. 프리다와 로렌스가 영국에 돌아온 것은 위클리가 이혼에 동의했기 때문이었고 프리다는 변호사 사무실에서 팽팽한 긴장감 속에 한 30분간 아이들을 볼 수 있었다. 그 후 곧바로 1914년 5월에 프리다는, 맨스필드와 머리가 증인 노릇을 해 줘서, 로렌스와 결혼식을 올렸다. 프리다는 맨스필드에게 자신이 그토록 여러 해 동안 차고 다니던 결혼반지를 줘 버렸는데, 이것은 연하의 친구로 하여금 자신은 버리고 떠나고자 하는 과거를 늘 상기하도록 한 것이니, 적어도 진기하다고는 할 만한 제스처였다.

『무지개』의 약속

부르주아들의 세계에서는 부정한 연인들로 낙인찍힌 일이, 가정의 평화를 희생시킬 만큼 자신들의 쾌락을 만족시키는 데 몰두했던 프리다와 로렌스에게는 자신들의 반항적 기질에 맞는 정체성을 찾은 셈이 되었다. 그들은 가정을 버리고 도주한 결과는 절대로 피할 수 없었으나, 그들이 새로 얻은 합법성은 스스로를 인식하는 방식을 미묘하게 변하게 했을 수도 있다. 그들의 관계가 보다 안정적이 됐으니 로맨스는 그만큼 감소됐다. 그러나 그 외에도 다른 요소들이 이들의 관계에 긴장감을 야기하기 시작했고, 잠재되어 있던 적대감은 서로 대놓고 탓하고 신체적 공격으로까지 이어질 정도로 심각하게 부각되었다. 이런 원인 중 하나가 1차 대전이었는데, 전쟁은 결혼식을 올리기 몇 달 전에 시작되었고, 그로 인해 로렌스가 점차 좌절감을 느꼈고, 미래의 가능성에 대한 믿음을 상실했던 것이다. 이런 좌절감은 엘리엇의 「황무지 The Waste Land」나 파운드의 「모벌리 Mauberley」 같은 작품에 표현된 이 세대의 특징으로 굳어졌다.

　전쟁으로 인한 로렌스의 낙담은 뭔가 바람직하게 세상을 바꿔 놓을 수 있는 세계관을 표현하고픈 욕구와 관련된 것이었다. 이런 교훈적인 의도는 초기 소설들, 디포우^{Defoe}나 스위프트^{Swift}에서 시작되어 필딩^{Fielding}에서 새커리^{Thackeray}에 이르기까지 발견된다. 그러나 로렌스의 경우 개혁을 하고 싶은 바람은 보다 더 절박했고 그래서 더 거칠게 표현됐다. 자신의 능력에 대한 믿음을 유지하는 한, 그의 예언자적 충동은 창조적인 촉매제가 될 수 있었다. 그러나 그렇지 않은 순간에는 착각의 암흑으로 쉽게 변질될 수도 있었다.

로렌스는 전쟁 기간 동안 점점 더 독재주의자가 되어, 민주주의적 선택을 비난하고 엄선한 엘리트에 의한 절대 독재를 지지했다. 로렌스의 메시아적 환상이 근거 없는 환각임이 드러나자, 환상을 깨 준 결과가 시각 자체를 오염시키는 데로 이어질 가능성이 있었다. 이 세상의 비속함과 어리석음과 사악함을 들춰내려는 비전을 제시하여 현실을 압도하고픈 꿈은, 필딩에서 디킨스까지 영국 소설의 지배적인 경향이 보여 주듯, 전형적으로 희극적인 접근을 통해 제시되곤 했으나, 이러한 희극성의 개량적 가능성은 로렌스의 소설에서는 일체 배제되어 있다.

로렌스의 친구 캐서린 맨스필드는 그가 "끔찍하게도 자신이 대단한 사람으로 생각한다"는 지적을 하고 있는데, 로렌스가 유머 감각을 잃고 세상을 향해 패망이 임박했음을 광야에서 외치는 선지자로 자신을 간주한다고 보았다. 이렇게 외쳐 대는 설교투 화법은 그의 소설 속에서 개혁을 지향하는 압력으로 드러나는데, 로렌스는 정치적 변혁에 대한 요구에 의존하다 보니 그의 인물들은 간혹 신경질적이거나 허풍스럽다. 이것은 그의 또 다른 친구인 헨리 새비지^{Henry Savage}가 전해 주는 일화로도 확인되는 양태로, 둘은 켄트^{Kent} 근처 언덕에서 햇볕을 쬐고 있던 중이었는데 로렌스가 갑자기 자신의 가슴을 과격하게 치더니, 그 속에 있는 무언가가 "콘크리트보다도 단단해, 이걸 끄집어내지 않으면 난 죽을 거야"라고 외쳤다는 것이다. 새비지는 로렌스가 앓고 있는 폐결핵에 대해 얘기한 것이 아니라, 그가 전쟁 기간에 쓰고 있던 『무지개』에서 분출구를 마련한 그 "어둡고 생소한 힘"을 지칭한다고 생각했다.

로렌스는 『토머스 하디 연구Study of Thomas Hardy』를 막 쓰기 시작하기 직전에 『무지개』 초고에 착수했으니, 완성된 최종본이 그토록 깊이 하디와의 동질감을 보여 준다는 것은 놀랄 일이 아니다. 두 작가 모두 운명과의 영웅적인 투쟁을 벌이는 평범한 사람들 이야기를 다뤘고, 둘 다 단지 은유나 배경 경관이 아니라 깨끗이 정화해 주는 힘으로서의 적극적인 기능을 자연에 부여했으며, 둘 다 산업화의 파급 효과에 대해 격분했다. 소설가로서 로렌스는 상반된 비평적 반응들을 줄곧 불러일으켜 왔다. 하디의 경우가 그랬듯이 구식 사고방식에 젖은 첫 독자층들은 처음에는 그의 성적인 탐구를 받아들일 준비가 덜 됐었다. 이후 독자들은 서사에 노골적으로 개입하는 서술자의 목소리, 전지적 시점에서 강하게 짓누르는 훈계조를 거북하게 받아들였다, 인물들이 작가의 개혁주의적 신념을 대변할 때는 독선으로 보기도 했다.

『무지개』는 로렌스의 강점과 약점 모두를 전형적으로 보여 준다. 한편으로는 성가신 반복성, 거추장스럽거나 심지어 따분하게 느껴지는 장황한 연설이 있는가 하면, 다른 한편으론 샘솟는 서정성이 넘치는 장면들, 가령 소설 끝에 어슐라 브랭귄Ursula Brangwen이 비 오는 숲으로 달려 들어가는 장면이나 앞부분에서 그녀의 어머니 애나Anna가 아이를 갖고 나체로 춤을 추면서 남편 윌Will이 전혀 감지할 수 없는 일종의 다산 제의를 벌이는 장면이 있다. 로렌스는 인물들을 자연 현상 속이나 농사 활동 속에서 활동하게 할 때 가장 탁월한 모습을 보여 준다. 가령 애나와 윌 브랭귄이 달밤에 추수하는 대목은 광채와 영감이 넘친다. 표면적으로는 삼대에 걸친 브랭귄 가문의 역사로 구성돼 있지만, 『무지개』는 남과 여 사이의 의지의 싸움을 극화하고 있고 점차 심해지는 프리다와의 불화를 반영하고 있다.

로렌스의 작품에서 성적 욕망은, 성인 세계로의 진입, 쾌락, 종족 보전, 가문 유지 등, 그 목적이 무엇이건 간에 작가의 의지를 표현하는 중요한 수단이다. 『무지개』의 앞부분에서는, 브랭귄 집안의 토지를 물려받아 그 땅을 혼자 경작하는 톰 브랭귄을 통해 집중된 성적 욕구가 표현된다. 그는 이미 딸 애나가 있는 폴란드인 과부 리디아 렌스키^{Lydia Lensky}에게 구애를 해서 결혼한다. 프리다 위클리처럼 리디아 렌스키도 신랑보다 연상이고, 돈이 궁해서 영지를 처분한 귀족의 후손으로서 그 돈도 다 써 버리고 남은 게 없는 처지이다. 애나는 프리다의 거친 독립심을 그대로 갖고 있고, 19세기의 마지막 국면에서 여성에게 허락된 가능성들에 대한 불만은 가사를 무시하고 집안을 돌보지 않는 태도로 나타난다. 한 대목에서 애나는 차를 침대 베개에다 쏟자 그냥 대충 손수건으로 닦은 후 베개를 뒤집어 놓는다. 로렌스는 이킹에서 둘이 함께 보낸 지 얼마 안 돼서 프리다가 차를 이런 식으로 쏟은 것을 언짢아했다. 며칠 뒤에 프리다는 걸어가던 중 신발 굽이 부러지자 신발을 그냥 호수에다 던져 버리려고 했다. 로렌스는 이 두 행동에 나타난 귀족적인 오만함을 인정해 줬고 이것을 선망하기도 했으나 마음속 깊은 데서는, 자신의 어린 시절의 곤궁함, 가령 그의 모친이 신발 한 켤레를 마련해 주려고 아끼고 절약했던 기억을 대조적으로 떠올렸기에, 이것이 좋아 보일 리만은 없었다.

애나의 딸 어슐라 브랭귄에게 로렌스는 그가 프리다에게서 좋아하던 가장 중심적인 속성, 즉 사회적 역할을 거부할 수 있도록 힘을 주는 활기찬 고집스러움을 담아 놓았다. 애나와 어슐라는 로렌스가 프리다와 부대끼며 지내는 체험의 산물이지만, 어느 정도는 로렌스 본인의 가치관, 즉 그의 반교회주의, 군대에 대한 거부, 다른 사람의 환상을 들춰내고 파괴하는 재주 등을 대변하는 인물들이기도 하다. 애나가 여자는 현모양처가 돼야 한다는 구식 결혼 개념을 받아들이고 있는 반면 어슐라는 이런 관습과 씨름하고 궁극적으로는 그것들을 거부하므로 부모의 결혼 관계가 대변하는, 여성을 굴종시키는 규범을 부인했다.

그가 어슐라에게 이 작품과 이후 속편 『사랑하는 여인들^{Women in Love}』에서 부여한 속성들은 로렌스가 여성을 단순히 남편에게 종속된 존재로 보는 시각을 거부하며 이들이 저항하고 독립을 추구하기를 촉구하면서도 동시에 양성 관계에 있어서 남성의 "자연법칙에 의한" 지배력을 종교적 열정이라고 할 정도로 고집하는 양면성을 보이는 과도기적 인물임을 선명히 보여 준다. 두 소설 모두에서 그의 주제는 결혼 관계 속에서 사랑의 재출현과 갈등이다. 그것은 자신의 결혼 생활 속에서 매일 겪는 반복적 문제였으니 그것을 자신의 시각으로 작품에서 재구성하였는데, 이는 작가들이 현실에 대한 지배력을 행사하는 보편적인 방식인 것이다.

애나와 윌 브랭귄의 결혼은 『무지개』 전반부의 중심적인 사건이다. 주로 남성적 시각에서 그려졌기에, 결혼은 본원적이고 거의 야수적인 어조로 채색된다. 애나의 의붓아버지인 톰 브랭귄이 애나를 자기 조카 윌에게 건네준 결혼식 피로연에서, 톰과 그의 두 형제 앨프리드^{Alfred}와 프랭크^{Frank}가 분위기를 다음과 같은 식으로 주도한다.

톰 브랭귄은 일장 연설을 하고 싶었다. 난생 처음, 그는 자기 생각을 말로 장황하게 한번 펼쳐 보일 참이었다.

"결혼," 그가 입을 열었다, 눈을 반짝거리며, 그러나 매우 심각하게, 왜냐하면

그는 매우 진지했지만 몹시 흥미롭다는 생각을 동시에 했기에. "결혼," 그는 브랭
귄 집안사람들의 듬직한 말버릇대로 느리게 얘기했다. "바로 결혼을 위해 우리가
만들어진 것……."

"무슨 헛소리." 느리게, 속을 알 수 없는 말투로, 앨프리드 브랭귄이 말했다. "무
슨 헛소리야." 앨프리드의 부인이 남편에게 분노에 찬 시선을 쏘았다.

"사내가 사내인 것을 즐겨야지," 톰 브랭귄이 말을 이었다. "아니면 왜 남자로
태어났겠어, 그걸 즐기지 않는다면?"

"옳은 말일세." 프랭크가 현란한 어조로 거들었다.

"마찬가지로 여자는 여자인 것을 즐기는 거야, 아니면 적어도, 우린 그렇다고
추측을 하는 거지……."

(중략)

"따라서 결혼이란 게 있는 거야," 톰 브랭귄이 계속 말을 이었다.

"이봐, 이봐," 앨프리드가 말했다. "얘기가 삼천포로 빠지지 말라고." 앨프리드
브랭귄이 말했다. 그러자 완전히 죽은 듯 고요한 침묵 속에 술잔만 채웠다. 신부
와 신랑, 두 아이는 주의 깊고 빛나는 얼굴을 하고 식탁 끝에 별 생각 없이 앉아
있었다.

"천국에는 결혼이 없어," 톰 브랭귄이 말을 이었다. "하지만 이 세상에는 결혼
이 있지."

"그래서 천국이 천국인 거 아니야?" 앨프리드 브랭귄이 조롱하듯 말했다.

이 시점에서 톰 브랭귄은 너무 술에 취해서 자신의 느낌을 제대로 표현하
지 못할 상태가 되어서 자기 의붓딸을 소유하고 싶은—아니면 이것은 자신
의 젊음에 대한 막연한 탐욕?—자신의 억눌린 욕망을 인정하거나 표현하지

못하고 있다. 로렌스의 표현대로, "그는 자기가 지금 결혼을 하려는 것인지, 아니면 여기에 왜 왔는지" 확실히 인식하지 못한 상태지만, 자기 의붓딸의 결혼식에 참석하고 있는 것일 뿐이다. 로렌스는 이렇듯 위험한 근친상간의 가능성을 독자들에게 훨씬 앞에서, 애나의 어머니가 톰 브랭귄의 아들을 해산하는 장면에서 암시한 바 있다. 어머니의 산고의 비명 소리에 뿌루퉁해져서 애나는 본인도 울음을 터뜨리며 톰이 가서 자라고 해도 말을 안 듣는다. 참지 못하고 마침내 톰은 의붓딸을 강제로 옷을 벗겨서 재우려 한다.

그녀의 몸은 팽팽하게 긴장한 채 저항했고, 그가 짧은 치마와 속옷을 밀쳐 내자 하얀 두 팔이 드러났다. 그녀는 뻣뻣하게, 압도당한 채, 능멸당한 듯, 버텼다. 그는 계속 옷을 갈아입히는 작업에 몰두했다. 그러는 내내 아이는 훌쩍거리면서 "우리 엄마한테 갈래"를 반복했다.

이 장면은 자의적인 가부장적 권위를 극화하고 동시에 모든 로렌스 소설 중심에 자리 잡은 남성 지배의 전형적인 모습을 보여 준다.

『무지개』는 양성 간의 투쟁을 제시하며 현대 시대로 넘어오는 국면에서 결혼 제도가 여성주의적 비판을 통해 다시 정의되던 시대에 결혼의 의미를 탐구한다. 결혼은 권력과 지배의 전선이 형성, 존중, 파괴되는 현장 내지는 전장으로 변한다. 애나와 윌 브랭귄은 결혼하자마자 거의 즉시 둘 사이에서 긴장이 시작된다. 이런 긴장 관계에 로렌스는 무엇보다도 흥미를 느꼈다. 또한, 바로 그것이 자기와 프리다의 관계에서 늘 문제가 되었던 것이다.

로렌스가 친구 존 미들튼 머리에게 말했듯이 자신의 작업은 프리다의 "적극적인 선의"에 의존해 있었기에, 둘 사이에 갈등이 생기면 심한 경우에는 그의 창조성을 저해할 수도 있었다. 이런 대립 관계는 로렌스가 생각한 대로 생물학적 차원이나 신화적 차원에서의 근본적인 남녀 간의 차이와 유사하게 불가피한 면도 있었을 수 있다. 가령, 『무의식의 판타지』에서 취한 로렌스 자신의 입장을 보면, 남성은 "위쪽으로 치우쳐" 태양을 반기는 전망을 품고 빛 가운데서 일하기를 즐기는 반면 여성은 가정과 부엌에 대한 집착으로 인해 "아래쪽으로 치우쳐" 지구의 중심부를 지향한다고 한다. 이런 시각에 대해 오늘날 여성들은, 이것을 본원적인 속성이 아니라 극복돼야 마땅한 인공 조건들을 반영한 구태의연한 단순화로 볼 것이기에 격분할 것이다.

로렌스는 『무지개』와, 어슐라가 다시 등장하는 『사랑하는 여인들』에서 만들어 내는 거의 모든 남녀 관계를 성적인 양극화로 설정하고 있다. 『무지개』에서는 이 대립이 애나와 윌 브랭귄의 결혼 직후 종교적 가치에 대한 논쟁으로 표면화되기 시작한다. 애나는 명백히 로렌스의 입장을 대변하며 기독교가 대개 허위이고 전혀 만족감을 느낄 수 없는 공허한 의식이라고 주장한다. 그녀는 그냥 사회적 의무로 종교를 기계적으로 받아들이는 것이라고 생각하며 윌을 조롱한다. 애나와 로렌스에게 이러한 순응은 영혼의 죽음으로 이어진다. 로렌스는 공격하는 매의 이미지로 애나를 그리고 있고 윌도 상처를 받은 후 반격할 때 매에 비유된다. 부부 사이의 적대 관계는, 애나의 재봉틀에 윌이 짜증을 내고 애나는 정원을 가꾸는 도구들을 어질러 놨다고 윌에게 짜증을 내는 등, 집안일로 전이되고, 급기야 "모든 게 파괴되고 모든 삶은 붕괴되어 적막하고 황폐해졌다"는 느낌을 주는 날도 있을 정도가 된다. 그 다음 날은 또 모든 게 다 좋아 보인다. 이렇듯 사랑에서 증오로, 고통에서 쾌락으로, 아름다움에서 공포로의 급격한 정서적, 정신적 반전은 대개 낭만주의 정신에 있어서 고딕적 요소로 간주된다. 프리다의 욱하는 성질뿐만 아니라 로렌스의 산문에서도 이런 면이 항존했던 것을 보면 둘이 서로 교류하는 방식에 있어서 이것은 사뭇 중요한 측면이었던 것 같다. 애나가 순응하는 양태는 프리다가 아이를 갖고 싶어 하는 욕구에 대해 로렌스가 저항했다는 점을 감안하면 흥미롭다. 그는 사회 속에서 여성의 위치란 가정의 유대에 의해 형성되고 이러한 유대는 아이 양육을 통해 강화되며 정신적 자유에 제약을 가할 수 있다는 점을 잘 알았다. 그가 프리다의 뜻에 맞서는 것이 단지 그녀의 관심을 독차지하고픈 욕구 때문만은 아니었을 것이다. 아마도 그는 프리다가 관습적인 모성의 역할로 돌아가면 자신에게 매우 절실했던 프리다의 뜨거운 활력이 약화되지 않을까 두려웠을 것이다. 그들의 결혼 생활이 험난하긴 했지만 프리다의 길들여지지 않은 활기는 그를 사로잡았고 그를 충전시키는 동력이었다.

『무지개』에서의 상대방을 제압하려는 의지의 대결은 어슐라가 자신이 사랑하지만 군인이기에 받아들일 수 없는 앤톤 스크레벤스키^{Anton Skrebensky}를 버리는 형태로 반복된다. 어슐라로서는, 아니 여주인공들을 통해 자신의 가장 깊은 사상을 표현하는 로렌스로서는, 스크레벤스키 또한 영혼이 죽은 자인 것이, 그는 군인으로서 자신의 운명에 대한 통제권을 제물로 받쳤기 때문이다.

대신 어슐라는 17세 때 고등학교를 졸업하고 자신을 가르쳤던 선생님 중 하나였던 위니프리드 잉거^{Winifred Inger}에게 매력을 느끼는데, 잉거는 "꺾을 수 없는 자만심을 타고난 성품"에다 "남자처럼 자유롭지만 여자처럼 섬세했다." 성적인 억압으로 점철된 그 전 세기로부터 깨어나는 20세기 초에 글을 쓰고 있는 로렌스에 있어서 목욕 장면은 늘 성적인 연상을 불러일으키곤 하는데, 『무지개』에서 윌이 어슐라에게 수영을 가르치는 장면이 가령 그렇다.

로렌스의 20세기 초 독자들이 필경 충격으로 받아들였을 장면에서 (이 소설의 다른 어떤 장면보다도, 글쎄, 말미에 거의 이르러 어슐라와 스크레벤스키가 링컨셔 해변에서 섹스를 하는 장면을 제외한다면) 위니프리드와 어슐라는 폭풍우가 지나간 밤 전라로 같이 목욕을 한다. 이 장면은 인물들이 자연을 배경으로 자기실현을 체험한다는 점에서 로렌스의 소설가로서의 전형적인 역량을 모두 대변한다. 그러나 동시에 그의 특징적인 한계, 즉 너무 지나친 강조, 너무 노골적으로 상징적이며, 인물들이 자율적 존재가 아니라 작가의 시각대로 움직이는 꼭두각시로 만드는 경향 또한 보여 준다. 가령 어슐라가 어둠 때문에 물가로 가는 길을 못 보겠다고 하자 위니프리드가 그녀를 안아서 데려가겠다고 제안하는 (미국판에서는 삭제된) 이 대목은 로렌스가 어슐라의 성인 세계로의 입문 의식을 자신의 사상에 짜 맞춰 놓은 티가 난다. 어슐라가 위니프리드를 애인으로 받아들이게 하므로, 위니프리드가 어슐라의 삼촌과 결혼하기에 이 관계는 짧은 기간 동안만 지속되지만, 로렌스는 토머스 하디가 감히 시도하지 못했던 방향으로 19세기적 도덕관념에 도전한다. 19세기 영국 소설가들은 여성 동성애를 그리는 것이 검열과 비난의 위험을 감수하는 일임을 잘 알았다. 어슐라가 자신과 결혼해 인도로 데리고 가서 영국 식민지 정부에서 일하고자 하던 앤톤 스크레벤스키를 거절하게 함으로써, 로렌스는 어슐라를 자유롭게 풀어 주고 통념을 벗어나는 삶을 살 수 있는 가능성을 열어 줬는데, 이것을 『사랑하는 여인들』에서 탐구하게 된다.

　어슐라의 인물 설정에 있어서 로렌스는 프리다의 원기와 활기 못지않게 그녀의 오만한 우월감과 대범한 일반화에서 영감을 받았으나 당시의 대중들의 이해 수준을 벗어나는 인물을 창출해 내는 데 성공한 면도 있다. 심지어 로렌스 본인도 소설을 처음 시작할 때 느낌이 자기가 마치 자신이 판독할 수 있기를 바라는 이상한 외국어로 책을 쓰는 것 같았다고 회상하고 있다. 비평가들은 그에게 전혀 동감하지도 그를 이해하지도 않았다. 〈뉴 스테잇스 먼^{New Statesman}〉은 이 작품이 "따분하고 단조롭고 쓸모없다"고 단정했다. 〈데일 리 뉴스^{Daily News}〉는 "거친 남근주의"를 비난했다. 비평가 클레먼트 쇼터^{Clement Shorter}는 이 작품이 "음탕한 혼음"을 간악하게 시사한다고 판정했고, 〈스타^{The Star}〉에서 제임스 더글러스^{James Douglas}는 이런 책은 존재할 권리가 없으며 인물들은 인간이라고 할 수도 없고 동물원에 있는 짐승보다도 저급하다고 주장했다. 이런 서평들은 1890년대부터 하디의 소설이나 와일드^{Wilde}의 연극에 대한 저항으로 시작한 전반적인 문화적 반격의 일환이었다. 풀 먹인 셔츠나 뻣뻣한 밀짚모자를 쓰지 않거나, 코르셋과 허리와 히프에 껴 놓는 솜털을 벗어 버리는 사람들이 점점 많아졌고, 바닥에 끌리던 치마 길이는 올라갔고 용감한 숙녀들은 연미복을 무릎까지 올려 입고 깃털 달린 머리장식과 강렬한 색채의 옷을 입기 시작했던 것이다. 이런 여성들은 비난과 공공연한 모독과 신경질적인 반응에 봉착했다. 제임스 마천트^{James Marchant} 목사는 '사회 정화 구세군'을 조직해 젊은이들이 냉수마찰을 하고 현대 소설을 회피하고 금욕을 실천하도록 충고했다. 해블록 엘리스^{Havelock Ellis}와 프로이트의 글은 강단에서 비난 대상이 되었다. 발자크^{Balzac}와 디킨스의 책들은 런던의 초중등학교에서 가르치기에는 부적합한 것으로 간주되었고 "섹스 소설"과 피임을 폐기하려는 공중도덕 대회가 런던, 더블린, 에딘버러에서 개최되었다. 외설 때문에 종교와 가족의 가치가 협박당하고 있으며 그것이 나라의 사회적 안녕에 불미스런 영향을 미치고 있다는 정서가 존재했다. 그 결과 예술계에서는 예술가들의 창작은 무엇이건 일단 중산층이 의심하는 대상으로 간주되었고 예술가들은 대체로 위험한 불량 세력으로 분류되었다.

1857년에 제정된 음란물 출판 규제법에 기대어, 경찰청은 1915년 11월 4일, 『무지개』 1천 부를 이 책의 출판사 메슈언 Methuen에서 압수했다. 공청회에서 '민족 정화 연맹'을 대변하는 한 변호사는 이 소설이 "생각과 관념과 행동 모두에 있어서 외설로 가득하다"고 선포했다. 출판사 사장 앨저넌 메슈언 Algernon Methuen은 거의 울먹거리면서 이 스캔들이 자신이 작위를 받을 기회를 망쳐 버리지 않기만 바랬다. 그는 이 소설을 출판한 것에 대해서 공식적으로 사과하고, 자신이 그렇게 너저분한 물건을 취급했는지 몰랐다고 털어놓으며, 자기가 제안한 대로 원고를 수정하지 않았다고 로렌스를 탓했다. 이것이 19세기 멜로드라마에서 곧장 퍼 온 장면 같았다면, 이어지는 사건들은 중세의 귀신 쫓는 의식과 더 비슷했다. 제본이 됐건 안 됐건 이 책을 모조리 시내 증권 거래소 앞길에 갖다 쌓아 놓고 공식 교수형 집행인이 화형에 처했던 것이다. 이 분서 사건은, 이를 작가들이 개탄하고 비난하고 시위할 수 있는 완벽한 기회였으나 전혀 그런 반발은, 심지어 문인협회에서도 없었다. 이 책에 대해 유일하게 긍정적인 서평은 〈글래스고 헤럴드 Glasgow Herald〉에 실린 글로, 로렌스의 친구인 캐서린 카즈웰 Catherine Carswell이 이 서평을 썼다가 그 후 기고할 길이 막혀 버렸다. 그리고 이후 5년간 영국에서는 로렌스가 쓴 글은 짧은 단편 한 개를 제외하면 아무것도 출간되지 않았다.

『무지개』에 대한 기소는 독일의 체펠린 비행선이 런던을 처음으로 공습한 시점에 곧이어 개시되었으니, 이 사건은 영국인들의 섬나라 특유의 폐쇄성에 종지부를 찍었고 1차 대전의 야만적인 시발을 선포하였던 것이다. 로렌스는 영국을 떠나 그가 '래너님 Rananim'이라고 명명한 "상실한 영혼들의 공동체"를 건설하기를 원했는데, 그는 신체검사에서 징집 유예를 받아야 여권을 발부 받을 수 있었다. 신체검사를 받느라 줄을 서서 담당 의사한테 고환을 주물리는 수모를 당하며 그는 강제 징집 뒤에 깔린 집단 광기라고 느낀, "협박과 비굴한 굴종, 남자답게 홀로 서는 역량을 상실하는" 과정을 생생하게 체험했다. 로렌스가 보기에 이제 "구시대는 끝났고", "거만한 치욕"의 지배가 시작된 것이다. 이 전쟁은 "전적으로 그릇되고 아둔하고 흉측하고 경멸스럽다"고 그는 한 친구에게 말했는데, 이러한 인식은 전쟁을 열렬히 지지하는 "대부분의 인간들"로부터 그를 말끔히 잘라 내어 단절시켜 버렸다.

해결책도 없이 지연되며 유혈이 낭자한 잔혹함의 대치 상태를 유지하는 1차 대전은 "한마디로 생지옥"으로 로렌스에게 다가왔다. "내가 왜 그래야 하는지는 나도 모르겠으나, 심히 동요되고 있다. 나는 전쟁을 단 1분도 잊어버릴 수가 없다. 마치 가위 눌려서 꼼짝 못하는 것 같은 혼수상태에 빠진 채 지내는 것이다." 아래 인용한 휘트먼^{Whitman} 풍의 시「새 하늘과 새 땅^{New Heaven and New Earth}」을 보면 로렌스가 마치 친구의 잡담을 들을 때 뉘앙스를 쫓아가듯 역사의 변화에 민감했고, 전쟁의 영향을 끔찍하게 받고 있었으며, 그것이 야기한 신경증을 글 쓰는 행위를 통해서 완화시키며, 글을 통해 그 고통을 내면화했다는 것을 명백히 알 수 있다.

내가 전쟁의 대포 소리를 들었을 때, 나는 내 자신의 귀로 내 자신의 파멸을 들은 것이다.

내가 찢겨서 죽은 자들을 보았을 때, 나는 그것이 나의 찢겨 죽은 몸임을 알았다.

온통 나였던 것이다. 온통 다 내가 피와 살로 겪었던 것이다.

결국엔 이 모든 게 다 나였으니 이 광기 어린 공포를 어찌 잊을 수 있으리⋯⋯.

위태로운 우정

편지글 한 대목에서 말장난을 했듯이, 로렌스는 자신이 숨기 좋은 숲으로 삼을 겸 턱수염을 길렀다. 실상은 수염 색이 붉은색이었으니 숲이 아니라 주위 지인들 생각에는 악마적인 분위기를 만들어 냈을 뿐이다. 그의 턱수염은 시각의 전환을 표시했다. 즉, 자기 얼굴에 면도칼을 댄 적이 없음을 자랑스럽게 선언하던 광부 아버지와의 동일시였던 것인데, 아버지의 수염은 분명 윗사람에게 대드는 기질의 표시였고 아버지는 그 덕에 늘 갱내에서 불리한 자리를 떠날 전망이 없었다. 로렌스의 붉은 수염은 전쟁과 그 학살의 어마어마한 어리석음에 대한 타오르는 분노의 표현이었다.

이런 분노의 일각이 프리다가 느끼기에는 자신에게 반사되었다. 어찌 됐건 자신은 독일인이었고 친척들이 전선에 투입되어 있는 게 사실이었으니, "붉은 남작"이란 별명의 만프레드 폰 리히트호펜Manfred von Richthofen이란 사촌은 적기를 75대나 떨어뜨린 격추왕이었다. 영국인들은 매우 당연히 독일에 대해 적대적인 감정을 갖고 있었다. 베토벤과 브람스는 영국의 연주회장에서 금지되었다.

독일식 성을 가진 소설가 포드 매독스 휘퍼나 빅토리아 여왕의 증손녀 사위인 루이스 바텐베르그Louis Battenberg 왕자처럼 독일식 냄새가 나는 성을 갖고 있던 사람들은 휘퍼에서 포드Ford나 바텐베르그에서 마운트배튼Mountbatten으로 바꾸기로 결정했다. 전쟁과 『무지개』가 야기한 말썽 소식을 듣고 있는데다 더욱이 프리다의 단호하고 때로는 공격적인 자기주장이 로렌스의 다른 사람과의 인간관계에 있어서 하나의 쟁점이 되어 간다는 것이 분명해지자, 로렌스는 점점 더 침울해졌고 그러니 프리다와의 관계에 있어서는 더욱더 긴장감이 돌았으며 둘 간의 싸움은 더 잦아졌다.

전쟁 기간 동안 더 예민해진 로렌스의 성격 탓에 교우 관계는 옅어져만 갔다. 로렌스는 자신의 가장 내밀한 감정을 완전히 대놓고 일견 진솔하게 상대방과 공유하고, 이렇게 자기를 드러냄으로써 상대방도 속마음을 열고 본모습을 보여 줄 수 있는 지점까지 신뢰를 얻기를 곧 기대하는 식의 대인 관계 기술을 갖고 있었다. 로렌스로서는 이것이 자신의 삶을 극적인 매체로 전환시킬 뿐 아니라, 그가 집필 중인 소설들이 대개 자신의 교우 관계를 반영하기에 작품의 재료를 수집하는 방법도 될 수 있다는 것을 발견했다. 이렇게 유도해 낸 친분의 대부분은, 가령 버트런드 러셀^{Bertrand Russell}이나 E. M. 포스터^{Forster}나 머리와의 관계처럼 영국인 특유의 속마음 숨기기와 프라이버시를 냉담하게 강조하는 태도라는 암초에 걸려 좌초되었으니, 이들은 로렌스의 사적인 고백을 듣기를 거북해했던 것이다.

대인 관계 면에서 어색함의 문제는 로렌스 탓뿐 아니라, 로렌스를 부추겨서 남들을 가혹하고 부정적으로 바라보도록 고집하는 일이 빈번했던 프리다도 한몫했고, 그런 태도는 무례하고 버릇없는 행동으로 남의 눈에 비칠 법했다. 흔히 급진적인 성향의 소유자들의 특징인 엄격한 도덕적 열성에 사로잡혀, 이들은 남들의 "회피성", 즉 자기들 생각에는 진실에서 환상 속으로 도피하는 경향을 끝없이 질타했다. 둘 다 매우 극단적으로 흠을 찾는 데 명수였고 싫어할 때는 분노와 폄하를 일삼았고, 좋아할 때는 떠받들어 예찬했던 것이다. 로렌스의 친구 리처드 앨딩튼^{Richard Aldington}은 로렌스가, 사람들이 믿는 신념들을 부셔 버린 후 자신의 개인적 성향의 힘 외에는 그 무엇도 믿을 거리를 남겨 두지 않는 사이비 교주의 역을 떠맡았다고 예리하게 지적한 바 있다. 물론, 사망자 1천만과 부상자 2천만을 낳은 1차 대전의 과격한 격변 속에서 종교와 국가관의 낡은 신조들은 의혹의 대상이 되었고, 특히 예술가와 지식인들은 애초에 이런 대재난을 야기한 신념 체계를 더 이상 받아들일 수 없었던 것이다.

앨딩튼은 로렌스가 사라져 버린 수사법의 대가로서, 자신의 작품을 창작하며 큰 소리로 그것에 대해 말하고 있음을 지적한 바 있다. 이 점에서 선배들인 코울리지나 와일드는 각기 19세기 초와 말의 대표적인 달변가들이었으나, 로렌스에 비하면 보다 더 우아했다. 심지어 와일드조차도 자신의 독설을 유머로 감싸서 독기를 조정해 줬다. 로렌스도 매우 설득력 있게 말을 할 줄 알았으나 상대적으로 보다 대항적이었다. 그의 목소리는 자기가 느끼는 격앙된 감정으로 계속 고양되어 있다가 귀에 거슬리는 가늘고 높은 피치로 솟아오르거나, 웃음소리가 신경증적으로 키득키득 거리는 고음으로 순간 뒤틀리곤 했다. 로렌스의 친구인 (시아버지가 영국 수상이었던) 레이디 신시아 애스퀴스^{Lady Cynthia Asquith}는 그의 빛나는 파란 눈과 유연한 발걸음과 "놀라운 말재주의 묘미"가 넘치는 그의 열변의 "번쩍거리는 어구"들을 회상한다. 그의 언변은 사나움에서 부드러움으로 일순간 반전되는 목소리에 실려 나왔다며, "한순간 그는 서정적으로 상대방을 감동시키다가, 다음 순간 귀에 대고 빈정대는 조롱조로 바뀌었다"고 한다.

1915년과 1916년에 로렌스와 프리다는 연이어 각기 약 6개월씩 체셤^{Chesham}, 그레이텀^{Greatham}, 햄스테드^{Hampstead} 등 잉글랜드 시골의 축축하고 소박한 단층집에서 살았다. 그들은 가진 돈이 거의 없었으나, 로렌스의 돈 많은 친구들이 이따금 선물로 보충해 줬다. 가령 부유한 미국인인 에이미 로웰^{Amy Lowell}이 로렌스가 자신의 이미지주의 시 선집에 시를 보내 준 데 대한 감사의 표시로 50파운드를 줬고, 시인 앨리스 메이넬^{Alice Meynell}의 그레이텀 집을 무료로 사용했는데, 이것은 전쟁 기간 동안 로렌스가 지냈던 가장 편한 집이었으니 여기서는 프리다가 언덕 꼭대기 샘물에서 물을 길어 오거나 차디찬 영국 겨울 날씨에 야외 화장실을 사용하는 고역은 피할 수 있었다. 프리다는 로렌스와의 삶이 야기하는 물질적 궁핍과 유목민적 보헤미안 생활을 불평 없이 쾌활한 금욕주의적 태도로 받아들였는데, 『내가 아니라 바람이다^{Not I but the Wind}』라는 로렌스와의 삶에 대한 그녀의 열정적인 책을 읽은 독자들이라면 가난이 부여한 단순함에서 그녀가 즐거움을 느꼈음을 감지할 것이다.

로렌스를 돕고자 했던 또 다른 친구는 레이디 오톨라인 모렐^{Lady Ottoline Morrell}로 그녀의 친정 집안은 로렌스의 부친이 갱에서 일했던 탄광을 소유하고 있었는데, 그녀는 하원의원과 결혼해서 런던의 벳포드 스퀘어^{Bedford Square}의 우아한 저택에 살면서 옥스퍼드 인근에 거창한 500에이커 영지인 가싱튼^{Garsington}을 갖고 있었고, 공작새가 뻐기고 돌아다니는 이 땅을 그녀는 예술가와 반전주의자들의 피난처로 전환시킬 희망을 갖고 있었다. 집안에서는 내놓은 별종이었던 레이디 오톨라인은 예술가와 지식인들과 교류하고 싶어 했으며, 그녀는 철학자 버트런드 러셀의 정부였으니 그녀의 반전주의적 시각은 러셀의 영향이었다. 길쭉하고 비좁은 얼굴에 진한 화장을 하고 기다란 목에 각이 진 몸매 때문에 그녀의 적들에게 '말상'이란 소리를 듣던 그녀는 미녀는 아니었으나, 프리다는 그녀를 질투했다. 씀씀이가 헤프고 유별나고 격한 성격의 빨간 머리로, 시인 시그프리드 서순^{Siegfried Sassoon}에 의하면 현대판 메살리나^{Messalina}였던 그녀는 로렌스의 강렬함에 호응했고 사람들을 상상력으로 간파해 내는 그의 혜안을 인정했다. 로렌스는 『사랑하는 여인들』에서 그녀를 허마인 로디스^{Hermine Roddice}로 출연시키면서, 로렌스답게, 이런 능력을 그녀에게 불리하게 사용함으로써 그녀를 폄하한다.

레이디 오톨라인은 로렌스를 소설가 E. M. 포스터와 버트런드 러셀에게 소개했다. 포스터와 러셀은 둘 다 블룸스베리 Bloomsbury 동인, 즉 버지니아 울프 Virginia Woolf 와 레오나드 울프 Leonard Woolf 부부, 철학자 G. E. 무어 Moore, 경제학자 존 메이너드 케인즈 John Maynard Keynes, 전기 작가 리튼 스트레이치 Lytton Strachey, 미술 평론가 클라이브 벨 Clive Bell 등 모두 어떤 식으로건 케임브리지 대학 학연이 있는 이들과 연결돼 있었다. 블룸스베리의 예술가와 지식인들은 모두 집안이 좋았고 태도가 거만했다. 까다롭고 의식적으로 예술적이고자 하는 이들은 감성보다는 재치를 더 중시하는 듯 보이곤 했다. 이들 대부분은 점잖게 동성애적 기질이 있었으니 이들의 여성성에 로렌스는, 비록 자기 자신도 동성과 보다 가까워지고 싶은 성향을 제어하거나 억누르고 있을 법했음에도, 역겨움을 느꼈던 것이다. 늘 신비주의적 낭만주의자였던 로렌스는 성의 힘은 개인이 그것을 자기 발견의 수단으로 사용하는 역량에서 나오는 것이라고 믿었다. 이것이 역동적으로 작용하지 않는 한 성은 기계적이고 맥 빠지고 무의미해진다는 것이었다. 그는 동성애는 재탄생으로 이어지는 투쟁이 아니라 자기의 모습을 거울에 투사한 셈이기에, 일종의 자위행위에 머문다고 단정했다.

일종의 엘리트 압력 집단으로서 블룸스베리 동인은, 바로 T. S. 엘리엇의 경우가 그랬듯이, 특정 젊은 작가의 작품을 연합해서 밀어 줄 경우, 명성과 성공이 보장되는 데 일조하기 마련이었다. 포스터는 로렌스의 재능을 높이 평가하고 있었고 그는 이 재능의 관건이 설교자와 시인의 능력 사이의 균형을 잡는 것임도 파악했다. 그는 로렌스가 "우리 세대의 가장 상상력이 풍부한 소설가"라고 선언하곤 했다. 그러나 포스터 자신의 신중함, 경계심이 제어당하는 (말하자면 자기 자신의 욕망에 대한 19세기적 죄의식의 발로인) 전형적인 영국인 성격 때문에 로렌스의 격정에 찬 노골적인 주장을 들을 때 거부감을 느낄 수밖에 없었다. 한번은 포스터가 블룸스베리 동인들에게 인기가 있었던 화가 던컨 그란트^{Duncan Grant}를 방문했는데 거기서 로렌스가 그란트의 작품을 비판하고 규탄하는 소리를 듣고 충격을 받았다. 그런 정직함은 점잖은 정황에서는 현명하지 못한 것이었기에 블룸스베리를 대표해서 온 사람들은 로렌스를 배제하느라 안간힘을 썼다. 포스터는 그레이텀으로 로렌스와 프리다를 방문하러 갔으나 로렌스는 (손님을 불편하게 만드는 법을 정확히 본능적으로 파악한 후) 오직 혁명, 계급 없는 사회와 섹스 얘기만 늘어놓을 뿐이었다. 편안하게 먹고살 만큼 수입이 있는 포스터는 그저 눈에 안 띄게 조용히 좋아할 만한 하층 계급 청년을 사귀고 싶었을 뿐이었으니, 로렌스가 자신의 시각을 강변하고 프리다가 그렇게도 전적으로 거기에 동의하는 것을 보고 못내 놀랐다. 그는 "친애하는 로렌스 내외에게"라고 하며, 각자 "별개로 기능할 만한 가치가 있다고 생각할 때까지" 둘을 한 묶음으로 냉랭하게 취급해서 보낸 짧은 편지에서 로렌스에 대해 불평하면서, "남의 말은 듣지 못하는 이 귀머거리 광신도는 자기의 조그마한 섹스주의 세계를 순찰 돌다가 곤두박질치더니 다른 사람들은 달리 갈 수 있는 길이 전혀 없다고 믿는다"고 썼다.

포스터의 편지는 보헤미안들에게 조롱당한 내성적인 귀족의 울화를 표현하고 있으나, 당할 만큼 당한 후에, 두고 보니 너무 공격적인 관계임을 깨닫고 물러서려는 방편으로 보낸 것이다. 버트런드 러셀과의 관계는 이보다 더 험난했다. 둘이 만났을 때 로렌스는 30세였고 러셀은 43세였다. 케임브리지 대학 조교수이자 『수학적 원리^{Principia Mathematica}』라는 영향력이 큰 저술을 앨프리드 노스 화이트헤드^{Alfred North Whitehead}와 공저했던 러셀은 19세기에 두 번씩이나 수상을 지냈던 사람의 손자였고, 러셀 본인도 백작 지위를 물려받은 상속자였다. 그럼에도 이 귀족과 광부의 아들은 서로 어울릴 듯한 이념적 시각을 공유했다. 러셀은 전쟁의 충격 때문에 인간의 가능성에 대한 신뢰를 상실한 터였고, 그는 유부녀였던 레이디 오톨라인과 사랑에 빠져 있었기에 정서적 삶이 급격하게 불안한 형편이었다. 대부분 사람들이 당연시하는 통념들에 도전하는 로렌스의 버릇에 러셀은 처음에는 긍정적으로 호응했고 로렌스를 자기의 조역자가 될 후보로 생각했다.

케임브리지로 로렌스를 러셀이 초대해서 저명인사들인 G. E. 무어와 케인즈를 만나게 한 사건은 결정적이었다. 포스터를 공격하는 데 동원했던 혁명적 개념들을 든든히 갖고 가긴 했지만 로렌스는 케임브리지 지식인들과 그들의 텃밭에서 대결하는 데 대한 공포(그는 그것을 인생의 위기라고 불렀다)를 느꼈다. 근본적인 사회주의와 원소유자들에 대한 자산 가치 보상 없는 토지·산업·철도 국유화의 필요성을 선언해도 무어나 케인즈로부터 별 반응은 없었다. 로렌스로서는, 저녁 식사 후에 케인즈를 설득해 보려 했으나 케인즈는 공허한 헛소리로만 받아들이는 것을 눈치 채고, 마치 죽은 자들처럼 마음을 닫은 채 과묵함과 침묵으로 일관하는 이들 대학교수들을 더 이상 참을 수 없다는 것을 느꼈다. 러셀의 뻣뻣한 격식과 메마른 콧소리가 섞인 음성도 로렌스에게는 거슬렸다. 다음 날 러셀의 아파트에서 아침 식사를 할 때 로렌스는 케인즈가 희죽거리면서 잠옷 바람으로 등장하는 꼴을 보며 역겨움을 느꼈다. 케인즈와 로렌스가 비판한 화가였던 던컨 그란트가 동성애 연인 사이라는 것을 로렌스는 알고 있었다. 로렌스는 벽난로 앞에 짜증나고 뿌루퉁한 모습으로 쭈그리고 앉아 있었다. 케인즈는 그것을 국외자의 적대적 시기심으로 간주했지만, 아마도 케인즈의 동성애적인 분위기에 대한 암묵적인 거부감이었을 공산이 더 크다.

로렌스와 프리다 둘 다 케임브리지로 여행하기 전에 독감을 심하게 앓았었다. 케임브리지 방문 후에 그들은 암울하고 우울한 분위기에 빠졌다. 러셀이 그레이텀으로, 분명히 둘의 합동 강연을 계획하러(로렌스는 불멸성에 대해 얘기할 계획이었다) 이들을 답방했을 때 둘 간의 마찰은 심해졌다. 늘 그렇듯이 프리다는 로렌스의 편을 들었고 러셀이 로렌스를 한 수 아래 두려는 태도를 취한다고 생각했다. 프리다는 자신이 로렌스의 동역자라고 생각했고 이런 시각을 로렌스는 지지했다. 러셀은 로렌스가 프리다의 불같은 성질에 비교하면 허풍일 뿐이라고 믿었다. 러셀은, 아마도 레이디 오톨라인이 프리다를 "저급한 괴물"로 보는 시각 때문에라도 프리다와의 거리를 유지하고 사실상 완전히 배제하려 노력했을 수도 있다.

문제가 더 복잡해진 것은 레이디 오톨라인이 로렌스 내외에게 가싱튼 영지에 있는 집 한 곳에서 살도록 제안한 것 때문이었는데, 프리다는 오톨라인이 로렌스에게 흑심을 품고 있다고 의심했기에 이 방안에 반대했다. 그레이텀에 머무는 동안 러셀은 프리다의 질투심이 얼마나 강렬한지를 확인할 수 있었다. 로렌스는 오톨라인에게 이 제안에 관한 긴 편지를 썼지만, 프리다는 이것을 찢어서 산산조각 내 버렸다. 로렌스가 화단에서 일하고 있을 때 프리다가 접근하던 모습을 러셀은 기억한다. 그녀가 로렌스를 조롱하자, 로렌스는 그만 멈추지 않는다면 "주둥아리를 갈기겠다"고 협박했다고 한다.

러셀과 로렌스는 논박과 비방으로 넘치는 일련의 편지들을 주고받았다. 러셀은 로렌스가 "진실"이란 것이 사실 그 이상이기를 바란다고 주장했다. 그야말로 당대의 가장 대표적인 이성주의자는 가장 대표적인 직관주의자를 만났던 것이다. 러셀은 로렌스가 인간혐오주의자로 변하기 시작했다고 공격했는데, 이런 인식은 당시 로렌스가 쓰고 있던 소설인 『사랑하는 여인들』

에서 버킨^{Birkin}이 쏟아 대는 말들을 감안하면 타당해 보인다. 또한 러셀은 로렌스의 사회주의 개념은 파시즘의 전조라며, 로렌스가 완벽한 지도자로 상상하는 어진 카이저의 모습이란 사실은 로렌스 자신을 투사한 것일 뿐이며, 로렌스는 개혁에 대한 실질적인 욕망은 결핍한 채 오로지 남들이 자기 얘기를 듣고 자기를 선망할 수 있는 무대만을 꿈꿀 뿐이었다고 공격했다. 러셀은 이에 덧붙여 로렌스 사상의 실제 출처는, 아마 인정하지는 않겠지만 프리다였고 그는 프리다의 세련된 대변인이었을 뿐이라고 했다. 러셀은 로렌스와의 서신 교환이 얼마나 답답한 일인지 자살을 기도하게 만들 정도라고 하자 로렌스는, 농담반 진담반으로, 러셀이 죽을 때 유언장에 자기가 먹고살 만큼 돈을 물려주도록 청을 했다. 최후의 반격은 『사랑하는 여인들』에서의 조슈아 맬리슨 경^{Sir Joshua Malleson}으로, 메마르고 경직되고 현학적인 꼭두각시 같은 인물의 모델이 바로 러셀이다.

러셀과 로렌스는 대등한 맞수 간의 열띤 논쟁을 벌인 셈이다. 그들은 로렌스가 자신의 소설에서 즐겨 극화하는 머리와 가슴이라는 두 개의 대립적 극단을 대변했다. 이 갈등에서부터 솟아난 가장 의미 있는 결과물은 로렌스가 "피의식^{blood-consciousness}"이라고 명명한 인간의 속성이다.

우리의 보통 정신 의식과는 별개로 존재하는 또 다른 의식의 자리가 우리 안에 있다. 우리는 뇌나 신경계와는 아무런 연관성 없이 피로 살고, 알고, 존재한다. 이것은 어둠에 해당되는 우리 삶의 또 다른 반쪽이다. 내가 여자를 취할 때 이 피의 인식이 나를 지배한다. 나의 피지식은 압도적인 것이다. 우리는 우리가 정신적, 신경적 의식과 독립해서 그 자체로 완전한 피존재, 피의식, 피영혼이 있다는 것을 깨달아야 한다.

이 인용구는 비이성이 우리의 결정을 지배하고, 우리의 선택은 이성 "너머" 또는 "뒤에서" 샘솟는 것이며, 그가 어디선가 말했듯이, 러셀이 파악하는 이성적인 과정이 아니라 "나를 통해 지나가는 바람"을 통한 것이라고 단언하기에, 원초적인 느낌을 준다. 로렌스의 입장은 무의식 이론에 대한 과학적 믿음보다는 직관과 감정을 신뢰하는 낭만주의적 전통에서 보다 직접적으로 파생된 것이다. 하지만 그가 표현하는 바는 셸리의 "전 존재의 합일을 향한 보편적 갈망"이나 키츠의 "가슴속 감동의 신성함" 등에 함축된 낭만적 사랑의 이상보다는 훨씬 더 현세적이다. 그의 피에 절은 비전의 과감하고 본원적인 열정은 그의 소설 속 인물들의 성적인 만남의 생생한 중심부에 위치해 있고 그를 읽는 독자와 비평가와 추종자들의 의식 속에 자신의 의식을 이식시키는 힘인 것이다.

현대적 결혼 생활

포스터와 러셀의 방문을 통해 우리는 프리다와 로렌스를 연결하는 고리에 금이 가 있었음을 알 수 있다. 포스터는 두 사람이 너무 합치되어서 마치 한 목소리를 내는 것처럼 보인 점에 주목하며 이것의 진정성을 의심했다면, 러셀은 프리다가 로렌스를 통해 말하고 있다는 느낌을 받았다. 러셀은 이들의 부부싸움을 목도했다. 이에 대해, 이후에 로렌스의 전기를 쓴 해리 T. 무어 Harry T. Moore는 "평온함"과 "쾌활함"의 기간이 보다 길었고, 부부싸움은 그 사이 간헐적인 사건 정도였다며 별로 설득력 없이 축소시키려 했지만, 이것은 성인전을 읽는 독자들에게는 친숙한 아놀드 Arnold적 교양미의 목가적 풍경으로 미화한 것일 뿐이다.

점점 더 잦아지고 과격해진 로렌스 부부의 충돌을 가까이서 목격한 증인
으로는 캐서린 맨스필드와 존 미들튼 머리가 있었는데, 이들은 1916년에 다
섯 달 동안 콘월지방 북부 해안의 젠모^{Zenmor}에서 로렌스 부부 근처에 살았었
다. 이 두 쌍이 3년 전 런던에서 만난 이후로 로렌스는 자신의 이상주의적
공동체인 래너님을 출범시킬 수 있도록 소수의 선별된 사람들 가운데 머리
를 포함시키려고 했었다. 1년 전에 체섬에서 그는 머리와 맨스필드가 불과 2
마일밖에 떨어지지 않은 근처 집으로 이사 오도록 설득한 바 있고 이들의 집
을 꾸미는 것을 돕기도 했다. 그래서 두 집 사이에서는 차나 식사를 같이하
느라 왕래가 빈번했고 글에 대해서 얘기할 시간이 많았다.

영국에서 맨스필드는 불행했다. 로렌스처럼 그녀도 길고 축축한 영국 겨
울 때문에 고생했다. 그녀는 머리의 친구 중 한 사람인 카르코^{Carco}라는 이름
의 프랑스 장교와 사랑에 빠져서 머리를 버리고 카르코와 같이 있겠다며 남
부 프랑스로 떠났다. 그러나 환상에서 깨어나 다시 영국으로 돌아와 보니,
맨스필드가 없어진 슬픔에 겨워 병을 앓고 있는 머리를 로렌스가 돌보고 있
었다. 하지만 그녀가 돌아온 후에 상황은 이전 같지는 않았다. 머리에 의하
면 로렌스는 이들의 관계가 "그릇되고 죽어 간다"고 보았고, 자기와 프리다
의 관계가 "진실 되고 살아 있는" 것과는 대조된다고 생각했다고 한다.

머리는 낙담에 빠져 불안해했다. 캐서린은 소설 작가이고 머리는 그저 평
론가이자 저널리스트였기에 그녀는 거만하게 우쭐대곤 했다. 한번은 그가
서평 원고를 쓰느라 조용히 해 달라고 하니까 그녀는 늘 징징거리는 강아지
라고 머리에게 욕을 해 댔다(이런 시각에 로렌스도 나중에 그를 "지렁이"라고 부
르며 동조하긴 했다). 또 한번은 소설가 길버트 캐넌^{Gilbert Cannon}이 개최한 크리
스마스 파티에 로렌스 내외도 참석한 자리에서 캐서린은 피아노 방에서 젊

은 화가와 사랑을 나누다가 들키기도 했다.

맨스필드와 머리가 1916년에 젠모에 왔을 때 캐서린의 하나뿐인 남동생이 훈련 중에 수류탄 사고로 사망하자 그녀는 점점 더 성질이 삐딱해졌다. 그녀는 일기에서 전쟁에 나갔던 자기 주위 사람들은 아무도 살아 돌아오지 않는다고 쓰고 있다.

젠모에서 두 집은 불과 몇 피트밖에 안 떨어진 돌집에서 아주 가까이 살고 있었다. 이 지역은 바람이 세고, 음울하고 여기저기 둥근 바위가 흩어져 있는 풍경이었기에 바다를 바라보는 외딴 곳에 뚝 떨어져 있는 이 두 채의 돌집의 원시적 색채가 더 부각되었다. 로렌스는 자기 집의 벽을 핑크빛으로, 부엌 찬장은 밝은 푸른색으로 칠했다. 벽난로 위에다는 레이디 오톨라인의 자수 작품을 걸어 놓았는데, 큼직하고 환하게 핀 꽃나무와 그 밑에 동물들이 뛰어노는 이 그림은 프리다에게는 둘 사이를 방해하는 경쟁자를 상기시킬 뿐이었다. 이전처럼 로렌스는 머리 내외의 집 장식을 도왔으나, 이 거처도 지난 4년간 16번이나 이사를 다녔던 이 부부에게는 일시적인 안식처 구실밖에는 못하고 말았다.

로렌스는 『사랑하는 여인들』의 원고 수정 작업을 하고 있었고, 이 작품에서 거드런^{Gudrun}과 제럴드 크리치^{Gerald Crich} 쌍에는 맨스필드와 머리 부부가 반영되었다. 캐서린 맨스필드는 그림같이 멋진 옥탑방에서 글을 쓰느라 다른 일은 접어둔 채 칩거했다. 머리는 도스토예프스키에 대한 저술을 쓰고 있었는데, 로렌스가 이 작가를 좋아하지 않았으므로 이 작업은 둘 사이에 상당한 논쟁을 유발했다. 프리다는 여전히 레이디 오톨라인과의 분란에서 헤어나지 못했기에, 자기 남편과 그녀가 "뭔가 바람직하지 않은 관계"를 원하고 있다고 비난하는 편지를 다시 보냈다. 오톨라인은 프리다의 편지를 머리 내외에게 전송시켰으니, 말하자면 프리다의 연애편지를 로렌스에게 보내 버린 위클리의 수법을 아주 고약하게 반복한 셈이고 이런 계략을 통해 두 집 사이의 관계를 망쳐 버렸다.

캐서린 맨스필드는 이제 프리다가 "궁극적으로 저급한" 존재라는 확신을 갖게 되었다. 그녀가 보기에 프리다는 매사를 섹스로만 연결시키는, 모든 제스처, 모든 이야기, 심지어 흐르는 시냇물이나 나무에서도 섹스를 상상하는 편집광이었다. 로렌스는 프리다의 못난 점들, 심지어 그녀의 바람기까지도 눈감아 주고자 한다고 캐서린은 단정했다. 프리다가 나이 먹은 티가 점점 더 나고 몸이 무거워짐에도—맨스필드는 레이디 오톨라인에게 보낸 편지에서, "진짜 한 마리 뚱뚱한 암퇘지" 같다고 썼고, 이어진 편지에서 말하기를 "큼직한 독일식 크리스마스 푸딩" 같다고 썼다—여전히 로렌스는 프리다에 대해서는 "기괴하게 눈에 뭐가 씌운" 모양이었다. 게다가 프리다는 머리에 대해서 지속적으로 은밀하게 관심을 보이고 있었기에, 문제는 더 꼬여만 갔다. 1916년에 이러한 성적인 관심은 단지 하나의 가능성으로만 탐색될 뿐이었다. 로렌스도 둘 사이의 이런 분위기를 알고 있었다는 것은 그가 이런 내용을 묘사하고 있는 「경계선^{The Borderline}」이나 「지미와 절박한 여인^{Jimmy and the Desperate Woman}」 같은 단편을 보면 알 수 있다. 하지만 프리다와 머리는 1930년에 로렌스가 죽은 직후에야 비로소 성적으로 결합했다.

로렌스에 대한 머리의 저서인 『여인의 아들^{Son of Woman}』에서 로렌스가 젠모에 머문 긴 기간 동안 성적으로 불구 상태에 빠져 있었다고 머리는 주장하며 이것이 프리다가 자신에게 관심을 보인 이유라고 한다. 그는 프리다가 자기와 로렌스의 성적 무능력 문제를 상의했는지 여부는 말하고 있지 않지만 머리는 유별나게 신중한 사람이었으니 그런 사실을 들춰내지는 않았을 것이다. 프리다로서는 무슨 명분이 필요했던 것은 아니다. 그녀는 오톨라인을 질투하는 중이었으니 로렌스에게 보복을 하는 셈이었을 수 있다. 프리다는 외도를 하나의 오락 정도로 생각했고 오토 그라스가 이미 일부일처제에 대한 그녀의 믿음에 종지부를 찍어 준 바 있다. 그녀는 로렌스와의 연애 초기에도 일련의 단발성 애인들을 만나고 있었고, 부친의 퇴임식 때 메츠에 가서도 예전의 추종자와 놀아났고, 로렌스와의 알프스 산행 도중에 잠시 같이 동행하던 젊은 미남 청년 해롤드 홉슨^{Harold Hobson}과도 사건이 있었다.

머리는 1916년에는 프리다와 성적으로 관계를 맺을 준비는 되어 있지 않았다. 맨스필드 본인은 대놓고 외도를 했지만 그녀가 자기를 떠나 버릴까 두려웠던 것이다. 그는 로렌스를 가장 친한 친구로 생각했기에 그를 배반하기도 꺼려졌다. 로렌스가 자신을 "온화하고 싫어할 수 없는 친밀함"으로 에워쌌으니, 로렌스는 마치 나무를 심고 자라게 하려는 의지가 굳은 정원사와도 같았다는 것이다. 하지만 그는 로렌스가 "피의 형제애"라고 부르는 바에 대한 욕구를 어떤 신성한 의식으로 확인해 보자는 등, 로렌스의 거북한 제안에 몇 번 당황한 적이 있다. 로렌스가 원하는 바가 적극적인 동성애인지 여부는 머리가 알지 못했거나, 아니면 인정하지 않았는데, 아마 자신이 이해할 수 있는 수준을 넘어섰던 것 같다. 『사랑하는 여인들』의 초고본을 보면 로렌스는 이러한 가능성을 의식하고 있었음이 분명한데, 특히 알프스에서 벌어지는 사업가 제럴드 크리치와 장학사 루퍼트 버킨 간의 「절대적 깨달음」 장에서 그러하다.

나중에는 삭제된 이 첫 장에서 로렌스는 버킨이 늘 여성들을 가깝게 느끼긴 했으나 그들을 누이처럼 생각했고, "남자들에게서 남자가 이성에게서 느끼는 뜨겁고 화끈거리고 흥분시키는 매력을 느꼈다"는 이야기를 하고 있다.

『사랑하는 여인들』에서 버킨이 어슐라 브랭귄과 결혼해서 그녀의 여성주의적 기질을 온순하게 제어하는 과정을 묘사하는 작업을 함에 있어, 로렌스는 어떤 정신적 형제애랄까, 휘트먼이 말한 '유착'(이 말은 원래 골상학에서 성적인 면이 배제된 사랑을 지칭하는 개념이었다)의 일종을 모색하고 있었던 것 같다. 로렌스는 블룸스베리 동인의 노골적인 동성애에 혐오감을 느꼈지만, 자기 자신을 글로 표현하고자 하는 필요 때문에, 또한 프리다와의 관계에서 겪는 어려움 때문에, 불안정하고 뭔가 더듬거리는 상태여서 머리와 어떤 형태의 정서적 충족을 탐색했던 것으로 보인다. 그는 프리다와의 숱한 부부싸움 끝에 한번은, 레이디 오톨라인 말이 맞다면, "사람은 자신의 각기 다른 속성들을 만족시키려면 각기 다른 짝이 필요하다"고 했다고 한다.

로렌스는 자신의 삶에서 실행할 수 없었던 것을 빈번하게 자신의 소설에 투영할 수 있었다. 그는 머리와의 갈등이 갖는 "미완의 의미"를 제럴드와 버킨이 나체로 레슬링 하는 그 유명한 장면에서 규명할 수 있었다. 소설가로서 로렌스의 탁월한 능력, 즉 자연 풍경을 배경으로 인간의 신체적 운동과 정서적 변화를 멋지게 재구성해 내는 능력이 잘 드러나는 장면에서, 두 남자가 진흙탕에 녹초가 되어 누워 있을 때 제럴드가 버킨의 손을 꽉 붙잡자, 버킨은 둘 간의 육체적 친밀감이 자신이 정신건강을 유지하는 데 도움이 된다고 털어놓는다. 이 장면은 로렌스가 그냥 친구 관계 이상을 초월해 사랑으로 완결되는 식의 모종의 남성끼리의 유대를 얼마나 갈망했는지 예시한다.

『사랑하는 여인들』에서 작가는 루퍼트 버킨으로 하여금, "각 부부가 조그마한 집에 들어앉아서 자질구레한 이해를 따지고 구차한 사생활을 하며 지지고 볶는" 결혼 제도의 속박적인 측면을 개탄하도록 한다. 두 남자는 로렌스 소설의 훈계조 경향으로 흘러가는 토론 장면에서 현대적 결혼의 속성과 그것이 어떻게 진화할 수 있는지에 대해 논쟁을 벌인다. 이 대목은 앞서 인용한 『무지개』의 결혼식 장면에서 톰 브랑귄이 종족을 영속화하는 사회적 수단으로서 결혼의 원초적 가치를 촌스럽게 단언하는 것과는 사뭇 선명하게 다른 방향을 지향한다. 버킨은 단지 일부일처제의 폐지와는 다른, 뭔가 보다 더 급진적인 것을 원한다.

"사랑과 결혼이란 이상을 단상에서 끌어내려야 해. 뭔가 더 넓은 게 필요하거든. 나는 결혼에 덧붙여 추가적으로 남자와 남자 사이의 관계를 믿어."

"그게 어떻게 똑같은지 난 모르겠는데." 제럴드가 말했다.

"똑같지는 않지만, 말하자면 그만큼 중요하다는 거야, 그만큼 창조적이고, 그만큼 신성한 거지."

제럴드는 어색해하는 몸짓이었다. "이봐, 난 그런 걸 못 느끼는데." 그가 말했다. "남자랑 남자 사이에서 남자와 여자 사이의 섹스만큼 강한 건 있을 수 없어. 자연이 그런 토대를 제공하질 않잖아."

"나는 물론 제공한다고 생각해. 또한 우리가 그런 토대 위에 서 있지 않는 한 절대로 행복할 수 없다고 봐. 결혼을 통한 사랑의 배타성을 제거할 필요가 있어. 그래서 남자의 남자에 대한, 인정하지 않으려는 사랑을 인정해야 하는 거야. 그것이 모든 사람에게 보다 많은 자유를 주는 쪽으로 가는 것이고, 남자 여자 모두 보다 강한 개별성의 힘을 주는 것이야." "자네가 뭐 그런 생각을 한다는 것은 알아," 제럴드가 말했다. "단지, 나는 그걸 느끼지 못한다는 거야, 알았지?" 그는 다정하게 얕잡아 보는 투로 버킨의 팔에 손을 얹었다. 그리고 마치 승승장구하는 듯 미소를 지었다.

우리 시대 여성주의자들에게는 이런 만남이 케이트 밀렛^{Kate Millet}의 표현대로 "신처럼 무관심한 로렌스적 남성"을 예시하는 것으로 보일 법하다. 『성정치^{Sexual Politics}』에서 밀렛은 로렌스의 머릿속에서 "사랑"은 "다른 사람을 지배하는 요령"이 되어 버린다고, 즉 한마디로 권력과 동의어가 된다고 한다. 밀렛은 로렌스의 "남근적 의식"과 『날개 돋친 뱀^{The Plumed Serpent}』 같은 후기 소설에서 여성을 주술적으로 희생시키는 경향으로 파악한 측면을 강조하는데, 그녀는 적어도 로렌스는 자신의 소설을 통해 그가 1920년대 초에 이탈리아에서 살면서 목도한 새로운 파시즘적 질서의 부상에 대응하고 있었다는 점을 간과한다.

『사랑하는 여인들』은 그가 이해한 바 사랑의 치유적 힘에 대한 로렌스의 신념을 역설하는 작품이다. 사랑의 총체적 속성을 거부한 제럴드는 결혼 생활에서 오로지 파괴성만을 발견한 후 마침내 집을 떠나서 자살한다. 버킨은 "성적인 사랑"으로 개종한 후 어슐라와의 결혼으로 전진하여 각별한 다정함과 만족감을 얻는다. 로렌스는 부부애의 이상을 투사한 것으로, 현실을 자신의 상상력의 힘으로 제어하고 굴절시키는 예술가적 역량을 다시금 보여 주었다. 그의 작품 속의 무척 많은 부분에서 남자와 여자의 완전한 결합에 대한 신념을 펼쳐 놓다 보니, 일상성의 방해, 자질구레한 가사 노동, 서로 간의 오해, 이기심과 짜증, 기질과 입장 차이로 충돌하는 마찰의 상처 따위가 낄여지는 남겨 두지 않았다.

신체적 힘

젠모에서 『사랑하는 여인들』 작업 외에도 로렌스는, 이제 프리다도 같이 동참하긴 했지만, 정원 가꾸기, 수선, 자수, 땔감 수집, 가사, 요리 등으로 분주했다. 저녁에는 시를 낭독하거나 구둣가게 점원, 부흥사, 새침 떠는 교사, 광부의 부인 등의 제스처를 흉내 내는 놀이를 했다. 1916년 1월에 머리 부부가 젠모에 정착한 지 한 달 후에 로렌스는 폐렴을 얼마나 심하게 앓았던지 왼쪽 가슴이 마비될 정도였다. 그는 어릴 적부터 기관지염으로 고생했고, 평생 늘 병을 달고 살았으나, 이번 병은 그를 정신적으로 굴복시켰다. 늘 그렇듯 프리다는 기꺼이 그를 돌봤다.

로렌스는 불과 30세였으나 그의 생동감에 미묘한 변화가 있었다. 전쟁 소식은 점점 더 그를 괴롭혔으니, 그것은, 레이디 애스퀴스에게 말했듯이, "모든 슬픔과 희망의 옆구리를 창으로 찌르는" 것 같은 "거대한 계획적 공포"의 원천이었던 것이다. 그는 "절벽 끝에서" 살고 있었고 몇 시간씩 이어지는 흉측한 격분으로 난리를 치다가 침대에 녹초가 되어 쓰러지곤 했는데, 특히 다른 사람이 그의 말에 반박하거나 프리다가 그에게 맞서거나 성질을 건드릴 때 더 심했다. 누가 자기 말에 동의하지 않으면 로렌스는 상대방이 성적인 기능에 문제가 있어서 못 알아듣는 것이라고 단정했다고 머리는 지적한다. 그의 분노는, 머리의 회상에 따르면, 비명을 질러 대는 큼직하고 시꺼먼 기관차 같았다. 또 다른 손님인 엘리노어 앤드류스^{Eleanor Andrews}는 로렌스가 조금이라도 자신의 말에 반대하는 비판의 기미를 보이면 욕설을 퍼붓기 시작했다고 회고한다. 이런 모습은 프리다와 이 세상에 대한 명백한 분노의 상당 부분은 로렌스의 지병, 즉 결핵이 시발점이라는 인식과 그것을 부인하고자 하는 욕망, 또한 이런 육체적 결함을 갖고 있는 사람에게 인생이 얼마나 짧은가에 대한 생각과 상관이 깊었을 것이다.

젠모에서 프리다는 유별나게 단절된 삶을 살았고, 지척 거리에 있는 머리 내외와도 종국에는 대화조차 끊겨 버렸다. 그녀는 로렌스 주변의 모든 인간들, 포스터, 러셀, 오톨라인, 머리 부부 등이 한편으로는 자신이 독일인이기에, 다른 한편으론 그녀가 사랑을 위해 자식을 버렸기 때문에, 하지만 무엇보다도 자신은 예술가가 아니기에, 자신에게 등을 돌리고 있다고 느꼈다. 그녀는 로렌스 내외가 런던에서 만났던 S. S. 코텔리안스키Koteliansky라는 우크라이나 유대인에게 남편만큼이나 "나도 내 이상과 내 삶을 중요하게 생각한다"고 말했다. 그녀는 자기가 잘난 체 하는 게 아니라 여성도 인간으로서 대등하게 중요하다는 생각에 기초해 그런 주장을 한다는 것이었다. 그녀는 코텔리안스키가 특히 그녀를 별로 좋아하지 않는다는 것을 알았지만 또 다른 편지에서는(상대방도 마찬가지로 외국인이었기에) 그녀는 자신의 생각을 표현하는 데 어려움을 겪는다고, 또한 자신은 말을 하다 보면 바보가 된 느낌을 받는다고 털어놓고서는, "모두 로렌스의 편만 들고 아무도 나를 좋아하지 않는다"는 말로 마무리한다. 그녀는 포스터에게 다들 자신을 "조역"이나 곁다리 정도로만 간주한다고 말했는데 그녀는 특히 레이디 오톨라인에게 화가 나 있었고, 오톨라인이 "이제는 남편이 나를 떠나야 마땅하고 내가 그에게 좋지 않은 영향을 미치며 남편도 나한테 무관심하다고 생각한다"며 이제는 이 여인을 자신의 적으로 간주했다. 사실 프리다가 과민한 반응을 보이는 것은 아니었다. 오톨라인은 러셀에게 프리다가 "미친 이기주의자이며 이 여자가 죽어 버리거나 이 여자를 두들겨 패 줄 다른 남자랑 눈이 맞아 가 버리면 좋겠다"고 쓰고 있다. 이 말은 그녀가 눈이 맞아 같이 도주한 사내가 바로 로렌스이고 나중에는 그녀를 로렌스가 두들겨 패기도 했기에 음산하게 예언적으로 들린다. 그러나 레이디 오톨라인의 이런 생각은 늘 도발적인 프리다의 태도가 신체적 공격을 자초한다는 뜻을 함축한다.

머리 부부는 부부간의 갈등으로 뒤엉킨 이웃 바로 옆에 살았으나 이들의 부부 관계는 냉소적이고 내성적이고 회피적이고 기만적이었기에 이것을 기질적으로 이해할 수 없었다. 로렌스 부부는 접시와 화분을 던지며 치고받으며 끝없이 싸웠다. 갈등의 최고조에 이른 사건은 1916년 5월 초에 벌어졌는데, 이것을 맨스필드는 레이디 오톨라인에게 보낸 편지에서 묘사하고 있다. 오후에 프리다가 셸리를 폄하하는 발언을 하자 로렌스는 성을 내며, 셸리에 대해서 그녀가 뭘 알기나 하냐며, 겨우 셸리 시 한 편만 읽고서 무슨 소리냐며 반박했다. 로렌스는 프리다는 떼어 놓고 혼자 머리네 집으로 저녁 먹으러 갔고, 프리다는 집 밖에서 계속 왔다갔다 서성거렸다. 이때 갑자기 로렌스는 "극도의 분노에 사로잡혀" 밖으로 뛰어나가서 그녀를 공격했다. 사람 살리라는 비명을 지르며 프리다는 머리네 부엌으로 달려 들어왔고 로렌스도 따라 들어왔는데, 둘 다 훌쩍거리고 있었다.

로렌스 부부는 한 30분 후에 정신을 차렸다고 맨스필드는 회상한다. 다음 날 프리다는 하루 종일 침대에 누워 있었고 로렌스는 음식을 가져다주고 머리맡에 꽃을 갖다 놓으며 노래를 불러 주며 그녀를 돌봤다. 로렌스 부부는 서로 두들겨 패고 싸우다가도(레이디 오톨라인 입맛에 맞춰 맨스필드는 표현하기를 "말로 형언할 수 없게 야만적으로 짓이겼다"고 쓰고 있다) 다음 날은 서로 장난치고 놀아나는 연인 사이로 돌아가는 모습에 대한 혐오감과 놀라움, 선망이 이 사건을 묘사하는 맨스필드의 어조에 담겨 있다. 맨스필드는 프리다를 이제 경멸하게 되었고 그녀가 "이러한 언쟁을 몹시 즐긴다"고 확신했다. 맨스필드에게는 형편없는 신파극처럼 보이고, 텔레비전 드라마가 고전 오페라로 행세하는 것만큼이나 얼토당토 하지 않은 행각이 로렌스 내외에게는 그들의 결혼 관계가 만들어 내는 감내할 수 없는 긴장을 해소하는 유일한 방법이었을 수 있다.

두 부부는 어느 정도까지는 로렌스의 소설을 계획하는 데 협력했다. 로렌스는 프리다의 견해를 값지게 생각했고 프리다의 행동 방식이나 의견을 재료로 사용했다. 프리다가 소설가로서 재주는 없었다고 해도 그녀는 로렌스의 창조성에 자신이 기여한 몫을 능히 과장하는 능력은 있었다. 그녀가 살면서 창조해 낸 것은 세 아이뿐이었으나 그녀는 로렌스를 택하면서 자식들을 빼앗겼다. 이런 상실에 대해 로렌스는 동정을 보내지 않았으니 프리다는 이 사실을 절대로 용서할 수 없었다. 로렌스 쪽을 보면, 뭔가 자기 아버지의 짐승처럼 거칠고 무뚝뚝한 신체적 협박의 그늘이 자신에게도 드리워져 있었다는 점에서, 안쓰러운 면이 있다. 로렌스의 본능적인 울분은 피의식의 표현이지만, 이것이 그를 다소 촌스럽게 보이게 하고 극단적 감정 노출로 체면을 구기게 만들었던 것이다.

캐서린 맨스필드가 묘사한 격투가 물리적 폭력이 동원된 유일한 경우는 아니었다. 나중에 머리 내외가 젠모의 안 좋은 날씨를 핑계로 콘월 남부 해안으로 이사한 후에 프리다가 아이들이 보고 싶다고 불평하는 데서 시작된 싸움 끝에, 프리다는 로렌스의 머리에다 질그릇 접시를 깼다. 접시가 그의 머리에 맞고 바닥에 떨어져 깨졌기에 로렌스는 약간 다친 정도였으나 심각한 부상을 입었을 수도 있었다. 조각난 질그릇은 낭만적 기분이란 것이 얼마나 취약한 것인지, 희열 못지않게 암울한 분노가 열정의 한몫을 차지한다는 것임을 상기시켜 준다.

둘은 상호 비방을 고질적으로 서로 주고받았는데, 이런 면에서 이들의 관계는 현실적 삶의 차원을 벗어나는 신화적 차원에 근접한다고 할 만하다. 로렌스에게 프리다는 여성적 원리의 육화로서, "그가 일부러 자신을 그 속으로 흔적 없이 함몰시키고자 하는 일종의 원초적 모성상"이었다고 머리는 생각했다. 로렌스는 프리다를 하나의 여사제, 피의식의 본능적 예언자로 간주했다. "내가 여인을 취할 때는 피의식의 지배를 받는다"고 그는 러셀에게 말한 바 있다. 이러한 시각은 로렌스와 프리다의 성적 유대와 밀접하게 연관된 것이니, 이 연결고리는 로렌스가 병을 앓고 있고 해소할 수 없는 적개심을 피차 서로에 대해 느끼고 있다는 점으로 인해 느슨해지고 있었다. 러셀은 로렌스가 성관계를 부단한 투쟁으로 생각했다고 비난했지만 그는 이런 갈등에서 자신에게 필요한 원기를 끌어냈던 것이다. 셸리가 단적으로 대변하는 불같은 낭만적 추진력을 로렌스가 이어받았다고 보며, 깨달음과 예술을 위해서는 섬세함, 우정, 심지어 애정마저도 희생시키는 기질에 연결시켜 로렌스를 이해한 점에서, 러셀의 주장은 그 자체로는 예리하다. 로렌스에게 강렬함은 어떤 대가를 치루더라도 추구해야 할 창조적 발견으로 진입하는 열쇠였다.

성적인 관계에 있어서 정서적 변수는 늘 변덕스럽고 신비롭기 마련이다. 로렌스는 이런 변수들이나 성적 결합의 중요성을 절대로 과소평가하지 않았다. 그는 체섬에서 살던 1915년에 이 문제에 대한 신비주의적 신념을 갖고 있었다. 로렌스는 프리다를 마치 수캐가 암캐와 교미하듯 뒤에서 공략했다(이 일화를 그는 『사랑하는 여인들』의 「여담」 장에서 사용하고 있다). 이것이 마지막 열정의 절박한 돌진, 내지는 수컷이 자기 짝을 어떤 식으로건 누르고 모욕할 수 있는 마지막 육체적 노력이었을까? 캐서린 맨스필드에게 보낸 편지에서 로렌스는 그 후로 1년 뒤 이들이 젠모에 정착했을 시점에는 성적인 교류가 끊겼고 프리다는 "잡아먹으려 드는 엄마"로 변했다고 얘기하고 있다. 프리다가(그의 병 아니면 성적 불구를 돌보느라?) 이런 역할을 맡고 나자,

"성관계가 사라져 버렸고, 그러고 나니 진짜 다시 복원시키기가 힘들다"는 것이다. 그는 이 편지에서, 연이어 이 문제를 거칠고 명료하게 풀어내고 있다. "나는 여자가 남자에게 어떤 우선권을 줘야 한다고 생각하고, 남자는 그걸 취해야 한다고 봐. 나는 남자들은 데리고 사는 여자들 앞에서 절대적으로 앞장서야 한다고 생각해, 고개를 돌려서 허락이나 인정을 요청하지 말고. 그래서 여자들은 말하자면 아무 질문 없이 그 뒤를 따라야 하는 거야. 나도 어쩔 수 없어. 난 이걸 믿어. 프리다는 이걸 믿지 않지. 그러니 둘이 싸울 수밖에."

로렌스의 시각은 자유로운 성과 결혼 생활을 추구한 소설을 쓴 작가로서는 진기하게도 구식으로 들린다. 프리다는 이것이 "구석기식"이라고 느꼈다. 머리 부부가 떠난 후 로렌스 내외를 방문한 캐서린 카즈웰은 부서진 그릇 사건을 전해 준 사람이기도 한데, 로렌스는 프리다의 정신을 손상시키려고 의도한 적은 없다며, 그것은 마치 집의 바닥을 무너뜨려 지하실로 꺼지게 하는 것과 마찬가지라고 말했다고 주장한다. 카즈웰은 프리다가 "생각 없는 여성성의 전형으로, 고집 세고, 도전적이고, 무례하고, 논쟁적이고, 직설적이고, 복수심 많고, 간교하고, 불합리하고, 믿을 수 없고, 무모하고, 이기적"이라고 생각했다. 프리다는 혐오와 조롱에 능했다. 그녀는 남성들의 인정을 바라긴 했으나 그런 것 없이도 자기만의 독자 노선을 걸을 만큼 자주적이었다.

우리의 현대적 시각에서 보면 프리다에 대한 카즈웰의 비난도 "구석기 시대적"이다. 비록 프리다가 대지모신, 내지는 남편의 재능을 돌보는 본원적 여성의 역을 맡았다는 것이 사실이라고 해도, 그녀는 무미건조한 온순함을 꾸며 대기 위해 자신의 기를 꺾는 것은 거부했다. 당장 로렌스도 그녀의 그런 측면을 선망했고, 그것을 "해하려" 하지 않았음에도 불구하고 그는 그것을 선망하는 것보다 그것을 매일 감내하는 것이 더 불편하다고 느꼈으니, 이것이 그의 낭만적 투사透射를 방해하는 현실의 힘을 보여 주는 또 다른 예이다.

로렌스가 노트에 자기 어머니에 대해서 쓴 시 바로 옆 여백에다 프리다는 전형적인 과장법을 사용하며, "나는 노력했고, 나는 싸웠어. 나는 당신을 나와 다른 사람들과 연결시키려는 전쟁을 하느라 거의 자신을 죽일 뻔 했어"라고 낙서를 해 놓았다. 이 메시지는 새 어머니의 말씀이 옛 어머니와 겨루는 셈이니, 전략적으로 중요한 장소에 기입해 놓은 것이다. 이어서 "나는 당신의 비밀과 좌절을 알고 있어. 당신이 수모를 당하는 것을 보았어"라고 알쏭달쏭한 고백을 덧붙이고 있다. 이 수모가 로렌스가 자기 어머니가 투영된 모습을 찾아 프리다를 선택했다는 것을 의식하고 있다는 것과 관계 있는 것 아닐까?

『무의식의 판타지』에서 로렌스 본인이 오이디푸스적 논리를 거들고 있으니, 그는 남자가 결혼에서 겪는 중요한 어려움은 자기 어머니에 대한 정서적 관심이 부인에 대한 것보다 더 깊다는 데 있다고 주장하며 이렇게 말한다. "이것이 그를 불행하게 한다. 열정적 합일은 성을 배제하면 완전하지 않다는 것을 알기 때문이다. 그는 부인에게 전달할 수 없는 성적인 열정을 자기 몸속에 갖고 있다. 그는 자기 어머니에 대한 깊은 사랑을 품고 있다. 고통스럽게도 증가하기만 하는 열정의 벽에 갇힌 채, 그는 광기나 죽음의 나락으로 떨어지지 않기 위해 탈출구를 찾아야 한다." 로렌스의 말에서 가장 흥미로운 점은 그가 오이디푸스적 곤경이 보편적이라고 가정하는 태도이다. 하지만 로렌스를 그렇게도 감동시킨 어머니에 대한 집착은 매우 특별한 조건을 나타낸다는 점을 심지어 프로이트주의자들도 시인할 것이다. 로렌스의 강변은 그가 이러한 집착에 종속되어 있는 정도를 드러내 줄 뿐이다.

프리다는 로렌스가 처음부터 자신에게 의존해야만 할 남자로 생각했고 그가 자라난 문화의 족쇄로부터 자신이 그를 해방시킬 수 있다고 봤다. 리처드 앨딩튼이 지적한 바대로, 여성들은 남자를 반박하지 않도록 훈련되어서 "그의 주장을 논리와 사실을 들어 흠 잡는 법"이 없었기에 로렌스는 여성들과 같이 있는 것을 더 편하게 생각했다. 프리다는 아마도 처음에 한 천재가 점심을 같이하러 온다는 위클리의 최초 발언을 들었을 때 로렌스의 재능을 자신이 키우고 발전시킬 수 있으리라고 느꼈던 것 같다. 그녀가 로렌스의 친구 도로시 브렛^{Dorothy Brett}한테 로렌스 사후에 보낸 편지에서, "그를 꽃피우는 것이 나의 사명이었다"라고 쓰고 있다. 나이를 먹을수록, 프리다는 로렌스의 작품 활동에서 자신이 차지한 몫에 대해 다소 거드름을 피우거나 독점하려는 고집을 보이면서, 누구에게건 자신은 단지 그의 뮤즈가 아니라 그의 창조적인 동반자였다고 단언하고 다녔다. 그녀의 신뢰가 매우 핵심적인 역할을 했다는 것과 로렌스가 이런 배필이 필요했다는 것은 의심의 여지가 없다. 처음에 그의 문인 생활을 출범시킨 계기가, 제시 체임버스가 그의 시들을 포드 매독스 포드에게 보내어 〈잉글리시 리뷰〉에 실리게 해 준 일이듯 말이다. 로렌스가 한때 머리에게 말한 바대로, 그는 프리다 빼고는 모든 사람이 자신을 그저 "글은 좀 쓰는 별종"으로 생각한다는 것을 알고 있었고, 그것이 무척 싫었던 것이다.

로렌스가 가장 원했던 것은 자신의 남성성을 확인받는 것이었고, 그것을 성적인 차원에서는 프리다가 해 줄 수 있었다. 그녀 스스로 인정했듯이 로렌스는 성을, 기독교적이기보다는 이교적 함의가 더 많았긴 해도, 종교적으로 다룬 최초의 작가였다. 이런 종교적인 숭배는 소설에서 실제 현실로 전이될 수는 없는 노릇이었기에, 프리다는 로렌스가 편안하게 인정할 수 없는 그런 자의식을 대변했을 법하다. 모든 기록을 보면 그는 성적인 문제에 대해 말하며 시시콜콜 따지는 것을 어딘가 어색하게 여겼다. 머리는 로렌스가 프리다를 택함으로써 어떤 깊이 억눌린 차원에서는 자기 어머니를 부활시키려 시도했다고 말하는데, 모친은 근본주의적 기독교 신앙을 갖고 있었으니 그의 소설을 강하게 비난했을 것이다. 육감적인 어머니인 프리다는 그녀의 『회고록』에서 "그는 가장 깊은 가슴속에서는 언제나 여성을 두려워했고, 여성이 남성보다 궁극적으로는 더 강하다는 것을 느꼈다"고 주장한다.

권력관계를 설정하는 것은 어떤 결혼 관계에서건 눈에 띠는 요소이다. 19세기 여성들은 종속적 위치에 맞춰져 있었으나 『무지개』에서 어슐라 브랭귄은 이러한 구식 관념에 대한 불만을 표출했다. 위클리와의 결혼 생활에서 프리다는 전통적인 어머니의 역할에 묶인 채 자기 발전을 방해받았지만 그녀는 로렌스와 도주하는 과격한 방식을 택해 자신을 해방시켰다. 해방의 이데올로기와 그것이 제시하는 낭만적 가능성이 로렌스 같은 소설가에는 상당한 지적 호소력을 갖기는 했으나 그것은 정서적으로 위협적인 잠재력을 수반했다. 가장 저급한 차원에서 따져 보면, 프리다가 이미 가정을 버린 전력이 있었으니 로렌스를 버리고 다른 남자한테 가지 말라는 법이 있었을까? 비록 프리다가 로렌스보다 더 질투심이 강했던 것으로 보이긴 하지만(질투는 결혼 관계에서 권력의 조정 장치이다), 그는 그녀에게 정서적 지지에 보다 더 많이(심지어 "잡아먹으려 드는 엄마"로서도, 아니, 로렌스가 바로 이런 시각으로 그녀를 봤으니 바로 그 역할에 있어서!) 의존해 있었다. 프리다의 정서적 독립성은 왜 그녀가 로렌스와 같이 살면서도 다른 남자관계를 고려하거나 실행할 수 있었는지에 대한 한 가지 이유가 된다.

로렌스가 그토록 광신적으로 몰두하며 고집한 "권력"도, 프리다와의 수없이 많은 싸움의 원인이었던 그 집착도, 그의 예술적 창작 과정의 일부, 말하자면 그의 예술혼의 원료였다. 앨딩튼은 로렌스가 소설을 말로 전달하는 능력이 있었다고 기억한다. 로렌스가 전쟁 기간 신경증을 앓으며 상상한 것은 소설가가 인물을 창출해 내거나 조정할 때 누리는 것 같은 관념과 표현에 대한 완전한 장악력이다. 하지만 그러한 장악은 자기 거실에 있는 손님들에까지 미치지는 않는 법이다. 프리다는 『회고록』에서 자기가 말주변이 없고 어눌했다고 시인하고 있다. 어쨌건 영어는 그녀에게 외국어였다. 프리다와의 싸움은 머리 내외, 포스터, 러셀, 아니면 그 누구건 로렌스의 "말하는 소설," 즉 자신의 열정 속에서 예술을 삶에 연결시킬 수 있다는 환상에 동의하지 않는 사람과의 소규모 충돌을 예고했었다. 소설은 예술적으로 통제할 수 있을지 몰라도 삶이란 너무 너저분한 법이다. 이 양자가 간극 없이 연결될 수 있다고 믿는 로렌스는 이 점에서 현대 작가 중에서 가장 야심적인 축에 속한다. 바로 불가능한 통제를 과장되게 추구하는 면모가 진정한 낭만주의자의 특징인 것이다.

그의 심리적 및 신체적 허약함을 감안할 때 로렌스는 자신의 고통과 환상의 원인이었기보다는 그 피해자였던 것으로 보인다. 그의 작품은 생명의 중심을 그에게 주고 자신을 이해하고 치유하려 노력할 수 있는 공간을 만들어 줬다는 면에서 하나의 치유적 효과를 발휘했을 법하다. 그가 한 편지에서 주장하듯, "사람은 책에서 자신의 병을 털어내 버린다. 자신의 정서를 거기에 다시 재현하므로 그것을 '극복하는' 위치에 선다." 그러한 '극복'은 그의 소설에서, 루퍼트 버킨이 『사랑하는 여인들』에서 어슐라에게 고백하듯, "소수의 몇몇 사람"과의 교제에 대한 염원을 조직하고 강조하는 방편이 된다. 그러나 로렌스가 자신의 소설이나 래너님을 만들 계획에서 꿈꾼 조화로운 인간관계는 반복해서 실패했다.

산산이 부서진 파편들

프리다와 로렌스 사이의 긴장은 그녀가 질그릇 접시로 로렌스를 친 사건 이후 수그러들었다(이 질그릇이 『사랑하는 여인들』에서는 청금석으로 바뀌어 있으니 예술이 삶을 미화하거나 미학적으로 보다 매력적인 것으로 바꿔 놓은 예라고 하겠다). 그들의 갈등은 로렌스가 한 편지에서 결론 내렸듯, "끔찍하고 고통스러운 것"이었으나, "프리다와 나는 이 길고도 처절한 싸움을 마침내 끝냈고 이제 우리는 하나가 되었다." 마찰을 폭력적으로 표현하는 것은 위험하고도 파괴적이지만 로렌스와 프리다는 각자 억눌린 감정을 분출시킨 다음 안도감을 느꼈고 둘은 다시 가까워졌다. 이것은 캐서린 맨스필드가 목도하며 몹시 당혹스럽게 생각하고 매우 의심스럽게 바라보았던 싸움의 뒤끝에서도 마찬가지였을 것이다.

1916년 여름에는 처참한 전쟁 소식들이 들려왔다. 솜^{Somme} 전투 첫 날인 7월 1일, 영국 병사 2만 명이 죽었다. 로렌스는 전쟁에 질려서 "인간 종족의 적"이 되었다. 40만 명의 영국 병사들이 죽은 이 끔찍한 여름 끝 무렵에 머리에게 편지를 쓰면서 로렌스는 "그가 한심하고 경멸스럽게" 생각하는 이 세상 속에서 그저 자기를 그냥 혼자 내버려 두기만을 바랄 뿐이라고 했다. 그의 개인적 후퇴라는 것은 늘 그렇듯이 작품 집필과 자연 관찰을 의미했다. 야생화, 애기똥풀, 들풀, 디기탈리스, 들판의 가시금작화, 검은 딸기, 달맞이꽃이 나비처럼 앉아 있는 언덕의 버섯, 그리고 마지막으로, 바다가 중요했다. 파도의 창백한 푸른 열기가 "거칠게 성난 거품으로 작열하는" 바다에서 그는 나체로 해수욕을 했다.

로렌스는 윌리엄 헨리 호킹^{William Henry Hocking}이라는 젊은 이웃 농부를 만나서 둘은 강렬한 우정을 나눴다. 프리다의 입장에서 보면 머리가 거절한 남성적 유대를 발견하려는 "지독하게 불행한" 시도였다. 로렌스가 윌리엄 헨리와 함께 들판을 배회할 동안 프리다는 콘월 해변 보시그런^{Bosigran} 성에 놀러 가곤 했는데, 옆에는 새 애인인 세실 그레이^{Cecil Gray}가 있었으니, 그는 키가 크고 어깨가 딱 벌어진 스코틀랜드 젊은이로 그곳에서 많은 돈은 아니지만 연금을 받아 여유 있게 살고 있었다.

『의자 뺏기 놀이^{Musical Chairs}』라는 무겁고 덤덤한 회고록에서 그레이는 로렌스의 "왜소한" 신체 조건과 생기 없는 모습에 대해 언급하고 있다. 그레이는 여자들이 로렌스에게 매력을 느끼지 않았을 것이라고 추정했고(비록 엘리노어 앤드류스가, 여전히 질투심이 많던 프리다에 의하면, 로렌스에게 몸을 주겠다는 별 의미는 없는 제안을 한 바 있음에도 불구하고), 로렌스가 성적으로 불구가 되었음이 분명했다고 존 미들튼 머리와 마찬가지로 주장한다. 로렌스를 얕잡아 보는 그레이의 시각은 어느 정도는 프리다와 자신의 관계를 합리화하기 위한 전략이다.

하지만 적어도 한 가지 문제에 대해서만은 그레이가 제법 예리했다. 로렌스는 "자신의 친구들이나 주변 사람들을 마치 자신의 소설 중 하나에 나오는 인물들인 양 취급하려는" 경향을 지적했기 때문이다. 그리고 자기 작품 속 인물들처럼 조정하는 데 실패할 때 소설 속에서는, 그레이의 표현대로, "이들에 대한 의지를 관철시킴으로써" 로렌스가 "복수를 했다"는 것이다. 이렇듯, 로렌스의 소설은 삶의 대체물로서, 환상을 충족시키는 형태로서, "자기 욕망을 상상 속에 만족시키는" 방식이었다고 그레이는 주장한다. 그레이의 주장은 포스터, 러셀, 머리 등의 불평을 반복하고 있으니, 이들은 모두 어느 정도는 로렌스에 의해 부당하게 이용당했다고 느꼈다. 코울리지는

『햄릿』을 논하면서 진정한 낭만주의자는 이 세계를 자신의 투영물로 바라본다고 말한 바 있다. 로렌스가 자기 친구들을 소설 속 인물들로 간주한다는 비난은 위험한 자기 탐닉에 빠져 있다는 뜻을 함축하지만, 이것은 예술적 열기의 강도를 보여 주는 흥미로운 지표로, 로렌스는 자신의 창조 과정의 힘에 너무나 강력히 이끌린 나머지 실제 삶의 조건들은 상상 속 가능성에 비하면 그에게는 부차적인 것이 되었다. 그가 자기 소설 속에서 지인들을 폄하하거나 희화할 수 있던 이유는 바로 이것이다. 그러나 이것은 현대 예술가들의 시각이란 것이 이들이 주장하는 바가 보편적으로 적용될 만한 차원보다 훨씬 더 개인적인 것들에서부터 비롯된 입장들의 결과가 아닌가 하는 의심을 갖게 한다. 이러한 의구심은 전기적 비평의 필요성을 제기하는데, 이런 관점에서 소설 속 행위가 예술적으로 유기적인 어떤 필요성 때문에 존재하는 것인지 아니면 예술가의 내밀한 환상의 어떤 요소를 만족시키기 위해 고안된 것인지 판정하는 데 도움을 준다.

로렌스의 소설 『아론의 지팡이 Aaron's Rod 』에서 코안경을 쓴 뚱뚱한 음악가 시릴 스콧 Cyril Scott 으로 묘사된 그레이는 로렌스의 어두운 힘을 회상하는 부분에서, 로렌스의 위와 같은 점이 그를 영국판 히틀러로 만들 수도 있었을 법하다고 쓰고 있다. 이 주장은 로렌스가 원형적인 나치라는 러셀의 이전 논리와 상응하는 것으로 이후 비평가들은 후기 소설 『아론의 지팡이』나 멕시코를 배경으로 한 『날개 돋친 뱀』 같은 작품의 파시즘적 함의를 늘 지적하곤 한다. 로렌스는 (1930년대에 파운드, 엘리엇, 예이츠 등이 그랬듯이) 민주주의를 공격했으니, 그것은 민주주의란 것이, 특히 영국에서는, 대지주들이 언론에 대한 통제력과 정책을 결정하며 평등주의의 환영을 통해 대중의 불만을 무마하는 하나의 허위에 불과하며, 필요에 따라서는, 가령 1차 대전에서처럼,

대중을 무참히 희생시킬 수 있다는 점 때문이었다. 민주주의에 대한 로렌스의 공격은 강렬한 낭만적 이상주의가 환멸로 변하고 메시아적 열성이 쓰디쓴 실망으로 변한 결과였다.

로렌스는 여전히 자신의 래너님 계획을 구상하고 있었는데, 그는 이 유토피아 공동체를 안데스 산맥에 건설하기로 작정한 터였다. 그레이는 로렌스가 남들과 같이 있는 자리에서 얘기할 때, 특히 전쟁을 종식시키려는 평화주의 겸 허무주의 운동에 대한 의지에 대해 말할 때는 "바보처럼 경솔하거나 지각없이" 굴곤 했다고 회상한다. 1917년 가을에 로렌스 내외가 보시그런 성에서 며칠 지내던 도중, 경찰이 그들의 자택을 수색하느라 엉망으로 만들어 놓은 일이 벌어졌다. 다음 날 밤 그레이와 로렌스 내외가 저녁을 먹는 중에 일군의 사내들이 보시그런 성으로 쳐들어와서는 이들이 독일 잠수함에 신호를 보내고 있었다는 혐의를 씌우려 했다. 이런 의심은 이들이 간헐적으로 밤에 집에서 불빛을 비춘 것에서 비롯된 것이니 얼토당토 하지 않았으나 당국은 이들에게 3일 안에 짐을 싸서 콘월에서 떠나도록 명령했다. 전시에 적을 위해 첩보 행위를 했다는 죄목은 로렌스로서는 『무지개』의 공개 화형식보다 더 심한 모욕이었다. 프리다는 『회고록』에서 이 사건의 결과로 "로렌스의 어떤 부분은 영구적으로 바뀌어 버렸다"고 회상한다.

다시 한 번 로렌스는 전망의 부재로 인해 우울증에 빠졌다. 돈은 물론이요 가진 것이라곤 헝겊을 깁은 바지 한 벌 밖에 없었고, 『사랑하는 여인들』에서 그린 자신의 모습에 대해 명예훼손으로 고소를 하겠다는 레이디 오톨라인의 협박 때문에 이 작품의 출간은 지연되고 있었다. 실제로 출판업자 마틴 섹커^{Martin Secker}가 원고를 채택해서 이 작품을 출판하기로 한 1921년까지 로렌스는 아무런 수입도 없었다. 로렌스는 그때까지 남의 자선에 의지해야 했다.

리처드 앨딩튼의 부인인 시인 H. D.(Hilda Doolittle Aldington의 필명)가 남편이 근무하는 훈련소를 방문할 동안 자신의 런던 원룸 아파트를 사용하라고 제안했다. 레이디 애스퀴스는 로렌스를 보고 "마치 그의 몸의 모든 신경이 노출되어 있는 것처럼" 그가 진이 빠지고 병이 들어 있음을 눈치 챘다. 프리다 또한 대장염과 신경염을 앓고 있어서 몸이 성치 않았기에, 어딘가 계속 살 수 있는 곳을 갈망했다. 앨딩튼은 로렌스에게서 이 세상과 홀로 맞선 남자의 적대성을 느꼈다. 앨딩튼의 표현대로는, 로렌스는 "냉소적"이었고 몸의 반쪽은 속박된 반인반수와도 같이 영국에서 영구적으로 자신을 해방시키려고 처절하게 노력하고 있었다.

로렌스는 자신의 친구 머리로부터 캐서린 맨스필드가 결핵으로 병원에 입원해 있다는 소식을 들었다. 로렌스가 문병을 갔을 때 그녀가 어찌나 깡마른 상태가 되어 있었던지, 프리다의 옛날 결혼반지가 손가락에서 흘러내릴 정도였다. 그녀는 로렌스에게 자신의 기침 소리에 대답하듯 옆방 남자가 기침을 하는 꼴이 마치 동도 트지 않았는데 화답하며 울어 대는 두 수탉 같다고 했다. 그녀는 자기 질병의 원인이 정신적이었다고 주장하였는데 이것은 그녀와 유사하게 평생 자기 몸속에 결핵의 원인을 달고 살았던 로렌스에게는 특별히 와 닿는 말이었다. 머리 부부는 더 이상 동거하는 사이가 아니었고 앨딩튼 내외도 서로 멀어지는 중이었다.

날씬하고 큰 키에 창백한 계란형 얼굴을 갖고 있던 힐다 둘리틀 앨딩튼의 외모를 보면 수줍고 과민한, 언행이 예민한 성격의 소유자임을 알 수 있었다. 아주 작은 변화에도 민감하게 반응하는 그녀는 일방적인 요구를 하며 쉽게 흥분하고 격정적인 때가 많았고 성적으로도 양가적이었다. 그녀의 남편은 무뚝뚝하면서도 기운이 넘치고 운동선수 같은 몸을 타고난 건장한 남자였으니 H. D.의 제2의 천성이나 마찬가지였던 애매성을 이해할 수 없었다. H. D.는 중절 수술로 정신적 상처를 입었고, 다른 남자들과 놀아나긴 했으나 이들 누구에게도 몸을 주기는 두려워했다. 앨딩튼도 다른 여자에게 관심을 갖고 있었는데, 전쟁 후에 그 여자와 결혼했다. 로렌스는 모든 친구 관계를 산산이 부셔 버리는 듯했던 1차 대전 발발 시점부터 H. D.란 이름 약자가 자신의 이니셜을 뒤집어 놓은 셈인 이 여자 시인과 그녀의 시에 대해 알고 있었다. 그녀의 시 세계는, 로렌스의 시처럼 직접적인 정서적 긴박감이 없이, 핏기 없고 살도 없는 듯 했고, 휘트먼 풍의 노골적인 선포 대신에 정교하게 조각해 놓은 이미지들이 대종을 이루었다. 런던으로 잠시 돌아와 있으면서 로렌스 내외와 아파트에서 같이 사는 동안 H. D.는 그들과의 거리감을 느꼈다. 언제나 우정과 공동체에 대한 필요에 대한 이론을 펼치곤 하는 로렌스는 H. D.에게 공동체에 대한 제안을 했고 이를 그녀는 성적인 의미로 오해했다. 로렌스는 H. D.를 그녀의 작품에 연관 지으며 그녀가 마치 "외줄을 타고 있는 사람과도 같았고, 도대체 무사히 건너갈지가 의문이 들 정도"였다고 논평하고 있다. 『내게 살라고 명령하라^{Bid Me to Live}』라는 소설에서 H. D.는 자신이 로렌스에게 추파를 던지는 모습을 묘사하고 있으나, 둔감해진 감수성으로 보면 유혹치고는 너무 섬세해서, 그의 손목을 건드리자 "다친 짐승처럼" 팔을 거둬들였다는 식의 고상한 내용이다. 그녀는 그가 거부감을 느꼈다고 상상했으나, 로렌스는 전쟁의 공포에 사로잡혀 있던 터에 정신적 관계는 기꺼이 받아들일 준비가 되어 있었다. 그러나 H. D.는 육체적 교감을 찾고 있었고, 이것을 짧은 기간 동안 프리다가 그녀에게 소개한 세실 그레이와 즐길 수 있었을 뿐이다.

전쟁 후에 로렌스 내외는 영국이 바다로 가라앉는 하나의 암울한 잿빛 관을 연상시킨다며, 시칠리아로 떠났다. 이것이 이들의 마지막 방랑의 시작이었으니, 이후 근 10년간 로렌스는 안락한 장소와 새로운 소재를 찾아 돌아다녔다. 시칠리아에서 그들은 스리랑카로 갔다가, 거기서 무더위에 시달리다가 호주로 갔고, 호주에서 소설 『캥거루^{Kangaroo}』를 썼는데, 이 작품은 다른 어떤 작품보다도 호주 시골의 거친 삶의 단면을 묘사하는 데 매우 효과적인 단상들로 이루어진 관념 소설이다.

로렌스는 뉴멕시코 주로 와서 살라는 메이블 닷지 루언^{Mabel Dodge Luhan}의 초대를 받은 상태였는데, 이 사람은 부유한 은행가의 딸로 세 번의 결혼 경력이 있었고 유럽과 뉴욕에 살면서 뉴욕에서 예술가와 지식인들이 모이는 사교계의 중심인물 노릇을 했던 인물이다. 그녀는 로렌스가 시칠리아에서 쓴 『바다와 사르디니아^{Sea and Sardinia}』란 책을 읽고서 타오스^{Taos}에 있는 자기 영지에 집 한 채를 공짜로 줬고, 거기서 로렌스는 뉴멕시코 풍경을 상대로 자신의 묘사의 기량을 맘껏 발휘했다. 땅딸하고 부산을 떨며 으스대는 여자인 그녀는 자기가 남녀 모두에게 거절할 수 없는 매력을 소유했다고 믿었고, 나중에 결혼을 한 인디언 남자 애인을 데리고 다녔으며 로렌스에 대해서도 하나의 소유권을 주장할 수 있다고 상상했다. 프리다는 즉각 적개심을 느꼈다. 특히 프리다는 자기가 로렌스에게 맞는 여자가 아니라는 생각을 메이블이 대놓고 말한 후로는 더 그랬으니, 사실상 레이디 오톨라인의 주장을 그대로 되풀이한 셈이었다. 로렌스 부부는, 로렌스가 비꼬는 투로 "메이블 타운"이라고 부른 그곳과 그곳의 주인마님을 피해야 할 필요성을 느끼긴 했지만, 1922년과 1924년 사이 기간의 상당 부분을 뉴멕시코에서 보내긴 했다.

1923년에 프리다는 독일에 있는 어머니와 런던에 있는 아이들을 방문하러 유럽으로 돌아갔다. 그녀는 존 미들튼 머리를 찾아가서, 6개월 전에 사망한 캐서린 맨스필드를 상처한 아픔을 달래 주었다. 맨스필드가 결핵에서 회복 중이던 파리 외곽의 구르지예[Gurdjieff] 요양소로 맨스필드를 만나러 머리가 방문하자마자 맨스필드는 죽었다. 맨스필드가 머리를 다른 환자들에게 소개하는 등 격앙되게 하루를 보낸 후에 그녀는 계단을 뛰어오르다가 졸도한 후 그날 밤 사망한 것이다. 이렇듯 아마도 적절치 못한 시기임에도, 프리다는 머리에게 그들이 젬모에서 7년 전에 같이 살던 때 서로 피차에 대한 연정을 억눌러야 했던 사실을 상기시키는 데까지 이르긴 했으나 머리는 로렌스에 대한 우정의 감정을 여전히 배반할 수 없었다.

1923년에 로렌스가 영국에 도착했을 때 그는 반향이 사라진 땅에 입을 틀어막은 정적이 흐르는 느낌을 받았다. 그가 런던의 카페 로얄[Cafe Royal]에 친구들을 불러 저녁 모임을 가진 자리에서 포도주를 잔뜩 마신 끝에 코텔리안스키가 와인 잔을 깨는 등 어수선한 분위기에서 머리는 로렌스에게 언젠가는 자기가 그를 저버릴지 모른다고 경고를 했다. 머리는 뉴멕시코나 로키 산맥에 터를 잡을 조화로운 공동체에 대한 로렌스의 한결같은 꿈인 래너님에 대해 언급한 것이었다. 로렌스 비평가들 중 몇몇이 "최후의 만찬"이라고 부르는 이날 모임은 술주정으로 난장판이 되었고 로렌스는 먹은 것을 토하고 정신을 잃었다.

뉴멕시코의 차디찬 겨울 날씨를 견디기엔 너무 허약했던 로렌스 내외는 멕시코의 오악사카[Oaxaca]로 1924년 가을에 여행을 떠났고 거기서 그는 『날개 돋친 뱀』을 썼지만 말라리아에 걸렸고 게다가 결핵이 재발하여 고생했다. 그래도 미미하나마 책 인세 수입이 들어오기 시작하자 로렌스는 1925년 겨울은 기후가 건강에 알맞은 이탈리아 지중해 연안에서 보내기로 결정했다. 스포토르노[Spotorno]에서 그는 안젤로 라발리[Angelo Ravagli]란 이름의 이탈리아 육군 장교에게서 별장을 임대했고 라발리에게 로렌스는 영어를 가르쳐 줬다. 라발리는 로렌스 내외와 장거리 도보 여행을 함께 했고 이들과 매우 가까워졌다. 로렌스가 결핵 말기에 이르렀을 때 프리다는 라발리와 관계를 가졌고 1930년 로렌스 사망 후에 그와 결혼했다.

이탈리아에서 1926년부터 1928년까지 로렌스는 『채털리 부인의 연인』을 썼는데, 이 작품은 이 나라 저 나라에서 상당한 소동을 불러일으켰다. 제1차 세계 대전 때 불구가 된 영국 지주 귀족인 클리포드 채털리Clifford Chatterley를 지독하게 부정적으로 그려 놓은 것은 자신의 처량한 처지에 대한 고뇌, 즉 자신도 캐서린 맨스필드가 죽었듯 결핵으로 죽을 것이라는 의식을 반영한 것이기도 하다. 이 소설에서 채털리는 자기 땅에 들어와 있는 탄광을 현대화하려는 노력에 몰두하려 한다. 신체와 성기능이 부분적으로 불구가 된 그는 매력적이고 활기찬 여자인 코니Connie와 결혼한 몸이지만, 코니는 사냥터지기 멜로스Mellors와 관계를 맺는다. 로렌스처럼 광부의 아들로 고등 교육을 받았던 멜로스는 전쟁에서 장교로 복무했었으나 사냥터지기로 사는 게 더 행복할 정도로 삶에 환멸을 느낀 인물이다. 사뭇 냉소적으로 채털리는 둘 간의 관계를 받아들이며 여기서 자식이 생기면 자신의 상속자가 될 것이라는 가능성도 염두에 둔다. 하지만 코니는 자기가 아이를 뱄다는 것을 깨달았을 때는 멜로스와 사랑에 빠져 있던 터라 이혼을 요구한다.

생명의 힘이 생명을 죽이는 산업화에 승리한다는 로렌스의 중심 주제를 다루고 있기는 해도, 이 작품은 전후 영국의 상황에 대한 우화인 만큼 자신의 처지, 특히 라발리와 프리다의 연애를 빗댄 설정으로도 보인다. 로렌스의 말년에는 프리다를 구타하도록 만든 이전의 적개심이 순간 불거져 나오는 일이 빈번했다. 메이블 닷지 루언은 "덩치 큰 육감적 여인"의 몸에 검붉은

멍이 있었던 것으로 기억하며, 로렌스가 프리다에게 "굴복하면서" 그녀를 구타한 것이리라고 추측했다.

메이블 닷지 루언의 증언은 다소 의심스럽다. 사랑이 좌절되거나 거절당한 연인의 시각에서는 자기 정당화를 일삼기 쉽다. 또한 로렌스와 프리다가 투쟁하는 모습을 지켜본 증인들은 심지어 머리 내외조차도 늘 자신들이 연루된 양태나 의도에 따라 어느 정도는 입장이 복합적이 될 수밖에 없다. 그러나 이런 갈등의 심각성을 일축해 버리기에는 너무나 생생한 증거들이 많다. 프리다는 앨딩튼에게 쓰기를, 이탈리아에 머물던 중 어느 날 로렌스가 『채털리 부인의 연인』을 쓰고 있다가 그녀의 목을 조르면서 자기가 주인이라고 사납게 주장한 적이 있다고 한다. 분노에 눈이 멀어서 그는 그녀를 목 졸라 죽이려고 했으나 힘이 모자랐던 것이다. 이 사건은 이들의 관계에 있어서 적대적 감정이 얼마나 중심부에 놓여 있었는지 시사한다. 그것은 또한 로렌스가 프리다와 자신의 신체에 대한 통제력을 상실하는 데 대한 공포를 느끼고 있었음도 시사한다.

로렌스는 친구 브렛^{Brett}에게(그는 로렌스 내외를 따라 뉴멕시코까지 온 귀가 먹은 영국인 화가로 프리다는 그를 "아스파라거스 줄기"라고 부르며 못마땅해 했다) 여자들이 "스스로에게 진실한" 법은 거의 없다며 이렇게 쓰고 있다. "여자들은 그래서 남들에게도 진실될 수 없고 대부분의 결혼 생활의 비극이 거기에서 야기되는 거야. 또한 여성은 자신의 뜻을 관철시키려는 집착으로 인해 스스로를 파괴하지." 이 주장은 로렌스가 프리다를 사납게 두들겨 패던 1916년 젠모 시절과 별로 달라진 게 없다는 것을 나타낸다. 그래도 적어도 이론적으로 그는 이미 폭력을 버릴 준비는 되어 있었는데, 『날개 돋친 뱀』을 비판하는 편지에서, 비록 여전히 그가 "남근적 사실성"으로 명명하는 바에 호소하는 것으로 편지를 마치고 있기는 해도, 지도자-추종자 관계를 비난하면서 남자와 여자 사이가 부드러운 감수성으로 연결되는 관계의 토대를 예측했다.

또한 프리다와의 계속된 불화에도 불구하고 그들은 함께 살았다. 그의 삶이 끝날 무렵 「우리는 피차를 필요로 한다 We Need One Another」라는 매우 직설적인 에세이의 첫 줄에서 로렌스는 남자와 여자는, 마치 흐르는 강물에게 강둑이 필요하듯, 강둑이 없어지면 그냥 늪이 되어 버리듯, 서로에게 의지하는 법이라고 솔직하게 시인한다. 자연의 비유를 동원한 이러한 인식 방법은 전형적으로 유기적인 이미지로서, 남녀 관계를 전류 전도와 같은 것으로 보는 로렌스의 시각에 의해 보강된 낭만주의로 볼 수 있다.

말년에 로렌스는 마지막 안식처를 찾지 못하는 듯, 이탈리아에서 스위스로 독일에서 스페인으로, 유럽 전역을 돌아다녔다. 대부분의 시간은, 캐서린 맨스필드가 특히 좋아했던 남부 프랑스의 반돌 Bandol에서 보냈다. 그의 병세는 점차 악화됐다. 그는 헐떡거리면서 밤새 기침을 했고, 각혈을 하면서도 의사의 치료는 거부했다. 그는 자신의 병이 프랑스어로 "슬픔"이란 뜻의 "샤그랭 chagrin"과 "그의 본원적 사회적 본능의 절대적 좌절"에서 비롯되었다고 주장했다. 깡마르고 너무 연약해져서 걷지도 못하는 상태가 되어 그는 1930년 2월 말에 결핵 요양소로 들어갔고 며칠 후에 사망했다. 그의 나이는 불과 44세였다.

5년 후에 안젤로 라발리를 보내서 프리다는 로렌스의 시신을 파내어 화장했다. 자신을 늘 높이 평가했던 로렌스는 이어진 소극을 즐기지 않았을 것이다. 라발리는 열차를 허겁지겁 타느라 로렌스의 유해를 기차역에 두고 뉴멕시코의 목장으로 돌아갔다. 메이블 닷지 루언은 로렌스를 산 육체로는 소유하지 못했으나 이제 그의 유해는 얻어 보려고 애를 썼다. 그러나 프리다는 목장의 제단 속에 유해를 시멘트로 봉해 버렸고, 거기에서 유해를 이후 20년간 지키고 있었다. 그녀는 살아 있을 때보다 죽은 후에 남편에 대한 의리를 지켰으니, 어니스트 위클리의 두 번째 청혼을 거절했다. 위클리는 이렇게 다시금 버림을 받고서도 90살까지 인생을 버텨 내는 뚝심이 있었다. 위클리는 프리다보다 2년 앞서서 1952년에 자다가 숨을 거뒀다.

세속적 신성 모독

젊을 때 어머니의 기독교 신앙의 폐쇄적 유산으로 간주한 부분에 대항해 싸우기 위해 로렌스는 니체를 읽었다. 니체에 대한 관심은 프리다에 의해 계속 유지되었다. 로렌스에게 니체는 마지막 형이상학자였고, 두 저자는 명백히 유사성을 공유했다. 둘 다 어린 시절부터 몸이 약골이었고, 병으로 쇠약했고, 둘 다 강한 어머니 밑에서 압도당하며 컸다. 나중에는 둘 다 글쓰기를 하나의 자기 치유법의 일환으로 이용했고, 로렌스는 자기의 책 속에서 자신의 병을 "벗어 버릴 수 있었다"고 주장하곤 했다. 둘 다 교사 생활을 하며 사회생활을 시작했고 건강 회복을 위해 방황하는 자발적 망명객으로 인생을 마쳤다. 그들은 점차 약해지는 기력을 투사하여 남성적 힘의 이상을 상상했다. 그들은 죽을 때가 가까워지자 때로는 과장과 허풍도 섞인 논쟁가의 거친 목소리를 내기도 했다. 각자 중산층 도덕관을 전복하려 시도하며, 종교, 가족, 국가에 대한 반항에 있어서 기괴한 모습을 보여 주기도 했다. 니체는 기독교의 신은 죽었다고 선언하였고, 로렌스는 "절대자는 자리를 비웠고, 권좌를 내주고, 내려왔다"는 자신의 생각을 신봉했다.

 이런 정서의 표현은 프랑스 대혁명 시기 때부터 들리기 시작했던 것인데,

이때는 '낭만적'이란 개념이 혁명에 동조하는 영국인들을 비난하는 말로 사용되었던 시기이다. 로렌스는 자신의 소설 세계에서 지속적인 행동 방식과 정신의 혁명을 상상했으니, 이러한 급진적인 새로운 감성은 성적인 의식을 키워 주면서 보다 강렬하고 열정적인 체험을 위해 억압을 거부했다. 혹자에게는 로렌스가 너무나도 아찔하고 위험한 해방을 대변했기에 그의 책은 검열의 대상이 되었고 태워 버려야 할 책이었다. 지금에 와서는 레즈비언이나 외도 연애 장면 중 어떤 것들은 별로 대담해 보이지 않을지 모르지만, 『채털리 부인의 연인』 서평에서 에드먼드 윌슨이 지적한 대로, 로렌스는 당대의 가장 생명력 있는 작가들에 포함되었고, 우리에게는 우리 시대의 가장 영향력이 큰 소설가 중 하나로 전수되고 있다.

로렌스의 핵심적인 격언 중 하나는 서구인들이 성적인 수치심으로 불구가 되어 있다는 것이다. 그가 프리다와 벌인, 그리고 그의 소설 속에 묘사된 사랑 투쟁은 이 제약을 극복하려는 그의 노력의 일환을 이룬다. 그의 마지막 주요 작품인 『채털리 부인의 연인』에서, 아마도 자기의 몸이 약해져서 위태로워지는 정도에 따른 분노에 찬 에너지를 소환하는 방법이었는지 모르지만, 일반 사람들이 사회적 계층이나 국적과 상관없이 일상적 삶에서 늘 사용하는 성에 대한 쌍소리 비어들을 백 개가 넘게 사용하고 있다. 1920년대에는 이런 언어가 많은 사람들에게는 여전히 참을 수 없는 것이었고, 일종의 세속적 신성 모독으로 간주되었다. 로렌스는 겨우 이탈리아에서나 그 책을 출판할 수 있었고, 그 책을 썼다는 이유로 신문 사설들은 그를 시궁창이라고 욕했다.

1929년 6월에 로렌스는 그가 『채털리 부인의 연인』을 쓰면서도 습작 삼아 그려본 일련의 그림 전시회를 주선해서 개최했다. 3주 기간 동안 약 1만

2천 명의 관람객이 런던 워런 화랑Warren Gallery으로 몰려들어 와서 전문 비평가들은 조야하다고 일축하는 기법으로 로렌스가 그린 표현주의적 누드화를 보고 갔다. 이 중 하나인 「신성 가족A Holy Family」이라는 제목의, 실제로 로렌스의 첫 작품에 해당되는 그림을 보면 그의 상상력을 지탱해 온 이단자적 기질을 전형적으로 보여 준다. 이 그림은 덤덤하게 아기 예수를 품에 안고 흠모하며 내려다보는 마리아에 대한 전통적 관점을 패러디한다. 로렌스의 마리아는 거의 누드 상태로 요셉에게 포옹을 받으며 그것을 즐기고 있다.

7월 5일에 여섯 명의 경찰관이 워런 화랑에 들이닥쳐 모든 그림을 압수해 갔는데, 이들의 보고서는 이 그림들이 "거칠고, 천박하고, 흉악한" 모양들이라고 묘사하고 있다. 이 그림들이 포르노그래피라는 욕을 먹었던 이유는 로렌스가 이 중 몇 편에서 음모를 그대로 보여 주기를 주저하지 않았기 때문이다. 로렌스를 상대로 한 고발 사건의 판사는 이 그림들을 위험한 야수에 비유하며, 폐기하겠다고 위협했다. 로렌스는 한 편지에서 자신은 이 그림들을 통해 사람들의 "거세된 사회적 정신성"에 충격을 가하려 시도했음을 시인하고 있는데, 이 작품들은, 그의 소설의 무수히 많은 부분이 그렇듯이, 공적인 통념을 까발리고 불 지르고, 당시에는 바꿀 수 없었던 공동체의 금기를 위반했던 것이다. 그리하여 그 결과 당장의 명성을 희생하고 당대의 오명을 대가로 지불하긴 했지만, 로렌스는 그가 그렇게도 갑갑하게 여긴 바로 그런 식의 사회적 구속을 바꿔 놓는 데 일조했다. 1950년대 말에 『채털리 부인의 연인』의 출간에 법이 제동을 걸었으나 미국과 영국의 최고 법정에서 면죄부를 받은 후에, 불과 몇 년 사이에 이 작품은 약 9백만 부가 팔렸다.

『이상한 신들을 따라After Strange Gods』에서 T. S. 엘리엇은 교육을 부실하게 받은 사람이 쓴 것이라 로렌스의 작품은 명료한 사유를 할 능력이 없음을 드러낸다고 로렌스를 깎아내렸다. 모더니즘은, 특히 엘리엇의 경우, 감성을 비개인적으로 구현하는 것을, 낭만적이고 개인적 표현의 자연스러움보다 더 높이 평가했는데, 이런 면은 오르테가 이 가셋Ortega y Gasset의 말대로 "비인간화"로 흐르는 경향이 있었고, 낭만주의 문학의 잠재된 "인간적인, 너무나 인간적인" 요소들에 반대되는 것이었다. 이런 점에서 로렌스를 깔보는 엘리엇의 자세는 모더니즘의 편향을 반영하는 측면이 있지만, 엘리엇 본인을 제약하는 금기와 점잖게 보이고 싶어 하는 욕구를 보여 준다. 아무튼 엘리엇은 여과되지 않은 정서의 표현은 미숙함의 한 가지 형태로 보았다.

로렌스는 참으로 하나의 수원水源이었고 20세기 전반부의 낭만적 분위기의 대변자였다. 그에게 영향을 준 작가 중 하나인 월트 휘트먼에 대한 에세이에서 휘트먼을 최초의 "백인 원주민"으로 부르며, 로렌스는 자기 예술의 가장 핵심적인 기능은 열정적이고 전투적이며 현실에 참여하는 도덕성을 통해서 마비된 아둔한 대중이 자신들을 옥죄는 경직성을 인식하도록 선동하는 것이라고 말한다. 로렌스의 도덕성은 휘트먼이나 니체의 도덕성처럼, 영혼을 세속화하여 그것을 육체 안의 하나의 전제 조건으로 받아들이는 데서 출발해 내세가 아닌 현세에서 영혼의 타당성을 구현하는 것을 지향한다. 이러한 이교도적인 관점은 엘리엇의 고상한 성공회 신앙과는 갈등을 일으킬 수밖에 없었다.

자신의 소설 속에서 로렌스는 우리 세기의 성적인 전쟁을 예측했으나, 이전의 그 어떤 작가보다도 로렌스는 여성이 어떠해야 하며 어떠할 수 있는지의 문제를 직시하도록 강요한다. 로렌스가 프리다에게서 가장 깊은 애정을 요구했듯이, 그의 인물 중 보다 메시아적 성향이 강한 인물들은 그들의 여성을 굴복시켜 자신을 숭배하도록 만들려고 하는, 변함없는 남성의 권력에 대한 환상을 보여 주지만, 이들은 자신의 사나운 독립성까지 내주는 대가는 치루지 않는다. 『사랑하는 여인들』의 버킨 같은 인물들을 통해서 로렌스는 진정한 사랑은 자아를 정지시키고 자신을 "미지의 무엇에게 내주는" 능력에 달려 있다고 설파한다. 바로 인간관계에 있어서 이 알 수 없는 심연의 요소를 감지하고 자연의 기적에 감탄하는 역량이 로렌스 소설을 늘 생기 있게 만드는 요소들로 남아 있다. 그것은 죽음의 문턱에서 돌아와서 그 어떤 형태의 삶에도 감지덕지 하는 사람의 시선으로 이 세계를 바라본 작가의 시각인 것이다.

제3장

스콧과 젤다

그의 재능은 나비 날개 위에 가루가 쌓여 만들어진 문양만큼
이나 자연스러운 것이었다. 마치 나비가 자기 날개 위의 문양
을 알지 못하듯이, 한때 그 역시 이러한 점을 알지 못했으며,
그의 재능이 언제 연마되었고 언제 손상되었는지 알지 못했
다. 그 이후에야 비로소 그는 자신의 날개가 손상된 것을, 그
리고 그것이 어떠한 것이었는지를 인식하게 되었다. 그는 생
각할 수 있게 되었지만, 더 이상 날 수는 없었다. 이제 비상하
려는 의욕이 사라졌고 자연스럽게 날 수 있었던 때를 기억할
수 있었을 뿐이었다.

어니스트 헤밍웨이, 「해마다 날짜가 바뀌는 축제」

미국은 결코 떠오르지 않는 달의 이야기이다.

1925년 10월 피츠제럴드가 마리아 매니즈에게 보낸 편지

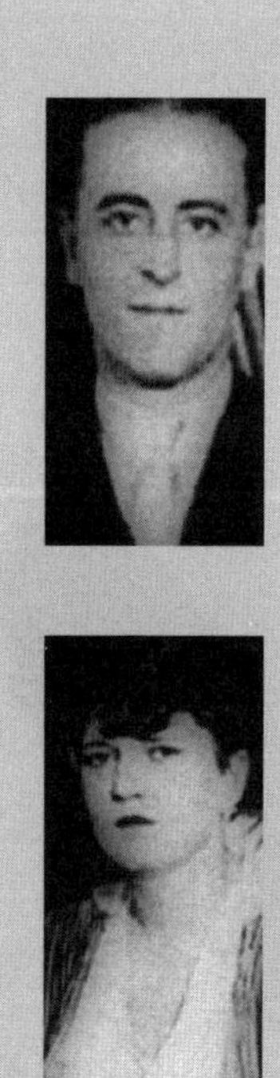

꿈의 춤꾼

그는 자신의 시대를 재즈 시대로 불렀다. 그는 자신이 살던 시대가 "그를 낳았고, 그를 고무시켰으며, 단지 자신이 느끼는 당대인들의 모습을 작품을 통해 말했을 뿐인데 상상할 수 없을 만큼 많은 돈을 벌게 해 주었다"고 말했다. 그의 시대는 현란하였지만 그만큼이나 짧은 기간이었다. 궁극적으로 스콧 피츠제럴드의 이야기는 위대한 미국 작가의 실패담이다.

성공이 잇따르던 시절에는 인생을 낭만적인 것으로 믿었다고 피츠제럴드는 훗날 회상했다. 젊은 시절의 피츠제럴드는 "모든 것에는 희망이 없다"고 머릿속으로는 생각하고 있었을지 모르지만, 실제로는 "희망을 불어넣으려고 결심한 것처럼" 행동할 수 있었다. 이것은 아직 젊었기에 지속적으로 공급될 수 있었던 무한한 낙관주의와 에너지 때문에 가능한 일이었다. 그와 그의 아내 젤다는 젊음이 어떻게 낭만적으로 찬미될 수 있을지를 구체적으로 보여 주었다. 실제로 젤다^{Zelda}는 스콧에게 "당신은 어느 누구보다도 젊어요"라고 말한 적이 있다. 또한, 스콧 피츠제럴드는 "충족되지 않는 미래와 욕망으로 가득한 과거가 찬란한 순간으로 합쳐질 때, 즉 인생이 문자 그대로 꿈이 될 때" 제시되는 젊음의 마력을 포착하려는 노력을 게을리하지 않았다.

저돌적인 속도와 화려한 스타일을 추구한 스콧과 젤다는 낭만적인 무모함, 향락주의, 무절제의 전설적인 상징이 되었다. 그들은 결혼을 동화 속 왕자·공주 이야기의 연장으로 받아들일 뿐, 서로 다른 의견의 충돌, 시샘하고 상충하는 욕구, 무미건조한 일상생활을 받아들일 준비가 되어 있지 않았다. 그들에게 있어 결혼은 춤의 연장이었고, 그들이 주인공인 요란한 파티였다. 매 순간은 "찬란한" 시간, 즉 결국은 그들을 소진시킬 작열하는 불꽃이어야 했다. 이 두 사람이 창조했던 전설은 여전히 지속되고 있다. 그 이면이 조명되어 그것을 위해 지불되었던 값비싼 대가가 드러난 지금, 그것의 결함이 부각되어 예전보다 빛바랜 상태로 남아 있지만 말이다.

피츠제럴드는 그의 시대를 만든 작가였다는 평을 받아 왔다. 거투르드 스타인^{Gertrude Stein}은 피츠제럴드의 독창성이 그런 일을 가능하게 했다고 주장했다. 이러한 독창성은 일찍이 헨리 제임스^{Henry James}에 의해 미국적 인물의 특성으로 이해된 바 있다. 그러나 피츠제럴드의 경우 그의 독창성에 함축된 단순성이 비평가들에 의해 비판되기도 했다. 피츠제럴드는 타고난 능숙한 재능으로 소설을 써내려 간, 그의 짧은 생애에도 불구하고 160편의 단편과 4편의 장편을 창조해 낸 꿈꾸는 사람이었다. 그의 장편소설 중 하나인 『위대한 개츠비^{The Great Gatsby}』는 미국 문학의 고전으로, 시대의 도덕적 선택을 놀랄 만큼 명료하고 결집력 있게 형상화하고 있는 완벽에 가까운 걸작이다.

피츠제럴드의 개인적 꿈에는 부에 대한 매료가 얼마간 포함되어 있었다. 로렌스가 부와 권력의 중심에 관해 논의했을 때, 로렌스는 비판적인 국외자, 위선과 타락에 대한 고발자의 입장을 견지했다. 피츠제럴드는 로렌스의 이러한 주제에 로렌스 자신보다 더 공감했고, 로렌스의 능력이 미치는 범세계적 영역을 부러워했던 것은 사실이지만, 피츠제럴드 자신의 비전은 좀 더 제한적이었고, 특권층의 사회적 상황에 보다 집중했다. 그는 부자들에게 지나친 애착과 함께 자신도 그들의 일원이라는 강박 관념적 관심을 표명하며, 부자들의 뚜쟁이 역할을 했다는 비판을 받아 왔다. 그러나 사실에 입각하자면, 이러한 비판은 피츠제럴드의 궤적을 제대로 추적하지 못한 면이 크다. 화려한 사치에 대한 그의 편향성 때문에 현혹될 소지가 없지 않지만, 그 자신은 부자들에 대한 "지속적인 불신" 그리고 어떤 모임에서든 언제나 가장 가난했던 사람이 품게 마련인 일종의 적대감을 늘 지니고 있었다. 재즈 시대의 어리석음은 피츠제럴드의 열렬한 몰입과 젊음에 대한 선호로 대변될 수 있지만, 얼마가지 않아 피츠제럴드 자신에 의해 혐오의 대상이 되었다. 『위대한 개츠비』를 탈고할 무렵 피츠제럴드는 벌써 자신의 시대를 "천박하고, 회의적이며, 조바심내고, 요란스러우며, 공허하다"고 비판하기 시작했다. 물론 그때는 아직 그와 젤다가 시대 특유의 어리석음에 대한 무모한 추구로 자신들을 완전히 소진시키기 이전이었지만 말이다.

『위대한 개츠비』는 1925년 출간되었는데, 피츠제럴드가 『낙원의 이 편^{This Side of Paradise}』으로 커다란 성공을 거둔 5년 후였다. 『낙원의 이 편』은 『낭만적 자기중심주의자^{The Romantic Egotist}』라는 반은 조롱조지만 또한 적절하기도 한 제목 하에 이미 진행시켰던 스토리를 개작한 것이었다. 아직 이 소설을 쓰고 있을 당시 피츠제럴드는 남부의 한 무도장에서 한 아름다운 여인과 춤을 추었는데, 이 여인이 바로 피츠제럴드가 사랑하고 결혼했으며 그의 작품에 등장시키기도 했던 젤다였다. 피츠제럴드에게 젤다는 "지금까지 자기 자신에서 발견되었던 것보다 더 강렬한 최상의 불꽃"이 타오르는 "대단히 독창적인 인물"로 여겨졌다. 그녀가 내뱉는 신랄한 어투에는 다소 야성적이면서도 재기 넘치는 분노가 드러나 있었다. 젤다는 또한 춤 솜씨가 대단했다. 피츠제럴드와의 연애로 10년 정도를 허비한 후에야 너무 늦게 전문 발레리나가 되려는 생각을 품게 되었지만 말이다. 그들의 생활은 재미있는 시간을 향한 과도한 탐색이었고 술은 그들의 파멸을 재촉했다. 술의 힘을 빌어 피츠제럴드는 글쓰기에 요구되는 꿈의 상태에 도달할 수 있었지만, 그것을 위해 지불해야 할 대가가 적지 않았다.

이 "대가"에는 역설적인 뒤틀림이 수반되어 있었다. 폭음은 그것 특유의 정신이상을 초래하게 마련인데, 젤다는 정신병원에서 그녀의 삶을 마감했다. 피츠제럴드의 마지막 주요 장편소설인 『밤은 부드러워^{Tender Is the Night}』는 젤다의 정신병 경력을 주요 소재로 삼고 있다. 로렌스의 폐렴이나 피츠제럴드 부부의 정신이상처럼 질병에 의해 예술가의 새로운 관점이 열릴 수 있다는 암시는 값싼 감상에 불과한 것은 아니다. 질병에 의한 고통은 재생적인 제의의 성격을 띨 수 있기 때문이다. 즉, 예술가는 질병의 고통을 통해 세상의 고통을 자의식의 프리즘으로 흡수·확대하고, 엑소시즘의 형태로 표출할 수 있는 것이다.

피츠제럴드는 자신과 젤다가 "연극적 순진성"에 의해 그들이 한 행동의 결과로부터 보호된다고 믿었다고 말한 적이 있다. 그들이 관찰되는 즐거움을 누릴 수 있었고 퇴폐에 빠지는 대신 퇴폐와의 유희를 진행시킬 수 있었던 것도 이 "연극적 순진성" 때문이었다고 피츠제럴드는 생각했다. "연극적 순진성"이라는 용어는 모순적이고 자기파괴적이다. 연극적이라는 것은 극도로 자의식적이라는 것을 의미하며, 따라서 그것은 순진성을 부정하는 것이기 때문이다. 작가의 입장은 보통 관찰자의 입장이지, 참여자의 입장이 아니다. 스콧과 젤다 두 사람 모두 다양한 역할을 떠맡았는데, 특히 사람들 앞에서 높은 줄에 올라가 무모할 정도의 고난도 묘기를 부리는 광대의 역할 같은 것을 수행했다고 할 수 있다. 우리가 어떠한 역할을 맡더라도 그것은 나름의 인상을 남기기 마련이다. 피츠제럴드 부부의 순진성은 그들 행위의 결과를 부정하는 것이다. 즉, 줄이 끊어지고 난 후에도 태연하게 곡예를 계속하는 것이라고 할 수 있다. 그들은 자신들의 유명세를 운명적인 것으로 느끼고 있었고, 그들의 젊음이 그들을 상처받지 않도록 보호해 줄 것이라고 믿었다. 이런 점에서, 다른 많은 경우가 그런 것처럼, 그들은 심층적으로, 그리고 상징적으로 유사했다. 젤다는 자신을 불 속에 살면서도 불에 타지 않는 불도마뱀에 비유한 적이 있었다. 그러나 그녀의 말은 옳지 않았다. 결국 그녀는 대단히 심한 화상을 입은 셈이기 때문이다.

로렌스와 프리다는 자신들의 이상주의를 추구하고 자신들의 판단을 신뢰하는 데 있어서 간혹 지나치게 열렬했고 거의 광기에 가까울 때도 없지 않았다. 이들에 비한다면 스콧과 젤다의 세계는 보다 가볍고 불안정했으며 그들의 행태는 보다 신경질적이었다. 젊은 연인 시절 그들은 35세를 넘어서는 살 필요가 없으니 자살하자는 서약을 한 적이 있었다. 이러한 서약은 젊은 연인들 사이에 있을 법한 경박함의 소치일 수 있지만, 보다 심층적인 차원에서 그들은 이것을 존중하고 그것의 필요성을 느끼고 있었을지 모른다. 이것은 낭만적 함축성이 농후한 소멸의 서약이었다. 여러 번 시도하여 그때마다 실패한 자살 대신, 그들은 한 발씩 한 발씩 와해의 길로 빠져들어 갔다. 그들은 왕자와 공주처럼 고급 호텔의 복도를 누비면서도 내면적으로는 열등감과 자긍심의 결여로 시달렸다. 이러한 불일치야말로 일급 지성인의 필수 조건이라고 피츠제럴드는 진술한 적이 있다. 물론 피츠제럴드 자신은 이러한 일급 지성인의 단계를 열망했지만 동시에 그 자질에 미치지 못할까 줄곧 의심을 놓지 못했다.

스콧과 젤다의 이야기는 가장 슬픈 미국 이야기 중의 하나이다. 즉, 멋지게 생기고 재능 있는 남녀가 너무 빨리 너무 많은 것을 갖게 되면서 무너져 내려가는 동화 플롯의 낭만적 번안이라고 할 수 있다. 이것은 스콧과 젤다 두 사람만의 이야기라기보다는 패러다임 전체에 폭넓게 적용될 수 있는 미국의 이야기라고 해야 할지 모른다.

남부 미인

1918년 6월 토요일의 따뜻한 밤이었다. 한 무리의 미국 젊은이들이 모든 전쟁을 종식시키기 위한 전쟁에 출전하기 위해 준비를 하고 있었다. 이 젊은이들 중 상당수는 4년 동안이나 계속된 참혹한 유럽의 전쟁터로 출발하기 앞서 멋지고 멋진 향응을 원했다. 물론 이러한 향응은 일반적으로 여성들에 의해 제공될 수 있을 것이었다. 이 젊은이들 중 이제 막 소위로 임관한, 남자라고 하기엔 너무 얼굴이 예쁘고, 자신이 생각하는 남자 키에 못 미치는 23세의 청년이 있었는데, 그가 바로 스콧 피츠제럴드였다.

피츠제럴드는 특별 주문한 군복을 뽐내며 차려입고, 무릎 바로 밑까지 오는 번쩍이는 노란색 부츠를 멋들어지게 신고 있었다. 이러한 부류의 모습은 앨라배마 주 몽고메리 시로서는 이례적인 것으로서 그간의 변화를 보여 주는 것이었다. 남북전쟁 당시 군사 훈련을 위해 이곳에 많은 외지인들이 모여든 적이 있지만 그때 이후로는 이번이 처음이었다. 남부적 환대의 전통에 입각해 몽고메리 사교 클럽은 훈련소의 장교들을 초대해 오고 있었다. 젊은 장교들로서는 품격 있는 계층의 젊은 여성을 만날 수 있는 사실상 유일한 기회였고, 먼지 구덩이 속에 끝없이 이어지는 행군과 훈련에 지쳐 있었기 때문에 이런 기회를 기쁜 마음으로 받아들여 젊은 여성들의 달콤한 향기를 들이마시고, 부드러운 피부의 감촉을 느끼고, 부드럽고 따뜻한 목소리에 귀 기울였다.

어떠한 무도회에서든 여느 여성을 압도하는 보다 깊은 품위와 아름다움으로 뭇 남성의 시선을 사로잡는 여인이 있게 마련이다. 이렇듯 뭇 시선을 사로잡은 여인은 자신이 내뿜는 위력을 누구보다도 잘 알고 있으며, 그녀의 추종자들은 이러한 위력을 입증하는 셈이다. 그날 밤 몽고메리에서 젊은 장교 피츠제럴드도 한 여인에게서 눈을 떼지 못하고 있었다. 아직 열여덟 살도 되지 않은 이 젊은 아가씨는 긴 금발을 머리 위에 당당하게 틀어 올려놓고 있었다. 뺨에는 광대뼈가 나와 있었고 얼굴 전체에 퍼져 있는 뾰로통한 표정은 버릇없는 공주의 오만함을 닮아 있었다. 오만한 표정과 함께 두 눈 주위로 장난기 있는 즐거운 표정이 섞여 있는 이 젊은 아가씨는 무도회를 한껏 즐기고 있었다.

젊은 장교는 여러 곡의 춤곡이 흘러나가는 동안 내내 환영에 홀린 듯 이 젊은 아가씨를 뚫어지게 응시하고 있었다. 몇 년이 지난 뒤 스스로 회고한 바 있듯이, 그는 이 아름다운 아가씨를 보며 자신을 포함한 모든 것이 녹아 내려 하나로 엉겨 붙는 것 같은 느낌에 사로잡히게 된다. 이러한 묘사는 오랫동안 반복되어 온 상투적인 표현일 수 있지만, 다른 한편 첫눈에 반한 사랑의 감정을 묘사하는 데 있어서 이보다 더 원형적인 표현을 찾아내기는 쉽지 않을 듯싶다.

피츠제럴드에게 있어서 이러한 상태는 그의 예술적 자아의 중심적 투사, 즉 키츠^{John Keats} 식이라고 할 수 있을 미에 대한 순수한 숭배를 드러낸다. 피츠제럴드의 이러한 태도를 참석한 다른 남부의 신사가 눈치 챘더라면 불손한 행동이라고 나무랐을 것이다. 피츠제럴드의 눈초리는 확실히 무례했다. 그러나 피츠제럴드의 집요한 눈초리는 그녀의 오만한 태도와 잘 어울리는 측면이 있었다. 그녀의 오만한 태도는 중세의 기사에서 그녀와 가까이 하려고 애쓰는 일군의 장교와 전직 미식축구 선수들로 전이된 키츠의 「무자비한 미인^{belle dame sans merci}」의 현대판이라고 할 수 있다. 마침내 그녀는 피츠제럴드와 같은 연대에 속한 장교와 춤을 추게 되었는데, 이 기회를 놓치지 않고 피츠제럴드는 그녀를 소개 받고 자신이 직접 춤을 출 수 있게 되었다.

춤추는 이 두 사람은 잘 어울렸고 보기에 좋았다. 두 사람은 잘 생긴 외모 때문에 호감을 얻어 성공을 거둔 동일한 가문의 후손처럼 보였다. 어린아이처럼 가운데 가르마를 탄 그의 머리는 그녀 머리처럼 금발이었고, 그의 피부도 그녀 피부만큼이나 희었다. 그의 녹색 눈에는 긴 속눈썹이 있어 꿈을 꾸듯이 보였다. 그는 주로 대작가가 되려는 자신의 꿈에 대해 이야기했다. 그가 자신의 미래를 상상할 때에는 어떤 상승기류 같은 것이 느껴졌으며, 자신의 가능성에 대한 신뢰가 배어 있었다. 이후에 그녀는 피츠제럴드 만큼이나 낭만적인 어투로 다음과 같이 회상하곤 했다. "그의 두 어깨 아래에는 땅으로부터 황홀하게 그의 두 발을 들어 올리는 천부의 힘이 작용하고 있는 것 같았다. 마치 날을 수 있는 자신의 능력을 은밀히 즐기면서도 인간적 관례 때문에 걷는 것으로 타협한 것처럼."

이 젊은 장교가 속삭이는 예술을 통한 명성에 관한 이야기는 여느 구애자가 늘어놓는 화려한 직업이나 재산에 관한 미래보다 그녀를 더욱 매료시켰다. 그녀의 이름이 바로 젤다 세이어 Sayre였다. 젤다라는 이름은 그녀의 어머니가 그녀를 분만하던 당시 읽었던 소설에 등장하는 집시 여왕의 이름에서 따온 것이었는데, 이런 이름은 당시의 앨라배마 주 분위기로는 특이한 것이었다. 이름의 주인이 이름의 의미에 의해 영향 받게 마련이라면, 젤다라는 이름의 집시적 어원 역시 그녀의 비관습적 성향, 간혹 그녀의 입에서 거침없이 터져 나왔던 거친 발언들, 어떤 개혁적 이념적 목적을 위해서라기보다는 순전히 그녀 자신의 만족을 위해 감행되었던 충격적인 행동들과 깊은 관련이 있을지 모른다.

지체 높은 여느 남부 여성처럼 당대의 예법이 본능처럼 몸에 배도록 교육받았음에도 불구하고 젤다는 이러한 예법에서 벗어나는 것에서 희열을 느꼈다. 그녀는 그녀의 태생이나 계층에 편안하게 안주하기를 거부했던 것이다. 젤다는 남북전쟁 당시 남부군 장군과 앨라배마 주 상원의원을 배출했으며 남부에 정착한 이래 남부 정치에 큰 영향을 끼쳐 온 가문의 후예였다. 변호사이자 농장주였던 외조부는 후에 결혼하여 젤다를 낳은 자신의 딸 미니 Minnie가 배우가 되는 것을 완강히 반대하였다. 외조부는 무대에 서서 관객 앞에 자신을 드러내는 여자는 단정치 못한 여자라고 확신했던 것이다.

미니는 자신의 문학적 야망을 간직한 쾌활한 여성이었지만 몇 편의 감상적 시를 쓰는 것 이상으로 발전하지 않은 채 앤서니 Anthony 세이어와 결혼했다. 앤서니는 자신의 일에 진지하고 열성적으로 매진하는 보수적인 변호사였다. 그는 다른 사람과의 교류가 거의 없이 평생을 법률 서적과 씨름했는데, 이러한 모습은 자신에게는 정상적이었을지 모르지만, 가정의 다른 식구들에게는 억압적인 분위기를 조성했을 것이다. 자신에게 주어진 책무에 충실하며 사회적 존중을 받았던 앤서니 세이어는 앨라배마 주 의회 의원과 상원의원에 선출되었으며, 이후에는 오랫동안 앨라배마 주 대법원 재판부의 일원으로 활동했다. 그는 재판 관련 공무에 탁월했지만 경제적 이익이 되는 일에는 그만큼 유능하지 못해, 자녀가 여섯이나 되었던 세이어 가족은 임대한 주택에서 살아야 했고 생활비 지출에 늘 신경을 써야 했다.

부모가 40대에 막내딸로 출생한 젤다는 귀여움을 독차지하며 자랐다. 부모가 젤다의 이모저모를 일일이 챙기며 키웠더라면 젤다는 누구보다도 많이 보호받는 자녀가 되었을 것이다. 그러나 아버지는 항상 법원이나 서재에 있었고, 어머니는 자녀에 대해 크게 간섭하지 않고 자녀가 자신의 의사에 따라 행동하는 것을 허용하는 편이었다. 어린 시절 젤다는 높은 곳에서 뛰어내리기, 나무 타고 올라가기, 혼자 먼 길 걷기 등 위험한 일들에 자주 매료되었다. 그녀는 또한 장난기가 심했다. 한번은 소방서를 방문했을 때 소방서 지붕 위에 올라가 구출될 때까지 지붕 위에서 기다려야 했었다. 여덟 살 소녀에게 어울리지 않는 이 사건은 관객의 흥미를 끌고, 세인의 주목을 받으려는 젤다의 성향을 선구적으로 예시하고 있는 셈이다.

10대의 젤다는 자신이 하고 싶은 대화는 꼭 해야 했으며, 늘 관심의 초점이 되고자 했다. 쉽게 싫증을 냈고, 자신이 원하는 것을 할 수 없다는 말을 들을 때는 엄청나게 도전적이 되었다. 젊은 여성이라면 수동적 태도, 매력, 복종적 아름다움을 키워나가고, 의자에 등이 닿지 않게 똑바로 앉도록 기대되던 시절에 젤다는 커지는 가슴이 보이도록 상체를 앞으로 숙이거나 두 발목을 교차시키는 대신 다리를 꼬고 앉곤 했다. 고교 시절 그녀는 학과 공부에는 소홀했지만 남자들의 관심을 사 그들과 희희낙락하는 데에는 남다른 재능을 보였다. 그녀는 파티에서 뺨과 뺨을 맞대고 춤추고 담배를 피우고 진을 홀짝홀짝 마시거나 심지어 피츠제럴드가 자동차의 "움직이는 프라이버시"라고 부른 것 속에서 목을 껴안고 애무하는 것조차도 다른 소녀들이 감히 그녀를 따라올 수 없었다. 당시에 정식으로 구애를 받지 않고 키스 경험이 있는 처녀는 '과속 차량'이라는 속어로 불렸지만, 젤다를 묘사하는 보다 적절한 표현은 '거대 회오리바람'일지 모른다. 그녀는 상황을 지배하는 다른 규칙이 있다손 치더라도 자신이 원하는 대로 하고야마는 부류의 사람이었다. 어느 남학생 무도회에 초청되어 장밋빛 드레스를 차려입고 장미 부케를 든 휘황찬란한 모습으로 등장한 젤다가 이전에 자신과 데이트한 적이 있는 남학생의 사진이 액자에 담겨 유리 상자 속에 전시되어 있는 것을 보게 되었다. 유리 상자 속에 자신의 사진은 없는 것을 못마땅하게 여긴 젤다는 유리를 발로 걷어차고 사진을 꺼내 전리품인 양 휘둘러 댔다.

젤다를 알던 사람들 중에는, 즉물적인 것에 대한 그녀의 맹렬한 탐닉 그리고 선악과를 한 입 무는 것처럼 치명적인 것이든, 남자에게 춤추자고 권하는 것처럼 진지한 것이든, 자신이 원하는 것은 어떤 것이든 얻고야마는 그녀 특유의 강렬한 방식을 마음에 들어 하는 사람이 적지 않다. 유리 상자 사진 사건은 그녀의 유명세를 더하는 계기가 되었으며, 젤다로서는 이른 나이에 자신의 전설을 만들어 갈 가능성을 본 셈이었다. 젤다의 이러한 모습은 경솔한 현학적 취미와 함께 아름다운 미모를 한껏 휘날렸던 당대 신여성의 등장과 관련이 깊었다. 젤다는 이러한 종류의 여성, 특히 그것의 미국적 변종을 '신세대 말괄량이 여성'으로 불렀는데, 이 새로운 여성들은 흥미삼아 남자들과의 연애를 즐겼으며, 멋진 몸매를 과시하기 위해 노출이 심한 수영복을 입었다. 이들은 또한 화장품을 마음껏 사용했으며 점잖음이나 진지함 따위는 신경 쓰지 않았다. 그들은 경솔하고 무분별했었을지 모른다. 그러나 그들은 "지금 하고 있는 일들이 항상 하고 싶어 했던 일이었음을 의식하고 있었다."

젤다가 피츠제럴드를 만났을 때는 젤다가 고등학교를 졸업한 지 한 달밖에 되지 않았을 때였다. 당시 그녀는 남자에게 매력적으로 보이는 자신의 능력을 온전히 신뢰하고 있었다. 이 방면에서 그녀는 전문가가 되었으며, 수많은 남자들이 그녀의 환심을 사기 위해 부심했다. 테일러 기지 소속의 예닐곱 비행사들이 젤다에게 좋은 인상을 심어 주기 위해 그녀의 집 상공에서 곡예비행을 계속하다가 기지 사령관에게 발각되어 혼쭐이 나기도 하였다. 이러한 일화들은 젤다의 위력이 어떠했는지 짐작케 하기에 충분하다.

어린이는 어른의 아버지

피츠제럴드는 젤다를 보자마자 그녀의 마력에 빠져들어 매일 방문하거나 전화 걸기 시작했다. 젤다가 인기가 있었다는 점은 대부분 남자들에게는 기운 빠지는 일이었지만 피츠제럴드에게는 그녀가 "최고의 여성"임을 알려주는 징표였다. 그는 자신이 돈이 없고 축구 선수와 같은 근육질의 매력도 없었지만, 대신 그녀를 얻기에 충분한 지력, 태도, 외모를 지니고 있다고 확신했다. 이러한 확신의 기저에는 자기 세계에 빠진 순진함이 자리 잡고 있었다. 프린스턴 대학에 다닐 때에도 그는 당시 젤다 만큼이나 인기가 높았던 지너브러 킹 Ginervra King 을 쫓아다닌 적이 있었다. 그는 킹을 쫓아다닌 여러 남자 중의 하나에 불과했지만 피츠제럴드는 자신이 그녀를 독차지했다고 착각했다. 킹은 처음부터 자신의 기대가 피츠제럴드의 포부를 훨씬 능가하는 것이었고 그녀의 높은 사회적 배경과 야심이 피츠제럴드에 의해 충족될 수 없기 때문에 피츠제럴드와의 관계는 스쳐 지나가는 간막극 이상일 수 없음을 잘 알고 있었다. 사실, 피츠제럴드가 젤다를 만났을 무렵 킹은 결혼 준비를 하고 있었다. 피츠제럴드는 자신의 일기장에 킹의 손수건을 붙이고 그 아래 "한때 마음을 사무치게 했던 이야기의 종결"이라고 썼다. 그러나 이것은 종결이라기보다는 서곡이었다. 젤다야말로 접근할 수 없을 것처럼 보이지만 쟁취하기 위해 분투하게 만드는 새로운 이상이 되었기 때문이다.

모멸감을 불러일으킬 정도로 높은 곳에 위치한 여성을 향한 피츠제럴드의 이러한 태도는 낭만주의 전통의 유산이라고 할 수 있다. 피츠제럴드가 가장 애호한 시인인 키츠의 시에 배여 있는 탐닉적인 달콤한 취향, 또는 이러한 취향이 확대되어 광기의 양상을 띠는 에드거 앨런 포우Edgar Allen Poe의 시 세계에서 이러한 유산의 일부가 발견될 수 있을지 모른다. 더욱이, 젤다는 어떤 점에서 스콧의 자기 반영일 수 있다는 나르시시즘적 요소가 문제를 더욱 복잡하게 만든다. 실제로 두 사람은 흰 피부, 금발, 오똑한 코, 섬세하게 생긴 입 등등 외모에 있어서도 유사점이 적지 않았지만, 스콧과 젤다의 일체감은 외면적 유사성을 훨씬 벗어나는 것이었다.

젤다와 스콧는 둘 다 그들의 부모를 무시하거나 부정할 필요를 느끼고 있었다. 젤다는 자신의 아버지를 이전 세기의 완고한 가치를 옹호하는 구시대 유물로 생각했다. 겁 없이 면전에서 아버지를 모욕할 정도였다. 피츠제럴드는 저녁 식사 초대로 세이어 씨 집을 처음 방문했을 때 젤다가 식사 도중 아버지를 매우 화나게 해 세이어 씨가 벌떡 일어나 손에 나이프를 든 채 젤다가 앉아 있는 쪽으로 쫓아갔던 일을 회상한 적이 있다. 냉정한 재판관 세이어 씨가 화가 나 나이프를 든 채 쫓아가는 광경은 우습기 짝이 없었을 것이다. 피츠제럴드는 당시 아직 어렸고 젤다에 완전히 빠져 있었기 때문에 그

광경을 지켜보면서도 이 일화에 담겨 있는 의미를 간파하지 못했다. 사회적 형식에 의해 강제되거나 순화되지 않을 본질적으로 야생적인 측면이 젤다에 내재되어 있다는 점이 당시로서는 읽혀지지 않았던 것이다. 이러한 비순응성의 측면에서 보자면 젤다는 로렌스와 애정 도피 행각을 감행하기 직전의 프리다보다 더 변화무쌍한 양상을 보여 준다. 적절성이나 관례에 근거해 이 두 여인에게 일방적으로 지침을 내리는 것이 불가능할 정도로 두 여인 모두 기존의 굴레에서 벗어나 있다고 할 수 있지만, 프리다가 이런 단계에 이르는 데 몇 년이 걸린 반면, 젤다는 천성적으로 반항아였던 것 같다.

나이프 사건으로 세이어 부인 역시 당황하고 화가 났지만 다행히 남편을 진정시켜 다시 자리로 돌아오게 할 수 있었다. 자녀를 여섯 키우는 동안 세이어 부인은 가정 평화의 능숙한 파수꾼이 되었던 것이다. 물론 여섯 자녀 중 젤다가 부인에게 가장 큰 골칫거리였지만 말이다. 젤다는 자신의 생각에 쉽게 따라 주는 어머니에 대해 늘 보호해 주려는 입장을 취했다.

피츠제럴드도 그의 부모, 특히 어머니에 대한 불만이 컸다. 그의 어머니는 감자 기근 시대에 아일랜드에서 미국으로 건너온 상인의 장녀였다. 피츠제럴드의 외할아버지는 세인트 폴에 정착해 도매 상인이 되었는데, 비록 이른 나이에 죽었지만 상당한 부를 축적할 수 있었다. 피츠제럴드의 어머니는 둥근 얼굴의 평범한 외모에 의복, 언어, 예법에 있어서 특이한 구석이 많아, 다소 기이한, 어떤 면에서는 다소 비정상적인 사람으로 간주되곤 했다. 피츠제럴드는 자신의 정체성을 부계 쪽에서 더 많이 발견했는데, 그의 아버지는 17세기 초 메릴랜드에 정착한 이후 메릴랜드의 지도층이 되었던 지체 높은 가문의 후손이었다.

작은 키에 말수 없이 잘 생겼고 좋은 혈통을 지닌 에드워드^{Edward} 피츠제럴드는 식민지 시대 과거를 대변했다. 그러나 그는 변호사나 은행원이 되는 대신 결혼과 더불어 장인의 도매 상점에서 일했다. 스콧이 아직 어렸을 때 사업이 실패한 에드워드 피츠제럴드는 가족을 데리고 버팔로로 이주했다. 그곳에서 그는 프록터 앤 갬블Procter and Gamble사의 영업 사원으로 일했지만, 스콧이 12세 되던 해에 해고되었다. 그는 이에 큰 충격을 받았고 이후에도 이 충격으로부터 온전히 회복되지 않은 듯 보였다. 판단력이 흐렸으며, 일 처리가 효율적이지 못했고, 대체로 실용적인 문제를 회피했다. 가족은 다시 세인트폴로 돌아와 그곳에서 계속 거주했는데, 피츠제럴드 부인의 유산 범위 내에서 근근이 살아가야 했다.

유행에 뒤떨어진 옷을 볼품없이 걸친 피츠제럴드 부인은 세세한 관심과 걱정으로 아들을 숨 막히게 했다. 그것은 어쩌면 전염병으로 일찍 두 아들을 잃었기 때문이었을 수도 있고, 아니면 남편의 실패에 대한 은밀한 보상 심리 때문이었을 수도 있다. 자신이 부모를 떠나야 하는 것은 결함투성이 부모의 책임이라고 이미 어린 나이에 피츠제럴드는 판단했던 것 같다. 그는 아버지는 불쌍하게 생각하였지만, 어머니는 결코 용서할 수 없었다. 그는 「어머니를 살해한 소년The Boy Who Killed His Mother」이라는 습작에서 어머니에 대한 분노를 표출시키곤 했다. 4년이라는 기간에도 불구하고 작품을 완성시킬 수는 없었지만 말이다. 후에 피츠제럴드는 아버지를 저능한 백치, 어머니를 반쯤 광기에 찬 신경질적 싸움꾼으로 폄하했다. 부모를 딛고 일어서는 것은 고통스럽긴 하지만 예술가가 되기 위한 필수적인 과정이다. 로렌스는 『아들과 연인』에서 어머니의 따뜻한 품에 찬사를 표하면서도 이와 동시에 어머니의 편협함을 비판하고 아버지의 소외를 안타까워한다. 피츠제럴드는 과거 속의 부모를 형상화하려고 했으나 성공하지 못했다. 아마도 사실상 그들을 잊은 것처럼 보였다. 바로 이러한 회피의 경향 때문에 피츠제럴드는 일부 비평가들에 의해 깊이가 부족한 작가로 비판받기도 한다.

부모에 대한 이러한 경박한 적대감은 시사하는 바가 적지 않다. 어머니의 사회적 부적응과 아버지의 사회적 불명예―그는 결국 자기 가족을 부양할 수 없었다―로 인해 피츠제럴드는 사회적 인정과 성공을 바라면서도 모호한 형태의 모멸감을 느껴야 했다. 그 결과, 젊은 시절의 피츠제럴드는 "2기통짜리 열등감"에 입각해 "위인들은 모욕하면서 하녀 앞에서는 설설 기는 일을 반복"하곤 했다.

세인트 폴에서 피츠제럴드의 부모는 자녀를 위한 최상의 환경을 찾아 이곳저곳을 이사 다녔다. 피츠제럴드는 거대한 저택에 사는 학생들과 같은 학교에 다녔고, 그곳에서 열리는 파티에 참석하곤 했지만 그때마다 계층적 소외는 여전했다. 이러한 환경에서 피츠제럴드는 사회 계층에 저항하고 공평한 부의 분배를 옹호하는 개혁가가 될 수도 있었을 것이다. 그러나 그는 처음부터 부의 매력에 매료되었다. 이러한 성향은 그에게 무도 레슨 기회를 제공한 그의 어머니에 의해 더욱 부추겨졌다. 무도회는 손에 손 잡고 우아하면서도 권력 있는 이들과 자연스럽게 교류할 수 있는 적절한 기회였던 것이다.

피츠제럴드는 밝은 성격이었다. 정확한 확인은 불가능하지만, 그는 자기가 맨 앞에 쓰는 첫 단어는 "업 ᵘᵖ"이었다고 주장했는데, 이 단어야말로 한때 미국적 특성으로 여겨진 끊임없는 낙관주의를 함축하고 있다고 하겠다. 물론 이 단어 뒤에 수많은 단어를 말하게 되는데, 학창 시절에는 명징한 설득력이 돋보이는 언변으로 열띤 논쟁에서 탁월성을 발휘했으며, 글쓰기에도 역량을 보였다. 13세에는 비록 서툴긴 했지만 탐정소설을 썼으며, 기회가 될 때마다 자신의 생각과 포부를 글로 옮기곤 했다.

뉴먼이라는 뉴저지의 작은 가톨릭계 예비 학교에 다니게 되자마자 그는 가장 인기 있는 학생이 되기 시작했다. 그는 자신감이 있었으며 사람들을 자신 쪽으로 끌어당기는 매력이 있었다. 이런 점에서 그는 젤다와 유사했다. 그러나 이후에 스스로 인정했듯이, 이러한 능력에는 부도덕하고 불명예스러운 행동으로 돌변할 수 있을 양날의 칼 같은 속성이 내재되어 있었다. 일부 동급생들에게 피츠제럴드의 매력은 과장된 자만, 숭배 받고자 하는 마키아벨리적 열망 같은 것으로 비추어졌다.

첫 장편소설의 초고 작업을 하던 피츠제럴드는 뉴먼 학교에서 보냈던 시절을 떠올리며 자전적인 주인공 에이머리 블레인^{Amory Blaine}을 창조하였는데, 블레인은 작품 속에서 자신이 "진정한 용기나 인내심 또는 자긍심"이 결여되어 있었음을 인정하고 있다. 이러한 특성, 즉 심리적 불안이 뒤따르는 과대한 피상적 허영과 자만이 피츠제럴드의 전형적인 패턴이 되었다. 이러한 심리적 특성으로 몸이 허약하게 되었을 뿐 아니라, 운동 기량이 뛰어나지 않고 키도 작아, 운동 경기에서 발군의 실력을 보이는 전통적인 의미의 남성적 영웅 이미지에서는 많이 멀어져 있었다. 그는 글쓰기가 "현실의 직면에서 벗어나게 하는 뒷길"이 될 수 있음을, 즉 자신이 친구들보다 가난하다는 것이 엄연한 현실이지만 이것보다 더 매력적인 상황을 환상 속에서 창조할 수 있음을 알았다. 그는 학교에서 버스로 40분 거리에 있는 브로드웨이 희극에 매료되었지만, 그것은 그의 영역을 벗어나는 사치였다. 그리하여 그는 직접 희극 대본을 쓰기 시작했다. 한번은 미식축구 경기에서 감독에게 부당하게 혼났는데, 이것에 대한 반응으로 학교 신문에 시를 써서 자신을 옹호한 적이 있었다. 이렇듯 피츠제럴드에게 있어 글쓰기란 인정을 받기 위한 수단이 되었다.

뉴먼 학교의 마지막 학년에 피츠제럴드는 사이럴 페이^{Cyril Fay} 신부를 알게 되었다. 페이는 그 학교의 이사였다가 이후에는 교장이 되었다. 자신의 친아버지에게 존경과 신뢰를 표할 수 없었던 피츠제럴드는 페이 신부의 코스모폴리탄적인 풍모에 깊은 인상을 받았다. 피츠제럴드의 잘 생긴 외모와 과장된 자신감에 호감이 간 페이 신부는 피츠제럴드에게 친밀하게 대해 주었고, 피츠제럴드의 정신적인 아버지 역할을 하게 되었다. 키가 작고 통통한 동안의 페이 신부는 스스로 심미가라고 생각했으며, 특히 연극, 포도주 그리고 대화하는 것을 좋아했다. 그는 재산 많은 그의 어머니와 함께 워싱턴 시에 살고 있었고, 영향력 있는 당대의 유력 인사들과 함께 어울렸다. 페이 신부가 어울린 인사들 중에는 후에 피츠제럴드도 만난 적이 있고 『천국의 이 편』에서 쏜튼 핸칵^{Thornton Hancock}으로 형상화된 헨리 애덤스^{Henry Adams}와 윈스턴 처칠^{Winston Churchill}의 조카인 앵글로-아일랜드 작가인 쉐인 레슬리^{Shane Leslie}도 포함되어 있었다.

쉐인 레슬리를 알게 된 것은 피츠제럴드에게 중요한 계기가 되었다. 레슬리를 통해 『천국의 이 편』이 곧바로 출판되었으며, 일이 성사되기 위해서는 필요한 사람들을 알고 있는 것이 중요하다는 점을 깨닫게 되었다. 페이 신부는 점잖으면서도 유쾌하게 삶을 향유하며 살아갈 수 있는 능력을 피츠제럴드에게 보여 주었다. 물론 그는 신부로서 피츠제럴드에게 올바른 삶과 이상주의를 환기시키는 역할도 했다. 피츠제럴드는 말년에 여러 일들이 헝클어져 갔을 때 자신을 "손상된 신부"로 언급한 적이 있다.

피츠제럴드의 프린스턴 재학 시절 내내 페이 신부는 그의 속마음을 털어놓을 수 있는 조언자였고, 활기와 용기의 원천이었다. 피츠제럴드의 뉴먼 시절 학업 성적은 훌륭하지 못했지만, 대학 입학 면접시험에서 면접관들에게 개인적인 매력과 자신감을 물씬 풍겨 프린스턴에 입학할 수 있었다. 뉴먼 학교에서 그러했듯이, 프린스턴에서도 피츠제럴드는 곧 유명한 학생, 즉 "캠퍼스 내의 유력 인사"로 각인되어 갔다. 이 유명세는 우수한 학업에 의한 것이 아니었다. 피츠제럴드는 젤다처럼 공부보다는 사교 모임에 더 관심이 많았고, 프린스턴의 연극회인 〈트라이앵글^{Triangle}〉에 자신의 시와 글을 투고하는 데 열의를 보였다. 그가 쓴 희곡이 〈트라이앵글〉에 의해 채택되어 주위로부터 주목을 받게 되었을 때 피츠제럴드는 자신이 "독이 오른 두꺼비처럼 부풀어 오르는 것을" 느낄 수 있었다.

피츠제럴드는 모험가, 멋쟁이 연애 전문가로 자처하는 젊은이들의 만찬 사교 모임 〈커티지^{Cottage}〉의 회원으로 받아들여지기도 하였다. 이 모임의 친구들과 어울리며 피츠제럴드는 담배 연기를 빨아들일 때 가장 어울리는 자세를 배우는 것이 논문 쓰거나 시험 보는 것보다 훨씬 더 중요한 것처럼 여겨졌다. 사실, 『천국의 이 편』에서 피츠제럴드가 자세하게 묘사하고 있듯이, 전쟁 이전의 프린스턴에는 높은 계층인 척하는 속물근성과 특권 의식 같은 것이 마치 누구나 수강해야 하는 강좌라도 되듯이 전체 분위기를 지배하고 있었다. 피츠제럴드의 학과 공부는 늘 만족스럽지 못한 상태였다. 낙제하는 과목도 적지 않았고, 간신히 통과만 하는 과목, 수강을 취소하는 과목이 많았다. 어울려 다니기를 좋아하고, 쉽게 흥분하고, 강렬한 열의로 충만한 피츠제럴드는 이것저것에 관심이 많은 문제아처럼 보였다. 물론, 때때로 건방지고 경솔하며 불같이 화를 내어, 그렇지 않았더라면 잘 진행될 수 있었을 교우 관계를 망치기도 했다. 피츠제럴드의 독특성은 결국은 꼼꼼한 은행원이 될 대다수의 프린스턴 학생들에게 쉽게 용인될 수 없었을 것이다.

이후에 당대의 가장 중요한 미국 비평가가 될 에드먼드 윌슨도 피츠제럴드 친구 중의 한 명이었다. 윌슨은 풍부한 독서와 논쟁적인 토론을 즐기던 매우 학구적인 고전문학 전공 학생이었다. 외향적이고 사교에 능한 피츠제럴드와는 대조적으로 윌슨은 사교성에는 무관한 것처럼 보였다. 윌슨은 대인 관계에서 거의 고립된 채로 현학적 우월감과 냉정하고 분석적인 객관성을 줄곧 유지했으며, 높은 톤의 목소리, 빨간 머리, 주황빛 넥타이 등으로 교내에서 기인으로 통했다. 당시 학부 대상 문예지인 〈나쏘 문학잡지 The Nassau Literary Magazine〉의 편집장을 하고 있던 윌슨에게 피츠제럴드는 과감하게도 "지금까지의 여느 작가보다도 위대한 작가 중의 한 명"이 되겠다는 자신의 포부를 밝힌 적이 있다. 이러한 포부를 학창 시절의 허영으로 치부하는 대신 윌슨은 피츠제럴드의 활기찬 자기 암시에 고무적으로 반응했다.

피츠제럴드는 윌슨이 쓴 뮤지컬 코메디 「악한 눈 The Evil Eye」을 위해 몇 편의 서정시를 써 주었다. 이 가극집에 코러스 소녀로 분장한 피츠제럴드의 사진이 실렸다. 한쪽 어깨로 늘어진 매혹적인 드레스를 입고 수줍은 듯한 신비한 미소를 짓고 있는 사진이었다. 이후에 헤밍웨이가 묘사했듯이, 섬세한 긴 입술과 남자 입이라고 하기엔 너무 멋진 아일랜드 풍의 입을 가진 예쁜 얼굴이었다.

대학 시절의 또 다른 친구에 존 필 비숍 John Peale Bishop이 있다. 피츠제럴드보다는 나이가 좀 위였고, 윌슨처럼 학구적이었다. 비숍은 피츠제럴드에게 키츠와 프랑스 상징파 시인들을 알려주었고, 피츠제럴드는 3학년 때 이들의 시를 읽기 시작했다. 그런데 3학년 때 피츠제럴드는 말라리아에 감염되었다. 말라리아는 결핵만큼 상징적이지는 않다고 해도(피츠제럴드는 자신이 결핵에 걸린 적도 있다고 주장한다) 젊은 낭만주의자에게 매우 어울리는 병이었다. 사실, 당시 말라리아는 프린스턴 지역에만 유독 창궐하고 있었다. 프린스턴 지역은 습지가 많았고 모기가 들끓고 있었기 때문이다. 피츠제럴드는 병으로 휴학을 해야 했는데, 오히려 병이 학업 성취 미달의 정당한 사유로 이해될 수 있는 측면도 있었다.

불행한 것은 복학을 한다고 해도 클럽과 모임에 참석하기 어려워진다는 점이었다. 이즈음 피츠제럴드는 자신이 성공하는 길은 뛰어난 작가가 되는 것뿐이라고 확신하게 되었다. 피츠제럴드의 글에 이중성이 드러나는 것도 바로 이러한 생각의 반영이다. 성공하여 사회적, 물질적 보상을 받으려는 욕구가 작가가 되려는 동기를 유발했고, 그 결과 스스로 확신하지 못하면서도 작품을 산출하게 되었다. 피츠제럴드는 자신이 쓰고자 하는 내용과 유명한 작가로서의 빛나는 명성 사이에서 늘 혼란을 겪었다. 최상의 시기에 피츠제럴드는 빛나는 재능에 값하는 작품을 창조할 수 있었다. 그러나 후반기에 이르러서는 자기 자신을 한편으로는 예술에 헌신하는 작가, 다른 한편으로는 자신이 만든 이야기 속의 주인공으로, 서로 다르게 바라보는 이중적인 긴장감을 겪어야 했고, 결국 헤밍웨이의 표현처럼 "손상된 날개"로는 더 이상 날 수 없게 되었다고 할 수 있다. 피츠제럴드는 성년이 되면서 이러한 주제의 소설을 쓰기 시작했는데, 그는 이 소설의 제목을 『낭만적 자기중심주의자』로 명명하고, 윌슨이 가장 존경하는 크리스천 가우스^{Christian Gauss} 교수에게 이 소설을 보여 주었다. 학장이었던 가우스는 피츠제럴드의 형편없는 학업 성적을 잘 알고 있었으며, 비록 피츠제럴드를 진정 좋아하긴 했지만, 그의 능력에 큰 신뢰를 두지 않았다. 피츠제럴드는 원고를 페이 신부에게도 보여 주었다. 이 소설의 제목을 피츠제럴드에 제안했던 장본인이기도 했던 페이 신부는 가우스 교수보다 훨씬 고무적인 반응을 보였다. 페이 신부는 자신의 친구 쉐인 레슬리에게 원고를 보내는 문제까지 언급했지만, 바티칸 교황청 일로 유럽으로 떠나는 바람에 성사되지는 않았다.

피츠제럴드는 자신의 원고가 주로 프린스턴 시절의 일화로 엮여 있을 뿐, 견고한 형식을 갖추지 못하고 있음을 깨달았다. 물론 이 소설에는 당대의 급변하는 제반 양상도 담겨 있었다. 1917년에 피츠제럴드는 21살이었고, 대부분의 프린스턴 친구들은 유럽 전쟁이 함축하는 바를 인지하고 있었다. 즉, 졸업 후 직장을 갖는 대신 전쟁에 나가야 할지 모른다고 생각하고 있었다. 그러나 피츠제럴드는 헤밍웨이나 포크너처럼, 당시 미국이 취하고 있던 고립 정책이나 전쟁에서 자신이 죽을지 모른다는 두려움에도 불구하고, 유럽 전쟁터에 가고 싶어 했다. 피츠제럴드는 작가적 직감으로 이 전쟁이 당대의 가장 커다란 이야기 중의 하나가 될 것이기 때문에 그것에 대해 말하기 위해서는 일단 그것을 경험해 보아야 한다는 것을 알았다.

4학년 초에 그는 보병 소위로 임관해 프린스턴을 떠나 캔사스 주 리븐워스 기지로 군사 훈련을 받으러 갔다. 그곳에서 그는 불성실한 학생만큼이나 불성실한 군인이었음이 입증되었다. 완전 군장으로 산을 넘는 행군을 하고 있을 때 빈 배낭에 난로 연통을 넣은 것이 발각된 적이 있었다. 저격과 참호 내의 행동 요령에 관한 교육 시간에 몰래 가져온 공책에 자신의 원고를 위한 단상들을 적어 내려갔다.

피츠제럴드가 훈련이나 교육을 의도적으로 회피하려고 했던 것이라기보다는 장교 훈련 과정이 우스꽝스럽다고 생각했던 것 같다. 주말에는 『낭만적 자기중심주의자』 원고를 소음과 담배 연기 가득한 장교 클럽에서 써 내려갔고, 석 달 후에 수정 및 증보된 원고를 완성할 수 있었다. 탈고 이후 피츠제럴드는 에드먼드 윌슨에게 이 원고가 출판되면 "어느 날 아침 잠에서 깨어 자신이 유명해진 것을 알게 될 것"이라는 선견지명이 있는 편지를 보낸 적이 있다.

피츠제럴드는 페이 신부의 제안을 기억하며 수정 원고를 쉐인 레슬리에게 보냈는데, 레슬리는 이 원고가 매우 마음에 들어 스크라이브너 출판사에 출판할 것을 강력하게 추천했다. 레슬리는 피츠제럴드가 전쟁에서 사망할지도 모르는데 이 경우 영국 시인 루퍼트 브룩Rupert Brooke의 경우처럼 그의 작품은 사후에 명성을 누릴 수 있다고 말하며 출판을 권유했다. 스크라이브너 편집진의 다수는 프린스턴 졸업생이었으므로 이 소설의 내용에 공감하는 바가 많았다. 눈치 빠른 젊은 편집장 맥스웰 퍼킨스Maxwell Perkins도 이들의 의견을 지지했지만, 수정 권유 사항과 함께 원고를 필자에게 돌려보냈다. 피츠제럴드는 중위로 진급해 앨라배마 주 쉐리던 부대에서 근무할 때 이 소식을 들었다. 젤다를 만나게 된 것도 쉐리던 부대에 근무할 때였다.

아름다운 공주를 찾아서

피츠제럴드는 젤다에 관한 대단히 낭만적이고 감상적인 시에서, 젤다 머리카락의 금빛이 땅을 빛나게 하고 장님을 어찔하게 한다고 표현하며 그녀를 붙잡기 얼마나 어려운지를 토로한 적이 있다. 그러나 그는 이런저런 소문이나 그녀를 쫓아다니는 추종자들에 의해 좌절되지 않았다. 젤다는 자신의 인기가 자신을 더욱 매력적으로 보이게 하는 요인 중의 하나임을 알고 있었다. 피츠제럴드를 만난 일주일 후 젤다는 다음번 컨추리 클럽 댄스 모임에서 추종자 중의 한 명을 가스램프가 환하게 비추고 있는 전화박스로 데려와 그에게 기습 키스를 퍼부었다. 다른 남자에게 이렇게 기습적으로 키스를 한 것은 피츠제럴드가 이 장면을 보게 될 것이라는 예상 때문이었다. 젤다는 자신을 진정으로 원하는 남자는 중세 시대 로맨스의 기사처럼 여러 난관과 경쟁자들을 이겨 낼 준비가 되어 있어야 한다고 믿었다. 피츠제럴드처럼 젤다도 자기 자신을 낭만적으로 신화화하는 경향이 있었던 셈이다.

피츠제럴드는 젤다에게 『낭만적 자기중심주의자』의 한 챕터를 보냈다. 피츠제럴드는 이 작품이 그에게 가져다줄 명성을 확신했는데, 이러한 확신은 자신의 미모에 대한 젤다의 확신에 대응되는 것이었다. 당시의 표현으로, 그는 그녀에게 "돌진"했다. 즉, 그가 그녀의 중심을 차지할 수 있도록 수없이 여러 번 전화를 걸었으며 그녀의 집을 방문했다. 집 앞의 흔들거리는 그네에 앉아 진한 꽃향기 아래에서 과일 음료를 마시며 키츠와 스윈번^{Swinburne}에 관해 이야기했다. 젤다는 자신의 부모로부터 물려받을 재산을 기대하기 어렵고, 예술가란 돈 벌 수 있는 직업은 아니라고 믿기 때문에 피츠제럴드가 바로 전쟁터로 가 전쟁의 고상한 명분을 위해 전사하는 것이 나을 수도 있겠다는 말을 하기도 했다. 젤다의 아버지는 이들의 연애를 인정하지 않으려 했다. 젤다의 아버지는 피츠제럴드가 술을 너무 많이 마신다고 생각했다. 기존 권위에 도전하는 젤다에게는 아버지의 이러한 반대 때문에 오히려 피츠제럴드가 더 매력적인 구애자로 보이게 되었다. 1937년 출간된 그녀의 소설 『나를 위해 왈츠를 남겨 주세요^{Save Me the Waltz}』에서 젤다는 피츠제럴드를 데이빗 기사, 즉 몽고메리의 답답한 관습에서 자신을 구해 줄 낭만적 기사로 불렀다. 그녀의 행동은 대담했지만, 피츠제럴드가 소설을 써 내려가듯이 자신의 삶을 계획하고 있음을 감지했다는 점에서는 영리했다고 할 수도 있다.

피츠제럴드와 젤다의 연애는 여름에 진행되었다. 피츠제럴드가 스크라이브너사로부터 수정 요구서와 함께 원고를 돌려받은 것은 8월이었고, 이때부터 수정 작업이 시작되었지만 9월 초까지도 거의 진척되지 않고 있었다. 군대 복무 이외의 시간을 대부분 젤다와 보내고 있었기 때문이었다. 9월 7일자 일기에 피츠제럴드는 자신이 젤다와 사랑에 빠졌음이 분명하다고 적었다. 그가 속한 사단이 곧 해외로 이동할 것이라는 소문이 계속 흘러나왔기 때문에 피츠제럴드는 소설 완성과 젤다와의 관계에 더 부심하게 되었다. 결국 10월 말에 뉴욕으로 이동한다는 명령을 받았다. 북쪽으로 향하는 기차에서 피츠제럴드가 젤다에게 건넨 마지막 말은 "나의 마음은 이곳에 머무를 것이오."였다. 그러나 역설적이게도 피츠제럴드는 그의 '마음'을 밑천으로 삼아 작가로서의 그의 임무를 수행해 나갈 수 있었다. 수년 후에 피츠제럴드가 자신보다 젊은 작가에게 말했듯이, "우리의 이야기를 해 나가기 위해서는 우리의 '마음'을 팔아야만" 하는 것인지 모른다.

피츠제럴드의 부대는 롱아일랜드의 밀즈 캠프에 주둔했는데, 이곳이 유럽 전선에서 그나마 가장 가까운 곳이었다. 피츠제럴드는 전쟁을 경험하지 못한 것을 늘 아쉬워했다. 그가 전쟁터로 출발할 수 없었던 두 가지 원인이 있었다. 그 첫째는 독일의 패배가 코앞에 다가와 있었고, 둘째는 전쟁 자체보다 더 많은 생명을 앗아간 1918년에서 1919년에 이르는 유행성 독감 때문이었다. 밀즈 캠프는 뉴욕 시에서 아주 가까워 피츠제럴드는 어렵지 않게 친구를 만나고 파티에 참석할 수 있었다. 불행하게도, 피츠제럴드는 에드거 앨런 포우처럼 정상에서 벗어난다는 생각 자체가 그를 취하게 하기에 충분하기라도 하듯이, 술 한 잔만으로도 취하는 그러한 사람이었다.

한번은 피츠제럴드가 친구의 호텔방에서 벌거벗은 여자와 함께 있는 것이 경찰에 의해 발각되었다. 피츠제럴드는 경찰의 손에 꼬깃꼬깃한 100달러 지폐를 쥐어 주고는 옷을 주섬주섬 주위 입고 여자와 함께 방을 나왔다. 『천국의 이 편』에서 에이머리 블레인의 친구가 비슷한 일을 저지르는 것으로 나오는데, 이것은 피츠제럴드가 겪은 실제 사건이 소설에서 변형되어 투영된 것이었다.

이 사건은 젤다의 작품에서도 등장한다. 『나를 위해 왈츠를 남겨 주세요』에서 피츠제럴드의 소설적 형상화인 데이빗은 젤다의 소설적 형상화인 앨라배마에게 이 사실을 고백한다. 이 사실을 들은 앨라배마는 "순결은 원할 경우에만 지켜지면 된다."고 말하며 얼버무린다. 동시대인들에게 불같이 분노하기도 했던 로렌스 작품 내의 인물마저도 이러한 발언을 하지는 않았을 것이다. 이런 식의 발언은 전혀 다른 사회 질서, 전혀 다른 정서적 환경에 속하는 것이었다. 자유로운 성관계와 동성애적 전조를 보임에도 불구하고 로렌스의 세계는 고정된 도덕적 비전에 기초하고 있다. 원할 경우에만 순결을 지킨다는 발언은 항구적인 도덕의 기준이 위험하고 신뢰할 수 없는 주관성으로 대체될 수 있음을 보여 준다. 이러한 발언은 이전 시대, 특히 빅토리아조 시대에는, 최소한 여성의 입에서는 나왔을 것 같지 않으며, 혼외정사를 합리화하는 것이라고 비난받았을 것이다. 결혼 생활의 안정을 위해 경우에 따라서만 순결을 지킨다는 것은 주로 남성의 특권이어 왔다(그러한 여성도 없지 않았지만 훨씬 조심스러웠다). 젤다는 피츠제럴드에게 자신이 남자처럼 생각한다고 말한 적이 있는데, 피츠제럴드는 이 생각이 재미있어 그의 첫 소설에 이러한 점을 묘사한 바 있다. 순결에 관한 이 일화가 바로 이러한 점을 보여 주는 실례에 해당된다.

피츠제럴드가 몽고메리로 돌아왔을 때 서로에 대한 기대가 충족되지 않았기 때문에 젤다와의 관계는 교착 상태에 빠지게 되었다. 피츠제럴드는 프랑스 전쟁터의 참호에서 연애편지를 쓰고 있는 것이 아니라 이전과 동일한 처지에 놓여 있었던 것이다. 물론 이전의 멋진 순간도 여전히 남아 있긴 했다. 겨울 숲 속 길을 오래 걷거나, 보드빌 극장에서 시간을 보내거나, 빌린

차에서 서로 포옹 또는 그 이상의 애정 표현(이후에 피츠제럴드는 젤다가 "성에
관련해 별로 조심스럽지 않은 것"을 알게 되었다고 말한 적이 있다)을 했을 수 있
다. 그러나 다른 한편, 피츠제럴드의 술버릇 그리고 젤다가 다른 남자와도
데이트한다는 소문 때문에 말다툼이 심해지기도 했다. 피츠제럴드는 젤다
에게 청혼을 했지만, 그녀는 이후에도 대학 미식축구 선수와 대학 무도회에
참가하거나, 주지사 취임 무도회에 나타나기도 했다.

젤다는 젊은 프로 골퍼와도 데이트하고 있었는데, 어느 날 골퍼와 젤다는
둘 다 만취하여 빅터 레코드판을 머리로 박아 수십 장이나 깼다. 그날 젤다
는 골퍼의 골프 깃대를 받았다가 다음 날 돌려주었는데, 이때 동봉한 메모가
실수로 피츠제럴드에게 전달되었다. 반갑지 않은 것을 받게 된 피츠제럴드
는 다소 익살스럽게, 이제야 공주들이 왜 탑에 갇혀 있게 마련인지를 알겠다
는 답신을 보냈으며, 이후 편지에도 비슷한 표현이 계속 되었다.

피츠제럴드의 이러한 반응은 젤다에게 깊은 인상을 남겼음에 틀림없다.
이후 젤다의 정신 상태가 악화되었을 때 젤다는 스위스 정신과 의사에게 피
츠제럴드가 그때 막 시작된 자신과 프랑스 연인과의 사랑을 막기 위해 자신
을 집에 가둔 적이 있었다고 말했다. 물론 이것은 엄청난 과장이었다. 아마
도 그녀는 평상시와는 달리 한 시간 정도 욕실에 처박혀 있었을지 모른다.
피츠제럴드가 품고 있던 "멀리 감금되어 있는 공주"라는 이미지는 그 옛날
오랜 기간 집을 비워야 했던 십자군 원정 기사들이 자신의 여인을 자신의 재
산과 동일시했던 이래로 변형을 거듭하면서도 남자들의 뇌리 속에서 줄곧
지속되어 왔다고 할 수 있다.

같은 달에 페이 신부가 심한 독감에 걸렸는데, 얼마 안 있어 사망했다. 장
례식에 갔다가 피츠제럴드 자신도 독감에 걸려 고생하기도 했지만, 페이 신

부의 사망으로 깊은 상실감에 빠지게 되었다. 이러한 상실감은 쉐인 레슬리에게 보내는 편지에 생생하게 표현되어 있다. 유럽 전쟁터로 갈지 모른다는 기대와 젤다와의 불안정한 관계 때문에 『낭만적 자기중심주의자』의 수정 작업은 거의 또는 전혀 진척되지 않고 있었다. 제대 통지서를 받고 그는 젤다에게 인정받을 수 있을 부와 명성을 얻기 위해, 전보로 젤다에게 표현한 바 있는 "야망과 성공의 땅" 뉴욕으로 향하는 기차에 몸을 싣게 된다.

그는 맨해튼 북부의 궁색한 방을 하나 빌렸고 작은 회사에서 전차 광고 문안 쓰는 일을 하게 되었다. 저녁 시간에는 단편소설을 썼는데, 1919년 봄에 19편이 완성되었다. 이 작품들은 여러 번의 자기 검열과 수정 과정을 거치고 얻은 것들이었다. 마침내 피츠제럴드는 작품 하나를 멘켄^{H. L. Menken}의 인기 있는 잡지 〈최첨단의 사람들^{The Smart Set}〉에 팔 수 있었다. 30달러를 받았는데, 받자마자 그는 멋진 플란넬 바지를 샀다. 피츠제럴드나 그의 소설 속의 인물들은 종종 물질적 관점에서 다른 사람을 평가하곤 한다. 예컨대 데이지 뷰캐넌^{Daisy Buchanan} 같은 등장인물은 형형색색의 개츠비 셔츠를 보고 감격의 울음을 터뜨린다. 피츠제럴드가 플란넬 바지를 샀던 것은 자신의 기운을 북돋우기 위함이었을 것이다.

기운을 북돋기 위한 또 다른 방법은 술이었다. 피츠제럴드는 대학 친구들에 의해 많은 파티에 초대되었는데 종국에는 대학 시절과 흡사하게 만취된 상태가 되곤 했다. 한번은 예일 대학 동창들과 새벽까지 술을 마신 후, 어느 식당에 들어가 한 친구의 중절모자에 다진 고기, 케첩, 달걀을 넣고 비벼 만든 아침 식사를 한 다음, 샴페인을 주는 호텔을 찾아다니다가 결국 5번가를 따라가며 빈 병들을 박살냈던 적이 있었다. 이러한 경험은 그의 초창기 성공적인 단편들 중의 하나인 「5월의 날^{May Day}」에 상세하게 기록되어 있다. 이 단

편에는 피츠제럴드에 의해 재즈 시대의 시금석이라고 명명되었던 회의주의
는 물론이고 그 자신의 실패와 좌절의 느낌도 담겨 있다.

술은 단지 잠시 동안만 평범하고 쓸모없는 생활의 절망을 달래 줄 뿐이었
다. 그는 남루한 복장을 하고 내키지 않은 광고 회사로 가는 지하철을 탔으
며, 매일 젤다의 편지를 받았다. 편지에서 젤다는 두 사람의 미래에 대한 걱
정과 이런저런 남자들과의 데이트를 함께 써 내려갔다. 피츠제럴드가 최근
에 만났던 이런저런 매혹적인 여배우에 관한 이야기를 썼을 때 젤다는 피츠
제럴드로부터 벌거벗은 여자와 호텔에 함께 있었던 사건을 들었을 때와 유
사한 반응을 보였다. 즉, 그런 여자에게 관심을 가지면서도 자신과의 사랑은
계속 유지될 수 있다는 식의 반응이었다. 이렇듯 냉정하고 복합적으로 반응
할 뿐, 피츠제럴드가 의도한 질투심은 촉발되지 않았다.

피츠제럴드는 그의 어머니가 가지고 있던 약혼반지를 젤다에게 보냈고
그들의 사랑이 식지 않도록 하기 위해 그해 봄 몽고메리에 세 번 내려갔다.
세 번째 내려갔다 올라오는 기차에 앉아 있는 피츠제럴드의 호주머니에는
그의 어머니의 약혼반지가 들어 있었다. 젤다는 설득되지 않았고 그의 심리
적 압박감은 매우 컸다. 프린스턴에서 학사 학위도 얻지 못한 사람이 어떻게
재산과 명예를 얻을 수 있을 것인가? 뉴욕의 광고 문안 일로 다시 돌아온 후
3주 연속 흥청대며 술을 먹었는데, 금주법이 시행되는 첫날까지 계속되었
다. 이 일로 피츠제럴드는 육체적으로나 심리적으로 진이 빠지게 되었다.

이렇게 온통 진이 빠지게 되자 신기하게도 젤다와 관련된 또는 그것을 벗
어나는 문제에 대해 모종의 결심이 이루어지게 되었다. 피츠제럴드는 이후에
이렇게 회상한다. "나는 회오리바람과 사랑에 빠졌었"기에 "그것을 포획할
커다란 망을 짤 필요가 있었다." 일반적으로 격렬한 감정의 상태 이후에 창조

적 시기가 찾아오듯이, 피츠제럴드에게도 폭주에 이어지는 심리적 와해 이후에 드디어 『낭만적 자기중심주의자』를 다시 쓸 수 있는 시기가 찾아왔다.

부모님의 고향 세인트 폴로 돌아온 피츠제럴드는 여름 내내 사실상 새로운 소설을 써 내려갔다. 일군의 프리스턴 대학생들이 벌이는 기이한 행동과 생각에 관한 이야기인 이 소설은 피츠제럴드에 따르면 "방탕함을 대체하는 형식"인 셈이다. 이 소설은 그의 책상 앞 커튼에 핀으로 고정된 일정표에 따라 진행되어 갔다. 이 일정표는 호레이쇼 앨저^{Horatio Alger} 작품의 인물처럼 성공을 위해 자신의 선천적 에너지를 통제할 수 있는 미국식 자수성가의 신화를 환기시킨다. 이후에 피츠제럴드가 『위대한 개츠비』에서 형상화한 소년 개츠비의 벤저민 프랭클린^{Benjamin Franklin}식 자기 단련의 일정표 역시 유사한 분위기를 풍긴다.

「천국의 이 편」이라는 루퍼트 브룩의 시 한 구절을 새로운 제목으로 삼게 된 이 소설은 젤다의 확신을 얻기 위해 의도된 것일 뿐 아니라 그녀를 향해 접근해 가는 과정을 패턴으로 삼아 구성되어 있기도 하다. 젤다가 피츠제럴드에게 보냈던 편지 그리고 그녀가 보여 주었던 그녀의 일기가 이 작품의 핵심에 해당되는 에이머리 블레인과 로잘린 커니지^{Rosalind Connage}의 관계를 묘사하는 데 많이 사용되고 있다.

맥스웰 퍼킨스는 이 소설이 활기로 가득 차 있다는 적극적인 논평과 더불어 곧바로 출판을 결정했다. 스크라이브너 출판사의 이러한 결정으로 피츠제럴드의 창조 에너지가 용솟음치게 되어, 일련의 단편들을 완성하는 한편, 가칭 『악마적 연인^{The Demon Lover}』이라는 또 다른 장편소설을 시작하게 된다. 문학 대행회사를 알게 되어 이 회사를 통해 자신의 단편들이 유력 잡지 〈새터데이 이브닝 포스트〉지에 실리기도 했다. 스크라이브너로부터 『천국의 이 편』 출판 전에 미리 돈을 받지는 못했지만, 단편들이 기고되어 꽤 많은 수입을 얻게 되었다. 이러한 성공에 힘입어 피츠제럴드는 몽고메리로 내려가 젤다에게 청혼을 재개했다. 피츠제럴드가 『천국의 이 편』 원고를 젤다에게 건넸는데, 이 원고를 다 읽은 젤다는 이 소설이 그녀의 마음을 잡기 위해 쓰인 것임을 알 수 있었고, 결국 피츠제럴드에게 "나는 당신 것입니다"라는 글을 보내게 된다.

『천국의 이 편』이 인기를 끌었던 것은 이 작품에 젊음이 두드러지게 강조되어 있다는 점과 관련이 깊다. 젊음은 한때는 미성숙성으로 보였으나 1920년대에 이르러 신선하고 활기 넘치는 가치로 재해석되기 시작했던 것이다. 이 소설의 마지막 대목에 묘사되어 있듯이, 새로운 세대의 물결이 차올라 "모든 신이 죽고, 모든 전쟁이 발발하고, 모든 신념이 흔들리기" 시작했는지 모른다. 분명히 이 소설은 작가의 전기로서 또는 사회 전체의 사료로서의 가치를 지닌다.

그러나 『천국의 이 편』은 견습 소설적인 측면이 크다. 결함이 적지 않은 이 작품이 이런 성공을 거둔 것 자체가 미국 문단의 변덕스러운 취향을 입증하는 셈이다. 이 작품은 대학 캠퍼스를 배경으로 우월감과 특권 의식을 지닌 일군의 프린스턴 대학생들이 조심성 없이 저지르는 이런저런 기행을 통해 오스카 와일드Oscar Wilde식 속물근성을 다양하게 보여 준다.

이기적이고 자기중심적인 에이머리(이 이름은 '사랑'과 '취향'이라는 의미를 내포한다) 블레인은 자신이 속한 새로운 세대를 대표한다고 생각하며 자기 세계에 깊이 빠져 있는 피츠제럴드를 패러디하고 있다. 에이머리는 키츠, 포우, 브라우닝Robert Browning, 스윈번의 시를 인용하며 작품의 플롯을 누비는데, 그 모습은 의도되지는 않았을지 모르나 어색하고 우스꽝스럽게 비쳐지며,

그가 직접 쓴 시는 다소 황당하다.

이 작품에는 6개월마다 새로운 남자와 약혼하는 말괄량이들이 등장한다. 이 말괄량이 처녀들은 청혼을 받기 전에 키스를 하고, 새벽 3시에 춤을 마치고 보호자도 없이 안전하지 않은 식당에서 저녁 식사를 한다. 에이머리는 반쯤은 농담조로 반쯤은 진지하게 말하는 이 말괄량이 처녀들을 저녁 시간에 만나 자정이 되기 전에 키스할 수 있는 것은 기분 좋은 일이 아닐 수 없다고 생각한다. 고등학교 보건 수업 시간에 혼전 성관계 관련 사항이 다루어질 정도로 훨씬 개방적인 오늘날의 관점에서 보아도 『천국의 이 편』에서 묘사된 키스에 대한 이런 식의 강조는 다소 기이한 측면이 있다. 그러나 젤다는, 피츠제럴드가 이 소설에서 탐험하려고 선택한 세계가 새로운 도덕적, 사회적 규범으로 이루어진 것임을 알고 퍼킨스가 그랬듯, 이 작품에 열광했다.

이 새로운 규범은 이 소설의 가장 흥미 있는 장면에서 뚜렷하게 형상화된다. 이 장면은 로잘린 커니지가 첫 무도회에 나가기 직전의 분장실에서 응접실 희극의 형식으로 펼쳐진다. 로잘린은 버릇없이 자란 예쁜 미모의 금발머리 아가씨인데, 그 목소리는 폭포처럼 음악적이라고 묘사된다. 또한 그녀는 남자들에게는 잔인하게 굴고, 여자들은 경멸하는 것으로 그려진다. 에이머리는 로잘린에게 정식으로 소개 받기 전에 실수로 그녀가 대기하고 있는 분장실로 들어가게 된다. 5분도 안 되어 에이머리는 그녀에게 키스하고 사랑에 빠지게 된다. 이어 에이머리는 결혼에 있어 돈의 중요성을 설파해 온 커니지 부인에 의해 분장실에게 쫓겨나게 된다. 이 장면의 대화는 생생하고 재미있지만(헤밍웨이를 제외한다면 피츠제럴드만큼 대화를 실감나게 구성하는 미국 작가도 없을 것이다), 커니지 부인은 의도적으로 우스꽝스럽게 묘사되고 있다.

다음 장면은 로잘린이 그녀의 변덕과 바람기를 비난하는 적당히 부유한 젊은이에게서 구애받는 서재에서 펼쳐진다. 이 젊은이의 뒤를 이어 좀 더 부유하고 냉정한 도슨 라이더가 등장하는데, 그는 사실상 자신에게 청혼하는 로잘린의 적극성에 놀란다. 이윽고 에이머리가 되돌아와 로잘린이 혼자 있는 것을 보고, 둘은 오스카 와일드 작품에 자주 등장하는 것 같은 재기 넘치는 대화를 주고받는다. 로잘린은 에이머리에게 향후 어떤 일을 하려고 하는지 다음과 같이 질문한다.

로잘린: 앞으로 무슨 일을 하실 것인지요?

에이머리: 글쎄요. 대통령에 출마할까, 작가가 될까⋯⋯.

로잘린: 그러면 그리니치 빌리지에서요?

에이머리: 무슨 말씀을, 아닙니다. 저는 작가가 되겠다고 했지, 술주정뱅이가 되겠다고 하지는 않았습니다.

로잘린: 저도 현실적인 직업에 종사하는 사람이 좋아요.

에이머리: 당신을 오래 전부터 알아 온 것 같네요.

로잘린: "피라미드" 이야기를 시작하실 건가요?

에이머리: 아니요. 프랑스 이야기로 하려고 그랬습니다. 저는 루이 14세이고, 당신은 나의, 나의⋯⋯(목소리 어조를 바꾸며) 약혼자지요. 우리는 사랑에 빠진 사이고요.

로잘린: 연기하는 것이지요?

에이머리: 그렇게 하면 대단할 거예요.

로잘린: 왜죠?

에이머리: 이기적인 사람들은 어떤 면에서 대단한 사랑을 할 만한 역량이 있으니까요.

로잘린: (입술을 들어 올리며) 연기하는 거로 합시다. (그들은 진짜 이상으로 키스에 몰
　　　두한다.)

　　이 희극은 에이머리가 로잘린에게 사랑을 고백하고 로잘린 역시 자신의
사랑을 고백하는 지점까지 계속된다. 그러나 에이머리가 깨닫지 못한 것이
있었다. 로잘린은 이것이 결코 기사도 로맨스에서처럼 영원히 지속되는 것
이 아니라 바로 그 순간을 위한 일시적인 것임을, 상황에 맞게 연기하는 것
에 불과할 수 있음을 두 번씩이나 강조하고 있는 것이다. 이 장면은 피츠제
럴드에게 암시적이다. 우선, 이기심과 사랑의 대립은 젤다와의 결혼 생활 내
내 핵심 국면을 차지해 왔다. 이 장면은 또한 여자의 변덕스러움에 대한 피
츠제럴드의 관점을 암시적으로 드러내 보여 준다. 피츠제럴드는 이후 여러
번 이루어진 인터뷰에서 "나는 내가 쓴 소설의 여주인공 한 명과 결혼했지
요."라고 말했지만, 『천국의 이 편』에서는 로잘린이 에이머리를 버린다. 에
이머리는 피츠제럴드처럼 광고 회사에서 작은 월급밖에는 벌지 못하고 있
기 때문에 그들의 결혼은 성사될 수 없는 것이다. 무엇보다, 커니지 부인에
게 그러한 결혼은 용납될 수 없었다. 현실적인 로잘린은 백만장자와 결혼하
고 에이머리는 망연자실하게 된다.

　　예술에서 거부된 것이 현실에서 가능하게 될 수도 있다. 피츠제럴드는 결
혼에 앞서 자신과 젤다의 확신이 다시 한 번 필요하다고 느꼈다. 피츠제럴드
의 많은 친구들은 젤다와의 결혼을 반대했다. 피츠제럴드는 결혼을 반대하
는 친구에게 젤다의 단점을 인정하는 편지를 보낸 적이 있다. 이 편지에서
피츠제럴드는 젤다의 줄담배, 충격적인 이야기에 대한 탐닉, 지금까지 수천
명의 남자와 키스했고 앞으로도 수천 명과 더 키스할 생각이라는 말을 서슴

없이 하고 있다는 점 등을 언급했다. 그러나 젤다의 단점에 대한 이러한 피상적인 열거는(사실, 이러한 면모는 당시의 공격적인 수많은 여성들에서 어렵지 않게 발견될 수 있었다) 피츠제럴드가 젤다의 진면목을, 또는 자기 자신의 진짜 모습을 이해하지 못하고 있음을 보여 준다. 피츠제럴드는 젤다가 여러 단점에도 불구하고 다른 여자들에게서는 발견될 수 없을 그녀만의 특성이 있고 그것에 맞추어 나가기로 했지만, 구체적으로 어떻게 해야 할지에 대해서는 아는 바가 없었다. 피츠제럴드는 야릇하게 장식된 사랑의 전보를 계속 보냈는데, 매번의 전보에는 최근까지 자신의 소설이 판매된 실적이 기록되어 있었다. 그중 가장 기쁜 소식은『천국의 이 편』이 2판에 들어간 것이었다.

젤다는 뉴욕의 성베드로 성당에서 결혼식 올리는 것에 동의했다. 북쪽으로 떠나는 기차를 타고 그녀는 그에게 편지를 썼다. 편지에서 젤다는 피츠제럴드에게 자신이 그동안 잘 대해 주지 못한 것에 대해 사과하며, "우리의 동화는 이제 거의 끝났고, 우리는 결혼하여, 당신을 그토록 걱정하며 탑에서 살아가는 바로 그 공주처럼, 이후로도 영원히 행복하게 살 것입니다."라고 썼다.

1920년 4월 3일 두 사람이 결혼식을 올렸을 때 젤다는 20세였고, 피츠제럴드는 24세였다. 아마도 이 결혼식이 그들의 결혼 생활 중 가장 평온하게 치러진 일 중의 하나였을 것이다. 신랑 신부 모두 짙은 청색 예복을 입었는데, 양가 부모는 참석하지 않았지만 피츠제럴드의 친구와 젤다의 세 언니가 참석해 있었다. 몇 년이 지난 후 피츠제럴드는 결혼식이 만우절에 치러진 것을 우울하게 회상한 적이 있다. 말하자면 이 결혼은 일종의 실수였으며, 그의 선택이 어리석었음을 함축하고 있는 셈이다. 그가 사망하기 2년 전인 1938년, 피츠제럴드는 그의 딸에게 결혼식이 치러진 직후 결혼을 후회했다고 술회한 적이 있다.

발 디딜 땅이 없는 왕

소설가 글렌웨이 웨스콧^{Glenway Wescott}에 따르면 『천국의 이 편』의 성공으로 피츠제럴드는 "미국 젊은이들의 왕"이 되었다. 이 소설은 1920년 9판 인쇄까지 들어갔고 여러 지면을 통해 이 작품에 대한 비평이 게재되었다. 관련된 여러 기사에서 피츠제럴드가 다루어졌으며 강연 요청과 파티 초대가 이어졌다. 바야흐로 재즈 시대가 도래하고 있었던 것이며, 재즈 시대와 함께 미국은 "미국 역사상 가장 시끄럽게 번쩍이며 흥청대는 법석"을 시작하려 하고 있었다.

피츠제럴드 부부는 신혼여행 기간을 뉴욕의 빌트모어 호텔에서 보냈다. 밤늦게까지 계속되는 파티 때문에 호텔 측으로부터 떠나 달라는 요청을 받을 정도였다. 두 사람 모두 즐거움을 만끽하기 위해 살기로 결심한 사람 같았다. 젤다는 유니언 스퀘어 분수대에 들어가고 스콧은 건너편 풀리처 분수대로 다이빙한 적이 있었다. 도로시 파커^{Dorothy Parker}는 5번가를 달리는 택시에서 스콧은 지붕, 젤다는 펜더에 매달려 있는 것을 목격한 적도 있었다.

젤다는 식당의 식탁에서 춤을 추고 공공장소에서 재주넘은 적이 있었고, 스콧은 「스캔들^{Scandals}」이라는 브로드웨이 연극을 보며 옷을 벗으려고 하다가 경비원들에게 쫓겨난 적도 있었다. 또한 스콧은 만취해 수금을 들고 날개와 후광을 단 채 프린스턴 대학 클럽에 나타났다가 쫓겨나고 회원권도 정지되었다. 회원권이 정지된 데에는 젤다도 한몫했다. 피츠제럴드에 의해 자신의 정부로 소개된 젤다는 오믈렛에 사과주를 붓고는 거기에 불을 붙였던 것이다. 그들은 이후에 『위대한 개츠비』에서도 묘사될 이른바 "야단법석 대는 미래"로 돌진해 들어갔던 셈이다. 이러한 소란의 와중에서도 다른 한편으로 그들은 혼란을 느꼈다. 이후에 피츠제럴드는 이렇게 회상했다. "당시에 우리는 누구였으며 무엇이었던지 알지 못하고 있었다."

그러나 이러한 경험은 새롭고 신나는 것이었다. 유쾌함은 그들을 젊게 만들었다. 젤다는 결혼 이후에도 이전과 다름없이 남자와 장난기가 심했고, 말씨도 여전히 도발적이었다. 피츠제럴드의 친구인 존 필 비숍은 젤다를 "남부에서 온 야만적인 공주"로 불렀다. 젤다는 비숍에게 키스는 그 자체가 목적이 아니라 수단에 불과하다고 말하며 농을 걸었다. 무엇을 위한 수단인지는 말하지 않았지만 함축하는 바는 분명했다. 잡지 〈허영의 도시 ^{Vanity Fair}〉를 비숍과 공동 편집하고 있던 에드먼드 윌슨은 젤다가 호텔방 침대를 보면 야릇한 생각이 든다고 말한 적이 있다고 전했다. 이러한 식의 표현은 오늘날에는 다소 진부하고 대수롭지 않은 것이지만, 최소한 윌슨에게는 함축성이 큰 것으로 여겨졌다. 피츠제럴드와 젤다는 코모도 호텔로 거처를 옮겼었는데, 옷가지와 음식, 신문과 책들이 어지럽게 흩어져 있었다. 방안이 이처럼 정리되어 있지 않아 피츠제럴드의 원고 작업이 방해를 받았을 뿐 아니라, 더 큰 문제는 이런 생활에 따르게 마련인 과도한 경비의 지출이었다. 맥스웰 퍼킨스가 인정하듯이, 피츠제럴드는 낭비벽이 있었다. 그러나 그 어떤 무엇이든 간에 가지고 싶은 것은 즉석에서 손에 넣어야 했던 젤다만큼은 아니었다.

코모도 호텔은 경비가 너무 많이 들었을뿐더러(피츠제럴드는 평생을 출판사와 대행회사로부터 돈을 미리 받아 쓰거나 빌려 썼다), 호텔 측에서 나가 달라고 요청했기 때문에 커네티컷 웨스트포트의 낡은 집을 얻어 그리로 이사 갔다. 젤다는 여름철 수영을 즐기고 스콧은 조용히 글을 쓸 수 있는 환경이 조성된 셈이었다. 로렌스와 프리다의 경우 주어진 상황에서 어떡하든 살아갔지만, 피츠제럴드 부부는 자신들이 생각하는 물질적 풍요에 대한 기대를 쉽게 포기하지 않았다. 프리다도 집이 정돈되지 않은 상태 그대로 두곤 했지만, 그것은 생활의 단순성에 대한 선호 때문이었다. 젤다의 경우는 단순한 생활 같은 것은 결코 받아들이려 하질 않았다. 실제로 웨스트포트의 집은 충분히 커서 주말에는 손님을 맞아 사치스러운 파티를 벌이곤 했다.

피츠제럴드는 『아름다운 저주 받은 자들』The Beautiful and Damned을 쓰기 시작했는데, 이 소설은 자신의 경우처럼 술과 낭비로 파멸해 가는 부부의 이야기를 담고 있다. 피츠제럴드 부부의 생활이 이 소설의 구석구석에 담겨 있었다. 오랫동안 세탁을 기다리며 쌓여 있는 벽장의 빨래들, 일본계 일꾼의 애교 있는 특이성, 주말에 도착하는 하객들의 파티 등등.

결혼한 지 두세 달 만에 서로에게 짜증이 났다는 징표가 있다고 하더라도 이들 신혼부부는 『아름다운 저주 받은 자들』의 앤서니Anthony와 글로리아 패치Gloria Patch처럼 서로 사랑하고 있었다. "그들이 공유하고 있었던 최상의 것은 서로의 마음을 끄는 불가사의한 힘이었다."

비평가 멘켄은 사랑을 기억상실증으로 이해하였다. 전형적인 낭만주의자 피츠제럴드는 젤다에 의해 인식이 고정된 셈이었다. 그녀의 개성에 완전히 매료되어 그녀의 말을 메모하고 그것을 나중에 작품에 반영하곤 했다. 이보다 2~3년 전에 로렌스 역시 『무지개』와 『사랑하는 여인들』을 쓰면서 프리다를 이러한 매혹에 빠진 시선으로 바라보며, 그녀의 보다 폭발적인 말들을 수시로 기록하고 이것을 작품의 자료로 사용하곤 했다. 이러한 일들이 예술가들에게 벌어질 수 있는 자연스러운 일이라 할지라도 예술의 재료로 사용되는 당사자들에게 모두 기꺼이 수용되는 것은 아니다. 프리다처럼 젤다도 자신의 이야기가 작품화되는 것에 대해 사진이 찍혀 자신의 영혼이 빠져나가는 것처럼 느꼈다. 사실, 이처럼 사진이 찍히는 대상은 사진에 찍힌 이미지를 교정할 기회가 없는 셈이다. 특히, 주체적으로 무엇인가가 되고 싶은 열망이 강했던 젤다로서는 이런 일을 참을 수 없었다. 그녀는 자신의 일기를 보여 주는 것에 동의하기는 했지만, 피츠제럴드가 자신의 일기를 마음대로 사용한 것은 일종의 예술적 강탈이라고 생각했다.

젤다가 시골에서 사는 것의 지루함을 수시로 불평했기 때문에 그들은 기회가 될 때마다 뉴욕으로 향하기도 했고 웨스트포트에 하객들을 초대하기도 했다. 젤다는 남자들하고 농 섞인 장난을 많이 했는데, 그것은 딱히 남편에게 질투심을 부추기기 위해서라기보다는 그녀의 타고난 본성 때문일 수 있다. 이유가 어떠하든 피츠제럴드는 질투를 느끼지 않을 수 없었다.

피츠제럴드의 대학 친구인 알렉산더 맥케익은 6월 주말의 파티에 찾아와 그들을 보고는 "피츠제럴드와 젤다는 미친 듯이 싸운다. 결혼이 끝내 파경으로 갈 수밖에 없을 것 같다."고 말한 적이 있다. 맥케익은 그 여름 다시 한번 그들을 찾아가게 되었는데, 그때는 싸움이 훨씬 더 심했다. 만취한 젤다가 집을 떠나겠다며 철도를 따라 걸어가기 시작하고 피츠제럴드가 그 뒤를 따라가는 장면은 이후 맥케익의 소설에 그대로 나온다.

그 여름 피츠제럴드 부부를 찾은 또 다른 하객으로 여성들의 인기가 높은 조지 진 네이션 George Jean Nathan이 있었다. 그는 연극 비평을 하고 있었으며, 피츠제럴드의 단편을 처음 게재했던 잡지 〈최첨단의 사람들〉을 멘켄과 공동으로 편집하고 있었다. 젤다는 네이션에게 그녀의 일기를 보여 주었고 네이션은 이것의 출판을 제의했다. 『천국의 이 편』과 『아름다운 저주 받은 자들』의 많은 부분을 젤다의 일기에 의존했던 피츠제럴드는 마음이 편하지 못했다. 피츠제럴드의 네이션과의 관계는 급속히 냉각되었다. 사실, 젤다가 피츠제럴드의 친구들과 가까워질 때 남자들 사이의 관계가 냉랭해지는 경우가 많았다. 다른 한편, 젤다로서는 피츠제럴드와 몇몇 여배우들과의 관계를 의심했다.

가을에 피츠제럴드는 뉴욕으로 돌아가 플라자 호텔 근처에서 작은 아파트를 얻었다. 알렉산더 맥케익은 그 아파트는 돼지우리 같았다고 자신의 일기에 썼다. 맥케익은 피츠제럴드가 작업하는 동안 젤다가 할 일이 필요하다고 생각했다. "젤다가 있으면 방해가 되어 피츠제럴드는 작업할 수가 없었고, 젤다가 없으면 젤다가 무엇을 하고 있을까 걱정이 되어 작업을 할 수 없었다." 맥케익은 피츠제럴드가 뉴욕으로 간 후 젤다가 점점 안절부절 하는 것을 알게 되었다. 어떨 때는 단지 재미있게 지내고 싶어 했고, 다른 때는 "사치스러운" 생활을 원했다. 맥케익은 젤다가 여러 번 보통 이상의 농을 걸고 성적인 암시가 깃든 행동을 서슴치 않았다고 느꼈다. 맥케익은 비록 자신이 지금까지 만나 본 여자 중 젤다만큼 아름답고 똑똑한 여자는 없다고 생각했지만, 친구 피츠제럴드와의 우정을 중시해 젤다의 제스추어에 흔들리지 않았다.

맥케익에 따르면, 피츠제럴드는 1920년 겨울과 이듬해 봄 내내 매일 밤 술에 취해 있었다. 『아름다운 저주 받은 자들』 원고가 완성되었고, 젤다는 임신 소식을 알렸으며, 피츠제럴드는 유럽으로 임신 축하 여행을 떠나기로 마음먹었다. 『천국의 이 편』이 런던에서 출판되자 원활한 출판을 위해 런던에 갈 필요가 있었던 것이다. 항해가 시작되기 직전에도 피츠제럴드는 나이트클럽에서 엉망으로 취해 경호원들에 의해 퇴장 요청을 받기도 했다.

유럽 여행은 실망스러웠다. 런던에서 머물던 한 주 동안 쉐인 레슬리와 멋진 시간을 가졌고, 소설가 존 골즈워시^{John Galsworthy}와 점심 식사를 했을 뿐이었다. 골즈워시는 『천국의 이 편』에 대한 비평에서처럼 피츠제럴드를 친절하게 대해 주었다. 프랑스와 이탈리아에서 피츠제럴드 부부는 언어의 장벽을 느끼며 관광을 하는 것이 전부였다.

여름에 미국으로 돌아온 피츠제럴드 부부는 몽고메리로 돌아가 젤다의 부모님과 함께 살아 보려고 했다. 그러나 스콧에게 그곳은 너무 더웠고, 젤다에게는 옭죄는 분위기였으며, 두 사람 모두에게 너무 무미건조했다. 게다가 젤다의 아버지 세이어 판사는 법이 정한 대로 집 안에서도 금주령을 준수했다. 결국 피츠제럴드 부부는 세인트 폴로 향했다. 아내의 출생지에서 이번에는 남편의 출생지로 옮겨 가는 셈이었다. 세인트 폴에서 젤다는 딸 스코티 Scottie를 낳았다. 마취에서 깨어난 젤다가 자기가 낳은 딸을 "예쁜 우리 벙어리"로 불렀다고 피츠제럴드는 오랫동안 기억했다. "예쁜 우리 벙어리"는 『위대한 개츠비』에서 데이지 뷰캐넌이 자기 딸을 부를 때 사용했던 표현이기도 하다.

피츠제럴드는 단편소설, 희곡 집필과 『아름다운 저주 받은 자들』의 수정 작업에 매달렸다. 『아름다운 저주 받은 자들』은 〈메트로폴리탄 매거진 Metropolitan Magazine〉에 연재되었는데, 상당한 원고료를 받았지만 원고가 편집되고 축약된 것에 불만이었다. 피츠제럴드는 스크라이브너 판 원고의 스토리 전개에 대해 젤다와 논의하기 시작했다. 특히 주인공 앤서니 패치가 할아버지의 땅을 상속받았지만 알코올중독에 의해 상속 자격이 박탈되는 결말에 관해 집중적으로 토론을 했다. 『아름다운 저주 받은 자들』을 쓰고 수정해 가는 과정에 젤다가 얼마나 큰 역할을 했는지는 알 수 없지만, 프리다 로렌스처럼 젤다도 글로리아 패치의 실제 인물에 그치는 것이 아니라 창작의 조역자인 동시에 검토인의 역할도 수행했다고 할 수 있다.

『아름다운 저주 받은 자들』이 가장 흥미로운 점은 젤다 또는 젤다의 결함이 이 작품과 어떤 관련을 맺고 있는가(사실, 피츠제럴드는 앤서니와 글로리아 패치를 풍자할 것인지 공감할 것인지를 결정 내리지 못하고 있는 듯하다)라기보다는 피츠제럴드가 『천국의 이 편』 이후의 짧은 기간 내에 작가로서 얼마나 성장했는지 하는 점일 것이다. 『아름다운 저주 받은 자들』은 이전 작품의 주제를 반복하면서도 이전 작품의 갑작스럽고 돌연한 플롯 진행 없이 편안하고 능숙하게 쓰여졌다. 더욱이, 메마른 길에서 올라오는 뜨거운 열기를 "운모판이 가냘프게 떨리는" 것처럼 묘사한다든지 빙글빙글 돌아가는 페리스 회전 관람차를 "노란 달이 비친 모습을 잡아낸 떨리는 거울"로 묘사하는 등 생동감 넘치는 이미저리(비유적 표현)가 효과적으로 사용되었다.

단지 문체에 있어서만이 아니라 『아름다운 저주 받은 자들』은 『천국의 이 편』에 결여되어 있던 어떤 감정의 깊이 같은 것이 내포되어 있다. 평생을 할 아버지의 수백만 달러 유산을 기다려 왔지만 결단력이 부족했던 사람, 자신의 본성이 너무 섬세해 주어진 시간을 일하며 보낼 수 없다고 느꼈던 사람, "내가 할 수 있는 가치 있는 일이라곤 없다고 느끼는" 그런 사람, 즉 앤서니 패치가 보여 주는 몰락의 드라마는 독자들에게 깊은 감정의 동요를 불러일으키기에 충분하다.

『아름다운 저주 받은 자들』은 1922년 3월 출간되었는데, 긍정적 평가와 부정적 평가가 섞여 나왔다. 존 필 비숍은 이 작품에 대해 긍정적으로 평가한 비평가 중의 한 사람이었다. 비숍은 자신의 이야기로 소설을 완성해 가며 낭만적 감정을 경험하면서도 자기 자신으로부터 풍자적인 거리를 유지할 수 있는 피츠제럴드의 탁월한 능력을 지적했다.

〈뉴욕 트리뷴〉에 실린 「친구이자 남편인 분의 최근작 Friend Husband's Latest」이라는 제목의 젤다의 논평은 이 작품을 통렬하게 풍자하고 있다. 젤다는 분노와 조롱이 섞인 어조로 "표절은 집에서 이루진다"고 꼬집었다. 자신의 일기가 작품에 사용된 것을 비웃고 있는 셈이지만, 보다 근원적으로 젤다는 자기 자신이 작품의 소재로 사용되는 것 자체를 싫어했다. 젤다의 논평에는 위트가 흘렀지만 농축된 적개심이 가득 차 있었다.

피츠제럴드도 마찬가지로 적개심을 품고 있었다. "언제나 가능한 최상의 시간을 즐기려는 것" 이외에는 관심이 없는 "미모로 먹고사는 여자"로 묘사되는 어린 시절의 글로리아 패치는 젤다에 대한 피츠제럴드의 감정을 함축하고 있다. 피츠제럴드는 〈뉴욕 이브닝 월드〉와의 인터뷰에서 글로리아 패치가 모든 미국 여성들을 대표하는 것으로 언급하는 경박함을 보인 적이 있다. 이처럼 피츠제럴드는 모든 미국의 여성을 남자를 지배하는 거머리로 비유하는 어리석음을 저질렀는데, 이러한 섣부른 일반화는 그가 젤다를 어떻게 생각하고 있었는지를 단적으로 보여 준다. 피츠제럴드는 자신의 작품에 대한 비평을 쓰고 있던 에드먼드 윌슨에게 이런 편지를 쓴 적이 있다. "내가 젤다를 알고 지낸 지난 4년 반 동안 나에게 끼친 가장 커다란 영향은 그녀의 정교하면서도 완벽한 이기심과 냉랭한 사고였다."

세인트 폴은 딸을 키우고 소설 작업을 해 나가기에는 적절한 곳이었지만, 피츠제럴드 부부는 세인트 폴의 답답함에 숨막혀했다. 피츠제럴드는 후에 톰 보이드[Tom Boyd]에게 세인트 폴로 돌아간 것은 자신이 저지른 가장 커다란 실수의 하나였다고 말한 적이 있다. 뉴욕의 플라자 호텔에 거주하며 피츠제럴드 부부는 롱 아일랜드 교외의 그레이트 넥에 집을 보러 다녔다. 피츠제럴드는 프린스턴 재학 시절 쉐인 레슬리와 함께 구겐하임 가[*]나 아스토어 가 등의 대저택을 방문하면서 그레이트 넥에 들른 적도 있었다. 그레이트 넥은 연극인들과 백만장자들이 몰려 살고 있어서, 피츠제럴드 소설의 적절한 소재거리를 제공할 수 있을 것 같았다. 젤다와 스콧은 낭만적 아름다움의 분위기를 품어 내고 있었고, 보통 영화배우들 관련 내용이 다루어지는 신문의 화제 란에 자주 등장하였다. 사실, 영화 「천국의 이 편」에는 스콧과 젤다가 실제로 대화하는 장면이 포함되어 있었다. 누구나 파티나 행사에 스콧과 젤다를 초대하려 했고, 스콧과 젤다 역시 기꺼이 그런 자리를 즐겼다.

피츠제럴드는 존경하는 두 작가 셔우드 앤더슨Sherwood Anderson과 존 도스 패서스John Dos Passos와 플라자 호텔에서 점심 식사를 함께 하기도 했다. 도스 패서스의 경우는 피츠제럴드 부부와 함께 그레이트 넥에 함께 가 보자고 제안을 받았다. 도스 패서스는 "절망적으로 멋지게 생긴 부부"가 전달하는 "금빛 순수성"에 이끌려 이 제안을 받아들였다. 그들은 부동산 중개인과 함께 운전수가 모는 빨간 자동차를 타고 그레이트 넥의 저택들을 구경했다. 집 구경하는 사이사이 도스 패서스는 피츠제럴드와 대화를 해 보려고 시도했다. 그러나 문학을 제외하고는 대화할 공통의 화제를 찾기가 쉽지 않았다. 도스 패서스에 따르면 피츠제럴드는 미술, 음악, 음식, 유럽 문화에 대해 아는 바가 거의 없었다. 도스 패서스는 피츠제럴드의 비정상적 호기심, 즉 경우에 어긋나는 개인적 질문에 불편함을 느꼈다.

뉴욕으로 돌아오는 길에 축제를 지나치게 되었을 때, 젤다는 어린이같이 기뻐하며 페리스 회전 관람차를 타자고 제안했다. 피츠제럴드가 거부하자 도스 패서스가 동행하게 되었다. 기분이 들뜬 젤다는 튀는 말을 내뱉었는데, 도스 패서스는 그 말을 세세히 기억할 수는 없지만 "정상을 벗어난" 것이어서 거부감이 생겼었다고 술회했다. 그는 젤다가 거의 정신질환의 경지에 가까이 다가갔다고 생각하게 되었다.

그레이트 넥에 정착한 후 피츠제럴드는 빚을 갚기 위해 단편소설 작업을 시작하였다. 멘켄은 너무 많은 돈을 너무 빨리 필요로 하는 젤다 때문에 피츠제럴드의 글쓰기가 쉽게 돈을 벌 수 있는 방향으로 나갈 수 있을 위험성을 간파했다. 현대 작가 중 피츠제럴드만큼 뛰어난 단편소설을 쓴 작가도 드물 것이다. 미국 작가의 경우 헤밍웨이만이 피츠제럴드와 어깨를 견줄 만한 역량을 보여 주고 있다. 그러나 피츠제럴드의 많은 단편소설은, 특히 상당한 액수를 받고 〈새터데이 이브닝 포스트〉에 기고한 단편들은 알맹이 없는 가벼운 스케치이자, 가벼운 감상이 주조를 이루는 멜로드라마에 불과했다.

피츠제럴드는 신문배달 소년이 대통령이 되는 플롯으로 미국의 꿈을 풍자하는 희곡 「식물형 인간The Vegetable」을 계속 수정해 나갔다. 아내가 배우이기도 하여 연극계와 두터운 인연을 맺고 있던 에드먼드 윌슨은 이 희곡이 아마도 미국 작가가 쓴 가장 재미있는 연극일 것이라고 생각하며 여러모로 공연을 도왔다. 마침내 1922년 가을, 애틀랜타 시티에서 무대에 올려졌지만, 관객을 모으는 데는 실패했다. 이 연극이 성공해 재정적 어려움을 해결해 줄 것으로 기대했던 피츠제럴드는 실망하게 되었다. 『아름다운 저주 받은 자들』 역시 적은 부수만 팔려 큰 도움이 되지 못했다.

나이트클럽이나 다른 사람의 집에서 시작된 파티가 피츠제럴드의 그레이트 넥 저택으로 이어져 밤새도록 계속되곤 했다. 술이 술을 부르며 점점 술에 취해 들어가곤 했는데, 도스 패서스에 따르면 피츠제럴드는 실제보다 더 취한 척하는 경우가 많았다. 이것은 피츠제럴드가 파티의 이런저런 양상을 관찰하기 위한 방책이었다고 할 수 있다. 이렇게 관찰한 결과는 그의 소설의 배경이 되곤 했다. 그 당시는 대표작 『위대한 개츠비』의 파티 장면에 등장할 이런저런 사항들을 수집하는 것이 당면한 목표였을 것이다.

소란스러운 파티가 피츠제럴드 부부의 진면목을 숨겨 주었다. 평상시에 그들은 거침없는 유쾌함의 가면 뒤에 숨을 수 있었으며, 완벽한 사랑을 누리는 부부로 보이게 하는 데 공조했다. 피츠제럴드 부부나 테드 휴즈와 실비아 플래스의 경우에서처럼 완벽한 사랑에 대한 요구는 진정한 사랑, 우정, 동행 관계에 장애 요인이 될 수 있다. 완벽성이라는 낭만적 이상은 성장, 변화, 전환의 여지를 남기지 않는다. 피츠제럴드 부부는 그들의 낭만적 환상이 닳아져 벗겨지게 된 이후에도 그들의 가면을 지속하려고 했다. 그렇다고 그들이 사랑하지 않게 되었다는 것을 의미하는 것은 아니다. 그들은 단지 완벽한 것만을 기대했을 뿐이라고 할 수 있다.

그레이트 넥의 흥청대는 시간들은 사라져 가는 젊음을 붙잡아 보려는 시도의 결과라고 할 수 있다. 이러한 경험은 『위대한 개츠비』에 전이되어 세세하게 묘사되고 있다. 『위대한 개츠비』는 이전 작품들처럼 자신의 자서전을 직접 쓰는 것 같은 서술 대신 자신과 젤다의 이야기를 필터로 걸러 내어 새로운 인물들로 재구성하고 있다. 물론 제이 개츠비^{Jay Gatsby}가 훈련 장교 시절 데이지^{Daisy}를 만나 구애를 하는 설정은 피츠제럴드와 젤다의 경우를 환기시킨다.

시간이 지날수록 그레이트 넥은 더 소란스러워져 피츠제럴드는 작업에 집중할 수 없었다. 피츠제럴드는 결국 젤다에게 유럽으로 가면 보다 적은 비용으로 살아갈 수 있을 것 같다고 제안했다. 침대 위에 여행 가방이 열린 채 놓여 있는 것을 바라볼 때 행복해진다는 젤다 역시 유럽행에 동의했다. 그들은 유럽을 향해 떠났는데, 그는 이번에 유럽에서 『위대한 개츠비』를 완성하려고 했다. 일기에서 피츠제럴드는 1923년은 한편으로는 안락한 해였지만, 다른 한편으로는 그의 발밑에 "한 치의 땅"도 남기지 않고 떠나가 버린 "위험하고 불길한" 시간이었다고 썼다.

천 번의 파티

파리에서 피츠제럴드 부부는 피츠제럴드의 장편소설 『밤은 부드러워』의 다이버 부부(니콜과 딕)를 상기시키는 머피 부부(제럴드 머피와 새러)를 만나게 된다. 미국인이지만 상속 받은 재산으로 1921년부터 파리에서 살고 있는 머피 부부는 '잘사는 것이 최대의 복수이다'라는 스페인 격언을 삶의 모토로 삼고 있었다. 그들은 화랑, 전시회, 연주회 등지를 찾아다니며 당시의 비중 있는 예술가들을 만났다. 특히, 피카소^{Picasso}, 미로^{Miró}, 후안 그리스^{Juan Gris}, 브라크^{Braque} 등의 화가를 알게 되었고, 머피 자신이 상당한 실력을 갖춘 화가였다. 그들은 파리에 와 있는 미국인들보다 유럽인들에 더 관심이 많았지만 헤밍웨이와 도스 패서스와는 이미 인사를 나누어 알고 있었다. 머피는 헤밍웨이와 도스 패서스는 파리에 와 있는 대부분의 미국인들과는 달리 이 도시의 예술적 맥박을 감지하고 그것을 향유하고 있었음을 알아차렸다.

머피 부부는 프랑스 남단 앙티베에 저택을 짓고 있었는데, 이곳이 피츠제럴드 부부의 이상적인 거주지가 될 수 있을 것이라고 제안했다. 이곳이야말로 젤다가 해변에서 물놀이하는 동안 피츠제럴드는 파리의 소란스러움을 피해 글쓰기에 전념할 수 있는 최적의 장소라는 것이다. 피츠제럴드는 세인트 라파엘에 빌라를 얻어 해변 가까운 바위 정원 테라스에 은둔하며 온종일 『위대한 개츠비』를 써 내려갔다.

피츠제럴드는 이 작품이 이전의 어느 작품보다 나을 것임을 스스로 잘 알고 있었으며, 이 작업에 온전히 몰두했다. 『위대한 개츠비』는 1차 대전 이후 물밀듯이 밀어닥친 새로운 변화에 휩싸인 미국을 우의적으로 이야기하고 있다. 그레이트 넥에서 보았던 화려한 장식의 엄청난 대저택들, 최첨단의 멋진 자동차들, 끝없이 이어지는 파티들이 소설의 배경이 되었다. 작품의 전편을 통해 초록빛 색깔과 '혼란' '꿍꿍 불평하기' 등의 단어가 주요한 상징으로 작동하고 있다. 이야기를 독자에게 전달하는 화자는 어느 때보다도 화려하게 개화할 '봄'을 기대하며 중서부에서 뉴욕으로 건너온 닉 캐러웨이[Nick Carraway]이다. 캐러웨이의 사촌인 데이지의 남편은 자신의 대학 동창이기도 한 톰 뷰캐넌[Tom Buchanan]이다. 뷰캐넌은 재산이 많지만 속물적이며 대단히 현실적인 인물이다. 데이지를 향한 개츠비의 순수한 사랑은 머틀 윌슨[Myrtle Wilson]과 뷰캐넌의 추한 관계에 대비되며, 값싸고 지저분한 것들이 미국을 휩쓸고 있고 이전의 고상한 가치들이 추한 욕망과 탐욕에 의해 희생되고 있음을 우의적으로 보여 주고 있다. 피츠제럴드는 이 모든 것들을 통렬한 비판의 어조 대신 서정적인 예리함, 당대의 불신의 시대로부터 지나간 시대를 바라보는 노스텔지어와 아이러니의 어조로 이야기해 내려갔다. 그 결과 이 작품은 군더더기나 쓸모없는 비계 덩어리가 없이 비교적 얇은 책으로 출판되었다. 퍼킨스가 간파했듯이 이 작품에서는 "많은 내용이 함축적으로 제시되고" 있기 때문이다.

피츠제럴드가 작업을 하는 동안 젤다는 수영과 선탠 이외에는 다른 할일이 없었다. 그러던 중 어느 6월 젤다는 근처에 근무하는 젊은 프랑스 비행사들을 알게 되었다. 젤다는 그들과 해변에서 자주 만나게 되었고 밤에 카지노에서 함께 춤을 추기도 했다. 에두아르 조장[Edouard Jozan]이 그중의 한 명이었다. 헌칠한 키에 구릿빛 피부의 25세 청년 장교인 조장은 매력적인 외모를 가지고 있었다. 게다가 젤다보다 한 살밖에 많지 않았지만 향후 프랑스를 구할 장군이 되기에 충분한 자신감으로 충만해 있었다. 얼마 안 있어 두 사람이 해변에서 함께 시간을 보내는 일이 잦아졌다. 새러 머피에 따르면 피츠제럴드 말고는 모든 이들이 두 사람 사이에 일반적인 수준을 넘어서는 관계가 시작되고 있음을 알고 있었다. 예전에 몽고메리의 조종사들이 젤다의 집 위에서 그랬듯이, 어느 날 조장이 모는 비행기가 젤다의 집 지붕 위로 날아올라 날갯짓을 했다.

자기 아내가 뭇 남성들의 관심의 표적이 되고 있다는 점을 뿌듯해 하면서도, 피츠제럴드는 자신이 더 이상 젤다 영역의 중심이 아님을 알고 위기를 느끼게 되었다. 새러 머피의 관찰에 따르면, 당시 피츠제럴드가 보냈던 가정 내의 일상사는 원고 작업을 중심으로 전개되었다. 젤다나 딸아이가 필요로 하는 것은 자신의 일보다 덜 중요하게 여겨져 주로 하인들에게 맡겨졌다. 결국 10월 중순 경에 이르러 피츠제럴드와 조장 간의 대결 양상이 벌어지게 되었다. 피츠제럴드는 자신의 일기에 "중대한 위기"라고 적은 바 있다. 이렇게 두 사람이 격돌한 이후에, 『위대한 개츠비』에서 개츠비의 정체와 출신에 대해 갖가지 소문이 나돌았듯이, 두 사람에 관련된 갖가지 소문이 횡행했다. 즉, 젤다가 이혼을 요구했다거나, 피츠제럴드가 젤다를 방에 가두었다거나, 조장이 피츠제럴드와 일대일로 대면했을 때 젤다를 놓아 달라고 말했다거나, 젤다가 수면제를 과다 복용하고 있다거나 하는 등의 소문들이 나돌았다.

조장은 피츠제럴드와 세상의 의심에 반박했다. 젤다는 삶이 부여하는 어떤 것이든 받아들이려는 욕구로 가득 차 있기는 하지만, 최소한 당시에는 자신과 부정한 행위를 저지르지 않았다고 조장은 주장했다. 오히려 문제의 핵심은 피츠제럴드가 실제의 여부와 관계없이 부부에 관련된 드라마를 필요로 했던 것이며, 따라서 실제로 시작되기도 전에 아내의 외도를 기정사실로 받아들이려 했다는 것이다. 물론 조장의 이러한 주장은 젤다에게 오점이 가는 일을 막기 위한 거짓말일 수 있다. 그러나 제럴드 머피가 주장하듯이, 젤다와 조장은 실제로 두세 번 정도 깊게 포옹한 것 이상으로는 진전되지 않았을 가능성이 높다.

조장은 그해 여름 피츠제럴드와 젤다 사이에 자신이 끼어듦으로써 『위대한 개츠비』에서 형상화되고 있는 데이지, 톰 뷰캐넌, 개츠비 사이의 삼각관계에 영향을 주고 있는 중임을 알 수 없었을 것이다. 사랑에 의해 자아의 손상을 경험하는 개츠비는 어떤 면에서 피츠제럴드 자신의 모습으로 이해될 소지가 없지 않다. 다른 경우에도 그랬지만, 피츠제럴드는 아내 젤다와 젊은 비행사와의 관계를 과장되게 극화했다. 로렌스라면 어땠을까? 로렌스도 피츠제럴드처럼 자기의 실제 삶을 작품의 소재로 사용했지만, 로렌스라면 아내와 다른 남자와의 관계를 최소화하려고 했을 것이다. 기본적으로 프리다에 대한 로렌스의 흡입력은 젤다에 대한 피츠제럴드의 경우보다 훨씬 더 강했다. 상대방에 대한 흡입력이 단순히 육체적인 관계에서 기인하기보다는 그것을 벗어나 보다 복합적인 영역에서 작동되는 것임을 알고 있던 로렌스로서는 프리다와의 관계를 보다 안정적으로 꾸려 나갈 수 있었다. 반면, 피츠제럴드의 경우, 겉으로 드러나는 현상에만 얽매여 손쉽게 자신의 내면을 현상에 투사함으로써 사태를 점점 악화시켜 나갔다. 다른 남자에 대한 아내의 관심이 아직 입증되지 않았음에도 불구하고 그것을 결정적 문제로 치환하는 것은 곧 자신 내부의 공포를 투사하는 행위라고 할 수 있다. 사실, 자기극화의 경향이야말로 피츠제럴드로 하여금 작가의 길로 들어서게 한 가장 핵심적인 요체였다. 몇 년 후에 피츠제럴드는 쉴라 그레이엄^{Sheilah Graham}에게 자신과 조장이 서로를 향해 총을 발사했지만 불발이 되었다며 상상 속의 결투를 이야기한 적이 있는데, 유사한 장면이 『밤은 부드러워』에서도 등장한다. 이런 점에서, 조장 일화는 피츠제럴드가 자기 자신의 이야기를 허구화해 작품에 기록한 후 스스로 그것을 믿게 되는 과정을 보여 주는 실례라고 할 수 있다.

『위대한 개츠비』가 출간되자 피츠제럴드는 새로운 소재를 얻기 위해 환경을 바꾸어 볼 필요가 있다고 느꼈다. 1925년 5월 피츠제럴드는 파리에서 아파트 한 채를 빌려 그리로 이사 갔다. 프랑스에서 생활하는 것이 생각보다 비용이 많이 들지 않았고, 새로 출판된 『위대한 개츠비』가 확실히 성공할 것이라고 믿었기 때문이었다. 이 소설에 대한 비평가들의 반응은 고무적이었지만, 실제로 판매된 부수는 『아름다운 저주 받은 자들』을 크게 능가하지 않았다. 이 책으로 벌어들인 수입은 스크라이브너 출판사로부터 선불로 받아 간 것을 갚는 정도에 불과하게 되었다. "헨리 제임스 이후 미국 소설이 내디딘 최초의 진보"라는 T. S. 엘리엇의 상찬처럼 작가와 비평가들로부터 호의적인 평가를 받았음에도 불구하고, 자신의 기대에 미치지 못하는 저조한 판매 실적은 스스로 대표적 미국 작가로 자부하는 피츠제럴드의 자존심을 훼손시켜 놓았다.

피츠제럴드는 일기에서 파리는 "천 번이나 파티가 열려도 일은 하지 않는 곳," 일주일 내내 흥청망청 술을 마셔 대다 문득 어떻게 이곳까지 오게 되었는지 기억도 없는데 혼자 호텔방에 누워 있는 자신을 발견하게 되는 곳이라고 썼다. 이렇게 술을 마시던 중 한 술집에서 어니스트 헤밍웨이를 만나게 된다. 헤밍웨이의 단편을 읽어 보았던 피츠제럴드는 퍼킨스에게 헤밍웨이의 재능을 추천한 적이 있었다.

파리 체류 기간에 대한 다소 허구화된 회고록인 『해마다 날짜가 바뀌는 축제』에서 헤밍웨이는 피츠제럴드와의 첫 만남을 기록하고 있다. 두 사람이 샴페인을 마시고 있을 때, 피츠제럴드는 예전에 도스 패서스에게 했듯이 거친 개인적인 질문을 해 댔다. 예를 들면, 결혼 전에 아내와 동침을 했는지 여부를 물어 헤밍웨이를 당황하게 만들었다. 그러던 중 갑자기 피츠제럴드의 얼굴에 핏기가 사라지고 기절하고 말았다. 헤밍웨이가 보기에 이러한 일은 치명적인 불명예로 비쳐졌다. 남자라면 자신의 술과 말을 제어할 수 있어야 한다고 헤밍웨이는 믿었던 것이다. 피츠제럴드에 관한 내용이 중심을 이루는 『해마다 날짜가 바뀌는 축제』의 두 챕터에서 헤밍웨이는 피츠제럴드를 이러한 제어력을 잃어버린 남자로 묘사하고 있다.

피츠제럴드는 헤밍웨이에게 젤다와 프랑스 비행사와의 로맨스를 여러 방향으로 변주하며 전달했는데, 헤밍웨이는 피츠제럴드가 자기 식대로 이야기를 만들어 내고 있다고 생각했다. 헤밍웨이의 부인 해들리^{Hadley}는 조장이 자살하는 식으로 변형된 이야기를 듣고, 젤다가 인생을 축제의 연속으로 여기는 경박한 여자라고 생각했다. 젤다는 해들리를 받아들이긴 했지만 남편 헤밍웨이에 맞추어 살아가는 해들리의 방식에 반감을 가지고 있었다. 젤다는 자기 자랑을 좋아하는 것만큼이나 다른 사람들의 가식적인 말에 대해서도 통렬한 풍자와 비판을 서슴지 않았다. 피츠제럴드가 젤다를 거트루드 스타인의 살롱에 데려갔을 때, 젤다는 스타인의 명성에도 불구하고 그녀의 말을 "점잔빼는 헛소리"로 폄하했다. 젤다는 헤밍웨이에 대해서도 비판적이었다. 젤다는 헤밍웨이를 일종의 사기꾼으로 간주했다. 그녀는 헤밍웨이의 텍스트에 드러나는 냉소적 어조를 싫어했다. 해들리는 젤다로서는 헤밍웨이의 남성적 자기 확신을 받아들일 수 없었던 것이라고 설명했다.(1년 후 헤밍웨이가 자신과 아들을 버리고 다른 여자에게 갔을 때 해들리 자신의 자신감이 산산조각 나게 되었지만 말이다.)

헤밍웨이에 따르면, 피츠제럴드는 젤다에 의해 심리적으로 상처를 입은 상태였다. 즉, 매같이 사나운 여성 때문에 자신의 이미지가 거세당해 있었다. 또한 헤밍웨이는 젤다가 피츠제럴드가 글을 쓰지 못하도록 하기 위해 자주 술을 권했다고 주장했다. 작가로서의 피츠제럴드의 성취가 젤다에게는 질투의 대상이었다는 것이다. 사실, 헤밍웨이는 잘 몰랐을 수 있지만, 젤다가 피츠제럴드의 예술 세계에 체계적으로 기여를 했기 때문에 그녀의 질투가 더 커진 측면도 무시할 수 없다.

피츠제럴드 부부는 1925년 여름을 앙티베에 돌아와서 보냈다. 프랑스 남부의 따뜻함과 여러 인사들이 모이는 머피 부부의 파티에 이끌렸던 것이다. 피츠제럴드 부부는 둘 다 머피 부부를 좋아했지만, 어느 날 예상치 않은 기행을 저지르는 바람에 부드러운 머피 부부마저도 인내의 한계를 보여, 어느 날 파티 초대 명단에서 피츠제럴드라는 이름을 빼 버렸다. 파티 입장이 거부된 피츠제럴드는 파티가 열리는 정원의 바깥쪽 벽에 서서 쓰레기통의 쓰레기를 머피의 하객들에게 던졌다.

머피 부부는 3주 동안 피츠제럴드를 초대하지 않았지만 이후에 니스 근처의 산중에 있는 조그만 호텔에서 저녁을 함께하자고 피츠제럴드 부부를 초대했다. 절벽 위에 위치해 한 편의 파노라마처럼 펼쳐지는 이곳의 경치는 숨막힐 정도로 아름다웠다. 머피 부부와 피츠제럴드 부부는 돌계단 바로 옆 테라스에 자리를 잡았는데, 바로 옆 식탁에 전설적인 댄서 이사도라 던컨^{Isadora Duncan}이 앉아 있는 것을 알게 되었다. 이제는 46세의 나이에 체중도 많이 나가 예전처럼 매력적이지는 않아 보였다. 피츠제럴드는 자리에서 일어나 던컨 앞에 가더니 중세 시대의 서정 시인처럼 그녀 앞에서 무릎을 꿇고 그녀에 대한 찬사를 읊조렸다. 던컨도 자신 앞에 꿇어앉은 피츠제럴드를 자신을 지키는 경호대장이라고 부르며 맞장구를 쳤다. 머피 부부와 함께 앉아 있던 젤다는 이 광경을 보다가 아무런 사전 예고도 없이 갑자기 자리에서 일어나 식탁을 지나 돌계단 쪽으로 뛰듯이 내려가기 시작했다. 한순간 젤다가 절벽 아래 계곡으로 사라져 버린 것 같았다. 무릎이 까진 것 말고는 큰 상처는 없었지만, 그녀의 도발적인 행동에 모두 놀랐다. 젤다의 이러한 행동은 상징적이다. 젤다의 이런 돌출 행동은 유명한 댄서로부터 자극된 것이다. 춤이 우아한 몸동작에서 특유의 힘이 발산되는 예술로 이해될 수 있다고 할 때, 이러한 우아한 몸동작이야말로 바로 젤다의 목표이기도 했기 때문이다. 물론 젤다는 이제 그것을 이루기에는 너무 늦었다는 것을 내면 깊이 느꼈을 수 있다. 자신이 바로 남편의 여신이 되고 싶은 것을 모르는 채 남편이 자신은 도달할 수 없는 춤의 여신 앞에 무릎을 꿇고 있는 장면을 젤다로서는 더 이상 지켜볼 수 없었던 것인지 모른다. 더 이상 현실을 받아들일 수 없는 젤다가 절벽 아래로 내려간 것은 실제에 앞서서 예시적으로 보여 주는 상징적 자살 행위로 이해될 소지도 없지 않다.

앙티베로 돌아올 때 피츠제럴드 부부의 자동차가 머피 부부의 차를 뒤따라갔지만, 앙티베에 거의 다 왔을 무렵 전차 길과 교차하는 지점에서 피츠제럴드가 모는 자동차가 철로를 들이박았다. 그런데 두 사람 모두 술을 많이 먹어 자동차가 철로에 얹어진 채 차 안에서 잠이 들고 말았다. 다행히 다음 날 새벽 지나가던 농부가 이것을 발견하고 차 안의 두 사람을 깨웠다. 이후 15분 후에 기차가 들이닥쳐 피츠제럴드의 차가 박살이 났다는 말도 있고, 예의 그 농부가 소를 동원해 차를 끌어냈다는 말도 있다. 이 사건은 생명과 안전이 어떠한 위협을 받는다 할지라도 위험한 한계 상황을 마다하지 않는 피츠제럴드와 젤다의 현주소를 상징적으로 보여 준다.

그해 가을 피츠제럴드 부부와 머피 부부는 파리로 돌아왔지만, 관계는 예전만 못했다. 피츠제럴드는 상 클루에 있는 머피 저택의 잔디밭에서 밤잠을 잔 적도 있고, 택시 안에서 백 프랑짜리 지폐를 씹어 그것을 창문 밖에다 버리려고도 했다. 택시 기사가 돈을 빼앗아 못하게 하자, 피츠제럴드는 바퀴를 밀어 택시를 세느강 쪽으로 밀어 버리려고 하였다. 이렇듯 그의 히스테리는 점점 심해져 갔다. 희소식이 있다면, 연극화한 『위대한 개츠비』가 성공을 거두었고, 헐리웃에도 적지 않은 돈으로 판권을 팔 수 있었다는 점이었다.

젤다의 경우는 훨씬 심각했다. 대부분 그녀는 『밤은 부드러워』의 니콜 다이버처럼 말없이 침잠하고 있었다. 그렇지만 일단 말문이 열리면, 놀랄 정도로 쾌활하게 되었다. 어느 날 오후 머피 부부 주위의 사람들이 그중 어떤 이의 미국행을 위해 건배하자고 했을 때, 젤다가 갑자기 의자 위로 올라가 그녀의 팬티를 벗어서는 이별 선물이라고 하며 건네주었다. 또 어떤 날 밤에는 카지노에서 춤을 출 때 그녀의 드레스를 높이 들어 올려 허리 아래의 모든 것들을 노출한 채 여기저기 돌아다니며 춤을 춘 적이 있었다. 젤다는 거의 무아의 경지에서 황홀경으로 춤을 추었는데, 아마도 이것은 개념과 동작이 서로 밀착되어 예이츠^{William B. Yeats}에서처럼 댄서와 댄스를 구별할 수 없게 되는 경지를 보여 주는 젤다의 최종적 메시지였는지 모른다.

자살적 충동을 분명하게 보여 주는 에피소드들도 있었다. 피츠제럴드와 부부싸움을 하던 젤다가 갑자기 자동차 바퀴 밑에 눕더니 이제 차에 시동을 켜서 움직이라고 소리 지른 적이 있었다. 새러 머피는 젤다가 높은 바위에서 안전 같은 것은 무시한 채 바다로 연거푸 다이빙하던 장면을 회고한 적이 있다.

이런 장면들은 대단히 드라마틱하다. 그러나 보통 때의 젤다는 병으로 쇠약해 있었다. 대장염을 앓고 있을 뿐 아니라 6월에 맹장 제거 수술을 받고 여름 내내 회복 기간을 가져야 했다. 피츠제럴드는 젤다를 혼자 집에 두고 나가는 경우가 많았고, 젤다는 아침에 일어나 피츠제럴드가 들어오지 않았거나 낯선 사람들이 집 안에 가득한 것을 보곤 했다. 피츠제럴드는 자신을 알코올중독자로 예의바르게 소개하면서 시작한 후, 매일 밤 중독자임을 입증하곤 했다. 이러한 일련의 과정은 무엇보다 그의 소설이 제대로 진척되지 않는 것과 깊은 관련이 있었다. 그는 이제 불과 29세였지만, 어느새 작가로서 쇠락의 길에 들어섰다고 느끼고 있었다. 심지어 단편소설 하나라도 완성할 수 없을 것처럼 여겨졌다. 지금까지 장난기 섞어 가며 자신은 늘 30세까지만 살고 싶다고 말하고 다녔는데, 30세를 바로 앞둔 시점에서 퍼킨스에게 보내는 편지를 통해 농담의 어조 없이 이러한 뜻을 밝혔다. 『위대한 개츠비』의 연극과 영화 판권으로부터 벌어들인 수입은 모두 탕진되었다. 낙담한 채로 피츠제럴드는 미국으로 돌아갈 결심을 하게 된다. 심한 천식증을 앓고 있던 젤다와 함께 제노바에서 미국행 배에 몸을 실은 피츠제럴드는 자신의 일기에 "그 어느 때보다도 먼 곳에서" 고향으로 돌아가는 중이라고 썼다.

견원지간처럼 싸우다

피츠제럴드는 줄곧 재정 문제로 압박을 받아 왔다. 피츠제럴드는 〈새터데이 이브닝 포스트〉에 작품성이 높지 않은 느슨한 작품을 기고하는 것으로 문제를 해결하곤 하였는데, 점점 이러한 일들이 어렵게만 여겨졌다. 그러던 중 다행히도 미국예술가협회로부터 대학 생활의 청춘에 관한 영화 대본을 써 달라는 요청이 있었다. 딸을 워싱턴 시에 있는 피츠제럴드 부모님께 맡기고 부부는 태평양 연안의 서부로 떠났다. 뉴멕시코 주를 지날 때 피츠제럴드의 복부에 심한 경련이 생겼다. 맹장염이라고 생각하고 기차에서 내렸는데, 확인해 보니 영화 각본을 써야 한다는 압박감에서 생긴 통증이었다. 피츠제럴드 부부는 앰배서더 호텔 앞에 있는 단층 건물에 기거하며 헐리웃에서 두 달을 보냈는데, 존 배리모어^{John Barrymore}와 폴라 네그리^{Pola Negri}가 인근에 살고 있었다. 파리에서보다 더 규모가 크고 화려한 파티가 열렸는데, 파티에 참석한 여성들도 파리에서보다 더 아름다운 것 같았다. 스콧과 젤다는 이곳에서도 장난기 어린 기이한 행동을 많이 했다. 잠옷 차림으로 파티에 참석하기도 하고, 강아지처럼 짖기도 하고, 숙녀의 핸드백에서 끄집어 낸 재료로 양념을 하여 시계로 국을 끓이기도 했다. 이런 대책 없는 어리석은 행동은 영화계의 즉각적이고 더 부풀린 유명세에 의해 촉발되었을 수 있다. 피츠제럴드가 후에 미완성 헐리웃 소설 『마지막 군주^{The Last Tycoon}』에서 묘사했듯 영화 대본 작가들은 보다 매혹적인 목표를 위한 가외의 수단이었을 뿐이었다.

그러던 중 피츠제럴드는 한 파티에서 로이스 모란^{Lois Moran}이라는 17세 여배우를 알게 되었다. 모란은 금발을 한 푸른 눈의 미인이었는데, 그녀의 어머니가 늘 따라다니며 도와주고 있었다. 『아름다운 저주 받은 자들』에서 피츠제럴드는 "미모로 살아가는 여성은 누구라도 그에게 커다란 관심의 대상이었다."라고 썼다. 피츠제럴드와 로이스는 서로에게 끌렸고 매료되었다. 그의 소설에 흐르는 순진한 정직성의 정신에 입각해 피츠제럴드가 젤다에게 이러한 사실을 고백했다면, 젤다는 버려지거나 교체되어졌다는 느낌에 빠져 들어갔을 것이다. 어느 날 피츠제럴드가 로이스와 그녀의 어머니와 함께 저녁 식사를 하기 위해 외출 준비를 하는 동안 젤다와 심한 언쟁을 벌이게 되었다. 특히, 젤다와는 달리 로이스는 물려받은 재능과 미모로 무엇인가를 하고 있는 여자라고 피츠제럴드가 소리쳤을 때, 젤다는 무너져 내렸다.

이런 식의 발언이란 화가 난 부부가 진실을 외치기 위해서라기보다는 상대방에게 상처 주기 위해 내던지는 그러한 성질의 것이었다. 이 경우에 피츠제럴드가 겨냥한 것은 너무도 정확했다. 그는 로이스의 매력에 대해 느끼는 젤다의 질투심뿐 아니라 피츠제럴드의 재능에 대해 느끼는 젤다의 내면 깊숙한 곳에 자리 잡고 있는 경쟁심에 일격을 가했던 것이다. 피츠제럴드가 떠나자 젤다는 아픈 상처를 고통스러워하며 광란에 빠져들었다. 젤다는 자신의 옷가지를 가져와 욕조에서 태웠다. 자신이 디자인한 옷을 자신이 사랑하는 욕조에서 태운다는 것은 이제 더 이상 자신을 사랑하지 않음을 보여 주는 셈이다. 젤다는 아직 26세밖에 되지 않았지만 벌써 나이 드는 것에 대해 위협을 느꼈다. 피부가 거칠어져 가고 있고, 얼굴은 예전보다 각이 져 가고 있다고 느꼈던 것이다. 욕조 사건은 남편이 자신보다 젊은 매력적인 여자와 어울리며 자신을 홀로 남겨 두는 데서 야기되는 고통이 젤다의 통제 영역을 벗어나기 시작했음을 경고하는 예화가 된다.

『아름다운 저주 받은 자들』에서 앤서니 패치의 질투심을 자극할 뿐, 실제로 실현되지는 않지만 글로리아 패치가 영화배우가 될 수 있을 가능성이 시사된다. 현실은 역전된 상황을 보여 준다. 로이스가 피츠제럴드에게 다음 영화에서 자신의 상대역으로 출연할 것을 제안하며 피츠제럴드의 스크린 테스트를 주선했기 때문이다. 물론 피츠제럴드가 영화에 출연하는 일이 실제로 벌어지지는 않았다.

젤다는 결혼 전 어떤 일도 의도적으로 노력하지 않고 지내겠다는 말을 한 적이 있다. 사실, 남부 여인들에게는 궁정의 여인들처럼 자신과 가정을 가꾸는 일 이외에 어떠한 일도 하지 않는 전통이 전해 오고 있었다. 그러나 이제 젤다는 피츠제럴드가 자신을 게으르다고 생각하며 로이스와 가까이 지내는 것에 깊은 분노를 느끼고 있었다. 피츠제럴드는 자신이 쓴 영화 대본 「립스틱 Lipstick」이 퇴짜를 맞자 심리적 충격을 받게 된다. 자신의 것이라고 생각했던 언어의 마법이 자신에게서 떨어져 나갔다는 위협을 느꼈던 것이다. 헐리웃에서 실패한 후 동부로 가는 기차에서 피츠제럴드 부부는 로이스 때문에 또 한 번 큰 싸움을 하게 된다. 싸우던 중 화가 난 젤다는 약혼 예물로 받은 다이아몬드 시계를 차창 밖으로 던져 버렸다. 사실, 겉으로는 허세를 부렸지만, 피츠제럴드는 상처 받기 쉬운 인물이었다. 「립스틱」의 실패는 그의 능력에 대한 회의를 불러일으켰는데 로이스 모란은 자신의 힘을 입증해 보이려고 안달하는 어릿광대 지팡이 같은 것이었다. 심층적인 차원에서 보자면, 젤다의 광기 어린 행동이 피츠제럴드에게 자기 아버지의 무능과 어머니의 독점에 대한 기억을 일깨웠을지도 모른다.

피츠제럴드 부부는 윌밍턴 근처의 그리스식 저택인 엘러슬리로 이사 갔다. 퍼킨스에게 몇 년 전부터 약속한 『밤은 부드러워』 작업에 박차를 가하려는 것이 이곳으로 이사 온 목적이었지만, 피츠제럴드는 델라웨어 강이 굽이치는 엘러슬리에 친구들을 초대해 광란의 파티를 열곤 했다. 파티에 초대된 에드먼드 윌슨은 피츠제럴드의 비정상적인 상태를 알아차렸다. 존 필 비숍은 초대해 놓고 식사도 대접하지 않는 뒤죽박죽의 혼란 상태에 불쾌감을 느꼈다. 젤다와 피츠제럴드는 폭음을 했는데, 피츠제럴드는 고갈되어 막혀 버린 영감을 불러일으키기 위해 술을 계속 마셔 댔다. 마치 작품을 쓸 수 있는 에너지를 얻기 위해 자기 자신을 갉아먹는 형국이었다. 맥스웰 퍼킨스가 방문했을 때 피츠제럴드는 신경 쇠약의 경지에 이를 정도로 신경이 예민해져 있었다.

피츠제럴드 부부는 자주 싸웠다. 피츠제럴드는 엘러슬리에서 보낸 2년 동안을 견원지간의 싸움으로 표현한 바 있다. 젤다는 당시까지 딱 한 번 리비에라에서 모르핀을 사용한 적이 있지만 엘러슬리에서 피츠제럴드와 부부싸움을 한 어느 날 또다시 모르핀에 의지하지 않을 수 없었다. 젤다의 언니인 로잘린 스미스가 그들을 방문했던 날에는 둘이 크게 싸워 피츠제럴드가 젤다의 따귀를 때리기도 했다. 이러한 적대감은 작품에도 반영되어 있다. 피츠제럴드는 멘켄에게 남편의 재능을 시샘해 남편을 망쳐 놓으려는 여자에 관한 소설을 쓰고 있는 중이라고 말한 적이 있다. 그 여자는 남편을 망치는 것은 물론, 술 마시고, 외도를 하고, 친구와 멀어짐으로써 자신을 망쳐 놓기도 한다는 것이다. 그런데 이런 행동들은(물론, 마음속에 품었을지는 모르나 실제 행동으로 옮기지는 않았다는 점에서 외도라는 항목은 제외되어야 할 것이지만) 젤다의 행동이라기보다는 피츠제럴드의 행동에 가깝다. 더욱이, 『밤은 부드러워』의 결말 부분, 딕과 니콜 다이버 사이의 싸움을 통해 이러한 요소가 등장하고는 있지만, 이러한 내용을 그대로 담은 소설은 발표되지 않았다.

피츠제럴드 부부 간의 경쟁과 그것의 표현으로서의 육체적 폭력은 로렌스와 프리다의 경우와 많이 유사하지만, 기질이나 상황에 있어서는 적지 않은 차이가 난다. 남편의 친구들과 갈등을 빚었던 것 자체는 젤다와 프리다 모두 동일하지만, 프리다가 남편의 천재성을 인정받기 위해 그러했다면, 젤다는 자신의 성취를 인정받는 것이 일차적인 목적이었다. 사실, 젤다는 프리다보다는 예술적인 능력이 뛰어났다. 그녀는 소설을 통해 하고 싶은 말이 있었고 또 그러한 역량을 가지고 있었다.

젤다의 소설 「백만장자의 여자 The Millionaire's Girl」에서 여주인공은 영화배우가 되기로 결심하는데, 젤다 역시 엘러슬리에 거주하는 동안 발레 레슨을 받기 시작한다. 일주일에 세 번 기차를 타고 필라델피아로 가서 레슨을 받고, 엘러슬리에서는 8시간 이상 동안 커다란 거울 앞에서 발레 연습에 몰두한다. 사실, 젤다는 춤에 관한 한 항상 두각을 나타냈었다. 피츠제럴드가 그녀에게 매료된 것도 몽고메리에서 그녀가 춤추는 모습을 보았을 때였다. 이제 젤다는 교육 받은 경험도 없이, 젊음의 힘과 아름다움을 뒤로 한 채, 27세에 이르러 발레리나의 꿈을 펼치려 하는 셈이었다. 지금까지와는 달리 그녀는 무엇인가를 하려 하고 있었다. 즉, 소설을 쓰고 있었고, 발레를 배우려고 했다. 그러나 오랜 공백기 이후에 터져 나온 이러한 시도들로 장기간 피부 습진을 앓기도 했고, 무엇보다 성공해야겠다는 강박 관념에 시달리기도 했다.

『밤은 부드러워』가 잘 진척되지 않자 피츠제럴드는 1928년 여름을 파리에서 보내려고 했다. 필라델피아보다 파리에서 더 좋은 발레 레슨을 받을 수 있다고 생각한 젤다 역시 적극적으로 찬성했다. 제럴드 머피가 젤다를 당시 파리의 유명한 발레리나 중의 한 명인 에고로바^{Madame Egorova}에게 소개해 주었다. 젤다는 오전에 발레 수업에 매진했고 오후에는 열렬하게 연습했다. 머피의 딸도 에고로바에게 배우고 있어서 어느 날 딸을 데리고 가기 위해 기다리고 있던 머피가 젤다가 춤추는 모습을 볼 기회가 있었다. 머피의 눈에 젤다의 춤은 자신의 젊음을 붙잡아 두려는 기이한 동작으로 비쳤다.

피츠제럴드는 젤다가 발레리나가 되려는 것은 그녀가 자기보다 중요하지 않은 인물이 되어 가고 있는 것에 대해 복수하려는 심산이라고 생각했다. 반면, 젤다는 피츠제럴드가 자신이 발레에 집중할 수 없도록 방해하고 있다고 생각하고 있었다. 젤다의 기억에 따르면, 파리에서 보냈던 5개월 내내 피츠제럴드는 폭음을 했기 때문에 잠자리를 함께 할 시간이 없었다. 피츠제럴드는 술집에서 싸워 감옥에 두 번 수감되었으며, 거의 모든 시간을 친구들과 어울려 취한 채로 지냈다. 그는 이러한 극렬한 경험이 창조성으로 이어질 수 있다고 암묵적으로 믿었으나 결과적으로 아무리 술을 많이 먹어도 가시적인 소설 작업의 성과로 이어지지는 않았다. 자신의 일기장에서 세 번이나 강조했듯이, 이 기간은 그에게 "불길한" 시기였다. 당시에 벌어지고 있는 일의 기저를 이해할 수도, 통제할 수도 없었으며 다만 불길한 징조를 감지할 뿐이었다.

5개월 후에 피츠제럴드 부부는 엘러슬리로 돌아왔다. 젤다 역시 꽉 찬 발레 수업과 연습 일정으로 돌아왔다. 피츠제럴드는 프랑스인 운전사를 다시 고용했다. 젤다가 싫어하던 이 운전사는 피츠제럴드와 술을 자주 먹던 술친구이기도 했다. 계속되는 음주와 소설 작업의 지지부진으로 예전의 낙관적인 피츠제럴드의 인생관이 점차 비관적이고 어두운 쪽으로 바뀌어 갔다.

1929년 봄에 엘러슬리의 계약 기간이 만료되어 더 이상 살 수 없게 된 피츠제럴드 부부는 다시 유럽으로 갔다. 파리에서 젤다는 발레에만 관심이 있었고 피츠제럴드는 술 마시는 것에만 탐닉했다. 헤밍웨이에게 보내는 편지에서 피츠제럴드는 술을 많이 마셨지만 술값은 항상 친구들이 냈다고 술회했다. 더 나아가, 진정한 의미의 친구는 없었고, 또 자기 자신도 젤다를 포함해 어느 누구도 좋아하지 않았다고 고백했다. 술은 피츠제럴드로 하여금 자기 연민에 빠지게 했고 글쓰기 작업을 촉진하기보다는 방해했다. 보들레르 ^{Baudelaire}가 포우의 음주 습관에 대해 묘사했듯이, 피츠제럴드 역시 자신의 내부에 도사리고 있는 벌레에 퍼붓기라도 하듯이 자살하려는 무서운 속도로 술을 들이켜 댔다.

젤다 역시 술을 마셨고, 마시게 되면 피츠제럴드보다 주량이 더 셌다. 젤다는 우울한 상태가 지속되었고, 대단히 민감했다. 음식을 거의 먹지 않아 15파운드나 체중이 줄기도 했다. 젤다는 미국 잡지에 일상에 권태로워하며 모험을 즐기는 미인들을 주인공으로 하는 일련의 소설을 피츠제럴드와 공동저자로 투고했는데, 발레 레슨에 드는 비용을 벌기 위해서라는 것이 그녀의 주장이었다. 젤다의 소설은 생동감 있는 인물이 이끌어 가는 플롯보다는 주로 묘사에 의존하고 있었다. 캐나다 작가 몰리 캘러헌^{Morley Callaghan}은 피츠제럴드 부부를 방문했을 때 젤다가 책과 글쓰기에 관한 대화를 주도하며 작가로서의 자신의 위치를 부각시키려 했던 것으로 기억했다.

젤다는 왜 이렇듯 글쓰기와 문학적 의견 개진에 적극적이었을까? 기본적으로 그녀는 뛰어난 지적인 능력과 문학적 재능을 가지고 있었다. 그러나 이와 동시에 그녀의 신체와 감정이 악화되어 가는 상황에 대한 반작용일 수도 있었다. 피츠제럴드 부부가 미국인들이 우글거리는 파리를 떠나 리비에라로 옮겨 갔을 때(결국 미국인들은 이곳에도 적지 않았지만) 제럴드 머피는 발작적으로 터져 나오는 젤다의 웃음에서 희열과 공포가 함께 어우러지는 새로운 국면을 보게 되었다.

젤다는 1929년 칸느와 니스에서 그다지 비중은 크지 않지만 자신의 역을 맡아 공연에 참여했다. 이것은 젤다가 이제 배우기만 하는 단계는 벗어났음을 보여 준다. 심지어 나폴리 무용단의 참여 권유도 있었지만, 거절했다. 물론 권유를 받고 적지 않게 고민했을 것임에 틀림없다. 『나를 위해 왈츠를 남겨 주세요』에서 젤다의 자전적인 여주인공은 나폴리의 제의를 받아들이고 「파우스트^{Faust}」 공연에 참여한다. 그런데 계약 기간 동안 여주인공은 발에 상처를 입고 혈액 감염에 의해 결과적으로 발레를 포기하게 된다. 많은 소설에서 그러하듯이, 이러한 결과는 파우스트의 악마 계약처럼 반드시 지불되어야 하는 대가일 수 있다. 그러나 보다 심층적으로는, 재능만큼이나 두려움이 큰, 즉 젊은 기개가 요동치지만 그것을 담는 몸은 너무 늙어 버린 발레리나의 내면을 드러내는 것일 수 있다. 실패에 대한 두려움은 젤다가 피츠제럴드에 지나치게 의존하고 있다는 점과 관련이 깊다.

몽고메리의 여인으로서 젤다는 어린 시절부터 자신을 돌보아 줄 강한 남자를 선택하도록 암묵적으로 요청받아 왔다. 젤다의 소설은 이러한 요청에 대한 반역을 담고 있다. 그러나 이러한 반역은 표면적인 방법상의 반역이지 실질상의 반역이 아니었다는 의심을 지울 수 없다. 그녀의 반역이 좀 더 구체적이었고 더 큰 진정성이 있었다면 그녀의 예술 또한 보다 풍부한 결실을 맺었을 것이다. 젤다는 29세였지만 나폴리에서 발레리나가 되기 위해 남편과 딸을 떠날 만큼의 내적인 성숙에는 이르지 못했다고 할 수 있다. 물론 젤다가 피츠제럴드에게 함께 이탈리아로 가자고 설득할 수 없었을 것이다. 피츠제럴드는 이탈리아를 좋아하지 않았을뿐더러, 파리와 리비에라의 미국인들이 소설 창작의 소재로서 꼭 필요했었기 때문이다.

3년 만에 처음으로 피츠제럴드는 소설 작업을 성공적으로 진행시킬 수 있었다. 작품의 초점을 바꾸어 딕 다이버의 성격 창조에 집중했다. 소설 작업의 순조로운 진행으로 피츠제럴드가 만족스러운 시간을 보냈던 반면, 나폴리 무용단의 제안을 거절한 이후 젤다는 줄곧 힘든 시간을 보냈다. 이러한 내면적 좌절과 고통은 자살 기도로 표현되었다. 피츠제럴드가 자동차를 운전해 가족을 파리로 데려가던 중 높은 산을 지날 때 젤다는 핸들을 움켜쥐고 절벽 아래 방향으로 틀려고 했다. 피츠제럴드는 젤다를 밀어제치고 차가 절벽 아래로 떨어지지 않게 중심을 잡는 데에는 성공했지만, 젤다의 이러한 행동을 엉망으로 뒤엉켜 있는 그녀의 내면과 관련시켜 이해하는 데에는 실패했다. 사실, 결혼 생활 내내 그들은 상대방의 아픔을 이해하려 하지 않았다.

파리에 돌아온 피츠제럴드는 글쓰기에 집중하는 데 점점 더 큰 어려움을

느꼈다. 젤다는 자기 자신의 일에 빠져들어 가, 공격할 때 이외에는 피츠제
럴드에게 거의 관심을 두지 않았다. 젤다는 피츠제럴드가 헤밍웨이와 동성
애 관계라고 비난했다. 물론 두 작가는 동성애적 성향을 가지고 있지 않았을
뿐더러, 두 사람의 관계에는 그러한 징후가 발견되지 않았다. 젤다는 발레
스승인 에고로바를 자신의 우상으로 삼았고, 그녀와 발레에 관해 이야기하
는 것을 좋아했다. 피츠제럴드는 젤다가 발레리나가 되는 것에 대해 회의적
이었기 때문에 그녀가 발레 연습에 많은 시간을 보내는 것에 대해 못마땅해
했다. 젤다는 무용계에서 역을 맡게 될 것으로 기대했다. 특히 파리의 디아
질레프 무용단이 자신에게 제안해 올 것으로 예상했다. 그러나 결국 디아질
레프 무용단으로부터 어떠한 제안도 없었다. 대신, 다른 곳에서 관광객을 위
해 배꼽춤을 추어 달라는 제안이 들어와 그녀의 사기를 꺾어 놓은 적이 있었
을 뿐이었다.

1930년 봄 무렵 젤다는 의기소침했지만 역설적으로 자신의 일에 더 깊이
빠져들어 갔다. 피츠제럴드와 함께 신년 휴가로 알제리에 갔는데, 돌아올 때
의 젤다는 입가에 깊은 주름이 잡히고 눈가에 어두운 그림자가 드리운 수척
한 모습이었다. 어느 날 파리의 아파트에서 점심 식사를 할 때, 젤다는 오후
리허설에 늦지 않아야 한다고 과민하게 부산을 떨었다. 오후에 있을 리허설
에 너무 긴장한 젤다는 이미 술을 마신 상태였다. 피츠제럴드가 글을 쓰기
위해 술을 필요로 하듯이, 자신도 발레를 위해 술이 필요하다고 생각했을지
모른다. 피츠제럴드 친구 중 한 명이 함께 택시를 탔는데, 시간을 벌기 위해
젤다는 택시 안에서 무용복으로 갈아입었다. 택시가 교통 체증에 막히게 되
자 젤다는 발레복을 입은 채 택시에서 내려 자동차 사이를 뚫고 스튜디오를
향해 뛰어갔다. 이 우스꽝스러운 광경은 어쩌면 자동차 경적과 엔진 소리를

음악 삼아 경쾌하고 우아하게 추었던 젤다 최후의 히스테리 발레였는지 모른다. 젤다가 정작 스튜디오에 도착했을 때는 너무 흥분되어 있어 발레를 할 수 없었다. 동행한 친구가 어쩔 줄 몰라 피츠제럴드에게 전화했고, 피츠제럴드는 함께 있는 손님들에게 양해를 구하고 스튜디오로 달려가 젤다를 진정시키지 않을 수 없었다.

이후 신경 쇠약에서 연유하는 망상과 상대방에 대한 원색적 비난이 계속되었고, 결국 피츠제럴드는 젤다를 파리 근교의 병원으로 데려갔다. 그곳에서 10일을 보내는 동안에도 젤다는 단편소설 3편과 발레 대본 1편을 쓸 정도로 에너지가 넘쳤다. 의사의 권고를 무시하고 젤다는 파리로 돌아가 즉시 발레를 재개했다. 자신이 생각하는 일을 성취하지 못하면 인생이란 지속할 가치가 없다는 것이 당시 젤다의 생각이었다.

그러나 자신의 일에 대한 추구가 너무 지나쳤다. 젤다는 어느 날 밤 악몽, 환청, 기절을 경험하고, 수면제 없이는 잠을 잘 수 없게 되었다. 피츠제럴드는 이번에는 스위스에 있는 명성 높은 정신과 병원인 프랜진스에 데려갔다. 이곳에서 젤다는 정신분열증이라는 진단과 함께 15개월 동안 입원해야 한다는 통보를 받았다. 당시 말괄량이 신세대 여성들도 바꿀 수 없었던 이른바 "타고난 사물의 질서," 즉 여성이 남성을 보살피도록 되어 있다는 명제가 젤다와 피츠제럴드 관계에서 갑자기 역전되는 순간이었다. 이제 젤다는 피츠제럴드의 지속적인 보살핌과 보호가 필요한 중환자가 되었기 때문이다.

프랜진스에서 젤다를 담당한 의사는 오스카 포럴Oscar Forel이라는 저명한 정신과 전문의였다. 포럴은 즉각 젤다의 분노가 피츠제럴드를 향해 있다는 점을 간파했다. 임시적이기는 하지만, 조금씩 조금씩 포럴의 치료가 효과를 내기 시작했다. 피츠제럴드의 방문이 허용되었고, 이후 피츠제럴드는 젤다를 데리고 박물관에도 가고, 함께 점심 식사를 하기도 하고, 더 나아가 당시에 오스트리아에 머물고 있던 머피 부부네 집에서 며칠 함께 보내기도 했다.

젤다는 1931년 가을에 퇴원했다. 공식 병명은 열등감을 보상하기 위한 과대망상적 자기 현시이지만, 정도의 차이는 있을지언정 성취되지 않은 모든 노력은 이와 유사한 증상을 보이게 마련이라는 점에서, 정확한 규명이라고 단정하기는 쉽지 않을 듯싶다. 사실, 피츠제럴드가 찬탄해 마지않았던 "작열하는 자기 존중"이 위축된 현재의 젤다의 상태가 프랜진스의 공식적 의료 행위를 통해 정확히 포착되었던 것 같지는 않다. 이제 31세가 된 젤다는 더 이상 말괄량이 신세대 여성이 아니라, 일련의 시련에 의해 위축될 대로 위축된 상태로 남편, 딸과 함께 미국으로 가는 배에 몸을 싣고 있었다.

"지옥의 젤다"

젤다는 오랫동안 고통으로부터 벗어날 수 없었다. 1932년 초 젤다는 다시 병원 신세를 지게 되었는데, 이번에는 존스 홉킨스 대학 병원의 정신과 병동인 핍스 센터였다. 1931년 가을 피츠제럴드는 헐리웃 대본 작업에 몰두했는데, 이때 젤다는 몽고메리에 머물며 그림과 글쓰기를 다시 시작했다. 한 편지에서 젤다는 피츠제럴드가 글 쓰는 법을 가르쳐 주면 좋겠다고 썼다. 피츠제럴드가 없었으므로 젤다는 그의 소설을 훑으며 문체와 소재에 대한 공부를 스스로 해 나갔다.

이 기간 동안 젤다의 아버지가 사망했다. 이 일로 젤다는 가족들과 함께 많은 시간을 보냈는데, 이것이 상황을 악화시켰다. 젤다는 자신을 가족의 외부자로 여기고 있었기 때문이었다. 젤다의 습진과 천식도 도졌다. 피츠제럴드는 몽고메리로 돌아와 플로리다로 젤다를 데리고 갔다. 기분 전환이 그녀의 상태를 완화시킬 수 있기를 희망했던 것이다. 그러나 실제 상황은 악화 일로를 걷고 있었다. 피츠제럴드와 함께 돌아왔을 때 젤다는 다시 신경 증세를 보여 핍스 센터에 입원하게 되었다.

피츠제럴드는 젤다가 입원한 병원에 가까이 있기 위해 볼티모어 교외의 라 패^{La Paix}라는 빅토리아식 저택에 거주했다. 핍스에서 첫 6주를 보내는 동안 젤다는 『나를 위해 왈츠를 남겨 주세요』를 썼다. 자신과 남편 이야기가 약간만 변형된 이야기인 이 소설을 젤다는 직접 스크라이브너의 맥스웰 퍼킨스에게 보냈다.

몇 년 전 젤다는 피츠제럴드가 그의 삶을 소설처럼 생각하고 있다고 말한 적이 있었다. 사실, 이 두 사람 모두 양자가 빚어 가는 살아 있는 전설에 자의식적으로 참여하고 있었는지 모른다. 피츠제럴드는 라 패를 방문하는 친구들에게 "젤다와 내가 실제 인물인지 내 소설 속의 인물인지" 혼동될 때가 적지 않다고 말하곤 했다. 이 진술은 시사하는 바가 적지 않다. 피츠제럴드가 그들 삶의 핵심을 정확하게 포착한 것일 수도 있고, 피츠제럴드의 삶에 대한 정서적 강렬함이 실제적인 것과 상상되는 것 사이의 간극을 흐리게 한 것일 수도 있다.

피츠제럴드는 그들 부부의 이야기가 자신이 쓴 소설의 소재가 되어야지, 젤다 작품에 의해 이용되어서는 안 된다고 생각했기 때문에, 퍼킨스가 보내 준 젤다의 원고를 읽고 크게 화를 냈다. 젤다의 소설은 거의 그들 부부의 이야기를 근간으로 하고 있었으며, 더욱이 『천국의 이 편』의 남자 주인공 에이머리 블레인이 젤다 소설에서 피츠제럴드를 대변하는 인물의 이름으로 사용되고 있었다. 피츠제럴드는 퍼킨스에게 젤다 원고의 수정을 요구했다. 그는 자신은 젤다를 전설의 일부로 작품화했는데, 젤다는 자신을 하찮은 인물로 만들어 놓았다고 주장했다.

당시 작업이 진행 중이었던 『밤은 부드러워』에서 정신병 환자인 니콜 다이버와 보호자인 딕 다이버의 관계는 당시의 피츠제럴드 부부의 관계를 반영한 것이라고 할 수 있다. 또 어떤 면에서, 『밤은 부드러워』는 젤다의 병으로 피츠제럴드 자신이 치러야 했던 희생을 상징적으로 표현하고 있다. 작품에서 니콜로 인해 딕 다이버의 감정은 바닥이 나고, 작업 진척은 저해된다. 작품의 말미, 평생의 성취가 잠재성을 발현하기 전에 딕은 완전히 무너지고 무기력하게 되고 만다.

『나를 위해 왈츠를 남겨 주세요』에 대한 불만으로 결혼 생활 전반에 대한 피츠제럴드의 불만이 쏟아져 나왔다. 필사본 117쪽 분량의 녹음된 젤다 주치의와의 대화에서 피츠제럴드는 자신이 가정의 부양자이기 때문에 부부가 만들어 가는 가정 이야기를 사용할 권리가 자신에게 있다고 주장했다. 그는 부부의 이야기가 두 사람 모두에게 영감의 원천과 작품의 소재로 사용될 수 있다는 점을 인정하지 않았다. 그는 젤다 주치의에게 젤다의 진료비를 위해 헐리웃 대본 등 원하지 않는 작업에 시간을 할애해야 하기 때문에 소설을 완성할 수 없는 자신의 처지에 화가 난다고 덧붙였다. 더욱이, 젤다의 소설은 본질적으로 전달하려는 메시지가 약한 3류 소설이라고 폄하했다.

젤다는 원고 수정에 동의했다. 물론, 이렇게 수정한다고 피츠제럴드의 화가 누그러지지는 않을 것이었다. 젤다의 주치의는 별거 가능성을 제기했다. 그러나 피츠제럴드가 원하는 것은 결코 별거나 이혼이 아니었다. 젤다를 버리는 것은 적대적 세계에 그녀를 내팽개치는 것이기 때문에 젤다가 회복되어 결혼 생활을 이어가는 것이 무엇보다 중요하다고 생각했다. 핍스에서 3

개월을 보낸 후 젤다의 상태가 많이 호전되어 라 패에서 머물며 통원치료 할 정도가 되었다. 젤다가 정상적으로 일 처리를 할 수 없었기 때문에 라 패의 집안일에 관한 결정권은 피츠제럴드 몫이 되었다. 권한을 남편에게 빼앗기는 것에 대해 젤다는 처음에는 저항했지만 다른 방도가 없었다. 이렇듯 피츠제럴드가 전권을 가지게 된 것은 『밤은 부드러워』에서 딕 다이버에게 전권이 주어지게 된 것과 같은 맥락이지만, 보다 근원적으로 피츠제럴드의 여성관과 관련되어 있는 듯하다. 피츠제럴드는 여성을 남성의 창조 행위가 잘 진행되도록 도와주는 주변적 존재로 인식했다. 바로 옆에 젤다가 앉아 있던 한 인터뷰에서 피츠제럴드는 여자의 가장 주요한 역할은 자신의 아름다움과 가사를 잘 보전해 남편과의 사랑을 계속 유지하고 남편을 지속적으로 격려하는 일이라고 거침없이 말했다. 다른 글에서 피츠제럴드는 "여성을 사랑할 때 나는 그 여성을 소유하고, 지배하고 싶다."고 쓰기도 했다. 이러한 관점에는 여성은 본질적으로 남성에게 복속되게 마련이라는 전제가 함축되어 있는 셈이다.

1932년 피츠제럴드는 라 패에서 『밤은 부드러워』 작업에 매달렸다. 젤다는 수영, 햇볕 쬐기, 테니스, 승마로 소일했으며, 어떤 때는 3층 서재에 은둔해 글쓰기, 발레, 그림 그리기로 시간을 보내기도 했다. 스크라이브너 출판사가 『나를 위해 왈츠를 남겨 주세요』를 출판하기로 결정하자, 젤다는 「스캔댈라브러 Scandalabra」라는 희곡과 『시저의 일들 Caesar's Things』이라는 또 다른 소설을 쓰기 시작했다. 이 소설은 광기와 정신병에 관한 이야기인데, 아무래도 『밤은 부드러워』에 영향을 받았다고 의심할 여지가 적지 않았다.

이에 피츠제럴드는 다시 한 번 불쾌해하며 젤다에게 새로운 소설 쓰기를 그만둘 것을 요구했다. 피츠제럴드는 자신이 인용했던 젤다의 편지와 일기의 일부를 젤다도 인용했다는 것에 특히 화를 냈다. 핍스의 의사들은 피츠제 럴드의 주장은 억지라는 점을 지적했다. 젤다의 주치의도 피츠제럴드 자신 도, 특히 그의 폭음은 정신과 치료가 필요하다고 조언했다. 사실, 스위스 병원의 주치의 포럴도 유사한 조언을 한 적이 있었다. 당시 피츠제럴드는 포럴에게 술은 자신의 창작을 가능케 하는 에너지이기 때문에 포기할 수 없다는 입장을 밝혔는데, 이번에도 이 입장에는 변화가 없었다.

이전의 분노와 경쟁 관계가 재개되면서 그들의 싸움은 점점 심해지게 되었다. 피츠제럴드는 "부부간의 싸움은 어떤 규칙에 입각해 있지도 않다. 보통의 통증이나 상처처럼 시간이 지나면 아무는 것이 아니라 피부에 박힌 파편들처럼 시간이 지나도 아물지 않는다."고 쓴 적이 있다. 젤다는 다시 긴 침묵으로 들어갔고, 가끔씩 특별한 이유 없이 얼굴을 뒤틀며 기이한 미소를 지었다. 서재의 사용하지 않는 벽난로에서 오래 입은 옷가지를 태우다가 불이 나 집 전체가 다 탈 뻔한 일도 있었다. 헐리웃에서 피츠제럴드가 로이스 모란과 저녁 식사 하러 가던 날 욕실에서 옷을 태우던 때와 유사한 징후였다. 맬컴 카우리Malcolm Cowley가 화재 사건 직후 피츠제럴드 부부를 방문했을 때 젤다는 입을 일자로 굳게 다물고 얼굴이 경련을 일으키며 멍한 상태로 있는 경우가 많았고, 많이 수척해 보였다. 젤다가 이렇게 보였던 것에는 이유가 있었다. 오빠 중 한 명이 신경 쇠약을 일으켜 병원 창문에서 뛰어내렸던 것이다.

카울리는 젤다의 그림을 보고 한편으로는 깊은 인상을 받았고, 다른 한편으로는 두려운 마음이 생겼다. 젤다의 작품 중 하나에 자신을 십자가 처형의 희생자로 묘사하는 것이 있었고, 다른 하나에는 기형화된 발로 춤추는 그림이 있었다. 피츠제럴드는 뉴욕 화랑에 관련되어 있는 친구에게 부탁해 젤다의 전시회를 열기도 했다. 1934년 1월에 젤다는 핍스로 돌아왔다. 『나를 위해 왈츠를 남겨 주세요』의 판매 실적이 부진한 것을 알고 실망했다. 이제 새로운 작품을 쓰는 것이 쉽지 않게 되었으며, 더욱이 피츠제럴드가 『시저의 일들』을 계속 쓰는 것을 못마땅하게 생각하고 있기 때문에 좌절하지 않을 수 없었다. 핍스에서 젤다는 〈스크라이브너스 매거진〉에 연재되고 있던 『밤은 부드러워』를 읽으며 이 소설이 1920년대 자신과 피츠제럴드가 리비에라와 파리에서 보냈던 나날들을 기반으로 하고 있고 스위스 정신병원에서 자신이 피츠제럴드에게 보냈던 편지가 인용되고 있음을 알게 되었다. 젤다는 겉으로는 이 소설을 높이 평가했지만, 니콜 다이버를 남편 딕에게 기생하며 그가 완전히 고갈될 때까지 그를 이용하고 결국 그를 버리고 프랑스 연인을 선택하는 인물로 묘사하는 것에 대해 내면적으로 분노했다.

핍스의 치료가 효과를 보지 못하자 젤다는 뉴욕 주 비컨에 있는 또 다른 정신병원으로 옮겨졌다. 간호사의 보호를 받으며 젤다는 뉴욕에서 피츠제럴드를 만나 자신의 전시회에 들렀다. 그러나 전시회가 그녀의 마음을 끌어올리지는 못했다. 젤다는 다시 볼티모어의 세퍼드 플랫 병원으로 옮겨졌다. 그때는 『밤은 부드러워』가 발간된 지 한 달이 지났을 때였다. 당시 피츠제럴드는 젤다가 얼굴에 아무런 표정과 생기가 없는 이른바 긴장증 증세를 보이고 있었다고 기록했다. 즉, "젤다는 지옥 상태였다"고 썼다.

그해 여름 병원 앞에서 피츠제럴드가 젤다와 산책을 하고 있을 때 젤다는 피츠제럴드를 제치고 철길을 향해 뛰어가 지나가는 기차에 몸을 던지려고 했다. 이후 몇 주간 젤다는 의사에게 자신의 상태는 희망이 없다며 자살에 관해 여러 번 언급했다. 피츠제럴드에게 보내는 편지에서 젤다는 그녀가 그들의 삶을 망친 것에 대해 고통스럽게 사과하기도 했다. 피츠제럴드는 회복 가능성이 모두 막혀 있음을 감지했다.

"신경 쇠약"

피츠제럴드가 그렇게 오랫동안 그렇게 많은 감정을 희생하며 작업해 온『밤은 부드러워』는 비평가들로부터 높은 평가를 받지 못했고, 판매 부수도 그리 많지 않았다. 이 소설은『위대한 개츠비』에서와 같은 통일성이 결여되어 있었으며, 구성의 일부가 작위적이었다. 특히 피츠제럴드는 자신이 존경하는 헤밍웨이가 이 소설이 피츠제럴드 부부와 머피 부부를 적당히 섞어 다이버 부부를 빚어 내는 실수를 저질렀다고 비판하자 크게 실망했다.

피츠제럴드의 작가로서의 자신감이 손상되었고, 딕 다이버처럼 자신감에 금이 가기 시작했다. 젤다의 병원비와 딸의 기숙학교 비용으로 빚은 이전보다 더 늘어나게 되었다. 이러저런 걱정거리에, 젤다가 이렇게 된 데 대한 자신의 책임감 등으로 피츠제럴드 자신의 건강이 악화되기 시작했다. 간이 좋지 않았고 결핵 증상도 있었다. 피츠제럴드는 한 친구에게 말했듯이, 자기 자신이 "금이 간 그릇"처럼 되어 버린 것을 느꼈다. 그는 병원을 들락날락했다. 병이 호전된 듯싶을 때, 젊은 여성 앞에서 호기를 부리며 다이빙을 하다가 어깨를 다치게 되었다. 어깨를 치료하는 데 몇 개월이 걸렸고, 결국 관절염이 되었다. 무엇보다 좋지 않은 소식은, 소설이 잘 팔리지 않았으며, 글쓰기가 예전보다 더 어렵게만 느껴졌다는 점이었다. 지금까지 꽤 많은 돈을 벌어들였던 혈기왕성한 사랑 이야기를 더 이상 만들어 내기 쉽지 않았다. 단지 〈에스콰이어 Esquire〉지에 "인격의 분열"과 "감정적 파산"에 관한 가벼운 단상을 발표할 수 있었을 뿐이었다.

1935년 봄에 피츠제럴드는 젤다를 하이랜드라는 정신병 요양소로 옮겼다. 하이랜드는 노스캐롤라이나 주 애슈빌에 있었다. 애슈빌은 토머스 울프

Thomas Wolfe의 『천사여, 고향을 보라Look Homeward, Angel』에서 묘사된 바 있는, 결핵 요양 지역으로 유명한 곳이었다. 사실, 피츠제럴드가 자신의 몸에서 결핵을 발견했을 때 직접 이곳에 와 본 적이 있었다. 이제 피츠제럴드는 애슈빌의 호텔에 머물며 젤다를 찾아가곤 했다. 피츠제럴드는 비서를 고용해 자신의 글쓰기를 돕게 했지만, 작업이 생각처럼 순조롭게 진행되지는 않았다. 작업하기 위해서는 술을 먹어야 했고, 잠자기 위해서는 수면제를 복용해야 했다.

젤다의 상태도 악화되어 갔다. 자신이 다가올 종말을 알리기 위해 파송된 신의 사자라고 확신하는 등 망상증이 심하게 되었다. 어느 주말 젤다가 호텔로 피츠제럴드를 찾아왔을 때 말다툼을 하게 되었다. 가방도 호텔에 놓아 둔 채 돈 한 푼 없이 호텔을 뛰쳐나온 젤다를 쫓아 피츠제럴드가 기차역에 도착했을 때 젤다는 성경을 읽으며 기차를 기다리고 있었다. 또 한번은, 피츠제럴드가 젤다를 데리고 애슈빌의 친구 집을 방문했는데, 젤다가 포도주 한 잔을 들이키고는 상태가 좋지 않게 되었다. 피츠제럴드가 한쪽 구석으로 젤다를 데려가 탑에 갇힌 공주 이야기를 들려 주자 젤다의 상태가 눈에 띠게 좋아지게 되었다. 피츠제럴드는 젤다에게 청혼할 때 탑에 갇힌 공주 이야기를 꺼낸 적이 있었는데, 바로 당시야말로 젤다는 탑에 갇혀 있는 셈이었다.

피츠제럴드의 자존심에 금이 가게 하는 일들이 또 있었다. 『천국의 이 편』은 절판되었고, 기존의 작품으로부터 들어오는 인세도 사실상 기대하기 힘들게 되었다. 『위대한 개츠비』를 위시한 다른 소설이나 단편소설집은 시중에 유통되지 않았고, 스크라이브너 출판사는 새로운 판을 찍어 낼 생각이 없었기 때문이었다. 경제적으로 어렵게 되자 어머니와 제럴드 머피로부터 돈을 꾸기도 했다. 제반 여건은 좋지 않았지만 피츠제럴드는 여전히 명성을 추구했는데, 그 결과 40세 생일을 맞아 〈뉴욕 포스트〉 지의 젊은 기자와 인터뷰하는 실수를 저지르게 된다. 결국 피츠제럴드가 저속하게 희화화되었고 이에 피츠제럴드는 모르핀 한 병을 삼켜 자살을 기도했다.

이후는 잔인한 결말이었다. 헐리웃은 피츠제럴드의 재정적 어려움을 돕고자 영화 대본 작업을 제안했고, 계약도 맺었지만, 이후에 피츠제럴드 스스로 술회했듯이, 영화 작업은 그에게 어울리는 일이 아니었다. 영화는 본질적으로 공동 작업인데 피츠제럴드는 함께하는 공동 작업에 어려움을 느꼈으며, 제작자와 충돌하는 일이 잦았다. 피츠제럴드는 후에 자신의 딸에게 이 작업이 "한때 정교한 일을 했던 사람이 이제 마지막으로 하는 피곤한 일"이었다고 말했는데, 그가 이 일을 한 것은 어디까지나 딸을 위해서였을 것이다.

헐리웃에서 첫 주를 보내는 동안 피츠제럴드는 쉴라 그레이엄을 만났다. 그녀는 런던의 슬럼가에서 자란 28세의 언론인이었는데, 금발의 지적인 여성이었다. 피츠제럴드는 그녀가 젤다와 비슷하다고 생각했고, 그녀는 피츠제럴드에게 매료되었다. 두 사람의 사랑은 피츠제럴드가 예전 같은 활기가 부족하고 여전히 술을 너무 마시기 때문에 순조롭지 않았다. 싸움도 잦았는데 한번은 피츠제럴드가 그레이엄을 권총으로 위협하는 일도 있었다. 그레이엄이 경찰에 신고함으로써 멜로드라마 같은 싸움은 끝나게 되었다. 다음 날 피츠제럴드는 애슈빌로 날아가 젤다와 함께 쿠바로 휴가를 떠날 채비를 차렸다. 그런데 휴가 간 쿠바에서도 사건이 터졌다. 닭싸움 판을 보고 그것을 중지시키려던 피츠제럴드는 흠뻑 얻어맞고 팔에 깁스를 하게 되었다. 이렇게 보낸 시간이 젤다와의 마지막이었다.

피츠제럴드는 여전히 과음을 했는데, 이것은 이미 기능이 저하된 그의 간으로서는 더 이상 받아들일 수 없는 것이었다. 피츠제럴드는 헐리웃에서 여러 번 입원해야만 했다. 이때마다 그레이엄은 헌신적으로 피츠제럴드를 간호했다. 피츠제럴드는 이미 기운이 빠졌고 잿빛이 된 느낌이었다. 차를 운전할 때도 노인처럼 천천히 몰았다고 친구들이 전하고 있다.

그러나 아직 정리할 무엇인가가 있는 듯 피츠제럴드는 헐리웃에서 관찰한 바를 노트에 적었다. 그의 기록에 따르면, 헐리웃은 타락했을 뿐 아니라 재능 있는 사람을 알아보지 못하고 그들을 인정사정없이 희생시킨다. 피츠제럴드는 또한 『마지막 군주 The Last Tycoon』를 시작했는데, 헐리웃에서 만난 사람들과 그곳에서 느낀 실망을 소재로 사용하는 이 소설은 결국 결말을 보지 못하고 미완으로 남겨지게 된다. 사후에 에드먼드 윌슨에 의해 편집된 유작 원고는 『밤은 부드러워』의 진행을 방해했던 철학적 사변이 거세되고 서술에 있어 힘찬 박력이 느껴진다.

1940년 11월 피츠제럴드는 담배를 사러 가게에 갔을 때 모든 것이 희미해지는 것을 경험하게 된다. 의사는 이것이 심장 경련이라고 진단했다. 한 달 후 쉴라 그레이엄과 공연을 보러 갔다가 비슷한 증상을 경험하고 거의 기절할 뻔했다. 다음 날 점심 식사 후 초콜릿을 먹던 피츠제럴드는 갑자기 의자에서 일어나 벽난로 앞에서 헉헉거리다가 쓰러졌다. 그의 심장이 44세의 나이에 더 이상의 작동을 멈춘 것이다.

그가 죽기 1년 전 쯤 젤다와 그녀의 어머니는 그녀를 하이랜드에서 내보내 달라고 요구했다. 어쩌면 이 맥락에서 탑에 갇힌 공주 이야기가 다시 등장해야 하는지 모른다. 피츠제럴드는 젤다를 풀어 주는 어떠한 계획에 대해서도 일단 의심을 하곤 했다. 그러나 젤다의 상태가 많이 호전된 것처럼 보였기 때문에 그녀의 어머니와 지내는 것이 허용되었다. 젤다는 몽고메리에서 정원을 가꾸고, 그림을 그리고, 『시저의 일들』(이 소설은 그녀가 새로 품게 된 메시아에 대한 환영으로 이전보다 복잡하게 되었다)을 쓰면서 이후의 6년을 보냈다.

1946년 가을, 건강이 악화되어 젤다는 하이랜드로 다시 돌아갔다. 하이랜드에서 인슐린 충격 요법도 받고, 호전 주기가 찾아와 상태가 많이 좋아져 퇴원할 예정이었을 때, 커다란 화재가 발생하게 되었다. 부엌에서 시작된 불은 삽시간에 젤다가 자고 있는 꼭대기 층까지 번졌다. 결국 젤다는 47세에 화마에 휩싸여 생명을 잃고 만다.

참혹한 사건이었지만, 불에 의한 죽음은 전혀 엉뚱한 일은 아니었다. 사실, 젤다는 항상 불과 연관되었었다. 피츠제럴드가 젤다에 끌렸던 것도 그녀의 "작열하는 자기 존중" 때문이었고, 여덟 살 때 재미로 경보장치를 울려 소방수가 출동하게 한 일도 있었으며, 헐리웃에서 욕조에 자신의 옷을 태운 일도 있고, 이후에는 라 패에서 옷을 태우다 집 전체를 태울 뻔한 일도 있었다. 20대의 피츠제럴드와 젤다는 자기 세대를 작열하는 불꽃으로 점화시킨 뜨거운 숯불이었다. 그들은 당대의 가장 유명한 부부였다. 비록 이들의 관계가 얼마나 힘들었는지를 아는 사람은 거의 없었지만 말이다. 소진시키는 내부의 불로 피츠제럴드는 일찍 죽었고, 젤다는 정신이상이 된 셈이었다. 젤다는 메릴랜드의 묘지에 피츠제럴드 바로 옆에 동일한 비석 아래 묻혔다.

세대의 대변인

종종 시대의 가락과 태도와 염원을 절묘하게 포착하는 작가가 나타나게 마련인데, 이러한 작가야말로 세대를 대변하는 작가라고 불릴 만하다. 제1차 세계 대전 무렵의 D. H. 로렌스와 1920년대의 스콧 피츠제럴드가 바로 그러한 작가라고 할 수 있다.

남녀 관계에 관한 로렌스의 비전은 로렌스 자신의 프리다와의 갈등 관계에서 발원되었다. 로렌스는 보헤미안적인 국외자로 비순응적인 예술가의 길을 걸으며 자신의 소설 작업을 사회 환경을 향상시키는 일에 깊이 연관시켰다. 셸리처럼 자신의 비전을 추구하는 데 있어 직접적이었고 심지어 강박적이기까지 했다. 그의 소설은 파노라마적인 화폭을 가지고 있었고 감정의 갈등을 폭넓은 영역에 담았다.

로렌스처럼 피츠제럴드도 자신의 삶에서 작품의 소재를 직접 발견했지만, 로렌스가 셸리적이라면 피츠제럴드는 키츠적이다. 로맨스 미학에 보다 큰 관심을 둔 피츠제럴드는 왕자와 공주의 중세적 판타지를 중산층이 지배하는 오늘날의 세계에 투사하려 했다. 로렌스가 독자들을 분노하게 했다면 피츠제럴드는 부자와 기득권 세력에 대한 날카로운 비판으로 독자들의 마음을 어루만졌다.

헤밍웨이의 지적처럼 피츠제럴드는 타고난 재능으로 화려하게 시작했으나 언어와 이야기를 어떻게 풀어 갈 것인지에 막혀 쓰기 능력에 제동이 걸렸다. 로렌스처럼 피츠제럴드도 소설을 자신을 확대하고 투사하기 위한 수단으로 삼았다. 특히 출세하고 이름을 날리려는 세속적인 욕망은 가히 미국적이라고 할 만하다. 피츠제럴드는 젊은 작가에게 "너의 마음을 팔아야" 한다고 말한 적이 있다. 이것이야말로 전형적인 미국식 사고방식일 것이다. 커다란 맥락에서 보았을 때, 피츠제럴드 자신이 자기 작품에서 조롱당하는 무리의 일부일 수 있다. 즉, 피츠제럴드는 쾌적한 생활을 위해 광적인 경쟁에 뛰어들어 자신을 팔기로 애초부터 작정했던 것인지 모른다. 피츠제럴드의 이러한 모습은 자신의 처지에 만족하지 않고 더 높은 수준에 도달해 보려는 미국적 삶의 양식을 전형적으로 보여 주고 있다고 하겠다.

로렌스처럼 피츠제럴드의 작품에도 자신이 직접 사랑한 여인이 소설의 주요 소재로 등장하지만, 그 여인은 작품의 소재가 되는 것에 격렬하게 저항했다. 프리다 위클리와 젤다 세이어는 로렌스와 피츠제럴드가 내뿜는 작가로서의 매력에 빠져들었지만, 이 두 여인 모두 자신이 남편 못지않은 역량을 가지고 있다고 은연중에 믿고 있었다. 프리다는 전 남편과의 결혼이 진부한 실망에 불과함을 인지할 때까지 자각 없는 나날을 보냈으며, 최고의 신랑감을 찾도록 교육 받아 온 젤다로서는 피츠제럴드의 집안이 부유하지 않기 때문에 그와의 결합을 고려하지 않을 수도 있었다. 프리다의 경우, 지적으로 막힘이 없이 해방된 상태이지만 의지할 전통은 거의 없었다면, 젤다의 경우는 기존 관습으로부터의 해방이 프리다보다 훨씬 덜 했다. 젤다는 여성 문제를 거의 항상 남자와의 관련 하에서 생각했다. 젤다는 여자는 기본적으로 남자를 방해하거나 하찮은 꿈과 안정에 취해 있는 남자를 자극해 잠에서 깨우기 위해 존재한다고 믿었을지 모른다.

중세의 궁정 연애에서처럼 피츠제럴드는 자신이 사랑과 결혼으로 상처를 받았다고 느꼈다. 『위대한 개츠비』 이후의 예술의 쇠락은 피츠제럴드 자신의 정신적 쇠락을 반영한다. 피츠제럴드에서 특이할 만한 점은 자신의 경제적 여건을 넘어서는 방탕한 생활이 계속됨에 따라 재산 탕진은 물론, 바닥까지 내려가는 정신의 후퇴에 이르게 되었다는 점일 것이다.

로렌스와 피츠제럴드의 세대는 갈등의 세대였다. 무엇보다, 전쟁이 모든 것을 바꾸어 놓았다. 심지어 남성과 여성의 관계도 바뀌었다. 전쟁을 목도한 로렌스는 "인류의 적"이 되었으며, 전쟁의 무감각한 살육을 증오했다. 전쟁에서 낭만적 가능성을 상상한다는 것은 늘 쉽지 않은 일이다. 로렌스의 분노는 전쟁에 의해 가열되었으며, 전쟁으로 인해 미래에 대한 믿음을 상실하고 니체식의 허무주의에 근접해 가기도 했다. 성행위와 전쟁의 연관성으로 로렌스의 비전은 복합적인 양상을 띠게 된다. 성행위 관련 용어가 상당 부분 전쟁 용어로도 사용될 수 있다는 점은 이런 점에서 흥미롭다. 버트런드 러셀이 언급했듯이, 프리다와의 섹스는 로렌스에게는 지속적인 갈등이었고 영원한 숙제였다. 비록 소설 창작의 에너지가 많은 부분 여기서 발원하고 있지만 말이다. 이런 점에서 로렌스는 삶을 통제하기보다는 삶에 의해 소진되는 예술가의 부류에 속한다고 할 수 있는데, 이러한 특징이야말로 낭만적 예술가의 정수라고 할 만하다.

피츠제럴드도 로렌스 못지않게 자기 소진적인 작가이다. 로렌스와 다른 점은 전쟁이 분노의 발원지 역할을 하지 않았다는 점이다. 사실, 전쟁은 유럽에서만큼 미국에 직접적인 상흔을 남기지는 않았다. 피츠제럴드에게 전쟁은 분노의 발원지라기보다는 명예를 위해 참가하는 기사들의 결투장에 가까웠다. 더욱이, 훈련소에서 피츠제럴드는 자신에게 맡겨진 임무를 회피하고, 군대의 허식을 비웃고, 몰래 소설을 쓰고, 또 젤다에게 구애했다. 자기 중심성에 있어서 젤다는 피츠제럴드 못지않았으며, 그녀는 피츠제럴드가 평생 풀어야 할 숙제였다. 피츠제럴드의 요란한 술자리는 의심스러운 자신의 역량을 숨기기 위한 그러나 그다지 효과적이지 못한 가면이었다. 폭넓은 영역에 걸친 낭만성과 포괄적인 세계관에 있어 로렌스에 미치지 못하는 것은 사실이지만, 자기 자신이 그것의 선구자이자 피해자인 낭만적 꿈을 집요하면서도 적절한 거리를 유지하며 형상화할 수 있었던 능력이야말로 작가로서의 피츠제럴드의 강점이라고 하겠다.

제4장

헨리와 준과 아나이스

나는 모든 더러운 것들을 싹 쓸어버릴 최후 심판의 날 다음 날 호레이쇼 앨저의 모습을 당신에게 보여 주겠다.
「북회귀선」

그리고 당신이 자기 자신을 완벽하게 표현하는 사람을 보여 줄 때 나는 그가 위대하지 않다고 말하기보다는 그에게 끌리지 않는다고 말할 것이다…… 나는 신물 나게 하는 성질을 원한다. 예술가가 함축적으로 자신에게 부과하는 과제가 기존의 질서를 전복하는 것, 즉 자신의 주변에 있는 혼돈을 자기 자신의 질서로 만드는 것, 갈등과 소동을 야기하여 죽은 자가 감정의 해소로 인해 회생하는 것임을 숙고할 때 나는 위대하고도 불완전한 인간들에게로 기쁘게 달려간다. 그들의 혼돈이 내게 자양분이 되고 그들의 더듬거리는 말이 나의 귀에는 음악으로 들린다. 「북회귀선」

초현실주의적 돈 후안

역사는 거대한 공백으로 가득 차 있다. 그러나 젤다와 스콧 피츠제럴드가 전설적인 20년대의 한창 때 맨해튼에서 이 바에서 저 바로 돌아다니다가 그리니치 빌리지—대개 아일랜드계의 부두 노동자들과 그들의 우글거리는 가족들이 사는 누추한 아파트들이 있는 지역—의 페리 가Perry Street 지하실에 있는 무허가 술집에 들렸는가에 대해서 생각해 보고 싶은 유혹을 느낀다. 중상류층의 성공담을 만들어 가는 도중에 있었던 피츠제럴드 부부는 가장 화려한 사회 계층에 대한 열망을 가지고 있었다. 그러나 그들은 "슬럼 돌아다니기"라고 선심 써서 부른 이런 방문들에서 때로 생기를 얻곤 했다.

페리 가의 무허가 술집들은 간판이나 이름이 없었다. 그러나 사업에 종사하는 사람들과 관광객들은 이곳을 금지된 술을 얻어 마시고 때로는 술을 나르는 활달한 육체파 여주인으로부터 애정 어린 포옹까지도 기대할 수 있는 장소로 알고 있었다. 그녀는 때로는 준 스미스^{June Smith}, 혹은 모나 맨스필드^{Mona Mansfield} 같은 일련의 이름을 가지고 있었으나, 자신이나 고객의 편의에 따라 이름을 바꿀 수 있었다. 전통적인 의미에서 아름답다고 할 순 없으나 사람을 끄는 이국적인 용모를 가진 그녀는 검은 머리에 검은 눈을 가졌으며, 열정을 일으키는, 거의 집시와 같은 매력을 가지고 있었다. 그녀는 자신의 직업을 글을 쓰기 위해 생계를 마련하기 위한 임시 수단이라고 설명하려 했을 수도 있다. 그녀는 인쇄술이 아직 초보적이었던 17세기에 했던 것처럼 자신의 시 한 편이나 산문 소묘의 유인물을 팔려고 할 수도 있었을 것이다.

무거운 진홍색 커튼 뒤에 차려진 비좁은 부엌에서는 평범하게 보이고, 그저 그렇게 생긴, 대머리가 벗어져 가는 사내가 음료를 준비하고, 술잔을 헹구고 시간이 있을 때는 이따금 책을 읽었다. 준(혹은 모나)은 한 번도 자신들의 결혼을 광고한 적이 없었으며 항상 그녀가 뭔가 나쁜 재미를 볼 용의가 있음을 암시하는 것 같이 보였지만, 이 사내가 실은 그녀의 남편이었다. 그것은 괴상한 결합이었다. 이 결합 안에서 그들은 결혼에서의 관습적인 법칙과 위계질서를 완전히 역전시키고 있었다. 실은 그녀가 때때로 파는 시와 산문 소묘는 부엌에서 일하는 사내가 쓴 것이었다. 그는 너무나도 무명작가여서 그의 동료 미국인들은 40년 후에나 그에 대해서 듣게 될 것이었다. 그의 이름은 헨리 밀러였다.

밀러는 미국의 문화적 벽장 속에 깊이 감추어진 어둡고 더러운 비밀이다. 그는 대표작인 『북회귀선^{Tropic of cancer}』을 1930년대 초반에 썼다. 유럽인들은 수십 년간 그를 중요한 작가로 간주해 왔다. 그러나 그 자신의 나라에서 그의 명성은 아직도 기껏해야 양가적인 정도이다. 그는 페미니스트들에 의해 전형적인 여성 혐오가로 맹렬한 공격을 받았으며 노먼 메일러 Norman Mailer에 의해 무쇠와 같은 남근과 "그의 가슴속에 비할 데 없이 무자비한 자유"를 지닌 사내로 열심히 옹호되었다. 메일러는 밀러의 최우수작 두 편, 즉 『북회귀선』과 『남회귀선 Tropic of Capricorn』이 그에게 천재의 자격을 준다고 주장하기도 했다. 그러나 많은 평론가들은 그를 주요 작가라기보다는 문화적인 현상으로 보았다.

그는 자신이 "문학적"이라고 간주하는 것이 되지 않으려고 결심하고 있었다는 점에서 어려움을 야기한다. 그에게 있어서 "문학적"이라 함은 구조화되어 있거나 인위적인 것을 뜻했다. 대신에 그는 검열 없이 모든 것을 휩쓸어 배출시켜 버릴 감정의 무정부 상태가 한껏 부풀어 올랐을 때 될 수 있는 대로 즉흥적으로 글을 썼다. 그는 그의 기이한 소책자 중 하나에다 "믿음은 사람의 마음을 열"지만 "학식은 정신을 짓이겨 버린다"고 썼다.

밀러는 또 한 사람의 니체적 낭만주의자이다. 기존의 체계는 완화책만을 제공하기 때문에 그의 목적은 혼란의 씨를 뿌리는 것이다. 그가 혼란을 일으키는 목적은 우리를 삶의 기적에 눈뜨게 할 감정적 분출의 가능성이다. 그는 항상 자신의 발아래 있는 땅을 뒤흔들고 전통적인 도덕을 거꾸로 세울 용의가 있었다. 로렌스는 섹스를 세상을 구원할 생기 있는 우주적·힘이라고 보았었다. 밀러에게는 그렇게 초월적인 목적은 없었으나 자신의 견해에 대해서 로렌스만큼이나 메시아적이었다. 그는 연인에게 그의 작가적 사명은 "세상에 상흔을 남기는 것"이라고 말했다. 그는 성적 모험에 대한 과감하고도 얽매이지 않은 묘사에서 성을 탈신비화하여 육체적 요소로 환원시켰다. 그는 부끄럼 없이 성적인 만족을 즐겼으며, 그의 여자들도 똑같이 하기를 기대했다. 그는 미국의 침대와 유곽의 위대한 달인, 아직도 많은 사람들이 음란하다고 생각하는 놀라운 매춘 행위의 기록자가 되었다.

밀러는 평론가들이 믿는 바에 전혀 관심이 없었다. 그는 자기 자신의 무명과, 기지로 살아가는 사기꾼 악당으로서의 명성을 즐기기까지 했으며, 제2차 세계 대전 말기에 미군들이 그들의 더플백 안에 책을 몰래 넣어 집으로 가지고 와서 그의 소설을 읽고 있다는 것에 만족했다. 그는 자신의 금지된 책이 몰래 손에서 손으로 전해지는 작가라는 사실을 즐겼으며 미국적 가치를 지하로부터 전복하고 있었다. 파리에서 저작 생활을 하기로 선택한 정신적 망명객이었던 그는 자신의 소설에서 미국을 "정신의 오물 웅덩이," "세계에 내린 검은 저주"라고 비난했다. 그리고 미국뿐 아니라 전 세계가 고통과 광기로 고함치며 혼란 상태에 빠져 있다고 주장했다.

『남회귀선』에서 그는 십자가형 콤플렉스를 가진 광신도임을 자인했다. 그는 자기 자신을 "대도시의 광인," "정신분열자" 그리고 마침내는 "인류에 대한 반역자"라고 불렀다. 지극한 행복함과 더러움 사이를 오가며, 열광적으로 즐기는가 하면 야비하게 성깔을 부리면서 십여 개의 다른 마스크를 내보이기도 했다. 즉, 따스함과 휘트먼적 열광으로 가득 찬 열광자, 서정적 광상주의자, 엉뚱하고 모순에 차 있으며, 광적으로 목소리가 큰 속기 잘하는 광대 혹은 자만에 찬 관광객, 혹은 열정과 야비함으로 가득 찬 허풍쟁이 등. 일종의 극단적인 마크 트웨인^{Mark Twain}으로서 그는 페트로니우스^{Petronius}, 보카치오^{Boccacio}, 라블레^{Rablais}의 전통에 따라 성을 매개로 한 노골적이고 신랄한 해학을 구사할 능력이 있었다.

우상 파괴적이고 예측할 수 없이 거친 긴박감으로 울리는 목소리를 내면서 그는 노먼 메일러가 그에 대한 찬사인 『천재와 육욕^{Genius and Lust}』에서 표현하고 있듯이 "우리에게 위대한 작가가 얼마나 큰 괴물이어야 하는가를 보여 준다.”『마음의 지혜 The Wisdom of the Heart』라는 수필집에서 밀러는 괴물들은 공포감 없이 태어나며 고통과 괴로움에 대해 면역력을 길렀기 때문에 영웅적이 될 수 있다고 주장했다. 그리고 밀러의 삶, 특히 그가 준과 결혼했던 7년간은 그가 대체 어느 만큼의 괴로움을 견딜 수 있는지에 대한 기록이다.

준과 밀러는 밀러의 주인공들이 그의 상대역 여성들을 추문의 정도에 이르기까지 학대하고 악의적으로 표현하는 것만큼이나 서로를 학대하고 악의적으로 표현했다. 그러나 우리가 사드 백작 Marquis de Sade에 관련하여 연상하는 것보다는 덜 보복적이고 서로 즐거움을 느끼며 그렇게 했다. 사드의 조상은 아이러니컬하게도 낭만주의의 기원 중의 하나인 페트라르카 Petrarch의 소네트 속의 인물 라우라 Laura였다. 그러나 백작은 그의 생애 동안 자신의 여자들을 고문하고 더럽힘으로써 여성들에게 과실을 범했으며 그 결과 투옥되었다. 밀러의 “과실”은 전적으로 허구적이었다. 그의 소설들은 너무도 꾸미지 않은 듯, 자연스럽게 보이고 그의 고백에 대한 열정이 그의 이야기들을 전기적 증거로 사용되도록 허용했기 때문에 평론가들에 의해서 현실의 정확한 상응물로 간주되었다. 그러나 실제적인 것과 상상된 것 사이에는 차이가 있으며 밀러를 악의에 찬 춘화 작가로 보는 것은 지나친 단순화이다.

밀러는 사랑 자체가 우리의 최상의 허구라고 제안하는 성적인 초현실주의자이다. 성을 성스러운 교섭이라고 본 로렌스, 또는 성에 생각에 잠긴 향수의 옷을 입히고 소설에서 절대 그것을 묘사할 수 없었던 피츠제럴드와는 달리, 밀러는 성을 악의에 찬 치열함을 가지고 희극의 기회로 사용했다. 이것이 그가 아는 한 남자의 허영과 환상을 폭로할 수 있는 최상의 도구였다. 공식적 진리에 대한 무정부주의적 불신을, 그리고 신과 악마에 대한 조로아스터교적 생각을 가지고, 밀러는 그의 독자를 놀라고 성나게 하려고 노력할 것이다. 그들의 분노가 그의 것과 엇비슷할 때, 그는 자신이 하고자 한 일을 성취한 것이다.

『무지개』와 『사랑하는 여인들』의 로렌스처럼, 그리고 그의 소설에서의 피츠제럴드처럼, 밀러의 소재는 자신의 결혼이었다. 로렌스는 빅토리아 시대의 종속적 전형을 거부할 만큼 강한 여성들의 새로운 독립을 기록하기 위하여 프리다와 자신의 삶을 사용했다. 피츠제럴드는 젤다의 플래퍼^{flapper}적 감성, 그녀의 무책임한 쾌락주의와 심각한 관습 앞에서의 장난스러움을 즐거워했다. 로렌스와 피츠제럴드의 결혼 생활은 둘 다 어려운 것이었다. 그러나 밀러는 그보다 훨씬 잔혹한 결혼의 소용돌이 속에서 분노하고 있었다. 처음에는 준은 밀러가 자유롭게 글을 쓸 수 있도록 그를 부양했다. 곧 그는 그녀가 다른 남자들이나 여자들과 관계를 맺으며 그를 배신하고 있음을 알아냈다. 그녀의 무심한 탐닉은 그가 자신의 글에 더 이상 자신을 가질 수 없을 때까지 그를 짓이겼다. 이용당하고 치욕을 당한 후 그는 파리로 가서 또 다른 작가인 아나이스 닌^{Anaïs Nin}과 사랑에 빠졌다. 동시에 그는 『북회귀선』과 『남회귀선』으로 결실을 볼 새로운 작법을 발명하기 시작했다. 이 소설들에서 그는 뉴욕에서의 준과의 삶과 파리에서 그가 자신을 찾으려 한 노력을 묘사하고 있다.

밀러는 20년간의 열성적인 도제 생활 이후에야 그의 소설가로서의 역량을 발견했다. 그가 자신의 문학적 목소리를 찾고 첫 소설을 출판한 것은 사십이 넘어서였다. 그가 위대한 작가라면, 그는 글이 유일하고도 필사적인 토로였고 불가항력적으로 토로하도록 내몰렸기 때문에 수입도 없고 용기를 북돋아 주는 사람도 없이 그리고 성공도 못한 채로 견뎌 온 무명의 대가^{大家}로서 그 누구와도 비교할 수 없는 독특한 경우이다.

브루클린

사회과학자들은 20세기에 일어난 파탄의 광범위한 요소들에 몰두하여 버림받은 자 또는 예언자를 탄생시킨 정황들에 대해서는 감도 잡지 못하고 있었다. 이것은 어쨌거나 소설가의 진정한 영역이며, 사회구조의 문제라기보다는 심리와 내적 충동의 문제이다. 마르크스 이후로 서구의 의식에서 현저하게 드러났던 소외를 확대하는 것, 집단 내에서 적응을 모색하기보다는 개인의 분리를 강조하는 것은 디킨스나 도스토예프스키 같은 작가에 의해 상상되었어야 할 기원을 암시한다.

밀러의 어린 시절은 불우하지 않았고 풍파가 심한 것도 아니었다. 그의 조부모들은 독일의 징병제도를 피하려 했던 독일 이민의 물결에 섞여 19세기 초에 미국에 도착했다. 그의 부모들은 집에서나 그들의 친구들과는 독일어를 썼다. 그도 독일어를 잘했는데, 이것은 영어만 사용하는 학교에 들어간 후에 그의 가족이 미국 문화보다 오래된 문화에서 유래했고 두 문화는 수상쩍게 다르다는 인상을 그에게 남겼다.

그는 1891년 맨해튼 상동부의 독일인 거주 지역인 요크빌^{Yorkville}에서 태어났다. 그러나 그의 가족은 곧 동유럽계 유대인들로 붐비는 누추한 아파트들이 있는 브루클린의 윌리엄즈버그^{Williamsburg} 지역으로 옮겼다. 밀러의 부모들은 유대인 주민들 때문에 이 지역을 싫어했다. 그의 부모들은 유대인들을 경멸했으며, 젊은 밀러에게서 명백히 보이는 반유대주의 요소에 기여했다. 그의 가족의 중심에는 냉정하고 유머라곤 없는 훈련가이자 하루 종일 투덜대고 자신의 불운을 통탄하며, 남편과 아이들을 비판하고 꾸짖는 엄격한 여자였던 헨리의 어머니가 있었다. 「브루클린에서의 어린 시절」이라는 작품에서 밀러는 어머니의 횡포의 특히 치욕적인 사례를 기억했다. 그는 유치원 선생님으로부터 크리스마스 선물로 양말과 장갑을 받았으나 그것을 반에서 가장 가난한 아이에게 주라며 반납했다. 그의 어머니는 격분하여 그의 따귀를 때리고 그를 학교로 끌고 가서 선물을 다시 받아왔다. 밀러는 자신의 의도에 대해 혼란을 겪었으며 어머니의 잔인성에 대해 확신하게 되었다. 이 사건은 밀러에게서 중요한 성격, 즉 물질적인 것에 대한 무시의 전형을 보여 주는데, 그는 어린 시절 장난감이나 생일 선물을 나누어 줌으로써 이런 요소를 지속적으로 보였다. 그는 어머니의 검약과, 루터주의적 엄격성과 깨끗함과 질서에 대한 집착, 그리고 저능아인 자신의 여동생을 학대하는 방식을 싫어했다. 그녀는 자기 아이들로 하여금 일상과 규율화된 것으로부터의 어떠한 일탈, 어떠한 새로운 생각이나 다른 접근 방식도 불신하도록 가르쳤다. 밀러는 남은 생애 동안 그녀에게 배운 것을 거부하며 보냈다.

아나이스 닌은 한때 그의 여성들에 대한 태도가 어머니에 대한 이중적인 감정에 의해서 형성되었다고 추측하기도 했다. 로렌스나 피츠제럴드와 마찬가지로 밀러의 반항은 집에서 시작되었으며, 신중함과 보수주의를 강조하는 어머니의 질서를 향하고 있었다. 각각의 경우에 아버지는 부재하거나 가정사에서 별 힘이 없었으며 종종 어머니에게 쉽게 굴욕을 당했다.

밀러는 아내와 일로부터 도피하기 위해 바와 경주장을 이용했던 다정하고 사람을 좋아하는 아버지와 어느 정도의 동질의식을 느꼈다. 재단사였던 그는 맨해튼 남쪽의 5번가에 가게를 차렸다. 그는 점잖은 그의 고객들—그들은 배우 존 배리모어나 도박사들, 유럽의 각종 귀족이나 왕위 주장자들, 세일즈맨, 증권 거래인 등 대부분 브로드웨이 유형이긴 했지만—에게 좋은 인상을 주기 위해 깔끔하게 옷을 입었다.

헨리는 별다를 것이 없는 소년이었다. 그는 공립학교를 다녔으며 공부를 잘했다. 약하고 금발이며 한쪽 귀가 약간 안 들렸으며 안경을 필요로 하는 그는 섬세한 아이로 보였다. 일주일에 한 번, 오후에 그는 피아노 레슨을 했는데, 뛰어난 솜씨를 보였다. 일주일에 또 하루 오후에는 그의 어머니가 그를 양복점에 떨어뜨려 놓곤 했는데, 여기서 헨리는 할아버지에게 책을 읽어 드리곤 했으며, 할아버지는 그가 다섯 살이었을 때 처음으로 바지를 재단하는 법을 가르쳤다. 때로 그는 거리에서 놀도록 허락을 받았는데, 후에 그는 제니 메인^{Jenny Maine}이라는 어렸을 적 친구를 즐겁게 기억했다. 나이가 든 소년들이 이 여자아이 옷을 벗기고 그들의 미래의 즐거움을 사춘기적으로 예견하며 그들의 생식기를 그녀의 생식기에 대고 비벼 댔다.

그의 가족이 부쉬윅^{Bushwick}으로 이사 간 후에도 제니는 그의 마음속에 확고하게 남아 있었다. 이곳은 브루클린의 또 다른 지역으로서 그의 부모들이 싫어하던 유대인 이민의 영향을 받지 않은 지역이었다. 밀러가 열여섯 살이었을 때 그는 창녀 집을 찾아가서 임질에 걸렸다. 그가 그 후에도 반세기 동안 창녀들을 빈번히 찾은 것을 보면, 이 일이 정신적 충격이나 억압적 효과를 가져오지 않은 것 같다. 이 무렵에는 그가 고등학교에 다니고 있었으며, 자신의 연약함을 극복하고 지극히 건강한 소년이 되었고, 숙달된 자전거 경주자이자 체조 선수가 되어 있었다. 그는 집에서는 불편하게 느꼈는데, 자기 부모들 대화의 혼란스러운 어리석음과 끝없는 말다툼에 짜증나 했다. 그의 아버지는 저녁에 술기운이 돌거나 취해서 집에 돌아왔는데, 이것이 어머니의 공격을 유발했으며 이 때문에 헨리는 신경질적으로 먹던 음식에 목이 메곤 했다. 그는 그의 주업이 된 소일거리, 즉 고질적이고도 잡식성인 책에 대한 관심 속으로 도피했다. 한번은 그가 발자크^{Balzac}의 『야생 당나귀의 가죽^{The}

Wild Ass's Skin 』이라는 책을 집으로 가지고 왔는데, 그의 아버지는 그것이 음란하다고 결정하고 집에 들여놓지 못하게 했다.

실은 그의 생각은 고등학교 급우에 대한 욕망과 사랑 쪽을 향하고 있었다. 코라 시워드 Cora Seward 는 금빛 머리를 고동처럼 휘감아 올렸다. 그녀는 맑은 푸른 눈과 거만하게 기를 죽이는 얼음장 같은 태도를 가지고 있었다. 그 뒤 5년간 밀러는 자신의 감정을 그녀에게 선언하기도 겁이 난 채 서투르게 그녀에게 구애했다. 한번은 무도회엘 갔는데 그는 떨려서 발이 걸려 넘어질 뻔했다. 이것은 십대들의 파티였는데 그들은 이곳에서 겨우 키스를 했으나 전체적으로는 말을 더듬는 좌절의 시간이었다. 그는 그녀를 보기 위해서 그녀 집 앞을 수차례 걸어 지나가곤 했다. 그러나 정작 그녀를 보았을 때는 혀가 굳어 버렸다.

고등학교 때 헨리는 직업적인 광대가 되리라고 생각했다. 그러나 코라는 그를 멍청이 같이 느끼게 만들었다. 코라는 그의 여신이 되었다. 그녀에 대한 바보 같은 갈망이 그를 "항상 절대를 모색하며 얻을 수 없는 것을 구하는 어리석은 남자, 외로운 영혼, 방랑자, 불안하고도 좌절한 예술가, 사랑과 사랑에 빠진 자"로 만들었다고 그는 후에 회상했다.

반면에 그는 자신의 존재의 지하 공동으로 함께 내려갈 수 있는 여성들, 창녀들과 준 같은 사기꾼들에 대해 비할 데 없는 매력을 느끼기 시작했다. 그가 인정했듯이, 그가 어떤 여자들을 자기보다 높은 곳에 위치시켰다면, 준을 조각상 받침돌 위에 있는 형상으로 보는 것은 불가능하다. 그녀는 그의 손이 미치지 않는 곳에 있지는 않았으나 항상 그에게 잡히는 것을 회피했다. 그래서 그녀는 미묘하고도 이상한 방법으로 그의 숭배와 하강에 대한 필요의 모순된 양상들을 연결해 주었는지도 몰랐다. 후에 그는 코라와 준을 모두 자신이 그로부터 절대 회복하지 못한 상처로 보았다. 코라는 그의 어머니와 마찬가지로 여자들이 자기에게 무관심하리라는 두려움의 투사물이 되었다. 그는 어머니가 언제나 그렇게도 멀었으며, 한 번도 애정을 보인 적이 없으며 그를 안거나 그에게 키스한 적이 없다고 불평했다.

밀러가 어머니에 대한 사랑에 굶주려 있었다면, 그는 이것을 아직 고등학교 학생일 때 발견했다. 또 한 명의 금발머리, 그러나 이번에는 감쪽같이 탈색을 한 금발의 폴린 슈토 ^{Pauline Chouteau}가 젊은이에게 기꺼이 사랑을 가르쳐 주는 열정적 과부, 예의 연상의 여인이었다. 폴린에게는 헨리와 나이가 같은 열일곱 살 난 폐병 걸린 아들이 있었는데, 그들이 사랑을 나누는 동안에 옆방에서 기침을 하는 소리를 들을 수 있었다. 이 기침 소리가 감염을 두려워했던 헨리를 불안하게 했다. 폴린과 함께 그는 어떠한 위험도 무릅쓸 수 있는 격류와 같은 육욕의 세계로 들어갔다. 곧 그는 그녀에게 사로잡혔으며 그들의 만남은 하루도 빠지지 않았다. 그는 이 과부(그녀의 집은 그의 부모의 집으로부터 1마일밖에 안 떨어져 있었다)와 그녀의 기침하는 아들과 동거를 하게 되었고 시멘트 회사에서 하잘 것 없는 일을 하게 되었다. 여름 내내 끝없이 기념비적 성교를 한 후 그는 자신이 고갈됨을 느꼈다.

그의 아버지가 병이 들자 양복점에서 일을 도와줄 사람이 필요했고, 헨리는 이것을 핑계로 집으로 다시 들어갔다. 그는 가게에 들어와서 잡담을 하며 시간을 보내는 사람들을 좋아했다. 이것이 그에게 실패한 사람들이 지닌 사람의 마음을 끄는 특질을 보게 했는데 이 특질은 그가 소설가로서 전문적으로 다루게 될 것이었다. 그러나 그의 부모들은 그가 사업을 물려받을 만큼 유능해 보이지 않았기 때문에 걱정하고 있었다. 그는 너무나 태평했다. 피고용인들이나 고객들과 너무 친밀했으며, 단지 위로하거나 그냥 말을 들어주는 데 너무 열심이었다. 이것은 그를 작가로 만들어 줄 독특한 재능이었으나, 사업가는 절대 만들지 못할 것이었다. 그는 가게에서 바보 같은 일상의 쳇바퀴에 갇혀 답답하게 느꼈다. 그는 읽고 있었던 책들—니체와 도스토예프스키와 드라이저^{Dreiser}와 크누트 함순^{Knut Hamsun}—과 생각들로 머리가 가득 차서 자신의 이야기에 대한 계획에 골몰해 있었다. 아침 일찍 그는 브루클린의 윌리엄즈버그 지역을 가로질러 맨해튼으로 가는 다리를 건너 양복점으로 걸어가면서 상상 속의 작중 인물들과의 대화를 지어냈다. 가게에서 타자 치는 법을 스스로 배워서, 바느질을 하거나 못 받은 돈을 걷으러 다니는 대신에 이 대화들의 일부를 기록하기 시작했다.

그는 아직도 폴린을 만나고 있었는데, 그녀는 1912년 봄에 그의 아이를 임신했다. 또 다른 여자, 프랜시스 헌터^{Francis Hunter}가 그와 사랑에 빠졌다. 이것이 그에게 자신감을 주었는데 이 자신감은 젊음의 오만이 가미된 거만함으로 발전했다. 이제 그의 삶에 여성이 있음에도 불구하고 그는 우울한 짜증, 현 상태에 대한 불만을 느꼈다. 인생이 가치 있기 위해서는 책과 여자 이상의 것이 제공되어야 했다. 그는 스물한 살이었으며 그가 양복점에서 하고 있는 (혹은 회피하고 있는) 일은 그가 원하는 일이 아니었다.

그는 자기가 빈둥거린다는 것을 알았고 그 때문에 고민이었다. 그는 정해진 목적이나 미래의 계획이 없었다. 그다음 해에 그의 행적은 되는 대로였다. 접신론자 친구 로버트 캘러콤^{Robert Challacombe}의 제안에 따라 신비주의 신봉자들과 신비스러운 일을 찾기 위해 떠난 캘리포니아 여행, 오렌지 따기나 목장에서 일하기, 밀러에게 사회주의 사상에 대한 관심을 불러일으킨 서해안에서 가장 급진적 노조인 세계산업노동자동맹 노조원과의 만남, 그에게 니체의 책을 준 미국에서 가장 주도적인 무정부주의 연설가의 한 사람인 엠마

골드만^{Emma Goldman}과의 만남. 이 모든 경험들이 그의 인생에 대한 생각에 영향을 미쳤으나 명확한 방향 감각을 주지는 못했다.

뉴욕으로 돌아와서 그는 향후 3년간 제자리걸음을 하면서 어영부영 결혼까지 하게 되었다. 양복점 고객이 돈을 지불하는 대신 일련의 카네기 홀 공연 표를 주었으며 밀러는 피아노 연주가가 되는 가능성을 고려했다. 그는 베아트리스 위큰스^{Beatrice Wickens}라는 젊은 선생으로부터 레슨을 받기 시작했다. 작고 날씬한 그녀는 수녀원 학교에서 피아노 연주를 배웠으며 청교도적인 금기로 가득 차 있었는데, 이것은 밀러로 하여금 그녀 때문에 더욱 애타게 만들었다. 1917년 여름 그는 군 입대 통지를 받았다. 그는 거의 스물여섯 살이 되었는데, 이 나이에 로렌스는 벌써 그의 첫 번째 소설을 써서 런던에서 주목을 받았다. 그 순간에 앨라배마의 군대 훈련소에서 스물한 살의 피츠제럴드는 그에게 명성을 안겨 줄 소설을 퇴고하고 있었다. 무명인 채, 자기가 이야기할 거리가 있는지조차 모르는 채로 밀러는 자기가 병든 부모를 책임져야 한다는 이유로 연기를 신청한 후, 징집에 대한 방어책으로 베아트리스가 자기와 결혼하도록 설득했다.

당장 결혼 생활에 어려움이 생겼다. 베아트리스는 자기가 결혼한 남자가 생계를 책임지리라 기대했으나, 그는 책을 읽고 글쓰기를 시도하면서 시간 보내기를 원했다. 그는 자기가 원하는 것이 글쓰기임을 알았다. 밀러 어머니와 마찬가지로 베아트리스에게 이것은 게으름을 부리는 것이었다. 전쟁 동안 일자리는 풍부했으나 밀러는 어떤 종류의 정규 고용에도 흥미가 없었다. 마침내 양복점이 실패로 끝났을 때, 그는 잠깐씩 쓰레기 수거인, 바텐더, 벨보이, 타자수, 전차 차장 등 갖가지 일에 종사하기 시작했다. 그는 체육관에서 가르치고, 도서관에서 서류 정리를 했고, 주유소와 광고 회사에서 일하기도 했다. 그러나 그 어떤 일자리도 오래가지 못했다. 밀러가 일을 대하는 태도는 그 일이 글을 쓰기 위한 임시방편을 제공한다는 것이었다. 그는 아버지 가게에 있던 커다란 책상을 거실 한가운데로 옮겨 왔는데, 이것은 텅 빈 채로 사용되지도 않으면서 그 방을 지배했다. 그는 베아트리스가 그들 둘을 모두 먹여 살릴 수 있는 좋은 일자리를 얻기 원했으며 그녀가 임신할 때까지 이런 입장을 고수했다.

그는 잠깐씩 왔다갔다 하던 참에 초등학교 동창이자 이미 성공한 상업적 화가가 된 에밀 슈넬록^{Emil Schnellock}을 만났다. 슈넬록은 그에게 엘리 포르^{Elie Faure}의 유명한 미술사와 월터 페이터^{Walter Pater}의 르네상스 예술에 대한 수필들을 빌려 주고 스스로를 심각하게 작가로서 생각하도록 권유하면서 그림의 역사에 대해 관심을 가지게 했다. 슈넬록의 충고는 시기적절한 것이었다. 밀러는 구독용 잡지인 〈검은 고양이^{The Black Cat}〉가 결혼 생활에 환멸을 느끼게 하는 위험성에 대해 그가 불만을 토로한 몇 개의 짧은 수필들을 게재했을 때 작가로서의 자신의 가능성을 어렴풋이 알아챘다.

베아트리스와의 성관계에서 겪은 어려움들이 그에게 수필의 소재를 제공했다. 그녀는 구태의연한 빅토리아 시대 식으로 성은 자손을 낳기 위한 것이지 쾌락을 위한 것이 아니라고 생각하는 아주 단정한 여자였다. 그러나 밀러는 좀 더 실험적인 생각을 가지고 있었다. 그들은 언쟁을 하고 싸우고 각방에서 자기 시작했다. 그들이 델라웨어^{Delaware}에 있는 방갈로로 베아트리스의 어머니를 방문했을 때, 터부에 별로 겁먹는 성격이 아닌 밀러는 자신의 장모와 여름 동안의 관계를 시작할 방법을 찾았다. 그녀는 폴린을 상기시켰는데, 성적인 면에 있어서 자유롭고 느슨한 것이 그녀의 단정한 딸과는 딴판이었다.

이런 것은 자신의 어머니에게 오이디푸스적으로 묶여 있고 어머니 대용이었던 댁스 부인에게 처음 성 경험을 한 로렌스나 피츠제럴드가 그들의 소설에서 상상조차도 할 수 없었던 류의 위반이었다. 이러한 범접, 자기 장모에 대한 범접이 아니라 자기 아내의 신뢰에 대한 범접은 밀러가 자신의 감성이나 양심의 거리낌에 있어서 로렌스나 그리고 피츠제럴드와는 확실히 다르고 좀 더 일탈적인 부류임을 암시한다.

자기 남편이 어머니와 성적으로 장난을 치고 있었음을 발견한 베아트리스는 너무나 충격을 받아서 그에게 맞서지도 못했다. 그 대신에 브루클린으로 돌아왔을 때 그녀는 밀러를 계속해서 비난하여 그들 사이의 적대감을 심화시켰다. 그녀가 자신의 꾸짖음이 그를 바꾸거나 그에게 죄의식을 느끼게 할 수 있기를 바랐다면, 그녀는 잘못 생각하고 있었다. 베아트리스의 어머니와의 위반은 밀러의 성 경험에서 판도라의 상자를 연 듯 보였다. 그는 베아트리스를 배반할 수많은 기회를 발견했다. 심지어는 유모차를 탄 자기 딸까지도 밀회의 가리개로 사용했다.

후에 그는 자기가 베아트리스를 혐오스럽게 취급했다고 인정했다. 그러나 그는 그것을 바꿀 힘이 없었다. 「양복점」이라는 허구화된 소묘에서, 그는 남작인 척하는 매독이 걸린 나이 든 남자를 집으로 데리고 와서 함께 살게 해 달라고 베아트리스에게 요청한다. 그녀는 그 남자와 그의 병을 모두 끔찍하게 생각한다. 노인은 통제할 수 없이 울기 시작한다. 이 노인은 밀러의 소설에 자주 등장하는 연민을 요구하는 영락한 실패자들 중의 하나이다.

1919년 가을에 베아트리스는 딸을 낳았다. 이제 밀러는 아버지가 되었으나 아직도 하찮은 직업을 계속 바꾸어 대고 있었다. 1920년대 초에 청구서를 지불하기 위한 임시방편으로 그는 웨스턴 유니온^{Western Union}의 전보 배달부

직에 지원했다. 이것은 술주정뱅이나 지적으로 멍청이들도 할 수 있는 일이었다. 밀러는 자격이 넘친다는 이유로 거절당했다. 그는 컬럼비아 대학에서 철학박사를 받았다고 썼는데, 이것은 그의 과장된 과감함의 초기의 예이다. 밀러가 웨스턴 유니온의 임원들에게 불평을 했을 때 그가 너무 설득력이 있어서, 부사장은 배달부들의 부주의함이 걱정되어 밀러에게 회사의 고용 실태를 조사하라고 채용했다. 곧 밀러는 시청 근처의 웨스턴 유니온 고용 사무실을 관리하게 되었다.

그 결과는 밀러가 『남회귀선』에서 묘사하는 코스모데모닉^{Cosmodemonic} 전보 회사의 우스꽝스러운 악마의 전당이었다. 그의 임무는 일자리를 얻기 원하는 방랑자, 범법자, 파탄에 이른 절망한 사람들, 즉 바람직하지 못한 인간들의 행렬을 면접해 그가 채용한 사람들을 회사의 각 지사로 보내 지사들이 완전고용 상태가 되도록 하는 것이었다. 그가 이 사람들과 보낸 시간이 그의 후기 소설의 가슴 아프고도 기괴하게 해학적인 일화들의 자료를 제공했다. 그러나 이 불운한 사람들과의 접촉은 밀러 자신의 우월감을 감소시켰고 그로 하여금 자신이 경험한 개인적 고통은 세상에 존재하는 고통의 대단히 작은 부분임을 깨닫게 했다. 웨스턴 유니온에서의 일은 그의 사회주의적 성향을 다시 일깨웠다. 그는 제도의 권위에 의문을 제기하기 시작했으며 그가 자신의 실패라고 받아들인 것을 사회체제에 의해 영속화되고 일반화된 것으로 연장시키기 시작했다.

베아트리스를 피하기 위해, 그는 일이 끝난 후 버라이어티 쇼 극장을 가거나 강연을 듣거나, 그의 직장 동료들과 술을 마시거나 식사를 하면서 될 수 있는 한 늦게 집으로 돌아왔다. 그는 종종 앞으로 고용될 사람들 중 한 명과 함께 저녁 시간을 모두 보내곤 했다. 그는 그들의 이야기에 매혹되어 장래에 사용하기 위해 노트를 했다. 홀대받고 거의 버려지다시피 한 베아트리스는 딸을 데리고 뉴욕의 로체스터Rochester에 있는 월세방으로 이사했다. 밀러는 그녀에게 길고 향수 어린 편지들을 썼다. 그러나 그가 그녀를 방문했을 때, 자기가 정말로 둘의 관계에서 원한 것은 그녀가 자기에게 굴복하게 하는 것이었고, 그것은 둘의 관계를 유지시켜 주기에 부족함을 알게 되었다.

그의 진술은 그대로 받아들인다면 전형적인 남성적 지배의 성격을 묘사한 것 같이 들린다. 그러나 그는 자신이 알지 못했던 미묘한 충동에 반응하고 있었을지도 모른다. 베아트리스는 그에게 어머니 노릇을 하지는 않았지만, 그의 생애에서 가장 어머니와 비슷한 여성이었으며, 그는 아직도 그녀의 인정과 그녀에 대한 복수라는 대립되는 욕망을 화해시키지 못했던 것인지도 모른다. 확실히 그와 준의 관계는 아주 달랐다. 준에게 여러 번 굴복한 것은 그 자신이었다. 그와 베아트리스의 결혼은 이미 끝났다는 그의 인식과 단언에도 불구하고, 그는 그것을 놓을 준비가 되어 있지 않았다. 그녀가 로체스터에 가고 없는 동안 그는 자신의 웨스턴 유니온 조수들 중의 하나인 조 오리건Joe O'Regan과 함께 스튜디오를 얻었는데, 그들은 둘이서 이 스튜디오를 거의 자유분방한 갈보집으로 만들다시피 했다. 그러나 베아트리스가 화해하고자 했을 때, 그는 자기들의 아파트로 다시 들어갔다.

1922년 봄, 웨스턴 유니온으로부터 3주의 휴가를 얻은 그는 배달부들의 삶을 토대로 한 소설을 기획했다. 『죄와 벌』 및 드라이저가 만났던 열두 사람의 초상으로서 자신이 본보기로 삼을 만하다고 생각한 드라이저의 『열두 사람』을 읽은 데서 영감을 얻어 그는 첫날 타자기 앞에 앉아 5천 단어나 되는 막대한 양을 썼다고 친구 에밀 슈넬록에게 말했다. 그는 웨스턴 유니온에서의 그의 경험을 낱장으로 된 일기장에 평가하고 있었는데, 이것들을 많이 집어넣었다. 그의 소재인 배달부들은 타락한 천사들로서 그는 자신의 책을 『잘려진 날개들 Clipped Wings』이라고 부르기로 했다. 이 책은 여러 가지 목소리의 연쇄였으며, 밀러가 학습했던 여러 소설가들의 기교의 집합이었다. 수년 동안 그는 여러 작가들의 작품들을 훑고 있었는데, 예를 들면 아름다운 구절을 찾아 월터 페이터나 헨리 제임스의 문체를 훑었다. 그는 제임스의 소설에 매혹되는 동시에 혐오감을 느꼈다. 그는 그 소설들을 "인위적 증류와 노력과 월경"으로 가득 찬 교훈적인 괴물들이라고 불렀다. 그는 자신의 글에서 좀 더 "과감한 남근 숭배의 모독"을 상상할 필요가 있다는 것을 알았으나 아직도 기존의 방식에 너무도 애착을 가지고 있었다. 그 결과 『잘려진 날개들』은 단지 모방적이고 파생적이며, 때로는 억지스럽고 어색하며 대체로 과장되어 있었다. 그 자신의 언어는 부자연스러웠고, 부풀려져 있었으며, 자의식적으로 형식적이며 지나치게 공을 들였다. 그는 완성된 원고를 맥밀란 Macmillan 에 보냈는데 곧바로 거절당했고 이 일은 자신이 한 일에 대해 신념을 잃게 만들었다.

『잘려진 날개들』이 완성된 다음해 내내 밀러는 웨스턴 유니온에서 계속 일을 하며 글—소묘, 수필, 이야기—을 썼다. 뒤부아 W. E. B. Dubois 의 작은 잡지 〈위기 The Crisis〉에 실린 『잘려진 날개들』의 일부를 제외하고는 세계가 그를 작가로서 받아들이리라는 징후는 없었다. 그는 자신의 힘든 문학적 노력에 지치고, 직업에 싫증을 느끼고 베아트리스와의 삶의 부담 때문에 용기를 잃었으나, 그의 존재의 진부한 일상은 곧 끝이 날 참이었다.

사랑의 나르시시스트들

1923년 늦여름 어느 날 저녁 밀러는 타임즈 스퀘어 근처 브로드웨이에 있는 댄스홀 윌슨즈^{Wilson's}를 찾았다. 윌슨즈는 대부분이 관광객이거나 선원들인 외로운 남자들로서 폭스 트롯이나 왈츠나 좀 더 빠른 춤곡에 맞춰 춤을 추며 여성의 향기를 맡기 위해 기꺼이 5달러를 쓰고자 하는 이들을 위한 장소였다. 이곳의 여성들은 "택시 무희들"이라고 불리었는데, 그들은 고객을 찾아 홀을 돌아다녔다. 그들 중 여럿은 쇼걸이 되기를 원하는 이들이었다. 몇몇은 직업상의 요구로부터 휴식을 필요로 하는 창녀들이었다. 택시 무희들은 전체적으로 접근하기 쉽고 남자들의 구애를 받아들인다는 명성을 가지고 있었다.

밀러에게 멋있고 자신감이 있으며, 몸매가 풍만한 20세의 여성이 접근해 왔다. 그녀의 푸른빛이 도는 검은 머리는 결이 고운 직모였으며 남자처럼 옆으로 가르마를 탔다. 그녀의 푸른 눈은 각진 재단의 푸른 슈트에 의해 강조되었다. 그녀는 밀러보다 약간 컸으며, 다리가 특히 길어 보였다. 자신을 준 맨스필드^{June Mansfield}라 소개한 그녀는 다른 여자들과 춤을 추면서 밀러가 극작가 스트린드베르히^{Strindberg}를 언급하는 것을 들었으며, 자기는 그에게 스트린드베르히에 대해서 말하고 싶었다고 했다. 그녀는 이야기하면서 춤을 추자고 했다.

그녀가 말한 내용과 전율을 일으키는 깊고 쉰 목소리로 말하는 방법이 밀러를 놀라게 했고 매혹했다. 그녀는 스트린드베르히의 「미스 줄리^{Miss Julie}」를 봤느냐는 질문으로 말문을 열었으며, 그 작품에서 악의 화신인 작중 인물과 자신을 동일시한다고 말했다. 열광적으로, 말이 혼합되어 버릴 만큼 빠른 속도로 말을 하면서 그녀는 철학적 문제들로부터 문학적 취향 그리고 적나라한 성적 고백까지 닥치는 대로 비논리적으로 건너뛰며 옮겨 다녔다.

밀러는 한 나르시시스트가 또 다른 나르시시스트를 만났을 때 느낄 수밖에 없는 인지의 충격을 느꼈다. 밀러는 보통 지칠 줄 모르고 끝없이 말하는 대화가였으며, 이것이 그가 여자들을 끌 때 사용하는 힘이었다. 이번에는 말이 바다와 같고 취하게 하며, 흥분시키는 것은 준 쪽이었다. 마치 자기가 꾼 꿈속의 누군가와 이야기하는 것 같았다. 그녀는 열띤 미완성의 문장에서 문장으로 몽상에서 헛소리로 옮겨 다녔다. 그것은 중구난방으로 돌진하며 분출하는 리듬에 실린 뒤범벅된 언어의 혼돈이었다. 이것이 그에게 신비감을 주었다. 자기 존재의 깊은 구석에서 밀러는 그녀의 말 속에서 자기가 되고자 하는 작가의 모습을 일별했는지도 모른다. 그래서 그는 그녀의 모든 옆길로 새는 말들을 탐욕스럽게 쫓아가기를 원했다. 윌슨즈에서 그는 앞으로 소진될 때까지 30년이 걸리게 될 소재를 발견했던 것이다.

댄스홀이 닫히자 그는 중국 식당에서 그녀의 말을 계속 들었다. 새벽이 되기 직전 그들은 브루클린의 택시 속에서 포옹했다. 밀러는 놀랐다. 그의 경험에 의하면 여성들은 재기가 넘치지 않는 것으로 되어 있었다―그는 그렇게 아이디어와 그것에 대해 이야기할 수 있는 능력으로 충만한 여자를 만난 적이 없었다. 그는 무엇보다도 말에 운명을 건 작가였는데, 여기에 말을 마음대로 주무를 수 있게 만들어 자신의 의지에 따라 요리하는 여자가 있었다. 그는 자기 어머니만큼이나 협소한 마음을 가진 여자와 별 노력 없이 결혼 생활로 들어갔으며 여러 명의 다른 여자들과 잠자리를 같이 했으나 그중 누구도 그에게 도전하지 못했다. 준에게서 그는 무언가 혼란스러우면서도 마음을 끄는 어떤 것, 성 이상의 흥분을 감지했다. 그는 나중에 집착을 가지게 된 것 만큼이나 즉각적으로 최면에 걸렸다. 게다가 그는 준이 유대인이라는 것을 알게 되었으며 그가 아내와 아이를 장차 버리게 될 것보다도 이 사실 자체만으로도 그의 부모들에게 충격을 주리라는 것을 깨닫게 되었다.

그들의 만남에는 나이트클럽이나 댄스홀에서 만나서 열정적으로 생각을 교환하고 즉각적으로 매력을 느끼는 보헤미안적인 로맨스의 대담함이 있었다. 밀러는 준에게서 야생의 활기, 박물관보다는 길거리에 가까운 에너지를 느꼈다. 그가 흠모하는 뻔뻔스러운 무모함을 가진 그녀는 나름대로 밀러의 저속한 버라이어티 쇼에 대한 사랑의 투사물이었다. 그는 그녀에게 자기가 작가라고 말했고 그것이 그녀에게 특히 호소력이 있었다. 전통적으로 여성들은 남성들을 재정적 안정을 제공해 줄 수 있는 보호자로서 찾았다. 일부 여자들은 아름다움을 칭송할 수 있는 남성의 능력에 이끌린 적도 있었다. 프리다와 젤다는 당대에 거대한 영향력을 줄 수 있는 작가인 남성들에게 끌렸었다. 기본적으로 돈을 목적으로 하는 그녀의 의도로 보아 준이 명성에 굴복했다는 것은 놀랍긴 하지만 명성은 가장 강력한 최음제이다.

준의 열에 뜬, 충동적인 대화에 매혹당한 밀러는 준이 연인들을 쫓아다니던 이야기들과 건강한 순진파인 척 하는 성향 사이의 모순 때문에 그녀가 자기 과거에 대해 말한 것이 어느 정도 조작된 것인지 의아해했다. 그녀의 이야기에는 은근슬쩍 마약과 강간과 사디즘에 대한 암시뿐 아니라 그녀의 가족이 살아갈 수 있는 장소를 갖기 위해 요구가 많은 집주인에게 자신의 처녀성을 교환해야 했던 이야기도 여기저기 섞여 있었다. 그녀는 자신의 과거에 관해 자기 어머니가 루마니아의 집시이며 아버지는 경마로 돈을 다 잃은 영국의 공업 기술자였다고 주장하며 아주 복잡한 이야기들을 지어냈다.

실제로 그녀의 부모들은 스머스[Smerth] (루마니아어로는 "죽음"을 뜻하는)라는 이름을 가진 가난한 루마니아의 유대인들이었으며 그녀의 아버지는 헌옷을 팔았다. 그녀의 아버지는 줄리아(Julia, 준의 실제 이름)가 고등학교도 졸업하기 전에 집에서 도망칠 때까지 그녀를 잔혹하게 구타했다. 밀러는 그녀의 담론을 제시하는 방식에 흥미를 느껴서 그가 준의 환상이라고 느낀 것을 받아들일 용의가 있었다. 그는 세세한 것들과 그녀의 감정에 관해 꼬치꼬치 질문을 했고, 그녀는 자신의 옛 애인들에 대해 묘사를 할 때조차도 정확하게 대답했다. 그녀는 곧 밀러의 여성관을 대표하게 되었는데 실로 감상 소설의 전형이라 할 수 있는 방종하게 느슨한 천사 같은 천상의 여인이 그것이었다.

준은 밀러에게 글을 쓸 자유를 주겠다고 제안했다. 그들은 베아트리스와 밀러가 사용하는 침대에서 베아트리스에게 발견된 후 가구가 구비된 바퀴가 득실거리는 브롱스^{Bronx}의 방으로 옮겼다. 베아트리스는 여행 가는 척하고 다음 날 아침 일찍 증인들을 대동하고 돌아왔다. 그리고는 이혼 소송을 시작했다.

공포되지 않은 결혼

1924년 6월, 그의 이혼이 종결된 후, 밀러는 억지로 준과 결혼하는 데 동의했다. 그는 준보다 열두 살 위인 서른세 살이었다. 그들은 결혼한 척하면서 빌리지에서 친구들과 머물고 있었는데, 준은 사태를 법적으로 확인하기를 원했다. 밀러의 부모들은 그들의 손녀를 밀러가 버린다고 생각해 이혼에 반대했으며, 준의 어머니는 그녀가 누구와 결혼하든 관심이 없었다. 호보큰^{Hoboken} 판사에 의해 주제된 실제 의식은 즉흥적이었고 패러디 같았다—밀러는 결혼 의식의 엄숙함뿐 아니라 결혼 그 자체를 조롱하듯이 두 명의 부랑자들을 증인으로 고용했다. 그 후에 신혼부부는 바^{bar}로 갔고, 예절에 대한 공격적인 대답을 하듯 신혼 첫날 저녁을 저속한 버라이어티 쇼를 하는 극장에서 보냈다.

준은 우아한 브루클린 하이츠$^{Brooklyn\ Heights}$에 상감세공을 한 마루와, 패널을 댄 벽과 조형을 넣은 천장과 스테인드글라스 유리창이 있는 아파트를 구했다. 이곳은 넓고 장려하고 비쌌는데, 준은 밀러가 그곳에서 글을 쓸 영감을 얻으리라고 생각했다. 그녀는 그에게 웨스턴 유니온의 일자리를 떠나도록 설득하려 했다. 효율성 전문가들이 그가 범죄자들과 외국인들을 무차별적으로 고용했으며 고용 사무실을 혼란스럽게 운영해 회사에 손해가 났다고 결정했으므로 밀러는 보통 때보다도 성질이 나 있었다. 어느 월요일 아침 일찍 밀러는 자기가 다시 돌아오지 않으리라는 것을 아무에게도 알리지 않은 채로 그의 책상에서 걸어 나왔다. 그는 장인을 위해 관리하던 오하이오의 페인트 공장을 이와 비슷한 방법으로 버렸던 셔우드 앤더슨$^{Sherwood\ Anderson}$에게서 영감을 얻었다.

이제 준이 유일하게 돈을 버는 사람이었다. 여러 달 전에 그녀는 자기가 극장 조합에서 받아들여져서 여배우로 일하고 있다고 말하면서 댄스홀을 그만두었다. 밤 동안 거의 집을 비운 후에 그녀는 많은 액수의 돈을 가지고 돌아와서는 그것이 자신을 흠모하며 저녁 식사를 함께 하기를 원하는 나이든 남자들로부터의 선물이라고 말했다. 그녀는 무허가 술집에서 호스테스 노릇도 했는데 고객들이 마시는 술의 양에 비례해 급료를 받으면서 밤늦도록 일을 했다. 그녀가 벌 수 있는 돈은 브루클린 하이츠의 아파트 방세를 내기에도 부족했고 그래서 그들은 감당할 수 있는 아파트로 이사를 다니기 시작했다.

밀러는 여가 시간에 글을 쓰는 것으로 되어 있었으나, 글쓰기 장애에 부딪
쳤으며, 글쓰기에 흥미를 가지기가 힘들었다. 그는 『잘려진 날개들』을 개고
했으나 아직도 불만족스러웠으며 자기가 하고 싶은 새로운 이야기가 없음
을 알았다. 준은 무허가 술집에서 그녀의 고객들에게 색판지 한 장에 올릴
수 있는 소묘와 시와 이야기들을 파는 아이디어를 생각해 냈다. 밀러는 이것
들을 메조틴트판^{mezzotints 1)}이라 불렀으며, 준은 자기가 소묘들을 쓴 척하는 한
편 그녀의 수상한 부수입을 언제나 합리화할 수 있었다. 자신이 작가라는 생
각이 특히 그녀를 기쁘게 했으며 그녀는 주로 자기가 그를 통해 이 환상을
만족시킬 수 있는 방법을 찾을 수 있었기 때문에 밀러에게 끌렸다. 이 점에
서 그녀는 자기 남편의 영감이자 조력자가 되기를 원했던 프리다 로렌스나
남편에 대한 자신의 매력을 다시 불붙이려고 노력하는 동시에 그와 경쟁을
했던 젤다 피츠제럴드와는 아주 다르다. 준은 어떤 의미에서 밀러를 자신 속
에 용해시키면서 자신의 환각과 일치하는 거짓 정체성을 창조하기 위해 그
의 재능을 수용하면서 몰래 밀러의 독특성을 침식하고 있었다. 그러나 이 흉
내 내기 놀이는 또한 준 속에 있는 사기꾼 여자에게 호소력이 있었다. 그녀
는 항상 새로운 놀이, 그녀가 출세할 기회를 찾고 있었다.

　준은 자신이 무허가 술집을 열 생각이 있었다. 1924년 한 해 동안에 그녀
는 하도 여러 무허가 술집에서 일을 해서 자신의 술집을 관리하는 데 자신을
가지게 되었다. 친구가 그녀에게 빌리지의 페리 가에 있는 지하 셋집에 대해
서 말해 주었고, 그녀는 그것을 빌려서 장식하고 밀주업자에게서 술을 공급
받도록 조처했다. 돈을 마련하기 위해 그녀는 갖가지 치사한 사기를 쳤는데

---

1) 명암이 잘 나타나는 동판.

주로 자기를 연모하는 남성들의 돈을 빼앗는 것이었으며, 이제 그녀는 자신이 활동할 수 있는 자신만의 장을 가지게 되었다.

그러나 헨리가 술집에서 살아야 했기 때문에 문젯거리였다. 그는 바텐더이자 즉석 요리사이자 접시닦이로서 그녀의 남편이 아닌 척해야 했는데, 그는 이 역할을 마지못해 받아들였다. 이것이 정말로 뜻하는 것은 그가 이제 분명해진 것, 즉 준이 자기들의 침실에서 그녀를 연모하는 사람들을 현금 선물을 받고 접대한다는 것, 다시 말해서 그녀가 성을 팔아 그를 먹여 살리는 창녀라는 사실을 기꺼이 부인할 용의가 있어야 한다는 것을 의미했다.

자기 아내의 매춘이라는 현실을 차단하기 위해서 밀러는 알코올 재고를 소비하기 시작했으며 수차례 거친 분노를 폭발시켜 접시와 가구를 때려 부쉈다. 준이 아무리 노력해도 페리 가의 무허가 술집을 유지하기에도 힘겨워, 그들은 항상 쫓겨나기 직전의 상태에 있었다.

밀러는 플로리다로 옮겨 감으로써 재정적인 문제를 해결하려고 결정했다. 그곳에서 부동산 붐에 편승해 이익을 올릴 작정이었다. 그가 투자 자본도 없이 어떻게 그것을 이루려 했는지는 불확실하다. 그의 계획의 결여는 그가 살고 있던 꿈의 세계와 그가 이 무렵 틀림없이 느끼고 있었을 절망 상태의 징후였다.

1925년 추수감사절 날 그는 뉴욕을 떠나 히치하이킹을 해서 플로리다로 갔는데, 그곳에서 자신이 기대했던 번영은 눈에 보이지 않는다는 것을 즉각 깨달았다—그가 본 것은 길모퉁이에서 실업자들의 무리가 구걸을 하는 모습뿐이었다. 밀러는 일주일 동안의 방랑 생활 동안 이들과 합류했는데 이것은 일찍이 잭 런던이 콕시^{Coxey}의 실업자 일당과 함께 워싱턴에 모여든 것과 비슷했지만 그에게는 런던의 사회적 의무감이 없었다. 돈 한 푼 없이 치욕을 느끼며 지쳐서 준에게 연락을 할 수 없었던 그는 부모에게 연락을 했고, 그들은 그에게 기찻삯을 전송했다. 그는 크리스마스 날 브루클린에 돌아왔다. 그의 서른다섯 번째 해를 시작하기 직전이었다. 준은 무허가 술집을 비워 줘야 했으며 어머니에게서 피난처를 구했다. 낙담하고 혼란스러워서 밀러도 유사한 선택을 하여 자신의 미래를 어떻게 할 것인가를 결정할 수 있을 때까지 부모와 함께 살았다.

부모의 집에 살면서 그는 경건하게 슬픈 은혜를 베푸는 듯한 분위기를 받아들여야 했다. 그의 부모에게 그는 자신의 생을 망친 방탕한 아들, 글을 끼적거리기 위하여 멀쩡한 일자리를 차 버리고 나간 게으른 녀석이었다. 어머니는 자기 친구들이 방문하러 왔을 때 수차례 그에게 타자기를 가지고 벽장 속에 숨으라고 요구했다.

그의 부모들은 그를 부끄럽게 생각했으나, 밀러는 글쓰기로 돌아왔다. 그는 수년 동안이나 이국적인 말들에 매혹당해 있었다. 그가 생각하는 위대한 글쓰기란 이상하고도 신비로운 언어의 사용에 의존하고 있었다. 보통 그는 이런 단어들의 긴 목록을 그의 침대 위에 붙어 놓았다. 그는 친구 에밀 슈넬록에게 짧은 목록을 보냈는데 이것이 그의 관심사의 충분한 예가 된다. 약단지gallipots, 네우마neume 2), (인도 드라비다 족의) 동굴 사원rath, 작은 요새fortalice, 계곡dingle, 향로thurible, 중간 문설주가 있는mullioned, 거품spume, 윤생체whorls 등, 의사소통을 위해서라기보다는 난해한 언어를 위하여 그가 자신의 글에 엮어 넣은 비밀스런 단어들의 범벅이었다.

어느 날 오후 펑크 앤 왜그널즈Funk and Wagnalls 사전을 여러 시간 동안 검토한

2) 중세 초기 음악의 기보법.

후에 그는 잠시 산책을 하려 어슬렁어슬렁 걸어 나갔으며, 그의 머릿속에서 문장을 만들기 시작했다. 급히 집으로 돌아와서 "구멍에서 흘러나오는 톱밥처럼" 그의 마음속을 빠져나오는 엮어진 문장들을 옮겨 쓰기 시작했다고 그는 기억했다. 그는 의미가 통하지는 않았지만 자신이 만들어 낸 것이 마음에 들었다. 자료들의 모음을 통제하는 문이 약간이지만 열렸고 그가 그 문을 좀 더 활짝 열기 위하여 몇 년을 더 기다려야 했지만 그래도 이것은 긍정적인 징후였다. 그가 쓴 것은 그가 당시에 이런 용어와는 전혀 친밀하지 않았지만 "자동적 글쓰기"의 한 예였다. 그는 이 단편을 "미래주의자의 일기"라고 불렀으며 이것을 〈아메리칸 머큐리 American Mercury〉지의 멘켄 H. L. Mencken 에게 보냈으며, 이것이 "밀러 양"에게 발신된 논평 양식과 함께 되돌아왔을 때도 실망하지 않았다.

밀려오는 영감 속에서 그는 타자기 앞에서 여러 시간을 보냈으며 〈콜리어즈 Colliers〉, 〈새터데이 이브닝 포스트〉 외의 여러 신문에 기사들을 보냈다. 그는 다소간의 격려를 얻었으나 〈리버티 매거진〉의 편집인에게 몇 개의 소묘를 보낼 때까지는 결정적인 것은 아무것도 얻지 못했다. 그 편집인은 그의 소묘들에 호감을 가졌으며, 그에게 새로운 펑크 앤 왜그널즈 사전의 언어에 관한 기사를 써 달라고 요청했다. 흥분하여, 그는 〈리버티〉가 요청한 분량의 세 배가 되는 기사를 보냈다. 그것은 채택되지는 않았지만 그는 250달러의 엄청난 보수를 받았다. 이것은 브루클린에서 준과 함께 살 가구가 딸린 방을 빌리는 데 충분했다.

아직도 작가로 행세하면서 준은 나이 많은 흠모자들 중의 하나를 설득해 밀러가 준의 이름으로 쓴 일련의 이야기들을 받아들여 인쇄하고 돈을 치르도록 설득했다. 그녀는 〈멋진 이야기들 Snappy Stories〉이라고 불리는 잡지의 편집인에게 똑같은 술책을 썼다. 그러나 밀러는 그 잡지를 너무 싫어해서 예전 호들을 구해 전에 출판된 이야기들에서 인물의 이름과 장소를 바꾸어 다시 투고했다. 이러한 노력들은 이 잡지의 취향과 완벽하게 상응했으며, 그 편집 인들 중 어느 누구도 이러한 도용을 눈치 챌 만큼 날카롭지 못했다. 사실 그 는 이중성에 진력이 났을 뿐 아니라 그의 삶에 대해 불안하게 느끼고 있었 다. 그는 아직도 준에게 홀딱 반해 있었으며 그녀가 하고 싶은 대로 하도록 허용했다. 그러나 그는 자신이 그녀의 궤도를 돌고 있다는 사실을 알았다. 그녀의 자연 서식지, 즉 뉴욕의 풍기 문란한 쪽으로부터 그녀를 떼어 놓아서 그녀의 힘을 중화시키기 위해, 그는 1926년 여름에 자기와 함께 노스캐롤라 이나의 애슈빌에 가자고 설득했다. 그는 소문난 부동산 붐을 이용하기 위해 그곳을 경유해 D. H. 로렌스 가까이에 있으려고 뉴멕시코 타오스^{Taos}로 가기 를 원했다. 그는 로렌스의 소설들을 읽고 경탄했었다. 그는 로렌스가 이미 그곳을 떠나 이탈리아에 정착했다는 사실을 몰랐다.

애슈빌의 부동산의 기회는 내부자들에게만 열려 있었다. 준과 헨리는 다 시 한 번 돈이 완전히 떨어졌고 준이 숙녀용 고급 양말 사업을 시작해 상품 을 가지고 남부를 도는 계획을 짜냈지만, 그들의 재정적 어려움에 대한 실질 적 해결책은 없었다.

문제는 돈이었고, 어떻게 돈을 버느냐였다. 그는 아직 성공적인 싸구려 소 설을 쓰는 공식을 알 수 없었고 어쨌든 그런 것에 마음이 없었다. 그들은 애 슈빌에서 집세와 식량을 얻기 위해 빚을 졌으며 그것을 갚을 방도가 없었다. 여름이 끝날 무렵 그들은 은밀한 도둑들처럼 어두운 밤에 히치하이크를 하 여 애슈빌을 떠났다.

경이로운 상처

겨우 스물한 살에 준은 벌써 젊음의 신선함을 많이 잃어버렸다. 그녀는 열두 시 전에는 일어나는 법이 없고, 일어나 봐야 오랜 시간 화장품으로 칠을 하면서 멋을 내는 밤의 여자였다. 그녀는 브루클린의 또 다른 비좁은 셋집과, 그녀를 연모하는 남성들을 매혹시켜서 그들로부터 갚을 생각이 전혀 없는 돈을 빌려 주게 만들 수 있는 또 하나의 나이트클럽을 찾아냈다. 어떤 때는 그녀는 자기를 연모하는 남자들을 집으로 데리고 왔으며, 때때로 밀러는 돌아갈 적당한 때를 맞추기 위해 새벽 2시에 밖에서 기다리다가 자기도 우연히 방문하는 것처럼 하면서 들어가야 했다. 그는 별 열의 없이 백과사전이나 신문을 팔려고 하기도 했으나 전적으로 그녀에게 의존했다. 준은 사기 놀음을 좋아했으나 안정감을 느끼게 할 만큼 충분한 돈을 가진 적은 한 번도 없는 것 같았다. 이론적으로 준은 밀러의 후원자이자 보호자였으나 그녀의 남성 편력과 괴상한 밤중의 습관들은 밀러를 오히려 거부당한 연인처럼 느끼게 했다. 결과적으로 그들의 보헤미안적 실험에서 준과 헨리는 헨리가 자유롭게 글을 쓸 수 있도록 남녀 간의 지배 관계를 완전히 전복했으나, 헨리가 종이 위에 쓰는 글은 그에게 아무런 가치가 없었다.

마침내 준은 1926년 10월 사흘간 사라졌다가 아무런 설명도 없이 돌아왔는데, 브루가 백작^{Count Bruga}이라고 불리는 꼭두각시를 가지고 왔다. 그것은 보라색 실크 머리칼과 자주색 눈과 저열한 입과 움푹 들어간 볼을 가지고 있었다. 브루가 백작은 준이 택한 퇴폐적인 길을 의미했다. 그녀는 그것을 부적처럼 데리고 다녔으며 그것은 그녀의 성품 중 좀 더 괴상하고 악마적이기까지 한 측면을 강조했다. 이 꼭두각시는 준의 연인이 된 진 크론스키^{Jean Kronski}

로부터의 선물이었다. 조각가이고 해골과 뱀을 그리는 화가이며, 정신병원에 갔다 온 일이 있는 야심 있는 시인이었던 진은 준과 같은 나이였다. 진은 프랑스 시인 랭보Rimbaud와 자신을 동일시했는데, 그녀는 그와 같은 재능을 지니지는 못했지만 그와 같은 자기 파괴력을 가지고 있었다. 극단적으로 신경증적인 그녀는 정신분석학에 대하여 많은 것을 배웠으며 전적인 솔직함과 모든 의도를 절대적으로 선언하는 것의 중요성을 표방했는데, 성격상 그녀가 할 수 있는 만큼은 감추었다.

준은 브루클린의 헨리 가에 침실이 두 개 있는 지하 셋집을 발견했고, 두 여자는 그중 침실 하나를 차지했다. 밀러는 아직도 그들이 결혼했다는 사실을 밝히면 안 된다는 준의 명령을 따르고 있었다. 그러나 이제 그는 자기 아내가 다른 여자와 침대를 같이 쓰고 있으며 동시에 여러 남성을 돈을 위해 접대한다는 사실을 받아들여야만 했다. 두 여성은 그의 무력함, 생계비를 벌거나 일의 책임을 맡는 데 있어서의 무능함에 대해 불평하면서 기회 있을 때마다 그에게 모욕을 주기 위해 공모했다. 그런데도 그는 떠나지 않았으며, 우리는 그가 그러한 가능성을 고려하기나 했었는지조차도 모른다. 그는 그렇게도 완전히 그녀와 그녀의 의지에 지배당했으며, 마치 그 자신의 의지는 하나도 남아 있지 않은 듯했다. 사태는 점점 더 나빠졌다.

진의 영향 아래, 그 겨울은 히스테리컬한 논쟁과 긴 고백의 시간을 가진 기간이었는데, 각각의 이야기는 그 전의 이야기보다 더 왜곡되고, 뻔뻔스러웠으며 꼬여 있었다. 준은 자기가 돈을 위해 밀러와 같은 불쌍한 바보를 어떻게 벗겨 먹고 속였는가 하는 자신의 이야기로 진의 과거 성 편력에 관한 이야기들을 압도하려 들어서 밀러는 자신이 병리학적인 거짓말의 보금자리에서 살고 있다고 느꼈는데, 이 거짓말들을 하는 것은 사악하게도 일종의 오

락이었다. 그들 방의 꼴이 그 상황의 내적 무질서를 반영하고 있었다. 흩이
불은 더러웠고, 때 묻은 셔츠들은 수건으로 이용되었고, 부엌의 싱크는 보통
막혀 있었기 때문에 기름 낀 욕조에서 접시를 닦았고, 마루는 담배꽁초와 낡
은 신문, 책, 쓰레기, 탄 냄비 등으로 어질러져 있었다. 분위기는 우울하고
침침했으며, 때 묻은 차양은 더러운 유리창을 가리기 위해 항상 내려져 있었
고, 모든 것은 슬픈 양상을 보였다.

프리다와 젤다는 모두 집안일을 경멸했으며 여성들이 가정의 질서를 책
임져야 한다는 기대에 반항하고 있었다. 프리다는 자기 탐닉적이고 게을렀
으며, 젤다는 자기가 더럽힌 것을 하인들이 치우기를 기대했으나 헨리 가의
셋집의 무질서는 재난이었으며 질서 있는 것에 대한 병리학적인 혐오를 암
시했다. 그러나 무질서는 준에게보다는 헨리에게 훨씬 더 고통스러웠다. 밀
러는 근본적으로 준보다 훨씬 덜 보헤미안적이었으며 중류 계급의 편안함
에 항상 의존했다. 그러나 그는 소설에서는 이 성격을 뒤바꿔서 그의 주인공
은 단정하고 관습적인 모든 것에 대해 과시적으로 관심이 없었다.

이러한 혼돈의 가운데서 진은 밀러에게 소묘와 수채화 물감을 사용하는
법을 가르치기로 결정했다. 그는 친구인 에밀 슈넬록으로부터 비정규적인
소묘 교육을 받는 혜택을 누렸었지만 상업적 예술가로서 에밀은 사실주의
쪽으로 편향되어 있었다. 진은 밀러의 노력들을 생기가 없다고 비판하고 좀
더 비유적인 방향으로 나가라고 권장했다. 그의 첫 수업은 제비꽃 한 묶음과
대치시켜 놓은 인간의 두개골을 모사하는 것이었다. 그 결과는 밀러의 기분
과 헨리 가의 집의 분위기를 묘지와 같이, 그리고 초현실주의적으로 표현한
것이었다. 활기가 없고 몸과 마음이 다 차가와진 밀러는 그의 편지에 "실패
자"라고 서명을 하기 시작했고, 따뜻하게 지내기 위해서 가구와 원고더미를

태웠다. 그는 어느 날 친구로부터 강력한 진정제인 바르비투르산염^{barbiturates}을 얻어서 치사량이라고 생각한 양을 복용했는데, 열두 시간 동안 마취되어 잠이 들었을 뿐이었다. 친구가 바르비투르산염 대신에 좀 더 약한 진정제를 주었던 것이다.

1927년 봄 진은 파리의 아름다움과 그 여성적인 도시가 예술가들에게 주는 자극을 묘사하기 시작했다. 밀러에게 알리지 않은 채 두 여자는 갑자기 배를 타고 유럽으로 떠났다. 처음에 밀러는 파괴되고 버려지고, 공허한 곳에 남겨진 것처럼 느꼈다. 준이 아무리 성질이 있고 기이하다고 해도, 그녀의 잦은 배신과 그것을 그의 마음으로부터 지울 수 있는 능력에도 불구하고, 무자비한 말다툼과 그녀의 빠르게 변하는 기분의 히스테리와 횡포에도 불구하고, 그는 그전에 느껴보지 못한 절박한 사랑을 그녀에게 느꼈다. 또한 그는 그것이 희망 없는 무모한 사랑이었다는 것도 알았다―『남회귀선』에서 그는 두 명의 광기 어린 인물들이 철창살을 통해 서로를 더듬는 이미지를 사용할 것이었다.

분노하여 밀러는 헨리 가의 아파트를 공격했다. 가구를 부수고 접시를 깨뜨리고, 차양을 찢어 버리고, 편지와 종이를 찢었다. 그리고는 거기를 떠나서 탕아처럼 브루클린에 있는 부모의 집으로 돌아갔다. 그는 준에 대한 의존의 종말을 정신적으로 자기 자신에게 전달하면서 자신과 준의 삶에 대한 책을 구상하기 시작했다. 이것이 그가 후에 『회귀선』 소설들에서 할 이야기의 시작이었는데, 그는 아직 그 이야기를 할 형식이나 음성을 찾지 못했다.

밀러는 준이 떠난 지 얼마 되지도 않아 돈을 요청하는 전보를 받자 돈을 보내 주었다. 한여름에 돌아온 준은, 피카소와 같은 예술가들이 자기를 쫓아왔다는 주장과 자기는 이제 알프레드 페를레^{Alfred Perlès}라는 이름의 남자와 북

아프리카로 가 버린 진 크론스키와 더 이상 열애중이 아니라는 소식 등 그녀의 파리에서의 모험 이야기들로 넘치고 있었다. 준은 파리에 도취했으며 밀러와 함께 그곳에 돌아가기를 원했다. 곧 그녀는 옛 추종자들 중 한 명과의 우정을 재개했는데, 그녀가 "아빠"라는 별명을 붙인 나이 든 남자였다. 준은 그에게 이미 자기가 열심히 노력하고 있는 작가임을 확신시켰고 헨리가 그녀의 이름으로 쓴 소묘와 이야기들을 보여 주었다. 준은 그에게 자기가 파리에서 소설을 시작했으며 그것을 완성하기 위해서 돌아가야 한다고 말했다. 관대하게도, "아빠"는 소설과 파리로의 여행을 후원하기로 동의했지만 그녀가 이미 쓴 것을 보기를 원했다.

밀러는 다음 다섯 달을 웨스턴 유니온의 고용 담당자인 디온 몰로크^{Dion} ^{Moloch}의 이야기를 쓰면서 보냈다. 기본적으로 그는 아직도 시점을 구성하기 위해 중심적 의식의 초점화된 필터를 이용하면서 『잘려진 날개들』의 자료들에 대한 작업을 다시 하고 있었다. 이 작품은 힘들고, 망설임과 불안정한 시작들로 가득 차 있었으며, 밀러는 자기가 하고 있는 일에 만족하지 못했고 그 작품이 서툴며 부적합하고 인위적임을 알고 있었다. 그는 자신의 남성적 관점에서 이야기를 풀어 나가고 있었는데, "아빠"는 준의 관점에서 쓰인 것을 기대한다는 것을 깨달았다. 그녀의 추종자이자 새로 찾은 후원자는 문학적 취향이 세련되지 못했거나 준의 애정적 관심에 너무 정신이 쏠려 유의하지 못했거나 둘 중의 하나였다. 그는 자기가 읽은 것에 흡족해했으며 현금을 지불하기로 동의했다.

완전히 깨닫지 못한 가운데, 밀러는 다시 한 번 자신이 준에게 의존적이 되도록 허용한 것이었다. 그가 자신의 저자 자격을 속이는 데 아직도 동의하고 있었다는 것은 그가 얼마나 사기가 꺾여 있었는가를 보여 준다. 1928년 봄에 그들은 리버풀로 항해를 해서 런던을 거쳐 곧장 파리로 갔다. 준은 흥분해서 밀러에게 1년 전에 진과 함께 본 것을 보여 주려고 했는데, 그녀의 흥분과 새로운 환경은 이전의 배신들을 잊게 했으며, 그들의 여행을 새로운 신혼여행으로 생각하게 만들었다. 준은 루마니아에 있는 자기 부모의 고향을 방문하기를 원했다. 그래서 그들은 기차를 타고 독일과 폴란드와 동유럽을 지나갔다. 밀러는 자기가 소화할 수 없는 엄청난 양의 항목들에 압도당했다. 로마의 폐허와 중세의 성과 오래된 교회와 보석 박힌 장신구들과 교회 좌석에 무릎을 꿇고서 열광적으로 기도를 드리는 농부들, 연속성과 자기 나름의 풍습과 관례를 지닌 구세계의 느린 속도에서 느꼈던 과거의 감각, 그중 몇몇 조각들은 브루클린에서부터 익숙했던 것이었으며, 그는 브루클린에서 이들 중 어떤 전통들의 마지막 모습을 보았었다.

동유럽에서 두 달을 보낸 후 그들은 파리로 돌아왔는데, 그곳에서 준은 낮에는 잠을 자고 밤에 실렉트^{The Select}, 돔므^{The Dôme}, 되 마고^{the Deux Magots}, 웨플러^{the Wepler} 같은 카페들에서 이야기를 하며 보내기를 원했다. 파리의 카페들은 문학잡지와 화랑 들 만큼이나 지적이고 예술적인 삶의 매개체였다. 그곳은 만나서 논쟁하고, 쓰고, 그리고, 또는 그저 생각하는 망명객들과 외국인들의 자연스런 거실이었으며, 그들의 도시주의의 징표였다. 준은 밀러를 먼젓번에 왔을 때 만났던 몇 명의 예술가들, 한스 라이헬^{Hans Reichel}, 오스카 코코슈카^{Oscar Kokoshka} 같은 독일 화가들과 자드키네^{Zadkine}라는 조각가에게 소개했다. 그러나 밀러는 카페에서 이루어지는 예술에 관한 대화에 만족하지 못했는데, 부분적으로는 그가 기대하는 것이 더 많았기 때문이고, 일부는 준에 대한 새로운 양가적 감정 때문이었다. 파리의 카페에서 그녀의 연애질은 그를 거북하게 만들었다.

진정 프랑스적인 것을 추구하기 위해 그는 준이 전에 자전거를 타 본 일이 없음에도 불구하고 준을 설득해 남쪽으로 자전거 여행을 떠나기로 하였다. 그들은 파리 외곽에서 출발해 준이 숨이 차거나 용기를 잃지 않고 오래 지속하는 것이 불가능했기 때문에 자주 쉬면서 천천히 리용^{Lyon}으로 갔다. 대낮을 피하는 여인에게 자전거 타기는 특이한 모험이었고, 그녀는 이것을 즐기지 않았다. 대개 그녀는 짜증이 나 있었는데, 자신이 편하게 느끼는 환경으로부터 완전히 동떨어져서, 밀러를 매혹하는 유적들에 관심이 없었고 편안한 목적지에 도달하기만을 바랬다. 늘 그랬듯이 앞뒤 생각 없이 지내다가 니스^{Nice}에서 그들은 돈이 떨어져 자전거를 팔아야 했다. 그것은 오도 가도 못하게 되어 친구들과 "아빠"에게 도움을 청하는 전보를 쳐 놓고는 호의적인 응답을 기대하면서 아메리칸 익스프레스 사무실에 자주 들러 보는 친숙한 상황이었다.

마침내 미국 영사가 준에게 파리로 가는 기차표를 주었고, 그곳에서 그녀는 밀러의 기찻삯을 치를 수 있는 돈을 마련할 수 있었다. 파리에서 준은 "아빠"에게 집으로 갈 수 있는 돈을 보내 달라고 호소했고 그는 돈을 보내기로 동의했다. 그들이 돈을 기다리면서 미적거리고 있는 동안 밀러의 불안감은 다시 시작되었다. 준은 다시 매일 밤을 카페에서 술을 마시고 이야기하며 보내기를 기대했다. 그는 자기가 아무것도 쓰지 않았다는 사실에 혐오감을 느꼈고, 유럽에 있는 아홉 달 동안 카페의 바깥을 충분히 보지 못한 것에 실망했다. 그것은 격렬한 싸움과 열정적인 화해 사이를 지속적으로 왔다갔다 하는 기간이었는데, 이러한 감정의 시위를 준은 즐기는 듯했고, 좀 더 피학적인 밀러는 이것을 비켜 갈 수가 없었다. 그는 준과 자기 자신 사이의 거리가 극복할 수 없게 되었다는 것을 알았지만 그것을 놓아 버릴 용기가 없었다.

밀러와 준의 상황을 전적으로 지배/복종의 틀 안에 위치시키는 것은 너무 단순한 해석이 될 것이다. 확실히 그의 결혼은 그러한 결론을 암시한다. 그러나 그가 내면적으로 흔들리고 있었고, 작가로서의 진정한 목소리도 아직 찾지 못했으며, 정체성 위기에 시달리고 있었다는 것도 사실이다. 이 관계가 자기를 완전히 지치게 한 훨씬 후까지 여기에 매달려 있었다는 것은 밀러다운 행동이었다. 그는 무기력감 때문에 베아트리스와의 결혼 생활을 계속했었다. 반면에 준은 그에게 자극을 주는 존재였으며, 그녀가 끼치는 고통은 그가 살아 있다는 것을 아는 한 가지 방법이었다. 종국에는 그는 자신이 견딘 고통이 "경이로운 상처"였으며 그 아픔을 달래면서 거기서 자신의 작가로서의 영감의 생혈^{生血}을 발견하게 됨을 알게 된다.

뉴욕으로 출발하기 전날 밤, 그들은 축하하기 위해 자드키네와 함께 댄스홀에 갔다. 준이 자드키네의 연인이었음을 의심해 왔던 밀러는 멋진 블론드와 시시덕거렸다. 술이 취하고 욕망을 느낀 상태로 그는 화장실에 갔고 그곳에서 그녀를 만났다. 그녀도 그와 마찬가지로 몹시 취해 몇 분간 화장실에서 서로 애무하다가 그곳에서 바로 일을 치룰 준비가 되었다. 그들이 너무 취했는지 또는 그럴 생각이 충분히 없었는지, 그 행위를 끝낼 수 없게 되자, 그들은 화장실에서 왈츠를 추기 시작했다. 유쾌하게 행복하여 밀러는 통제를 잃어버리고 그녀의 야회복에 사정을 해, 지울 수 없는 얼룩을 남겼다. 화가 나서 여자는 가 버렸다. 그러나 밀러는 그 순간의 억제할 수 없는 해방의 느낌을 잊어버릴 수가 없었다. 이 사정 사건은 그 무책임성과 즉흥성 때문에 그에게 호소력을 지녔으며, 그는 이 장면을 거의 그대로 『북회귀선』에 사용해 이소설의 광대 짓을 시작했다. 이것은 어떤 의미에서 피츠제럴드가 미국에서 느꼈던 제한으로부터 풀려나와 파리와 리비에라^{Riviera}에서 경험한 예술적 현

기증에 연결될 수가 있다. 이 사건의 완전한 상스러움에 대한 밀러의 기쁨은 그다운 것이며 그의 예술에 활기를 불어넣기 위해 그런 순간들을 이용했다.

준과 헨리는 1929년 1월 뉴욕으로 돌아와, 진이 그들보다 먼저 돌아왔으며 다시 투옥되었고 자살했음을 알게 되었다. 헨리의 첫 번째 아내 베아트리스는 돈이 있는 훨씬 나이 든 남자와 결혼을 했다. 그래서 과거의 중요한 요소들이 정착되고 질서 잡힌 듯이 보였다. 그가 유럽으로 떠나기 전에 생각했던 준에 대한 소설을 다음 해에 시작했을 때 과거는 밀러의 중심적 관심사였다. 그 책에 대한 생각은 절망과 상실의 홍수 속에서 떠올랐으며 글을 쓰는 것은 이러한 감정들을 해소하는 방법으로 보였다. 그러나 이제 준은 그의 옆에 있으면서 그에게 자신을 칭송하고 신격화하는 책을 쓰라고 부추기고 있었다.

밀러는 자기가 자신보다는 준을 즐겁게 하기 위해서 글을 쓰고 있었으며 이제 그녀가 자신의 글을 통해서 그를 통제하려 한다는 것을 알고 있었다. 그녀의 추종자들 중 한 사람은 허스트^{Hearst}의 한 신문의 편집자였는데 그녀에게 매일 도시에 대한 1,500단어짜리 컬럼을 쓰는 대가로 돈을 주었고, 준이 정식 기자직을 얻도록 밀러는 그것을 대신 써 주었다. 컬럼을 쓰기 위해서 밀러는 도시의 느낌을 다시 얻기 위해 브루클린과 맨해튼의 거리를 몇 시간씩 돌아다녔다. 보통 그는 돈이 없었다. 그래서 그는 이미 시작된 경제 불황의 궁핍한 수백 명의 희생자들과 함께 때때로 구걸을 하기 시작했다.

그의 주요 관심사는 그가 토니 브링^{Tony Bring}이라고 이름 붙인 인물이 밀러 자신을 대표하게 될 준에 대한 이야기였다. 준은 항상 그가 쓰는 모든 것에 대단한 관심과 찬탄과 지원을 표명했었다. 그러나 이제 그녀는 주석과 설명으로 가득 차 있었다. 밀러가 종이 위에 옮기려고 하는 그녀의 과거의 신비들을 설명하려는 욕망으로 가득 차 있었으며, 그녀가 나타나는 모양에 특히 관심이 있었다. 밀러는 그녀가 단지 옛 거짓말을 새로운 속임수로 수놓고 있었으며 그가 쓰고 있는 이야기, 그녀가 자신의 처방에 따라 다시 쓰도록 만들고 있는 이야기는 날조임을 확신했다. 1929년의 추수감사절에 이르러서는 토니 브링 원고는 400쪽이 넘게 되었는데 준이 삭제한 주석과 자료는 그 두 배는 되었다. 토니 브링은 준의 수정에 의해서 그 중요성이 너무 경감되어 이제 그는 단순히 화자, 준의 행동의 대변인에 불과했고, 밀러는 그 결과에 부끄러움을 느꼈다. 그가 기억하는 어떤 진실로부터도 이것은 너무나 거리가 있었기 때문이었다.

준은 "아빠"에게 자기가 작가가 아니라고 고백했으며 그녀가 그에게 보여준 모든 것을 헨리가 썼다고 고백했다. "아빠"는 놀라거나 걱정을 하지 않았다. 그가 원하는 것은 준이었지 그녀의 예술이 아니었다. 그는 헨리가 유럽으로 돌아가서 준에 대한 소설을 끝낼 수 있도록 증기선의 표를 제공하기로 동의했는데, 헨리가 없으면 그가 방해받지 않고 준을 만날 수 있으리라는 희망을 가졌다.

낙담하고, 준의 정교한 조작에 의해 무감각해지고, 뉴욕에서 준과의 미래의 살길을 상상할 수 없는 상태에서 그는 동의를 했다. 그는 자신을 한 여자에 의해 조작되는 복화술사의 인형일 뿐이라고 생각했다. 이 여자를 그는 『남회귀선』에서 자궁 속에 아세틸렌 횃불을 가진 미트라교[3]의 Mythraic 황소로 가시화했다. 그는 준이 자기와 결혼해 있는 7년 동안 그가 아는 것만으로도 마흔두 명의 남자와 열여섯 명의 여자 연인들을 받아들였다고 계산했다.

---

3) 고대 페르시아의 종교.

그가 대는 연인의 수는 흥미롭다. 이것이 밀러가 아는 것이었다면, 그리고 밀러가 주장하는 것처럼 준이 그렇게 속임수를 잘 쓴다면 얼마나 더 많은 연인들이 실제로 존재했던 것일까? 물론 이 계산은 신화 창조자, 즉 실제가 제공하는 것보다 더 강력한 그림을 만들기 위해 현실을 왜곡하고 과장하는 작가로서의 밀러의 명성에 의해 복잡해진다.

성별 간의 동등함은 침실에서 시작될 수 있다. 거의 매 장에서 새로운 여성을 유혹하는 『회귀선』 소설들의 뽐내는 남자 인물은 준의 성적인 배신을 밀러에 상응하는 소설적 인물로 옮겨 놓은 것이다. 해방된 여성으로서 준은 프리다가 때때로 불성실했던 것을 확대한다. 이것은 규모의 문제 이상의 것으로서 준은 생계를 위해 혼외정사를 즐기는 직업여성이다. 프리다는 쾌락의 아마추어일 따름이다. 그러나 불성실의 행위는 두 여성에게 모두 부가적인 힘, 이전에는 남성과 연관되었던 자유를 준다.

준의 연인들의 문제는 전기傳記의 실험 케이스이기도 하다. 밀러의 관점은 그가 준과 에밀 슈넬록 같은 친구들에게 쓴 수천 장의 편지에 표현이 되어 있다. 편지들은 그러나 그 저자들보다 훨씬 더 객관적이고 진실하게 보일 수 있다. 그리고 밀러의 편지들은 그의 소설들만큼이나 지어낸 이야기들을 포함하고 있다. 이들은 그 자신을 정당화하기 위해서 존재한다. 아마도 이것이 밀러가 피츠제럴드와 마찬가지로 전기가 불가능하다고 느낀 이유였을 것이다.

밀러가 떠나기 전에 슈넬록은 목탄으로 그를 스케치했는데, 이미 머리가 거의 다 빠졌기 때문에 이마는 두드러져 보이고, 초록빛 눈은 둥근 뿔테 안경 뒤에 숨겨져 있으며, 얼굴은 딴 곳을 향해 있고, 아랫입술은 특히 두툼하고 거의 뿌루퉁하고 있는 것처럼 보이며, 오므린 입의 민감함을 강조해 놓았다. 이것은 상처받은, 수심에 잠긴, 생각이 누그러진 사람이 걱정스럽게 옆을 바라보고 있는 초상화이다.

　밀러는 2월에 유럽을 향해 항해를 시작했다. 그가 옷과 원고와 휘트먼의 『풀잎 Leaves of Grass』 이외에 가진 것이라곤 에밀에게 빌린 10달러짜리 지폐 한 장뿐이었다.

부러진 가지

"미시시피 강으로 떨어지는 나뭇가지처럼 고요하고도 자연스럽게, 나는 미국의 삶의 물줄기에서 떨어져 나왔다"고 그는 『검은 봄 Black Spring』에서 반추했다. 이 논평은 과거를 돌아보며 한 것이다. 파리에 도착해서 한 달에 20달러짜리 다락방을 찾아냈을 때, 그는 자기 생애의 분계선을 넘었다는 사실을 알지 못했다. 그와 준을 갈라놓은 바다가 둘의 관계에 불안한 휴전 상태, 즉 그들이 매일매일 벌이는 사적인 전쟁에 일시적 정지를 가져왔다. 그녀로부터 자유로워진 것은 아니었지만, 그녀의 존재로부터 자유로워져서 그는 결혼을 파기하려는 의식적인 의도 없이 그녀로부터의 해방을 경험했는데 그것이 그의 글쓰기에 있어서 전환점이 되었다.

　파리에서 그는 준에 대한 소설을 개고하고 윤문하려고 했으나 그 원고는 그 당시에 그의 관심을 끌 수 없었다. 대신에 그는 파리를 일인칭으로 묘사하려고 결정했다. 이것이 거기에서 그의 존재를 정당화시킬 것이고 자기가 그 도시에 대해서 배울 수 있는 모든 것을 배우도록 동기를 부여할 것이었다.

　아직도 준을 갈망하면서도 그녀로부터 자유로워져서 그는 파리를 자신의 연인, 그의 풍부한 헌신의 대상으로 만들었다. 밀러에게 있어서 파리의 세계적인 거리들은 역사와 로맨스를 노래했다. 그는 자신이 그 도시의 쾌락, 행복, 그리고 생기에 대한 적성이라고 느낀 것에 반응했다. 프랑스어 실력이 늘면서 그는 프랑스어의 유혹적인 감미로움, 그 율동적인 운율의 음률과 반향을 듣기 시작했다. 그는 그것이 정체불명의 아름다움이 그를 숨 가쁘게 하고 거의 눈물 나도록 만드는 도시의 리듬의 일부였다고 고백했다. 그가 준과 특히 에밀(그는 밀러의 다른 친구들 중에서 선별된 청중을 형성해 그것을 돌려 보도록 지시받았다)에게 보낸 편지가 그의 탐험 기록이 될 것이었다. 문학적인 파리에 대한 책과 프란시스 카르코Francis Carco의 『보헤미아Bohemia』를 이용해 그는 일련의 긴 산책 계획을 세웠다. 그것은 브루클린과 맨해튼을 관찰하도록 스스로를 훈련시킨 방법이었는데, 그는 발로 걸으면서 머릿속으로 작문을 했고 노트를 하기 위해서만 멈췄다.

그의 눈은 일상성 위에 고정되어 있었다. 마레Marais의 생탄투안느St. Antoine 거리에서 껍질 벗긴 오렌지, 가죽 벗긴 토끼, 나무신발과 시골 버섯을 파는 수레 노점상들, 어디든지 있는 꽃 판매대들과 작은 화랑들, 거대한 시체와 함께 있는 말 도살꾼들, 순찰 중에 담배를 피거나 바에서 술 한 잔을 놓고 대화를 할 수 있는 경찰관, 부은 얼굴과 수프 그릇 속의 커다란 양파처럼 헤엄치는 눈을 가진 창녀, 피부가 너무 섬세해 지방을 걷어 낸 우유처럼 푸르게 보이는 또 다른 창녀, 그리고 거리에 있는 벨라스케스의 난쟁이들과 샤갈의 징징거리는 바보들. 그리고 이 모든 것들을 오래된 건물들의 회색빛 담에서 나온 듯이 보이는 부드럽고 농익은 불빛이 비치고 있었다.

그는 각 구역의 특징으로 자신을 가득 채웠다. 오래된 은처럼 "소독되고, 부식되고, 광을 낸" 샹젤리제의 활발한 우아함, 부추와 치즈와 생선의 향기가 나는 레 알르Les Halles에 있는 야채 시장의 노동계급 색채들, 이탈리아 광장 부근의 오색으로 물들인 얼굴에 이글거리는 눈을 가진 이탈리아 처녀들. 꼬인 내장같이 파리를 관통하여 흐르는, 그림 같은 배경 속의 더러운 강, 세느 강이 있었는데, 그는 이것을 하수도에 쭈그리고 앉아 오줌을 누는 늙은 여자에 비교했다.

오래지 않아 그는 돈이 떨어졌으며 임대한 방에 머무를 수가 없게 되었다. 그는 아직도 준에게서 오는 송금액에 의존하고 있었으나 그녀로부터 아무런 소식을 듣지 못했으며 그녀가 어디에 살고 있는지조차 확실치 않아 그녀가 일하고 있는 클럽 귀중으로 편지를 썼다. 그는 곧 운과 매력과 담력으로 생계를 유지하는 법을 배웠다. 그는 하룻밤을 러시아 이민자 가족과 함께 보냈는데, 그들의 비참함에 경악했다. 그는 외국에서 아무런 방책이 없는 것이 어떤 느낌인지를 기억했으며 이 사건을 나중에 『북회귀선』에서 사용했다. 밀러의 군거 본능은 생존 수단 이상의 것이었다. 그것은 사회 조사의 한 형태, 즉 그가 글쓰기에서 사용할 자료를 모으는 방법이었다.

그가 한 가지 능력을 가졌다면 그것은 자신의 경험, 흥미, 기억에 대해 이야기하는 능력, 대단한 열광을 가지고 까불거리는 문장으로 상세히 설명하는 것이었다. 말하고, 말하고, 또 말하는 것을 즐기는 면에서 그는 지칠 줄 모르는 대화가였던 D. H. 로렌스와 같았다. 그가 친구 에밀 슈넬록에게 말했듯이 다른 사람들은 그를 모험에 휩쓸려 들어가고 그것을 기꺼이 고백하는 낭만적 인물로 보았다. 그를 만난 사람들은 종종 그와 교제함으로써 미지의 예술가—그들이 상상할 수는 있으나 개인적으로 견딜 수는 없는 희생을 하는 사람—를 상징하는 사람과의 접촉에서 어쩐지 풍요로워진다고 느꼈다.

따라서 그가 주변에 있으면 인생이 덜 관습적이고 지루하게 보였기 때문에 단지 그의 활기와 대화에 대한 보상으로 파리에서 밀러는 종종 먹여 주고 재워 줄 사람들을 찾을 수 있었다. 그들 가운데 진 크론스키가 3년 전 파리에서 준과 말다툼을 한 후에 같이 도망갔던 오스트리아 작가인 알프레드 페를레가 있었다. 밀러는 돔므^{Dôme}에서 술값도 없이 술을 마시고 있었는데, 이때 페를레를 만나서 자기가 마신 술값을 치를 수가 없다고 고백할 용기를 짜내려고 했다. 대신에 그는 미국, 그가 견뎌야 했던 가난, 아버지의 양복점, 같이 잔 여자들, 웨스턴 유니온에서의 직무, 좋아하는 읽을거리에 대해서 긴 독백을 했다. 그는 즉각 소설가 지망생으로서 불법적 정신분석과 같은 은밀한 음모의 분위기를 풍기는 페를레와 유대감을 느꼈다고 생각했다.

페를레는 관대하게 밀러를 자기 호텔방에 들여놓았고 돈을 빌려 줬으며 밀러와 거의 이름이 같은 편집인, 즉 앙리 뮬러^{Henri Müller}에게 그를 소개했는데, 그는 밀러에게 몰로크^{Moloch}에 대해 쓴 원고를 베를린에 있는 출판업자에게 제출하라고 충고했으며 앞으로는 덜 사실적으로 쓰라고 주의를 주었다. 이것은 유력한 충고로서 밀러로 하여금 약 5년 전에 다다이스트^{Dadaist}들을 계승한 후 파리에서 하나의 세력으로 존재해 온 초현실주의자들 가운데서 실물 교육을 추구하도록 고무했다. 애매하고 때로는 모순적인 메시지의 가능성을 강조하면서, 초현실주의자들은 애매성, 비이성성과 자유 연상을 그 자체로서 목적으로 삼았으며 밀러에게 사실주의적 묘사를 덜 강조하는 여러 가지 방법을 제시해 주었다.

파리의 미국 신문인 〈헤럴드 트리뷴〉에서 교정 일을 보고 때로 기사를 쓰면서 생활비를 벌고 있던 페를레는 기꺼이 돕고자 했다. 그러나 그 자신 밀러를 먹여 살릴 만큼 벌이가 많지 않았고, 밀러는 변두리에서 사는 방법을 배우고 있었는데, 싸게 살아남는 방법으로 그는 하루 세 끼를 오트밀만 먹고 있었다. 밀러는 자기 옷을 몇 벌 팔았는데, 아버지가 만들어 준 정교하게 재단된 양복들이었고, 결혼반지도 전당 잡혔다. 돔므에서 그는 웨스턴 유니온에서 일할 때 알았던 인도인 진주 거래상을 만나서 그의 셋집으로 들어갔고, 더러워진 카펫을 쓸고 접시를 닦는 대가로 한 구석을 차지하고 그곳 마룻바닥에서 잤다. 그는 거의 글쓰기를 멈추었으며, 그가 진짜로 하는 일은 준에게서 올 소식과 돈을 기대하면서 아메리칸 익스프레스를 드나드는 것이었다. 돈을 약속하는 전보들이 왔으며, 실제로 소액이 오기도 했으나, 편지는 없어서 밀러로 하여금 걱정하면서 그녀의 간통을 상상하도록 했다.

1930년 9월 말 갑자기, 그는 준에게서 자신이 곧 도착할 거라 알리는 편지를 받았다. 그녀가 한 달 후에 나타났을 때, 지닌 돈이 별로 없어 그들은 재원을 아껴 가며 한 달을 비참한 호텔방들을 전전하며 지냈다. 아이러니칼하게도 준은 자기가 영화배우로서의 경력을 시작하기 위해 파리에 왔다고 믿었다. 밀러가 이 분야의 새로운 연줄에 대해 말한 것은 사실이었고, 이것이 그녀의 환상을 부추겼다. 밀러의 생활의 곤궁함은 그러한 생각과는 극히 대조적이어서 그들은 많은 시간을 다투며 지냈다. 그들은 일곱 달 동안 떨어져 있었는데, 그 기간 동안 밀러는 준을 갈망하면서 지냈지만 그녀에 대한 집착으로부터는 이미 거리를 두고 있었다. 그녀의 파리에 대한 비판이 그로 하여금 뉴욕을 공격하도록 도발했다. 그리고 그녀가 미국으로 돌아가려고 떠났을 때, 그는 자기가 이제 혼자가 될 것이라는 것을 알았다.

밀러는 자신의 생존의 조건에 대해 염려했고 자신이 준에게 의존했을 때도 배고픈 날들이 많았다는 것을 기억했다. 서른아홉 살의 그는 정규적인 일자리가 없었으며 고용을 기대할 수도 없었고, 게다가 그는 자기가 할 일이 파리를 묘사하려는 계획과 준에 대한 원고—이제는 그가 『미친 수탉^{Crazy Cock}』이라고 부르며 개고하고 있는—라고 생각했다. 잃을 것이 아무것도 없으며,

"모든 것을 놓아 버리라"는 초현실주의의 명령, 즉 자기표현을 위해서는 모든 것을—가치, 친구, 가족까지도—버려야 한다는 생각으로 무장을 하고 밀러는 자신의 운명을 믿었다. "항상 즐겁고 밝게"가 그의 모토였으며, 그의 상황이 아무리 절망적이어도 타고난 즐거움과 쾌활함에 계속 의존했다.

밀러와 만나서 그의 이야기를 듣고 그에게 밥을 먹여 주고, 돈을 주고 스튜디오 바닥에서 자도록 해 준 미국 화가들이 몇몇 있었다. 헝가리인 사진사인 브라세^{Brassai}는 그에게 에로틱한 포즈를 취하게 하고 그 사진을 관광객들에게 팔았다. 그는 밀러에게 밥을 사 주고 창녀들이 줄지어 돌아다니며 가장 변태적인 요구에 응하는 지역인 피갈^{Pigalle}로 데리고 가곤 했다. 식사와 푼돈을 얻을 수 있는 또 다른 원천은 웜블리 볼드^{Wambly Bald}였는데, 그는 〈트리뷴〉지에 파리의 보헤미안 생활에 대한 가십 컬럼을 썼고 정보나 밀러가 쓴 컬럼에 대해서 돈을 지불했다.

화가 친구들 중 하나를 통해서 밀러는 예일 대학교 법대를 졸업했고 어느 미국 은행의 파리 지점의 법률 문제를 담당하는 리처드 오스본^{Richard Osborn}을 만났다. 목소리가 크고 쾌활한 오스본은 작가가 되기를 원했으며 그가 재료를 찾는 동안 파리에 살면서 즐기는 길을 택했다. 대부분이 프랑스인인 일군의 여성 친구들이 그를 찾아오곤 했지만 오스본은 미국인과의 교제를 원했으며, 밀러에게 그의 넉넉한 숙소를 같이 쓰자고 청했다. 오스본은 저녁까지 은행에 있었고 일을 마친 후에는 종종 외출을 했으므로, 갑자기 밀러는 일을 할 수 있는 편안한 장소를 가지게 되었다. 관대하게, 그는 아침마다 밀러의 타이프라이터 근처에 약간의 용돈을 남겼고 밀러가 개고하거나 완성한 『미친 수탉』의 부분들에 대해서 기꺼이 듣고자 했다. 그는 밀러의 문체가 구식이라고 불평하긴 했으나, 흥미를 가졌고 고무적이었다. 그는 밀러가 일인칭 파리 소묘에서 하고 있는 작업을 더 좋아했는데, 거기에서는 후에 『회귀선』 소설들을 지배하게 될 새로운 외적 인격, 비정상적인 부적응자, 어릿광대, 순교자, 괴물이 서서히 부상하고 있었다.

수년 후에, 밀러는 비평가들이 이 외적 인격이 헨리 밀러의 있는 그대로의 복제가 아니라는 사실을 믿기를 거부했을 때 분노를 나타냈다. 실로 그것은 밀러가 갈망하는 남성성과 방종의 꾸며 낸 과장이자, 투영이며, 환상적 판본이었다. 밀러는 『회귀선』 소설들의 부랑아 주인공보다 훨씬 덜 호전적이며 덜 대담했다. 그는 창녀와 함께 있게 되면 신중하게 피임 용구를 사용했다. 그는 항상 아버지가 만들어 준 양복 중에서 팔거나 전당 잡히지 않은 양복을 깔끔하게 입었다. 보통 그의 음식에 대한 취향은 수도사처럼 단순했는데, 그가 치질로 고생하고 있었기 때문이었다. 그는 언젠가 그들에게 돈을 달라고 해야 할지도 모른다는 것을 알았기 때문에 다른 사람들을 배려했다. 그의 살림 솜씨에는 까다로운 질서감이 반영되어 있었고, 오스본 같은 사람들이 그의 존재 가치를 인정한 이유 중의 하나는 이것이었다. 깔끔하고 깨끗한 그는 모든 것이 확실하게 제자리를 잡도록 하여, 노만 메일러는 그를 일종의 네덜란드인 하우스보이라고 논평했다. 개인적 혼돈과 성적 과잉처럼 그가 자신의 특징으로 주장하는 보헤미안적 무질서는 실제 삶에서 나온 것이라기보다는 상상된 것이었다. 혼돈과 개인적 무질서에 특별한 천재성을 지닌 것은 준이었다.

일면 초현실주의자이며, 일면 무정부주의자인 밀러가 만들어 내고 있는 이 새로운 외적 인격은 어느 정도는 페를레에게서 기인한 것이었는데, 그는 밀러에게 망명객의 강인한 무책임성을 가지고 변두리에서 어떻게 존재할 것인가를 보여 주었다. 페를레는 또한 1931년 초에 일요판 〈트리뷴〉지에 서커스와 6일간의 자전거 경주에 관한 특집 기사를 쓰도록 주선해 주었다. 오스본의 아파트에 편안하게 자리를 잡고서 밀러는 그의 파리 노트를 재구성하기 시작했고, 몇몇 섹션을 여러 고용 작가들의 이름을 빌려 특집으로 〈트리뷴〉에 실었다. 그는 먹고살기 위해 또 다른 작은 글쓰기 일거리들을 찾았다—미국인들을 상대하는 새로 개업한 유곽을 선전하는 광고, 그가 만난 은퇴한 모피상의 이름으로 여러 유대인 신문에 발표한 파리의 유대인들에 대한 기사들 등등. 오스본이 전차한 숙소를 두 달 간 내놓을 수밖에 없었을 때, 그는 정신지체에 관한 논문을 쓰는 것을 도와주고 있었던 소르본느의 심리학 대학원생의 숙소로 들어갔다.

그는 에밀 슈넬록에게 소재, 즉 전화박스 안이나 지하철이나 잠잘 때나 변소에 있을 때 그에게 떠오른 생각들이 넘쳐 난다고 썼다. 그는 파리 노트를 배열하기 위해 커다란 벽걸이 배치도와 복잡한 도표를 만들었는데, 그는 이 노트가 그의 다른 세 개의 원고, 즉 『잘려진 날개들』, 『몰로크』 혹은 『미친 수탉』에 들어 있는 어떤 것보다도 자료로서 재미있다는 것을 알았다. 또한 그는 D. H. 로렌스를 읽고 있었으며 로렌스가 자신의 정통적 형식의 경계선에 의해 제한을 받았다고 느꼈다. 그는 에밀 슈넬록에게 자신의 초기 작품이 너무나도 계획되어 있고 너무나도 꼼꼼하게 구조화되어 있어서 폐쇄공포증적으로 "비좁고, 갇혀 있고, 숨 막히는" 느낌을 받기 때문에 자신을 만족시키지 못한다고 말했다. 그는 무엇보다도 작가로서 폭발하고, 모든 형식적 특성들을 버리기를 원했으며, 그러한 가능성이 파리 자료의 어디엔가 있다고 느꼈다. 그는 자신의 고유한 목소리를 발견하도록 도움이 되는 충고를 하게 될 사람을 곧 만나게 된다.

밀러가 알게 된 월터 로웬펠즈Walter Lowenfels는 서구 문명이 죽음과 같은 잠에 빠져 있다고 믿었던 D. H. 로렌스의 죽음(1930년)에 관해 긴 애가를 쓰고 있었는데, 밀러를 그의 죽음의 철학에 있어서의 스승에게 소개했다. 왜소하고 창백한 러시아계 유대인으로 파리로 은퇴하기에 충분한 돈을 가지고 뉴욕을 떠난 마이클 프랭클Michael Fraenkel은 로웬펠즈의 시집 중 하나를 출판했다. 똑똑 끊는 말소리와 송곳처럼 찌르는 언어를 구사하는 그는 밀러가 전에 만나본 적이 없는 진정한 지성인으로서 밀러를 매혹시켰다. 밀러는 프랭클과 로웬펠즈가 그들의 죽음 이론들의 함의를 밀러가 일종의 고급 수학에 비교한 언어―"괴상하고, 유령 같으며, 송장 먹는 귀신같이 추상적인"―로 논의하는 것을 정신없이 들으면서 많은 시간을 보냈다. 프랭클은 타고난 언어의 형이상학자로서 의미의 모든 뉘앙스를, 밀러가 그 가치를 인정한, 가차 없이 철저한 의문을 가지고 파고들었다. 밀러는 곧 프랭클의 이상적인 관중이 되었으며 후에는 철학적 추구에서 그의 동반자가 되었다. 처음에 그는 여러 시간 동안 프랭클과 로웬펠즈가 그들의 죽음 이론의 함의를 논의하는 것을 들었다. 프랭클을 통하여 밀러는 니체적인 지적 허무주의에 노출되었는데, 이것은 그가 이전에 가지고 있었던 자아의 죽음에 대해 그를 준비시켰고, 안정의 필요성이나 그가 작가가 될 수 있다는 바로 그 야망조차도 부인했다. 오래지 않아 밀러는 프랭클의 집으로 들어갔고, 밀러가 그 후 두 달 간 프랭클의 말에 열중하는 동안 프랭클이 그의 부양자가 되었다.

그는 특히 프랭클이 『미친 수탉』을 부정적으로 평가하면서 한 말에 영감을 받았는데, 프랭클은 밀러가 말할 때처럼 즉흥적으로, 글을 고쳐 쓰는 일이나 무엇이 문학의 자격이 있는지를 생각하지 않고 글을 써야 한다고 말했다. 갑자기 지나갈 수 없는 장애물이 제거되거나 녹아 없어진 것처럼, 밀러는 그의 최고의 소설에서 그가 사용하게 될 목소리를 찾았다. 그 목소리는 다듬어지지 않고, 광적이며, 자연스럽고, 억제되지 않고, 순수하게, 흉내 낼 수 없이 그 자신을 나타내는 목소리였다. 그는 자기가 쓸 수 있는 것에 대한 전망과 자신의 파리 생활에 흥분을 느꼈는데, 모든 부랑아 예술가들이 느꼈을 "절대적으로 무모하고, 어린애 같고, 무책임하며, 무절조하고, 육신의 생명력과 생기와 원기가 흘러넘치는" 그러한 흥분이었다.

아나이스

밀러는 『북회귀선』을 시작할 준비가 되었으며 이를 위해 자기의 에너지를 많이 비축해야 한다는 것을 알았다. 음식을 구하기 위해 낭비하는 시간을 절약하려고 그는 확실하게 끼니를 챙겨 줄 열네 명의 친구들 목록을 만들고, 그들을 각각 접촉해 편리한 순번을 조직했다. 한 친구가 충분히 열성적이지 않다는 것이 판명되면 대체할 다른 친구를 찾았다.

　페를레가 자기 호텔방에 살게 해 주고 〈트리뷴〉의 증권 거래 페이지의 교정을 하는 밤 일거리를 얻어 줌으로써 다시 밀러를 도와주었다. 그 일은 머리를 쓰지 않아도 되는 편한 일이었고, 밤에 일을 하니 자기 일을 할 자유로운 시간을 가질 수 있었다. 『북회귀선』을 시작하기 전에, 그는 『미친 수탉』을 마지막으로 개고하려는 시도를 했는데, 원고의 절반 정도를 잘라 버리다시피 해서 에드워드 타이터스Edward Titus에게 새 원고를 보였는데, 그는 블랙 매니킨Black Manikin 출판사의 이름으로 책들을 출판하고 있었다. 밀러는 그가 파리 생활의 앨범이라고 부른 것을 시작했는데, 이것은, 로렌스가 40세에 그림을 그리기 시작했을 때 발견한 자유를 기억하면서, 수채화를 간간이 섞은 파리의 노트들로부터 발췌한 그의 인상들의 콜라주였다. 그 또한 40세였다. 그는 아직 깨닫지 못했지만 그가 『북회귀선』을 쓰기 시작했을 때 마침내 이야기를 풀어 가는 방법을 찾았던 것이었다.

그 이야기의 열쇠 중의 하나는 준이었고, 어떻게 그녀가 그의 여성관에 영향을 미쳤는가 하는 것이었다. 1931년에 마치 그의 생각에 답을 하듯 그녀로부터 온 전보가 그녀가 곧 도착한다고 알렸다. 그는 돔므에서 그녀를 보았을 때 충격을 받았다. 겨우 스물여덟 살밖에 안 되었는데도 프랭클이 묘사했듯 "걸어 다니는 죽은 사람" 같았다. 그녀의 하얀 얼굴은 표백을 한 듯 시체같이 보였다. 그녀는 체중이 빠졌으며 마치 정신이 나간 듯이 움직였다. 그녀의 말은 알아들을 수가 없었고 분명치 않았다. 예전의 육감적인 면은 사라졌다. 그녀는 해시시와 코카인과 아편을 사용하고 있었으며, 마르고 소진되고 유령처럼 보였다.

그들이 별거하고 있고 그가 그녀에 대해서 글을 쓰고 있는 한은 그가 통제권을 행사했다. 그녀의 존재와 그녀의 요구가 자기를 화나게 하고 방해한다는 것을 알고서 그는 밤에는 교정을 하고 낮에는 글을 쓰며 친구들과 지정된 식사를 정기적으로 돌아가면서 하는 일상을 유지하려고 노력했다.

오스본과의 그런 식사들 중 하나에서 그는 오스본의 은행 상사인 휴고 가일러^{Hugo Guiler}가 남편인 어떤 젊은 여자가 D. H. 로렌스에 대해서 쓴 수필을 읽었다. 로렌스를 형식적으로 구속한다는 우려를 나타내긴 했지만 밀러는 그 수필이 마음에 들었다.

가일러 부인은 그 수필을 책 분량이 되게 늘렸고 자기에게 블랙 매니킨 출판사가 『비전문적 연구^{An Unprofessional Study}』에 대해 제시한 계약을 논의하려고 오스본을 점심에 초대했었다. 오스본은 일종의 희극적 해소^{comic relief}를 위해 밀러에게 합석해 달라고 청했다. 그는 밀러가 로렌스에 대해 요란하게 떠들어

대는 것이 그날 오후를 활기 있게 만들 것이라고 느꼈으며, 밀러가 항상 좋은 점심의 진가를 안다는 것을 알았다. 가일러 부인은 자신의 처녀 때 이름인 아나이스 닌^{Anaïs Nin}이라는 이름으로 글을 썼다.

닌은 자신과는 반대되는 인물인 로렌스에게 끌렸다. 조롱받는 해방주의자는 감정과 직관, 그리고 이성과 질서와 "문명"을 거부하는 "피의 의식"에 의존했다. 이러한 특징들은 지나치게 보호되어 든든해 보이는 가정생활에 갇혀 있는 여성으로서의 그녀에게 호소력이 있었다. 어떤 의미에서 그녀는 자신의 미래가 택하길 바라는 행로의 지도를 그리기 위해 로렌스에 대한 책을 썼었다.

점심 식사 중간쯤 되어, 그들이 여러 책들에 대하여 토론하고 있을 때 닌은 밀러의 웃음에 압도당했다. 그녀는 인생에 도취된 사람, 대단한 열광의 폭발을 알아보았다. 그녀는 스물일곱 살이었으며, 스무 살 때부터 결혼 생활을 하면서 자기 남편의 은행과 골프 코스, 신탁과 투자에 대한 이야기의 숨막히는 세계 속에 틀어박힌 채 살고 있었다. 그녀는 하인들과 운전기사가 있었고 프랑스인들이 권태—예의범절과 상당량의 돈에 수반되어 오는 종류의 지루함으로써 방랑벽을 창조하는 종류의—라고 부르는 것을 가지고 있었다. 그녀는 남편의 일과 그가 은행에서 보내는 긴 시간을 원망했고 때로는 혐오하기까지 했다. 휴고는 늘쩍지근하고 빈혈증처럼 보였다. 그들의 결혼은 생기가 없어졌다. 그들의 성적인 욕구를 새롭게 하기 위해, 그는 같이 혼음에 참여하거나 다른 사람들이 성교하는 것을 바라보자고 제안했으며, 그들은 그렇게 했다. 그들은 블롱델^{Blondel} 가에 있는 카바레에서 두 여자를 만났는데, 그들은 나중에 이 부부를 위해 뜨거운 혀와 분홍색 음경 모양의 성 기구를 가지고 위층 방에서 공연을 했다.

밀러와 닌은 똑같은 출판사에 첫 책을 제출한 작가들로서의 유대감을 즉각 형성했다. 그는 『북회귀선』의 첫 페이지를 이미 썼으며 자기가 작품의 완전한 리듬을 타고 있음을 아는 예술가가 느끼는 막대한 에너지로 충만해 있었다. 닌은 자신의 로렌스 원고 사본을 주었고 밀러는 그녀에게 『미친 수탉』의 일부를 보냈다. 그녀는 그의 산문의 야수적인 격렬함, 즉 자기 작품의 틀에 박힌 거의 얼음 같이 차가운 철저한 정확성과는 다른 밀러의 문체의 쇄도에 놀랐다.

밀러에게 닌은 와토^{Watteau}의 그림에서 백합을 안고 균형을 취하고 있는 숙녀같이 보였다. 사유적이며 진지한 그녀는 말랐는데, 약한 골격과 끌로 판 듯한 이목구비에 눈에는 베일로 가린 듯한 몽롱한 표정을 지니고 있었으며 동작은 놀랍도록 매끄러웠다. 닌은 그녀만의 독특한 의상을 입곤 했다. 검은 터번, 밑이 퍼진 장밋빛 드레스, 레이스 깃, 가슴을 조이는 끈, 작은 검은 벨벳 웃옷, 산호 목걸이, 터키석 반지. 그녀는 순간순간 수줍은 천진한 소녀에서 유혹적인 세련된 여자로 바뀌었다. 실제로 그녀는 한때 한 화가의 모델인 적이 있었고 자신을 흠모할 누군가를 계속 찾고 있는 듯이 보였다.

밀러가 새로 알게 된 사람을 준에게 묘사하자 준은 곧바로 호기심을 가졌다. 아니, 닌이 언제나 자신이 되려고 환상을 가졌던 작가였으므로 약간 질투까지 느꼈다고 할 수 있겠다. 닌이 파리 교외 루브시엔느^{Louveciennes}에 있는 자기 집에서 자기 남편도 볼 겸 저녁을 같이 보내자고 밀러와 준을 초대하자 준은 기꺼이 받아들였다. 어두운 정원으로부터 청동제 무어식 램프에서 나오는 따스한 분홍색 불빛 속으로 걸어 들어오는 준은 닌에게 악마의 포고와도 같았다. 그녀는 준이 여태까지 자기가 본 여자 중에서 가장 아름다운 여자라고 느꼈다. 그녀는 무한한 심연을 암시하는 준의 눈의 어두움과 그 살결의 인광과 같은 창백함에 매료되었다. 닌은 준에게서 자신의 반영—자세 취하기, 과장, 연극성, 거대한 에고—을 보았는지도 모른다. 그러나 거기서 닌이 이국적이라면 준은 기괴했다.

준은 이제 자신을 능히 악과 잔인함을 갖춘 비잔틴 시대의 팜므 파탈로 보았다. 준은 아직도 진 크론스키가 그녀에게 만들어 준 귀신 같은 자주색 인형 브루가 백작을 가지고 있었다. 그녀는 처음 혼자서 루브시엔느를 방문할 때 그것을 그녀의 힘의 어두운 투영인 양 부적처럼 가지고 왔다. 준은 아나이스에게 그녀의 향수, 스타킹, 장갑, 그리고 보통은 속옷같이 거추장스러운 것은 입지 않았지만 속옷까지도 달라고 했다.

그들은 옷을 입어 볼 때 처음 서로의 몸을 보았다. 그들은 곧 서로를 만지게 되었고, 아나이스는 일기에서 그들의 결합의 부드럽고도 미묘한 침투에 대해서 놀라워했다. 밀러는 그가 후에 『남회귀선』에서 무자비하게 희화화한 디종^{Dijon}에 있는 리세(대학 예비 학교)에 일자리를 얻어 겨울을 나기 위해서 이미 파리를 떠난 터였다. 닌은 준에게 빠졌다. 준은 자기 이야기 속의 인물들, 그렇게도 자기 환상에 사로잡혀 있고, 꿈에 취해 있고, 자기 절멸의 소용돌이 속에 잡혀 있는 그들과 너무도 유사했다. 자기 인생에 대한 끝없는 준의 이야기들, 단편적이고, 뒤죽박죽이고, 모순적이며, 명백한 날조에 의해 연결되어 있는, 극심한 자의식과 부박하지만 거대한 자존심의 산물인 이야기들은 닌을 매혹하기도 했고 불쾌감을 주기도 했다. 밀러와 마찬가지로 닌은 준 속에 있는 원초적인 이야기꾼—조절되지 않은 자기애, 순전한 자아의 과시—에 홀렸고, 두 사람 모두 이런 성격에 겁이 나기도 했다.

충동적으로 준은 자기가 파리를 실컷 맛보았으며, 자기가 프랑스 사람을 싫어하고 뉴욕으로 돌아갈 필요가 있다고 결정했다. 특질상 준은 닌과의 정사를 생계의 수단으로 삼았는데 그녀의 힘과 매력의 일부는 돈을 뜯어내는 능력이었다. 닌은 준이 집으로 가는 여비를 댔다. 밀러는 학교의 끔찍하게 판에 박힌 일에 단련이 되어서 파리로 돌아왔다. 다시 한 번, 친구 페를레가 그에게 도움을 주었다. 페를레는 클리시^{Clichy}에 침실이 둘 있는 셋집을 얻었는데, 값이 싸기 때문에 같이 나누어 쓰면 둘 중 하나만 일을 하더라도 돈을 아껴 생존할 수가 있었다. 3년 동안 하숙방, 수준 이하의 호텔들, 공동 목욕탕, 찬물만 나오는 샤워, 눅눅함, 빈대, 방해되는 소음 등을 겪은 뒤에 밀러는 마침내 글을 쓸 수 있는 자신의 공간을 가지게 되었다.

그는 『북회귀선』 작업을 하고 있었으며, 그중 일부를 준에게 보여 주었는데, 그녀는 자신을 그린 솔직한 방법을 좋아하지 않았다. 그는 또한 자기가 쓴 것의 일부를 닌에게도 주었는데, 그녀는 그녀 나름대로 자신이 쓰고 있던 이야기들의 일부를 그에게 읽어 주었다. 그들은 루브시엔느에 있는 그녀의 스튜디오에서 만나서 그들 상호간의 문학적 노력들에 대해 토론했다. 방은 따뜻하고 마음을 끌었다—광택을 낸 마호가니 패널, 채색 유리창, 상감세공을 한 탁자들, 달아오른 등롱, 타오르는 향. 그들은 비단 쿠션이 있는 비단 소파에 앉았다. 밀러는 닌의 머리의 윤기에 찬탄하며, 끓는 듯한 눈을 물끄러미 바라보며 그녀의 달걀형 얼굴을 들여다보았다.

닌의 집은 마담 듀바리^{DuBarry}의 이전 사유지의 일부였으며 닌은 자신이 투사하고자 하는 이국적 이미지의 연장으로 그것을 장식했다. 점성술 지도로 덮인 황도와 복숭아 빛 벽, 곳곳에 깃들어 있는 재스민 향, 그녀가 나무뿌리와 사과나무를 태우는 열린 벽난로, 조각 세공을 한 검은색의 나무 책장, 쪽빛 등들, 신기한 돌들과 수정 수집물들. 그녀는 준에 대한 자신의 일기 기록을 그에게 보여 주었고 준을 자기 이야기 중 하나인 「알론느^{Alraune}」의 소재로 만드는 것에 대해 이야기했다. 그들은 도스토예프스키, 프루스트[Proust], 지드[Gide], 그리고 프랑스 매춘부들과 미국 여자들에 대해 논했다. 그는 자신의 수채화를 보여 주었고, 그녀는 자기의 꿈을 묘사했는데 터널을 통과해 기어 가는 특별히 암시적인 꿈도 포함되어 있었다.

닌은 자신이 열한 살이었을 때 아버지가 떠나 버린 것으로 그녀가 해석한 사건을 이해하기 위해서 수년간 정신분석에 시간을 보내고 있었다. 이기적이면서도 엄한 스페인 출신 피아니스트이자 작곡가인 호아킨 닌[Joakin Nin]은 오페라 가수인 닌의 어머니와 쿠바에서 결혼했다. 유럽과 쿠바에서 양육된 닌은 부모의 결혼이 깨진 이후에 어머니와 함께 뉴욕으로 이주했으며, 그녀는 아버지에게 영어로 일기를 쓰기 시작했다. 그녀는 남자의 불성실에 대해 고질적인 의심을 가지게 되었다. 휴고에게서 그녀는 안정과 배려와 안전을 대표하는 아버지의 대리인을 만났다. 그녀는 자신이 휴고와 같이 소심하고, 점잖으며, 지나치게 세련된 남자에게만 끌렸었다는 것을 깨달았다. 그녀의 남편은 준을 혐오했지만 헨리는 참아 주었다. 휴고는 조용하고 위엄이 있었으며 약간 거만하기까지 했다. 헨리는 다음 와인 잔을 기다리는 축하자였다. 밀러는 민감한 만큼 거친 면도 있었으며, 닌은 그가 사나운 관능을 발휘할 수 있음을 두려워했다.

처음에 그들은 문학적인 평면에서 관계를 맺었다. 그는 그녀에게 추상성에 대해 경고했으나 그녀의 산문의 모호함에 매혹당했다. 그녀에게는 뭔가 유순하고 유연하고 민감한 부분이 있어 이것이 그녀의 글에 반영되어 있었는데 그는 가장 민첩하고도 섬세한 논평을 해 주었다. 그녀의 일기는 그를 매혹했다. 편지에서 그는 그녀의 환각적인 마술적 산문의 불멸의 구절들이 일기에 담겨 있으며, 그것이 자신의 실제 경험이 소설의 소재로 사용될 수 있다는 그의 믿음을 확인해 주었다고 말했다. 그의 말은 터무니없고 웅변적이며, 고양되어 있고 그의 상상력은 그녀를 끌어들일 만큼 강력했다. 그로 말할 것 같으면 자신과 정반대인 그녀, 준의 약탈적인 맹금 같은 성격을 뺀 이국적 관능성을 가진 여자에게 끌렸다. 그는 그녀의 유럽식 악센트에 매력을 느꼈으며, 고양이와 같은 그녀의 몸놀림에 흥분했고 그녀가 준과 관계를 가졌었기 때문에 이해할 수 없이 끌렸다.

밀러가 그녀에게 사랑의 고백을 보내자 그녀는 그의 방을 찾아옴으로써 이에 응답했다. 그녀의 눈에 제일 먼저 띈 것은 벽난로 선반 위에 있는 준의 사진이었는데, 이것은 꿰뚫는 듯한 힘을 가지고 있었다. 쇠침대 위에 펴 놓은 거친 담요 위에서 낡은 외투를 덮고서 그들은 같이 절정에 도달했다. 그녀는 그의 부드러움과 침투의 신중함과 매초를 음미하면서 그녀 속을 천천히 들락날락하는 방식에 놀랐다. 그녀는 그가 사랑을 하는 방식의 쉼과 뒤틀림들을 따뜻한 피 속에 가라앉는 경험에 비교했다.

휴고는 은행 일로 여행을 떠났고 연인들은 루브시엔느에서 만났다. 휴고가 돌아오자 그들은 호텔방을 찾거나 작은 창이 하나밖에 없는 헨리의 방을 사용했다. 헨리는 그녀에게 다리로 그를 감싸라고 가르쳐 주었고, 자기를 깨물라고 부추겼으며, 자기 위에 눕게 하고, 그녀가 꿈에서나 상상했던 체위를 취하게 했다. 그는 쾌락으로 그녀의 뼈가 우지끈거리고 영혼이 신음 소리를 내게 했다고 그녀는 일기에 털어놓았다. 그녀는 일생의 위대한 열정에 사로잡혀 있었으나—그들은 그것을 수백 통의 편지에서 표현하고 있었다—그녀는 자기가 헨리와 자기 남편 중에 선택을 해야 한다면 휴고를 택할 것을 아직도 알고 있었다. 이러한 선택이야말로 닌 자신의 낭만적 성향의 실용주의적 자질이었다. 휴고는 안전을 의미했다. 그녀에게 아이들로 짐을 지우는 대신 그는 그녀의 후원자이자 편하게 해 주는 사람이었다. 헨리가 훨씬 더 불안정한 것은 명백했다.

『북회귀선』

1932년 늦은 봄 닌은 헨리가 그녀에게 아름답지 않다고 말하는 것을 듣고 놀랐다. 그는 그녀에게 자기 창녀들에게는 연애편지를 쓰거나 구애를 할 필요가 없다고 불평했다. 이것이 전환점으로 보였다. 그러나 그녀는 헨리와 함께 지낸 것이 그녀를 변화시켰음을 깨달았다. 그것은 휴고의 한계점을 노출시켰다. 그녀는 휴고와 오누이처럼 침대에 누워서 그녀의 붉은색 일기에 헨리에 관해서 썼다. 그녀는 헨리가 자신을 해방시켰음을 알았다. 그녀는 자기를 13년 동안 따라다니던 사촌 에두아르도 산체즈^{Edouardo Sanchez}와 호텔에 가서 자신을 그에게 주었다. 그것은 차이를 측정하고 자신의 성적 매력을 확인하는 방법이었다. 에두아르도는 그녀를 정신분석가인 르네 알렌디^{René Allendy} 박사에게 소개했는데, 그녀는 그를 정기적으로 방문하기 시작했다. 그녀가 알렌디와 희롱을 하고 헨리, 그다음엔 에두아르도와 섹스를 한 날들도 있었다. 1932년 여름까지 헨리는 아직도 준에게 연애편지를 쓰고 있고 그것을 아나이스에게 보여 주기도 했지만, 결혼에 대한 환상을 가지고 있었다. 그녀는 그녀대로 그에게 준에 대한 이야기를 보여 주었다. 그녀는 또한 그가 『북회귀선』을 완성할 수 있도록 돈을 주기 시작했다.

이 책은 전의 어떤 글과도 다르게 그에게 영감을 주었다. 그것은 그를 사로잡았고 닌이 자신에게 마술적으로 전달된다고 느낀 에너지로 그를 채웠다. 한편 그녀의 일기는 그에게 누구나 사과할 필요 없이 고백적이고 자전적이 될 수 있음을 가르쳐 줬다. 수년 후에 『우주적 눈 The Cosmological Eye』이라는 수필에서 그는 『북회귀선』이 대단히 자신 있고 자기주장을 내세우는 작가의 작품 같지만 그것은 자포자기 상태에서 『미친 수탉』 원고의 뒷장에 쓰여졌다고 주장했다. 그 원고의 운명은 상징적으로 보였다. 블랙 매니킨 출판사의 발행인 에드워드 타이터스가 원고를 읽었는지조차 기억하지 못하는 상태에서 그 원고를 잃어버렸다. 밀러는 그것을 퇴고하며 1년을 보냈던 터라, 타이터스가 특별히 좋은 글에 관심이 있는 것도 아니며 블랙 매니킨 출판사는 타이터스의 아내 헬레나 루빈스타인 Helena Rubinstein과 그녀의 향수 재산에서 보조금을 받는, 문학 사업이라기보다는 사회 사업이라는 것을 깨달았음에도 불구하고 그 일은 충격이었다. 나름대로 담대하고 굳세었기 때문에 밀러는 "너무나도 대단한 낙관주의자라서 절망 속에서도 희망을 보았다"고 그의 친구 페를레는 논평했다.

밀러가 『북회귀선』에서 하고 싶었던 이야기는 그의 미출간 습작 원고와 내용면에서 그 형식이나 시점에서만큼이나 달랐다. 아주 빨리 타자를 치면서 거의 수정을 하지 않고 타자기에 직접 작문을 하면서 그는 돈도 재주도 희망도 없는, 그러나 동시에 "살아 있는 사람 중에 가장 행복한" 야만적이고도 들뜬 주인공을 만들어 냈다. 마침내 밀러는 고유한 목소리, 자신의 자연스러운 말, 그가 고갈되고 미쳤다고 생각한 세상에 적합한 극단적으로 흥분하고 분노한 채찍질을 발견했다.

『북회귀선』에서 그의 가난한 주인공은 파리에서 생존하기 위해 기지와 증오를 사용한다. 이 책은 대부분이 창녀들인 일련의 여자들, 그리고 밀러에게 음식과 잠자리를 제공한 일련의 남자들과의 만남을 중심으로 구성되어 있다. 확실히 그의 파리 친구들인 페를레, 오스본, 프랭클 같은 친구들에 근거를 두고 있는 이 책은 실화 소설의 요소를 가지고 있는데, 밀러는 계산된 체계적인 실제의 왜곡으로 이것을 초월했다.

스위프트Swift나 셀린느Céline의 악의를 지닌 초현실주의적 휘트먼으로서 밀러는 서구 문명이 묵시록적 종말을 맞이하도록 운명 지어져 있다고 느낀 소외되고 분노한 부랑자의 관점에서 부르주아의 안일함과 점잖은 문화를 혹평했다. 그의 관심사는 계급구조에 내재해 있는 충돌을 그리는 디킨스나 드라이저와 같은 의미에서 사회학적인 것도 아니고 문학적인 것도 아니었다. 수백 년 동안 『북회귀선』처럼 야만적이고 야수적이고 솔직한 것은 쓰인 적이 없으며 그가 두려워하는 유일한 것은 바람직스럽지 못한 외국인으로서 프랑스에서 추방되는 것이라고 그는 친구 에밀에게 편지를 썼다. 그렇게 되면 큰일일 거라고 밀러는 느꼈다. 그가 프랑스로 도피한 것은 반 고흐가 아를르Arles로 가거나 고갱이 타히티Tahiti로 간 것처럼 낭만적 가능성의 가냘픈 희망도 없는 곳에서는 마음 편하지 않은 자의적 망명객이었기 때문이다. 이와 같이 스스로 택한 망명은 영구적인 위장을 요구하는데, 그것은 나름으로 극단적인 형태의 자기 보호이다. 그렇다면 『북회귀선』에서 밀러가 창조한 성적인 모험가는 그의 가면 중의 하나였는데, 주로 환상으로 존재하는 분신의 투영이었다. 후일 밀러의 수필들을 출간하게 되는 제임스 래플린James Laughlin이 밀러를 만났을 때, 그는 밀러가 얼마나 금욕적이고 사려가 깊고 부드러운 태도를 가졌으며 온건한가를 보고 놀랐다.

『북회귀선』은 늘릴 수도 있고 납작하게 만들 수도 있는 무엇이든지 넣을 수 있는 낡은 가죽 가방과 같았다고 그는 에밀에게 썼다. 그의 의도는 로렌스가 『채털리 부인의 연인』에서 처음 시도했던 것의 확대로서 취향과 적합성의 이유로 소설로부터 누락되었던 것들을 포함시키는 것이었다. 밀러는 취향이란 도덕적인 것이 아니라 단순히 인간의 가능성과 성장을 억누르는 두려움인 억제의 완곡어법이라고 믿었다. 그가 잔인하고 추하고 부도덕한 것을 강조했다면, 그리고 창녀들과의 방탕에 특별한 즐거움을 느꼈다면 그것은 자신의 작품을 세상의 진정한 독이라고 간주한 것에 대해 독자들을 면역시키는 자극제로 생각했기 때문이다. 거칠고도 때로는 신경질적인 목소리로 그는 극단적으로 파렴치하고 성에 사로잡힌 괴물, 화장실에서 여자의 멋진 옷에 사정을 하고 더럽혀진 것에 대해 즐거워할 수 있는 남자, 기회가 있으면 친구의 돈을 훔치는 남자로 자신을 투사할 수 있었다.

리듬감 있는 해소와 혼돈스런 여담, 그리고 신랄한 희화화와 저속한 소극이 있는 『북회귀선』의 일화들은 진실하게 보이는데, 이것은 마지막에는 아무것도 상관이 없고, 모든 것을 잃었으므로 후회 없이 어떤 것이라도 희생할 수 있고, 다른 사람들이 그를 어떻게 보든 절대 상관하지 않는다는 신념을 반복하는 화자의 명백한 진지성 때문이다. 그 결과로 나온 괴물은 밀러가 이야기를 하기 위해 필요로 하는 힘의 과장이자 왜곡이며 소환이었다.

『북회귀선』의 마지막 일화들 중의 하나에서 필모어^{Filmore}라고 하는 인물(밀러를 닌에게 소개한 변호사 리처드 오스본을 모델로 한)은 자기가 더 이상 견딜 수 없는 프랑스 여성과 결혼한다. 명예에 속박되어 그는 자기가 결혼을 해야만 한다고 느낀다. 밀러는 자신의 의무를 부인하는 방법으로 다음 배를 타라고 충고한다. 죄의식을 느껴서 필모어는 밀러가 자기 약혼녀를 달래 주리라는 희망에서 밀러에게 돈을 주지만 주인공 밀러는 수치를 모르는 그의 생존 전략의 일환으로 프랑화를 가로채 버린다. 이 사건은 밀러 소설에서 전형적인 것인데, 특히 관습적인 가치를 건달패 같은 목적을 위해 뒤트는 것이 그렇다. 그러나 더 중요한 것은 밀러가 실제로 일어난 일을 고쳐 쓴 방식이다.

오스본은 신경 쇠약 증세를 보인 후에(밀러가 그의 이야기에서는 뺀 사건) 밀러에게 그런 돈을 주었고, 밀러는 그 일부를 수수료로 챙기긴 했지만 명예롭게 전달했다.

밀러가 글을 쓰려고 앉는 순간 모든 것이 극적으로 변했다고 그의 친구 마이클 프랭클이 설득력 있게 편지에서 논평했다.

그는 비틀고, 왜곡하고, 변형시키고, 구걸하고, 빌리고, 훔치고, 속이고, 거짓말하고, 현혹시키고, 무엇이든지 했다. 그는 자신도 어떤 식으로도 통제할 수 없는 광기에 사로잡혀 절대적으로 무책임하다. 그렇게 되면 그는 예술가가 된다. 그의 예술가로서의 유효성이 무책임과 직접적인 비례 관계에 있는 그런 종류의 예술가가 되는 것이다.

자기 자신의 구축적 상상력에 대한 밀러의 관점은 좀 더 낙관적이다. 그의 글쓰기는 마침내 과거를 그 자신에게 명료하게 하는 데 도움을 주었으며, 정신과 세계관이 옛것으로부터의 탈피를 시작하도록 하는 작용을 하고 있었다. 그가 『북회귀선』을 자신의 구원을 발견하는 수단으로 시작했었다면, 그것은 좀 더 높은 목적을 위해 그 자신을 해방시키는 방법이 되어 가고 있었다. 그가 그 과정 중에 허위 조작을 했다면 예술과 인생이 전통적으로 은폐했던 함축적 진리를 발견하는 데 흥미가 있었기 때문이라고 그는 친구 에밀에게 썼다. 그리고 세상이 결국 그를 거짓말쟁이라고 부른다면 그는 세상에서 가장 창조적이고 진지한 거짓말쟁이라고 확신했다.

1932년 가을, 밀러는 뉴욕의 준으로부터 그녀가 프랑스로 돌아올 것이라는 소식을 들었다. 그는 그들이 어쩐지 다시 한 번 사이좋게 살 수 있을 것이라는 망상을 항상 가지고 있었다. 그것은 불가능한 망상이었으며 수차례에 걸친 준의 배신조차도 지우지 못하는 그의 영혼에 남아 있는 낭만주의의 징후였다. 그가 미국에 있는 준에게 편지를 쓸 때는 그 망상이 유지될 수 있었다. 그는 그녀를 마지막 본 해 이후로 다른 몇몇 여자들과 친밀한 관계를 가졌었다. 동시에 그는 닌과 전적으로 사랑에 빠졌다. 그는 에밀 슈넬록에게 그녀와의 관계가 자기가 가졌던 가장 풍요로운 관계였으며, 그녀가 자신과 모든 면에서 동등했기 때문에 책과 생각을 논의할 수 있다고 말했다. 닌을 만난 이후로 그는 힘들지 않게 일을 할 수 있었으며, 파리에서 그의 생활은 거의 꿈같이 되었다. 가장 중요한 것은 그녀가 그의 글쓰기 문제에 있어서는 아무런 의문 없이 그를 지원했으며 『북회귀선』을 출판하기 위해 자기 모피 코트를 전당잡히겠다고 제안하기까지 했었다.

다행히 윌리엄 아스펜월 브래들리^{William Aspenwall Bradley}라는 미국인 문학 담당 중개인이 잭 카헤인^{Jack Kahane}이 『북회귀선』을 출판하는 데 관심을 갖도록 주선했다. 에로물과 포르노물과의 경계에 있는 책들을 전문으로 다루는 아일랜드계 유대인인 그는 파리에 오벨리스크 출판사^{Obelisk Press}를 차려 자기가 여러 필명으로 쓴 도색 소설 몇 권을 성공시켰다. 카헤인은 프랭크 해리스^{Frank Harris}와 〈호라이즌^{Horizon}〉의 편집자인 시릴 코널리^{Cyril Connolly} 같은 괄목할 만한 작가들을 찾아내 출판하는 것을 의무감으로 느끼고 있었고 그래서 그는 『북회귀선』에 호의적인 반응을 보였다.

준이 10월 말에 도착했을 때 준의 반응은 별로 호의적이 아니었다. 밀러가 작가로서 꼴을 갖추어 가고 있을 때, 그의 삶은 준과의 해결되지 않은 문제 때문에 아직도 복잡했다. 이제 그녀는 공개적으로 적대적이었다. 그녀는 『북회귀선』에 자신이 그려진 방식을 싫어했으며, 『미친 수탉』에서 자신의 역할을 스스로 고안했음을 기억하면서, 『북회귀선』이 출간되면 법적 반향이 있을 것이라고 위협했다. 동시에 그녀는 그가 자신에게 애착을 가지고 있다고 지극히 자신하고 있었다. 그녀는 자신이 돈을 지불할 수 없는 호텔에 묵었고, 밀러가 닌과 룸메이트인 페를레의 관대함에 의존해 살고 있었음에도 불구하고 밀러에게 돈을 마련하라고 요구했다.

"죽고 죽이는 싸움"이 다시 시작되었다고 밀러는 에밀에게 썼다—열띤 말다툼과 끔찍한 선언들이 있었고, 이것은 준이 다시 닌을 쫓아다니기 시작한 것과 닌과 밀러 모두 그들의 연애 사건을 준에게 숨겼다는 사실로 인해 복잡해졌다. 11월 말 파리가 습하고 을씨년스럽게 되었을 때 준은 미국으로 돌아가기로 결정했다. 그녀는 다시 한 번 그를 자신의 의지에 굴복시키는 데 성공했다. 닌은 주로 밀러가 준으로부터 도피할 수 있도록 밀러에게 런던에 갈 수 있는 여비를 주었다. 그가 출발하기 직전, 준은 영매가 된 마녀처럼 목말라 하며 나타나서는 감상적인 마지막 만남을 만들어 내고 그 과정에서 밀러로 하여금 이미 영국 화폐로 바꾼 그가 가진 돈 전부를 그녀에게 내놓도록 설득했다. 사기꾼으로서 자신의 탁월함을 입증한 후, 준은 돈을 챙기고는 이혼을 요구하는 글을 화장지에 남겼다. 밀러가 계획한 영국 여행을 강행할 것을 주장하면서 페를레는 월급을 가불받았고 밀러는 런던으로 가는 임항 열차 boat train 를 탔는데, 영국 세관은 그를 잠재적인 부랑아로 판정해 무례하게 돌려보냈다.

준으로부터 마침내 자유로워져서, 그는 에밀 슈넬록에게 자기가 감정적으로 노예화되었었고 무자비하게 속박되었었다고 말했다. 그 결과는 결코 아물지 않는 불구를 만드는 상처였다. 밀러가 자신의 준에 대한 반응의 밀물과 썰물을 이해할 수 없었다면, 닌은 어떤 통찰을 제공할 수 있었다. 그녀는 알렌디와의 분석을 끝냈으며, 프로이트의 제자로서 예술가의 민감성을 전공하며 예술의 구원적이고 치유적인 능력을 믿었던 오토 랑크Otto Rank와 정규적 만남을 시작했다. 얼마 안 되어 밀러와 닌은 랑크의『예술과 예술가Art and artist』를 읽기 시작했으며 그들이 만날 때마다 그의 이론들을 논의했다. 랑크는 예술가들이 신경증을 직면하고서 그것을 검토한다면 신경증이 예술의 성공적 촉매가 될 수 있다고 제안했다. 이상적인 무대는 꿈의 세계였으며, 밀러는 꿈을 공책에 기록하기 시작했다. 꿈들 중 하나를 해석하면서, 닌은 밀러의 여성에 대한 태도가 어머니를 바라보는 이중성에 의해 대부분 형성되었으며, 여성을 맹목적으로 숭배할 능력이 있는 반면에 그들이 배반하는 잔인성을 가질 수 있는 가능성을 항상 의심한다고 추정했다. 단지 그의 꿈에 근거한 닌의 통찰은 손쉽게 보일는지 모른다. 그러나 그녀는 밀러에게 놀랍게 파장이 맞추어져 있었으며 그의 고통스럽고도 해결되지 않는 감정적 속박인 준과의 시소 관계를 알고 있었다.

밀러는 일주일에도 수차례 닌을 만났고, 휴고가 없을 때는 더 자주 만났으며, 그녀는 금전적으로 계속 도움을 주었다. 그는『북회귀선』에 대한 작업을 재개했으며, 개고하면서 강력한 결론을 상상하려 했다. 카헤인은『북회귀선』의 선동적인 성적 성격을 고려할 때 어느 정도의 문학적인 존경심을 얻기 위해서『북회귀선』을 출판하기 전에 그가 D. H. 로렌스에 대한 수필을 써야 한다고 제안했다. 1932년 거의를 그는 로렌스의 세계의 "성기의 향연"이라고 그가 부른 것 속에서 버둥거리며 보냈는데, 부정과 전적인 헌신 사이를 오락가락하며 방대한 노트를 했다. 밀러는 후에 〈파리 리뷰〉에 싣기 위해 그를 인터뷰한 조지 윅스George Wicks에게 로렌스는 전적으로 사유의 인간이었으며, 로렌스가 쓴 것은 이 사유에 의존했다고 말했다. 이들 사유 중 어떤 것들, 특히 성 간의 소통을 위한 투쟁은 밀러에게 영향을 주었다. 밀러는 자신의 로렌스 기획과 씨름했으나 조리가 서지 않았으며, 결국 그가 좀 더 중요한 일을 하는 데 방해만 되었다. 로렌스에게 빠져들어서, 그는 에밀에게 그가 조이스와 프루스트에 대한 수필을 각기 계획하고 있다고 말했다. 신들린 벤저민 프랭클린이나 호레이쇼 앨저처럼 그는 그의 방 벽들을 작업 계획과 도표로 가득 덮었고, 다른 두 가지 기획, 그의 일화적인 자전적 소묘인『검은 봄』과 브루클린에서의 어린 시절과, 웨스턴 유니온의 경험과 준에 관한 소설인『남회귀선』을 시작했다.

빌라 쇠라

1934년 초에는 네 가지의 이본을 쓴 후에『북회귀선』이 완성되었고 밀러는 내적인 만족감과 성취감으로 빛나고 있었다. 그는 에밀에게 이전의 그의 자아, 준에 의해 그렇게도 고통을 당했던 광대와 같은 감상적인 그의 일부가 죽었다고 썼다. 그는 자신이 글에서 호통을 치는 일이 줄어들었음을 느꼈는데, 이것은 부분적으로는 로렌스를 연구한 결과였고, 또 일부는 중국 철학을 읽은 결과였다. 외부 세계의 일들은 그렇게 평화롭지는 않았다. 프랑화는 불규칙하게 오르내렸고 프랑스는 전면적인 경제 불황을 겪고 있었다. 파리의 거리에는 폭동이 있었고 전투적 공산주의자들과 파시스트들 간의 무장 충돌이 있었다.

이러한 정치적 불안정으로 인해 카헤인은 인쇄 비용에 도움이 필요하다고 주장하면서『북회귀선』출간 결정에 대해서 애매한 태도를 취했다. 닌은 카헤인이 필요로 하는 돈을 구했는데, 대부분 의심을 하지 않는 그녀의 남편

과 오토 랑크로부터 구했으며, 그리하여 우리 시대에 미국인에 의해 쓰인 가
장 선동적인 소설에 보조금을 주게 되었다. 책은 가을에 나왔으며 밀러는 페
를레의 집에서 나와 미친 프랑스 작가 안토닌 아르토^{Antonin Artaud}가 비운 빌라
쇠라의 아파트로 이사했다. 밀러는 준이 멕시코에서 이혼 허가를 받았다고
들었으며 아나이스에게 결혼하자고 조르기 시작했다. 그녀는 아직도 경계
심을 가졌다. 준 때문에 그는 밀러가 항상 여성을 파괴자로 볼 것을 두려워
했다. 닌은 자기들의 연애가 그녀의 결혼 생활의 독을 해소시켰음을 이해했
지만 밀러가 어떤 관계도 유지할 능력이 없다고 느꼈다. 그의 글쓰기에 대한
몰두가 진정한 헌신을 배제했다. 밀러 또한 의식적으로 그의 초기 소설의 낭
만적 충동들을 제어하려고 노력했다. 이것의 연장으로 밀러는 예술가는 자
신의 생에 있어서 낭만적 충동들을 정복해야 한다고 생각했다. 『북회귀선』
의 라블레 식의 야비하고 우스꽝스런 순간순간에, 그리고 다른 여자들, 특히
창녀들과의 관계에 대한 솔직한 기술들에서 그는 그녀에게 매력과 혐오를
동시에 느끼게 한 거친 조야함을 드러냈다.

　이런 이유들보다도 더 중요한 것은 닌이 아버지가 밀러인지 자기 남편인
지 알 수 없는 아기를 임신하게 되었다는 사실이다. 아이를 사산했을 때 그
녀는 충격을 받았고, 자신의 삶을 바꿔야겠다고 결정했다. 그녀의 글은 성공
이나 명성을 가져오지 않았으며, 자신이 독립적이 되려면 생계를 벌 수 있는
수단이 필요하다고 느꼈다. 그녀는 정신분석에 상당한 경험을 가졌으며 랑
크의 도움을 받아 다른 사람들을 도울 수 있다고 생각했다. 바로 이때
1934~35년 겨울에 랑크는 자기의 정신분석 개업 장소를 뉴욕으로 옮기기
로 결정했다. 그의 글은 명성을 가져왔으나, 프랑스인 환자들은 수가 너무
적었으며, 미국 사람들처럼 돈을 많이 지불하려 하지 않았다. 닌은 랑크를

따라 뉴욕으로 갔으며 그가 추천하는 환자들을 보기 시작했다.

밀러는『북회귀선』을 칭찬하는 편지를 에즈라 파운드와 T. S. 엘리엇으로부터 받았으나 그의 소설은 아직도 세상에 대단한 인상을 남기지 못했다. 그는『검은 봄』을 완성했으나『남회귀선』을 쓰는 데 어려움을 겪고 있었는데, 브루클린의 어릴 때 살던 거리들을 다시 방문할 필요를 느꼈다. 그는 또한 닌을 그리워했다.

그는 뉴욕에 1935년 이른 봄에 도착했으며 곧 하루에 닌이 소개한 네 명의 환자를 보게 되었다. 그의 유일한 자격은 그가 많은 연민을 가진 원숙한 대화가라는 것뿐이었다. 처음에는 정신분석이 생계를 마련할 능력이 없다는 지속적 문제점에 대한 해결책으로 보였으나 환자들의 긴장을 풀어 주기 위해 초월주의자들이나 불교도들의 설교를 인용하는 과정에 그는 혐오를 느꼈다. 그는 자신이 제공할 수 있는 일시적 위안이 궁극적인 신용 사기임을 알았다. 그러나 그의 직관은 이것이 도움이 되지 않을 것이며, 그의 환자는 본질적으로 진정한 치유를 제공할 수 없는 과정에 의존하게 되리라고 경고했다.

그의 실망의 많은 부분은 닌과 관련이 있었다. 그는 더 이상 그녀가 공유하지 않는 낭만적인 가정 위에 그녀를 따라 미국으로 왔다. 그녀에게 있어 그들의 연애의 에너지는 흩어져 버렸다. "우리는 사물을 있는 그대로 보지 않고, 우리 마음대로 본다"라고 그녀는 일기에 썼다. 밀러의 실망은 닌의 실망보다 컸으며 낭만적 충동이 부정 당하자 그는 그녀에게 통렬한 악의와 증오를 드러냈다. 닌은 아직도 휴고가 주는 안정과 불륜의 모험을 즐길 자유를 필요로 했다. 궁극적으로 그녀는 대리적인^{vicarious} 자유분방한 생활보다는 중류 계급의 안락함에 더 관심이 있었다. 그녀의 진정한 특징은 그녀가 쓰고 있던 단편소설에 나타났는데, 그들은 다른 언어에서 어색하게 번역된 것처럼 까다롭고 부자연스러웠다. 고딕적이며, 모호하고, 수수께끼 같으며, 내성적이고, 지나치게 다면적이며, 행위보다는 분위기가 지배해서 이 이야기들은 종종 의사를 전달하지 못한다. 고도로 기교적이며 의식적으로 "예술"을 추구하는 닌의 이야기들은 밀러의 작품과 전혀 다르며, 실은 너무도 달라서 어떻게 그들이 정신적으로 서로에게 그렇게 오랫동안 적응할 수 있었는지 의구심을 가지게 된다.

5월에 닌은 휴고와 함께 파리로 돌아가기로 결정했고, 밀러는 그녀가 결코 자기 남편을 떠나지 않으리라는 것을 알게 되었다. 이것이 밀러의 희망을 깨뜨렸으며 그가 어디에서, 그리고 어떻게 살길 원하는지에 대한 확신이 없는 채로 남겨 두었다. 도시는 변했으며 그가 『남회귀선』을 쓰기 위해 방문하고자 했던 지역들은 철거되고 재건축되었다. 아무튼 그는 『남회귀선』 작업을 지속하기에는 너무 상처를 받았으며, 그가 맺으려고 애쓴 출판 계약 중 어떤 것도 『북회귀선』의 출판에는 관심이 없었다.

그는 파리에서 추방자로서, 더구나 출판물도 없는 작가로서 뉴욕에서는 불가능하게 보였던 문학적 공동체의 일원이었다. 문학의 장은 좌파 혹은 우파로부터의 사회 개혁을 옹호하는 작가들에 의해 극단적으로 정치화되어 있었다. 체제의 가치를 전적으로 부인하는 밀러의 좀 더 무정부주의적 목소리는 불협화음을 내었다. 그는 소수의 다른 작가들—제임스 티 패럴[James T. Farrell], 나다니엘 웨스트[Nathaniel West], 윌리엄 사로얀[William Saroyan]—을 만났다. 그러나 사로얀 이외에는 진정한 의사소통을 하기에는 그들은 너무도 자기들의 이해관계에 사로잡혀 있었다. 그는 정신분석가로서 돈을 좀 벌고 있었으나 버는 만큼 빨리 써 버리고 있었다. 여름이 끝날 무렵 그는 파리로 돌아갈 여비를 겨우 가지고 있었다.

1935년 말에 빌라 쇠라의 자기 아파트로 돌아와서, 밀러는 자기가 『북회귀선』 때문에 당연히 받아야 할 인정을 받으려는 희망으로 지속적인 편지 쓰기 운동을 시작했다. 그는 파리에서 그의 첫 번째 은인이라고 생각한 알프레드 페를레를 위해서도 두 장의 아주 긴 편지를 썼다. 그는 에밀에게 보낸 편지에서 이미 페를레의 글을 자기 자신의 상상적 비상을 묘사하는 데 도움이 되는 방법으로 묘사했었다. "그가 대상물에 가만히 입김을 불면 그것은 떠올라서 숨을 쉬고, 무한히 많은 형태를 띤다. 나는 아직도 파이프 대통에 붙어서 굴절되고 구부러져, 떨면서 거의 떨어져 나가는 데 성공을 하고, 길어져서 그 안에 있는 색깔이 격렬하게 변화하고 거기에 비친 것들이 감각에 그렇게도 즐거움을 주는 괴상한 형태로 일그러지는 비누 거품들을 생각한다."

닌의 사촌 에두아르도와 프랭클은 밀러의 페를레에 대한 긴 글, 『알프를 어떻게 할 작정이야?^{What Are You Going to Do About Alf?}』와 『뉴욕에 돌아가다^{Aller Retour New York}』를 출판하는 비용을 대고, 이것을 팸플릿 형태로 출판하기로 결정했다. 밀러는 또한 프랭클과 일련의 편지 교환을 시작했는데, 이것은 셰익스피어의 『햄릿』에 대한 비평적 논의로 시작해서 그들 자신의 역사와 생각들의 논의로 재빨리 새 나갔다. 이것은 후에 『햄릿』 편지들로 알려지게 되었다. 밀러는 또한 『뉴욕으로 돌아가다』의 일부를 〈하버드 애드보킷^{Harvard Advocate}〉에 실을 수 있도록 허락해 달라는 제임스 래플린이라는 하버드 학부생으로부터도 편지를 받았는데, 후에 이것을 보스턴 경찰이 압수해 없앴다. 래플린은 밀러에게 중요한 미국쪽 연고자가 되어서 전쟁 직전에 시작한 출판사인 뉴 디렉션즈^{New Directions}에서 밀러의 비소설 대부분을 출판했다.

빌라 쇠라 시절에 밀러는 『남회귀선』을 썼다. 그는 준을 묘사하려는 그의 초기 시도의 사실적 접근법을 포기해야 함을 알게 되었다. 이러한 시도는 그가 삶에서는 할 수 없었던 방식으로 준을 인쇄물에서 제압하려는 헛된 노력이었다. 『재난의 역사Historia calamitatum』라는 아벨라르Abelard의 거세에 대한 직설적 선언에 영감을 얻어서 그는 실제의 준에 대한 기억으로부터 거리를 둘 수가 있었는데 그는 준을 그만 사랑하게 되었으며 더 이상 사랑의 개념도 이해할 수 없음을 깨달았다. 정신적이고 심리적인 자동 인형인 『남회귀선』의 밀러의 주인공은 웨스턴 유니온의 그가 앉은 자리로부터 세상의 부조리한 광기를 관찰했으며, 뻔뻔스럽게 비낭만적인 성적 희열을 통해서만 삶을 느끼도록 자극받을 수가 있었다. 그의 주인공의 성적 과잉과 그의 세계의 약점들을 향한 씁쓸한 소극과 성난 패러디로 가득 찬 『남회귀선』은 1938년에 완성되었다. 이것은 밀러의 해적과 같은 외적 인격의 과거와 그의 미국적 근원과 중산 계급의 조건들에 대한 반감을 보여 준다. 『북회귀선』과 『검은 봄』과 함께 이 작품은 그의 작품의 가장 강력한 부분을 형성하게 된다.

빌라 쇠라에서 밀러는 거의가 무명인 예술가들의 핵심이 되었는데, 그들 중에는 소품을 그리며 일주일에 두 번씩 닌의 남편을 가르쳤던 한스 라이헬도 있었다. 이 수업 동안 닌은 길 건너편에 사는 밀러를 방문해 주로 그들이 쓰고 있던 글에 관해서 논의하곤 했다. 그녀는 세느 강 위에 선상가옥을 매입했으며, 이것을 그녀가 글을 쓰는 사적인 은신처로 사용했다. 그리고 밀러의 무리는 이곳에 가끔 모여서 식사를 하고 술을 마시며 대화를 나눴다.

이 무리 중 또 하나는 데이비드 에드거David Edgar라는 젊은 미국인이었는데, 그는 그림을 그리고자 하였으나 결국은 뜻을 이루지 못했다. 그는 물려받은 돈이 약간 있었으며 밀러와 힌두교나 선 철학에 대해서 종종 논의를 벌였는데, 밀러는 에드거에게 있는 희극적인 무력함을 즐거워했다. 밀러의 아래층에 살던 화가이자 상속녀인 베티 라이언 Betty Ryan 은 빌라 쇠라 그룹을 위해 종종 파티를 열었다. 밀러는 자기가 베티 라이언과 사랑에 빠졌다고 생각했으나, 페를레와 이 그룹의 다른 몇몇도 밀러처럼 그렇게 생각했다. 그녀는 그들 모두를 부추기고 있는 것이 분명했다.

빌라 쇠라의 무리들 중 밀러에게 가장 많은 영향을 준 사람은 콘라드 모리컨드 Conrad Moricand 라는 점성술가였는데, 그는 가난해진 멋쟁이로서 그의 부유한 스위스 가족은 대공황 때 돈을 잃었다. 모리컨드와 함께 그는 세계를 다시 한 번 재난의 지경에까지 끌고 온 소위 합리적 체제를 거부하는 한 방법으로 점성술적 해석에 매혹되었다.

조지 오웰 George Orwell 은 빌라 쇠라에 초기부터 드나들었으며, 밀러를 칭찬하는 중요한 수필을 써서 그를 최근 영어로 글을 출판한 작가들 중 "약간이라도 가치가 있는 상상력이 풍부한 유일한 산문 작가"로서 특기할 만한 작가라고 불렀다. 회의적이고 실망하여 모든 것을 정치적인 방식으로 보았던 오웰은 밀러를 스페인 내전의 공화파의 주장을 지지하는 데 끌어들이려 했다. 밀러가 그에게 줄 수 있는 것은 낡은 코르덴 상의뿐이었다. 밀러는 스페인 내전보다도 훨씬 여파가 크다고 느낀 위기를 조직화된 정치적 행동이 막을 수 있다는 신념이 없었다. 레이몽 케노 Raymond Queneau 와 블레즈 상드라르 Blaise Cendrars 라는 프랑스 소설가 두 명이 빌라 쇠라 서클의 정규 멤버가 되었으며 상드라르도 『남회귀선』을 칭송하는 글을 썼다.

밀러의 서클에 합류해 주위를 맴돌게 된 또 한 명의 소설가는 로렌스 더렐 Lawrence Durrell 이었다. 인도에서 자란 25세의 그는 소년 같았으며 금발머리였고, 가명으로 『검은 책 Black Book 』이라는 상업적으로 성공한 책을 썼는데, 이것은 오벨리스크 Obelisk 출판사가 내고자 하는 것보다는 더 심각한 소설이었다. 더

렐은 그리스에 살고 있었고, 끊임없이 그곳에서의 경험에 대해 이야기해 밀러가 지중해의 자유에 대한 이야기들에 흥미를 가지게 했다.

빅 서

1939년 바스티유의 날, 유럽이 전쟁 준비를 하고 있을 때, 밀러는 배를 타고 프랑스를 떠나 그리스의 코르푸^{Corfu}로 갔다. 이곳에서 그는 더렐을 만날 작정이었다. 프랑스에서 10년을 보낸 후에 그는 47세였으며 지하의 명성 이외에는 내보일 만한 것이 없었다.

그리스에서 그는 기후와 주민들에게서 모두 느껴지는 따스함에 압도되었으며 그가 방문한 유적들에 매혹되어서 사물의 기원과 토착신들에 대해서 생각해 보게 되었다. 더렐은 밀러를 번역가이자 소설가이며 편집인인 카심발리스^{Katsimbalis}에게 소개해 주었는데 그의 넘쳐흐르는 기운과 단어에 대한 거대한 욕구는 그를 밀러의 그리스적 반영으로 만들었다.

그리스에 취한 동시에 밀러는 동맹국의 군비 강화 소식을 듣고 위축되었다. 1939년 말 미국인들은 그리스를 떠나라는 권고를 받았을 때, 밀러는 배를 타고 고향으로 갔다. 뉴욕에서 그는 부모를 방문했는데, 그들은 늙고 병들어 있었다. 특히 아버지는 암으로 죽어 가고 있었다. 그는 닌이 자기 남편을 떠나지 않기로 결정한 이후 그들 사이에 생긴 거리에 대해서 불행하게 생각하는 것으로 보았다. 닌은 인정받지 못하고 성공도 못해 낙담하고 있었지만, 그들은 아직도 글쓰기에 대한 관심을 공유하고 있었다. 성애를 다룬 문학 수집가가 밀러에게 한 장당 1달러에 상투적인 포르노 문학을 써 달라고 요청했을 때 밀러는 돈이 필요해서 하겠다고 했으나 쓸 수가 없었다. 그는 닌에게 해보라고 요청했으며 그녀는 수집가를 만족시킬 수 있었다.

밀러는 그리스에 대한 책과 「섹스의 세계」 그리고 「클리시 Clichy의 조용한 날들」 등 몇 개의 작은 글들을 쓰기 시작했다. 전쟁 때문에 오벨리스크 출판사에서 들어오는 작은 수입이 끊겨서 그는 늘 그렇듯이 거의 빈곤했고 닌이나 파리에서 책들을 출판한 부유한 미국인 커레스 크로스비 Caresse Crosby 같은 친구들의 도움에 의존하고 있었다. 밀러의 생각은 『에어 컨디션을 한 악몽 The Air-conditioned Nightmare』이라고 후에 이름 붙인 미국에 관한 여행서를 쓰는 것이었으며, 더블데이 도란 Doubleday Doran 출판사로부터 소액의 선금을 받았다. 그는 100달러 주고 산 낡은 뷰익 Buick을 타고 값싼 모텔에 묵으며 간이식당에서 식사를 하면서 미국을 돌아다니며 1941년을 보냈다. 좀 더 기술이 발달한 미국을 재방문하는 데 대해 그가 쓴 수필들은 그리스에 관한 그의 책에서 보이는 발견의 기쁨이나 『회귀선』 소설들의 생생함과 밀도가 결여되어 있었다.

그는 50세가 되었고 자기가 어디에 살기를 원하는지, 어떻게 생계를 유지해야 하는지 알지 못했다. 미국을 여행하는 동안 그는 캘리포니아에서 가장 깊은 인상을 받았다. 그는 존 스타인벡 John Steinbeck과 올더스 헉슬리 Aldous Huxley를 만났었는데, 두 소설가 모두 그에게 그곳에 정착하라고 권유했다. 로스앤젤레스에서 두 화가가 그에게 자기들의 오두막을 같이 쓰자고 했을 때 그는 이 제안을 받아들이고 자기가 캘리포니아에서 영혼에 "바람을 좀 쐬어야"겠다고 친구 에밀에게 편지를 썼다. 화가들과 함께 생활하는 것은 그 자신 그림을 그리기 시작하도록 영감을 주었는데, 그중 몇 장을 팔 수 있었다. 그는 다양한 친구들로부터 소액의 돈을 받았고, 좀 더 달라고 요구하는 편지들을 많이 썼는데, 그중에는 〈뉴 리퍼블릭〉에 공적으로 기부를 요청하며 쓴 편지와 타오스에 있는 프리다 로렌스에게 쓴 편지가 포함되어 있었다. 프리다 로렌스는 밀러가 로렌스와 유사함을 특별히 언급하며 그에게 답장을 보냈다.

진 바르다^{Jean Varda}라는 또 한 화가는 치솟아 오른 절벽과 태평양의 전경이 보이는 극적인 해안을 가진 로스앤젤레스 북쪽의 빅 서^{Big Surr}라는 지역을 그에게 보여 주었다. 빅 서는 아직 개발이 되지 않아 전기도 전화선도 없고 오직 손대지 않은 거대한 레드우드와 참나무와 유칼립투스^{eucalyptus} 나무들의 천국이었다. 밀러는 파팅튼 리지^{Partington Ridge}에 있는 오두막을 제공받았으며 그곳에서 최소한으로 살았다. 요리와 해안의 짙은 안개가 끼는 동안의 온기를 위하여 나무를 해 왔으며, 언덕 아래 2마일 밖에 있는 식료품 보급소에서 필요한 물건들을 낡아빠진 손수레에 싣고 왔다.

그의 의도는 『회귀선』에서 시작한 준의 이야기를 확장한 삼부작인 『장밋빛 십자가형^{The Rosy Crucifixion}』 작업을 하는 것이었다. 그러나 그의 창조적 흐름은 중단되었고 더 이상 책상에 몇 시간씩 앉아서 단어를 쌓아올리는 일을 할 자제력이 없었다. 문제의 일부는 밀러가 상상 가능한 가장 강력한 방법으로 이미 써 버린 소재를 반복하고 있었으며, 이 반복이 그의 문체의 즉흥성과 즐거운 무모함을 유지하기 힘들게 만들었기 때문인지도 모른다. 닌과 파리로부터 분리되어 그의 최상의 글쓰기에 활력을 불어넣었던 도덕률 폐기론적 에너지를 잃어버렸는데, 다시는 이 에너지를 되찾지 못했다. 대신에 그는 『장밋빛 십자가형』 연작의 각권들—『성^{Sexus}』, 『연계^{Nexus}』, 『망^{Plexus}』—에 대한 작업을 수년간 했으나 이것은 김빠지고 대부분 영감의 흔적이 없었다. 그는 래플린이 『허밍 버드처럼 정지하라^{Stand Still Like the Humming Bird}』라든가 『기억하기를 기억하라^{Remember to Remember}』와 같은 흥미로운 제목으로 출판한 일련의 수필들도 썼는데 그의 생각의 질은 교훈적이고 설교조로서 별 내용 없이 제시된 온당한 감상의 보따리였다.

밀러는 미국에 돌아온 후로 몇 번 사랑에 빠졌으나 그중 어떤 관계도 그가 철학을 공부하는 스무 살 난 폴란드 피난민이었던 재닌 렙스카^{Janine Lepska}를 만날 때까지 지속되지 못했다. 그가 그녀—훗날 그가 준을 상기시켰다고 말한 슬라브 족의 기질에 이끌렸다—를 만난 것은 브루클린에 있는 병든 어머니를 방문하고 있었을 때였고, 후에 그녀를 예일에서 다시 보았는데, 그녀는 이곳에서 대학원 과정을 시작했으며 그는 자신의 수채화를 보여 주도록 초청받았다.

삼십 살이 넘는 상당한 나이 차이에도 불구하고 렙스카는 아마도 대학원으로부터 도망치는 방법으로 밀러와 결혼하는 데 동의했다. 처음부터 그들을 갈라놓는 기질적인 차이가 있었다. 렙스카는 자신을 안전하다고 느끼게 해 주는 조절 장치로서 사용한 가정적 질서를 주장했다. 밀러는 빅 서에서 더욱더 간소한 오두막을 빌렸는데, 이것은 한때 범죄자가 살았던 곳으로 나무를 땔 때는 취사용 난로 밖에 없었다. 렙스카는 자기가 밀러가 자유로이 글을 쓸 수 있게 하기 위해 일과와 정규성을 강조한다고 주장했다. 그녀는 그의 친구들이 언제든지 오고 싶을 때 오는 것을 저지했으며, 여러 가지 사소한 일에서 밀러에게 자기 어머니의 횡포를 상기시켰다. 그러나 밀러는 자기의 글에 훨씬 관심이 적어져서, 격식을 차리지 않으며 태평한 캘리포니아의 생활 태도에 호응하면서 방해를 환영했다. 렙스카가 딸과 이어서 아들을 낳았을 때, 그들을 어떻게 키워야 할 것인가에 대해 지속적인 갈등이 있었다. 렙스카는 밀러의 자유와 즉흥성에 대한 루소 식의 생각에 완전히 반대했다.

밀러의 책이 프랑스에서 경이적인 성공을 거두어 전망이 나아지고 있긴 했으나 정규 수입이 없다는 것이 렙스카와의 문제들을 복합적으로 만들었다. 그의 문학을 둘러싸고 한바탕 소동이 벌어져 그의 책들이 포르노물이라고 지탄받았으며 인세는 올라갔다. 밀러에게는 불운하게도 이 돈은 프랑스 바깥으로 가지고 나올 수가 없었다. 그러나 빅 서에 집을 한 채 살 만큼의 돈은 겨우 모았다. 렙스카와의 일이 개선되는 듯 혹은 적어도 참을 만하게 되었을 때, 밀러는 옛 친구인 점성술가 콘라드 모리컨드에게 방문을 허용했다. 모리컨드는 프랑스인을 어설프게 따라하듯 행동하면서 끊임없이 모든 것을 비판하고 불평해 댔다. 그는 떠나기는커녕 밀러에게 의지하겠다고 선언했다. 환영받지 못하게 된 방문객이 주는 압박감이 밀러의 결혼 생활에 부담을 가중시켰다. 1951년 여름 렙스카는 생물물리학자와 사랑에 빠져 밀러를 떠났다. 밀러는 이제 60세였다. 렙스카와의 결혼은 7년간 지속되었는데, 이것은 준과의 결혼 생활만큼 지속된 것이었다.

그의 결혼이 해소된 지 몇 달 안 되어 그는 이브 맥클루어^{Eve McClure}라는 젊은 여자로부터 흠모의 편지를 받았다. 스물여덟 살의 배우 지망생으로 아름답거니와 상냥하게 남의 편의를 잘 봐주는 성격인 맥클루어는 나이 많은 남자들에게 끌렸으며 곧 밀러와 결혼하기로 동의했다. 그들은 빅 서에서 8년간 같이 살았는데, 이 동안 밀러는 늘어나는 방문객들과 서신에 방해를 받았고, 이브는 이 두 가지 문제를 모두 쉽게 만들어 주었다. 이브는 다른 방면에서도 도움이 되었다. 밀러의 어머니가 죽어 가고 있을 때 (밀러가 티를 안 내며 어머니를 될 수 있으면 피하려고 최선을 다한 반면) 그녀는 마지막 3개월 동안 어머니를 돌볼 책임을 받아들였으며, 렙스카의 아이들이 아버지를 방문하러 올 때마다 수개월씩 돌봐 주기도 했다. 이브는 자기가 할 수 있는 일을 아낌없이 다했긴 하지만 돌보는 사람과 비서 역할을 수행하는 데 대해 점차 화를 냈다. 게다가 밀러가 다른 여자들을 만나고 있다는 것을 알게 되자 그녀는 알코올에 의존하게 되었는데, 이것이 그녀를 무능하고 우울하게 만들었다. 1960년에 우호적인 상태에서 그들은 이혼에 합의했다.

이 무렵 출판계에서 밀러의 위치는 바뀌기 시작했다. 바니 로셋^{Barney Rosset}이 자신의 그로브 프레스^{Grove Press}에서 D. H. 로렌스의 『채털리 부인의 연인』을 출판했으며 연이은 소송에서 승리했다. 로셋은 『회귀선』 소설들을 출판하길 원했으며 그에 따른 법적 절차 비용을 기꺼이 대고자 했다. 실은 60개의 지방 송사가 뒤따를 예정이었으며, 이 사건들은 다섯 개의 주 대법원과 연방 대법원에 가게 되었다. 처음에 밀러는 주저했는데 그는 자기 소설들이 귀국하는 병사들에 의해 몰래 반입되는 비합법 작가로서의 명성을 기꺼워했다. 판권 없는 "해적"판들이 출현하기 시작했다는 사실을 알고서야 그는 동의했다. 그로브 프레스 판이 1961년에 출판되었을 때, 미국 소설의 모든 기록을 깨고 출판 첫 달에 하드커버 10만 부, 페이퍼백 100만 부가 넘게 팔렸다.

이 책의 성공이 밀러에게 돈을 가져다주기는 했으나 돈은 들어오는 즉시 나가는 것 같았다. 그는 뉴욕에서 준을 만났다. 그녀는 그에게 도와달라고 수년간이나 애걸하고 있었으며, 그는 작은 액수로 그녀를 도와주려 했었다. 그녀는 퀸즈에서 사회사업가로 겨우 생계를 유지하고 있었다. 이제 그녀는 여위고 이빨이 빠져 가구 딸린 셋방에서 자기 연배보다 훨씬 늙은 모습으로 살고 있었고, 그래서 그는 그녀를 돕고자 했다. 또한 그의 누이도 있었는데, 어머니가 돌아가시자 자립 능력이 없는 그녀를 로스앤젤레스의 요양소로 옮겼다. 게다가 막대한 세금이 나왔고 여러 가지 위자료와 양육비 및 친구들로부터의 도움 요청이 있었다.

나이가 먹어 가고 그에 따라 쇠약해져 갔지만, 밀러는 아직도 여자들을 쫓아다니는 데 열심이었다. 일흔다섯 살의 나이에 그는 감상적인 사랑 노래를 주로 부르는 스물일곱 살 난 일본인 재즈 가수를 만났다. 그는 그녀에게 1년간 구애했는데, 그녀는 미국 이민 당국이 그녀에게 출국해야 한다고 말했을 때에야 누그러졌다. 이 결혼은 2년간 지속되었는데, 그녀의 일이 준의 일처럼 클럽에서 새벽까지 있어야 하는 것이었기 때문에 종종 질투를 했다. 나이와 언어의 차이 때문에 밀러는 그의 일본인 아내와 진정한 의사소통을 하지 못했지만 그래도 여성들만이 그의 불길을 일으키는 연료인 양 행동하는 그는 아직도 못 말리는 낭만주의자였다.

여든다섯 살의 나이에 순환기에 문제가 있고 뇌졸중 때문에 한 눈은 멀고 부분적으로 마비가 된 채로 그는 또 다른 여자에게 구애하고 있었는데, 브렌다 비너스^{Brenda Venus}라는 이름의 무희이자 단역 영화배우였다. 이 구애는 결혼으로 이어지지는 않았고 주로 편지를 통해 이루어졌으나 밀러는 자기 나이의 절반 되는 나이의 남자와 같은 열정과 원기를 가지고 끌어갔다. 한때 밀러는 브렌다와 그가 피의 맹세를 교환하자고 제안했다. 그녀는 주머니칼로 자신의 손목을 살짝 찔렀으나 밀러는 손목을 너무 깊이 찔러 피가 멈추려 하지 않았다. 그는 이 사건이 극히 낭만적이라고 생각했으며 이 단편적 사건이 밀러 특유의 열정과 열광을 암시한다. 브렌다에게 그는 세상이 사랑은 잊어버렸지만 섹스에 미친 것 같다고 썼다. 이것은 그의 『회귀선』 소설들이 창조했다고 할 수는 없지만 상상하는 데 도움을 준 세계였다.

마지막에는 허약해져서 발을 질질 끌면서 수채화를 그리거나 탁구를 치면서도 밀러는 아직도 그가 지나치게, 부족하거나 혹은 부적절하게, 혹은 자신의 환각 속에서 사랑했던 사람들을 생각하고 있었다. 브렌다 비너스는 단지 낭만적 사랑이 의심스럽고 어리석고 진지하지 않게 보이는 역사적 순간에 나타난 엉뚱한 사랑 역사의 마지막 경우일 뿐이었다. 그의 비평가들은 그에게 자기애의 이단의 혐의를 두며, 그의 소설을 그의 에고의 거대한 충족물로 보았다. 그러나 밀러는 이런 비평가들에게 대답할 말이 있었다. 자기 자신을 사랑하는 사람이 자신을 그토록 괴물처럼 표현하겠는가? 『북회귀선』의 거의 끝에서 그는 자신을 주로 열기와 동요를 불러일으키기 위해서 "자유로운 영혼의 영역으로부터 온 전권 대사"라고 선언했다. 그가 1980년에 죽었을 때, 그는 90세의 나이로 실제로 20세기를 거의 다 산 셈이었다. 그의 근본적 메시지는 신이나 가능한 내세가 아니라 삶 그 자체만이 유일한 기적이라는 것이었으며 절망의 시대에 이것이 궁극적인 낭만적 표현처럼 보일는지 모른다.

야비한 낭만주의자

『북회귀선』과 『남회귀선』에서 명료하고 꾸밈이 없으며, 항상 이야기꾼으로서 자연스러운 밀러는 낭만주의적 수수께끼이다. 그는 현대 작가는 자기 삶에서 낭만적인 요소를 초월해야 한다고 주장했으며, 그런 목적을 달성하기 위해 패러디 작가의 야만적 목소리와 풍자만화가의 시각을 사용했다. 믿을 수 없이 조야한 동시에 정교하게 부드러우며, 그의 소설에서 일순간 성마른가 하면 다음 순간에 서정적인 그는 자기가 가졌던 유일한 책임 있는 일자리, 웨스턴 유니온에서의 4년간의 할당된 일로부터, 아무에게도 그가 떠난다고 말하거나 통지하지 않은 채, 걸어 나가 연기 속으로 사라질 수가 있었으며 첫 번째 아내의 장모와 관계를 이끌어 낼 수도 있었다. 결혼에서조차도 그는 관행을 받아들이지 않았다. 로렌스 부부와 피츠제럴드 부부는 관습에서 벗어난 삶을 살기는 했지만, 당대 대부분의 결혼들의 관습적 위계질서 형태를 좇아서, 아내가 부차적 인물이 되었다. 준과 밀러는 이 피라미드를 전복시켰다. 로렌스와 피츠제럴드의 글쓰기의 윤곽은 자기들의 소재가 된 여성들을 만나기 전에 존재했으며, 여성들은 그들 작품의 실현을 위한 모델을 제공했다. 밀러는 살아가면서 그의 형식과 언어를 발견해야 했다. 그는 그것을 찾기 위해 자신과 자신의 삶 속으로 파고들어야 했다. 준은 그의 소재 이상의 것이었다. 그녀는 밀러가 그의 천재성의 독특한 건축용 석재를 채석하는 과정에서 강력한 도구였다.

로렌스나 피츠제럴드처럼 그는 소설 속에서 성을 낭만적으로 묘사할 수 없었다. 그는 성을 완곡한 회피나 정답게 말을 주고받는 감상으로 흐릴 수가 없었다. 성을 다룰 때 그는 현미경을 필요로 했다. 그리고 아주 가는 바늘에 실을 꿰는 재단사처럼 그는 다른 어떤 이들이 전에 했던 것보다 더욱 정교하게 그것을 묘사했다. 로렌스처럼 그는 해방주의자였다―그리고 낭만적 야망은 조건화와 사회적 통제로부터의 자유였다―그러나 로렌스가 이론적인 것으로 간주했던 것이 밀러에게는 실질적인 적용의 문제였다. 오웰은 밀러가 골수까지 서민적이었기 때문에 그를 좋아했다. 밀러는 돈 후안의 젠체하는 태도로 장난칠 기회는 언제나 놓치지 않았지만 절대 바이런 경의 역할은 못했을 것이다. 일군의 간통녀들이나 창녀들과 그의 만남이 로맨스라고 하기에는 약간 지저분한 면이 있지만―밀러는 감각을 위해서라기보다는 상스러운 웃음을 위해 남근막대를 휘젓는 초월적 광대노릇을 하는데―이와 대조적으로 그가 그녀를 위해서는 어떠한 오염이나 불명예나 거절도 견딜 의지가 있는 천사이자 창녀인 고문자 준을 묘사할 때는 피학적으로 낭만적이다. 밀러에게 있어서 준의 매력은 여자가 남자를 끄는 힘―내재적이고, 변함없으며, 본능적인―의 기능이다. 그가 그녀의 영혼이 너무도 얄팍해 그것을 자기 소매처럼 뒤집을 수 있음을 알지라도, 그는 그녀를 숭배해 자기의 궁극적 소재로 만든다.

밀러는 또 하나의 니체적 낭만주의자이다. 그의 동료인 프랭클이 관찰했듯이 그가 내는 효과는 그의 과잉과 과장과 무책임과 직접적으로 비례한다. 그의 첫 번째 우선 사항은 그가 『북회귀선』에서 강조해 선언하듯이, 모든 기존의 가치를 전복하는 것이다. 니체와는 달리 밀러는 이렇게 허무주의적인 명령이 야기하는 가치의 공백에 대해 절망하기를 거부한다. 그 대신에 그는 광적으로 디오니소스 쪽으로 기울어 절멸에 직면해서도 즐기고 흥청거리는 길을 택한다. 유랑 예술가의 전통을 따라 그는 보들레르의 「악의 꽃」의 세계에 거주하는데, 타락하고 무심한 거리에서 그는 잃어버릴 중요한 것이 아무것도 없기 때문이다.

밀러에게 있어서 예술가는 의식의 매개로서만 존재하며 우상으로 흠모되어서는 절대 안 된다. 로렌스와 피츠제럴드는 예술가가 설 자리에 대해 좀더 부풀려진 엘리트주의적 기대를 가졌었다. 예언자로서 로렌스는 자신의 청중 위에 올라섰다. 수술칼을 잡은 외과의로서 피츠제럴드는 재즈의 시대를 해부했으나 그 시대의 가장 찬란하고 뛰어난 무리로부터 자신을 분리할 수 없었다. 밀러는 그런 환상을 제시하지 않았다. 그는 민중적인 낭만주의자, 뽐내는 태도와 음탕한 입매로 거친 목소리를 내며 당신의 문전에서 얼쩡거리는 평등주의자, 휘트먼의 떠들썩한 싸움꾼 중의 하나였다.

로렌스와 피츠제럴드가 아직도 영웅의 존재를 믿을 수 있었다면, 밀러는 그럴 수가 없었다. 그의 세계는 모두 비정한 부조리의 세계였다. 로렌스에 비해 밀러는 연민 없는 소설가처럼 보이는데, 이 특징이 그의 열정의 순간들을 기계적으로, 상상력보다는 의도된 수사법의 결과로 보이게 한다. 그리고 피츠제럴드와 달리 밀러는 깔끔하지 못한 소설가로서 무계획적이고 예술적 수단과 장치를 경멸했다. 온갖 언어의 베일을 사용하는 아나이스 닌이 훨씬 더 전통적으로 낭만적이며 수줍어하며, 포Poe처럼 현실이 지루하기 때문에 현실을 회피한다. 밀러는 아무것도, 반복적인 섹스까지도 지루하다고 생각하지 않는다. 그는 대담한 묘사 때문에 미묘한 암시와 누락을 선호하는 대부분의 낭만주의자들과 구분된다. 그러나 밀러는 『서정시집』 서문에서 공식화된 워즈워드와 코울리지의 낭만주의적 언어에 대한 신조, 즉 보통 사람의 실제 언어를 사용한다는 신조를 그대로 받아들인 첫 번째 작가일지도 모른다. 점잔을 빼거나 과장된 문체를 피하고 문학적 초자아도 필요 없이 직접적으로 말을 한다는 것의 함의는 밀러를 위협적으로 보이게 할 수 있다. 그의 정직함이 아직도 우리를 불편하게 하는 것은 당연하다.

제5장

딜런과 케이틀린

내 마음 속에는 야수와 천사와 미치광이가 있습니다. 나의 질문
은 이들의 작용에 관한 것이고, 나의 문제는 이들의 굴복과 승
리, 추락과 솟구침이며, 나의 노력은 이들의 자기표현입니다.
헨리 트리스에게 보내는 편지 중에서

아, 중년의 나로 하여금 애도하게 하라
신성한 드루이드 사제 같은 백로에 맹세코,
새벽에 갯바닥에 내동댕이쳐진 배를 타고
내가 내달을 수밖에 없었던 항해를.
허나, 비록 황폐한 언어일지라도
내가 받은 축복을 큰 소리로 외칠지니.
「그의 생일에 부치는 시」 중에서

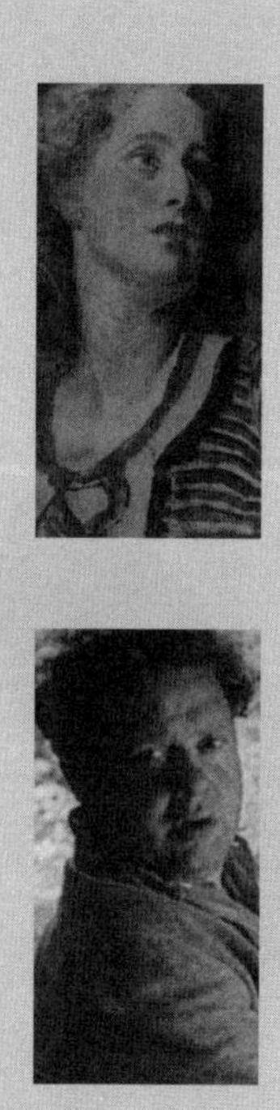

딜런 토머스는 20세기의 열정적 시인이며 자기 시대의 위대한 서정적 목소리였다. 서정 시인이란 지성보다는 감정을 불러일으키는 능력에 의존하는데, 토머스는 본질적으로 자기 자신의 목소리로써 이것을 수행했다. 그의 시는 격정적인 동시에 몹시도 내향적이고 어두운 우울함과 병적인 자의식으로 가득 차 있다. 웅변조이며, 특히 타악기를 치는 듯한, 쨍그랑거리는 불협화음으로 가득한 그의 시는 뒤틀린 바로크 스타일의 언어를 사용해 소용돌이치는 에너지를 창조해 낸다.

시가 엘리엇의 반낭만주의적 감수성에 크게 지배되고 있었던 시대에 토머스는 더 오래된 낭만적 구비문학의 전통으로 후퇴하는 것처럼 보였다. 다른 사람들과 잘도 어울리고, 술을 무모하게 마셔 대며 여러 여자들에게 접근해 스캔들을 낳았던 그는 우리 시대의 디오니소스적이고 자기 파괴적인 음유시인, 예술의 불꽃 속에 자신을 사르고 죽어 가는 천재의 이미지가 되었다.

그는 절박하고 낭만적인 강력한 열정을 표현했다. 그의 언어는 눈부시도록 풍부한 울림이 있었고, 때로는 현란하다 할 정도로 넘쳐 났다. 시인 로버트 그레이브즈^{Robert Graves}는 토머스가 멜로디에 취했다고 말했는데, 이는 토머스가 언어의 의미보다 언어가 주는 순전히 감각적인 충격에 더 관심이 있었다는 뜻이다. 그는 시를 엄청나게 화려하고 폭 넓게, 때로는 히스테리에 가깝게 허풍을 떨며 도전적으로 낭송했지만, 어떤 경우에는 한없이 부드럽고 차분하게 읽었다. 그것은 넘쳐흐르는 환희를 분출할 수 있으면서도, 주문^{呪文} 같고 맹렬하며 불길한 묵시적 예언처럼 들리는 목소리였다. 20세기에 사람들의 마음을 가장 잘 사로잡은 유명한 시 낭송자였던 이 웨일즈인은 천식을 앓으면서도 최음제 같은 느낌을 준다고 여성들이 생각한, 울림이 있고 숨 가쁘고 거친 목소리로 자기 시를 청중들에게 낭송해 주었다. 극도로 고양되어 있으면서도 무한한 고뇌로 가득찬 시로써 그는 특히 1950년대 초 미국에서 짧은 생애의 마지막 시기 동안 많은 청중들을 사로잡았다.

의사들이 "알코올로 인한 뇌의 심각한 상해"라고 명명한 병으로 죽기 전에 토머스는 세 차례의 미국 시 낭송 투어를 하며 넘쳐 나는 청중들에게 자기 시를 열렬하게 낭송했다. 그때의 청중들 가운데 아직 살아 있는 사람들은 토머스의 열정적인 낭송을 들었던 것이 자기들의 삶에 있어서 최고의 문학적 경험이었다고 기억한다. 비평가 엘리자베스 하드윅^{Elizabeth Hardwick}은 계간지 〈파티전 리뷰〉에 실린 한 에세이에서 토머스는 미국에서 단순히 찬양을 받은 것이 아니라 숭배를 받았다고 말했다. 그런 숭배는 대부분 토머스가 그 시대의 다른 시인들보다 저주 받은 운명을 가진, 하드윅의 표현을 따르자면, 극단적인 경험 속에서 분명히 고통을 받고 사는, 뽀에뜨 모디^{poète maudit}(저주 받은 시인)의 이미지에 더 잘 들어맞는다는 데서 오는 반응이었다.

이런 극단적인 삶은 자신의 희생만으로 가능한 것은 아니었다. 몇 권의 책을 이미 출판한 아주 젊은 시인이었던 토머스는 다른 사람들의 의견 따위에는 철저히 무관심하며, 거침없이 내뱉는 격한 성격을 가진 아일랜드 여인 케이틀린 맥너마러를 만나 결혼했다. 그들은 아이를 낳고 17년 동안, 대부분을 가난에 찌든 상태로 웨일즈의 해안에서 함께 살았다. 유별나게 까다롭고 사람을 난처하게 만드는 토머스는 자기 아내의 보살핌을 받으면서도 동시에 욕을 얻어먹기도 했다. 케이틀린은 자신들이 함께 한 삶을 "붉은 피가 질질 흐르는 날고기" 같았다면서 그의 시에 나타난 이미지들과 거의 마찬가지로 강렬하고 특징적인 이미지로 묘사했지만, 토머스가 그렇게 젊은 나이에 미국에서 요절하자 자살을 시도했다. 그녀는 토머스의 미국 시 낭송 투어에 대해 화를 냈다. 아마 토머스와 같은 예술가에게 미국의 "먹이를 찾아 떼 지어 다니는 무리"라고 그녀가 부른 사람들의 알랑대는 말은 위험하기 짝이 없다는 경고였을 것이다.

프리다 로렌스와 젤다 피츠제럴드, 준 밀러는 남편들 작품 속의 중심인물이었다. 케이틀린 토머스를 그 틀에 맞추어 말하기는 다른 사람들의 경우보다 더 어렵다. 그녀의 존재는 독자의 의식 속으로 강압적으로 들어오지는 않는다. 그래서 그녀를 고려하지 않거나 그녀와 토머스 작품과의 어떤 직접적인 연관성을 의식하지 않고도 내용을 이해하는 것이 가능하다. 대신에 케이틀린과 함께한 토머스의 삶은 고통 받는 낭만적 고뇌의 전형, 점점 벌어지는 비용과 수요의 격차를 보여 준다. 그 삶은 서로 간의 적대감이 점점 더 커지는 육체적, 심리적인 상처와 고통의 연속이었다. 여성들이 좋아하는 시인이라는 통념이 있었듯이 그 자신의 파멸 원인이 되기도 하는, 사람을 쉽게 끄는 매력에 여성들은 열렬히 반응하고 숭배했다. 그러나 그는 엄마 젖을 다시 찾는 아이처럼 언제나 케이틀린에게로 되돌아갔다.

많은 비평가들은 토머스가 단순히 본능적인 삶을 찬양하거나 자아도취에 빠져 어린애와 같은 상태로 되돌아가는 것이 아닌지 의심했다. 이와 더불어, 토머스와 케이틀린은 모든 인간관계를 보호해 주는 타협과 예의보다는 오로지 본능에 의지해 살았다. 그들의 결혼 생활은 늘 곁에서 보고 자랐던 웨일즈 해안 벼랑처럼 들쭉날쭉 험난했는데, 이 벼랑은 토머스에게 내적 외적으로 닥쳤던 가혹한 현실을 끊임없이 상기시켜 준다. 그렇게 이상한 방식으로 결혼 생활은 그를 자극하고 키워 주었다.

사랑에 넋을 잃다

그들은 1936년 봄 런던 소호의 한 술집에서 만났는데, 이는 자기 세대의 가장 무절제한 술꾼이 될 사람에게는 딱 맞는 장소였다. 둘 다 한창 피어나는 젊은이들로서 그는 겨우 스물두 살이었고, 그녀는 한 살 더 많았다. 술집에서 처음 만났다는 것은 사실 특별한 일이 아니다. 토머스는 늘 맥주를 끊임없이 마시며 친구들 앞에서 지껄여 가며 하루하루를 보냈었기 때문이다. 그날 오후 그는 자기 앞의 바 위에 맥주 조끼를 열 개나 줄 세워 두고 돌아가며 마셔 대고 있었다. 금발에 푸른 눈동자를 하고 얼굴에 홍조를 띤 케이틀린 맥너마러는 자기 언니에게 빌린 흰 꽃무늬 드레스를 입고 있었다. 그녀는 그 옷이 유혹을 하고 싶게끔 만든다고 말했다. 토머스는 보통 때 입는 낡은 트위드 재킷과 헐렁한 코르덴바지를 입고 있었다. 크고 부드러운 캐러멜 색깔의 눈동자와 두툼한 입술, 곱슬거리는 짙은 금발을 한 그는 케루빔 천사처럼, 거의 여자처럼 보였다. 그녀가 토머스에 대해 처음으로 기억하는 것은 연달아 지껄여 대지만 상처 받기 쉬운 사람이라는 느낌이었다. 키가 겨우 다섯 자 남짓하고 덩치가 작은 그는 그녀의 키 정도밖에 안 되었는데, 그녀가 말하는 바에 따르면 아주 섬세한 손을 가진, 작고 가벼운 사람이었다.

당시에 두 사람은 모두 형식적으로나마 다른 연인들에게 매어 있었다. 토머스는 의지할 곳 없었던 런던에서 가끔 잠자리를 함께 한 어떤 여인과, 케이틀린은 훨씬 나이가 든 화가 아우구스투스 존Augustus John과 그런 사이였다. 이미 존은 케이틀린에게 토머스를 "눈부신 젊은 불꽃"이라고 묘사했던 적이 있던 터였다. 케이틀린은 스스로 댄서라고 생각했고 존을 위해 모델이 되기도 했는데, 존은 자기 모델들은 자기의 정부가 되어야 한다는 논리를 가지고 있었다. 그가 그린 케이틀린의 초상화는 생기가 넘치는, 아주 개방적이고 강인하고 감각적으로 보이는 말끔한 미인의 인상을 보여 준다.

토머스는 자기의 이야기, 그녀가 말한 그 "끝없는 수다"에 몰두해서 시인과 화가 무리들을 즐겁게 하면서, 썰을 풀고 있었다. 그녀는 인접한 스툴에 앉아 있었다. 이야기를 계속하면서 토머스는 몸을 낮게 기울여 머리를 그녀의 무릎 위에 눕히고는 그 다리 사이에서 자기 머리를 요람처럼 흔들었다. 그것은 일종의 넋을 잃음, 복종이었지만, 동시에 영역 침범, 그녀의 가장 은밀한 중심에 대한 침해였다. 케이틀린은 기분을 상해하지도 않고 그것을 자연스런 행동으로, 예술가들이 가끔 느끼는 자발성의 표현으로 받아들였다. 그녀는 모욕이나 위협을 느끼지 않았고, 도리어 그것이 자신을 만족스럽고 행복하게 만드는 아주 특별히 가깝다는 느낌, 그 깊은 모성애로 채웠다고 나중에 회상했다. 이렇게 이상한 자세로 몸을 구부린 채 케이틀린의 얼굴을 쳐다보면서 이 젊은 시인은 사랑한다고 말했다. 그녀가 그런 사랑 고백을 들은 것은 처음이었다. 친구들과 계속 얘기를 하는 동안에도 그는 사랑한다는 말을 반복했지만, 친구들은 아무도 별난 것에 주목하고 싶지 않은 것처럼 보였다.

그들은 사람들을 피해서 따로 얘기하고 술을 마실 수 있는 다른 술집을 찾았다. 케이틀린은 근처에 있는 '에펠탑'이라는 고급 레스토랑을 알고 있었는데, 꼭대기 층에는 남녀 간의 은밀한 관계를 위한 개인용 침실이 있었다. 아우구스투스의 딸들 중 하나도 가끔 거기에 있는 방을 예약하고는 돈을 자기 아버지 앞으로 달아 두기도 했는데, 케이틀린은 자기들도 똑같이 하자고 제안했다. 토머스는 놀라거나 경악하지도 않고 다음 단계로 당연히 취해야 할 일처럼 즉시 동의했다. 토머스는 아우구스투스 존에게 돈을 달아 놓는 소소한 절도 행위를 꽤 괜찮은 일이라고 생각했다. 왜냐하면 모든 게 자기 소유인 양하는 이 늙은 화가의 태도를 원래부터 불쾌해했기 때문이었다. 순수한 자발성과 섹스를 향한 충동적인 돌진을 보여 주는 이 장면은 헨리 밀러가 만들어 냈을 법한 것으로서, 밀러도 이런 식으로 바가지를 씌우는 일을 칭찬했을 것이다.

남자는 여자를 처음 만나자마자 좋아한다, 심지어 사랑한다고 말할 수 있다. 그러면 여자는 남자를 믿지 못해도 그것을 남성의 공격적인 성격의 일부로 받아들이고, 남자가 말하는 것은 무엇이나 그의 '전략', 말하자면 여자를 꾀기 위해 꾸며 대는 이야기로 받아들일 수 있다. 토머스가 케이틀린에게 사랑한다고 선언한 것, 첫눈에 보자마자 사랑을 분명히 공언한 것은 성적 요구를 못 박는 것으로, 예술가들이 정신을 고양시킬 때 빠져드는 발정 상태 같은 것으로 생각될 수 있을 것이다. 그러나 케이틀린과의 경우를 제외하고는 토머스가 그런 행동을 한 적은 거의 없었다. 아이러니컬하게도 토머스를 따라다니는 전설이 말년에 그런 행동을 하게 했지만 말이다.

두 연인은 '에펠탑'에서 나흘 밤을 보냈지만, 그저 애무하고 시시덕거리
기보다는 술을 마셔 가며 많은 얘기를 나누었다. '에펠탑' 에피소드는 성적
탐색이라기보다는 두 사람 간의 동료적 관계의 특징을 잘 드러내 준다. 머리
를 자기 무릎 위에 대고 눕는 것을 아무런 악의 없이 받아들였던 그녀의 태
도는 그들 사이에 언어가 필요 없는 어떤 관계가 이미 분명히 확립되어 있었
음을 보여 준다. 그들은 직관적으로 그 관계를 받아들였고, 일단 현실이 되
자 아무도 그것을 되돌릴 수 없었다.

가짜 시인

딜런 토머스와 케이틀린 맥너마러와의 첫 만남은 토머스가 저절로 흘러넘
치는 배우의 상상력을 가진 사람, 특별한 관중을 의식한 경기를 할 수 있는
대담하고 인상적인 몸짓의 가치를 아는 사람, 케이틀린의 기다리고 있던 무
릎으로 몸을 굽혔던 것처럼 상황에 맞춰 자신의 감성을 변화시킬 수 있는 사
람이었음을 보여 준다. 웨일즈인이며 시인이었던 토머스는 아주 자연스럽
게 다양한 역할에 빠져들게 되었다. 잉글랜드인들에 의해 천 년간이나 지배
를 받아 온 웨일즈인들은 자기들의 교묘한 도피성, 불가사의한 신비와 그림
같은 뻔뻔함 속에 자신들을 감출 수 있는 능력에 대해 자부심을 갖고 있다.
그런 특질은 자신의 역할을 정하고 매진하며, 딜런 토머스처럼 세상이 대충
돌아가는 모양새 속에서 자신이 차지한 위치에 대해 섭섭해 하면서도 우회
적인 방법이나 생략적인 논평을 곧잘 하는 비극 배우로서의 시인의 개념과
맞아떨어진다.

그것은 시가 자신의 정체성을 창조하는 주요 수단이 될 거라는, 인생무상

에 대해 분노의 목청을 높일 거라는, 젊은 나이에 토머스가 이해한 어떤 깊은 직관과 일치한 것일까? 그는 말과 사랑에 빠졌기 때문에, 그의 표현에 따르면, 말의 색깔과 말의 순수한 감각적 소리와 사랑에 빠졌기 때문에, 시를 쓰기 시작했다는 것이다. 열두 살 때 처음으로 지역 신문에 「그의 장송곡His Requiem」이라는 시가 게재되었다.

이 시의 제목과 정서는 토머스의 후기 작품이 보여 준 특징인 죽음에 대한 집착과 전적으로 일치하지만, 문제는 이 시가 딜런 토머스의 작품이 아니었다는 것이다. 그는 오래된 잡지에서 이 시를 발견해 내서는 간단히 자기 것으로 만들어 버렸던 것이다. 다른 시인의 글을 빌려 오는 일이 아주 드문 일도 아니지만—T. S.엘리엇은 그것에 대해 사과하기도 하고 그것을 가지고 미학적인 규칙을 만들기도 했지만—노골적인 표절 행위는 다른 문제이다. 무엇이 토머스로 하여금 그런 짓을 하게 했을까—치기 어린 몸부림이었을까, 연극적인 자기 과장의 성향이었을까, 혹은 시인으로서의 명성을 얻으려는 조급함 때문이었을까? 토머스는 아홉 살 때부터 시를 쓰기 시작했는데, 친구 다니엘 존스와 함께 복잡한 낱말놀이를 만들고 라디오 방송을 흉내 냈으며, 둘이 한 행씩 번갈아 가며 시를 쓰기도 했다.

토머스의 주 모델은 자기 집안 내력이었다. 할아버지 형제 중에 19세기에 시인이 있었던 것이다. 궐림 말스 토머스Gwilym Marles Thomas라는 종조부는 토머스 집안 신화에서 가장 주목할 만한 인물로서, 시 때문이라기보다 남부 웨일즈 산악 지역의 소작인들과 양치기들의 권리를 옹호한 것으로 더 유명한 목사이자 교사였다. 그는 자신의 중간 이름을 근처에 흐르는 말래스Marlais라는 강 이름에서 따와서 붙였던 것이다. 딜런 토머스는 가문을 잇는다는 표시로 그 이름을 이어받았다.

그의 아버지가 영향을 주었을 개연성이 더 많은데, 아버지는 글을 쓰고 싶었지만 그러지 못하고 조그만 마을의 선생이 되었다. 그는 플로렌스 윌리엄스Florence Williams를 자기가 임신시켰다고 믿고 남자답게 결혼을 했다. 그러나 나중에 알고 보니 그녀는 말이 많고 열정적이며 기질적으로 아주 상냥한, 활기 넘치고 쾌활한 여자로서 그와는 지적으로 양립할 수 없었다. 그녀가 즐거워하는 것은 그가 괴로워하는 것이었다. 스완지 문법 학교에서 토머스의 아버지 D. J. 토머스는 남에 대해 잘 빈정대는 선생으로 알려져 있었다. 가르치는 과목은 그가 정말 좋아하고 이상화한 영문학이었는데, 그는 자기가 위대한 작품으로 생각하는 것들을 왜 학생들도 똑같이 인식하지 못하는지 이해할 수 없었다. 그는 특히 시 낭송에 장기를 보였고 목소리 힘으로 학생들을 꼼짝 못하게 할 수 있었는데, 이 능력을 아들 딜런이 물려받았을 것이다. 딜런이 소년이었을 때 D. H. 로렌스 작품을 읽고 있었던, 내향적이고, 신랄하고, 염세주의적이고, 술고래이며, 내놓은 무신론자인 D. J. 토머스는 분명히 스완지에 사는 사람 가운데 가장 의기소침하고 자기 생각에 골똘히 빠져 있던 사람이었을 것이다.

토머스라는 성은 웨일즈에서는 흔한 것이었고, D. J.는 사실 자기 학생들을 무시하는 아주 자만심이 강한 사람이었지만 그의 집안은 평범한 가문으로 D. H. 로렌스와 마찬가지로 노동계급이었다. 그의 아버지는 자기 장인처럼 철도 노동자였다―이는 산골에서 도시로 이주한 소규모 자작농이라는 뜻이었다. 플로렌스 윌리엄스가 D. J. 토머스를 만났을 때 그녀는 커튼 가게에서 재봉사로 일하고 있었다. 그녀의 부모는 사촌 간이었는데, 이런 결혼은 웨일즈에서 집안의 돈을 합치기 위한 방법으로서 받아들여지는 관행이었지만 윌리엄스의 경우는 그 결혼이 집안의 돈 문제라기보다는 제일 가까운 마을도 아주 멀리 떨어져 있었기 때문이었던 것 같다. 나중에 플로렌스가 아이를 낳을 때, 출산 때마다 저능아나 정신이상아가 태어나지 않을까 하는 두려움이 늘 뒤따라 다녔다. 그것 역시 집안 내력의 일부였다. 플로렌스의 아버지는 교회의 집사였는데—웨일즈는 근본주의적이고 지옥을 두려워하는 신앙심 깊은 곳이었다—그녀의 종교적인 믿음과 교회 출석은 남편을 소외시킨 요인 중 하나였다.

발굽처럼 굽은 해안을—토머스가 「10월의 시 ^{Poem to October}」에서 묘사한 것처럼 "섭조개 웅덩이가 있고 백로가 사제 노릇하는 바닷가"를—따라 뻗어 있는 스완지^{Swansea}는 1914년 10월 27일 딜런이 태어났을 때에는 약 10만 이상의 주민이 사는, 언덕에 있는 큰 도시였다. 딜런보다 8년 전에 태어난 낸시 토머스는 종종 자기 동생을 돌보는 일에 붙들렸다. 플로렌스 토머스는 자기 아들을 끔찍이 사랑해 아들이 결핵으로 죽지 않을까 하는 강박 관념에 시달려, 어렸을 때 감기만 걸려도 이를 경고로 생각했을 지경이었다. 연극적인 것과 감정적인 분출에 능했던 그녀 또한 토머스 아버지의 교만한 합리주의보다 아들의 성격 형성에 훨씬 더 영향력이 큰 것으로 판명된 과장의 능력을 지니고 있었다. D. H. 로렌스의 아버지와 아주 흡사하게 D. J. 토머스는 근본적으로 가족과 자신이 살고 있는 세계로부터 소외되어 있었다. 그러나 딜런은 여전히 사랑을 듬뿍 받는 아이였다. 그는 자기 아버지가 자장가 대신 셰익스피어의 작품을 읽어 주곤 했던 부모 침실에 있는 어린이 침대에서 자기 생애의 첫 해를 보냈다.

스완지의 아이로서 토머스는 어느 곳에서나 끊임없이 굽이치는 바다에 둘러싸여 있었다. '딜런'이라는 이름 자체는 웨일즈어로 바다를 의미하는 명사였다(옛날부터 만들어져 온 중세 웨일즈 이야기 모음집 『마비노기온^{Mabinogion}』에서 이 말이 어둠의 왕자를 뜻한다고 그는 한 편지에서 주장했지만 말이다). 소년은 바다에 돌멩이를 던지며, 모래사장에 있는 상자 위에서 복음을 외치는 설교자에게 귀를 기울이며, 유조선과 예인선과 소형선을 지켜보며, 소금기로 하얗게 덮인 작은 집들과 은퇴한 선장들이 있는 어업 구역의 부두와 방파제 위를 걸으면서 스완지의 해변을 헤매었다. 웨일즈에서 바다 다음으로 사람들에게 큰 영향을 주는 것은 (어떤 점에서는 바다의 연장이라고 할 수 있는) 날씨였다. 유럽에서 가장 습하고 자주 보슬비가 내리며 안개가 끼고 고사리와 토탄과 버섯과 습지가 축축한 단내를 풍기는 가운데, 모든 곳이 죄다 습기로 가득 차 있었다.

스완지는 딜런의 어린 시절에는 양들이 자기 집 맞은 편 들판에서 기침을 하는 소리, 올빼미가 숲에서 부엉부엉하는 소리, 갈매기와 백로와 백조가 우는 소리를 들을 수 있을 정도로 발달되지 못한 도시였다. 그 밖에 더 기분을 전환시켜 주는 것들로는 도살장과 가스 공장, 시커멓게 된 비석들, 너무나도 오래돼서 그것 자체가 박물관 속에 있는 것처럼 보이는 박물관이 있었다. 모든 곳에 있는 것이었지만 특히 스완지의 위쪽 산에는 드루이드 교도의 제사와 인신 공희供犧 전설을 상기시켜 주는 신비스러운 석조 구조물이 있었다.

딜런이 헌 옷을 물려 입고 아버지가 생계를 위해 거부감은 없어도 무관심했던 웨일즈어를 저녁마다 가르쳐야 했지만, 토머스 가족은 체면을 구기지 않을 정도의 돈은 있었다. 아버지에게는 아들의 교육이 중요했기 때문에 일곱 살 때부터 딜런을 사립 학교에 보냈다. 처음부터 그는 고분고분하지 않았고, 다른 사람에게 번뜩이는 말로 곧잘 응수하는 반항기 가득한 재담꾼으로서, 그가 묘사한 바에 따르면 사전을 꿀꺽 삼켰던 소년이었다. 한번은 학교 뒤 담벼락에 오줌을 싸서 "하느님이 왕을 구하시기를"이라고 썼는데, 이 낙서는 곧 사라졌지만 선생들에게는 충격적인 일이었다. 또 한번은 누가 준 무화과 맛을 보며 여자의 성^性을 먹는 것과 같다고 말하기도 했는데, 열한 살 먹은 아이의 말이라고는 믿기 어렵다. 아직도 반바지를 입고 다니던 그 어린 나이에 극장에서 담배를 피우다가 걸리기도 했고, 자기 누나의 옷을 입고 길 모퉁이에서 배회하면서 지나가는 남학생들을 물끄러미 바라보는 모습이 목격되기도 했다. 단편소설인 「복숭아^{The Peaches}」에서 토머스는 무릎에 상처를 내어 엄마에게 피 묻은 손수건을 보여 주며 귀에서 나온 피라고 속였던 일을 자세히 설명하기도 했다. 그는 영리하고 건방진 응석받이로서, 누나 친구의 말에 따르면 "어쩔 수 없는 타타르인"이었다.

권태감과 뻔뻔함은 전 생애 동안 토머스를 따라다닌 마음속 깊은 곳에 있는 반항심과 경멸심의 일부로서, 과장된 몸짓과 제멋대로 엉뚱하게 구는 행동과 극히 탐닉적인 시인의 모습에서 잘 나타난다. 그는 악마 같은 짓궂은 장난기와는 정반대로 빛나는 금발 곱슬머리의 얼굴로 천사처럼 보이게 하는 능력도 있었다. 약한 턱과 후드를 두르고 있는 것처럼 보이는 입과 두 눈 주위의 처진 듯한 느낌에도 불구하고 수많은 사진작가들은 케루빔 천사 같은 모습을(후년에는 비대하고 방탕한 케루빔이 되었지만) 그의 얼굴에서 발견해 내었다.

이 악마 같은 소년은 허약하고 어깨가 좁고 야위고 천식과 빈혈증에다 출혈성의 약한 폐와 가냘픈 골격과 간에 문제가 있는 병약한 아이였다. 그 결과 학교를 빼먹는 것도 변명의 여지가 충분히 있었다. 그래서 대신 아버지의 서재에서 독서를 했는데 그의 진정한 교육은 이곳에서 이루어진 셈이었다. 가끔 그는 고모님의 오래된 농장이 있는 펀 힐^{Fern Hill}에서 병을 회복하기 위해 며칠씩 쉬었고, 특히 여름에는 더 많은 시간을 보냈다. 이곳에서 그는 진흙과

잡동사니들과 떨어지는 돌멩이와 땅바닥을 파헤쳐 대는 닭들을 관찰했는데, 이런 동물과 자연은 나중에 그의 시에서 실제로 모습을 드러내게 된다.

열세 살이 되던 해에 그는 아버지가 선생으로 있는 스완지 문법 학교에 등록했다. 그때쯤에는 이미 불량 학생의 역할을 제대로 하고 있어서 교과 과정과 선생들에 대해 경멸하며, 자기 나름의 시간표에 따라 수업 시간에 어슬렁거리며 들어갔다 나갔다 했다. 그는 영문학을 제외하고 전 과목에서 늘 보통이거나 그보다 못한 성적을 받았다. 이미 술 담배에도 손을 댔는데, 다른 아이들에게 거친 인상을 줘서 체구가 작은 것을 만회하려고 했던 것이다. 아버지가 선생이라는 지위로 막아 주지 않았다면 그는 십중팔구 퇴학을 당했을 것이다. 많은 아이들이 그러는 것 이상으로 삐딱하고 예의 없고 제멋대로였다. 책상을 흔들고 수학 시간에 탈의실에 숨고, 기도 시간에 드잡이를 하고 불어 시간 직전에 쓰레기통 속에 몸을 거꾸로 처박고 있기도 했다.

키가 작다는 의식에 늘 사로잡혀 있어서 크로스컨트리 달리기도 하고 열두 살 때는 1마일 장애인 경기에서 가까스로 우승하기도 했다. 그러나 그는 그런 운동을 하기에는 기본적으로 체력이 약했기 때문에 책 읽는 일을 도피처로 삼아 성경과 셰익스피어, 말로우, 블레이크, 키츠와 D. H. 로렌스 등의 작품을 읽었다. 엄청나게 독서를 하면서 책 속을 "불도저처럼" 파고들 때 눈알이 "자루 끝에 매달린 것처럼" 튀어나온 눈을 하고, 언젠가 라디오 토크쇼에서 말했던 것처럼, "기억의 저장고처럼 끊임없이 말하고 있는 선배 작가들" 속으로 뚫고 들어갔다. 몇 편의 시를 학교 잡지에 싣기도 했는데, 이는 어린 시절의 불확실하고 신통치 못한 노력의 결과라고 할 수 있지만, 열다섯 살쯤에는 자기만의 노트에 시를 쓰고 있었고 고등학교가 끝날 무렵에는 이미 시가 200편에 육박하고 있었다. 파멜라 핸스포드 존슨^{Pamela Hansford Johnson}에게 한 얘기에 따르면 시를 쓰는 데 너무 공을 들이는 바람에 어떤 때는 한 시간에 두 줄밖에 못 쓸 때도 있었다는 것이다. 학교 성적이 극히 저조했지만, 아니 저조했기 때문에 시는 쌓여 갔지만, 성적 때문에 대학에 진학한다는 말을 꺼내기도 어려웠고 그래서 아버지는 몹시 실망을 했던 것이다.

이 무렵 그는 이미 진로를 정하고 있었는데 그것은 바로 일상의 기대와 의무의 압박에서 자유로운 고집스런 시인의 모습이었다. 그가 표현한 바에 따르면 "병색이 완연한 채 떨고 있는" 무질서한 낭만주의자, 내적인 명령에 따라 자신을 개조하고 재창조할 수 있는 능력을 가진 키메라 같은 젊은 시인이 시적 페르소나의 가면 뒤에 모습을 감추고 자신만의 체계를 만들어 가는 과정에 있었다. "문학에 있어서 가장 매력적인 인물은 언제나 자신을 중심으로 거짓말과 전설이 만들어지는 인물, 진정한 성격이 기묘한 베일 아래 영원히 감추어져 있는 반*신화적인 인물이었다는 사실은 아무도 부인할 수 없다"고 토머스는 말했다. 그는 베일을 쓰고 있는 모습과 원래의 성격을, 인간의 가식적 모습과 실제 모습을 늘 구분했던 것은 아니다. 스스로 창조한 자기 파멸적 운명을 가진 시인의 이미지를 가차 없이 좇아가면서 그는 자기가 만든 전설의 희생양이 되었다.

방언의 리듬

토머스는 1931년 여름에 학교를 그만두었지만 계속 자기 집에서 지냈다. 누나 낸시도 함께 집에 있었다. 우아하고 매력적인 낸시는 자기 남동생을 게으르고 부담스러우며 늘 황당한 일을 저지르는 존재로 여겨 무관심하거나 적대적인 태도를 취했다. 집을 떠날 눈치를 도무지 보이지 않는 자식들을 돌봐야 하는 의무는 아버지에게 끝없는 근심거리였다. 웨일즈는 국제적인 불황으로 재정적 어려움을 겪고 있어서 공장과 탄광은 문을 닫거나 노동자들을 해고하기도 했는데, 학교 선생이라는 약간은 안전한 수입원이 있기는 했으나 아버지는 심각한 경제적 분위기 때문에 여분의 돈이 필요하지 않을까 걱정하고 두려워했다.

월급이 아주 적었지만 딜런이 지역 신문사에 취직했을 때 아버지는 마음이 놓였다. 딜런은 "귀향Return Journey"이라는 제목의 한 라디오 방송에서 당시 자신의 모습을 열일곱 살 된 허풍쟁이 보헤미안, 수다스럽고 야망에 차 있고 허세 부리고, 누나의 스카프로 두툼한 매듭의 타이를 만들어 매는 가식을 약간 부리는, 촌스럽지만 그걸 모르는, 과시벽이 있는 사춘기 소년이었다고 묘사했다. 그는 늘 담배를 비스듬히 문 채 눈이 튀어나오고 앞니는 하나 부러지고 입술이 두툼하게 튀어나온 모습으로, 기삿거리를 찾아 돌아다니는 끈덕진 신문 기자의 태도를 취했다. 〈사우스 웨일즈 데일리 포스트〉에서 초짜 기자로서 다루었던 기사는 대부분 지루하기 짝이 없는 결혼식과 장례식, 음악회, 교회에서 하는 경매와 스포츠 행사 등이었다. 어떤 곳에는 직접 참석하지도 않고 기사를 쓰기도 했는데, 이런 것들은 너무나 하찮고 틀에 박힌 것들이라 그런 전문적 태도를 취한다는 것 자체가 우스운 일이었다.

나중에 프리랜서 기고자로서 계속 일을 하기는 했지만 그 신문사에는 15개월 밖에 다니지 않았다. 신문사에서 해고된 것을 그는 평범함에서의 해방이며 자기 노트에 쌓아 가고 있었던 시를 쓸 자유를 얻는 것을 뜻한다고 합리화시켰다.

실제로 1933년과 1934년은 시인으로서 가장 생산적인 시기였으며, 대략 스물다섯 개의 단편소설뿐만 아니라 첫 두 시집에서 발표한 시의 거의 절반

이 시작되었던 해였다. 그러나 신문사에서 주는 월급이 끊어지자 아버지에게 또다시 손을 벌렸고 이 일 때문에 가족 간의 긴장이 높아지게 되었다. 잘해봤자 가족들 사이에 긴장감이 감돌고 말다툼이 일어나는 상황이 전개되었는데, 딜런이 대낮이 되어서야 일어나서는 숙취로 고생하면서도 시를 쓰니까 혼자 내버려 두라고 요구함으로써 상황을 악화시켰다. 물론 시가 돈을 벌어 주는 것도 아니었기 때문에 딜런은 누나나 엄마의 돈을 조금씩 슬쩍했다. 그는 돈 버는 일에는 도무지 관심을 보이지 않았고 친구들로부터 돈을 빌리는 평생 습관을 이미 시작하고 있었다. 사실상 장래의 행동 패턴을 이미 굳히고 있었는데, 이것은 결혼과 자식들에 대한 의무를 짊어졌을 때에도 변치 않았다. 딜런의 자기 탐닉과 창작 작업의 절박성에 케이틀린이 익숙해져야 한다는 그의 주장은 이들 부부 사이의 끊임없는 갈등의 원천으로서 그는 자기 친가에서 이미 확립해 두었던 특권을 주장했던 것이다.

토머스가 그때나 그 이후나 자주 돈을 조금씩 빌렸던 것은 좋아하는 맥주를 마시기 위해서였다. 절제를 설교하고 특히 맥주를 악마의 음료로 생각했던 웨일즈 근본주의 교회의 전통을 거부하여 자기 아버지가 그랬던 것처럼 토머스도 맥주를 마셨던 것이다. 「늙은 가르보^{Old Garbo}」라는 단편소설에서 그는 풍성하고 화려한 언어로써 평범한 일상을 감각적으로 인식할 수 있게 만드는 술에 대한 애정을 다음과 같이 묘사했다. "살아 있는 하얀 거품, 놋쇠 빛으로 반짝이는 깊이, 젖은 갈색의 유리잔을 통해 나타나는 갑작스런 세계, 기울어지면서 입술로 갑자기 다가오는, 출렁대는 뱃속으로 천천히 스며드는 맥주, 혀에 붙은 소금, 잔 가장자리에 붙은 거품."

매주 수요일 저녁이면 딜런의 스완지 친구들은 그가 셔츠 마분지 심에 이야기를 써서 벽에 줄 지어 붙여 놓은 그의 침실이나 아버지의 서재에 모여 그가 시를 낭송하는 것을 듣거나 자기네들의 시를 낭송했다. 또 다른 시모임 장소는 버트 트릭^{Bert Trick}의 식료품 가게였다. 트릭은 딜런보다 열다섯 살 위의 집안사람으로서 내놓은 마르크스주의자였다. 트릭이 가진 정치적인 생각은 오든^{W. H. Auden}과 그 그룹의 작품에 표출된 정치적인 관심과는 대조적으로 딜런의 시에는 나타나지 않았지만, 트릭은 딜런에게 가난한 사람들과 억압 받는 사람들에 대한 동정심과 부유한 자들과 잘난 체하는 사람들에 대한 반감을 부추겼다.

트릭은 "죽음은 끝이 아니니까"라는 후렴을 사용해서 시를 쓰기도 했는데, 눈물을 자극하는 이 시는 토머스의 「죽음이 지배하지 못하리라^{Death Shall Have No Dominion}」라는 중요한 초기 시 중의 하나를 쓰도록 자극했다. 트릭의 감상주의 대신 토머스의 시는 존 던^{John Donne}의 방식을 따라 광기가 제정신이 되고 잃어버린 사랑을 되찾고 모든 동물과 인간이 격렬한 힘으로 재생하는—"망치처럼 들국화를 뚫고 나오는"—것을 경험하는 것과 같은, 인간의 육체와 대지 사이의 유사점을 형상화한 일련의 역설적인 전환에 의해 견고한 모습을 갖게 된다.

토머스에게는 어떤 생각도 육체적인 용어로 전환될 수 있었고, 그가 언젠가 자신의 "뼈에 매인 작은 섬"이라고 부른 육체는 종종 사람을 아주 당혹케 하는 이미지들을 제공했다. 그의 시 「죽음이 지배하지 못하리라」에서의 줄거리 전개는 웅대하기도 하고 동시에 비장하기도 하다. 이것은 죽을 수밖에 없는 인간과 무자비하게 인간을 잡아먹는 광대한 힘 사이의 불공평한 투쟁을 다루고 있다. 토머스가 시의 목적에 맞춰 쓰기 위해 성경에서 따온 "그리고 죽음이 지배하지 못하리라"라는 후렴구가 보여 주는 인간의 굴하지 않은 저항에 의해 투쟁의 불공평함은 개선되고 거의 균형을 이룬다. 또한 전체 28

행 중에서 7행을 차지하는 그 확신의 울림은 "죽음이여, 자랑하지 말라"라는 고통스럽고도 우렁찬 존 던의 시행을 특히 상기시켜 준다.

병과 슬픔과 죽음을 부르고 껴안는 것은 셸리와 키츠 등의 시인에 의해 무수히 많은 시에서 표현된 낭만적 전통이었다. 일찍부터 죽을지 모른다는 경고와 함께 병약한 아이로서 어린 시절을 보냈던 토머스에게 있어서 죽음은 그렇게 부드럽게 호소하는 것은 아니었다. 대신 우리에게 "빛이 사라지는 데 저항해서 분노하고 분노하라"고 강력한 목소리로 촉구한다. 그것은 늘 위험을 무릅쓰고 죽음의 영역 바로 가장자리에 살고 있던 사람의 외침으로서, 그의 용감한 충고는 허세의 행동이었을지도 모른다. 죽음에 대해 저항하는 사람으로서 그는 어떻게 살아야 할지에 대해서는 아무런 고려도 없이 시 창작이라는 신성한 작업에 전념하는 것 이외의 다른 모든 의무를 거부하고 있었다. 언제나 생활 환경에 대해 투덜거리며 불만족스러워했지만 아내를 포함한 여인들과의 관계에서, 술 마시고 흥청대는 파괴적 악순환 속에서, 돈 버는 데 대한 무관심 속에서, 그는 결과에 대해서는 결코 신경을 쓰지 않았다.

노팅엄이 젊은 로렌스에게 견딜 수 없었듯이 갑자기 웨일즈는 토머스에게 사람을 가두는 좁고 고립된 곳으로 느껴졌다. 그는 담배 한 갑을 사기 위해 3마일을 걸어가야 하고 토끼를 어떻게 하면 덫으로 잘 잡을 수 있을까가 사람들의 주된 관심거리인 곳이라고 불평을 했다. 마음을 가장 우울하게 하는 것은 편지에서 그가 웨일즈의 "영원한 추함"이라고 명명한 것 이외에도 공장 지대의 불결함, 병든 광부들과 싸구려 베레모를 쓰고 숍 윈도우를 들여다보는 천해 보이지만 예쁜, 온통 "가슴과 아랫도리"뿐인 젊은 여성들로 가득한 곪은 상처 같은 모습들이었다.

"낮과 밤: 방언의 리듬"이라는 제목의 편지에서 그는 불만스런 하루가 홀러가는 과정을 다음과 같이 설명했다. 하루는 천천히 흐릿하게 잠자리에서 일어나는 것으로부터 시작되며, 다음에는 담배를 몇 대 피우면서 신문을 샅샅이 훑어보고 대낮까지 난로 앞에서 책을 읽었다. 그러고 나서는 언덕을 내려가 업랜드 호텔에서 맥주를 몇 잔 들이킨 후 점심은 집에서 먹고 방에서 책을 더 읽었다. 방은 담배 냄새에 찌들어 있었고 벽에는 자신이 파스텔로 직접 그린 매독 걸린 그리스도와 푸른 수염을 한 모세의 그림이 불길한 징조처럼 걸려 있었다. 시나 단편소설을 쓴 후에 차를 마시기 전까지 황량한 벼랑에 가서 계속 닥치는 대로 책을 읽었다. 저녁은—'바다', '산양', '인어' 같은—술집과 술기운에 벌이는 형이상학적 토론을 위해 비어 두었다. 마지막에는 어머니가 자질구레한 일을 하시는 집에 와서 저녁을 먹고는 책을 더 읽었다.

「죽음이 지배하지 못하리라」라는 시를 〈뉴 잉글리시 위클리〉에 실으면서 그는 시적 야망을 실현하기 위해 런던으로 꼭 가야겠다고 생각했다. 누나가 결혼을 해서 런던 남서부 외곽에 있는 템즈 강의 선상 가옥에서 살고 있었다는 사실도 그의 런던행을 자극했다. 1933년 여름 그는 런던행 기차에 올라 작가들을 쭉 찾아다니기 시작했다. A. R. 오라쥐^{Orage}를 찾아가 〈뉴 잉글리시 위클리〉에 단편소설을, 또 리처드 리즈 경^{Sir Richard Rees}을 찾아가 〈아델피^{Adelphi}〉에 시 한 편을 실어 주도록 만들었다. 냉정하고 조심스럽고 겸손한 척하는 T. S. 엘리엇에게도 찾아갔는데, 엘리엇은 〈크라이테리언^{Criterion}〉의 편집자이면서 페이버 앤 페이버 출판사의 편집자로서 어떤 젊은 시인이라도 실질적으로 도와줄 수 있는 위치에 있었다. 그러나 엘리엇은 그다지 토머스를 격려하는 눈치는 아니었고, 시보다는 류머티즘 치료에 대해 얘기하는 데 더 관심이 있는 것처럼 보였다.

가을에 스완지로 다시 돌아왔을 때 토머스는 진지하게 시를 다루는 몇 개의 잡지에 작품을 보내기 시작했다. 그 과정은, 특히 답신을 기다리는 일은, 그를 극도로 긴장시켜 불면증에 시달리게 했다. 긴장감은 〈선데이 레퍼리 Sunday Referee〉가 시 한 편을 받아들여 주었을 때 잠시 동안 풀어졌는데, 이 신문은 조지 버너드 쇼와 버트런드 러셀 같은 작가의 에세이를 발행하여 문학적으로 알려져 있었다. 〈레퍼리〉에는 '시인 코너'라는 섹션이 있어서 특히 시인들이 관심을 많이 가졌다. 엘리엇 초기 작품의 황량한 분위기를 모방한 토머스의 시 한 편이 파멜라 핸스포드 존슨이라는 젊은 여성으로부터 찬사를 받았는데, 파멜라는 사무실 직원으로서 어머니와 함께 살면서 '시인 코너'에 이미 여러 편의 시를 싣고 있었던 터였다. 그녀는 토머스의 시를 칭찬하는 편지를 썼고, 이를 계기로 두 사람 사이에 엄청난 수의 편지가 오가기 시작했다. 토머스는 "기인의 베일"을 쓰고 폐병이나 당뇨병(끊임없이 단 것을 찾았기 때문에)을 앓으면서 시한부 인생을 살고 있는 저주 받은 운명의 방탕 시인으로서 행세했다.

자신이 일찍 죽을지 모른다는 어린 시절의 예감은 아버지의 후두암이 발견되면서 되살아났다. 암에 대한 조기 발견과 즉각적인 방사선 치료로 아버지는 20년을 더 살았지만, 1933년 가을에 딜런은 극도로 병적이고 절망적인 상태에 있었다. 아버지마저 딜런의 시가 어려워 이해할 수 없다고 잘라 말했을 때 몹시 슬퍼했다. 게다가 〈아델피〉의 편집자 리처드 리즈가 편지로 딜런의 시 뭉치를 돌려보냈다. 딜런의 시들이 너무 비현실적이고 몽상적이며, 초현실주의자들의 자동 기술 작품 같아 마음에 들지 않는다는 것이었다. 몇 주가 채 지나지 않아 BBC 방송사 잡지인 〈리스너 Listener〉에 「해가 비추지 않는 곳에서 빛은 터져 나온다 Light breaks from where no sun shines」라는 시가 실렸는데,

이 시는 음란성에 대한 비난과 함께 사람들의 폭발적인 관심을 불러일으켰다. 토머스의 최고 작품이라고 할 수 없는 이 수수께끼 같은 시는 임신에 관한 것으로서, 빳빳한 성기와 살 속을 파고 들어가는 털투성이 촛불이라는 자극적 이미지는 오늘날에 보아서는 아무 문제도 되지 않을 것이다. 이 시에 관한 논란은 토머스의 이름을 런던에 널리 알려지게 만들었는데, 물론 그 이름은 불쾌한 연상을 주는 것이었다.

파멜라 핸스포드 존슨에게 보내는 편지에서 토머스는 자신을 폐가 망가지고 끊임없이 기침을 해대는 작고 기이한 인간으로 묘사했다. 기침은 너무 담배를 많이 피워서 생긴 것이었는데 젊은 시절의 스콧 피츠제럴드처럼 그는 도리어 결핵을 앓고 싶어 하는 것 같았다. 어떤 낭만적 기대감을 만족시키고 자신이 시인으로서 받는다고 상상한 배척감을 설명하기 위해 병을 만들어 냈어야만 했던 것이다. 그는 1934년 2월 말경에 실제로 런던에 와서 파멜라와 일주일 동안 머물게 되었는데, 이미 엄청난 양의 편지를 보냈던 터였다. 두 시인이 사랑에 빠지게 된 것은 충분히 예상되는 일이었다. 당시에 열아홉 살 밖에 되지 않던 토머스는 (파멜라가 스물한 살이었기 때문에 부담을 안 주려고 나이를 속여 몇 살 더 보탰지만) 십중팔구 숫총각이었을 것이다. 그는 어떻게도 여자들과 관계를 맺지 못했고, 그래서 창녀를 사서 잔 적이 없는 한, 섹스에 관해서는 간접적인 지식밖에 없었을 것이다.

파멜라 핸스포드 존슨도 분명히 숫처녀였을 텐데, 결혼하기 전까지 처녀성을 지키려고 했기 때문에 둘 사이의 관계가 순탄치 않았다. 그녀는 작은 키에 예쁜 여자로, 토머스의 표현에 따르면 "멋있고" "모나지 않은" 여자였다. 그녀가 느낀 토머스의 첫인상은 "진한 포도향이 나는 포트와인" 같은 오르간 음색과 최면을 거는 듯한 반짝이는 눈동자를 가진 사람이라는 것이었다.『내게 중요한것 Important to Me』이라는 회고록에서 그녀는, 토머스가 티타임에 원고 뭉치와 작은 브랜디 술병을 넣고 호주머니를 불룩하게 한 채 몸에 맞지 않는 큰 레인코트를 입고 나타났었다고 회상했다. 토머스는 체구는 작지만 겁대가리 없는 십대 남학생처럼 보였다. 편지에서 그녀의 시를 신랄하게 비판했음에도 불구하고 그녀는 토머스를 좋아할 준비가 되어 있었다. 젊은 두 사람은 밤늦게까지 예술에 대해 얘기를 나눴지만, 토머스는 시 이외의 주제에 대해서는 모두 "아주 큰소리"를 쳤다.

스완지로 돌아오자마자 토머스는 그녀에게 사랑한다는 편지를 썼는데, 그것은 나중에 케이틀린에게 사랑을 고백할 때와 마찬가지로 아주 성급하게 아무 생각 없이 한 일이었다. 토머스는 그 말이 어떤 의미를 가질지 생각해 보지 않았지만 파멜라는 자기들이 이제 깊은 관계에 들어가게 되었다고 쉽게 믿을 수밖에 없었을 것이다. 그는 사랑은 빠르게 전달되고 순간적으로 반짝하는 기분으로 즐겨야 할 감정의 빠른 분출이라는 낭만적인 정의를 내렸다. 말리기 힘들 정도로 낭만적인 경향을 갖고 있었기 때문에 그는 여자들과의 관계에 있어서 자신의 감정이 깊이 없이 그저 빠르게 움직인다는 사실에는 별로 신경을 쓰지 않았다.

부활절에는 런던으로 되돌아가 지난번보다 훨씬 길게 6주 동안 머물었는데, 이때 파멜라와 더 가까워진 것처럼 보인다. 그는 자신과 자기 작품에 대해 훨씬 의기양양해서 런던에 가게 되었는데, 그때부터 좋은 평가를 받기 시작했다. 「초록의 도화선을 타고 들어가 꽃을 피워 내는 힘 The Force That Through the Green Fuse Drives the Flower」이라는 시가 〈레퍼리〉에 실렸는데, 런던의 문단은 새로운 젊은 천재의 출현에 흥분을 감추지 못했다. 고갈시키면서(시든 나무뿌리와 메마른 강물) 동시에 변덕스러운(자연의 추진력과 소용돌이치는 물과 부는 바람)

언어와 시의 첫 부분에서 나타난 모순적인 힘에 의해 이 시의 엄청난 리듬은
활성화 되었다.

> 초록의 도화선을 타고 들어가 꽃을 피워 내는 힘이
>
> 내 푸른 세월도 몰아간다. 나무뿌리를 마르게 하는 힘이
>
> 나의 파괴자이다.
>
> 그리하여 나는 말라비틀어진 장미 앞에 벙어리가 된다
>
> 내 청춘도 같은 겨울 열병으로 비틀어짐을 말하지 못한 채.

이어지는 그의 다른 많은 시들처럼 이 시도 인생무상의 고통으로 가득 차
있다. 이것은 다른 시에서 "달려오는 무덤"이라고 재기 있게 표현한 시간에
의해 인간의 삶이 측정이 된다는 뜻으로서, 이런 의식은 언제나 토머스에게
는 기쁨을 죽이는 것이었다. 더 깊은 의미에서 이 시는 어린 딜런의 몸속 피
의 흐름과 물이 지구를 순환하는 방식인 바다와 구름과 비의 자연계를 비교
한 데에서 나타나 있듯이, 삶과 죽음의 상호 연관성이라는 토머스의 또 다른
영원한 주제를 포함하고 있다.

파멜라는 두 사람이 이 기간 동안 "미칠 듯이 행복했고" 당황스러운 일이
조금 있었지만 결혼 애기까지 나왔다고 말했다. 한번은 파멜라와 술집에서
나왔을 때 아는 사람을 만나자 딜런은 술에 취한 척했다. 이것은 피츠제럴드
가 사용해서 역시 비난을 받은 바 있는 자기방어술이었다. 딜런은 계속 취한
척해서 파멜라를 놀라게 했다. 또한 아는 작가를 만났을 때는 파멜라를 소개
해 주지도 않은 채 그 사람과 얘기를 하고 싶어 갑자기 파멜라를 버려두고
가 버린 일도 여러 번 있었다. 자기가 실제로 프러포즈를 한 여인을 무시하

고 있다는 사실을 깨닫지 못할 정도로 그가 자신에게 몰두하고 있지는 않았
을 것이다. 결혼에 대한 전망과 특히 가족을 부양해야 한다는 예상은 생각보
다 훨씬 토머스를 놀라게 했던 것 같다. 부활절을 즈음한 긴 방문 동안 그의
목적 중의 하나는 적당한 일자리를 찾는 것이었다. 그러나 그것은 그 당시나
그 이후에나 토머스의 일생에서 결코 실현되지 못한 일이었다.

파멜라를 놀라게 해서 차버릴 심산으로 토머스는 편지를 통해 주말에 어
떤 "붉은 입술의 호리호리한 여자"와 방갈로에서 놀아났다고 말했다. 그가
한 얘기는 음란하고 격렬하고 충동적인 것으로서, 그는 다른 남녀 한 쌍도
방갈로에 데리고 가서 함께 술을 엄청나게 퍼마셨는데, 그곳에서 여자가 자
신에게 몸을 던졌다는 것이었다. 그 사건을 묘사하면서 토머스는 자랑하기
보다는 뉘우치며 청교도적인 자책을 하는 것처럼 보였고 또 그 악몽을 나중
에 실제 있었던 일처럼 구체적으로 묘사하기도 했지만 그것은 꾸며 낸 일이
었을 가능성이 더 많다. 어쨌든 그 편지로 토머스는 파멜라가 자신의 견실성
에 대해 의심하게 만드는 데 성공하게 되었다. 완성에 이르지 못한 연애 사
건, 감정보다는 시에 더 집중되었던 편지를 통한 로맨스의 종말은 진짜 토머
스를 좋아하고 예의바른 사람이라고 생각했던 파멜라의 어머니가 그녀와
함께 늦여름에 스완지를 방문했을 때 다가왔다. 토머스는 그 방문을 두려워
해서 뚱한 상태로 있기로 작정했던 것이다.

그 무렵 토머스는 〈레퍼리〉의 '시인 코너' 콘테스트에서 뽑혀 첫 시집을
출판할 수 있게 되었다. 그 전해의 수상자는 파멜라였고 상금도 이때 처음으
로 주어졌다.

딜런과 파멜라 사이의 경쟁 관계는 제대로 표현되지는 못했지만 파멜라
는 그것을 의식하고 있어서 언젠가 한번은 "스콧 피츠제럴드처럼 토머스는

집에 또 다른 작가가 있는 걸 원치 않는 것 같다"고 진술했다. 파멜라는 선견지명이 있었다. 대신 케이틀린이 라이벌이나 미래의 동업자가 아닌 그를 에워싸는 적이 되기로 운명지어져 있었던 것이다. 나중에 파멜라는 소설가 C. P. 스노우^{Snow}와 결혼을 하고는 소설로 방향을 바꾸었다.

죽은 자들의 불안한 도시

1934년 11월에 토머스는 런던에서 살 작정을 하고 집을 떠났다. 아버지는 은퇴해서 연금으로 살고 있었으나 부모는 아직도 아들의 용돈을 매주 따로 떼어 놓았다. 술값을 제외한다고 해도 그것은 아주 적은 돈이었다. 그는 모두 웨일즈 출신으로 왕립 미술 대학에서 공부를 하고 있는 몇 명의 화가 친구들과 큰 방 하나를 같이 썼고, 나중에는 방 세 개짜리 아파트로 옮겼다. 토머스는 바닥에서 매트리스를 깔고 잤고 아무도 그가 집세를 보태는 것을 기대도 하지 않았다. 아수라장 같았던 그곳은 기본적으로 잠만 자는 기숙사인 셈이었다. 그러나 토머스는 이런 곳이 아무렇지도 않았으며, 오히려 그제야 자신의 낭만적 이미지를 살리며 보헤미안적인 예술가의 삶을 살고 있다고 느꼈다. 아침에 잠에서 깨면 담배를 찾아 고통스럽게 콜록대면서 하루를 시작하고 맥주 한 잔을 들이킨 후 간밤에 술집에서 있었던 얘기들로 룸메이트들을 즐겁게 했다.

낮에는 종종 레드 라이언 스퀘어 근처에 있는 '파튼즈'에서 책을 읽었는데, 좌익 성향의 이 작은 서점의 주인은 〈레퍼리〉와 공동으로 토머스의 시들을 출판해 주기로 약속을 했었다. 길 건너에는 '메그즈 까페'가 있어서 토머스는 혁명주의자와 시인, 도피자들의 정예 집단과 어울렸고, 가난한 글쟁이

채터튼Chatterton처럼 때 절은 푸른 울 스카프를 두르고 나타나 쉴 새 없이 지껄였다. 오후 늦게는 파리의 카페 분위기가 풍기는 커다란 방이 있는 리전트 가Regent Street의 '로열'에서 차와 햄 샌드위치, 싸구려 라거 맥주를 마셨다. 저녁에는 소호의 피츠로이Fitzroy 스퀘어 근처의 24시간 술을 파는 다양한 종류의 작은 클럽과 술집에 갔다. 이들 중에는 작가와 예술가들이 늘 모이는 '피츠로이 주점'과 특산 스코틀랜드 에일 맥주를 파는, 노무자들이 잘 오는 좁고 긴 나무판 바가 있는 '윗쉬프Wheatsheaf' 등이 있었다. 토머스는 거기서 조각가 헨리 무어와 파운드의 소용돌이파 동료인 소설가이며 화가인 윈덤 루이스Wyndham Lewis를 만났다. '피츠로이 주점'에서 만난 젊은 여성 작가 케이 보일Kay Boyle은 토머스를 만나자마자 부드러움과 잔인함이 섞여 있는 그 눈길에 강한 인상을 받아 D. H. 로렌스를 연상하고는 그를 광부의 아들로 상상했다. 토머스의 시는 그해 가을 네 편이 〈뉴 버스New Verse〉라는 영향력 있는 잡지에 실리고, 또 한 편은 런던에서 가장 중요하다고 할 수 있는 잡지 〈크라이테리언〉에 실렸다. 토머스는 〈아델피〉에 몇 개의 평론을 썼고, 크리스마스 직전에는 처녀 시집 『18편의 시Eighteen Poems』를 조심스럽게 250권만을 찍어 냈는데, 대체로 호의적인 평가를 받게 되었다.

토머스는 웨일즈와 런던을 왕복하며 런던에 있는 화가 친구들 집이나 호감을 주는 주인을 만나면—여자라면 더 좋겠지만—그 집에서 여분의 소파를 이용해 잠을 잤다. 그의 사교 범위는 술집 중심이었지만 점점 더 넓어지고 있었는데, 술집이란 그에게 언제나 쉽게 흥을 낼 수 있는 장소였다. 비평가이며 편집자인 시릴 코널리Cyril Connolly가 몇몇 작가와 함께 저녁 식사에 토머스를 초대했다. 그중 한 사람이었던 이블린 워Evelyn Waugh는 토머스가 엄청나게 취하자 곧장 자리를 떴다. 토머스는 광고 카피라이터이며 역시 시를 쓰는 노먼 카메론^{Norman Cameron}이라는 사람도 만났는데, 그는 토머스를 역사가인 A. J. P. 테일러^{Taylor}와 그의 아내 마거릿^{Margaret}에게 소개했다. 이들 부부는 시골에서 자기들과 함께 몇 주 지내자고 토머스를 초대했다.

마거릿 테일러는 토머스가 특히 런던에 있을 때는 언제나 술 마실 준비가, 말하자면 "술잔을 잡을 태세가" 되어 있다는 사실을 알았다. 술에 따라다니는 것은 조금씩 달라지는 친구들이었는데, 그는 늘 자기 얘기로 이들을 즐겁게 하려고 했다. 헨리 밀러가 그랬던 것과 아주 흡사하게 토머스는 적어도 술집에서는 폭넓고 웃음을 자아내는 반항적인 인간의 얘기로 부분적으로 술값을 대신했던 것이다. 토머스는 점심이 지겨워서 국화 한 사발을 씹어 먹었다느니, 밤에 술이 취해 템즈 강에 있는 누나의 선상 가옥에서 떨어져 물에 빠졌다가 물고기처럼 낚시 바늘에 낚여 살아났다느니 하는 얘기를 하면서 자기를 망가뜨릴 수 있는 사람이었다. 더욱 우상 파괴적이고 적나라하게 그는 하나님에 대해서도 "콩깍지 속에 처녀"를 넣어 둔 늙은 망나니라는 식의 우스꽝스런 시를 낭송하기도 했다.

때때로 그의 말은 자기 시의 어떤 구절처럼 기이하기 이를 데 없어서, 자신이 "자궁 속의 태아처럼" 잔 것이 아니라 "태아와 함께" 잤다고 말하거나, 자신은 "세상의 작은 수의"이며 2년 안에 죽기로 되어 있다고 단언하는 식이었다. 한 가지 이야기도 잘 엮고 장식을 하고 무늬를 넣다 보면 반 시간 이상을 끌 수 있었다. 그는 로렌스처럼, 커다란 부엌의 난로 앞에서 노동 후에 목욕을 하는 웨일즈의 광부 무리를 묘사할 수도 있었을 것이다. 웨일즈인의 독특한 삶을 아주 여러 가지로 자세히 묘사함으로써 장면을 공동체적인 축제에 가깝도록 만들 수 있었지만, 토머스는 그런 종류의 시인은 아니었다. 다만 자기 얘기를 듣는 사람들을 재미있게 하거나 어떤 가상의 유대감을 깊게 할 수 있다면 토머스는 주저하지 않고 사실을 왜곡하거나 거짓말을 하기도 했다.

그가 의도한 유대감은 가끔 성적인 것으로서 그는 특징적으로 과장을 사용해서 런던에 온 첫 해에 자신이 "정어리떼 같이 많은 여자들에게 둘러싸여 있었다"고 주장했다. 기본적으로 토머스는 성적으로 소심하고 감정을 억제하고 있었지만 의심할 바 없이 여자들이 좀 있었던 것은 사실이다. 보통은 자신을 안전하다고 느끼게 만드는 나이 든 여자나 특히 염려해 주는 여자들과 거의 나중에 가서야 생각이 동해서 잠자리를 같이 했다. 보통 그는 돈 후안이라기보다 어릿광대에 가까운 성격이어서 친구 노먼 카메론의 부인이 저녁 식사를 준비하기 위해 식품 저장실에 있을 때 쓰다듬다가도, 그녀가 식사 시중을 드느라 정신없을 때는 뒤에서 하녀에게 장난을 걸기도 했다. 〈뉴 버스〉에 토머스 시 몇 편을 실어 준 제프리 그릭슨^{Geoffrey Grigson}은 도대체 어떤 여자가 성적인 매력도 없고 옷차림도 꾀죄죄할 뿐만 아니라 몸도 씻지 않아 불쾌한 냄새를 풍기는 남자를 원하는지 의아해했다. 그릭슨은 나중에 토머스를 "허약한 새끼 돼지"라고 불렀다. 다른 친구들은 그를 "시궁창" 혹은 "못생긴 젖먹이"로 부르기도 했다. 이와 관련하여 토머스가 시에서나 단편 소설에서 성공적인 섹스를 묘사하거나 암시하는 일은 거의 없었다는 사실에 주목하는 것은 흥미로운 일이다.

친구 버넌 왓킨스^{Vernon Watkins}에게 보낸 편지에서 토머스는 런던은 지나친 음주, 지나치게 많은 이야기, 지나치게 많은 여자를 의미한다고 말했다. 그는 런던의 "밋밋하고 구분이 안 가는" 풍경 때문에 아무런 영감도 받지 못하고 글이 잘 써지지 않는 데 대해 불평을 했다. 토머스를 술집에서 구하려는 희망으로 그릭슨은 아일랜드로 여행할 것을 제안했다. 그는 거대한 절벽과 대서양이 바로 근처에 있는 도네걸Donegal의 외딴 농가를 알고 있다고 했다. 그릭슨은 토머스를 도와서 바다로부터 반 마일 떨어진 언덕 위에 있는 낡은 보조 창고로 이사하게 했는데, 이 창고는 미국 화가 록웰 켄트Rockwell Kent에 의해 스튜디오로 개조된 것이었다. 2주일 후에 그릭슨은 떠나갔고, 토머스는 귀머거리 농부와 그에게 정성 어린 식사와 버터밀크를 대접하는 농부의 일자무식 아내 외에는 얘기를 나눌 상대가 없었다.

시계 하나 없는 이곳에서 끊임없이 내리는 빗줄기만이 깨뜨리는 광대하고 외로운 침묵 앞에 자신이 서 있다는 사실을 토머스는 느꼈다. 마을과 술집으로부터 몇 마일이나 떨어져 있었기 때문에 그는 하는 수 없이 절벽으로 걸어가서 아래 해변에 있는 바다표범들을 관찰하는 따위의 일을 할 수밖에 없었다. 나중에 중단하게 된 『천로역정Pilgrim's Progress』을 약간 본 딴 소설과 생략법이 잘 살아 있는 시들을 이때 쓰게 되었다. 한 달 후에 굳이 농부에게 알리거나 돈을 지불하는 수고를 하지 않은 채 토머스는 10마일을 걸어 마을에 가서 버스를 발견하고는 런던을 향해 떠났다. 감사할 줄도 모르고 남을 생각할 줄도 모르는 이 행위는 충동적인 무책임의 전형적인 모습으로서, 토머스가 타고난 천성의 핵심에 가까운 것이었다. 전보다 더 뚱뚱해지고―딜런은 그것이 모두 버터밀크 탓이라고 말했는데―자신의 외모에 대해 더 무관심해져서 그는 아일랜드로부터 돌아왔다. 토머스가 자취를 감추었다는 소식을 들었을 때 그릭슨은 폭발했고, 기분이 상해서 〈뉴 버스〉에 토머스의 시를 실어 주는 것을 중단해 버렸다. 다른 친구들은 토머스의 마음속이 이상하게 굳어 있고 내향적으로 외부 세상에 대한 의무를 일부러 무시하려고 한다는 것을 알아차렸다.

"미치광이 코스"

웨일즈로 돌아간 1935년 가을, 토머스의 나이는 막 스물한 살이 되었다. 누나가 준 돈으로 땡땡이 무늬의 트위드 정장을 한 벌 샀지만 자기는 싹수가 노랗다는 편지를 누나에게 썼다. 전형적으로 자기 연민적인 성향이 있는 토머스는 에브리맨스 라이브러리를 발행한 명망 있는 출판사 덴트[Dent]의 편집자 리처드 처치[Richard Church]가 제2시집 출판에 관심을 갖고 있다는 사실을 편지에서 일부러 빼먹은 것이다. 많은 시가 여러 잡지에 실렸고, 또 〈모닝 포스트〉지에 신비한 이야기들에 대한 논평을 실으면서 돈도 좀 벌고 있던 터였다.

좀 유별난 유명 문학가 집안사람인 에디스 싯웰 부인[Dam Edith Sitwell]은 〈런던 머큐리〉라는 조그만 잡지에 실린 토머스의 작품에 대해 매우 고무적인 글을 썼다. 유독 한 가지 걱정스러운 것은 그해 겨울 리처드 처치가 토머스의 시에 대해 너무 초현실주의적이고 지나치게 "개인적이고 이상야릇하며" "서로 연관이 되지 않는 상징"으로 씌어져 이해할 수 없기 때문에 출판하고 싶지 않다는 편지를 썼다는 것이다. 나중에 비평가 도널드 데이비[Donald Davie]와 다른 비평가들도 비슷한 언급을 하면서 토머스가 분명한 구조가 없이 말들을 뭉뚱거리면서 일종의 가짜 문장을 꾸며 낸다고 비난했다. 눈치 빠르게 토머스는 처치에게 자기 시가 이미지를 너무 많이 사용해 혼란스러워 보일 수도 있다는 사실을 인정하고 구조가 좀 더 단순한 시들을 보여 주겠다고 했다.

처치를 설득하는 데는 여섯 달이 걸렸고 이 기간 동안 토머스는 런던에 가는 것을 극도로 자제했다. 단 한 번 3월에 했던 여행에서 케이틀린 맥너마러를 '윗쉬프 주점'에서 만나 '에펠탑'에 함께 간 사건이 벌어졌던 것이다. 케이틀린과 며칠을 지내면서 완전히 탈진한 후 토머스는 바로 웨일즈의 콘월

Cornwall로 물러나 있었다. 그곳에서는 시 작업을 하기가 쉽지 않았고 런던에서 온 친구들과 몇 차례씩 돌아가며 술을 마셔 대느라 정신을 집중할 수 없었다. 흥미로운 것은 만나자마자 사랑을 고백했던 남자로서 몇 달 동안 케이틀린에게 다시 연락을 하거나 만나려는 시도조차 하지 않았다는 사실이다.

6월에 토머스는 런던으로 다시 돌아와 뉴 벌링턴 갤러리에서 있었던 국제 초현실주의 전람회 개막전에 참석을 했다. 여기에는 장난기 가득한 구경꾼들과 미술 작품 관람객, 아주 극단적인 태도를 보여 주는 예술가들이 북적거렸는데, 이 가운데는 잠수부 옷을 입어 거의 질식할 뻔한 살바도르 달리도 있었다. 개막전은 카니발 느낌이 났다. 토머스에게 닥친 불행은 어떤 젊은 여자와 함께 집으로 가는 데서 생겼다. 이 여자는 장미꽃 수십 송이를 지탱해 주는 철사로 만든 장치로 머리를 우화적으로 감췄는데, 어쨌건 이 만남의 결과 토머스는 임질에 걸리게 되었다. 항생제가 없던 때라 몇 주 간의 치료가 필요했고 술도 금지된 데다 고통까지 더해져 전람회가 주었을지도 모를 즐거움과 흥분은 싹 가셔 버렸다.

토머스가 런던에 왔을 때는 케이틀린을 만나거나 연락하려고 하지 않았다. 그러나 웨일즈로 떠날 때가 돼서야 편지를 써서, '에펠탑'에서 둘이 함께 밤낮을 보낸 후 그 사이에 얼마나 그리워했는지 고백하며 다시 한 번 사랑을 확인했다. 그는 임질에 걸렸다는 사실은 숨겼다. 대신, 기관지염을 심하게 앓아 웨일즈로 돌아가는 것이라고 변명했다.

토머스는 웨일즈에서 어머니에게도 임질에 걸렸다는 말을 숨겼기 때문에, 어머니는 아들의 기관지염 치료에 신경을 썼다. 아버지는 암을 완치하기는 했지만 죽을지 모른다는 생각에 사로잡혀 시무룩하니 기분이 쳐져 있었다. 물론 집안 분위기는 어두웠다.

한편으로는 그런 침울한 상황을 피하고 싶고, 또 한편으로는 몸이 빨리 회복된 데다 케이틀린을 다시 만나고 싶은 마음에 토머스는 웨일즈의 피시가드 Fishguard에서 열린 시와 미술 축제에 참가할 계획을 세웠다. 케이틀린은 아우구스투스 존이 출품된 미술품을 심사할 것이며 그와 동행할 것이라고 귀띔해 주었다. 런던에서 토머스와 함께 아파트를 썼던 웨일즈 예술가 중의 한 사람인 프레드 제인스 Fred Janes도 작품을 출품해서 피시가드로 차를 몰고 오고 있었다.

토머스와 제인스는 초대도 받지 않은 채 로안 Laugharne에 있는 소설가 리처드 휴즈 Richard Hughes의 집에 나타났는데, 이곳에는 케이틀린과 존이 머물고 있었다. 휴즈는 이미 토머스를 만났던 적이 있었고 또 호감을 가지고 있어서 토머스와 제인스가 점심 때 다른 사람들 틈에 끼도록 해 주었다. 케이틀린의 기억으로는 토머스의 출현 때문에 눈에 보일 정도로 존이 기분 상해 했다고 한다. 존은 훤칠한 키에 턱수염을 기른 미남이었는데, 그는 특히 자기 여자가 관계된 일에도 감정을 잘 통제하는 사람이었다. 그러나 굽신거리기 싫어하고 아무 거리낌 없이 행동하는 토머스 같은 사람을 존은 참지 못했다. 몇 년 전에 존이 레이디 신시아 아스퀴스의 초상화 작업을 하고 있을 때 D. H. 로렌스가 그의 스튜디오를 방문했던 적이 있었다. 로렌스는 아주 삐딱하게 초상화에 그녀의 추한 면도 드러나게 하라고 도발적으로 권했다. 로렌스가 생각한 바에 의하면 존은 결코 그렇게 하지 못할 그저 "물에 빠진 시체" 같은 위인으로서, 예술적인 진실이 훼손되건 말건 그저 고객들 환심을 사려고만 했던 인물이었다.

점심을 먹은 후에 존은 케이틀린과 함께 힘 좋은 6기통 자동차를 몰고 가고 있었고 제인스와 토머스는 불안하기 짝이 없는 소형차를 몰고 뒤를 따라

가고 있었다. 다른 내연의 여자가 최근에 아들을 낳아 주었지만 존은 60세의 나이로 정력이 감퇴하는 것을 걱정하고 있었다. 젊은 케이틀린의 존재는 노쇠에 대한 두려움의 해독제 같은 역할을 했다. 그날 저녁 제인스의 차가 고장이 났을 때 토머스는 존의 차 뒷좌석에 케이틀린과 함께 타게 되었다. 케이틀린과 토머스가 뒷자리에서 서로 시시덕거리고 키스를 해 대자 존은 흥분해 아무렇게나 사납게 차를 몰았다. 그들은 모두 코가 삐뚤어져라 술을 마신 터였다. 술 한 잔을 더하기 위해 차를 멈추었을 때 두 남자 사이에는 거친 말이 오갔다. 존은 토머스를 바로 때려눕혀 꼼짝도 못하는 상태로 길에다 내버려둔 채 케이틀린과 함께 차를 몰고 가 버렸다.

토머스는 웨일즈로 돌아와 어린 시절의 고향에서 마지막 여름을 보냈다. 시집 『25편의 시 Twenty-five Poems』의 교정을 보면서 토머스는 그해 여름에는 케이틀린을 다시는 만나려고 하지 않았다. 계속해서 편지로 사랑을 고백하기는 했지만 말이다. 그녀가 아직도 존의 손아귀에 있다는 사실이 진짜 장애가 되는 것은 아니었다. 존은 연인이라기보다는 아버지 대리자 같은 사람이었다. 케이틀린의 진짜 아버지인 프랜시스 맥너마러는 케이틀린이 여덟 살 때 처와 네 명의 자식을 버리고 떠났었다.

오래된 가문 출신으로 까다롭고 거들먹거리며 말로 세상을 변화시킬 수 있다고 생각한 대단한 말꾼인 프랜시스 맥너마러는 적은 생계 지원비로 런던에 살면서 시를 썼다. 그는 예술가들 동아리에 들어갔고 아우구스투스 존은 가까운 친구였다. 프랜시스가 처자식을 버리고 떠난 후 케이틀린의 엄마는 햄프셔로 이사를 했다. 그런데 가까운 곳에 존이 여남은 명의 합법적 비합법적 자식들과 함께 살고 있어서 케이틀린의 어린 시절 두 집안사람들은 자주 만나던 사이가 되었다. 존은 보헤미안 기질이 확실한 사람으로 아내와 첩들과 다양한 성격의 아이들로 이루어진 대가족을 거느리고, 섹스와 술에 대해 관대한 분위기로 기르며 살고 있었다. 저녁에는 버트런드 러셀이나 토머스 E. 로렌스 같은 손님들과 모두 함께 식사를 하기도 했다. 케이틀린이 아우구스투스의 일곱 아들 중 하나인 캐스파 존에게 처음으로 빠지게 된 것은 열다섯 살 때의 일로서, 서른 살의 해군 캐스파는 기절할 정도로 잘생긴 남자였다. 사랑에 푹 빠졌던 케이틀린은 캐스파야말로 자기가 생각한 완벽한 남자라고 늘 말하곤 했다. 그러나 케이틀린의 엄마가 몰래 나선 바람에 이들의 관계는 그리 오래 지속되지 못했다.

거리낌 없고 우아하지만 또 한편으로는 딱딱하고 변덕스럽고 오만했던 케이틀린은 소녀 합창단원으로서 런던 팔라디움에서 눈에 띄게 아름다운 균형 잡힌 몸매를 보여 주었다. 케이틀린의 댄서로서의 이상형은 이사도라 던컨과 그녀가 보여 준 고도로 해석적이고 표현주의적이며 즉흥적인 춤이었다. 케이틀린은 파리와 아일랜드의 소규모 친목 모임에서 춤을 추었고 눈에 띄는 성공은 거두지 못했지만 젤다 피츠제럴드처럼 독창적인 구석이 있었다. 아우구스투스를 위해 첫 번째 포즈를 취했을 때 그는 강제로 케이틀린을 성폭행했다. 그녀는 초상화를 위해 계속 포즈를 취해 주었고, 그 시간들은 늘 거칠고 무관심한 성폭행이 기본적으로 따르는 것으로 끝났다. 그녀는 성행위를 존의 그룹에 낀다는 멋진 일에 대한 대가로 스스로 합리화하고 그것에 대해서 아무에게도 얘기하지 않았다고 말했다. 그 일로 인해 남자들에 대해 냉소적이고 경멸과 불신을 갖게 되었지만 말이다.

케이틀린은 존의 전기 작가인 마이클 홀리로드^{Michael Holyrod}에게 자신이 존과 잠자리를 같이한 것은 조공의 한 형식이며, 존경의 표시요, 그가 갖고 있는 카사노바적 환상을 유지하도록 만드는 방법이었다고 말했다. 이 설명은 납득하기가 어렵다. 분명한 사실 한 가지는 존이 토머스를 때려눕힌 그 사건이 이미 케이틀린에게 의미를 잃고 있었던 둘 사이의 관계에 있어서 전환점이 되었다는 것이다. 그녀는 아버지가 유산으로 물려받아서 나중에 호텔로 만든 저택을 관리하는 일을 도와 달라고 부탁했을 때 그 요청을 받아들여 아일랜드로 돌아갔다. 케이틀린은 1936년 가을을 호텔 바에서 일하면서 보냈는데, 이 호텔은 망할 것처럼 보였고 또 실제로 망하고 말았다.

같은 해 가을, 시집 『25편의 시』가 마침내 햇빛을 보았다. 이 시집은 혹평을 받았는데, 그것은 당연한 몫이기도 했다. 〈뉴 스테잇스먼New Statesman〉의 비평가는 "이상한 허풍"에 대해, 그리고 〈뉴 잉글리시 위클리〉의 비평가는 "혼란스런 수사학"에 대해 불만을 토로했다. 〈타임즈 문학 증보판Times Literary Supplement〉에서 무명의 평론가는 많은 시가 도대체 이해할 수 없는 것들이며 독자들도 아예 이해하려고 애쓰지 말라는 충고를 했다. 가장 악의에 찬 비평은 그릭슨이 쓴 것인데, 그는 토머스의 시를 "놀라울 정도로 서툰 기교로 쓴 정신병리학적인 넌센스"라고 불렀다. 이 비평가들은 일정한 줄거리가 없고 중심 이미지에 집중하는 대신 여러 이미지들을 덩어리로 제시하는 토머스의 시가 편치 않았던 것이다. 그러나 이 비판들은 많은 부수를 자랑하는 〈타임즈〉 일요판에 실린 에디스 싯웰의 평론에 의해 충분히 상쇄되고도 남았다. 그녀는 토머스를 가장 장래성이 있는 신세대 시인이라고 불렀다. 그녀의 뜨거운 호평은 토머스의 명성을 한껏 끌어올리는 역할을 했다.

싯웰의 글은 적은 부수로 발행한 초판을 즉시 매진되게 만들었다. 이 시집은 3판을 더 찍어 냈지만 매 판마다 아주 조심스럽게 조금씩만 찍었다. 덴트 출판사의 리처드 처치는 토머스 같은 무명 시인의 작품을 독자들이 많이 살 것이라고 생각하지 않았기 때문이다. 인세는 별 볼일 없었고, 그저 아무데나

다니고 공밥 얻어먹고 산다면 모를까 케이틀린에게 결혼해서 같이 살자고 하기에는 턱없이 모자랐다.

돈에 관한 한 토머스는 준비성도 없었고 신경도 쓰지 않았다. 꼭 헨리 밀러처럼 자기를 도와줄 친구들이 늘 있을 거라고 생각했다. 동시에 결혼이 상징하는 정서적 안정감이 절실히 필요했다. 양친이 끝내 어린 시절의 고향을 떠났다는 사실이 더욱 그것을 필요하게 만들었던 것이다.

자신이 뿌리 뽑힌 자라는 의식을 항상 가지고 있었음에도 불구하고 토머스는 늘 고향으로 다시 돌아갈 수 있었다. 부모는 그를 언제나 돌봐 주는 사람들이었다. 이제 상황이 변해 부모님이 그 역할을 하기 어려웠기 때문에 그것을 채워 줄 새로운 사람이 필요했다. 케이틀린을 어머니 대신으로 생각하기는 어려웠지만—그녀는 바닷바람처럼 원초적이고 힘찼는데—느긋하게 그를 받아들여 주고 약한 정력도 용납했던 것이다. 그녀는 좋은 친구요, 술 파트너이며, 토머스처럼 흥청대었다. 시적 화자 뒤에 자신을 감추는 토머스 같은 사람에게 무엇보다 위안이 되었던 것은 그녀가 그에 대해 환상을 거의 갖고 있지 않다는 사실이었다.

케이틀린으로서는 결혼하는 것이 엄마에게 돌아가는 것보다는 확실히 나았다. 아빠는 호텔 사업을 하느라 시를 일찌감치 포기했지만 그녀에게 시인들이란 특별히 끌리는 구석이 있었다. 이제 그녀는 문단에서 인정을 받아 가고 있고 말과 글이 사람을 잡아끄는 시인 하나를 만나게 된 것이었다. 토머스는 「정신병원 안의 사랑^{Love in the Asylum}」이라는 시에서 "그녀 양팔에서 나오는 광채에 사로잡혀, 별에 불을 질렀던 최초의 비전을 상실할지도 모른다"고 썼다. 또 여성들은 창조적인 충동을 일으키는 촉매제이며, 많은 여성들도 위험을 무릅쓰고 깊은 낭만적인 호소에 응할 것이라고 생각했다.

남편 사후에 쓴 세 권의 책 중 하나인 『미망인의 삶Leftover Life to Kill』에서 케이틀린은 자신이 남자의 말에 약하다는 사실을 인정했다. 프리다 위클리 또한 D. H. 로렌스의 말솜씨, 사람을 잡아끄는 언어의 힘에 휩쓸렸었다. 로렌스가 죽은 후에 그녀가 쓴 회고록은 자신들의 관계를 신성하게 만들려는 시도였다. 반면, 케이틀린의 책들은 그녀 자신을 설명하려는 시도였다. 두 여인은 모두 남편들의 말에 끌리고 자신들의 말솜씨가 부족함을 느끼면서 말문이 막혀 스스로를 제대로 표현할 수 없었던 것이다. 케이틀린이 스스로 언어에 대해 미숙하다고 느꼈던 것은 부분적으로 그녀가 받은 교육의 다소 무계획적인 특징에 원인이 있었다. 그녀는 집에서 영어 문법에 대해 잘 모르는 프랑스인 가정교사에게 교육을 받았던 것이다. 그러나 아버지가 가졌던 시에 대한 열망이 그녀로 하여금 시를 높이 평가하게 했고 그래서 토머스의 말에 빠지고 그가 언어를 사용하는 방식과 실제 목소리를 사랑하게 되었다. 그가 연인으로서 보여 준 특별한 행동에 반한 것이 아니라는 사실은 거의 확실하다. 『케이틀린』이라는 책에서 설명하고 있듯 토머스는 열렬한 사람이 아니라 성적인 문제에 대해 내성적이고 부끄러워하며 새침했다. 밤에는 언제나 허벅지 중간까지 내리덮는 특대 사이즈 언더셔츠를 입었다. 그것 때문에 희극적으로 보였지만 밤새 계속 그렇게 입고 있으려고 했다. 연인으로 볼 때 토머스는 소심하고 의존적이었기 때문에 케이틀린은 그를 "어린애 같다"고 묘사했다.

토머스와 케이틀린은 웨일즈의 어촌에 작은 집 하나를 빌려 5월을 보냈다. 결혼하기로 결정했을 때 토머스는 부모에게 자신도 무책임하다고 인정한 계획, 그 "미친 설계"에 대해 알렸다. 부모가 결혼식에 오지 않을 것이라는 데 대해 서운해하며 자기 녹색 양복과 다른 옷가지들을 보내 줄 수 있는

지 물었다. 아버지로서는 아들 딜런이 결혼하겠다는 생각은 이른바 파멸을 불러오는 "미치광이 코스"였다. 아버지는 낸시의 남편인 하이든 테일러에게 자기 생각을 얘기했고, 그래서 테일러는 케이틀린의 어머니에게 그 경솔한 결혼을 말리도록 설득했다.

관대한 성격에 몇 년 동안 레즈비안적 관계를 갖고 있던 케이틀린의 어머니는 딸이 활달하고 아름다워 충분히 돈 많은 남자와 결혼할 수 있을 거라고 생각했다. 그래서 토머스가 땡전 한 푼 없는 게 마음에 걸렸다. 그러나 사랑하는 사람들은 설득하기 어려운 법이다. 토머스는 케이틀린이 물질적인 문제에는 개의치 않으며 자신과 진정으로 가난한 삶을 함께할 태세가 되어 있다고 확신을 했다. 그래서 자신의 "별난" 계획을 설명하는 자리에서 테일러에게 돈을 꾸어 달라고 했다.

토머스는 한때 파멜라 핸스포드 존슨에게 결혼 제도는 죽었고 엄격한 일부일처제는 개인성에 대한 제약이라고 말한 적이 있다. 예술가는 자신만의 법이 필요하다고 선언을 함으로써 파멜라로 하여금 토머스를 남편감으로 더욱 확신하지 못하게 만들었던 것이다. 케이틀린은 그런 불안감이 없었다. 그녀는 자유연애를 믿으며 법률적 결합의 이점이 없어도 토머스와 일생을 같이할 수 있는 것이 행복하다고 말했다. 케이틀린은 결혼이라는 관념을 즐기면서도 그것에 어떤 특별한 목적이 있다고 생각하지 않았다.

결혼은 두 사람이 술에 취해 몽롱한 상태에서 비공식적으로 진행되었다. 앞서 잡았던 두 번의 결혼 날짜도 술 퍼마시느라 돈을 다 써 버려 결혼 증서 비용도 없었기 때문에 취소되었다. 마침내 전에도 도와주었던 윈 헨더슨[Wyn Henderson]이라는 토머스의 친구가 돈을 대신 내주었다. 텅 빈 등기소에서 치러진 간단한 의식은 친척도 친구도 없이 단 2분 만에 끝났다. 이 수수한 행사에서 유일하게 낭만적이고 튀는 인상을 주었던 것은 케이틀린의 옷차림새였다. 토머스는 그녀가 크리스마스 트리 꼭대기에 있는 장식용 공주를 닮았다고 우겼다. 결혼이 수반하는 의무에 대해서는 유쾌한 마음으로 잊어버린 채 토머스는 친구들에게 돈도 없고 돈 벌 가망도 없지만 자기들이 한 일에 정말 행복을 느꼈다고 얘기했다.

가난한 사랑

윈 헨더슨은 마우스홀^{Mousehole}에서 영빈관을 운영하고 있었다. 동업자인 맥스 채프먼^{Max Chapman}이라는 화가는 뉴린^{Newlyn} 근처 마을 어시장 위쪽에 있는 스튜디오를 이들 갓 결혼한 부부가 쓰도록 허락해 주었다. "밀월여행"은 술집에서 거행되었다. 토머스는 야밤에 외로이 디킨스와 하디, D. H. 로렌스의 작품을 케이틀린에게 읽어 주었다.

케이틀린은 토머스에 대해 아무런 환상을 갖고 있지 않았지만, 그렇다고 그와 함께 하는 삶이 아슬아슬한 낭만도 없이 얼마나 험난할지에 대해 완전히 대비하고 있었다는 의미는 아니다. 그는 질투심이 강했고, 케이틀린을 손아귀에 쥐고 있으려 했으며, 보헤미안적 가치를 신봉하고 있었음에도 불구하고 적어도 케이틀린이 아녀자로서 점잖은 옷을 입을 것을 요구했다. 순수하기 이를 데 없는 행동이었지만 그녀가 채프먼과 시시덕거리며 팔짱을 끼고 걷는 것을 보자 토머스는 질투심이 폭발했다. 그의 비정상적인 질투심은 아우구스투스 존이 뉴린으로 방문을 왔을 때 극에 달했다.

토머스가 케이틀린에 대해 감탄하고 그녀를 원했던 것은 케이틀린이 관습에 사로잡히지 않고 길들여지지 않은 일탈적 행동의 완벽한 동반자이었기 때문이었지, 자신의 뜻에 순종하는 사람이었기 때문은 아니다. 결혼하고 싶어 안달이 나서 낭만적인 자기기만에 빠지지 않았더라면 그는 이 사실을 깨달았을 것이다. 그들은 공공연한 갈등 속에 살면서 언제나 둘 사이를 갈라 놓을 것처럼 위협하면서도 어떻게든 함께 묶어 주었던 적개심과 싸움이라는 비밀 목록을 남몰래 공유했다. 이것은 둘 사이가 찢어질 것 같은 많은 부부들이 자신들이 엮어 놓은 보이지 않는 거미줄에 의해 복잡하게 얽혀 있는 방식이기도 하다.

좀 복합적이고 난해한 작품 중 하나인 「싸워서 집을 나간 동안 나는 이것을 만든다^{I Make This in a Warring Absence}」라는 시는 케이틀린을 위해 쓴 것이다. 이 시를 쓰는 데 거의 1년의 기간이 소모되었다. 어떤 비평가들은 이 시가 토머스의 질투심에 근거하고 있다고 생각했고 또 다른 비평가들은 이 시 속에서 케이틀린이 토머스를 떠나고 싶어 했을 가능성을 보았다. 케이틀린은 돛단배로 묘사되고 있는데, 배가 바다를 향해 나아갈 것인지 아니면 그냥 항구에 정박할 것인지 하는 문제로 인한 긴장감은 그 기능이 무엇인지 불확실하지만 그 이미지는 원래 성적인 것이다. 토머스의 분노는 당나귀 턱뼈의 형태를 띠고 있고, 그는 그 뼈로 케이틀린의 "서두르는 심장"을 "지는 해처럼 쓰러뜨리고" 깨부수겠다고 위협한다. 어떻게든 긴장감은 해소되고 "용서하는 마음으로 나타난" 그는 시를 만들어 줄 수 있게 된다. 대립적인 이미지와 음울한 상황으로 얽히고 엉켜 있는 이 시는 결혼이 공포스러울 정도는 아니지만 두 부부를 혼란스럽게 하며, 함께 살려는 자유로운 두 영혼에게 그것은 기회라기보다는 모험이라고 암시한다.

『미망인의 삶』에서 케이틀린은 토머스가 자기를 통제하려고 한 것을 비판했다. 시장에 갈 때는 이런 식으로 옷을 입어야 하고 술집에서는 또 저런 식으로 말해야 한다고 강요했다는 것이다. 점잖다고 생각하는 틀에 케이틀린을 맞추려고 압박한 것은 그의 숨은 결혼 동기였을지도 모른다. 이것은 토머스가 부모로부터 배운 방식이었으며, 케이틀린은 처음부터 반발했다.

돈도 없고 윈 헨더슨 같은 친구에 푹 빠져 이들 부부는 1937년 여름 내내 뉴린과 인근 지역에 머물러 있었다. 이들은 가을에 스완지 교외 비숍스톤 Bishopston에 있는 조그만 집으로 이사를 한 부모님 댁을 방문했다. 부모님은 서로 어울리지 않은 밝은 색 옷들을 아무렇게나 입은 케이틀린의 모습에 당황했다. 부모님이 그녀에게 적당한 옷을 사 입으라고 돈을 주자 이들은 그걸로 재빨리 술을 사 먹어 버렸다. 케이틀린은 토머스의 집안이 점잔빼느라 질식할 것 같은 분위기에서 살고 있다고 느꼈다. 마음을 꽁꽁 닫고 자기 건강에 지나치게 신경을 쓰면서도 삶의 따분함을 이기기 위해 술을 마시는 시아버지는 자기가 만난 사람 중에 가장 불행한 사람으로 보였다. 시어머니는 대부분의 시간을 집안 정리에 몰두하며 뻔한 애기나 지껄여 대는 사람 같았다.

토머스 부부는 여전히 무일푼이라 1937년에서 1938년으로 넘어가는 겨울 6개월 동안 케이틀린의 어머니와 함께 지냈다. 맥너마러 부인은 자기 사위가 다루기 힘들고 이상한 사람이라는 것을 알았고, 자꾸 돈을 조금씩 꿔 달라는 것이 싫었다. 평론을 쓰고 단편소설이나 시를 팔면 약간의 돈이 생기기는 했지만 술값 정도 밖에 되지 않았다. 토머스는 일생 동안 글 쓰는 일에만 단련이 되어 있어서 작업을 할 수 있는 공간만 있으면 족했다. 두 사람은 오후에는 긴 산책을 하다가 어김없이 술집으로 발길을 돌렸고, 집으로 돌아와서는 사탕을 먹고 서로 책을 읽어 주면서 근본적으로 어린애들 같은 순수한 마음으로 행복해했다.

그해 봄 그들은 비숍스톤으로 돌아와서 두 달 동안 로안에 있는 리처드 휴

즈의 집에 식객으로 있다가, 눅눅한 방이 네 개 있는 어부의 조그만 오두막
에 헐값으로 세 들었다. 바닷가에 자리 잡고 있는 조그맣고 이색적인 도시인
로안은 담쟁이 넝쿨로 덮여 있는 12세기 성의 폐허 주위에 회반죽을 바른
집들이 옹기종기 모여서, 어선과 가마우지와 백로, 갈매기, 기러기, 도요새
가 있는 해변과 늪지와 얕은 만을 마주보고 있었다. 로안은 공장이 없었고
이곳의 별난 주민들은 많은 수가 정부 보조금을 받으며 살고 있었다. 시간을
초월한 듯한 이 도시에는 일곱 개의 술집이 있었고 사람들이 아편에 취한 것
처럼 거리를 어슬렁거리는 모습을 볼 수 있었다고 토머스는 말했다. 토머스
의 외가인 윌리엄스 집안은 브라운즈 호텔과 지역 버스 및 택시 회사를 소유
하고 있었다. 그래서 그는 불과 몇 마일 밖에 떨어져 있지 않은 편 힐의 이모
네에서 여러 번 한가한 여름을 즐겼다.

　두 달 후 그들은 전기가 들어오지 않아 촛불을 켜야 하는 좀 더 큰 집을 외
가에서 빌릴 수 있었다. 케이틀린은 임신을 하자 조용해지고 가정적으로 변
했다. 그녀는 남편이 일을 잘하기 위해서는 절제된 삶이 필요하다는 사실을
이내 깨달았다. 케이틀린은 몸에 좋은 음식을 만들고, 정이 듬뿍 담긴 스튜
요리와 바닷가에서 캔 홍합을 요리하느라 무진 애를 썼다. 할부로 침대를 샀
는데, 그들이 살아가는 방식처럼 어떻게 돈을 지불할지에 대해서는 생각하
지도 않고 저지른 일이었다. 침대는 다시 가져가 버렸지만 케이틀린의 이모
가 죽고 엄마가 이모의 가구를 모두 보내 주어서 집에 가구를 갖추는 문제는
해결되었다. 그러나 돈 문제는 늘 남아 있었다. 양가에서 돈을 조금씩 보내
기는 했지만 결코 충분치 않았다.

　응석받이로 자라난 토머스는 하루 벌어 하루 먹는 헨리 밀러 같은 밑바닥
생활을 결코 견딜 수 없었을 테지만, 변통수로 이럭저럭 어디서나 어떤 식으

로나 돈을 빌릴 수 있으면 빌려 가며 사는 생활에서 벗어나지 못했다. 그는 친구와 돈 많은 친지들, 대리인과 출판업자에게 도움을 청하는 편지를 끊임 없이 썼다. 심지어 어떤 친구들에게 자기에게 도움을 줄 것 같은, "빌붙어 먹는 자의 노래"를 써 보낼 수 있는 사람들을 추천해 달라고 부탁까지 했다. 이들 가상의 기부자들을 토머스는 순하고 어리석은 흰 까마귀들이라고 불 렀는데, 그는 이들이 어떻게든 보석금을 내고 자신을 위기로부터 구해 주기 위해 언제든 나타날 것이라고 믿었다. 이 "까마귀들"은 조금씩 도와주는 표 시를 했지만 그 돈은 몇 년에 걸쳐 모여 상당한 후원금이 되었다. 토머스 부 부가 돈이 있건 없건 집안이 연결되어 있어서 브라운즈 호텔에서의 신용 등 급은 늘 좋았고, 그래서 그들은 그럭저럭 많은 시간을 그곳 술집에서 보낼 수 있었다. 토머스는 농담으로 술집이 열려 있는 동안에는 시를 한 줄도 쓰 지 않았다고 말한 적이 있다. 그러나 분명한 것은 브라운즈 호텔에서 사람들 이 주고받는 잡담을 주의 깊게 들었다가 나중에 「밀크우드 아래서^{Under Milk Wood}」라는 극작품에 교묘하게 써먹기도 했다는 것이다.

버넌 왓킨스와 헨리 트리스^{Henry Treece}라는 젊은이가 몇 번 방문했는데, 트리 스는 토머스의 시에 관한 책을 쓸 계획을 갖고 있었다. 트리스의 분석적 질 문 때문에 토머스는 짜증이 났는데, 토머스는 시에 대해 지적으로 접근하는 것은 모두 싫어했다. 토머스는 나중에 『젊은 개로서의 예술가의 초상^{Portrait of the Artist as a Young Dog}』이라는 단편소설집에 들어간 작품들을 쓰고 있었다. 외설 시 비에 휘말릴 가능성 때문에 덴트 출판사의 리처드 처치가 출판을 거절한 책 이었다. 토머스는 처치가 일요 신문 같은 정신을 가지고 있어 너무 조심스럽 고 보수적이어서 이례적인 것은 아무것도 받아들이지 못한다고 느꼈다. 조 이스의 영향을 받은 이 단편소설들은 토머스의 초기 작품들처럼 초현실적이지 않았고 더 많은 서술적 형태를 갖고 있었다. 미국에 뉴 디렉션즈 출판사를 만들기 시작하고 있었던 제임스 래플린은 편지로 관심을 표했고 미리 약간의 선금도 보내 주었다.

1938년 가을, 출산 예정일도 다가오고 돈도 떨어져 토머스와 케이틀린은 처가에서 다가오는 겨울을 보내기로 작정했다. 로안에서 보낸 한 해 동안 토머스는 시를 거의 쓰지 못했지만 그곳을 떠나기 직전「이십사 년^{Twenty-four Years}」이라는 빼어난 시 한 편을 완성했다.

> 이십사 년의 세월이 내 눈의 눈물을 생각나게 하네.
>
> (죽은 자들이 애쓰며 무덤으로 걸어가지 않도록 땅에 묻어라.)
>
> 자연이 둥글게 파 놓은 동굴 문에서 나는 웅크리고 있었네
>
> 살을 먹는 태양 빛을 받으며
>
> 여행을 위해 수의를 꿰매는 재단사처럼.
>
> 죽을 옷차림을 하고 감각적인 활보를 시작해서
>
> 내 붉은 혈관에 노잣돈을 가득 채우고
>
> 최후의 원초적 고향을 향해
>
> 영원히 앞으로 나아가네.

이 시는 갑자기 배달된 전보처럼 토머스가 스스로 임박했다고 생각한 죽음에 대한 집착을 알려주는 작품이다. 그는 자주 케이틀린에게 자기는 사십을 못 넘길 거라고 말했고, 그래서 생일 한 번 한 번은 꼭 기록해야만 할 것이 되었다. 월러스 스티븐스^{Wallace Stevens}가 말했듯이 죽음은 미의 어머니일 수 있지만 위의 시는 죽음을 감상적으로 대하는 것을 엄격하게 거부하고 있는

것이 특징이다. 웅크리고 있건 활보를 하건 움직임은 모두 죽음을 두려움 없이 받아들이며 앞으로 나아가고 있는 것들이다. 많은 초기 시가 이미지들을 다발로 엮어 내어 독자들을 혼란스럽게 만들었다. 그러나 「이십사 년」에는 논리적 명료성과 피할 수 없는 강한 "견인력", 일종의 대립적인 긴장감이 있는데, 토머스는 이것이 시를 하나의 사건으로 만든다고 주장했다. 토머스의 많은 나머지 작품들은 웨일즈에서 보낸 상상 속의 천국 같은 어린 시절을 기억해 내는 데 집중하고 있다고 할 수 있다. 그러나 그는 많은 시에서 삶을 더 성스럽게 만드는 하나의 방법으로서의 죽음, 혹은 또 어떤 시에서 예이츠처럼 장엄하게 규정지었듯이 죽음의 불가피성에 대한 의식을 담고 있다.

> 시간은 나를 푸르게 하고 죽어 가게 했네
> 내 비록 사슬에 매인 채 바다처럼 노래할지라도.

　죽음에 사로잡힌 채 생존의 요구에 매어 있다고 느끼면서 토머스는 언제나 "바다처럼" 노래하는 것이 자신의 곤경을 벗어나는 길을 찾는 것보다 우선한다고 믿었던 것 같다. 자기 가족을 부양하는 데 얼마나 무책임하고 술과 그 밖의 과도한 일로 얼마나 방탕했건 토머스는 자신의 천부적 재능에 대해서는 결코 소홀히 하지 않았다. 시인 비용[Villon]처럼 토머스는 천재적인 작품들을 어떻게 만들었는지 모르면서 자동으로 창조해 내는 야생적 시인이었지만 그런 식으로 그를 특징짓는 것은 토머스의 또 다른 일면을 간과한 것이다. 자기에게 맞는 시를 만들어 내기 위해 각고의 노력을 하는 시인으로서, 다른 사람들이 아무리 쫓아가기 어렵더라도 자신이 만족할 때까지 이미지와 말을 고르는 데 엄격하며, 제대로 썼구나 하고 스스로 느낄 때까지 때때로 같은 시를 몇 달이고 붙들고 있으려는 의지 같은 것 말이다.

토머스와 케이틀린은 1938년에서 1939년으로 넘어가는 겨울을 케이틀린의 친정에서 보냈다. 이 다섯 달 동안 토머스는 갇혀 있다고 생각했고, 편지에서 개구 모음을 많이 쓰는 지역에 사는 집안 가득한 여인들과 영감을 앗아가는 단조로운 시골 풍광에 대해 불만을 토로했다. 크리스마스 직전에 로렌스 더렐은 헨리 밀러를 만나러 런던으로 오라고 토머스에게 돈을 보냈는데, 밀러는 토머스가 대단히 존경하던 작가였다. 더렐이 〈인카운터 Encounter〉지에서 회고한 바에 따르면 이미 육중해진 몸으로 옷은 주름지고 머리칼은 헝클어진 채 토머스는 건초더미에서 잠을 자다 온 것처럼 보였다. 세 작가는 밤 늦게까지 얘기를 나누며 술을 마셨다. 다음 날 저녁에 그들은 다시 만났는데, 이때 토머스는 시 몇 편을 낭송했고 밀러는 그에게 『북회귀선』 한 권을 선물로 주었다. 토머스는 버넌 왓킨스에게 밀러는 일상적인 것들에 대해 대단한 열정을 가진 "다정하고 온순한 미치광이"라고 말했다. 일생 동안 죽 서로를 알아 온 사람들처럼 이들은 쿵짝이 아주 잘 맞았다. 둘은 자연스럽게 감정을 표출했고 공손한 척하지도 잘난 척하지도 않았다. 밀러는 말도 잘했지만 남의 말도 아주 잘 듣는 사람이었다.

1월 말에 케이틀린은 아들 류일린 Lleweyln 을 낳았다. 난산이었지만 토머스는 이후의 두 번의 출산 때도 그러했듯이 곁에 없었다. 케이틀린은 자기와 같이 댄스 교습을 받았던 야하고 키 큰 글래머 여자와 남편이 함께 그날 밤을 보냈고, 남편이 키 큰 여자에게 특히 끌리기 때문에 앞으로도 계속 런던에서 둘이 만날 것이라고 확신했다. 케이틀린은 토머스가 런던에만 가면 꼭 바람을 핀다는 것을 알았는데, 런던은 그가 시를 쓰지는 못하지만 자극을 위해 필요한 장소였다.

케이틀린에 따르면 남편의 바람기는 애들이 태어나면서부터 시작되었는데, 그것은 애들만 관심을 받는 것을 질투했기 때문이라는 것이다. 나중에는 케이틀린도 남편이 없을 때면 다른 남자를 찾았다. 『케이틀린』이라는 책에서 그녀는 남편이 이른바 어린애 같거나 육체적으로 부실했기 때문에 남편과의 섹스에서 오르가즘에 다다른 적이 한 번도 없었다고 고백했다. 그러나 그녀는 섹스를 위해 찾은 다른 남자들과도 오르가즘에 이르지 못했다는 사실도 인정했다.

5월에는 토머스 가족은 로안에 돌아와 있었다. 미국으로부터 시 상을 수상해 얼마간 상금을 받았고, 16편의 시와 7편의 단편소설을 묶은 『사랑의 지도^{The Map of Love}』를 출판하기로 한 덴트 출판사로부터 선금도 받았다. 토머스는 특히 로안에서 전에 진 빚을 갚는 데 일부가 필요했기 때문에 그 돈이 오래가지 못하리라는 것을 알고 있었다. 왕립문학협회가 그에 대한 지원을 중단한 이후 토머스는 자신을 도울 몇몇 부유한 기부자들이 매주 약간의 돈을 따로 떼어 기금을 만들도록 일을 꾸몄다. 아이디어는 그럴싸했지만 그것은 이미 엘리엇을 돕는 계획을 한 번 세웠던 적이 있는 에즈라 파운드의 조직적인 열정과 집념이 필요했다. 기껏해야 토머스는 우연히 주어지는 약간의 기부금을 받았을 뿐 그것들이 지속적인 재원이 되지는 못했다.

전쟁의 세월

『사랑의 지도』는 1939년 9월, 독일군이 막 폴란드를 침공하고 제2차 세계대전을 시작하던 가장 안 좋은 시기에 나왔다. 이 책은 전쟁으로 인한 사람들의 히스테리 때문에 전반적으로 관심을 끌지 못했고 책도 거의 팔리지 않았다. 1년 뒤에 출판이 되었던 단편 모음집『젊은 개로서의 예술가의 초상』도 비슷한 운명을 기다리고 있는 셈이었다. 토머스 세대의 모든 젊은이는 군대 징집을 앞두고 있었다. 오든이나 크리스토퍼 이셔우드 Christopher Isherwood 같은 몇몇 작가들은 대신 미국행을 택했다. 토머스는 군대에 복무할 생각이 없었고, 가난한 노동계급에 대한 막연한 애착 말고는 기본적으로 비정치적이었다. 헨리 밀러와 아주 비슷하게 그는 뭔가를 조직한다는 것에 대해, 특히 그것을 국가가 조직한다는 것에 대해서 의구심을 갖고 있었다. 전쟁이 이미 불안하기 짝이 없는 생활을 더욱 불안하게 만들었기 때문에 그가 전쟁에 대해 보인 첫 번째 반응은 분개였다. 그는 헨리 트리스에게 보낸 편지에서 자신은 총검으로 나라를 돕느니 차라리 망하게 내버려 두겠노라고 말했고, 다른 친구에게는 자신이 "반사회적인 나약한 남자"라는 점을 인정했다.

실제로 아무 수입이 없었기 때문에 토머스 부부는 친가와 처가를 왔다갔다 했다. 다시 한 번 케이틀린의 친정집에서 겨울 몇 달을 보냈다. 그들을 돕기 위해 스티븐 스펜더 Stephen Spender 는 상당한 돈을 모았다. 비록 토머스가 스펜더의 책 하나를 시로서 실패한 공산주의 선전이라고 혹평했는데도 말이다. 버넌 왓킨스 같은 다른 친구들은 계속해서 이따금씩 돈을 보냈다. 토머스는 한번은 왓킨스에게 때맞춰 돈을 보내 주었다고 감사해 하면서 돈이 봉투에서 노래를 부르는 소리를 들었다고 썼다. 그런 다음에는 이내 기분이 가라앉았다. 아들은 할아버지와 같이 있고, 자기와 케이틀린은 런던에 있는 방에서 지내면서 멜로드라마에 나오는 죄수처럼 느꼈다고 왓킨스에게 말하기도 했다.

극심한 곤경의 시기였던 이때 토머스와 평소에 "고양이"라고 불렀던 케이틀린과의 갈등이 점점 커져 가고 있었다. 말싸움이 종종 몸싸움으로 변하기도 했는데, 때리는 쪽은 주로 케이틀린이었다. 금융 회사에 의해 집안 물건들이 저당 잡히거나 매각되거나 회수될 때 언제나 케이틀린은 분노를 터뜨렸다. 또한 잦은 이사 중에서 한번은 물건을 빠뜨리고 남겨 두어 크게 화를 냈다. 결혼할 시점에는 보헤미안적인 가난한 미래를 받아들일 준비가 되어 있는 것처럼 보였던 이들 부부는 돈 없이 사는 것이 누구나 다 그렇듯이 불편하고 곤란하다는 것을 알게 되었다. 곤란한 것은 케이틀린보다 토머스가 더 심했다. 그는 안심하기 위해 자기가 좋아하는 크리켓 게임 라디오 중계방송 같은 위안거리에 의존했다. 친구 마거릿 테일러에게 말한 것처럼 그는 "슬리퍼처럼 집에 박혀 있었다." 실제로 그는 매이지 않고 이리저리 다닐 수 있는 자유와 누군가로부터 보호를 받는다는 확신을 동시에 원하는 어린아이 같았다.

비현실적이고 진짜 가난한 이들 부부는 또 다른 친구인 존 데이븐포트^{John Davenport}에 의해 잠시 구제 받았는데, 데이븐포트는 자기 집에 설립한 일종의 예술가 집단인 몰팅즈^{Maltings}에 이들을 초대했다. 비평가인 데이븐포트는 부모로부터 돈을 어느 정도 물려받아 런던에서 약 100마일 떨어진 글루스터셔^{Gloucestershire}에 있는 큰 장원을 샀다. 데이븐포트는 뚱뚱하고 마음이 따스하며 동아리 짓기를 좋아하고 아주 관대한 사람으로, 수많은 화가와 작가, 음악가들에게 자기 집을 개방했는데, 그중에는 작곡가 벤저민 브리튼^{Benjamin Britten}도 있었다. 몰팅즈에 있을 동안 토머스는 데이븐포트와 공동으로 자기들이 알고 있는 예술가와 시인들에 대한 소설 형식의 패러디를 대부분 마을 술집에서 썼다(토머스 사후인 1976년에 『왕의 카나리아^{The King's Canary}』라는 제목으로 출간되었음).

몰팅즈에서의 프리섹스 분위기는 전쟁과 임박한 적군의 침공에 대한 두려움에 의해 고조되었지만 토머스는 케이틀린의 지나친 바람기로 스트레스를 받았다. 『케이틀린』에서 그녀는 비평가이며 피아니스트인 윌리엄 글록William Glock과의 실패한 사랑에 대해 기술하고 있다. 케이틀린은 다시 춤을 추었고, 글록은 슈베르트와 모차르트의 세레나데를 연주해 주었다. 글록과 사랑에 빠졌다고 생각했을 때 케이틀린은 한 호텔에서 그와 뜨거운 밤을 보내기 위해, 가구를 몇 점 팔 거라는 핑계를 대면서 스완지로 갈 수 있게 일을 꾸몄다. 그러나 케이틀린이 기억하기로는 둘 다 먼저 나서기에는 너무 소극적이라 몸이 굳어진 채 천장에 비친 자신들의 그림자만 보면서 밤을 지샜다고 한다. 토머스는 케이틀린의 위험한 장난에 대해 알았을 때, 그녀에게 칼을 집어던졌으나 몇 피트 차로 빗나갔다.

그해 가을 케이틀린은 아들을 데리고 가서 비숍스톤에 있는 시댁에서 지냈다. 토머스는 다큐멘터리를 전문으로 하는 영화사에서 스크린 작가를 구한다는 소식을 들었다. 이 회사는 도널드 테일러라는 사람이 운영하는 영화사로서 자기 회사의 프로젝트를 가지고 작업을 할 수 있는 역량 있는 작가를 원했다. 테일러는 토머스를 고용했고 회의를 위해 런던에 와야 하는 때를 제외하고는 웨일즈에서 일을 할 수 있도록 허락했다. 토머스는 런던을 오가기 시작했는데, 이것은 매번 여섯 시간에서 열두 시간이 걸리는 춥고 불편한 기차 여행이었다.

계속된 맹렬한 공습으로 스완지 중심부가 파괴되자 토머스의 부모는 비숍스톤을 떠나기로 결정했다. 토머스와 케이틀린은 공습을 덜 받을 것 같은 내륙에 있는 조그만 시골집을 찾아냈지만, 그 집은 애가 딸린 여자와 함께 쓸 수밖에 없는 것이었다. 독일군 포탄에 의해 초토화되고 있던 런던에서 토머스는 친구들 집 말고는 머물 데가 없었다. 그가 작업을 하고 있던 대본은

열여섯 살 때 신문사에서 봉급을 받던 이래로 처음으로 일정한 수입원을 제
공했지만, 기본적으로 공동 작업에 대해서는 약간 불만을 느꼈다. 토머스를
낙담케 하는 또 다른 것은 자기가 한 작업이 영화 스크린에 실제로 쓰이지
못했다는 사실이었다. 토머스는 나치의 영도력에 관한 영화의 일부와 영국
의 방위력에 대해서, 그리고 「우리 나라^{Our Country}」라는 감상적인 애국 영화도
썼다. 스트랜드 영화사 작품에 필요한 시간은 시에 집중하는 데 방해를 해서
토머스는 전쟁 중에는 단지 몇 편의 시만을 써냈다. 영화사 회의 때문에 토
머스는 런던에 너무 자주 머물러 케이틀린을 불안하게 만들었는데, 특히 토
머스가 그녀를 떠나지 않을까 두려웠다.

　시에 집중할 수 없었기 때문에 대신 그는 미완성의 『가죽 무역의 모험
Adventures in the Skin Trade』라는 단편소설 작품집을 쓰기 시작했지만 단편소설을 쓰는
것이 시만큼 중요하다고 생각하지 않았다. 소설과 영화는 그저 글로써 돈을
버는 수단에 불과했다. 도널드 테일러가 제작한 전쟁 관련 다큐멘터리는 덤
으로 토머스가 군대에 가거나 전쟁 지원을 위해 공장에서 일을 하지 않아도
되도록 해 주는 이점이 있었다. 케이틀린의 회고에 의하면 토머스는 양손의
힘이 펭귄처럼 약했고, 군대에 가기를 두려워한 것만큼 공장에서 일하게 될
까 봐 두려워했다. 로렌스도 이와 비슷하게 제1차 대전 때 군복무를 두려워
하며, 징집 예비신체검사 동안 명예를 더럽히고 굴욕을 당했다고 느꼈다. 토
머스는 로렌스보다는 좀 나은 편으로서, 모양새 자체가 마치 자신이 실제로
더럽게 굴욕을 당한 것처럼 아주 험한 꼴을 해 가지고 군대 신체검사에 갔
다. 신체검사 전날 밤에 그는 위스키와 진과 셰리포도주와 입가심 맥주를 엄
청나게 퍼마시고는 다음 날 아침 몸을 몹시 떨고 기침을 하며 다른 신체검사
자들 틈에 나타났다. 그가 그런 상태가 된 것은 과도한 음주뿐만 아니라 두

려움 때문이기도 했지만, 어쨌든 자신의 목적은 달성하게 되었다.

1941년 가을에 토머스는 첼시에 가구가 빈약하게 갖춰진 큰 방을 얻었다. 또 다시 임신을 한 케이틀린은 토머스와 같이 살게 되었지만, 아들 류일린은 공습 때문에 친정 엄마에게 보냈다. 그 방은 아무도 원하는 사람이 없었기 때문에 아주 싼 값에 쓸 수 있었다. 비가 오면 유리 지붕이 샜는데, 런던의 기후라면 회벽이 벗겨지고 떨어졌을 것이다. 방에는 탁자 하나와 커튼 뒤에 가려진 오래된 구형 스토브, 벽난로 등이 있었지만, 토머스가 작업을 할 수 있는 개인적인 공간이 없었다. 그해 봄에 딸 에어런^{Aeron}이 태어났다. 웨일즈에 있는 강 이름을 딴 딸아이는 우산으로 가려진 요람에서 잠을 잤다.

토머스는 여전히 스트랜드 영화사를 위해 일하며 이제는 글을 쓸 수 있는 작은 방이 있는 소호의 사무실에서 하루의 많은 시간을 보냈다. 밤에는 자주 술집으로 가서 잡담하고 다트 놀이를 했다. 주로 가는 곳은 첼시에 있는 '에잇 벨즈'로서, 이곳은 덜 현대화되어 있었기 때문에 예술가 부류들이 모여들었다. 마실 수 있는 유일한 술은 맥주였지만, 그것도 늘 마실 수 있는 것은 아니었다. 그와 함께 술을 마시는 사람들 중 일부는 전쟁에 대해 냉소적이었지만, 가끔은 적극적으로 참전도 하고 군복을 입고 있는 다니엘 존스^{Daniel Jones}나 버넌 왓킨스 같은 나이 든 친구들도 만날 수 있었다. 토머스는 술집에서는 거리낌 없고 활기차게 처음 런던에 도착했을 때처럼 사람들을 즐겁게 했는데, 다만 짓궂은 어릿광대짓과 꾸며 대기를 더 잘할 수 있는 성숙한 재담꾼이 되어 있었다.

스트랜드 영화사의 사장인 도널드 테일러가 말한 바에 따르면 그는 어떤 모임에도 적응을 하고 어떤 역할도 할 수 있는 완벽한 카멜레온으로서, 웨일즈 시골 신사며, BBC 방송 배우요, 박식한 교수며, 술 취한 교수였다. 마지막 역할이 가장 자연스러웠던 것 같은데, 한번은 자기가 고른 어떤 여자에게 눈에 띄도록 분명히 인상을 주기 위해 자기 신발로 맥주를 마시는 광경이 목격되기도 했다. 또 면도날로 어떤 사람의 넥타이를 잘게 써는 모습을 보이기도 했다. 미국 작가인 윌리엄 사로얀은 대낮이 되기도 전에 술집에 있는 토머스를 만났는데, 이때 그는 "잠 못 자고 신경이 곤두서 있고 권태로워 하는, 나쁜 식사와 전반적인 건강 불량 상태로 몸이 잔뜩 부어 있는" 모습이었다고 한다.

토머스는 질병과 창조성은 서로 연관성이 있다고 믿어서, 대부분의 문학 작품은 병자들의 작품이라고 어떤 편지에서 말한 적이 있다. 케이틀린에 따르면 토머스에게는 언제나 신체적으로 뭔가 문제가 있었다고 한다. 사로얀은 토머스의 몸에서 냄새가 나서 목욕을 하고 옷을 갈아입어야 한다고 느꼈다. 토머스는 "열광적이고 우스꽝스럽고 음울한" 독백으로 "전쟁과 날씨, 예술, 시, 다른 작가들에 대해 말했는데, 그 모든 것은 일종의 내뱉는 랩소디 같았다"는 것이다.

토머스는 취하면 종종 말할 수 없이 거칠어져서 처형 집 거실 벽에 오줌을 싸갈겨 댄 적도 있었다. 그는 동료 대본 작가인 (처음에 도널드 테일러에게 토머스를 소개시켜 준) 이반 모팟^{Ivan Moffat}에게 자신이 술에 취하는 것은 자기 내부의 질서와 외부의 무질서 사이의 불균형을 바로잡기 위한 것이라고 설명했다. 이것은 토머스 울프나 피츠제럴드, 헤밍웨이, 포크너 같은 술 좋아하는 작가 세대가 모토로 내세울 수 있는 편리한 변명이었다. 술에 취하면 취할수록 그는 더욱더 잘 꾸며 대었다. 케이틀린은 토머스가 삐딱한 고질적 거짓말쟁이였지만, 거짓말은 대부분 상상력을 연마하는 수단이었다고 주장했다. 토머스가 웃기기도 했지만 즉각적으로 깊은 동정심을 표현할 수 있는 능력이 있었기 때문에 친구들도 그를 참아 주었다.

그 동정심은 하나의 포즈이며, 겉모습의 일부였는지 모른다. 토머스는 다른 사람의 감정 따위에는 관심이 없다고 고백한 적이 있는데, 그는 자신을 소설가 대신 시인으로 만든 것은 바로 그런 성격 때문이라는 것을 깨달았다. 토머스는 자주 다른 사람처럼 흉내를 냈고, 그것이 무책임한 시인이라는 전설을 부채질했다. 그의 개인적인 모습은 사회적 규범에 대해서는 무관심했던 문학적 이단아였던 소호의 랭보라는 관념을 더해 주었다. 그는 늘 옷가지를 잃어버렸고 친구들에게 빌린 셔츠와 재킷은 절대 돌려주는 법이 없었다. 가끔 "빌린" 물건들, 이를테면 모피코트나 귀금속, 축음기나 재봉틀 같은 것들을 저당 잡히기도 했는데, 이것은 분명히 절도 행위에 해당되는 것이었다.

일생 동안 줄곧 토머스는 자기 행동을 어른스런 관점에서 보기를 거부하는 비뚤어진 어린애 같았다. 그는 권리이기라도 하듯 부끄러움도 죄의식도 없이 친구들의 물건을 훔쳤다. 그의 유치함은 사탕을 좋아한다거나, 몸이 안 좋을 때면 늘 우유에 적신 빵을 찾고, 생쥐를 지나칠 정도로 싫어하며, SF 영화와 익살스런 하포 막스와 찰리 채플린의 유머를 애들처럼 탐닉하는 데서도 나타난다. 그러나 유치함은 그의 상상력의 중요한 요소로서, 예술가들이 감탄한 천진난만하기 이를 데 없는 특성이기도 하다. 그의 시는 종종 수수께끼 같은 초현실주의적 이미지가 빽빽하게 들어차 의미가 모호해지고 서정성이 상실되기도 했다. 그러나 어린아이가 처음 세상에 적응할 때 나타나는 자아와 사물과 자연의 직접적인 융합이라는 특징은 결코 잃지 않았다. 사물과 자연에 대한 직접적인 반응은 최상의 경우, 기대 밖의 숨이 멎을 듯한 폭발적 이미지들과 놀랍도록 풍성한 언어를 작품에 가져다주었다.

케이틀린은 이제는 술집에서 토머스와 같이 있는 법이 거의 없었다. 대신 그녀는 집에서 침실이건 부엌이건 못된 남편이 여자들이 마땅히 있어야 할 곳이라고 생각한 공간을 차지하고서 아이들을 돌보고 있었다. 그녀는 자기들의 삶이 변화된 것을 원망했다. 이제는 처음으로 남편이 가족을 부양할 수 있게 되었지만, 봉급을 대부분 술로 마셔 없애 버렸기 때문이다. 케이틀린은 남편이 영화사 동료들 때문에 타락했다고 몹시 괴로워했는데, 그가 기회가 생기기만 하면 또는 공습 때문에 자신이 런던을 떠나 있을 때 다른 여자들과 어김없이 잠을 잔다고 생각했다.

토머스는 어느 날 밤 케이틀린과 싸운 후에 자기 연민이 발작처럼 일어나자 쓰고 있던 시의 원고를 찢어 버렸다. 그러나 그것은 극적 제스처일 뿐이었다. 복사본이 또 있었던 것이다. 전쟁이 끝나 가던 이 시기 동안 토머스는 점점 더 뚱뚱해지고 무거워져 몸이 늘어지고 더욱더 흐트러진 것처럼 보였는데, 그것은 그가 자기의 느낌을 묘사할 때 쓰곤 했던 정돈되지 않은 침대의 이미지와 같았다.

1944년 초 독일이 런던에 로켓 포격을 시작하자 토머스 부부는 서섹스에 있는 시골집에 세를 들었다. 영화 작업 때문에 토머스는 런던에 있는 방은 그대로 두고 시간을 쪼개서 런던과 시골을 계속 오가며 살았다. 토머스가 버넌 왓킨스에게 말한 바에 따르면 그해 봄 그들 부부는 부자들이 흰족제비처럼 브리지 게임을 하는 런던 서부 교외에서 도널드 테일러와 함께 살았다. 토머스는 테일러와 합작으로 『의사와 악마들^{The Doctor and the Devils}』이라는 작품을 써서 나중에 출판이 되었는데, 이 영화 대본은 최근까지 상연되지는 못했다. 이들 부부는 여름에는 웨일즈에서 부모와 함께 보내다가 카디건셔^{Cardiganshire}의 해안에 있는 뉴키^{New Quay}의 방갈로를 하나 빌려 1년 동안 살게 되었다.

그는 다시 작품을 쓰기 시작했고, 시들은 전보다 더 단순해지고 직접적으로 변했다. 「애도를 거부함A Refusal to Mourn」, 「포격 후의 의식 Ceremony After a Fire Raid」,
「편 힐 Fern Hill」, 「내 솜씨이며 둔한 기술로 In My Craft and Sullen Art」와 같은 작품들은 그
의 성숙미를 보여 주는 걸작으로 꼽힌다. 이들 중 많은 시가 시릴 코널리가
편집한 문학잡지 〈호라이즌〉에 실렸다. 또 토머스는 라디오 방송에 출연해
웨일즈에서의 어린 시절에 대해서 얘기했는데, 이 대담은 녹음되어 나중에
『어느 아주 이른 아침에Quite Early One Morning』라는 제목으로 출판되었다. 시골집과
런던의 영화 작업 사이에서 왔다갔다 했던 일이 끝나가듯이 전쟁 동안 거처
를 떠나 있던 일도 이제 막바지에 이르고 있었다. 그는 이제 자기가 좋아하
는 시를 다시 쓰기 시작했지만 여전히 방향을 잡지 못하고 어릿광대처럼 굴
채비가 되어 있었다. 친구인 버넌 왓킨스가 결혼식 들러리를 서 달라고 부탁
을 해서 승낙했지만 토머스는 식장에 나타나지 않았다. 토머스는 교회 이름
을 잊어버려 택시를 타고 런던 주위를 빙빙 돌았다고 변명했지만, 케이틀린
은 분명히 그가 술집에서 취해 있었을 거라고 추측했다.

토머스는 1945년 여름 대부분을 뉴키에서 지내면서 밤이면 코가 삐뚤어
지게 술을 마셔 댔다. 케이틀린도 가끔 함께 술집에 갔지만, 이제는 남편이
보통 때 경멸했던 사람들, 말하자면 시에 대해서는 쥐뿔도 모르면서 그가 유
명해지고 있다는 것은 알고 있는 여행자들과 잠시 머물렀다 가는 사람들, 은
퇴한 중산층의 사람들, 휴가를 나온 군인 등의 사람들이 그를 추켜올려 주는
것이 싫었던 것이다.

그러한 군인 중의 한 사람은 특공대 대위로서 그리스의 게릴라 전투에 참
전하고 신경 쇠약 상태로 돌아왔는데, 그 아내가 토머스 부부네 근처의 시골
집에서 살고 있었다. 그 아내는 어린 시절 스완지에서 토머스와 알고 지냈던
사이여서 다시 아주 친하게 지냈는데, 남편은 이를 극도로 의심했다. 토머스

는 영화 대본 작업을 하느라 늦게까지 일했고, 도널드 테일러는 토머스가 도움을 받고 싶어 하는 러시아 출신 유대인 비서를 보내서 작업을 끝마치도록 돕게 했다. 술집에서 특공대 대위가 유대인에 대해 인종 차별적 발언을 했다고 생각한 여비서는 그 대위를 한 대 쳤다. 결국 술집에서 여러 번 군인들과 싸워 본 경험이 있는 토머스가 이 건장한 체구의 특공대 대위와 난투극을 벌이게 되었다. 대위는 술집에서 쫓겨났는데, 그날 밤 늦게 만취한 채 토머스네 집에 나타나 기관단총을 마구 쏘아 댔다. 토머스네 집은 벽을 종이처럼 얇은 석면으로 붙인 구식 목조 오두막집이라 전혀 안심할 수 없는 상태였다. 케이틀린과 마침 이 집을 방문했던 친구는 특공대 대위가 문을 박차고 들어와 수류탄으로 모두 박살내겠다고 위협하자 벽돌로 된 벽난로 속에 아이들을 숨겼다. 토머스는 침착하게 경찰이 도착할 때까지 그를 가까스로 진정시켰지만, 그 사건은 토머스가 전쟁으로부터 비롯된 모든 광기에 대해 완전히 격노하게 만들었다.

"히래쓰(향수)"

토머스 가족은 가을에 런던으로 돌아와 여러 부류의 친구들과 지냈다. 토머스는 런던에 영구히 정착할 생각은 없었다. 그에게는 런던이란 자신을 고갈시키는 곳으로서, 알코올성 위염과 고혈압 때문에 쓰러져서 나흘 동안 병원 신세를 진 데서도 이 사실은 곧 입증되었다. 신경 쇠약은 임박한 『죽음과 입구Deaths and Entrances』의 출판과 관계가 아주 깊다. 이 책은 덴트 출판사가 2월에 출간하여 호평을 받고 많이 팔려서 그 후로도 계속 몇 판을 더 찍어 냈고 그래서 토머스의 시인으로서의 명성은 확고해지는 것처럼 보였다. 토머스는 미국으로 이민을 가고 싶어 했다. 그는 미국을 시인들이 자신들의 말을 황금으로 변화시킬 수 있는 곳이라고 늘 생각하고 있었다. 그는 뉴 디렉션즈 출판사에서 토머스의 시와 에세이 선집을 발행할 준비를 하고 있었던 제임스 래플린에게 편지를 써서 〈타임즈〉지 같은 곳에 정규직으로 취직하거나 하버드 대학에 강사 자리를 얻게 해 달라고 부탁했지만, 결과가 신통치 않았다.

크리스마스는 A. J. P. 테일러 부부와 옥스퍼드에서 지냈는데, 테일러는 이곳에서 강사 노릇을 하고 있었다. 마거릿 테일러는 늘 토머스를 유달리 좋아했다. 그녀는 토머스를 천재로 여겨 과거에도 도와주었다. 이즈음 그녀는 많은 돈을 유산으로 받아 테일러 사유지에 있는 여름 별장을 토머스에게 쓰도록 했는데, 그는 처웰^{Cherwell} 강가에 있는 이 축축한 땅을 "작은 목욕탕"이라고 불렀다. 거처 문제는 만족할 만한 수준은 아니어도 일시적으로 해결되었지만, 토머스는 여전히 돈이 필요했다. 도널드 테일러가 파산을 했기 때문에 이제는 영화가 일자리를 즉시 마련해 줄 수 없는 것 같았다.

토머스 가족이 테일러의 여름 별장에서 살던 해인 1946년, 토머스에게 새로운 수입원이 생겼다. BBC 방송이 53회의 시 낭송과 패널 토론 방송 계약을 제안하여, 그에게는 라디오 드라마를 연기하고 대본을 쓰는 기회가 주어졌다. 연기 능력과 풍부한 목소리를 가진 토머스에게 라디오는 완벽한 매체였다. 몇몇 BBC 제작물에서 토머스와 함께 연기를 했던 배우 리처드 버튼은 감독이 큰 소리를 지르라고 했을 때 그가 보여 준 비범한 발성 능력을 이렇게 회상했다. "딜런은 키 작고, 다리가 구부러진, 멋지고, 뚱뚱한 친구로 술집에서 이름깨나 날렸는데, 실제로는 듣기 어려운, 가끔 머릿속에서 상상하는 그런 큰 소리를 질렀다. 그래서 우리 모두는 깜짝 놀라 머리카락이 빳빳하게 일어서는 것 같았고, 낱말 맞추기 퍼즐을 하던 연필도 멈추었다. 그리고는 우스운 침묵이 흘렀는데, 토머스는 내가 입속에 담배를 문 채 그렇게 큰 소리를 지를 수 있을지 내기해도 좋다고 했다. 나는 놀라움을 진정시킨 후 더 이상 토머스를 쳐다보지 않고 약간 웃음을 지었다. 그런데 정말로 그가 담배를 입에 문 채 기록에 남을 만한 큰 소리를 질렀다는 것을 알고는 놀라 멍해졌다가 한참 후에야 다시 낱말 맞추기 퍼즐을 시작했다."

버튼의 설명은 일화로서도 재미있지만 토머스가 가진 뽐내는 성격을 잘 포착하고 있다. 어린 시절엔 학교 담벼락에 오줌을 휘갈겨 "하느님이 왕을 구하시기를"이라고 썼고, 어른이 되어서는 술내기에서 누구한테도 지지 않으려 했으며, '배우'로서 전문배우보다 더 크게 소리를 질러 댔던 그런 성격 말이다. 그것은 자신의 익살맞은 행동에 대해 유치한 자만심을 드러내는 토머스의 특징을 잘 보여 주는 순간이었다.

특히 케이틀린이 보기에 BBC 방송 낭송회의 문제점은 토머스가 돈을 벌려고 런던으로 가서 어김없이 사나흘 사라졌다가 돈 한 푼 없이 숙취 상태로 돌아온다는 것이었다. BBC 방송 작업 중의 많은 일들이 술집에서 이루어지고, 방송 후에는 보통 술집에서 뒤풀이가 있었다. 토머스는 헐렁한 코르덴바지에 낡고 얼룩이 있는 트위드 재킷을 입고 비대한 몸으로 빗질도 하지 않은 채 벌건 얼굴로 담배를 꺼질 때까지 입술에 달랑달랑 물고 다녔다. 또 자기 얘기를 듣는 사람들에게 둘러싸인 채 여러 가지 다양한 억양과 풍부한 얘깃거리로 웃기다가도 사람들이 잘난 척하는 것을 보면 무례할 정도로 공격을 했다. 비평가인 프레이저^{G. S. Fraser}는 BBC 방송국 근처 술집에서 토머스 가까이에 있었던 일을 다음과 같이 회상했다. 그는 전쟁 때 캐나다 군인들로 꽉 차 있는 어두운 열차 간에서 벌어졌던 "엄청나게 길고 포복절도할 정도로 우스운" 일을 얘기했다. 그는 엉성하게 포장된 샌드위치를 굶주린 군인들 앞에서 먹다가 목이 막혀 질식할 뻔해서 다시 포장을 쌀 수밖에 없었던 황당한 일을 당했다는 것이었다.

술집에서 혼자 독백으로 했던 얘기들은 나중에 라디오 극인 「밀크우드 아래서」에서 묘사한 괴기스런 웨일즈 타입 이야기들의 전조였다. 개들과 함께 누워 있는 구스베리 열매 반점이 있는 여인이라든지, 자기 집 옆을 흐르는 시냇물이 요르단 강이라고 확신하는 농부며, 전쟁은 오로지 신문을 팔기 위해 시작한 것이라고 믿는 돌팔이 목사며, 자기 조랑말이 더 이상 일을 못하자 탄알을 아끼기 위해 말을 목매달은 사람이라든지, 다른 사람이 자기 집 열린 문 앞을 지나갈 때마다 "암"이라고 비명을 지르는 여인 등에 관한 얘기들이었다. 토머스의 술집에서의 만남은 점점 더 야만스럽고 거의 악의적인 성격까지 보여 주고 있었다. 이를테면 유대인에 대한 전쟁 중에 사타구니에 총을 맞았다고 욕하다가, 바닷가재를 최고로 잘 삶는 방법을 민망할 정도로 자세하게 얘기하다가, 어떻게 자신이 육십 먹은 술주정뱅이가 되었는지를 말하는 그런 사람과의 만남이 그러했다.

종종 토머스는 자기를 참아 줄 수 있을 여자를 발견하면 그 누구라도 술집이 문을 닫을 때 데리고 가서 그 여자로부터 위로와 보호를 받고 싶어 했다. 다음 날 술집 순회는 오전 열한 시면 시작되었다. 한번은 친구들이 케이틀린과 토머스를 아일랜드로 데리고 갔을 때, 토머스에게 박람회에 관한 글을 쓰도록 했다. 이 특별 박람회 동안 술집들이 문을 닫지 않고 밤새 열 수 있도록 허용되었는데, 토머스와 한 친구는 바에 서서 기네스 맥주를 술통 꼭지로부터 계속 마시기로 맹세했다. 토머스는 48시간을 계속 마시다가 말없이 꼬꾸라졌는데, 이것은 그의 치기어린 뽐내려는 성격의 또 하나의 일례이다.

옥스퍼드에서 A. J. P. 테일러는 점점 더 쌀쌀해지고 멀어졌다. 토머스 가족들이 시끄럽게 말다툼을 하고, 토머스는 돈을 꿔 달라고 자꾸 조르고 60마일이나 떨어진 런던으로부터 술이 취한 채, 가끔은 돈도 없으면서 택시를 타고 집으로 돌아오자 싫증이 났던 것이다. 그림도 그리고 평범한 시도 쓰는 인텔리인 마거릿 테일러는 토머스에게 시를 보여 주었다. 케이틀린은 그녀의 깍듯한 태도를 불쾌해했고 그녀에게서 도움을 받는 것도 싫어했다. 특히 토머스와 잠자리를 같이 하는 것은 신과 같이 자는 것 같을 것이라고 쓴 마거릿의 편지를 보았을 때 의심을 했다. 마거릿은 결혼 생활이 흔들리고 있었고 나중에 토머스에게 같이 도망가자고 유혹했지만, 그는 전혀 그녀에게 끌리지 않았고 단지 경제적으로 후원을 해 주는 것에만 관심이 있었다.

1947년 봄 에디스 싯웰은 토머스가 눈에 띌 정도로 몸이 약해지는 것을 걱정해서 작가협회에서 여비를 지급하도록 주선해 주었다. 토머스 가족은 이탈리아 플로렌스 교외에 있는 아름다운 빌라에 정착했는데, 이곳에는 테라스와 풀장과 장미 정원, 포도밭, 삼나무와 올리브나무 숲이 있었다. 토머스는 다시 시에 손을 대 「시골에서 잠을 자며^{In Country Sleep}」 중의 마지막 시들을 쓰기 시작했다. 그는 이 시편들은 신을 믿지 않지만 자신의 임박한 죽음과 히로시마에서의 원자폭탄 투하 결과에 따른 지구 멸망 가능성을 의식한 사람이 쓴 신의 세계에 대한 찬미의 시들이라고 언젠가 설명한 적이 있다. 빌라는 전원적이었고 거기서 시를 쓸 수 있었지만 토머스는 이탈리아를 싫어했다. 그는 이탈리아어를 하지 않았기 때문에 얘기할 사람도 거의 없었다. 토머스는 이탈리아의 시인 에우제니오 몬탈레^{Eugenio Montale} 집에 저녁 식사 초대를 받아 갔을 때 조용하고 예의바른 집주인을 놀라게 했다. 이탈리아에서는 좋은 맥주를 구할 수 없었기 때문에 토머스는 자기에게 나온 맥주병들을 호주머니에 몽땅 쑤셔 넣고는 잽싸게 마시기 시작했던 것이다.

토머스는 이탈리아의 뜨거운 기후도 참을 수 없고 아이들에게 소리를 지르는 일도 불가능하다는 것을 알았다. 로렌스 더렐에게 보낸 편지에 "태양의 가장 고귀한 찬가는 어둠 속에서 씌어진다"라고 쓰기도 했다. 그는 케이틀린이 웨일즈말을 사용해서 "히래쓰hiraeth"라고 부른, 영어로 대충 "허쓰(난로)"라고 번역되는, 웨일즈의 축축한 잿빛에 대한 깊은 그리움을 갖고 있었다. 이탈리아로 갈 때의 여행은 토머스가 짐을 다른 열차에 실으면서 시작되었는데, 영국으로 돌아올 때는 토머스에게 가끔 닥쳤던 우스꽝스런 재앙의 징조가 기다리고 있었다. 런던에 있는 한 친구가 그들을 초청해 놓고는 휴일이라 집을 비웠다. 그래서 토머스는 창문을 통해 들어가려고 하다가 떨어지는 바람에 팔이 부러졌다. 늘 부러지기 때문에 케이틀린이 닭뼈라고 이름 붙인 뼈였다. 마거릿 테일러가 그들에게 명목상으로만 세를 받기 위해 집 하나를 샀다는 소식이 얼마간 위안이 되었다. 옥스퍼드 근처 사우스 레이^{South Leigh}라는 시골 마을에 있는 그 '저택'은 이름은 거창했지만 실제로는 들판에 있는 작고 소박한 회반죽을 칠한 농가였다. 그 집은 목욕탕 대신 주석 양동이가 있는 바깥채가 있었고, 전기가 들어오지 않아 기름등잔을 켜야 했다. 또 근처에는 절망에 빠진 포로들로 가득한 독일군 전쟁포로 수용소가 있었다.

토머스는 BBC 방송 일을 다시 시작했고 영화사 일도 얼마간 맡았지만 여전히 돈이 문제였다. 얼마나 많이 벌고 어떤 행운이 굴러 오든 간에 신기할 정도로 돈은 빠르게 새 나갔고 생필품을 사거나 심지어 집세를 내기에도 돈은 부족했다. 빚이 산더미처럼 쌓여 채권자들과 싸우고 빚과 채권자들을 잊어버리기 위해 흥청망청 술을 마셔 댔다는 점에서 토머스는 피츠제럴드와 난처한 처지가 닮아 있었다. 피츠제럴드의 방탕함은 좀 더 큰 스케일에서 이루어졌지만 말이다. 토머스는 아는 사람들에게, 물론 도무지 갚을 생각도 없이, 이제는 좀 더 큰 액수의 돈을 빌리려고 했다. 재정적인 문제는 국세청에 의해 조정이 되었는데, 이때 토머스가 한 번도 세금 신고서를 작성한 일이 없다는 사실이 밝혀졌다. 그는 조사를 나온다는 사실에 겁을 먹었지만 다행히도 앞으로의 수입 중 상당 부분을 미리 공제하기로 하는 일종의 조정안이 제시되었다. 그러나 이 조정안은 미래에 충분한 돈을 쓰지 못하게 되는 불행한 결과를 가져왔다.

재정적인 면에서뿐만 아니라 정서적인 면에서 보다 심각한 부담이 된 것은 토머스 부모의 절망적인 상태였다. 어머니가 넘어져 무릎뼈가 깨지는 바람에 반쯤 병자였던 아버지를 더 이상 돌볼 수 없었다. 괴로워하며 벌벌 떨고 신음하며 절망에 빠져 있었던 아버지는 시력조차 잃어가고 있었다. 그렇다고 그것이 아버지가 가까운 술집에 종종걸음으로 가는 것을 막지는 못했다. 토머스는 내키지 않았지만 웨일즈로 부모를 찾아가서 구급차에 태워 사우스 레이로 모셔올 수밖에 없었다.

케이틀린은 이 일에 대해 자기한테 한마디 상의도 없었기 때문에 몹시 화를 냈다. 오랫동안 두 부부가 각자 자기 식으로 살아왔던 것처럼 토머스는 기회가 있는 대로 집에서 떠나 있으려 했다. 비록 둘이 아직도 계속 같이 살면서 서로 꼼짝없이 얽혀 있었지만 말이다. 부모가 오셨기 때문에 토머스는 전보다 더 많이 그 '저택'으로부터 떠나 있어서 케이틀린 혼자 자식들과 시부모를 온 힘을 다해 돌보도록 만들었다. 토머스는 어린 구세주처럼 부모의 곤경에 대해 충동적으로 반응을 했지만 그의 성격상 결과에 대해서는 아무 생각이 없었다.

케이틀린의 용어로 "목록"에 추가된 또 하나의 골칫거리는 마거릿 테일러였다. 그녀는 토머스에게 그 안에서 작업할 수 있도록 트레일러 하나를 선물해서 내키면 언제든 마음대로 그 트레일러로 찾아갔다. 토머스는 그녀를 용납해야 하고, 심지어 어떤 낭만적 환상을 유지시켜 주어야 한다는 의무감을 느꼈다. 그녀가 계속 도움을 주어 왔고 앞으로도 도움을 주려고 했기 때문이었다. 토머스에 관한 기사를 준비하고 있는 기자에게 자신은 침울한 슬픔과 우울에 빠진, 난폭한 기질을 가지고 있으면서 죽음에 대한 병적인 두려움과 집착을 가진, "덧없고 동요하는 뒤죽박죽인" 인간에 불과하다고 강한 어조로 말하기도 했다.

돈에 대해 걱정하며, 영화사 일과 BBC 방송사 업무로 쩔쩔매고, 케이틀린과 싸우며, 원치도 않는 마거릿 테일러에게 쫓기고, 줄곧 런던으로 여행을 하는 데 지쳐 토머스는 탈출이 필요하다고 느꼈다. 그래서 로안으로 되돌아가는 방법을 찾기만 한다면 만사가 해결될 거라고 생각했다. 그것을 염두에 두고 마거릿 테일러는 로안에 보트 하우스를 구매했다.

파멸로의 항해

토머스 가족은 밴을 빌려 집안의 가구를 싣고 로안으로 이사했는데, 여러 번의 이사 중 처음으로 집기들을 팔거나 처분할 필요가 없었다. 보트 하우스는 그가 꿈꾸어 오던 것이기는 했지만 정말 소유할 수 있으리라고는 상상치 못한 곳이었다. 하구의 벼랑에 자리를 잡은 이 집은 만조 때의 물 높이에 있는 기둥이 받치고 있었다. 벼랑 가장자리를 따라 나 있는, 잡초가 무성한 소로를 따라가면 다다르는 이 집은 하구와 썰물 때 드러난 뻘밭에서 먹이를 주워 먹는 수백 마리의 새들이 보이는 외딴 집이었다. 그들이 사는 상태는 거의 원시적인 수준으로 여섯 개의 작은 방이 있는 삼층집에, 밖에는 샘 하나와 화장실이 있었다. 이 화장실에는 토머스가 킥킥댄다고 표현한 쥐새끼들을 잡으러 외팔이 유해조수 구제업자가 거의 매일같이 찾아왔다. 그러나 그 집은 역시 외딴 곳의 특징도 갖고 있어서 만조 때는 가물거리는 빛이 천장과 벽에 비쳤고 이층 발코니에서는 딱 바다에 있다는 느낌이 들었다. 만조 때 케이틀린은 정원 담으로부터 하구로 다이빙을 하기도 했는데, 봄가을이면 바닷물은 그것대로 정원의 낮은 부분에 넘쳐흘러 들어왔다. 토머스의 부모님은 토머스가 즐겨 술을 마시던 브라운즈 호텔 건너편 시내 가까이 있는 다른 집에 있었다.

1949년 5월 이사를 왔을 때 케이틀린은 임신 7개월이었고 그해 여름 또 아들을 낳았는데, 늘 그러했듯이 남편은 없었다. 토머스가 오전에 아이들에게 밥을 먹인 후 부모가 있는 집에 갔다가 가끔 자기 아버지와 낱말 맞추기 퍼즐을 하고 브라운즈 호텔에서 한두 잔 걸치고는 그곳 사람들이 하는 잡담을 들은 후 점심을 먹으러 집으로 돌아오는 생활을 하며 그 어느 때보다 행복해했다고 그녀는 말했다. 오후에는 보통 두 시에서 일곱 시까지 언제나 그래왔듯이 시에 정진했다. 그의 작업 공간은 집에서 조금 떨어진 소로 위쪽에 있는 오래된 녹색 목조 창고였다. 언덕과 바다를 향하고 있는 두 개의 창문이 달린 이 조그만 공간은 수북이 쌓인 원고와 편지, 잡지, 장사치들의 계산서들로 어질러져 있었다.

토머스의 책상 위에는 접히고 퇴색된 월트 휘트먼의 사진 한 장이 걸려 있었고, 하디와 D. H. 로렌스의 초상화도 있었다. 케이틀린이 표현한 바에 따르면 이 초상화들은 토머스가 시를 "긁적거리고, 중얼거리고, 속삭이고, 읊조리고, 큰 소리로 읽고, 그것으로 마술을 부리는 것"을 내려다보는 일종의 우상들 같은 것이었다. 그는 「성 존의 언덕 위에서^{Over St. John's Hill}」라는 시를 새로 쓰기 시작했는데, 어떤 표현은 그 원천에 대한 아무런 의식도 없이 저절로 분출해 나왔다.

그는 모든 시간을 시에 바치고 싶어 했다. 버넌 왓킨스에게 말한 바에 따르면 「백색 거인의 허벅지에^{In the white giant's thigh}」라는 시의 첫 행을 쓰는 데 3주가 걸렸다고 한다. 그러나 언제나 돈이 궁한 게 문제였다. 케이틀린이 콜름^{Colm}을 낳았을 때, 토머스는 친구 존 데이븐포트에게 편지를 썼다. 우유와 석탄을 살 돈이 없고 무엇보다도 자기 아버지가 폐렴을 심하게 앓고 있다는 내용이었다. 당연이 있어야 할 것들이 없어 고통을 받은 토머스는 극도의 악몽을 꾸기도 했다. 깊은 산속 동굴로 내려가 매달려 있는 자신의 해골을 찾는 꿈이었다.

라디오 방송이 별로 없어서 런던으로 갈 필요가 거의 없어졌지만, 그는 약속을 하고 이미 선불도 일부 받은 몇 개의 라디오 방송과 영화 대본 약속을 깨뜨렸다. 물론 이것은 두 개의 주요한 과거 수입원인 BBC 방송과 영화계에서의 신용을 떨어뜨리는 결과를 가져왔다. 그는 시 낭송이나 강연 약속을 해서 돈을 좀 벌었으나 이런 일들은 파장나기 일쑤였다. 이를테면 영국의학협회 스완지 지회에 약속을 어기고 나타나지 않는 식이었는데, 대신 그는 브리스톨^{Bristol}에서 술에 떡이 되어 소싯적 친구가 읽어 주는 책을 듣다가 잠이 들었다.

그렇게 잃어버린 기회는 거의 다시는 오지 않았지만, 뉴욕에 있는 청년 히브리인 협회^{Young Mens and Young Womens Hebrew Association} 회장인 존 맬컴 브리닌^{John Malcolm Brinnin}으로부터 시를 낭송해 달라는 초대를 받았을 때 그에게는 새로운 희망이 솟았다. 알려진 대로 "Y"는 미국에서 가장 권위 있는 시 포럼으로 가장 저명한 시인들도 낭송하기를 원하는 곳이었다. 토머스는 미국을 자신의 문제를 해결할 수 있는 곳으로 꿈꾸고 있었고, 그래서 브리닌이 일을 처리해 준다면 3개월간 시 낭송 투어를 하러 오고 싶다고 했다. 1950년 2월 말 토머스는 유난히 매서운 뉴욕의 겨울에 투박한 모직 로덴 코트에 몸을 감싸고 도착했다. 그는 케이틀린이 동행했던 런던에서의 엄청난 송별 파티 때문에 극도로 숙취 상태가 된 채 17시간 동안 비행기를 타고 시달리며 왔던 것이다. 존 맬컴 브리닌이 공항에서 만났을 때, 토머스는 이가 몇 개 부러진 채 변색되어 있었고, 코는 부어 있었으며 몸은 붇은 채 얼굴은 창백하고 꼴이 말이 아니었다. 브리닌은 15년 전에 이미 토머스의 시를 읽고 그의 팬이 되어 있었다. 한편으로 술집 친구이고 또 한편으로 비서이며 또 다른 한편으로 보모이기도 했던(이 역할은 원치 않았겠지만) 브리닌은 어떤 미국인보다 토머스를 더 많이 보아 왔던 사람이었다. 토머스를 보아 온 시간의 대다수 시간 동안 토머스가 상냥하고 우아하게 처신했을 수도 있겠지만 브리닌이 늘 점잖은 것만 볼 수 있는 것은 아니었다. 자신이 경멸했던 일단의 학자들과 첫날 저녁 식사를 함께하게 되었을 때, 토머스는 무례하고 음탕하게 굴었고 공격적이고 지저분한 얘기를 지껄였다. 저녁 식사 후에 그날 오전 토머스를 인터뷰한 〈뉴욕 타임즈〉의 비평가가 주선하는 파티가 있을 예정이었다. 연설을 하자마자 토머스는 브리닌의 차에서 한 시간 동안 곯아떨어졌다. 이미 너무 술을 많이 마셨던 것이다. 그날 오후에 3번가에 있는 술집들을 돌았던 것인데, 토머스가 보기에 이들 술집은 모두 아일랜드인이 주인이었다.

3개월의 투어 동안 그는 여러 번 행사 도중에 잠이 들거나 파티 도중에 말없이 빠져나오기도 했다. 특별 파티 중에는 뉴욕의 유명 문인인 W. H. 오든(그는 이미 브리닌에게 토머스의 악명 높은 음주벽에 대해 경고했던 바 있다)과 라이오넬 및 다이애나 트릴링 부부, 제임스 애지 등이 있었다. 캐서린 앤 포터도 거기에 있었다. 토머스는 언제나 나이 든 여자들에게 끌렸기 때문에 쉰아홉 살의 캐서린은 그가 시시덕거릴 만큼 나이가 충분한 셈이었다. 그러나 그녀는 토머스가 받을 만한 자격이 있다고 느낀 승리의 트로피처럼 몸을 잡고 공중에 쳐들기에는 나이가 너무 많았다.

토머스의 호텔방은 뉴욕 시의 악몽, 거대한 성기 같은 탑들로 이루어진 "암에 걸린 바빌론", 울부짖는 "밴시 요정 사이렌"의 그치지 않는 소음으로 케이틀린에게 묘사한 것들 가운데 있는 비크맨 호텔의 13층에 있었는데, 음주 문제 때문에 마침내 지배인으로부터 나가 달라는 요청을 받게 되었다. 그는 주민들이 어떻게 그런 소음을 참을 수 있는지 혹은 왜 사람들이 모두 끊임없이 전화에 매달려 있는지 도무지 이해할 수 없었는데, 그가 설명한 바로는 마치 숨 쉬는 일처럼 일상적이었다.

낭송회가 있던 날 오전에 브리닌은 3번가 술집에 있는 토머스를 발견했다. 그는 침울한 기분으로 맥주를 마시면서 자신이 "죽음 자체"로 느껴진다고 불평하고 있었다. 그의 얼굴은 무덤같이 체념한 듯 보였고 몸은 축 늘어져 있었지만 무대로 올라가기 직전에 생기를 회복해서 자기 시와 예이츠, 하디, 로렌스의 시 몇 편을 멋지게 낭송했다. 회장을 가득 채운 약 1천 명의 청중들은 뜨거운 박수갈채를 보냈다. 이런 일은 다음 날 저녁에 똑같이 넘쳐나는 많은 청중들에게 시를 낭송했을 때도 마찬가지였다. 브리닌이 주목한 바에 따르면, 낭송회 후 매번 토머스는 참을 수 없이 발작적으로 기침을 해서 가능한 한 빨리 가장 가까운 술집으로 가서 목을 축여야 했고, 그런 다음에는 그리니치 빌리지에 있는 술집 순례를 이어갔다.

토머스가 미국에서 만나고 싶어 했던 유일한 사람은 시어도어 레트키 Theodore Roethke 로서 그 또한 같은 목적으로 뉴욕에 왔던 것이다. 그는 소년 같은

얼굴을 한 큰 곰 같은 사람으로 자신에 대해 늘 회의하고 불안해했다. 그러
나 토머스처럼 자연 세계에 대한 직접적인 이해와 기록에 의거해서 시에서
보편적인 비전을 찾고 있었던 레트키는 질병은 일상적인 인식을 뚫고 나가
최고의 실재에 이르는 길이라고 믿었다. 토머스도 이런 믿음을 공유했다. 두
사람은 술집에서 술을 마시며 시와 특히 토머스가 감탄해 마지않는 다쉴 하
멧^{Dashiell Hammett}과 넬슨 알그렌^{Nelson Algren}의 『황금 팔을 가진 사내^{The Man With the Golden}
^{Arm}』에 대해 얘기했다. 그리고는 둘은 4번가 남쪽에 있는 몇 개의 서점을 돌
아다니다가 막스 브라더즈의 영화를 보았다.

토머스는 특별히 미국 청중들에게 충격을 주어야겠다고 생각해서 헨리
밀러의 소설 『남회귀선』『북회귀선』에 나온 음란한 남성 등장인물처럼 행동
하며 런던에서 그랬던 것보다 훨씬 더 과도하게 굴었다. 어느 파티에서 자신
의 시 「긴 다리 날벌레의 발라드^{The Ballard of a Long Legged Fly}」의 의미에 대해 질문을
받고는 "엄청난 성교"에 대한 것이라고 대꾸했다. 시인이 되길 열망하는 한
젊은 여성이 어떻게 시를 통해 생계를 꾸릴 수 있겠느냐고 묻자, 매춘을 생
각해 보라고 충고했다. 남성 교수 집단과의 만남에서 그는 참석한 모든 사람
이 암수한몸이어서 제각각 스스로 성교를 했으면 좋겠다고 큰 소리로 소원
을 빌었다. 저녁 식사에 초대받아 비평가 스탠리 에드거 하이먼^{Stanley Edgar Hyman}
집에 갔을 때는 그의 아내인 소설가 셜리 잭슨^{Shirley Jackson}에게 다른 사람과 함
께 수작을 걸었고, 그녀는 그를 피하기 위해 집안 여기저기를 뛰어 달아날
수밖에 없었다. 미국에 있는 가장 오래된 여자 대학인 마운트 홀요크에서 영
문과 학과장은 토머스가 "천사처럼 낭송한다"고 말했지만, 낭송 전에 엄청
나게 술을 마시는 걸 보고 그 낭송이 기적 같다는 것을 알게 되었다. 시 낭송
회 후에 벌어진 한 파티에서 토머스는 아무 여자 교수나 교수 부인을 붙잡고

시시덕거리거나 음란한 노래를 부르고 엉덩이를 꼬집기도 하면서 자기는 따뜻한 젖가슴을 만져야만 한다고 외치기도 했다. 그리고는 커피가 나오자 사라져 버렸다.

이 모든 일화는 홀요크 아가씨들의 순결을 빼앗은 목신 팬 같은 시인의 전설을 만들어 주는 데 일조했다. 토머스가 마운트 홀요크에서 여자의 손을 잡았을 리도 없고 그의 성적 무용담이 분명히 과장되었음에도 불구하고 브리닌은 토머스가 뉴욕에서 적어도 세 명의 여자들과 잤다고 주장을 한다. 전위적 시인, 남편이 있는 패션모델, 그리고 사람들이 펄이라고 부른 또 다른 케이틀린 등 셋인데, 마지막 여자는 토머스의 「웨일즈 아이의 크리스마스^{A Child's Christmas in Wales}」 라디오 방송 원고를 샀던 잡지 〈하퍼스 바자^{Harper's Bazaar}〉의 기자였다.

시 낭송 투어를 하는 동안 토머스의 말은 일정한 순서가 없었고 갑자기 앞뒤 문맥과 상관없는 여담도 잘했다. 인터뷰할 때는 기지를 발휘하거나 질문을 교묘하게 회피하기도 했다. 미국에 오기 전 했던 작업에 대해 질문을 받자 여섯 달 동안 바다를 쳐다보며 새를 관찰하고, 아니 새들이 자기를 관찰하도록 하고 있었다고 대답했다. 토머스는 이때 케이틀린에게 쓴 편지에서 "자동차 위의 목소리"에 불과한 자신은 늘 다음 목적지를 향해서 움직이고 있다고 말했다. 그는 가끔 술집에서 핀볼 게임을 그만두지 못해 기차나 버스를 놓치기도 했다. 브린 마워^{Bryn Mawr}에서 토머스는 영국의 비평가인 데이비드 데이셰스^{David Daiches}에게 자기는 시인으로서 끝장이 났고 곧 죽을 것으로 생각한다고 말했다.

집에 보낸 편지에서 그는 서쪽으로 계속 더 멀리 여행할수록 그와 비례해서 케이틀린과 자식들에 대한 사랑이 커진다고 썼다. 그는 샌프란시스코가 특히 마음에 들어 버클리 대학에서 강의를 맡고 싶었지만 음주벽에 관한 악명으로 그 소망은 실현되지 못했다. 그는 빅 서로 내려가 헨리 밀러와 그의 세 번째 아내 렙스카와 두 명의 아이들을 만났다. 이들은, 케이틀린에게 말한 바에 따르면, "눈이 부실 정도로 푸른 태평양" 6천 피트 위에 살고 있었다. 아이러니컬하게도 밀러는 토머스에게 "상냥하고 원숙하고 유쾌하게" 보였던 것 같다. 토머스는 밀러가 언젠가 유쾌하게 설명했던 취한 듯한 황홀한 상태를 이 여행 중에 경험하고 있었던 것이다. 밀러에 대한 방문은 짧은 기간이었지만, 마치 소설의 등장인물이 그 작가를 만나고 있는 듯한 기이한 측면이 있었다. 토머스에게 밀러의 행복한 가정생활은(실제로는 아주 불행한 것이었는데) 자기가 원했고 이제야 알게 된 그것은 결코 얻을 수 없다는 사실을 상기시켜 줄 따름이었다.

미국에서 세 달을 보내고 40번 이상의 시 낭송회를 한 후 토머스는 몇 천 달러를 모을 수 있었지만 돈은 받자마자 흩어져 버렸다. 브리닌은 토머스가 케이틀린에게 줄 선물로 산 가죽 가방에 토머스 몰래 800달러를 넣고는 옷과 함께 가방을 꾸렸다. 이 돈이 토머스의 첫 미국 시 낭송 투어의 순수입이 되는 셈이었다. 세금도 곧 나올 것이고 빚도 쌓여 갔기 때문에 이 돈으로는 그걸 충당하는 데 충분하다고 할 수 없었다. 토머스는 로안과 케이틀린의 바가지와 돈에 대한 불면의 고통이라는 유령에게로 다시 돌아갔다.

또 다른 심각한 문젯거리는 뉴욕에서 은밀한 관계를 가졌던 미국 잡지사 기자 펄이었다. 그녀는 1950년 여름에 런던에 머물렀다. 토머스는 새로운 미국 시 낭송 투어에 대해 논의하기 위해 존 맬컴 브리닌을 만난다는 핑계로 런던에 와 그녀를 만났다. 세 사람은 템즈 강에서 보트놀이를 하기도 했다. 토머스는 브리닌에게 자기가 펄과 케이틀린 둘 다 사랑하고 있는데 어느 쪽을 택해야 할지 모르겠다고 털어났다. 토머스는 주말에 펄과 함께 브라이튼

Brighton에 갔지만 그의 마음은 남부 프랑스로 함께 가자는 펄의 편지를 그의 호주머니에서 발견했던, 더 강한 아내 케이틀린에 의해 결정되는 것 같았다. 마거릿 테일러는 자기도 토머스를 놓칠까 봐 걱정이 되었다. 그래서 토머스와 펄이 런던에 함께 있는 것을 보았다고 케이틀린에게 고자질했지만, 케이틀린의 분노를 부추길 따름이었다.

회고록에서 케이틀린은 몇 번이고 남편을 떠나고 싶었지만 아이들과 돈 때문에 꼼짝할 수 없었다고 말했다. 케이틀린의 분노는 토머스와 마주칠 때마다 점점 더 광폭하게 나타났다. 처음에는 소리를 지르다가 종종 주먹질과 머리끄댕이를 잡아당기는 것으로 끝났고, 한번은 브리닌의 면전에서 토머스의 머리를 부엌 바닥에 부딪치게도 했다.

토머스가 석유에 관한 기록영화 대본 작업을 하러 이란으로 갔을 때 일시적으로 둘 사이의 긴장이 소강 상태에 들어갔다. 늘 있는 일이지만, 두 사람이 떨어지고 나니 토머스는 아내가 보고 싶고 결혼 생활도 계속 유지하고 싶어졌다. 토머스는 언제나 실제보다 상상 속에서 더 열렬한 사랑을 할 수 있었다. 이란에 와서 멀리 떨어져 있고 보니 자기가 케이틀린을 얼마나 사랑하고 있는지를 기억하게 되고 그 무엇보다 결혼 생활을 지키는 것이 가치 있는 일처럼 느껴졌다. 그는 자기의 사랑과 그녀와 계속 함께하고 싶은 마음을 표현하며 애원하는 편지를 몇 통 보냈다. 그녀는 답장을 쓰지 않다가 마침내 자신의 불만을 나열한 편지를 보냈는데 토머스는 이 편지를 받고 "죽고 싶었다"고 했다. 케이틀린은 화가 머리끝까지 났지만 실제로 결혼 생활을 끝낼 아무런 조치도 취하지 않았다. 대신에 토머스를 떠나기보다는 그가 잘못을 뉘우쳤다는 사실을 확실히 하고 싶어 했던 것 같다. 이것은 부부 사이의 일반적 화해 방법이기도 하다. 화해를 했다고 둘 사이에 평화가 왔다는 것은 아니다. 그저 둘이 서로를 필요로 하고 원한다는 것을 인식하는 정도였다.

1951년 여름 또 다른 미국 시 낭송 투어를 상의하기 위해 브리닌이 로안을 방문했을 때 토머스는 새 트위드 정장을 입고 기차역에서 그를 만났다. 빌린 차로 토머스의 먼 사촌이 운전을 하고 그들은 300야드를 가서 어떤 술집에 들렀다. 그다음에는 로안까지 13마일을 차를 몰고 가며 길을 따라 있는 또 다른 여섯 개의 술집을 들르면서 두 시간을 더 보냈다. 브리닌은 마지막으로 로안에 있는 브라운즈 호텔에 들렀는데, 이때 케이틀린을 만나 또렷한 윤곽을 가진 그녀 얼굴의 아름다움에 홀딱 빠지게 되었다. 다음 날 그녀는 브리닌에게 펄에 대해 물었다. 그가 대답하느라 쩔쩔매자 케이틀린은 그를 미국에서의 남편의 행적과 관련된 모든 의혹의 대상으로 삼았다. 미국은 그녀가 웨일즈의 "축축하고 숨 막힐 듯한 꺼진 수렁" 속에서 자식들과 병든 시부모를 모시고 사는 동안, 남편이 자기의 의무를 팽개치고 따라다니는 여인들과 술 취해서 섹스에 탐닉하는 곳으로 보였다.

케이틀린은 남편이 런던에 있을 때 술집에서 남자들과 계속 관계를 가졌고 또다시 임신하게 되었다. 임신 6개월 때 토머스의 후원자 중 하나인 마게드 하워드-스테프니^{Maged Howard-Stephney}가 준 돈으로 낙태 수술을 받았다. 그녀는 다시 남편에 대해 냉담해진 채 그를 용서하기도, 있는 그대로 받아들이기도 불가능하다는 것을 알았다. 그녀가 회고록에서 설명했듯이 그들은 자신들이 만든 상황에 맞지 않는 정절을 서로 기대했던, 낭만적 환상의 희생자들이었던 것이다.

집안에서의 증오심과 소동에도 불구하고 토머스는 다시 시를 쓰기 시작했는데, 이것이 결국 그의 마지막 작업인 셈이었다. 그는 「밀크우드 아래서」, 「그의 생일에 대한 시^{Poem on His Birthday}」 그리고 아버지가 점점 쇠약해지는 것에 자극을 받아 쓴 빌라넬 형식의 시「좋은 밤으로 얌전히 들어가지 마세요 Do Not Go Gentle Into That Good Night」를 쓰기 시작했다. 1952년 가을 토머스 가족은 마거릿 테일러가 소유한 런던의 초라한 지하층으로 이사를 했다. 그래서 토머스는 BBC 방송으로부터 돈을 얼마간 벌 수 있었다. 케이틀린은 아이들을 데리고 토머스를 따라다녔다. 토머스가 런던에 혼자 있으면 무슨 짓을 할지 믿을 수 없었고 또 장차 계획된 미국 여행에 함께 갈 작정을 하고 있었기 때문이었다.

토머스와 케이틀린은 1월 말 퀸메리 호를 타고 뉴욕에 도착했다. 브리닌은 만나자마자 그들에게 돈을 내밀지 않을 수 없었다. 토머스가 미국 인상기에 관한 책을 쓰기로 하고 선금을 받았지만 돈 한 푼 가져오지 않았기 때문이었다. 브리닌은 케이틀린이 시무룩하게 말없이 있거나 혹은 호전적이거나 둘 중 하나라는 사실을 알게 되었다. 케이틀린은 기회가 있을 때마다 자기가 알고 있는 식으로 그가 하는 얘기를 조목조목 반박했다. 브리닌은 그들의 결혼 생활이 공공연한 적대 관계에 도달했다는 결론을 내렸다. 이 사실은 그해 봄 토머스가 행한 40번의 시 낭송회 동안 여러 번 사람들 보는데서 말다툼을 하고, 거듭 안경유리를 깨고, 파티 테이블을 뒤엎어 버린 데서 잘 드러난다. 소설가 넬슨 알그렌은 파티에서 그들을 만나고 난 후 친구에게 쓴 편지에서 그들이 정말 안됐다고 말하고 얼마나 절망적이면 그렇게 독주를 많이 마시겠는가 하고 동정했다. 맥주로는 이제 더 이상 성이 안 차자 토머스와 케이틀린은 둘 다 더블 위스키를 벌컥벌컥 마셔 대고 버번위스키를 끝도 없이 퍼마셨던 것이다.

그들은 역시 언제나 돈이 궁했다. 여태까지 일생을 빈곤하게 보낸 후 케이틀린은 비로소 자신과 아이들을 위해 옷과 선물들을 모으기 시작했다. 아무것도 비축하지 않고 마구 써 대면서 토머스는 샌프란시스코에 있을 때 아들 류일린의 학교에 공납금을 보내는 것을 잊어버린 적이 있었다. 결과적으로 아이가 퇴학을 당했기 때문에 케이틀린으로부터 말할 수 없이 심한 공격을 받았다. 대체적으로 미국 여행은 그녀에게 자제하기 힘든 복수의 기회를 제공했다. 그녀는 적대적이고 독한 마음을 품고 있으면서, 너무 오랫동안 무시당하고 한쪽으로 밀려나 있었다고 느꼈다. 케이틀린은 미국 여자들이 모두 섹스에 미쳐 있다고 생각했다. 그녀는 남편의 여행 가방에서 서로 다른 필체로 된 연애편지 한 뭉치를 발견했을 때 자기 생각이 틀리지 않았다는 것을 알았다.

1952년 여름과 가을 동안 토머스는 로안에서 「밀크우드 아래서」를 아주 천천히 쓰고 있었다. 이 작품은 로안 같은 웨일즈 해변 마을에서의 하루 24시간의 생활에 대한 빼어난 희극적 설명을 담고 있다. 브리닌은 토머스가 BBC 방송을 위해 시 낭송을 하고 온 후 런던에서 그를 만났다. 그는 시달린 것처럼 보였고, 머리칼은 엉키고 눈알은 충혈되고 누랬으며 얼굴에는 반점이 나 있었다. 나중에 늑막염과 폐렴으로 번진 기관지염을 앓고 있었던 것이다. 그는 또 돈 걱정을 하고 있었는데, 그가 편지에 멜로드라마처럼 쓴 바에 따르면 그것은 자기를 타고 있는 "신경이 곤두선 마귀할멈"으로 "물고 할퀴어서 밤에는 불면증과 악몽에 시달리게 하고 긴 낮 동안에는 불안하기 짝이 없게 하는 것"이었다.

연체된 세금과 건강보험 할증료를 내야 하는 문제가 있었다. 토머스의 미국 인상기를 위해 선금을 준 출판사는 토머스가 아무것도 쓰지 않자 돈을 되돌려 받기를 원했다. 마거릿 테일러는 돈이 떨어지자 세를 내지 않으면 보트 하우스를 팔겠다고 위협했다. 새로운 후원자인 마게드 하워드-스테프니는 그 집을 사는 것을 돕지 못하고 자살했다. 이런 와중에 케이틀린은 아비가 누군지 알 수 없는 애를 임신하여 3개월이 되었다는 사실을 알렸는데, 그녀는 유산을 하고 싶어 했다. 토머스에게 무엇보다 큰 충격은 아버지의 죽음이었는데, 그로부터 몇 달 후 누나 낸시도 두 번째 남편과 인도로 가서 살다가 암으로 죽었다. 토머스는 누나와 가까운 적은 없었지만 아버지에 대한 관심은 가장 끈끈한 유대를 이루고 있었고 어떤 의미에서는 그의 시 창작 욕구와 깊이 연결되어 있었다.

도대체 시를 계속 쓸 수 있을까 하는 문제는 아버지의 사후 토머스의 가장 깊은 개인적 관심사였다. 제2차 대전이 발발한 이래로 그 걱정은 점점 더 쌓여 갔고, 그는 창조력이 고갈되지 않을까 언제나 두려워했다. 성공적으로 글을 쓰지 못했을 때는 언제나 계속 그 과정을 고집스레 되풀이하면서 종이를 뚫어지게 바라보고 나중에 찢어 버리는 한이 있더라도 무엇이든 쓸 수 있는 것은 종이에 적었다. 그의 시는 언제나 숙고하여 정교하게 만들어졌다. 시의 단 한 줄에 대한 여러 가지 판본이 몇 페이지에 이르는 경우들도 종종 있었다. 시들은 절차탁마로 만들어졌지 영감의 샘으로부터 그저 흘러나오는 것은 아니었다. 그는 자신의 마지막 해를 『시 전집^{Collected Poems}』을 위한 서시를 쓰려고 열심히 노력했다. 그러나 토머스는 아주 정교한 각운 체계를 가진 이 서시에 만족치 못하고 그것을 정리되지 못한 감상적 작품이라고 말했다.

그를 낙담시켰던 것은 무엇보다 자신이 재능을 고갈시키지 않았는지, 중요한 시를 더 이상 쓸 수 없는 것은 아닌지 하는 애타는 두려움이었다. 심지어 덴트 출판사가 『시 전집: 1934-52』을 출간한 뒤의 대단한 호평도 그의 정신을 북돋지는 못했다. 그는 시란 "무덤으로 가는 길에 행한 일련의 진술"에 불과하다고 말했다. 비평가들은 그의 작품에 더 열광하기 시작했다. 필립 토인비는 〈옵서버〉에서 그를 살아 있는 가장 위대한 시인이라고 선언했다. 〈선데이 타임즈〉에서 시릴 코널리는 토머스의 독특함은 분석을 거부하는 서정성에 있다고 말했다. 스티븐 스펜더는 토머스를 낭만주의 시인의 화신이라고 불렀다. 그 이유는 다수의 작품이 쉬운 말로 바꾸어 말할 수 없고, 담론 없는 감각의 시라는 키츠의 이상을 구체화했기 때문이라는 것이다.

두개골을 두른 철제 밴드

케이틀린의 반대에도 불구하고 토머스는 브리닌과 뉴 디렉션즈 출판사의 『시 전집』 발행을 이유로 다시 미국으로 이끌려 갔다. 숨어 있는 의도는 시 낭송을 통해 대중적 에너지를 자극하고 찾는 것이었다. 이 에너지는 거의 완성한 「밀크우드 아래서」와 그것이 쓰도록 자극한 새로운 형태의 라디오 드라마 속에서 보여 준 사람들 간의 공통적 이해였다.

5월 초 그는 하버드 대학에서 「밀크우드 아래서」의 미완성판을 낭송하고 신경질적으로 줄담배를 피우면서 이고르 스트라빈스키^{Igor Stravinsky}를 만났다. 스트라빈스키는 토머스가 핵 폭발에서 살아남은 어떤 부부에 대한 오페라용 대본을 써 주길 바랬다. 토머스는 스트라빈스키를 좋아했고 오페라 대본을 쓰는 동안 캘리포니아에 있는 스트라빈스키의 집에서 머물도록 초대받자 뛸 듯이 기뻐했다. 뉴욕에서 토머스와 다섯 명의 배우들이 Y에서 「밀크우드 아래서」의 첫 공연을 했을 때 브리닌은 토머스가 이전의 여행 때보다 더 침착해지고 원숙해졌다는 사실을 알았다. 토머스는 이 극을 완성하지 못할까 봐 걱정을 해 가며 종이쪽지에 원고를 첨가하고 수정했다. 개막 직전까지 만족스럽게 완성할 수 있을지 하는 엄청난 압박감을 느꼈다. 그 압박감은

Y의 브리닌 조수인 리즈 라이텔^{Liz Reitell}과 은밀한 관계를 가지면서 일부 해소가 되었다. 그녀는 베닝턴 대학을 졸업했고 키가 컸는데 보모와 상담친구의 역할을 맡았다. 「밀크우드 아래서」는 대단한 성공을 거두었고 토머스는 Y의 관중들로부터 또 한 차례의 박수갈채를 받았다. 그러나 그는 초연 전에 술을 계속해서 엄청나게 마셔 왔기 때문에 알코올성 위염과 통풍을 앓고 있었고, 또 디너파티 후에는 계단에서 넘어져 팔을 부러뜨리기도 했다. 그를 치료한 외과의사 밀턴 펠트스타인 박사는 음주에 대해 경고했고 몸을 회복하기 위해 치료가 절실히 필요하다는 충고를 했다.

1953년 여름 로안에서 토머스는 기력이 쇠한 상태로 「밀크우드 아래서」의 개정판 작업과 완성치 못한 아버지에 대한 애도시 작업을 했다. 그는 텔레비전 방송에 출연해 무대극 창작에 대해 얘기하고 이야기도 하나 낭독했는데, 이 이야기는 출연 예정 시간을 불과 몇 분 남겨 놓고 완성했지만 낭독이 형편없었다. 토머스는 또 몇 편의 BBC 방송 대본을 썼다. 그중 하나는 술집에서 원본을 분실하고 난 후에 쓴 것이었다. 이제는 편지를 쓰는 것도 아주 힘들었기 때문에 그는 임박한 죽음에 대해 얘기했으며, 몇 번씩 졸도하고 의식을 잃기도 했다.

늘 그러했듯이 그는 자신이 해결하지도 못하는, 아이들의 교육이나 세금 고지서 같은 것에 대한 재정적 의무감의 압박을 느꼈다. 쉽게 짐작할 수 있듯이 그는 미국행이 이런 압박을 해소할 수 있는 길이라고 믿었다. 이전의 여행에서 그렇지 못하다는 사실이 입증되었지만 말이다. 토머스는 또 한 차례의 시 낭송과 「밀크우드 아래서」의 공연을 위해 10월 말에 뉴욕에 왔다. 브리닌은 토머스의 얼굴은 축 늘어진 채 회색빛을 띠고 양 입술은 뒤틀리고 피부는 반점이 돋아 있고 두 눈은 흐릿하다고 생각했다. 토머스는 리즈 라이텔에게 자기 두개골 주위로 철제 밴드를 두른 것 같은 압박감을 느낀다고 말했다. 그녀는 아직도 그를 기꺼이 도울 마음은 있지만 이제는 은밀한 관계를 지속하는 것을 두려워하고 있었다.

「밀크우드 아래서」의 공연은 결국 잘 되었지만 토머스는 Y에서의 리허설 때 심란해하고 긴장하고 있었다. 불안감 때문에 아무것도 먹지 못하고 '화이트 호스 테번'에서 맥주와 달걀만을 먹었던 여러 날 동안 몇 차례의 파티가 있었는데, 그는 그때마다 술에 취했다. 밤에는 휴식을 취하기 위해 수면제를 먹고 아침에는 깨기 위해 각성제를 먹었다. 최소한 두 번 이상 위염 때문에 토하고 결과적으로 기력이 쇠해지자 펠트스타인 박사가 찾아와서 ACTH라는 부신피질 호르몬 주사를 놓아 그를 살아나게 했다. 뉴욕에 온 지 2주일이 지나 사교 모임과 그것에 불가피하게 따르는 음주 후에 리즈 라이텔은 첼시에 있는 자기 방으로 데리고 가서 자기와 함께 있도록 했다. 어느 날 새벽 두 시에 깨어서 그는 술집에 가야 한다고 말했다. 한 시간 반 후에 돌아와서는 위스키를 열여덟 잔이나 마셨다고 큰소리쳤다. 틀림없이 술잔의 수는 과장한 것이었겠지만 다음 날 아침 그는 엄청나게 토하고 알코올중독 섬망증이 생겨 삼각형, 사각형, 원들이 계속 나타나는 환상을 보았다. 펠트스타인은 또 한 번 부신피질 호르몬 주사를 놓았고, 그러고도 그날 두 번 세 번 불려 갔다. 세 번째 찾아왔을 때 그는 날뛰는 토머스를 진정시키기 위해 다량의 모르핀 주사 처방을 했다. 토머스는 즉시 잠들었지만 결코 깨어나지 못하고 나흘 동안 혼수상태에 빠지게 되었다.

그는 즐겨 갔던 미국의 술집 화이트 호스 테번 가까이에 있는 빌리지의 성 빈센트 병원으로 실려 갔다. 코와 목과 팔에 산소마스크와 여러 가지 튜브를 꽂고 그는 감각이 없는 상태로 있었다. 브리닌과 리즈 라이텔, 그리고 시인

커밍즈^{e. e. cummings}와 존 베리먼^{John Berryman}을 포함한 방문객들이 돌아가면서 찾아와 병실 복도에 모여 있었다. 케이틀린이 도착했을 때 그녀는 술에 취해 멍해 있었다. 그녀는 브리닌에게 결혼 생활이 끝나 가고 있다고 느꼈기 때문에 토머스의 미국 여행을 극도로 반대했다는 편지를 썼던 것이다. 토머스는 후기의 강렬한 시 한 편에서 죽어 가는 아버지에게 조용히 죽지 말고 끝까지 가능한 모든 수단을 다해서 사납게 싸우라고 썼다. 그러나 싸운 사람은 케이틀린으로, 그의 병실에 있는 유리창에 머리를 부딪치고 벽에 걸린 십자가를 박살냈다. 또 청소부를 물어뜯다가 마침내 구속복이 입혀져 꼼짝 못하게 된 뒤 치료를 위해 사설 요양소로 보내졌다. 나중에 몇 번 자살을 시도했지만 모두 실패로 돌아갔는데, 이 자살 시도는 괴로움을 벗어나기 위해 술기운에서 한 것들이었다.

아이러니컬하게도 토머스는 죽기 직전 돈벌이가 되는 강의 계약을 했고, 그가 죽고 난 후 시와 캐드먼 출판사의 시 낭송 녹음은 생전에 보지 못한 많은 수입을 가져다주었다. 케이틀린은 그의 시신을 웨일즈까지 배로 실어 갔다. 그때까지 그녀는 난동을 부리며 더블 위스키 다섯 잔을 마시고는 선상 주점을 때려 부수고 난 후 그 난장판 속에서 계속해서 다리 찢기도 하고 옆으로 재주넘기를 하기도 했다.

토머스를 로안에 매장한 후 소문은 전설로 변하기 시작했다. D. H. 로렌스의 친구인 존 미들튼 머리는 프리다 로렌스에게 쓴 편지에서 토머스의 죽음에 관한 "놀랄 정도로 추한" 사실을 알았다고 말했다. 또 다른 친구인 존 데이븐포트는 토머스의 궁극적인 비극은 시적 재능이 흔들리고 있을 때 자신이 경멸한 대중적인 성격만으로 평가되었던 데에 있다고 말했다. T. S. 엘리엇은 토머스는 시인으로서 위대한 시를 썼거나 "헛소리에 가까운 무엇인가"를 썼으며, 독자들은 그 두 측면을 모두 받아들여야 한다고 말했다. 시릴 코널리는 토머스가 시를 가지고 돈을 벌려고 미국에 왔지만, 대신 트라키아 여인들에게 찢겨 죽은 오르페우스처럼 "대중들에 의해 죽음을 맞았다"고 말했다. 시어도어 레트키에게 토머스는 자기 피를 마시고 자기 골수를 먹으면서 시의 주제를 찾아 그것을 대중들에게 전달한 시인이었다. 그것은 레트키가 알고 있는 춤이었고, 토머스가 언젠가 시를 창작하는 "불타는 절정의 행위"라고 부른 것의 표현이었다.

낭만적 술꾼

딜런 토머스는 영혼으로 노래하며 말의 리듬을 위해 살았던 사람이었다. 로렌스처럼 그는 세상의 의무를 상기시켜 주는 아내와 싸웠다. 쉽사리 진짜라고 오해한 충동적이고 순간적인 감정들에 의거해서 행동한 낭만주의자였던 그는 자기 행동의 먼 결과에 대해서는 전혀 책임질 생각이 없었다. 부모가 어려움에 처하자 집으로 모셔 와 함께 살다가 사라져 버린 것처럼 그는 행동을 통해 계속 보여 주기 어려운 사랑을 베풀거나 지원을 한다는 사실만으로도 정서적인 행복감을 가득 느꼈다. 토머스는 단순하게 규정하기 어려운 어린아이식의 너그러움이 있었다. 그는 케이틀린이 지옥 같은 삶을 살게 만들었고 또 그 사실을 알았지만 어쩔 도리가 없었다. 그리고 그녀 또한 그를 말과 주먹으로 공격할 수 있었지만 결혼 생활을 끝장낼 만한 힘이 없었다. 사실 두 사람 모두 끝내기를 원치 않았다. 다른 사람의 아픈 곳을 서로 건드렸지만, 그 드러난 상처는 살아 있음을 느끼는 방법이었다. 자기의 회고록에 『미망인의 삶』이라고 붙인 것은 단순한 과장이 아니었다.

케이틀린 토머스는 남편에 대해 프리다 로렌스의 대지모신 같은 차원이나 젤다 피츠제럴드의 별빛 광채를 가지고 있지 않았다. 또한 그녀는 남편이 그렇게도 "경이롭다"고 생각한 준 밀러의 상처를 건드리는 사악한 능력도 없었다. 토머스의 작품에 준 영향으로 볼 때 케이틀린과 딜런 토머스의 결혼 생활은 단조롭고 평범한 것이었다. 그러나 다른 무엇보다도 케이틀린의 활기와 길들여지지 않은 분노는 토머스를 늘 끓는 상태로 만들어 완전히 허무주의적인 삶에 빠져들지 않도록 막아 주었다. 실제로 토머스는 상상력을 자극하기 위해서 외적인 자극을 필요로 하는 것은 아니었다. 그러나 케이틀린과 떨어져서 이란에 있을 때 깨달았던 것처럼 토머스는 케이틀린을 필요로 했다. 그녀는 토머스를 무정할 정도로 아무런 환상 없이 꿰뚫어 보았다. 시적 화자의 베일 뒤에 숨고 싶어 하면서도 체면과 한결같음의 가면을 필요로 했던 인간 토머스를 말이다. 변덕이 죽 끓듯 했지만 그녀는 종종 토머스를 집어삼킬지도 모를 혼란스런 생활 가운데 있는 흔들리지 않는 지주였다.

그는 속삭이며 웅얼거리는 혼란스런 언어의 도가니 속에서 살고 있었던 일종의 언어 마법사로서 그의 심리 치료제는 술이었다. 술에 대한 의존은 피츠제럴드를 닮아 있는데, 특히 창작을 계속할 수 있을 것인지 하는 깊은 불안감과 관련되어 있을 때 그러했다. 토머스의 많은 작품은 자신이 전달하고 있는 것을 부분적으로만 의식할 수 있는 잠재의식적이고 초언어적인 상태에서 씌어졌던 것 같다. 그의 목소리는 대부분의 시보다도 한층 더 깊은 무의식적 상태로부터 나왔다. 그것은 어쩐지 바로 그의 피와 연결되어 있는 것 같았다. 로렌스는 "피의 의식"에 대해 말했지만 달변이고 지적이었을 뿐, 토머스처럼 원초적으로 자기 자신의 원칙을 설명하는 사람은 아니었다.

토머스의 정서적인 생활은 전혀 안정적이지 못하여 그것을 통제하는 지성이나 계획을 희생시켰다. 로렌스처럼 토머스는 자신의 시에서 자연의 경이에 대해 반응했고, 엘리엇이나 오든 같은 사람이 관심을 가졌던 논리적인 창작보다는 자연에 더 관심을 보였다. 로렌스처럼 토머스는 삶과 연관되는 것은 그 어느 것에나 경외심을 갖는 범신론적 생명주의를 표출했다. 두 사람은 모두 인간의 성＃을 생명력의 관점에서 보았고, 그것이 강력할 때는 인간을 건강하고 온전하게 만드는 영적인 차원이 된다는 것을 알았다. 로렌스와 토머스 둘 모두에게 인간의 성은 자신들이 할 수 있는 실제의 여행이라기보다 완성을 향한 상상의 길이었다. 로렌스는 성을 메시아적 미션의 일부로 보고 그것을 위해 개종을 한 셈이었다. 토머스는 시에서 성에 관해서는 거의 언급하지 않았지만, 엄마가 주는 평안함을 찾는 애기귀신처럼 여자들을 맹목적이고 필사적으로 추구했다.

토머스는 죽음에 집착했지만 자신의 시 속에서 삶의 기적을 강력하게 표출했다. 그를 몰고 간 의식은 인생이 짧다는 것이었다. 토머스는 키츠처럼 스물한 살이 되기 전에 많은 시를 썼다. 작품과 이력의 세계 속에서 비틀거리는 혼란된 상태로 그는 우리 세기의 낭만적 태만자로서, 우리 시대의 랭보와 비용으로서, 가정이나 국가 문제에서 철저히 무책임하게 행동했다. 주인공이 도처에서 공동체의 이념을 모독하는 『북회귀선』과 동일시되는 것도 이상한 일이 아니다. 밀러처럼 그는 이데올로기적인 입장 때문이 아니라 아무리 적은 돈이라도 맥주를 먹기 위해 벌거나 구걸해야 했기 때문에 세금을 내지 않고 저절로 비정치적이 되었다. 이 무법의 시인은 포위된 채 교활함이든 배움이든 절망 속에서 비열해지고 동시에 저항 속에서 영웅적으로 되면서 더러움과 야릇함과 예기되는 패배에도 불구하고 창조를 위해 살기로 선택하는 고집을 보였다. 토머스의 앞일을 생각지 않는 방탕함과 해면처럼 빨아들이는 소소한 절도 행위는 그를 불쌍하게 보이도록 해서 사람들이 얼마 동안은 용서하도록 만들었다. 매력적이고 구제 불능이고 잘 꾸며 대는 이야기꾼인 그는 행동이 언어보다 덜 중요한 사람이었다. 그가 창작하고, 또한 마력적인 목소리로 낭송했던 시들은 그가 배신한 대부분의 사람들로 하여금 그의 약점을 합리화하게 만들 수 있을 만큼 충분히 놀라운 것이었다.

그의 명성은 시에 대한 엘리엇의 영향력이 지대했던 제2차 대전 후에 전설로 변했다. 엘리엇은 자기 시의 낭송자로서는 그가 그려낸 황무지처럼 메마르고 아득했다. 엘리엇의 괴로운 무미건조함을 상기시키는 대신 토머스는 목소리와 감각적인 이미지만으로 만들어진 격정적인 회오리바람으로서, 내용으로보다는 정서적으로 사람들을 압도했다. 그런 힘은 시의 질서를 흔들고 이해를 방해하는 것으로, 어떤 시인에게나 위협이 될 수 있다. 전체주의적인 질서가 유럽을 거의 파괴하던 역사적인 순간에 토머스는 목소리를 높여 심장의 피로부터 소리쳤다. 그의 목소리의 절박함과 절망과 서정성은 시대착오적인 특성을 가지고 있었지만 그것은 경이로운 낭만적 외침이었다는 사실을 대부분의 사람들이 동의할 것이다.

제6장

실비아와 테드

아, 내 멋대로 할 수만 있다면, 내 자신을
채찍질하여 엄청난 시인으로 만들리라.
1958년 5월 11일 일기에서

죽는다는 건
하나의 예술이야, 다른 모든 것과 마찬가지로.
이 방면에서 나는 유별나게 뛰어나지.

지옥 같은 느낌이 들도록 그 짓을 하지.
진짜라는 느낌이 들도록 그 짓을 하지.
너는 그것이 내 천직이라고 말할 수 있을 거야.
「라자로 부인」에서

귀신에 들림

실비아 플래스는 언젠가 그녀의 시에서 "피의 분사는 시"라고 주장한 적이 있다. 이어서 그녀는 말한다. "이를 멈출 수는 없다"고. 1962~63년 겨울 그녀의 단축된 생애 마지막 네 달 동안 플래스는 약에 취해 잠이 든 다음 새벽 4시에 일어나곤 했다. 아이들이 일어나고 고된 일과가 시작되기 전에 시를 쓰기 위해서였다. 친구에게 말한 바 있듯 "기차 터널"에서 또는 "신神의 내장"에서 글을 쓰는 것처럼 환각에 젖은 목소리로 플래스는 야수적인 힘과 최면의 힘으로 가득 찬 일련의 시를 써서 영국과 미국의 문학계에 충격을 주었다. 자기 자신의 운명에 대한 이 같은 어두운 예견을 담은 작품들은 사후에 『에어리얼 Ariel』로 출간되었다. 조이스 캐롤 오츠 Joyce Carol Oates는 플래스야말로 우리 시대의 마지막 낭만주의자라고 선언한 바 있거니와, 무엇보다도 그녀 특유의 자기 연민에 찬 유아론唯我論을 그 근거로 들고 있다. 그 밖에 동세대의 시인 가운데 가장 무자비하게 독창적인 시인이라고 플래스를 부른 사람들도 있다. 플래스가 섬뜩한 시를 휘몰아 쓰던 때인 마지막 달에 그녀를 만난 소설가 도리스 레싱Doris Lessing은 훗날 그녀를 휘몰아 가던 "작열하는 절망감"에 대해 이야기한 적이 있다.

플래스의 남편이었던 시인 테드 휴즈는, 그녀가 자신의 생을 스스로 마감하기 전 끔찍한 나날을 보냈던 몇 달 동안 별거 상태에 있었는데, 그녀의 마지막 시편들이 샤머니즘적 차원이라고 단언하고 그것들이 "무아경에 빠진 원시 시대의 사제를 위해 전에는 유보해 놓았던 심연에 자유롭게 또한 조심스럽게 접근하는 가운데" 쓰인 것들이라고 말한 바 있다. 또한 그 시편들을 영적 세계로부터의 내방에 비유하기도 했다. 그는 또한 자기 자신의 현실로부터 자신을 보호하기 위해 대부분의 사람들이 만들어 설치하는 "일상적 보호막"을 그녀는 지니고 있지 않았다는 식의 암시를 하기도 했다. 말하자면, 그녀는 자기 자신의 고통에 너무 민감했었을 수도 있고, 그러면서도 통증을 완화하기 위한 합리적 방안을 강구할 능력을 결여한 채 세상의 고통을 너무 선뜻 떠안았다는 것이 휴즈의 진단이다.

완벽하고도 "대상을 산산이 부술 정도로 맹렬한" 사랑, 무언가 신비로운 방식으로 자신의 온건한 정신을 보호하고 자신의 삶을 지켜 줄 수 있는 완벽하고도 맹렬한 사랑, "두려움을 쫓아 줄" 그런 사랑을 일생 동안 추구했던 여인이지만, 생의 마지막에 그녀에게는 그 어떤 보호 수단도 남아 있지 않았다. 결혼이 파경에 이르렀을 때, 그녀는 일기장에 "죽음의 피와도 같이 뜨거운" 폭력이 그녀의 내부에 깃들게 되었음을 선언했으며, 고뇌에 찬 그녀의 마지막 작품들—자신의 예술만을 유일한 복수 수단으로 사용할 수 있을 뿐인 병들고 학대 받고 또한 배반 당한 여인의 모습을 담고 있는「라자로 부인 Lady Lazarus」이나「아빠 Daddy」와 같은 시들—에서 그 폭력을 사용하기 시작했다. 편집인이자 비평가인 그녀의 친구 A. 앨버레즈 Alvarez는 그녀가 귀신에 들려 있었다는 견해를 내놓기도 했다. 실제로 그가 전하고자 했던 바는 그녀가 초월적인 동시에 악마적이라고 할 수도 있는 비전을 형성하고 또 표현하기 위해 존재했다는 식의 관점이다. 자살에 관한 그의 저서『야만의 신 The Savage God』에서 앨버레즈가 제시한 바에 따르면, 플래스의 마지막 작품들에서 확인되는 강렬함은 어떤 방식으로든 그녀에게 자신의 죽음을 예비케 한 측면이 있다는 것이다. 다시 말해, 그녀가 자신의 시에서 분출해 놓은 것 때문에 보다 쉽게 통과하도록 감정의 문을 열어 놓았다는 것이다. 이 같은 작품들의 창작 과정을 둘러싸고 있던 정황들, 작품에 담긴 급박하고 강렬한 자기혐오의 기운, 거의 독극물과도 같은 명료함을 매개로 한 발작적 분노, 병적인 유머와 죽음에 대한 섬뜩한 예지 豫知 등등은 이들 작품을 무엇보다도 정신 감응에 의한 메시지와도 같아 보이게 한다.

플래스의 작품들은 너무도 거대한 분노를 담고 있어서, 자기 자신의 개인적 불만을 뛰어넘는 것, 우리가 여성들의 체험과 관련해 연상하곤 하는 수세기 동안의 굴종, 노예 상태, 부정을 보듬어 안는 차원에 이르는 것으로 보이기도 한다. 그녀의 일기장에서 플래스는 자신을 "비극적 체험을 담는 그릇"으로 표현한 바 있다. 우수한 대학을 다니면서 뛰어난 학업 성취도를 보이는 동시에 자신에 대해 극도로 큰 야망을 가진 젊은 여성이었지만, 학생 시절 그녀는 벌써 견디기 어려울 만큼 강렬한 고통감과 공포감에 물들어 있었고, 약을 먹고 자살을 시도하기도 했다. 그리고 비좁은 공간에서 신음 소리를 내고 있는 그녀가 이틀 후 발견되지 않았다면 그녀는 아마도 자살에 성공했을 것이다. 즉시 병원으로 옮겨져 전기 충격 요법에 의한 치료를 받게 되었는데, 바로 이 전기 충격 요법이 그녀를 겁에 질리게 하고 "그녀의 피부 밑쪽에 불"이 일게 했던 원인이었다. 그 뒤에 쓰인 그녀의 글 상당 부분에서 그 당시에 받은 정신적 외상이 언급되곤 한다. 플래스에 의하면, 첫 시집인 『거상巨像. The Colossus』은 "부서졌다가 수리된" 존재에 관한 책이다. 그녀의 소설 『유리 종The Bell Jar』은 그녀 자신의 붕괴와 회복에 대한 소설적 각색에 해당하는 것이다. 그 소설을 쓰면서 플래스는 뒤틀리고 귀에 거슬리는 동시에 오만할 정도로 통렬하고 재기 넘치는 자기 방어용 목소리를 만들어 냈다. 바로 그 목소리가 그녀에게 체험에 대한 상당 정도의 통제 수단을 제공했으며, 항상 표면 가까이 있는 공포를 담아 놓고 봉할 수 있는 믿을 만한 그릇이 되기도 했다.

그녀의 시는 그녀에게 결정적이면서 즉각적인 청중의 역할을 했던 휴즈의 영향을 받았지만, 불가사의하게도 어딘가 걱정스럽고 두려운 방식으로 그녀는 자신보다 한결 더 높은 명성과 넓은 인간관계를 유지하고 있던 남편보다 덜 중요한 존재, 그림자와 같은 존재로 전락해 있다는 느낌을 가졌다. 그녀는 완벽한 사랑과 완벽한 결혼이 지니는 구원의 힘에 대한 믿음을 포기하지 않은 채, 자기 결혼 생활의 조화와 마찰을 주제로 삼아 작품 창작을 했다. 동시에 그녀는 낭만적 사랑에 대한 자신의 관념 속에 완전히 빠져들지 않으려 했다. 그녀에게 핵심이 되는 관심사는 결혼이 자신의 창조력을 서서히 약화시키거나 그녀 자신을 왜소하게 만들지도 모른다는 두려움이었다.

실비아 플래스와 테드 휴즈의 결혼은 이 책이 다루고 있는 남녀가 직면하는 수많은 문제들을 적나라하게 드러낼 뿐만 아니라 더욱 두드러지게 조명하고 있다. 프리다 로렌스, 젤다 피츠제럴드, 케이틀린 토머스는 모두 남편의 지배력에 저항해 자기 나름의 힘을 확보하기 위한 투쟁에 참여한 여성들이었다. 이들 모두는 의심할 바 없이 뚜렷한 창조적 동력을 지니고 있었지만 그와 같은 창조적 동력을 현실화할 수 없는 여성들이기도 했다. 이로 인해 이들은 남편을 존경하는 동시에 남편에 대해 질투심을 갖게 되었던 여성들이었던 것이다. 그들과 마찬가지로 플래스도 고집이 세고 공격적이며 반항적이었지만, 자신과 남편인 휴즈가 모두 강렬한 열정과 시에 대한 헌신적 마음을 지닌 시인들이었다는 사실 때문에 그녀의 경우 투쟁은 더욱 복잡한 것이 되지 않을 수 없었다.

자기 자신의 정체성을 확립하려는 그녀의 싸움, 결혼 마지막 몇 달 동안의 번뇌와 고통, 『에어리얼』 시편의 특징을 이루는 선동적 경향 등등은 그녀에게 시와 미학의 일상적 관심사들을 뛰어넘어 하나의 새로운 문제 제기를 하도록 하는 데 기여했다. 결혼이 플래스의 예술에 대한 고려 사항들 가운데 핵심을 이루는 것이긴 하지만, 이 문제는 그녀가 여기에 끌어들인 심리적 소인素因들로 인해 결코 간단한 문제가 아니다. 그녀가 테드 휴즈를 만나 결혼을 해서 아이들을 낳았다는 사실은 그 자체가 1950년 대 중엽 당시의 젊은 여성들에게 기대되었던 바의 역할을 수행하는 것으로, 그 무렵 겉으로 드러나는 모습만 보면 언제나 환하게 웃는 모습이었으며, 자신의 일을 할 때와 마찬가지로 가사에 전념했던 것처럼 보였다. 본질적으로 플래스의 삶은 표면적 진실이 얼마나 신뢰할 수 없는 것인가를 증명해 주는 것이었다. 아마도 이처럼 표면적 진실은 결코 신뢰할 수 없다는 사실이 문학적 동기 가운데 가장 근본적인 것이리라.

아빠

우연이긴 하지만, 실비아 플래스는 딜런 토머스의 열여덟 번째 생일인 1932년 10월 27일에 태어났다. 어릴 적의 플래스는 유별나게 조숙한 아이였으며, 여덟 살이 되었을 때 보스턴의 한 신문에 처음으로 간단한 시 한 편을 발표하기에 이른다. 총명한 아이들이란 일반적으로 누구보다 감수성이 예민한 법이게 마련인데, 그녀는 걷기 전에 벌써 문장들을 꾸며 내기 시작했다고한다. 부모가 어린아이들에게 영향을 미친다든가 어린아이들은 부모 마음의 투영 대상이라는 식의 가정은 이제 상식이 되어 있긴 하지만, 실비아에게미친 오토 플래스^{Otto Plath}와 오릴리아 플래스^{Aurelia Plath}의 영향은 유별난 것이라고 해야 할 정도였다.

보스턴 대학교에서 교편을 잡고 있던 학구열이 뛰어난 곤충학자였던 오토 플래스는 호박벌에 대한 표준 교재를 쓴 바 있다. 호박벌은 오토 플래스가 어릴 적 독일에 살 때 단것을 사 먹을 돈이 없어서 들판의 벌집에서 습관적으로 꿀을 훔쳐 먹었을 때부터 그를 매료하기 시작한 대상이었다. 『유리종』에서 플래스는 그녀의 아버지가 "프러시아의 시커먼 오지 한복판에 있는조울병이 만연한 작은 마을"에서 태어났다고 쓰고 있다. 오토 플래스는 언젠가 그의 부인에게 자신의 어머니와 누이가 우울증에 시달린 적이 있다는말을 한 적이 있다. 그의 조부모는 이미 위스콘신에 정착해 있었는데, 그들이 여비를 마련해 주어 오토 플래스는 뉴욕으로 오게 되었다. 그곳에서 그는초등학교 수업 시간에 청강생의 자격으로 들어가 1년 동안 영어를 배웠는데, 언어에 대한 재능이 너무도 뛰어나서 어설픈 억양을 섞지 않은 채 유창하게 영어를 구사할 수 있게 되었다. 조부모는 그가 목사가 되기를 희망해 그에게 대학 교육을 위한 학비를 마련해 주었는데, 플래스 가문은 독실한 루터 교회의 신자들이었다. 조부모의 희망과는 달리 그는 고전어를 공부한 다음 교사가 되기로 결심하고 가족과의 인연을 완전히 끊었다. 그는 곧 깨진 첫 번째 결혼 생활 이후 18년 동안 대학원에서 동물학을 공부했다. 그동안 그는 학교에서 독일어와 생물학을 가르침으로써 생계를 꾸려 나갔다.

실비아의 어머니인 오릴리아 쇼버 Aurelia Schober 는 보스턴 대학에서 오토 플래스가 가르치던 대학원 과정 중세 고지高地 독일어 수업을 수강하던 학생이었다. 오릴리아의 가족은 오스트리아에서 이민을 왔는데, 오릴리아는 비록 미국에서 태어났지만 학교에 들어가기 전에는 독일어밖에 할 수 없었다. 20세기가 시작되고 유럽에서 이민을 온 많은 사람들이 그러했듯 교육에 대한 깊은 신뢰감에 젖어 있던 그녀는 끊임없는 노력을 통해 삶의 질을 향상시킬 수 있으리라는 생각에 자신을 맡기고 있었다. 그녀는 광범위한 독서를 했으며, 어떻게 해서 노력이 기회를 가져다주는가에 대한 호레이쇼 앨저의 이야기들을 신뢰했던 그녀는 고등학교 학생 시절 공립 도서관에서 일을 하기도 하고, 또 타이피스트와 비서로 일을 하기도 했다. 그녀가 오토 플래스를 만났을 때 그녀는 이미 고등학교에서 1년 동안 독일어와 영어를 가르치고 있었으며, 젊은이들이 지닐 법한 열정적인 사명감에 젖어 그 일을 했다고 한다. 결혼을 하자 가정에서 아이들을 키우는 일에 전념하기로 약속했는데, 이는 그녀가 양보해야 했던 수많은 일 가운데 하나였다.

실비아 플래스가 세상을 떠난 후에 딸의 편지를 모아 편집한 책인 『집으로 보낸 편지들Letters Home』의 서문에서 오릴리아 플래스는 집안의 평화를 위해 자신의 의향을 굽혔다는 사실을 인정한 바 있다. 하지만 그녀의 남편이 한결 더 나이가 많았다는 점, 그녀의 선생으로서 오토 플래스는 권위의 화신이었다는 점, 또한 그가 때때로 독재적인 사람이었다는 점도 사실이다. 결혼을 하고 1년 뒤에 그녀는 실비아를 낳았으며, 2년 반 후에 워렌Warren이라는 이름의 아들도 낳았다. 수많은 대학교수가 그러하듯, 오토는 대부분의 시간을 집에서 보냈다. 오릴리아는 비서와 조력자가 되어 그의 연구 및 집필 작업을 돕기도 했다. 그녀가 『집으로 보낸 편지들』에서 회상한 바에 따르면, 오토는 집안 식당의 식탁 위에 자신의 자료들을 펼쳐 놓기를 고집한 적이 있었는데, 이렇게 해서 펼쳐 놓은 자료들은 몇 달 동안 계속 식탁을 차지하고 있었다고 한다. 이따금 오토가 야간 수업을 하고 오는 날 저녁 오릴리아는 집에 손님을 초대해 저녁 식사를 하기도 했는데, 모든 물건을 원래의 자리로 되돌려 놓을 수 있도록 지도를 만들어야만 할 때도 있었다고 한다. 오토는 일과 업적 성취에 헌신적인 사람이었으며, 가족에게 대단한 위세를 부리는 사람이기도 했다. 심지어 그는 자신이 아내보다 더 경제적으로 식품을 구입할 수 있다고 믿었기 때문에 몸소 장 보는 일을 할 정도였다고 한다.

비록 사랑에 넘치는 아버지였고, 실비아가 후에 자신의 시 「아빠」에서 꾸며 낸 것처럼 히틀러의 『나의 투쟁』을 연상케 하는 표정을 지닌 파시스트는 확실히 아니었지만, 오토는 아이들을 자기 아내의 보살핌에 맡긴 채 자신의 서재에 틀어박혀 있는 그런 사람이었다. 실비아는 아버지의 인정認定에 목말라 했고, 특히 자신의 어린 동생에 대해 경쟁심을 느끼곤 했는데, 그녀는 동생의 출현을 처음부터 달가워하지 않았다고 한다. 죽기 바로 직전에 라디오 방송을 위해 준비한 글 「오션 1212WOcean 1212W」[1]에서 그녀는 워렌의 출생이 어떻게 그녀의 작은 세계의 중심축을 "뒤틀어 놓고" 그녀에게 "극지極地의 냉

1) 실비아 플래스가 포인트 셜리 해변에 살고 있는 자기 할머니의 전화번호를 따라 붙인 제목의 자전적 글.

기"와 함께 자신의 고적함에 대한 분명한 느낌을 가져다주었는가를 회상함으로써, 동기 간에 있을 법한 경쟁의식의 고전적 예를 보여 주고 있다. 이때는 플래스 가족이 보스턴 외곽에 있는 해변 마을인 매사추세츠 주 소재 윈스롭으로 이사를 한 다음이었다. 오릴리아의 부모가 그녀보다 나이가 어린 여동생 및 실비아보다 단지 열세 살이 위인 남동생과 함께 그곳에 살고 있었는데, 그들의 집은 애틀랜틱 만이 바라다보이는 포인트 셜리 해변에 있었다. 친정집 식구들과 함께 살게 된 이 기회는 오릴리아에게 다행스러운 것이었는데, 오토라는 사람은 사교적인 사람이 아니었기 때문이다. 오토의 건강이 악화되어 그가 암에 걸린 것이 아닌가라는 걱정을 할 때도 그는 고집스럽게 의사 진료를 거부했으며, 이 무렵 실비아는 포인트 셜리 해변에 있는 외가댁으로 보내졌다. 워렌도 몸이 허약했는데, 기관지에 문제가 있어 천식을 앓고 있었기 때문에 집에 남게 되었다. 이로 인해 포인트 셜리 해변의 집에서 실비아는 다시금 집안의 유일한 아이가 되어 때때로 모든 사람의 관심을 한 몸에 받는 존재가 되었다. 「오션 1212W」에서 그녀가 밝히고 있듯, 그녀에게 바다는 지속적인 놀이 친구가 되었다.

강건한 의지의 힘으로 병을 치유할 수 있다고 믿었기 때문에 오토 플래스는 의술의 도움이 필요할지도 모른다는 암시 비슷한 것조차 들먹여도 격노했다. 그는 만성적 천식과 부비강염副鼻腔炎에 시달리게 되었고, 전에는 불그스레했던 낯빛이 창백해지게 되었으며, 체중이 감소하게 되었다. 그러자 그는 전보다 더 심하게 자기 서재 안에 틀어박히게 되었다. 그는 강의 준비를 위해 아내의 도움을 필요로 하게 되었고, 보스턴에서 돌아올 무렵에는 예외 없이 피로에 지친 모습이었다. 저녁이 되면 다만 30분 동안 아이들에게 아버지와의 만남이 허락되었는데, 아이들이 그 시간에 아버지의 애정을 얻기 위해 노래도 부르고 자기가 그린 그림을 아버지에게 보이기도 했으며 또 조촐한 춤 공연을 선보이기도 했다. 타고난 교육자였던 까닭에 오토는 자기 아이들이 조숙해지는 것을 적극 권장하기도 했고, 곤충 이름을 라틴어로 가르쳐 준 다음 얼마나 기억하고 있는가를 시험하기도 했다. 오릴리아 역시 마음 깊이 선생의 기질을 갖고 있었기에, 실비아에게 피아노 연주를 강권하거나 시를 읽어 주곤 했다. 「오션 1212W」에서 실비아는 그녀의 어머니 오릴리아가 매슈 아놀드^{Matthew Arnold}의 시 「버려진 인어^{Foresaken Merman}」를 낭송하는 것을 처음 들었을 때 몸이 떨렸던 것을 기억하고 있다. 이 시가 그녀에게 바다에 사는 신화적 생명체의 존재에 대한 믿음을 확신케 했던 것이다.

1940년 여름 실비아가 여덟 살이었을 때 오토 플래스는 보스턴으로 출발하기 전 발가락이 장애물에 걸려 다치는 일을 겪게 되었다. 그날 저녁 돌아왔을 때 그의 발은 검은 색으로 변해 있었고 다리에는 붉은 색의 줄무늬들이 세로로 나 있었다. 오릴리아가 의사를 불러와 진찰을 했는데, 그 의사는 오토의 다리가 괴저병에 걸려 있다는 사실을 알아내고 그에게 당뇨병 말기라는 진단을 내렸다. 당뇨병은 제때 의술의 도움을 받는다면 치료가 가능했을 수도 있는 병이었는데, 시기를 놓친 것이었다. 그리고 나서 몇 주 동안 그의 동료 교수들이 수업을 대신해 주었다. 도움을 받기 위해 간호사를 한 명 고용했으며, 실비아는 꼬마들에게 맞는 간호사 유니폼을 입게 되었다. 간호사가 쉬던 첫날 오릴리아와 아이들이 집에 없을 때 오토는 층계를 내려오다가 쓰러졌다. 전문의의 진료를 받았는데, 다리를 절단해야 할지도 모른다는 진단을 내렸다. 수술이 오토 플래스의 의지를 산산이 조각냈으며, 그 이후 그는 결코 병원의 침대에서 일어나지 못했다. 그리고 몇 달 후에 폐 색전증^{塞栓症}으로 인해 세상을 뜨게 되었다.

다음 날 아침 오릴리아가 실비아에게 아버지가 돌아가셨다는 사실을 알렸을 때 실비아는 무표정한 모습으로 "다시는 신에게 결코 말을 걸지 않을 것"이라고 말했다고 한다. 오릴리아가 『집으로 보낸 편지들』의 서문에서 밝힌 바에 의하면, 그녀의 여덟 살짜리 딸이 그날 학교에 가겠다고 고집을 부렸다고 한다. 그리고는 "나는 결코 재혼을 하지 않겠다"라고 쓴 종이조각을 가지고 돌아왔는데, 그 말 아래에는 오릴리아의 서명을 받기 위한 여백이 따로 있었다고 한다. 플래스 부인은 즉시 서명을 했는데, 서명을 하면서 그녀는 실비아가 크게 안도한 듯 한숨을 쉬고는 자기의 의자를 엄마의 의자 앞쪽으로 밀었다고 한다. 그리고는 팔에 기댄 채 엄마가 주는 과자를 먹고 우유를 마셨다고 한다. 이 자그마한 사건은 따뜻하면서도 뜻 깊은 것이 아닐 수 없다. 비록 실비아가 아버지의 장례식 자리에서 충분하게 애도의 마음을 드러내지 않았다는 것을 놓고 후에 가서 어머니를 호되게 나무라곤 했지만, 그녀는 이제부터는 자신의 어머니가 그녀만이 배타적으로 소유하는 인정과 격려와 지원의 원천이 될 것이라는 사실을 처음부터 직감적으로 깨달았던 것이다.

"영적 스며듦"

오토 플래스에게는 연금 수혜의 자격이 없었으며, 얼마 되지 않는 보험금조차 치료비와 장례식 비용 명목으로 빠르게 소진되고 말았다. 하지만 그의 때 이른 죽음은 일련의 재난이 연이어질 것임을 알리는 시작에 불과했다. 돈을 절약하기 위해 오릴리아의 부모는 딸의 집으로 옮겨 오게 되었는데, 이는 오릴리아가 고등학교에서 교직 생활을 재개하는 동안 아이들을 돌볼 도움의 손길을 친정어머니한테서 얻기 위한 조처였다. 두 어린아이가 모두 만성적인 부비강염으로 인해 몸이 건강치 못했고, 워렌은 폐렴까지 앓고 있었다. 미래에 대한 걱정과 심리적, 재정적 압박을 견디다 못해 오릴리아는 십이지 장 궤양에 걸리게 되었고, 출혈이 너무 심해 병원에 입원해야만 하는 경우를 두 번이나 겪게 되었다. 이윽고 친정아버지가 시력 약화로 인해 회계사로서 의 일자리를 잃게 되었다. 그는 항상 온화하고 친절했기에, 교외에 있는 한 컨트리클럽에서 잡역을 맡아 하는 일자리를 얻을 수 있었다. 하지만 이 일자 리로 인해 그는 클럽 안에서 주중을 보내야 했으며 주말이 되어야만 집에 올 수 있었다. 오토 플래스가 행사하던 강력한 부권의 핵이 실비아에게 갑작스 럽게 사라지게 되었으나, 누구도 그 자리를 대신할 수 없게 된 것이다. 가정 을 이끄는 것은 여성들로, 실비아의 어머니는 생계 수단을 책임지게 되었고, 모든 소소한 집안일은 할머니가 맡아 하게 되었다. 할머니는 심지어 자가용 을 모는 일까지 맡아 했는데, 그 당시 할머니만이 운전면허를 갖고 있었기 때문이었다.

오토가 세상을 떠나고 2년 후인 1942년 오릴리아 플래스는 보스턴 대학 에서 의료 비서 양성을 위한 프로그램을 시작해 보자는 제안을 받았는데, 이 후 그녀는 이 일을 29년 동안이나 계속했다. 보스턴에 보다 더 가까운 지역 으로 거처를 옮기기 위해, 또한 그녀가 알고 있는 몇몇 교수 부인들이 그곳 에 살고 있었기 때문에, 오릴리아는 가족을 이끌고 웰즐리^{Wellesley}로 이사를 했다. 웰즐리는 해안에서 멀리 떨어져 있는 지역으로, 아이들의 취약한 비강 ^{鼻腔}의 상태를 개선하고 워렌의 천식을 치료하는 데 도움이 될 것 같았기 때문 이기도 했다. 생필품을 구입할 만큼의 충분한 돈이 있었지만, 절약을 위해 이런저런 면에서 관리가 필요하기도 했다. 그렇게 삶을 꾸려 가는 동안 미국 이 제2차 세계 대전에 참전하기에 이른다.

오릴리아에게 전쟁으로 인한 긴장은 어느 정도 배가될 수밖에 없었는데, 이는 그녀가 원래 독일인인데 현재 국적을 갖고 있는 미국이 독일과 전쟁 중이라는 데 따른 곤경 때문이었다. 이에 대한 보상책으로 그녀는 공동체의 원리를 옹호하였다. 이는 부분적으로 미국인으로서의 그녀 자신의 신뢰성을 보증하기 위한 것이었고, 또 부분적으로는 그녀의 아이들이 독일과 연상이 되는 식의 흠을 잡히지 않은 채 받아들여지도록 하기 위한 조처이기도 했다. 그녀는 유니테리언 종파의 교회에서 주일학교 선생 역할을 하기도 했다. 오릴리아는 자신의 아이들에게 올바른 친구들만큼이나 중요한 것이 올바른 책들이라고 생각했으며, 이때의 올바른 친구들이란 대부분 보스턴 대학의 다른 교수들의 아이들이었다. 아무튼, 그녀는 아이들을 연주회와 극장에 데리고 가기도 했는데, 실비아가 처음 본 연극은 「폭풍우^{The Tempest}」였다. 실비아는 피아노와 비올라 교습을 받았으며, 어머니와 함께 계속 시를 읽었다. 실비아는 자신의 시를 창작하기 시작했는데, 오토가 세상을 떠난 다음 오릴리아는 그녀의 딸이 달을 마녀에 비유해서 대구^{對句} 형식의 즉흥시를 낭송하는 것을 듣기도 한다. 『집으로 보낸 편지들』에서 오릴리아는 자신의 어머니와 자신 사이에 있었던 것과 같은 종류의 "영적 스며듦"의 현상이 이제 자신과 실비아 사이에 있게 되었음을 밝힌 바 있다. 그녀는 딸과 자신 사이의 밀폐된 관계가 폐소^{閉所} 공포증으로 발전할 수 있음을 알고 있었는데, 그렇게 될 가능성은 그들이 침대를 함께 사용해야 했었기에 한결 더 높을 수밖에 없었다. 모녀가 하나의 침대를 함께 사용하는 상황은 실비아가 고등학교 2학년생이 되고 워렌이 뉴햄프셔에 있는 최상급 대학 예비 학교인 필립스 엑시터^{Phillips Exeter}에 전액 장학금을 받아 입학할 때까지 계속되었다.

따지고 보면, "영적 스며듦"이라는 말은 통제와 모성 지배를 감추기 위한

완곡한 표현이고, 통제와 모성 지배라는 패턴은 이 책에서 논의한 작가들의
삶에 지배적으로 드러나는 것이기도 하다. 로렌스, 피츠제럴드, 밀러, 토머
스에게 아버지란 권위와 관습을 대변하는 어머니에게 가정의 통제권을 빼
앗긴 채 부재 상태로 있는 존재 또는 무력한 존재였다. 어머니와의 연결 끈
을 결코 끊지 못했거나 어머니의 존재를 완전히 거부하지도 못했던 로렌스
의 경우, 어머니에 대한 반란은 파괴적 성격을 띤다. 한편, 여성들에 대한 이
중적 관점을 지님으로써 획득하지 못할 대상과 그와 반대되는 대상 사이에
항상 균형을 잡고자 했던 밀러의 경우, 어머니에 대한 반란은 상반된 감정을
함께 드러내는 좀 더 애매한 것이 되고 있다. 어머니의 중산층 윤리에 대항
하여 전면적 반란을 일으킨 것 이외에는 자신의 부정적 느낌들을 표현하거
나 통합할 길을 결코 찾지 못한 채 모성 살해의 소설을 쓰기 위해 헛된 노력
을 했을 뿐이었던 피츠제럴드의 경우, 어머니에 대한 반란은 파악하기가 어
려운 좀 더 모호한 것이 되고 있다. 아울러, 어린이의 역할을 단념하기를 거
부했던 토머스는 항상 어떤 종류든 일시적 양육과 위안을 제공할 수 있는 누
군가를 항상 찾아 헤맸던 것처럼 보인다. 토머스의 경우, 어머니든 아버지든
특정한 어느 쪽 형상을 일깨우기보다는 자기 어린 시절의 총체적 분위기를
글에서 되살리고자 한 듯한 인상을 주며, 실제로 그는 자신의 어린 시절에
대해 놀랄 만큼 효과적인 기록을 남기고 있다. 비록 그는 어머니가 지니고
있던 웨일즈 사람들 특유의 근본주의자적 신앙심을 떠받치는 가치관에서
탈주하고자 일생 동안 노력하긴 했지만 말이다. 플래스는 자신에 대한 어머
니의 기대감 때문에 가장 심하게 혼란을 겪었던 것처럼 보이며, 그녀의 반항
은 이 때문에 더욱 내적인 것이 되었는지도 모른다.

　인정받고자 하는 마음에서 싹튼 오릴리아 플래스의 불안감은 확실히 실

비아에게 그 흔적을 남기고 있다. 하지만 오릴리아는 또한 많은 측면에서 아주 훌륭한 어머니이기도 했는데, 그녀는 자신의 딸한테서 비범한 측면이 있는 것을 감지하고는 딸의 재능을 발전시키려고 적극 노력했다. 이 같은 재능이 그녀의 정체성 형성에 핵심이 되기도 하지만 그와 동시에 충격적일 만큼 독자적인 인생 여정을 걷도록 실비아를 이끌 수도 있다는 점을 한 번도 계산하지 않은 채 말이다. 성장 과정에서 플래스는 이 책에서 다루고 있는 작가들 가운데 누구보다도 크게 어머니의 영향력에 도움을 받았지만, 그와 동시에 누구보다도 심하게 이로 인해 억압을 받았다. 이는 정말로 감당하기 어려운 상황이라고 하지 않을 수 없다.

"시브Siv" 또는 "시비Sivvy"라는 애칭으로 불리던 실비아는 고등학교에 들어갈 때 같은 또래의 여자아이들과는 어울리지 않게 키가 173센티미터나 됐으며, 이는 다 자랐을 때의 키보다 단지 2.5센티미터만 모자라는 것이었다. 그녀는 항상 자신의 키에 부끄러움을 느꼈으며, 대부분의 남자들에게 어울리지 않을 만큼 자신의 키가 너무 크다는 사실 때문에 걱정을 했다. 수다스러운 동시에 사람들을 웃음으로 몰아갈 능력이 있었던 그녀는 인기가 높은 여자아이가 되고자 했으며, 그렇게 되기 위한 전략을 짜고 있는 그녀의 모습을 그녀의 일기장은 보여 주기도 한다. 하지만 장애물이 있었다. 그녀가 간직하고 있던 잡기장雜記帳에 그녀 자신이 한때 주목했던 바와 같이, 그녀는 항상 주변을 겉돌고 있는 국외자가 되고 말 "운명에 처해 있다"는 느낌을 갖고 있었다. 그녀가 무엇보다도 원했던 것은 상대에게 받아들여지고 있다는 느낌과 어딘가에 속해 있다는 소속감이었다. 이는 전후戰後의 시대적 분위기를 지배하던 가치관이자 대중 매체가 온갖 노력을 동원해 선전하던 가치관인 순응과 조화와 협력에의 엄청난 압력에 대한 그녀 나름의 반응이었다. 그녀가 즐겨 보던 잡지 가운데 하나인 〈레이디즈 홈 저널 Ladies' Home Journal〉은 가족과 가정생활의 즐거움을 예를 들어 가며 설파했으며, 여성의 사회적 지위를 결정하고 따라서 행복을 보장하는 것이 남성의 이력이기 때문에 어떤 남성을 선택하는가의 일이 얼마나 중요한가를 강조하기도 했다.

웰즐리는 풍요로운 근교 지역이었지만, 신붓감으로서의 실비아의 장래 가치는 별다른 재정적 대책이 없기 때문에 제약을 받아야 했다. 여행을 하거나, 또는 멋진 여름 야영 생활을 하거나 휴가를 즐길 돈이 없었다. 여섯 해를 계속해서 여름 방학 동안 그녀는 돈이 적게 드는 걸스카우트 캠프에 입소해 소박한 음식과 시설에 만족하며 대충대충 2주일을 보내야 했다. 옷을 살 돈이 충분하지 못했기 때문에 실비아는 여분의 돈을 마련하기 위해 아이 보는 일을 하기도 했다. 그녀는 남자아이들과 사귀고 싶어 했으며, 실제로 데이트까지 하곤 했지만, 대부분의 괜찮은 남자아이들은 그녀가 너무 똑똑하거나 너무 경쟁심이 강하다거나 또는 너무 가난하다는 사실에 마음을 접곤 했다. 그녀가 일기장에 밝힌 바에 따르면, "시험하고 시도하는" 짝짓기 게임은 또한 시대가 젊은 여자들에게 지킬 것을 요구하는 성적 경계선 때문에 좌절감을 불러일으키는 것이기도 했다. 그와 같은 성적 경계선 때문에 좌절감을 느끼는 동안, 그녀는 "성적 갈증을 자유분방하게 드러내는 남자아이들을 혐오하고, 또 혐오하고, 또 혐오"하지 않을 수 없었다. 그녀가 후에 가서 생애 마지막 시기의 시에서 그처럼 열정적으로 사용했던 3중 반복 표현법으로 인해 일기장의 이 같은 기록은 더할 수 없이 강렬한 것이 되고 있다. 그녀의 일기장은 끔찍할 정도의 정직함과 솔직함을 보이는 동시에 날카로운 인식을 드러내고 있는데, 일반적으로 보아 죽기 바로 직전 그녀의 시에서가 아니었다면 그녀의 인식이 그처럼 강렬하게 표현될 수는 없었을 것이다.

오릴리아 플래스 부인은 『집으로 보낸 편지들』에 딸의 일기장 가운데 일부를 수록하고 있는데, 이는 실비아가 17살 때 쓴 것이었다. 그 부분에서 실비아는 예술적 완성 및 인간적 완성에 대한 자신의 갈망을 힘주어 말하고 있는데, 어느 지점에 이르러서는 자신을 "신이 되고자 하는 소녀"로 부르기도 한다. 동시에 그녀는 이 같은 자기중심적 성향을 놓고 자신을 질책하기도 하는데, 이 같은 성향은 거울에 비친 자신의 이미지에 완전히 맥이 빠졌을 때 그녀가 거울에서 보았던 것과는 서로 모순되는 것이기도 하다. 그녀는 자신이 너무 키가 크다는 사실과 자신의 코가 지나치게 두툼하다는 사실을 알고 있었지만, 거울에 비친 자신의 모습 앞에서 우쭐하기도 했던 것이다. 그녀는 자신이 갈망하는 신적 완벽성 —어리석은 것임을 알지만, 이와 동시에 글을 쓰고자 하는 욕망과 관련이 있는 이 같은 갈망—과 거울에 비친 자신의 불완전한 아름다움이라는 두 극단 사이를 방황하고 있었다고도 할 수 있다. 어떤 의미에서 보면, 그녀는 미래에 그 모습을 드러낼 자신의 변모된 여성적 이미지에 매혹되어 있었는지도 모른다. 17세의 나이에 거울을 응시하는 가운데 그녀가 본 것은 무엇일까. 비록 일의 진행 과정상 아직까지는 그녀가 처한 역사적 순간과 장소가 요구하는 처녀성의 제약을 받고 있긴 했지만, 이제 막 제 모습을 갖추어 가기 시작하는 여성의 모습, 아직 사춘기에서 벗어나지 못했지만 이제 막 껍질을 깨고 나오는 여성의 목소리였을 것이다. 그녀는 유년기의 마지막 단계에 있다는 사실에 행복을 느끼는 동시에 이를 떠나보내야 한다는 데 슬픔을 느끼고 있었을 것이다.

고등학교 시절 실비아는 줄곧 최고 학점을 받았는데, 이는 남보다 뛰어나야 하고 완벽에 도달해야 한다는 욕구에 내몰린 것이기도 했지만, 그녀가 처한 어떤 상황에서도 인정을 받고 자신을 통제하고자 하는 노력에 따른 것이기도 했다. 대체로 그녀는 항상 학업 성취도를 기준으로 자식을 평가하는 부모들이 인정하는 최고의 학생이 되는 일에 엄청나게 집착했다. 학생으로서 성공하는 동안, 그녀는 배구, 오케스트라 단원으로서의 연습, 학교 신문 기자로서의 활동이 포함된 빠듯한 일정을 소화하는 이외에 많은 시간을 학업과 수업 준비에 바쳐야 했다. 이 모든 활동이 그녀의 조직 능력과 자제력을 길러 주는 데 도움이 되었는지 모르지만, 높은 기대치를 줄곧 만족시키지 못할지도 모른다는 데 따른 두려움으로 인해 그녀는, 수면제로 달래고자 했던 불면증에서 확인되듯, 지속적으로 불안감에 시달려야 했다.

술이 피츠제럴드나 토머스에게 일종의 삶을 이끌어 나가는 데 필요한 연료가 되었다면, 플래스에게 그런 역할을 한 것은 수면제였다. 이는 영혼과 육체가 감당해야 할 견딜 수 없는 긴장감을 완화시키고 마음에 충격을 줘 틈을 만들어 주는 수단이 되기도 했다. 또한 자주 그리고 과도하게 섭취하는 경우 삶에 새로운 활기를 불어넣을 수도 있는 촉매제와 같은 역할을 하여, 지루하게 반복되는 일상사를 재정리하는 데 필요한 수단이 되기도 했다. 그녀의 창조적 표현력은 물론 위대한 정신력의 결과지만, 어떤 예술가들의 경우 창조력에 시동을 거는 데 촉매제가 필요한 것처럼 보이기도 한다.

불안감을 해소하는 데 그녀에게 유일하게 진정한 출구가 된 것은 일기, 편지, 시, 단편소설, 학교 신문을 위한 원고 등등 글쓰기였다. 고등학교 1학년 시절 실비아는 몇 편의 시를 그녀의 영어 선생인 윌베리 크로켓^{Wilbury Crockett}에게 보여 준다. 대학에서 강의를 수차례 한 경험이 있던 크로켓은 유달리 높은 감식안을 갖추고 있었는데, 실비아의 시에서 느꼈던 예민한 감수성과 의식에 깊은 인상을 받는다. 크로켓이 특별히 좋아했던 작품인 「나는 내가 상처 받을 수 없다고 생각해요^{I Thought I Could Not Be Hurt}」는 실비아가 14세 때 쓴 것이었다. 이는 자아의 어두운 한 단면—어둡다는 표현이 적절치 않다면 침묵을 강요당한 자아의 한 단면—을 투사한 작품이자, 고통 또는 정신적 번뇌에 상처 받을 수만은 없음을 표출한 작품이다. (고통과 번뇌에 상처 받을 수 없다는 생각은 후에 가서 인간의 나약함에 대한 인식에 따라 작품을 개작할 때 수정을 거친다.) 이 시는 플래스가 아직까지 그녀 나름의 간명하면서도 충격적인 이미지를 구사하거나 냉소적으로 세상을 이해하는 능력을 충분히 발휘하지 못한 채 에밀리 디킨슨^{Emily Dickinson}의 시를 읽고 있음을 암시하는 작품이기도 하지만, 크로켓이 인정했듯 강력한 서정적 재능을 보여 주는 작품이기도 하다. 크로켓은 학생 개개인에게 엄청나게 세심한 신경을 쓰고자 노력했던 보기 드문 선생이었다. 실비아는 때때로 자전거를 타고 크로켓 선생의 집으로 가서 유별난 질문을 하곤 했다. 3년 동안 실비아의 영어 선생을 하면서 크로켓은 그녀가 세상에 드러내 표현할 수 있는 열정적, 외향적 측면을 꿰뚫어 보았다. 그녀의 자기표현은 설득력을 갖춘 것으로, 그녀를 아는 대부분의 사람들이 그러했듯 크로켓은 그녀가 이 면에서 특히 빼어나다고 생각했다.

실비아는 별다른 격려가 없어도 글을 쓸 수 있었고, 게다가 크로켓의 지원은 확실한 것이었다. 하지만 출판이 이루어질 수 있고 고료를 받을 수 있다는 사실을 통해 문학 신인으로서의 자신의 노력이 정당화되기를 원했다. 그녀는 15세 때 쓴 또 한 편의 시에서 잠재울 수 없는 자기 내부의 목소리 때문에 글을 쓰지 않을 수 없다는 사실을 인정하고 있다. 하지만 완벽한 미국적 여성상을 연출하는 데 필요한 가면에 자신을 맞추는 일을 아직 배우는 단계에 있었다고 할 수 있는데, 그것이 아니라면 그녀가 십대 청소년들을 위한 잡지인 〈세븐틴^{Seventeen}〉이나 〈레이디즈 홈 저널〉과 같이 화려한 대중 잡지의 인정을 받고자 그처럼 애를 썼던가에 대해 설명할 길이 없다. 〈세븐틴〉으로부터 마흔다섯 번이나 원고 반려를 당한 끝에, 또한 잡지의 문체를 해독해 내기 위한 철저한 분석 작업을 거친 끝에, 실비아는 마침내 테니스 교사와 사랑에 빠진 한 소녀의 감상적 이야기가, 이어서 한 편의 시가 게재 허락이 되었다는 통보를 받게 된다. 이는 그녀가 고등학교를 졸업한 후인 1950년 여름의 일이었다.

〈세븐틴〉에 사랑 이야기를 실은 것을 계기로 실비아는 그녀보다 네 살 위의 젊은 남자 에드 코헌^{Ed Cohen}과 우정을 맺고 오랜 동안 서신을 나누게 되었다. 코헌은 실비아의 이야기가 너무도 좋아서 그 때문에 그녀에게 편지를 보냈던 것이다. 코헌은 시카고 대학교를 중퇴한 다음 여자 친구와 함께 동거 생활을 하기도 하고 멕시코에서 잠깐 살기도 한 사람이었다. 실비아가 보기에 그는 그녀가 만난 어떤 남자아이들보다도 더 성숙해 보였을 것이다. 코헌은 당대를 풍미하던 반^反공산주의적 매카시즘을 공격하고 미국의 한국 개입을 비판하는 정치적 급진파의 한 사람으로, 평화주의자인 실비아라면 그 진가를 알아차리고 함께 나눌 법한 그런 언어로 말하는 사람이었다. 실비아가 코헌에게 보낸 편지 가운데 하나를 보면, 야채 농장에서 일하며 여름 방학을 보냈던 일을 이야기하고 있는데, 여기에는 자신이 받은 중산층 교육을 거부하기 위한 방편의 하나로 자신의 손을 진흙으로 얼룩지게 했다는 내용이 담겨 있다. 코헌이 의기투합할 수 있는 사람임을 깨달은 실비아는 그에게 자신이 따돌림 받고 있음을, 무감각한 사람이라고 비판 받을 여지가 있음에도 불구하고 빈정거리는 회의주의자적 말투를 견지하지 않을 수 없음을, 하지만 실제로는 그것이 자신을 방어하기 위한 길임을 말하고 있다. 이 같은 빈정거리는 말투는 그녀의 후기 시를 지배하는 특성이 되고 있으며, 또한 시를 위해 그녀가 고안해 낸 성난 목소리에 각인되어 있는 지울 수 없는 요소가 된다.

말끔하게 가꿔 환하게 빛나는 유망주들

실비아는 웰즐리 대학으로부터 장학금과 함께 입학 허가를 받지만, 이는 집에 계속 머무르며 어머니와 함께 생활을 해야 함을 의미했고, 그 어느 때보다도 독립이 필요하다고 느끼던 시기에 어쩔 수 없이 독립을 희생해야 함을 의미했다. 그녀가 자신의 일기장에 고백했듯, 현재의 상태만으로도 그녀는 이미 어머니의 영향에 너무도 깊이 물들어 있다고 할 수 있었다. 자신의 목소리에서 메아리치는 오릴리아의 목소리에 실비아는 놀라곤 했다. 어머니의 얼굴 표정이 자신의 얼굴을 뒤덮을 수도 있다는 데 생각이 미치기도 했다. 웰즐리 입학에 대한 대안이 스미스 대학이 제시한 부분 장학금이었다. 스미스 대학Smith College 은 사회적으로 아이비리그와 연결이 되어 있는 7대 여자 대학 가운데 하나로, 매사추세츠 주의 노샘턴Northampton에 위치해 있었다. 실비아가 스미스 대학에서 받는 장학금의 대부분은 낭만적 성향의 소설로 성공한 작가인 올리브 히긴스 프라우티 Olive Higgins Prouty가 기부한 재원에서 나오는 것으로, 이는 실비아에게 자신이 받는 장학금을 정당화하기 위해 그만큼 더 열심히 공부해야 함을 의미했다.

실비아는 걱정에 빠져드는 데 끔찍할 정도로 소질을 갖춘 사람으로, 이는 그녀가 어머니 오릴리아와 공유한 또 하나의 성향이라고 할 수 있다. 그녀는 인류를 소멸시킬 수도 있는 원자탄의 위협에 걱정을 하기도 했고, 자신의 글에 묘사한 만큼 충분하게 의미 있는 것으로 자신의 삶을 꾸려나가지 못할지도 모른다는 두려움에 걱정을 하기도 했으며, 또 앞으로 자신이 학문적으로 뛰어난 성과를 거두지 못할지도 모른다는 점에 걱정을 하기도 했다. 심지어 첫 번째로 수강하는 영어 강의에서 A 학점을 못 받을지도 모른다는 우려감

에 걱정을 하기도 했다. 어머니 오릴리아에게 보내는 편지에서 실비아는 그
곳 생활이 행복하다고 단언했지만, 일기장에서는 자신의 정체성이 어떤 조
건에서 가능한가에 의문을 갖기도 했고 "끔찍하고도 압도적인" 외로움에 시
달리고 있음을 고백하기도 했다. 표면적으로는 침착성을 잃지 않고 있었지
만 그런 겉모습과 내면적 인식 사이의 괴리는 점점 심각한 것이 되어 가고
있었던 것이다.

　평소 그러했던 것처럼 실비아에게는 환경 적응의 문제가 있었다. 실비아
는 자신이 여자아이들보다는 남자아이들과 함께 있을 때 한결 더 자연스럽
게 심리적 안정감을 느낀다는 점을 알고 있었다. 어쨌거나, 그녀는 한 집 안
에서 함께 생활해야 할 42명의 다른 여자아이들에게 어떻게 해서든 자신을
맞춰야만 했던 것이다. 이어지는 공동생활에서 실비아와 방을 나눠 쓰게 되
었던 여자아이들 가운데 하나인 낸시 헌터 스타이너 ^{Nancy Hunter Steiner}는 스미스
대학의 여자아이들이 거의 예외 없이 "말끔하게 가꿔 환하게 빛나는 유망주
들"임에 주목한 적이 있다. 모양을 내도 봐 줄 남자 학생들이 하나도 없었지
만, 옷과 머리장식이 대단히 중요하게 여겨졌으며, 치마를 입을 때에는 캐시
미어 스웨터에 어울리는 것을 입어야 했다. 무릎 위까지 오는 짧은 바지를
입을 때는 무릎까지 오는 긴 양말을 신고 단추로 채우는 셔츠를 입어야 했
다. 스미스 대학에 다니는 여자아이들은 부지런하게 사회생활에 참여하는
사람이 되어야 할 것으로 기대되었으며, 사회적으로 다른 사람들과 어울려
지내도록 교육을 받고 있었다. 하지만 그런 교육을 받는 동안에도 "자신이
그녀와 다를 바 없는 한 무더기의 다른 여자아이들과 교체가 가능한 존재"
임을 암암리에 깨닫고 있기도 했다. 함께 브리지 게임을 하는 대신 실비아는
자신의 방에 격리된 채 혼자 저녁 시간과 주말 여가를 보내곤 했다. 그리하

여 남들에게 공부벌레라고 따돌림 받기도 했다. 방에 혼자 남아 있고자 했던 것은 글을 쓰고자 하는 욕망과 관련 있었으며, 글을 쓰고자 하는 욕망은 어린아이 시절 그녀가 보였던 내향성에서 나온 것이었다.

실비아는 남자들 및 새롭게 모습을 드러내는 자신의 여성성에 점점 더 많은 관심을 갖게 되었다. 관심을 쏟을 수도 있는 남자아이들과 한 학급에서 수업을 받지 않는다는 사실에 내심 기꺼워하기도 했지만, 그녀의 어머니에 따르면 실비아는 남성 동료에 대한 "강렬한 열망"을 느끼고 있었다고 한다. 이 점을 그녀는 자신의 일기장에서 아버지를 이른 나이에 여읜 것과 연관시키고 있다. 그녀는 "혼전 성관계"에 관한 강의를 수강하기도 하고, 상대가 누군지 모르는 가운데 이루어지는 데이트에 나가기도 했다. 이러한 데이트를 주선한 사람 가운데 하나가 첫 학기를 지내면서 가장 친하게 지냈던 유대계 급우였던 앤 데비도우^{Ann Davidow}로, 그녀는 수면제로 자살을 기도했다가 이로 인해 이듬해 1월 스미스 대학을 떠난다. 아무튼, 실비아가 데이트를 통해 만난 젊은이 가운데 하나가 앰허스트 대학의 학생이었는데, 그는 실비아가 말하는 것을 듣고 그녀가 지나치게 연극적이거나, 학교에 처음으로 보고서를 제출하는 여학생만큼이나 순진하다고 말한다. 그들은 다시 한 번 만나고, 남학생 측에서 한 번 더 만나기를 원한다. 하지만 그에게는 무언가 번득이는 섬광과도 같은 것이 없다는 것이 어머니에게 전하는 실비아의 생각이었다. 어머니 오릴리아에게 보낸 편지를 보면, 주말에 예일이나 다트머스로 가서 남학생 사교 파티에 끼어 술을 마시는 일이 데이트라는 실비아의 설명이 담겨 있기도 하다.

실비아는 상대가 누군지 모르는 데이트를 하다가 해병대를 제대한 사람과 만난 적도 있다. 처음 만난 자리에서 그녀가 그에게 속마음을 털어놓으라고 유도하자 그는 퉁명스러운 어조로 잠자리를 같이하길 원한다고 말한다. 그녀가 느끼기에 그는 막돼먹은 인간은 아니었다. 그는 군 복무 시절 부상을 당하고 병원에 입원한 상태에서 헤밍웨이처럼 영국인 간호사와 사랑을 나눈 그런 사람이었다. 하지만 그는 "대부분의 미국 남성들이 여성을 흠모할 때 여성의 역할은 성적 기계"라는 사실을 실비아가 깨닫는 데 도움을 준 존재일 뿐이다. 미국 남성들에 대해 그녀가 지니고 있던 그처럼 냉소적인 시각을 더욱 굳혀 주기라도 할 듯, 에드 코헌이 갑작스럽게 그녀를 찾는다. 실비아는 아주 자유롭게 그에게 보낸 편지에서 자신의 성적 좌절감에 대해 토로한 바 있지만, 일기장을 보면 그녀가 그를 실제로 만나야 할 필요가 있다는 식의 희망을 전혀 갖고 있지 않았음을 알 수 있다. 충동에 이끌려 코헌은 부모님의 차를 빌린 다음 한 번도 쉬지 않고 시카고에서 그녀에게 달려갔다. 실비아가 주말을 이용해 웰즐리의 어머니에게 가고자 준비를 할 무렵 그는 산발을 한 채 목욕도 하지 않은 상태로 그 모습을 드러냈다. 예기치 않은 그의 방문에 그녀는 마음이 편치 않았다. 그녀는 그에게 웰즐리까지 그녀를 데려다 줄 것을 허락했지만 말 한마디 하지 않았으며, 일단 도착한 다음에는 차갑게 그를 떨쳐 버렸다. 오릴리아는 그 사실에 놀라워했지만, 그녀는 그가 왜 그렇게 비밀스럽게 그녀를 찾았는지에 대해 이유를 알고 있었다. 이어지는 편지를 통해 코헌이 인정했듯, 그는 뉴욕까지 계속 차를 몰고 간 다음 그곳에서 다른 여인과 만나 자신의 성적 욕망을 채울 수 있게 된다. 실비아의 무례함을 비판하면서, 코헌은 자신이 정신병적 치료의 방도를 찾고 있었으며 그녀 역시 비슷한 경로를 거칠 것을 제안한다.

실비아는 먼저 마음이 충족되기 전에는 몸을 허락할 의사가 없음을 일기장에서 명백히 밝히고 있다. 또한 그녀는 육체적으로 매력이 있으면서 동시에 영혼을 함께 나눌 정도로 지적인 남자를 만날 수 있을 만큼 운이 좋을 수 있는가에 대해 의문을 갖기도 했다. 그녀는 웰즐리에 사는 이웃 남자인 딕 노튼Dick Norton과도 데이트를 하고 있었는데, 그는 그녀가 어렸을 적 소꿉친구였던 페리 노튼Perry Norton의 형이었다. 그녀는 항상 페리에게 더 마음을 주고 있었지만 몇 번이나 주말에 예일로 그녀를 초대한 것은 형인 딕이었다.

키가 크고 잘 생긴 금발의 노튼은 하버드 대학교 의과대학에 입학 허가를 받은 4학년 학생이었다. 실비아는 과학에 대한 그의 관심을 이해할 수 있었으며, 사회학 과정을 이수하는 데 필요한 요건으로 그가 정신병원에 간 다음 남긴 기록에 특히 매료되었다. 실비아는 그가 4학년 졸업반 무도회에 그녀를 초청했을 때 마음이 들떠 기숙사 친구들한테서 옷가지를 빌리기도 했다. 하지만 일주일이 지난 다음 편지를 통해 그가 그녀에게 아무런 사전 예고 없이 웰즐리 출신의 제인 앤더슨Jane Anderson을 동행해 무도회에 가기 위해 스미스 대학에 온다는 사실을 알고 엄청난 충격에 휩싸인다. 실비아는 자신의 노여움을 그에게 직접 표시한 적이 한 번도 없었으며, 그는 계속 그녀에게 편지를 했다. 노튼은 주말에 두 번 더 스미스 대학으로 실비아를 찾아왔고 그녀는 5월 노튼의 예일 대학 졸업식에 그의 가족과 함께 참여했다. 당시 노튼의 가족은 딕과 실비아가 약혼한 것이나 다름없는 것으로 생각했다. 표면적으로 보면, 실비아는 그녀가 그처럼 애독하던 〈세븐틴〉과 몇몇 여성 잡지에 기사로 나오는 완벽한 대학 생활을 누리고 있었다. 아이비리그의 대학에 다니는 남자 친구도 있었고, 데이트와 무도회를 즐길 뿐만 아니라 예일로 초대를 받기도 하는 등 멋진 결혼에 이를 전망을 고루 갖췄던 것이다. 하지만 그녀는 그가 자신을 미래의 신붓감과 연인으로 생각하기보다는 친구로 여기고 있는 것 같아 난감해하지 않을 수 없었다. 편지에서 딕은 여전히 실비아의 어머니를 "오릴리아 아주머니"로, 실비아를 "사랑하는 사촌"으로 지칭했다. 하지만 그녀는 자신이 느끼는 심리적 불안감을 표면화할 마음의 준비가 되어 있지 않았다. 그리하여 이를 표면화하는 대신 실비아는 여름 방학 동안 매사추세츠 해안 지방에 있는 스웸스콧Swampscott의 어떤 아기 엄마를 위해 보모로 일했는데, 이는 그한테서 무언가 안부를 묻는 편지를 기다리기 위한 것이었다. 당시 딕은 그의 부모가 여름 별장을 소유하고 있는 브루스터Brewster의 어느 호텔에서 웨이터 조수로 일하고 있었다.

빨래, 다리미질, 요리, 침구 정리, 세 명의 어린아이들의 놀이 지도 등의 일로 실비아는 완전히 탈진 상태가 되어 책을 읽거나 생각하고 글을 쓰는 일에 전혀 정신적 여유를 가질 수 없었기에, 그녀는 자신의 존재 가치를 느낄 수 없는 지경에 이르러 있었다. 일이 너무도 사람을 지치게 만드는 것이어서 딕이 브루스터로 초대했을 때 그녀에게는 그곳을 방문할 힘이 남아 있지 않았다. 지친 몸을 추슬러 겨우 딕을 찾았을 때, 그는 같은 호텔에서 웨이트리스로 일하던 바사Vassar 대학의 여학생과 연애를 하게 되었음을 인정했다. 친구가 필요할 때 그녀가 그를 찾아오지 않았다는 사실을 들어, 그런 일이 벌어진 데는 책임의 일부가 그녀에게 있음을 말하면서 말이다.

딕 노튼은 오릴리아가 자기 딸에게 적합하다고 생각했던 신랑감의 기준에 딱 들어맞는 인물이었다. 그는 미국에서 성공 가도를 달리고 있는 말쑥한 이웃 소년이었으며, 겉모습부터가 신뢰감으로 빛나는, 50년대의 꿈을 대변하는 인물이었다. 때 맞춰 실비아 플래스는 적합한 신랑감에 대한 나름의 기준을 설정할 수도 있었는데, 그녀가 바라는 신랑감은 이해관계가 자신의 그것과 일치하는 시인이었을 것이다. 하지만 그녀는 또한 결혼이란 "가족의 단란함"과 신의의 표현이라는 50년대 사람들의 이상에 굳은 집착을 보이기도 했다. 바사 대학의 여학생과 연애를 했다는 딕 노튼의 고백은 플래스에게 일종의 결핍감과 질투심을 안겨 주었을 것이다. 즉, 여성들과는 달리 남성들에게는 성적 분방함과 쾌락이 허용되고 있음에 대한 유감이 없지 않았을 것이다. 일기장에서 그녀는 이력이나 가정생활을 마음대로 쪼갤 수 있는 남성들의 능력과 관련해 "음험하고도 악의적이며 숨겨진" 질투심을 느낀다는 고백을 하기도 했다. 이는 분명히 프리다 로렌스, 젤다 피츠제럴드, 케이틀린 토머스가 공유했던 시각일 것이다. 남성으로 태어나는 것이 더 행운이고 남성으로 태어나면 삶을 살아가기가 더 쉽다는 느낌, 세상은 남성들이 자기네 편의를 위해 조직해 놓은 것이고 그네들이 제안하고 제도화해 놓은 규정에 따라 여성들은 단지 세상의 일부만을 차지할 수 있다는 느낌을 그들 모두는 갖고 있었을 것이다. 하지만 여성이라 하더라도 작가에게는 비장의 무기가 있거니와, 10년의 세월이 지난 후 『유리 종』에서 버디 윌라드^{Buddy Willard}라는 이름으로 딕 노튼의 약점을 폭로함으로써 그에 대한 복수를 꾀할 때 실비아가 사용하고 있는 것이 바로 그 무기라고 할 수 있다.

딕의 매력에 의문을 던짐으로써 실비아는 어머니의 기대에서 벗어나 자유로워지기 시작했지만, 대안을 구체화할 수는 없었다. 혼란 상태에 빠져 어찌할 바를 몰라 하던 그녀는 딕과의 관계의 끈을 끊어 버릴 마음의 준비를 제대로 갖추지 못한 채 스미스 대학으로 돌아갔다.

돈을 아끼기 위한 방편의 하나로 실비아는 마시아 브라운^{Marcia Brown}이라는 여학생과 방을 나눠 쓰고 있었는데, 개방적이며 매사에 자신만만했던 브라운은 많은 여학생들과 친하게 지내고 있었다. 브라운은 실비아에게 심리적으로 편안함을 느끼게 하는 그런 여학생으로, 실비아가 학교생활에 적응하는 데 도움을 주기도 했다. 또한 실비아는 이제 학문적으로 덜 압박감에 시달리고 있었으며, 창작 강의를 수강하면서 각별한 즐거움을 느끼기도 했다. 그 강의를 수강하는 동안 쓴 두 편의 단편소설과 다섯 편의 시가 〈세븐틴〉에 발표되었으며, 또 한 편의 단편소설이 〈마드무아젤 Mademoiselle〉이라는 잡지가 후원하는 소설 창작 경연 대회에서 상을 타게 되었다. 플래스는 교내 문학잡지의 편집위원으로 선출되었으며, 문과 계열 우등생 협회의 회원이 되기도 했다. 또한 대학에 관한 유료 신문 기사를 쓰는 위치에 오르기도 했다.

그녀는 아직 에드 코헌과 편지를 주고받곤 했는데, 코헌의 편지는 그가 주류에서 너무나도 벗어나 있을 뿐만 아니라 사회와 너무도 거리를 두고 있었기에 그녀에게 아주 중요했다. 코헌은 말하자면 딕 노튼과 너무나도 선명하게 대조되는 인물이었던 것이다. 플래스는 보스턴에서 친구와 함께 그를 다시 만날 기회를 갖지만, 전에도 그랬었듯 직접 만났을 때 그에 대한 느낌은 글을 통해 만났을 때의 느낌보다는 덜 강렬한 것 같았다. 비록 그녀가 그의 급진적 견해에 대해 동감을 갖고 있긴 했지만, 작가로서 그녀는 스미스 대학이라는 특권을 부여받은 세계나 그곳에서 그녀가 만난 여자아이들에게 더 매력을 느끼고 있었다.

단풍이 물든 가을 어느 주말 실비아는 15명의 급우들과 함께 코네티컷 주 소재의 샤론 Sharon 으로 가는데, 그곳에서 열리는 모린 버클리 Maureen Buckley 의 사교계 데뷔 축하 파티에 초청을 받았기 때문이었다. 모린은 부유한 집안의 딸이었다. 그녀의 오빠들 가운데 하나인 윌리엄 프랭크 버클리 William Frank Buckley 는 『예일에서의 신과 인간 God and Man at Yale』이라는 책을 막 출간했는데, 당시 이 책은 광범위한 독서와 토론의 대상이었다. 여러 대의 리무진, 넓게 펼쳐진 잔디밭과 거대한 느릅나무, 찬란한 금빛으로 물들어 있는 떡갈나무와 단풍나무, 발코니가 따로 있고 프랑스풍의 문으로 장식된 침실들—이 모든 것들이 그녀에게 전에는 결코 체험해 보지 못했던 엄청난 규모의 사치스러운 분위기를 연출하는 데 일조하고 있었다. 적어도 얼마 동안 그녀는 고풍스러운 부유함과 오만함의 분위기에 넋을 잃을 지경이었다. 그곳에서 그녀는 예일 대학의 졸업반 학생들을 몇몇 만나게 되었는데, 그 가운데에는 딕 노튼을 알고 있는 사람도 있었다. 또한 출중한 용모의 프린스턴 대학 학생과도 만날 기회를 갖는다. 그는 러시아 장군의 아들로, 그로 인해 파티의 낭만적 분위기는 더욱 매혹적인 것이 되고 있었다. 몇 주일이 지난 다음 그 러시아인은 실비아를 프린스턴으로 초대하나, 그녀는 학교 시험을 핑계로 그의 초청을 받아들이지 않는다.

대신 실비아는 딕 노튼을 만나러 하버드로 간다. 수습 간호사로 실비아를 위장시킨 다음 노튼은 그녀를 산부인과 병원으로 데려간다. 그는 그녀를 어떤 방으로 안내해 일렬로 진열되어 있는 병에 담긴 태아를 보여 주기도 하고, 또 다른 방으로 안내해 그가 산모를 도와 출산을 하는 광경을 보여 주기도 한다. 이 같은 견학은 노튼이 진정으로 원하는 바가 무엇인지를 넌지시 암시하기 위한 것이었을 수도 있다. 말하자면, 그에게 자식을 낳아 주고 가정을 꾸려 가는 아내의 역할을 실비아에게 원한다는 것을 암시하기 위한 것이었을 수 있다. 하지만 실비아는 그가 구애求愛가 이루어져야 할 장소에서 이동해 그녀를 엉뚱한 곳—그러니까 그녀가 성공적으로 겨룰 수 없는 영역, 또는 그의 권위가 명백하게 드러나는 영역—으로 데리고 갔다는 느낌을 지울 수 없었다. 일기장에 기록한 바에 따르면, 그녀는 딕의 그 모든 짓거리가 단순히 자신의 우월함을 드러내 보이려는 것은 아닌지를 의심하기도 하고, 또 글에 대한 그의 흥미가 단순히 속임수의 한 방편은 아닌가에 의문을 갖기도 한다. 그녀가 일기장에 즐겨 사용하던 '운명적'이라는 단어를 사용하여 실비아는 그들이 운명적으로 서로 협력하지 않은 채 영원히 겨뤄야 할 사람들임을 예견하기도 한다. 애초 그녀는 딕의 과학적 관심에 흥미를 가졌는데, 아마도 이는 어느 정도 오토 플래스의 과학적 관심에 대한 그녀의 느낌을 드러내는 것이었는지도 모른다. 하지만 딕이 편지를 통해 시란 "대수롭지 않은 먼지"에 불과한 것이라고 말했을 때 그랬던 것과 마찬가지로, 그녀는 그가 우월감을 숨긴 채 짐짓 겸손을 가장하는 것처럼 보였을 때 불쾌감을 느끼지 않을 수 없었다.

크리스마스 휴가가 되어 웰즐리에서 그녀가 그를 만났을 때 그는 옛날보다 스스럼이 없어 보였고 그녀가 느끼는 그의 손길은 좀 더 친밀한 것으로 바뀌어 있었다. 다음 해 봄 그녀가 하버드로 그를 찾아갔을 때 두 사람은 일곱 시간 동안 계속하여 서로에게 큰 소리로 헤밍웨이의 작품을 읽어 준다. 하지만 그때는 이미 자신이 딕 노튼을 사랑하고 있지 않다는 사실을 그녀가 깨닫고 있을 때였다. 그가 아무리 신랑감으로 적합한 사람이더라도 말이다. 그는 이미 그녀에게 아이들 양육이라는 짐을 진 채 조그만 마을에서 작가로 살아가는 일이 그녀에게 얼마나 어려운 일이 될 것인가를 상상해 보았다는 투의 암시를 그녀에게 한 적이 있었다. 더욱이, 그녀가 일기장에서 인정한 것처럼, 실비아는 솔직하고 단도직입적인 말로 표현하자면 "오로지 나 자신과 사랑에 빠져" 있었다. 이런 진술은 사춘기를 갓 넘긴 여자아이의 순전한 자기애自己愛의 표현처럼 보이기도 하지만, 주기적으로 그녀가 토로하는 자기비하의 감정 및 불확실성에 대한 느낌과 균형을 이루는 것이기도 하다. 그녀는 "부딪혀 튀면서 날기ricocheting"라는 표현을 되풀이해 사용하고 있거니와, 어떤 지점에서는 인생의 덧없음을 의식하다가 어느 순간 그녀가 버클리 집안의 저택에서 주말을 보낼 때 느꼈던 "현란한 즐거움"으로 마음이 움직여

가는 것을 나타내기 위해 이 표현을 사용하는가 하면, 다른 어떤 지점에서는 존재의 "어처구니없이 기괴한 익살"의 일부로 사람들이 착용하는 가면과 자신의 진정한 느낌 양자 사이를 마음이 왕복하는 것을 나타내기 위해 이 표현을 사용하기도 한다.

실비아는 케이프 코드 ^{Cape Cod}에 있는 어떤 호텔의 웨이트리스로 일하는 것으로 1952년 여름을 시작했다. 경험이 없었기에 그녀는 호텔 직원을 보조하는 업무를 맡게 되었다. 일을 하다 보니 그녀는 자신의 서투름을 의식하지 않을 수 없었다. 키는 약 175센티미터에다가 몸무게는 63킬로그램인 그녀는 자신이 덩치 크고 서투른 멍청이같이 느껴졌다. 만날 만한 가치를 지닌 것처럼 보이는 젊은 남자아이들이 여러 명 있었지만, 어머니에게 보내는 편지에서 실비아는 자신의 예감으로는 만나 보았자 성공할 가망성은 없을 것이라고 말한다. 자신은 다른 몇몇 여자아이들처럼 "술을 즐기는 바람기 있는 여자아이"가 아니라, 대화를 하다 보면 지나치게 심각하고 형이상학적인 쪽으로 화제를 옮겨 가는 경향이 있는 보수적이며 조용하고 은근한 타입의 여자라는 것이 실비아가 말하는 그 이유였다. 물론 그녀에게는 이런 측면을 자신의 어머니에게 드러내 보일 필요가 있었다. 즉, 자신은 착한 여자아이라는 점을 다시 한 번 확신시켜 줄 필요가 있었다. 사실을 말하자면, 그녀가 후에 가서 보여 주었듯, 실비아는 남자들에게 상당히 당찬 모습을 보이는 그런 여자였다.

실비아는 그녀가 〈마드무아젤〉 소설 경연 대회에서 상을 타게 되었다는 사실을 알고는 뛸 듯이 기뻐했다. 그리고 새로운 주변 환경이 그녀에게 새로운 이야기 소재를 풍부하게 제공할 수 있을 것이라는 느낌을 가졌다. 하지만 여름이 한창일 무렵 그녀는 악성 부비강염에 걸려 건강이 악화되었다. 그리하여 건강을 회복하기 위해 집으로 돌아가야겠다는 결정을 내리게 된다. 일단 집으로 돌아오자 웨이트리스 일을 하러 케이프 코드로 되돌아가고 싶다는 생각이 좀처럼 들지 않게 되었는데, 특히 500달러라는 상금은 그녀가 벌 수 있는 돈보다 많은 것이라는 점을 깨달았을 때 그러했다.

건강 회복을 위해 어쩔 수 없이 책을 읽거나 빈둥거리면서 며칠을 보냈다. 정신없이 바쁘게 돌아가는 일정을 소화해 내야 했던 스미스 대학에서는 결코 맛볼 수 없는 드문 여유의 시간을 보냈던 것이다. 그동안 실비아는 후에 가서 소설에 사용하게 될 "유리 종" 메타포를 착상해 낸다. 실비아는 시계처럼 정확하게 일상사가 되풀이되고 있는 통제된 사회, 보호막 역할을 하는 둥근 천장으로 그 대기가 봉인되어 있는 그런 사회를 상상 속에 떠올렸던 것이다. 그녀는 어쩌면 아나이스 닌의 『종 모양을 한 유리 뚜껑의 보호 아래^{Under a Glass Bell}』라는 초현실주의적 소설을 읽었을 수도 있지만, 그녀의 착상은 세상을 살아가며 그녀가 보았던 기괴함에 대한 자신의 시각에서 나온 것임이 명백하다.

오릴리아는 읽고 쓰는 일로 시간을 보내겠다는 실비아의 계획에 반대했다. 아마도 실비아가 여름 방학 동안 돈을 벌어야만 한다는 느낌이 그녀에게 강박 관념으로 작용했는지도 모른다. 사실 오토 플래스를 만나기 전과 그가 죽은 이후 계속해서 그녀 자신이 그러했듯 실비아도 쉬지 않고 일을 해야 한다는 느낌이 오릴리아의 마음을 지배했었을 것이다. 오릴리아는 매 여름마다 학생들 가르치는 일을 했고 또한 아기 돌봐 주는 일도 했다. 〈크리스천 사이언스 모니터^{Christian Science Monitor}〉라는 신문의 광고란을 통해 실비아는 케이프 지역에서 보모 일을 찾아 하게 되었다. 그녀를 고용한 사람들은 상냥했으며, 돌봐 주어야 할 아이들도 아주 어린 아이들이 아니라서 부담도 크지 않았다. 하지만 자기 딸이 휴식을 필요로 한다는 사실을 이해하지 못했다는 점에서 실비아의 어머니는 심각한 과오를 범했다고 하지 않을 수 없다. 어머니와 달리 실비아는 근력도 시원치 않고 단호한 불굴의 정신도 갖추고 있지 않은 상태에서, 또한 고된 노동 그 자체가 보상이고 미래의 보상을 위해 꼭 거쳐야 할 단계라는 관점—그러니까 고된 노동에 대한 전일체적인 관점—도 지니고 있지 않은 상태에서, 그녀가 자신을 혹사하고 있다는 점을 어머니는 이해하지 못했던 것이다. 어머니의 예와 태도는 플래스에게 압력으로 작용하여, 육체적으로 정신적으로 모두 지쳐 있을 때조차도 그녀는 완강하게 성공을 추구했다. 플래스는 실패는 곧 재난을 의미한다고 생각하게 되었던 것이다.

3학년이 되었을 때 플래스에게는 자연과학 분야에서 한 과목을 수강할 것이 필수로 요구되었는데, 그녀에게 그 과목은 지루하고 이해하기 어려웠다. 행여 그 과목에서 낙제를 하여 전체적인 학업 성적이 나빠질까 봐 그녀는 겁을 먹고 두려움에 휩싸이게 되었다. 전망이 너무도 끔찍하여 그녀는 책임을 모면하기 위한 방법으로 자살을 생각하고 있음을 일기장에 적고 있다. 이는 분명하고도 끔찍한 예고였다. 그녀는 버지니아 울프^{Virginia Woolf}의 자살에 대해 호기심을 갖기도 하고, 또 일과 성취란 단지 죽음—그러니까 그녀가 자궁으로의 회귀로 생각했던 바로 그 죽음—에 대한 보다 깊은 욕망을 승화한 것에 지나지 않는 것은 아닐까라는 생각을 하기도 했다.

어머니에게 보내는 편지에서 플래스는 자연과학 과목에 대한 절망감이 "자신의 의지와 삶에 대한 사랑을 제압한 채" 자살에 대해 심사숙고하게 만들었음을 자백한다. 오릴리아 플래스는 그런 종류의 호소를 알아들을 수 없었던 것처럼 보인다. 또는 적어도 그러한 호소가 의미하는 바가 무엇인지를 충분히 가늠할 수 없었던 것처럼 보인다. 오릴리아는 사람마다 자신의 재능과 이에 대한 보상에 대해 감사할 줄 알아야 한다고 믿었고, 주어진 과제에 사심 없이 헌신해야 한다고 믿었다. 자신의 딸을 괴롭히고 있는 우울증에 적절히 대응함으로써 딸의 사기를 회복시키려 노력하긴 했지만, 그녀의 딸 실비아가 고통을 덜기 위해 호소할 수도 있는 수단이 어떤 것인가에 대해서는 상상할 수 없었다.

자연과학 과목이 플래스의 기분을 뒤흔들어 놓았다. 그녀는 생리 불순을 겪기 시작했으며, 주위 사람들은 그녀가 전화로 어머니와 다투는 소리를 엿듣게 될 정도로 상황이 나빠졌다. 플래스는 격심한 불면증에 시달리게 되었고, 이로 인해 교내 정신과 의사의 진찰을 받지 않을 수 없는 지경에 이르러 의사는 그녀에게 수면제의 양을 늘리라는 처방을 한다. 그녀가 보낸 편지를 통해 에드 코헌은 플래스가 "결정적인 붕괴 지점"에 이르러 있음을, 또한 단순히 수면제를 제공하는 것 이상의 도움을 정신과 의사한테서 받아야 할 필요가 있음을 직감적으로 알아차렸다.

딕 노튼 또한 그녀의 기분에 나쁜 영향을 미쳤다. 그는 폐결핵에 걸린 상태에서 때로는 하루에도 몇 번씩 그녀에게 편지를 썼는데, 편지에는 D. H. 로렌스의 『사랑하는 여인들』, J. D. 샐린저의 『호밀밭의 파수꾼^{The Catcher in the Rye}』과 같이 그들이 함께 읽었던 작품들에 대한 논의가 담겨 있었다. 엉뚱하긴 하지만, 플래스는 학점을 잘 받으려고 아등바등할 필요를 느끼지 않은 채 책을 읽는 그의 여유에 샘이 났다. 그가 여유를 즐기는 동안 그녀에게 자신이 걸어가야 하는 길은 귀에 거슬리는 소리를 내고 짓궂게 노려보는 "악마 같은 장애물들"로 가득 차 있는 것처럼 보였다. 그와 같은 장애물들의 유일한 역할은 그녀에게 "대상의, 사물의, 행동의 무의미한 되풀이 과정을 끝낼 수 있기"를 희망하도록 유도하는 것이었다.

플래스의 어두운 기분은 추수감사절 이후 밝아졌다. 일기장의 기록에 의하면, 그녀는 쾌활한 표정을 지으려 노력하겠다는 결심을 하는데, 그 이유 가운데 하나는 자연과학 과목이 좀 더 다루기 쉬운 것이 되었기 때문이었으며, 다른 하나는 웰즐리에 있는 노튼의 집에서 그녀를 자극하는 남자와 만났기 때문이었다. 마이론 로츠Myron Lotz는 페리 노튼의 룸메이트로, 오스트리아에서 이민 온 집안의 아들이었다. 다부진 체격의 로츠는 장학금을 받고 예일 대학에 다니고 있었으며, 이미 의대 진학이 약정되어 있었다. 키가 크고 운동선수다운 체격의 소유자인 로츠는 세미프로페셔널 야구 구단에서 투수 역할을 하면서 지난해 여름을 보낸 그런 젊은이였다. 그는 플래스와 마찬가지로 야망과 의욕에 가득 차 있었으며, 그녀의 감정을 북돋우는 건강한 생명력을 발산하는 사람이었다. 로츠는 예일 대학교 3학년생을 위한 무도회에 그녀를 초대했으며, 그 뒤로 주말마다 만나는 사이가 되었다.

언젠가 한번 스미스 대학의 어느 교수 집에서 열리는 칵테일파티에 참석하기 위해 길을 가던 도중 옆길로 접어들어 노샘턴 정신병원에 들어서게 되었다. 데이트를 하는 남녀가 어쩌다 들어선 길치고는 참으로 묘한 우회로였다. 그곳에서 플래스는 빗장으로 가려진 창문 저편으로부터 흘러나오는 환자들의 울부짖음 소리를 듣는데, 어머니에게 전한 바에 따르면 그것은 그녀에게 더할 수 없이 "끔찍하고도 성스러운 경험"이었다. 이로 인해 플래스는 "무엇 때문에, 그리고 어떻게 해서 사람들은 제정신과 정신이상 사이의 경계선을 넘게 되는가"에 대해 배우기를 원하게 되었다. 하긴, 그 장소에 대해 너무도 호기심이 일어서 그곳을 통과해 지나가도록 남자 친구를 이끌었다는 사실만 보아도, 그녀의 마음속에 그와 같은 질문이 얼마나 뿌리 깊게 자리 잡고 있었던가를 짐작할 수 있을 것이다.

정도의 차이는 있지만, 이 책에 등장하는 모든 여인이 그와 같은 의문에 이끌렸다고 할 수 있다. 로렌스가 엄청나게 격노해 있던 몇몇 순간에 그렇게 이해했던 것처럼, 또한 피츠제럴드와 토머스가 폭음이라는 고통스러운 도피처에서 틀림없이 그렇게 이해했을 것으로 추정되듯, 정신이 온전한가 온전하지 않은가가 상대적인 것임은 니체적 명제다. 『밤은 부드러워』에서 피츠제럴드는 어떤 상태를 제정신이라고 할 수 있는가의 문제를 소설의 중심으로 삼았고, 마찬가지로 밀러의 경우 『북회귀선』과 『남회귀선』에서 핵심적 관심사는 바로 이 문제였다. 낭만적 작가들은 정신이상자들^{the insane}—혹시 "정신초월자들^{the outsane}"라는 표현을 사용하면 어떨까—을 어느 정도 이상화하는 경향이 있다. 비록 그렇게 하는 가운데 더할 수 없이 심각하게 불안을 조장하고 답하기 어려운 질문들을 던짐으로써 사회질서의 목을 조르는 한이 있더라도 말이다. 플래스는 명백히 이러한 전통에 속해 있었다.

그녀는 곧 현실에 대한 그녀 자신의 이해를 시험하게 된다. 그녀가 애정 때문이라기보다는 의무감 때문에 딕 노튼을 만나러 크리스마스 휴가 기간 동안 애디론댁스^{Adirondacks}에 있는 새러넉 호수^{Saranac Lake}로 여행을 했을 때는 그 사실을 알 수가 없었지만 말이다. 노튼은 그곳에 있는 요양원에서 건강 회복을 위해 머물고 있었다. 그는 결핵과 현대 문명의 병든 정신에 관한 위대한 소설인 토마스 만의 『마의 산』을 읽고 있었다. 그리고 그는 자기 자신의 회복과 관련하여 세세한 사항 하나하나에 온 정신을 다 쏟고 있는 것처럼 보였다. 마치 그녀가 회복을 위한 자신의 계획의 일부라도 되는 양, 그는 플래스에게 그들이 곧 결혼할 예정인 것처럼 이야기했다. 그것은 이미 그녀가 원하는 바가 아니었지만, 그의 말에 귀를 기울이는 동안 그녀는 죄책감을 느꼈다. 뭐라고 하든 그와 결혼하는 것이 어머니의 희생에 대한 최대의 보상이 될 수 있는 것 같았기 때문이다.

다음 날 그녀는 전에 한 번도 시도해 보지 않았던 스키를 타러 가기로 결정했다. 이는 어쩌면 자신이 느끼는 죄책감에서 벗어나기 위해 위험을 무릅쓰고서라도 자기 파괴를 수용하는 자신의 능력을 그 한계에 이르기까지 몰아가려는 것이었을 수도 있다. 딕 또한 스키를 타 본 경험이 없었지만, 겉으로 보기에는 그가 플래스를 안내하는 모양새를 취했다. 그리하여 그녀는 스키에 능숙한 사람들만 사용하기로 되어 있는 가파른 경사면을 따라 아래로 갑자기 돌진해 내려가게 되었다. 화살처럼 빠르게 시간이 흐르는 몇 초 동안 땅바닥 위로 날아 대기 속에 뜬 채 아래로 돌진해 나가는 동안 그녀는 환희와 자유의 느낌이 용솟음치는 것을 느낄 수 있었다. 갑작스럽게 어떤 남자가 그녀의 진로를 가로막았다. 그녀는 진로를 벗어나 넘어졌으며, 이로 인해 그녀의 다리가 부러졌다. 전화로 어머니에게 소식을 전할 때의 표현을 빌리자면, "골절상을 입은 멋진 종아리뼈"가 첫 스키타기의 결과였다. 이처럼 어머니에게 허세를 부리며 메시지를 전하긴 했지만, 그것으로는 골절상을 입은 다리의 부자연스러움과 고통, 그리고 땅바닥에 세게 부딪혔음을 입증하는 타격을 감출 수는 없었다.

스미스 대학에서 수업이 재개되자 플래스는 목발에 의지한 채 깁스를 한 다리를 끌고 눈 덮인 학교 교정을 돌아다녀야 했다. 수면제에 의존하는 정도가 더욱 심해졌는데, 밤이 되면 다리의 통증이 심해졌기 때문이었다. 어머니에게 보내는 편지에서는 한껏 쾌활한 척하고 있었지만, 일기장에서는 삶의 모든 즐거움을 상실했음을, 막다른 골목을 따라 비틀거리며 걷고 있을 뿐임을, 또한 자신에게는 사랑을 할 능력이 없음을 말하는 등 자신을 학대하고 있었다. 일기장에 붙여 놓은 자신의 스냅 사진에 대해 언급하면서 플래스는 뿌루퉁한 채 수심에 잠긴 자신의 입, 마비된 상태로 표정이 없는 눈에 대해 특히 주목하기도 한다. 마침내 그녀는 학교 교정 여기저기로 자신이 질질 끌고 다니는 깁스를 한 다리야말로 자신의 한계 및 자신이 외톨이임을 보여 주는 구체적 상징임을 이해하게 된다. (그 때문인지는 몰라도 그녀의 작품 세계 전체를 통해 그녀가 질질 끌고 다니는 것들이 너무도 많다.)

그해 봄 그녀는 아주 많은 시간을 자신의 방에서 보냈다. 그녀의 과민성과 더딘 회복이 로츠와의 관계에 좋지 않은 영향을 미쳤다. 그가 다른 여자아이와 데이트를 한다는 소식을 듣고 배신을 당했다고 생각했다. 비록 그녀 자신이 주말이면 옛날의 남자 친구와 뉴욕에 간 적도 있었고, 또 한 명의 미래의 구혼자의 눈길을 끌고 있는 중이기도 했지만 말이다. 더할 수 없이 뛰어난 용모의 고든 러마이어 Gordon Lameyer 도 역시 웰즐리 출신으로, 그 또한 글을 쓰는 사람이었다. 앰허스트에서 학업을 마치고 해군 입대 준비를 하고 있던 그는 플래스가 아직 다리에 깁스를 하고 있는 동안 그녀와 만나 샌드위치에 콜라를 함께할 기회를 갖는다. 딜런 토머스의 시를 얼마나 사랑하는지를 지나치게 열광적인 태도로 지껄여 대는 그녀 때문에 러마이어는 어리둥절해지지 않을 수 없었지만, 그녀의 격한 감정을 어떻게 받아들여야 할지에 대해 확신이 없었으므로 그해 여름 그녀를 좀 더 만나야겠다는 마음을 먹게 된다.

플래스의 기분은 점점 더 나아지고 있었는데, 다리의 골절상이 아물어 가고 있다는 사실이 이에 도움이 됐다. 두 번째 학기 자연과학 필수 과목은 청강으로 대체할 수 있다는 허락을 받은 플래스는 자연과학 과목 대신 밀턴 과목을 학점 이수 과목으로 택했다. 3학년밖에 되지 않았지만 그녀는 미국 전역의 우등생 모임인 파이 베타 카바의 회원으로 선발되었는데, 이는 가히 예외적인 영예라 하지 않을 수 없었다. 또한 그녀는 스미스 대학의 문예 잡지인 〈스미스 리뷰Smith Review〉의 편집 일을 맡아 하도록 선정되었다. 창작 수업시간에 그녀는 「최후의 심판일Doomsday」이라는 19행 2운체 시를 쓰기도 했다. (후에 그녀의 고백에 따르면 이 시는 그녀의 아버지를 위한 시였다고 한다.) 이 시를 그녀는 문학적 성취의 최고 정상을 대변하는 잡지라고 그녀가 생각했던 〈뉴요커New Yorker〉에 투고했다. 그 시에 대한 게재 허락을 받지는 못했지만, 누가 작성했는지 알 수 없는 서식에 담긴 차가운 게재 불가 통고 대신에 수정을 제안하는 개인적 의견이 담긴 짤막한 편지를 받게 되었다. 다른 두 편의 시와 함께 「최후의 심판일」은 〈하퍼즈 매거진Harper's Magazine〉으로부터 게재 허락을 받게 되었는데, 플래스는 이것을 전문적 문인으로 인정받게 된 최초의 경우로 간주했다.

어머니에게 보내는 편지에서 그녀가 주목한 바 있듯, 그녀는 "노래하는 듯한, 야단스럽지 않은 서정시"에 점점 더 숙련되어 가고 있음을 느낀다. 그와 함께 불필요한 부담이 되고 있던 "정적이고 수식적이어서 읽는 이들을 질식하게 할 듯한 생각"에서 자신의 문체를 벗어나게 할 방법을 찾게 되었음을 느끼기도 한다. 또 다른 창작 수업 시간에 플래스는 W. H. 오든Auden을 만나 대담을 하고 자신의 시 한 묶음을 읽어 봐 줄 것을 그에게 요청하기도 한다. 오든은 호의를 베풀어 그녀의 시를 읽어 주었지만, 지나치게 말을 많이 하는 경향이 있음을 경고하는 동시에 동사 사용과 관련해 좀 더 고심할 것을 충고했다. 그 무렵 딜런 토머스가 마지막 미국 순회 여행을 하면서 앰허스트에 들렀는데, 플래스는 그곳에 가서 딜런 토머스가 시를 낭송하는 것을 듣기도 했다. 이는 실로 그녀의 마음을 사로잡는 일대 사건과도 같은 것이었다. 그 당시 무엇보다도 그녀를 흥분케 한 것은 자신이 〈마드무아젤〉의

객원 편집인으로 선발되었다는 소식이었다. 그녀는 여러 단계의 선발 과정을 거쳐야 했기 때문에 지원 서류를 준비하는 데 몇 달에 걸쳐 부지런히 일했으며, 잡지는 그녀의 작품 가운데 하나이자 심상치 않은 제목의 시 「미친 여인의 사랑 노래^{Mad Woman's Love Song}」를 게재했다. 이제 플래스는 미국 문학의 중심지인 뉴욕을 향해 곧바로 달려가게 되었다.

부서지고 수리되어

〈마드무아젤〉은 미국 전역에서 20명의 젊은 여성들을 선발해, 대학생들을 위한 8월호 특별판을 준비하는 데 도우미 역할을 하게 했다. 선발된 젊은 여성들은 바비존^{Barbizon}이라는 호텔의 자그맣고 단출하게 꾸며진 방에 머물게 되었다. 렉싱턴 애비뉴와 63번가가 만나는 지점에 있는 이 여성 전용 호텔에서 몇 블록만 지나면 매디슨 애비뉴에 있는 잡지 사무실에 쉽게 도착할 수 있었다. 그들 가운데 몇 명은 영광스러운 수습 직원이 되어, 타자와 서류 정리 등의 일을 하거나 전화를 받는 일을 하게 될 예정이었다. 플래스는 객원 편집장으로 선임되었는데, 이는 잡지 원고로 채택될 가능성이 있는 모든 자료들을 읽고 평가하고 다듬는 일을 맡아 해야 함을 의미했다. 그리고 그녀는 실제 편집장 사무실에서 일을 했다.

시릴리 에이벌즈^{Cyrilly Abels}는 노련한 저널리스트로, 플래스의 잠재적 능력을 이해하고 그녀를 다그쳤다. 그녀에게 그녀 자신이 깨닫고 있는 것보다 더 많은 것을 알기를 바라는 마음에서 그렇게 했던 것이다. 그리하여 그녀에게 경험이 부족하다는 점을 깨닫게 하는 데 성공했다. 에이벌즈는 플래스가 일을 하면서 긴장을 풀지 못하고 전문가들의 세계에서 갖추어야 한다고 그녀가 생각하는 예법을 깨뜨릴까 봐 두려워하는 등 한순간도 경계의 마음을 늦추지 않는다는 것을 알게 되었다. 황갈색의 머리는 실습생에게 어울리게 적당한 길이로 잘라 안쪽으로 말아 넣는 단정한 스타일로 유지했고, 수습 직원과 전문가 사이의 경계선을 넘지 않기 위해 애를 썼다.

플래스는 스미스 대학에 있으면서 5명의 남성 시인들과 전화 인터뷰를 하는 등 신예 시인들에 관한 특집 기사를 준비했었다. 뉴욕에 도착한 것은 6월 초였는데, 그녀 딴에는 이미 완성된 것으로 생각하는 원고를 가지고 왔다. 하지만 에이벌즈는 원고의 문체가 딱딱하다는 점을 확인하고는 그녀에게 손질을 요구했다. 플래스는 잡지의 가벼운 분위기에 맞춰 자신의 원고를 손질하는 일이 짜증나는 일임을 확인하고 그 일을 해 나가는 과정에서 자신감을 잃게 된다. 집에 있는 어머니에게 보낸 편지에서 그녀는 그해 여름 하버드 대학에서 열리는 창작 교실에 참가 허락이 떨어지지 않을 것 같다는 예감이 든다고 말한다. 단편소설 작가인 프랭크 오코너 Frank O'Connor가 담당하는 그 창작 교실에 참석할 수 있기를 그녀는 간절하게 바라고 있었다.

또 하나 그녀의 마음을 우울케 하는 것은 줄리우스 로젠버그 Julius Rosenberg와 그의 아내 에셀 Ethel의 처형 사건이었다. 로젠버그 부부는 원자탄과 관련된 핵심 기밀을 소련에 넘겨주었다는 죄목으로 처형되었다. 로젠버그 부부에게 과연 죄가 있는가에 대해 의문을 갖는 사람들이 처형에 반대했다. 플래스는 이 사건에 너무도 마음이 아파 그들이 전기 충격에 의해 처형당했다고 생각되었던 바로 그 순간 발진發疹에 시달리게 되었다. 전기의자에 묶여 있는 로젠버그 부부의 이미지가 그녀의 마음을 사로잡게 되었고, "산 채로 신경 끄트머리까지 전기 화상을 입는 순간 그때의 느낌은 어떤 것일까를 생각하면서"『유리 종』을 쓰기 시작했을지도 모른다.

로렌스, 밀러, 토머스가 그러했듯이 플래스의 경우 정치적 입장은 본질적으로 보헤미안이었다. 즉, 예술가는 국가와 그 국가가 부과하는 사회적 현실로부터 분리되어 있어야 함을 인식해야 한다는 입장이었다. 결코 밀러처럼 무정부주의적이진 않았던 플래스는 작품에서 거의 아무런 정치적 표현의 자유를 허용하지 않았다는 점에서 토머스 쪽에 더 가깝다. 아마도 그런 식의 직접적인 표현은 작품을 어느 한 시대에 묶이게 하여 한계를 넘지 못하는 것이 될 수도 있음을 깊이 인식하고 있었는지도 모른다. 하지만 토머스가 그랬던 것처럼 그녀는 좌파 쪽의 시각에 공감을 하고 있었다. 비록 토머스와 같이 플래스도 교직자의 자제로 중산층 출신이긴 했지만 말이다. 이는 어쩌면 자신의 집안 내력 및 뿌리 깊게 드리워진 자기 집안의 가치관을 뛰어넘고자 하는 낭만적 욕구에서 기인한 것인지도 모른다.

뉴욕에서 보낸 한 달은 플래스의 혼을 쏙 빼놓을 정도로 그녀에게 벅찬 것이었다. 체류 기간이 거의 끝날 무렵 동생에게 보낸 편지에서 그녀는 뉴욕이라는 대도시 체험이 처음에는 황홀한 것이었지만 뒤에 가서는 끔찍할 정도로 우울한 것이었음을, 하지만 동시에 그녀에게 많은 것을 깨닫게 하는 것이었음을 실토한 바 있다. "한 치의 여유도 없이 빡빡하게" 하루 일과가 이어졌다. 〈마드무아젤〉은 전국에서 선발되어 온 20명의 젊은 여성들을 위해 다양한 기능의 일을 준비해 놓았다. 즉, 전시장 개막식, 패션 쇼, 영화 시사회, 정식 무도회 등등에 참여해야 했다. 플래스는 J. D. 샐린저와 이야기를 나누고 싶어 했지만 엘리자베스 보웬 Elizabeth Bowen, 마리앤 무어 Marianne Moore 와 같은 문인들과 대담을 하도록 요구되었다. 어느 날 밤 플래스는 친구와 함께 딜런 토머스가 머무는 호텔의 복도에서 어슬렁거리며 그를 기다렸지만, 그는 그날 밤 호텔에 돌아오지 않았다. 적어도 그녀와 그녀의 친구가 기다리는 동안에는 모습을 드러내지 않았다.

작가들과 대화를 나눌 기회를 갖는다는 것은 그녀가 도시에 머무는 동안 즐길 수 있었던 흥분된 일 가운데 일부였다. 하지만 〈마드무아젤〉의 배려에 의한 뉴욕 생활에는 속임수와 전시 효과를 노리는 측면이 있기도 했다. 뉴욕에 도착해 얼마 안 되었을 무렵 전국 각지에서 온 이들 젊은 여성들에게는 센트럴 파크에 모여 별 모양을 이루도록 손을 잡고 모여 서서 단체 사진을 찍을 것이 요구되기도 했다.(이때 맨 위쪽을 차지했던 사람이 플래스다.) 그 단체 사진이 멋진 볼거리가 되어 광택을 입힌 잡지의 지면에 등장했을 때 사진에 실린 사람들의 머리카락 하나 흐트러져 있지 않았다. 하지만 사진을 찍었던 날은 사람들의 온몸을 땀으로 뒤덮이게 하는 섭씨 34.5도의 바람 한 점 없는 무더운 날이었다. 그런데도 모든 이에게 모직으로 된 격자무늬의 치마를 입을 것이 요구되었다. 이보다 더 사람을 기운 빠지게 하는 것은 모 광고 회사에서 주최한 점심 식사 자리였다. 이 자리에서 20명의 젊은 여성들 모두가 오염된 게살로 인해 식중독이 걸렸다. (플래스는 바로 이 이야기를 『유리종』에서 재구성해 보여 주고 있다.) 이 사건은 플래스에게 유행을 쫓는 상류 사회의 교묘한 술수를 거부하도록 하는 데 일조했다. 하지만 스미스 대학은 바로 그런 사회에 적응하도록 그녀를 교육하는 기관이었다. 그녀는 단체 식중독 사건을 환상의 대가가 어떤 것인가를 깨닫게 하는 하나의 보편적 상징으로 간주했다.

어느 날 저녁 누군가의 소개를 받아 모르는 남자와 파티에 갔다. 페루 출신의 그 남자는 정원에서 플래스를 때리고 거의 성폭행에 해당하는 짓을 했다. 이 사건으로 인해 그녀는 자신이 어떤 사람인지, 어떤 사람이어야 하는지에 대해 더욱 자신이 없어졌다. 도시 생활의 중압감이 스미스 대학에서 그녀가 가꾸어 놓았던 금욕적이면서 자제력을 갖춘 이미지에 균열이 가게 했다. 『유리 종』에서 그녀를 대신하는 인물인 에스터 그린우드의 입을 통해 "나는 내 자신이 끔찍이도 적응력이 모자라는 사람이라고 느껴졌다"고 말한다. 에스터는 이렇게 말을 잇는다. "이에 대해 생각하지 않았을 뿐, 문제는 내가 처음부터 적응력이 모자라는 사람이었다는 데 있다. 내가 잘할 수 있는 일이라고는 장학금을 받는 일과 상을 타는 일이었는데, 이제 그 시대도 곧 끝나 가고 있다."

그녀가 그처럼 애써서 정립하고 드러내고자 했던 그녀의 정체성은 이제 의문스러운 것이 되고 말았고, 어쩌면 불길한 미래에 더 이상 알맞은 것이 아닐 수도 있었다. 그달이 끝날 무렵, 그러니까 그녀가 웰즐리로 돌아가기 위해 준비를 하고 있는 동안, 그녀는 호텔 창밖으로 그녀가 그처럼 조심스럽게 모아 두었지만 그녀에게 무언가 죄책감을 느끼게 했던 옷가지들을 집어 던지기 시작했다. 이는 다가오는 파열을 예고하는 극적인 신호였다. 비록 누구도 그 당시에는 의식하지 못했지만, 젤다 피츠제럴드가 헐리웃의 호텔에서 자신의 옷가지들을 태웠던 것과 마찬가지로 그 나름대로 끔찍한 하나의 신호였던 것이다.

친구한테서 빌린 헐렁한 초록색 치마와 촌스러운 흰색 블라우스를 입은 채 플래스는 기차를 타고 웰즐리로 갔으며, 도착하자 어머니가 차를 가지고 나와 그녀를 맞아 주었다. 집으로 돌아오는 차에서 오릴리아가 플래스에게 오코너가 담당하는 창작 교실의 자리가 다 차서 내년에 다시 신청해야 할 것 같다고 말해 주었다. 미리 예감을 하고 있긴 했지만 이 소식에 플래스는 깊은 실의에 빠지게 된다. 이 소식을 그녀는 거절로, 그녀의 능력에 대한 부정으로 해석했던 것이다. 그녀는 글을 쓰는 일에 격려와 자극을 위해 바로 그 창작 교실이 필요하다고 느끼고 있었고, 그해 여름 방학이 끝날 때까지 줄곧 어머니와 침대를 함께 쓰며 그리고 실무적 기술로 속기나 배우며 웰즐리에서 보낼 것을 생각하니 기분이 영 좋지 않았다.

고든 러마이어는 장교 후보를 위한 사관학교로 떠나기 전의 7월 첫 두 주일 동안 그녀와 자주 만났다. 그들은 러마이어 소유의 레코드판에 담긴 딜런 토머스, 로버트 프로스트, 제임스 조이스의 자작시 낭송에 함께 귀를 기울이기도 했다. 그리고 서로에게 조이스의 작품을 큰 소리로 읽어 주기도 했다. 러마이어는 시를 쓰고 싶어 했다. 그와 함께 있다 보니 플래스는 작가이면서 작가와 결혼하는 일이 얼마나 위험한 것인가를 깨닫게 되었다. 특히 여성이 더 성공적일 때 자존심 싸움이 뒤따를 수도 있음을 깨닫게 되었던 것이다. 플래스는 러마이어에 대해 심각하게 생각한 적은 한 번도 없었지만, 그녀는 자신이 타인에게 인정받는 사람이라는 느낌을 유지하기 위해 보통 한 무리의 구원자들을 필요로 했다. 이 기간 동안 러마이어는 플래스가 점점 더 우울해져 가고 있다는 사실을, 불면증이 너무도 오래 지속되어 자신이 미쳐 가고 있는 것은 아닌가라는 의혹에 그녀가 시달리고 있다는 사실을 의식하지 못했다.

일기장에서 그녀는 자궁 속으로 기어 들어가고 싶다는 자신의 욕망을 되풀이하여 고백하고 있었다. 그녀는 자신을 의심하는 것이 자신의 창작 능력을 저하시킬 뿐이라는 사실을 알고 있었다. 하지만 7월 중순에 이르러 플래스는 일종의 마비 상태에 빠져들게 되었는데, 그 무렵 그녀는 더 이상 이해력을 갖춘 상태로 책을 읽을 수조차 없었다. 한편, 어머니가 직접 가르치기 때문이었는지는 몰라도 그녀는 속기에 숙달할 수가 없었으며, 자기 자신이 직접 쓴 글씨조차 제대로 알아볼 수 없는 지경에 이르렀다. 며칠 동안 뉴턴-

웰즐리 병원에서 보조 간호사가 되어, 자기 손으로 밥을 먹을 수조차 없을 정도로 너무나 병이 깊은 환자들의 식사를 도와주는 일을 하기도 했다. 하지만 이 일마저도 아예 감당할 수가 없었다.

그녀는 자신이 "자기 학대라는 정신적 지옥" 속에 갇히게 되었는지도 모른다는 두려움에 떨었으며, 이는 책임을 회피하는 그녀 나름의 방편이 되었다. 우등생에게 부과되는 졸업 논문의 주제를 찾고 창작 작업을 계속하려는 그녀의 건설적 의도에도 불구하고, "인간이 인간을 잡아먹는 거대한 식인 세계"에 대한 예견으로 정신이 마비된 채, 또한 구토증이 일 정도의 정체 상태에서 숨이 막힌 채, 그녀는 "순전히 허무주의적인 충격"의 상태에 빠져 있는 자신을 발견하게 된다.

그녀는 일기장을 통해 애정이 깃들어 있는 가족이 있고 웰즐리에 집이 있다는 점을 놓고, 또한 자신이 스미스 대학에서 장학금을 받는다는 사실을 놓고 여러 번 되풀이해 자축한 바 있다. 날카로운 대조를 이루는 것이 있다면, 그것은 그녀조차 정확하게 꼭 집어 밝힐 수 없는 슬픔, 되풀이하여 그녀를 공격하는 슬픔이었다. 『유리 종』에서 보다 더 선명하게 그 슬픔에 대해 회상하고 있는데, 그녀는 처음으로 아버지의 무덤을 찾아가 "대리석의 매끄러운 표면 위에" 그녀의 얼굴을 뉘이고 "소금기 어린 차가운 빗속을 향해 자신이 잃은 것이 무엇인지를 울부짖는 소리로 토로했다"고 쓰고 있다.

7월 중순쯤 플래스의 어머니는 딸의 다리에서 깊이 파인 자줏빛 상처가 몇 개 있는 것을 눈치채게 되었는데, 플래스는 면도날로 동맥을 끊고자 할 만큼의 담력을 끌어모으고자 애를 썼던 적이 있음을 시인했다. 고통이 가득 찬 목소리로 플래스는 세상이 너무도 부패해 있고 자신은 죽고 싶었기 때문에 자신이 그런 짓을 했노라고 소리쳐 자백했다. 플래스 부인은 실비아를 주치의에게 데려갔으며, 주치의는 정신과 의사를 추천해 주었다. 그렇게 해서 만난 정신과 의사는 통원 치료를 하는 조건으로 전기 충격 요법을 받아 볼 것을 권고했는데, 아마도 이것이 신속하게 효과가 나타나는 치료법인 동시에 비용이 상대적으로 적게 드는 방법이기 때문이었을 것이다. 거만한데다가 제멋대로 일을 처리하는 이 정신과 의사는 플래스에게 치료를 받기 위한 마음의 준비를 시키지 않았다. 또한 치료 과정에 그녀를 돌보는 대신, 휴가를 떠나 버렸다. 두뇌에 전기 충격을 가하는 이 치료법을 거치는 가운데 플래스의 마음은 엄청난 양의 불안감으로 채워지게 되었으며, 이때 이 불안감이 그녀의 상상력에 영원히 지워지지 않은 특징으로 자리 잡게 되었는지도 모른다. 또한 이 불안감은 그녀의 수많은 작품 위로 떠돌고 있는 험악한 위협의 분위기에 반영되어 있기도 하다.

내 머리의 뿌리까지 어떤 신이 휘어잡았지.
나는 사막의 예언자처럼 푸른빛 감도는 그의 전기에 지글지글 태워졌지.

「교수형에 처해진 사람^{The Hanging Man}」이라는 제목의 시와 『유리 종』에서 밝힌 것처럼, 그녀는 너무나도 엄청난 충격에 마음이 동요되어 "갈가리 찢어진 식물처럼 내 뼈가 으스러지고 내 몸에서 갑작스럽게 체액이 빠져나가 흐트러지는 것 같다"고 생각할 지경이었다. 한마디로 말해, 세상의 종말에 이른 것처럼 느껴졌던 것이다.

과연 그녀답게 그녀는 받고 있던 치료에 대해 친구 누구에게도 말하지 않았다. 그 당시 비록 러마이어와 만나고 있었고, 또 노튼과 로츠와 편지를 주고받고 있긴 했지만 말이다. 마찬가지로 그녀의 어머니 역시 부끄럽기도 하고 또한 정신적으로 이상이 있는 사람을 치료하는 데 앞으로 들 비용에 대한 걱정이 앞서기도 해서 자기 딸의 상태에 대해 누구에게도 말하지 않았다.

8월 중순 무렵, 에드 코헨에게 보내기 위해 썼지만 보내지 않은 편지에서 묘사한 바와 같이, 그녀는 정신병원에서 "영원한 지옥"을 감내하는 것에 대한 유일한 대안으로 자살을 결심하게 된다. 그녀는 물에 빠져 죽으려 했지만 이에 실패하고 만다. 그리고 그녀는 "나의 이력이라고 할 수 있는 것이 최상의 상태일 때……신속하고도 깨끗하게 끝맺기"를 원했다. 1953년 8월 24일 오후에 뉴욕에서 웰즐리로 돌아올 때 입었던 헐렁한 초록색 치마와 촌스러운 흰색 블라우스를 다시 입고서 그녀는 계획을 하나 세웠다. 플래스가 어느 때보다도 각별히 명랑해 보인다고 생각했던 그녀의 어머니는 엘리자베스 여왕의 대관식을 촬영해 놓은 영화를 보기 위해 집을 나섰다. 플래스의 동생인 워렌은 일을 나가고 없었다. 외할머니와 외할아버지가 정원에서 휴식을 취하고 있는 동안 플래스는 자신의 수면제가 들어 있는 철제 캐비닛을 강제로 열었다. 물 한 병과 함께 수면제를 갖고 지하실로 내려갔는데, 지하실에는 나무로 막아 놓은 좁은 공간이 있었다. 나무를 치우고 그 공간에 들어가 다시금 조심스럽게 나무로 막은 다음 자궁과도 같은 좁은 공간에 자리 잡고 앉아 수면제를 "하나씩, 하나씩, 또 하나씩" 삼키기 시작했다. 『유리종』에서 그렇듯 삼키는 알약의 수를 하나하나 세면서.

집으로 돌아온 오릴리아는 식당에 있는 탁자 위의 꽃병에 기대어 세워져 있는 메모를 발견한다. 그 메모에는 실비아가 상당히 먼 곳으로 산책을 나갔으며 다음 날이 되어야 돌아오게 될지도 모른다고 적혀 있었다. 놀란 플래스 부인은 경찰에 신고했다. 근처의 숲에 대한 수색이 진행되었고, 보스턴에서 발행하는 신문들에 플래스의 사진과 함께 기사가 나갔다. 이틀 후 점심시간에 워렌은 지하실에서 희미하게 신음 소리가 들리고 있음을 포착한다. 플래스는 너무도 많은 양의 수면제를 먹어 일부를 토하게 되었는데, 토해 낸 양이 과다 복용을 막기에 충분한 것이었다. 한쪽 눈 아래에 보기 흉한 상처를 입은 상태로 뉴턴-웰즐리 병원에서 의식을 되찾고 깨어났을 때, 그녀는 희미한 목소리로, 하지만 그녀의 특징이 된 괴팍한 아이러니의 색채를 띤 채, 어머니에게 자신의 시도는 그녀 자신의 "마지막 사랑의 행위"였다고 말한다.

두 주일 후에 그녀는 매사추세츠 종합병원으로 이송되었으며, 그곳에 머무는 동안 그녀는 친구들과 스미스 대학의 몇몇 교수들로부터 성원의 편지를 받게 되었다. 스미스 대학에서 플래스가 받는 장학금의 기증자인 올리브 히긴스 프라우티가 입원비를 부담하겠다고 나섰다. 그리하여 플래스는 치료 및 재활 전문의 사립 정신병 치료기관인 매클린 병원^{McLean Hospital}에서 건강을 회복할 수 있었다. 10월에서 이듬해 1월까지 플래스는 매클린 병원에 머물러 있었으며, 그동안 프라우티 부인, 고등학교 시절 영어 선생인 윌베리 크로켓, 그리고 어머니의 규칙적인 병문안을 받게 되었다. 그녀는 노련하면서도 호의적인 정신과 의사인 루스 뷰셔^{Ruth Beuscher}의 보살핌을 받았는데, 플래스의 신뢰를 얻게 된 뷰셔는 전기 충격 및 인슈린 충격 요법을 재개하도록 그녀를 설득할 수 있었다. 이를 통해 플래스는 삶에 대한 의지를 되살릴 수 있었다. 비록 그런 치료 요법들이 궁극적으로 그녀를 너무나도 지나치게 과민하게 만들고, 그녀가 거부나 배신이라고 생각했던 것을 참을 수 없게 만들긴 했지만 말이다.

맷돌을 들어올리며

1954년 2월 초, 누나가 학업을 다시 할 수 있도록 워렌은 운전을 하여 실비아를 노샘턴으로 데려갔다. 차가 이미 스미스 대학 캠퍼스에 들어섰을 때, 통제할 수 없는 상태에서 차가 얼음 위에서 미끄러져 맴돌고 말았다. 아무도 다치지 않았으며, 불운을 신화로 만드는 데 재주가 있던 플래스는 이 사건을 재생再生의 출발점으로 해석했다.

스미스 대학의 기숙사 건물 가운데 하나인 로렌스 하우스^{Lawrence House}에 자기만의 방을 배정 받은 플래스에게는 학문적 중압감에 좌절을 겪은 바 있는 뛰어난 학생이라는 명성이 따라붙게 되었다. 그녀는 낸시 헌터와 친구가 되었는데, 헌터는 스미스 대학으로 전학해 온 아일랜드 혈통의 중서부 출신 학생이었다. 그녀는 플래스가 자신의 분신으로 여기겠다고 마음먹을 만큼 가깝게 지내던 친구였다. 둘 사이의 만남을 회고하는 어떤 글에서 헌터는 그들이 처음 만났을 때 자신이 얼마나 놀랐던가를 회상하기도 했다. 소외를 당하고 있는 것처럼 보이는 또는 고통을 받고 있는 것처럼 보이는 사람과 만나리라고 예상했는데, 그 대신 그녀 앞에 나타난 사람은 현란할 정도의 자유분방한 여학생의 분위기를 아직까지 간직하고 있는 그런 젊은 여성이었다. 헌터가 보기에 플래스는 대단히 아름다웠다. 검은 눈과 윤곽이 뚜렷한 도드라진 광대뼈, 한쪽 눈을 살짝 가린 채 어깨까지 늘어뜨린 머리가 그녀에게 매력적으로 보였던 것이다. 어떤 면에서 보면 매클린 병원에 머문 이래 플래스는 내성적인 면이 한결 줄어들게 되었는데, 낸시 헌터에게 자신의 자살과 회복에 대해 자유롭게 이야기할 수 있을 정도가 되었다.

플래스는 톨스토이와 도스토예프스키를 다루는 강의에 열광했으며, 이 강의를 담당하던 조지 지비언George Gibian 교수는 졸업 논문의 지도교수가 되었다. 매주 그녀는 스미스 대학의 정신과 의사의 진료를 받았다. 또한 마이론 로츠와 만나기도 했고, 항해 중인 고든 러마이어 및 결혼한 에드 코헌에게 편지 쓰는 일을 계속하기도 했다. 편지를 통해 플래스는, 시멘트로 된 터널 속을 통과하여 매클린에 있는 전기 충격 치료실로 이끌려 가고 있다는 공포감에 사로잡힌 채 한밤중에 진저리치며 깨어났을 때, 그녀가 무엇보다 필요로 했던 것은 그녀가 사랑할 수 있는 사람, 그 어떤 정신과 의사도 제공할 수 없는 그런 종류의 신뢰감과 안정감으로 그녀를 떠받쳐 줄 수 있는 그런 사람임을 코헌에게 털어놓기도 했다. 이는 부분적으로 1950년대에 유행하던 사랑의 이미지, 그러니까 그 어떤 위험이나 갈등도 침투할 수 없는 하얀색의 말뚝 울짱 안쪽에 있는 집을 은신처로 삼는 그런 사랑의 이미지였다. 하지만 플래스의 경우 이는 어쩌면 그녀가 사랑과 나아가 결혼에 부과한 낭만적 짐을, 자신의 내부에 있는 악마로부터 그녀를 보호해 주는 이상화된 사랑에 대한 감동적인 의존을 암시하는 것일 수도 있었다. 이 같은 내부의 악마, 그녀 자신의 고양된 기대감 및 고통스러운 절망감이 결혼 생활 도중 그녀의 마음을 갈가리 찢어 놓았던 것이며, 그것들은 고뇌에 찬 자살을 감행하기 전에 그녀가 마지막으로 썼던 시편들의 모음집인 『에어리얼』에서 결정적으로 그 모습을 드러낸다. 그녀가 「메두사Medusa」에서 인정했듯, 이 시집의 시들은 그녀의 힘을 고갈시키고, 그녀의 마음을 "엑스레이에 노출된 것처럼 노출시켜" 놓고 있다.

로버트 로웰Robert Lowell과 비평가 조지 스타이너George Steiner의 주장에 의하면, 시시각각으로 다가오는 위협을 감지케 하는 분위기 및 그녀가 거리낌 없이 너무도 자연스럽게 어떤 방법으로든 기록해 놓은 불화와 공포와 실패에 대한 자백들이 감당할 수 없을 정도의 죽음에 대한 공포로 그녀의 마음을 채웠다는 것이다. 이런 주장과 함께 그들은 그녀의 죽음을 그녀의 마지막 시편들에 담겨 있는 상상 속의 위험들과 필연적 관련이 있는 것으로 보았다.

그녀의 시들 가운데 어떤 것에는 유대인 학살에 대한 인유(引喩)가 담겨 있다. 때로는 반어적으로, 때로는 학살의 피해자와 자신을 동일화하면서 그녀는 유대인 학살에 대한 이야기를 시에서 한다. 몇몇 비평가들은 시들 그 자체와 마찬가지로 유대인 학살의 은유화가 균형을 잃고 있으며 자기 과시적인 것이라고 보지만, 어쩌면 그녀는 그처럼 엄청난 재난만이 그녀가 느끼는 공포가 어떤 차원의 것인지를 말해 줄 수 있다고 느꼈는지도 모른다. 냉소와 조소가 뒤섞인 빈정거림을 가득 담은 채 플래스는 가능한 한 최고조로 기괴한 것을 제시한다. 「라자로 부인」의 마지막 부분을 장식하는 "나는 공기처럼 남자들을 잡아 들이킨다"가 그 예가 될 수 있을 것이다. 목소리에 담긴 공포와 자신의 고통에 대한 연민과 두려움까지 감출 수는 없지만 마음을 침착하게 가다듬은 채, 해당 구절을 읽는 독자들이 체험하는 바의 카타르시스—예술적 형태로서의 비극과 연관되는 바로 그 카타르시스—를 느끼면서, 플래스는 이 같은 구절을 시에 담았던 것이다.

매클린 병원에서의 체험은 비록 두려운 것이긴 했지만, 어떤 의미에서 보면 이는 또한 플래스에게 통과 의례와도 같은 것이기도 했다. 비록 그녀는 당시의 통상적인 젊은 여인들에게 부과된 모든 제약 조건으로부터 자신을 완전히 해방시키지는 못했다 하더라도, 적어도 일정한 선을 뛰어넘어 자기 나름의 독립을 향해 나아가게 되었다고 할 수는 있다. 바로 이 점은 이제 그녀가 자신을 위해 선택한 남자들을 보면 확인할 수 있다. 이제 그녀는 전에 알고 지내던 남자들보다는 태도나 행동 면에서 한결 더 보헤미안적인 기질의 남자들을 선택하게 되었다. 이듬해 봄 그녀는 리처드 서순^{Richard Sassoon}과 만나게 되었는데, 서순은 말을 할 때 니체와 랭보를 인용하곤 하는 반항적인 우상 파괴자로, 프랑스의 실존주의자의 자세를 취했다. 호리호리하고 키가 단지 플래스만큼밖에 크지 않은 서순은 파리에서 성장했으며, 그의 아버지는 영국의 시인 시그프리드 서순과 사촌 사이였다. 리처드 서순은 오만하고 퇴폐적인 유럽풍의 세련된 분위기의 사람이었고, 플래스에게는 바로 그런 분위기가 너무도 좋았다. 그들은 몇 번이나 주말을 뉴욕에서 함께 보냈는데, 플래스는 자신의 잡기장에 "황홀한 양자 합일"의 시간이 극에 달해 마침내 "사랑의 밤"에 이르게 되었다고 적기도 했다.

서순과 플래스가 그 당시 연인 사이였을까는 단지 정황 증거를 통해 추측할 수 있을 뿐이다. 『유리 종』에서 플래스는 대학에 다니는 동안 자신의 처녀성이 목에 걸린 맷돌처럼 자신에게 부담스러운 것이었음을 말하기도 한다. 정신과 치료를 위해 병원에 묶여 있고 나서 1년 동안 일기를 쓰지 않았는데, "사랑의 밤"이라는 구절은 열정적인 애무를 묘사하기 위한 과장된 표현일 수도 있다. 사실 그녀는 여러 명의 남자들과 그런 정도의 애무를 나누는 관계까지 갔었다.

낸시 헌터가 '남녀 간의 희롱^{dalliance}'이라고 표현한 플래스의 그와 같은 이성 교제는 그해 여름 성폭행을 당하는 지경에까지 이르게 된다. 대담해 보이기 위해 플래스는 머리를 군데군데 금발로 염색했다. 그녀는 하버드 대학의 여름 학기에 등록해 독일어 집중 강좌를 수강하게 되었다. 하지만 그녀의 우울증을 재촉했던 오코너의 단편소설 창작 교실에 대해서는 수강 신청을 하지 않았다. 1년 동안 그녀는 소설을 쓰지 않았으며, 그해 봄 단 한 편의 시만을 썼을 뿐이었다. 이 시를 그녀는 자신이 회복했음을 확인해 주는 증거물로 여겼다. 하버드 스퀘어에서 아주 가까운 곳에 있는 자그마한 아파트를 낸시 헌터와 함께 빌려 생활하는 동안, 그녀는 고든 러마이어와 만나기도 하고 그 밖의 여러 명의 다른 남자들을 만났는데, 대부분이 데이트 상대로, 그녀를 극장이나 식당으로 안내할 수 있는 그런 남자들이었다.

　어느 날 오후 와이드너 도서관^{Widner Library}의 계단에서 그녀와 낸시 헌터는 유달리 키가 크고 호리호리한 남자와 만난다. 그는 머리가 벗겨지기 시작한 상태로 두꺼운 안경을 쓰고 있었고, 침울하고 어찌할 바를 몰라 하는 표정의 남자였다. 『유리 종』과 헌터의 회상록에서 "어윈"이라는 이름으로 불리는 이 남자는 다른 대학에서 생물학을 가르치는 교수로, 이커보드 크레인^{Ichabod Crane 2)}과 같은 사람이었는데, 그해 여름 연구를 위해 하버드 대학에 와 있었다. 그가 한번은 낸시를 저녁 식사에 초대한 적이 있는데, 낸시는 그의 차에 올라타고서야 비로소 저녁 식사를 그의 아파트에서 하게 될 것이라는 사실을 알고는 불안해했다. 그녀를 안심시키기 위해 그는 그가 세 들어 살고 있는 아파트의 주인 여자가 바로 옆집에 살고 있으며 그녀가 머무는 동안 문을 열어 놓을 것이라고 말했다. 한 병의 포도주를 곁들여 저녁 식사를 하고 났을 때 때맞춰 문이 닫혔고, 그는 자신의 갈색 가죽 소파 주변으로 가서 그녀에게 치근댔지만 결국에는 그녀의 설득을 받아들여 그녀를 집에 데려다 주게 되었다. 그녀는 그의 서투른 유혹이 그의 "저열한 취미"—그러니까 헤아릴 수 없이 많은 젊은 여자들을 얽어매어 화를 입히는 수법—의 증거라는 확신을

---

2) 워싱턴 어빙Washington Irving의 『슬리피 할로우의 전설The Legend of Sleepy Hollow』 이라는 소설에 등장하는 인물로, 1790년대 뉴욕 주 북부 지방에 있는 네덜란드인 정착 마을의 순회 교사. 그는 게으르지만 머리가 좋고, 이야기 솜씨가 뛰어나서 여자들에게 인기가 높은 인물임. 키가 크고 호리호리하며 좁은 어깨에 긴 팔과 다리를 갖고 있어서, 옥수수 밭에서 도망쳐 온 허수아비 같은 인물로 어빙의 소설에 묘사되어 있음.

갖게 되었다. 뻔뻔하게도 어윈은 그다음 날 전화를 해 플래스와 이야기를 나눴다. 헌터는 플래스에게 어윈이라는 사람은 신뢰할 만한 인간이 못 된다고 경고했으나, 곧 이어 어윈은 플래스와 만나고 자신의 차로 그녀를 정신과 의사에게 데려다 주기도 했다. 심지어 조용히 혼자 공부할 장소가 필요할지도 모른다는 구실을 들어 그녀에게 자기 아파트 열쇠를 주기도 했다.

어느 날 아침 낸시 헌터가 일어나 보니 어윈의 집에서 저녁을 보낸다고 했던 플래스가 집에 돌아오지 않았음을 알게 되었다. 잠깐의 시간이 지난 후 그가 전화를 걸어 설명하기를 플래스가 피를 흘리고 있다는 것이었다. 하지만 그때 이미 그녀는 집으로 돌아오고 있었다. 몇 시간이 지난 후 피범벅이 되어 돌아온 플래스는 낸시 헌터를 설득해 자신을 병원까지 호송하게 하여, 파열된 질^膣을 봉합하는 치료를 받게 된다. 두 주일이 지난 다음 그녀는 고든 러마이어에게 어윈이 손으로 자신을 범하려 했는데, 그녀가 그를 밀쳐냈지만 어쩌다 그가 손가락으로 처녀막을 건드려 파열하게 하는 것까지 막을 수 없었다는 이야기를 전하고자 했다. 이 같은 이야기는 『유리 종』에서 그녀가 쓰고자 했던 것과는 전혀 다른 것이다. 『유리 종』에서 에스터 그린우드는 자신의 처녀성이라는 짐을 벗어 던지고자 한다. 이 사건 및 헌터가 기말 고사를 치르기 위해 준비할 바로 그때 일어난 또 하나의 사건이 헌터에게 플래스가 자신의 "분신"에게 강박적인 의존증을 형성하고 있다는 확신에 이르게 했다. 헌터가 기말 고사를 준비하고 있을 때 플래스가 편두통에 시달린 다음 히스테리 증세를 보이더니 헌터에게 시험을 포기하고 자기 곁에 있어 줄 것을 고집했던 것이다. 회상록을 통해 헌터는, "오로지 죽음의 문턱에서 낚아채어짐으로써만이" 자신의 가치를 확인할 수 있기라도 한 양, 플래스가 자기 자신을 상징적 구원이 요구되는 고통스러운 피해자로 간주했음을 밝히고 있다.

헌터의 견해는 통찰력의 측면에서 볼 때 아주 차가운 것이다. 만일 플래스가 구원을 받을 가치가 있는 사람이라면, 그녀 자신 외부의 어떤 힘—말하자면, 구원자—이 그녀를 "문턱에서" 낚아챔으로써 그녀를 인정하는 신호를 보낼 것이라는 것이 헌터의 생각이었다. 헌터의 이 같은 언급은 플래스가 에드 코헌에게 자신은 누군가 자신을 사랑하고 지탱해 줄 사람이 필요하다고 고백했던 것과 상응 관계에 놓이는 것이다. 하지만 플래스가 그녀의 생애에서 이 무렵 찾고자 하고 만나고자 했던 남자들은 사랑과 신뢰감에 대한 탐구와 관계있다기보다는 모험에 대한 탐구와 더 관계있는 것처럼 보인다. 마치 그녀가 다양한 남자들의 마음을 끌 수 있는 여자로서의 자신의 매력을 시험해 보기라도 하듯, 또한 미래의 만남을 위해 마음의 준비가 요구되는 그런 종류의 남자에게 자신이 한결 더 매력적인 여자가 되도록 하는 데 필요한 경험과 세련미를 성취할 수 있는 여자로서의 자신의 능력을 시험해 보기라도 하듯이 말이다.

비록 플래스와 헌터는 더 이상 예전처럼 정말로 친밀한 관계를 유지하고 있지는 않았지만, 그들은 플래스의 4학년 시절 내내 한 방에서 지냈다. 헌터는 여름 방학 동안에 보았던 것 때문에 겁이 나서 움츠러들긴 했지만, 실제로는 그녀가 염려할 것은 별로 없었다. 스미스 대학에서 플래스는 항상 대학이 요구하는 완벽한 여대생이었고, 자기보다 더 보헤미안적 태도를 취하는 학생들에게 비판적이었다. 그녀는 "백금 빛 여름"의 금발에서 모래 빛이 감도는 원래의 갈색 머리로 머리 색깔을 바꿨다. 어머니에게 말한 바에 따르면, 그런 머리 색깔이 자신의 모습을 좀 더 "점잖고 신중하게" 보이게 하여, 대학원 입학과 장학금 획득을 위한 인터뷰에 알맞다는 것이 그녀의 생각이었다. 인터뷰를 하고, 옥스퍼드 대학과 케임브리지 대학 및 래드클리프 대학과 콜럼비아 대학에 지원서를 내는 일 때문에, 또한 수많은 추천서를 받아내는 일 때문에, 플래스는 굉장히 많은 시간을 소비해야만 했다.

그녀가 받은 추천서들 가운데 가장 소중하게 여긴 것 가운데 하나는 비평가인 앨프리드 캐진 Alfred Kazin 교수로부터 받은 것이었다. 캐진은 플래스가 4학년이었을 때 스미스 대학에서 가르치고 있었다. 처음 그가 플래스에게 관심을 갖게 된 것은 그녀가 작가이고 우등생이기 때문에 수많은 스미스 대학 학부 여학생들처럼 심한 응석받이는 아니라는 사실을 알게 되었을 때였다. 캐진은 플래스에게 규모가 작은 자신의 창작 수업을 수강하도록 이끌었다. 급우들이 보이고 있는 이른바 "허약하고 완곡한 어투의 무관심" 때문에 끔찍해 하고 있긴 했지만, 캐진의 제안을 받아들였으며, 위대한 예술은 엄청난 열정에서 비롯된다는 그의 믿음에도 반응을 보였다. 캐진의 수업을 계기로 플래스는 단편소설과 시를 몇 편씩 쓰기 시작했는데, 이 가운데 몇몇은 딜런 토머스의 영향을 반영하고 있다.

그녀는 졸업 논문을 쓰는 일에도 노력을 기울였다. 도스토예프스키의 작품에서 확인되는 인물의 '이중성 the doubleness'이 논문의 주제였으며, 논문을 쓰는 과정에 그녀는 에드거 앨런 포우의 「윌리엄 윌슨 William Wilson」, 『지킬 박사와 하이드 씨 Dr. Jekyll and Mr. Hyde』, 『도리언 그레이의 화상 Picture of Dorian Gray』, 오토 랑크의 이중성 또는 분열된 자아에 관한 글을 읽기도 했다. 비록 그녀 자신이 의식하고 있지는 않았지만, 그녀의 논문은 그녀 자신 내부의 이중성—즉, 스미스 대학의 모범생이라는 외관 안에 갇혀 있는 예술가—와도 관련지을 수 있다.

그녀는 유럽에서 여름을 보내고 돌아온 리처드 서순과 다시 만나기 시작했다. 서순이 이제 자기 성격의 가학적 측면을 과시해 보이고 있었으며, 편지를 통해 그녀에게 쾌락과 고통 사이의 관계에 대해 귀찮을 정도로 되풀이해 이야기했다. 그녀는 서순이 자기와 어울리기에는 키가 너무 작다는 쪽으로 마음먹고 있었다. (그와 함께라면 굽 높은 구두를 신을 수가 없었다.) 하지만 그가 대변하는 주변적 요소에 아직 이끌리고 있었다. 어느 주말 뉴욕에서 잔다르크에 대한 프랑스의 무성 영화를 보기 위해 서순이 그녀를 현대 미술관^{Museum of Modern Art}으로 데리고 간 적이 있었다. 플래스는 잔다르크가 말뚝에 묶여 화형을 당하는 마지막 장면이 자기에게 카타르시스를 체험케 한다는 사실을 깨닫게 되었으며, 이어서 자신의 내부에 축적된 긴장감이 해소됨을 느끼게 되었다. 그녀는 마지막 장면의 잔다르크를 자신과 전적으로 동일시했으며, 그 모습은 『에어리얼』에서 굴절된 모습으로 되풀이해 등장하게 된다.

늦은 봄 무렵 플래스는 마운트 할리오키 대학^{Mount Holyoke College}에서 주최한 시 경연 대회에서 상을 받게 되었고, 또한 그녀가 거의 〈뉴요커〉만큼이나 중요한 잡지라고 생각하고 있던 〈애틀랜틱 먼슬리^{Atlantic Monthly}〉로부터 시 한 편에 대한 게재 허락을 받았다. 그리고 그녀는 졸업생들 가운데 거의 최상위를 차지하는 성적을 받아, 최우등으로 졸업했다. 하지만 그 무엇보다 그녀를 기쁘게 한 것은 확률이 아주 낮았음에도 불구하고 풀브라이트 장학금을 받아 케임브리지 대학으로 유학을 갈 수 있게 되었다는 소식이었다. 흥분된 마음으로 뉴턴-웰즐리 병원에 입원해 있던 어머니에게 전화로 이 소식을 전했다. 플래스의 어머니는 위의 대부분을 절제하는 수술을 받으려던 참이었다. 오릴리아 플래스의 만성 위궤양은 호전되어 가다가, 딸이 자살 시도를 하고 그로부터 회복되어 가고 있을 무렵 엄청나게 악화되었다.

플래스 부인은 수술을 받고 난 다음 무리를 해서 스미스 대학의 졸업식에 참석했다. 친구가 노샘턴까지 자신의 스테이션 웨건을 몰고 가는 동안 플래스 부인은 내내 그 차의 뒤쪽에 깔아 놓은 매트리스에 누워 있어야 했었다. 그해 여름 어머니가 수술에서 회복되는 동안 플래스는 웰즐리로 돌아갔다. 매클린 병원에 있을 때 뷰셔 박사는 그녀에게 어머니에게서 떨어져 있으라는 조언을 주었으며, 4학년 시절 그녀는 서순과 많은 시간을 보냄으로써 그럭저럭 오릴리아와의 만남을 피할 수 있었다. 플래스 부인이 보기에 서순은 마음에 차지 않았다. 그녀는 용모가 수려한 러마이어 쪽에 호감이 더 갔던 것이다. 러마이어와 서순 모두 여전히 플래스를 따라다녔으며, 플래스는 그녀대로 스미스 대학의 동기생들과 전에 〈마드무아젤〉에서 함께 일했던 여자아이들 가운데 상당수가 결혼을 한다는 사실에 심리적 압박감을 느끼고 있었다. 친구의 결혼식에 신부 들러리로 참석했다가 그녀는 샴페인을 너무도 많이 마셔 히스테리 증상을 보이기도 했다. 아마도 너무 많이 마신 샴페인이 히스테리의 원인이었던 만큼이나 결혼에 대해 그녀가 느끼는 중압감 역시 그 원인이었을 것이다.

1955년 여름 순전히 러마이어와 서순으로부터 탈출하기 위한 방편으로 플래스는 피터 데이비슨Peter Davidson이라는 젊은 편집자와 만나기 시작했는데, 스미스 대학에서 졸업하기 전 마지막 몇 달 동안 이 젊은 편집자와 만났다. 데이비슨은 풀브라이트 장학금을 받은 적이 있는 사람으로, 아버지가 영국의 시인이었다. 플래스가 그에게 이끌린 것은 복잡한 출판 과정 및 영국의 시단에 대한 소중한 정보를 제공받을 수 있을 것이라고 생각했기 때문이었다. 『어렴풋한 기억을 더듬어Half Remembered』라는 자서전에서 데이비슨은 그녀의 방문을 다음과 같이 회상하고 있다. 언제가 한번은 그녀가 하버드 근처에 있는 자신의 아파트로 불쑥 찾아왔다는 것이다. 그때 그녀는 검게 그을러 있었고 햇빛에 머리카락이 군데군데 다른 빛깔을 띠고 있었다. 그녀는 묘하게 들뜬 분위기로 들어와서 별로 망설이지 않은 채 "나의 새 침대의 시트 사이로 들어오라는 요청"을 받아들였다는 것이다. 그녀의 어머니가 케이프 코드를 방문하고 돌아왔을 때, 플래스는 그녀에게 데이비슨을 소개했다. 그녀는 또한 그에게 자신의 시를 읽어 주기도 하고, 마치 그런 일이 다른 사람에게 일어났던 일인 것처럼 자신의 자살 시도와 그 이후 회복 과정을 설명해 주기도 했다. 그러는 동안 계속해서 그녀는 그에게 가차 없이, 그리고 걸신들린 듯 질문을 퍼부었다. "나에게는 마치 내가 심문을 받고, 탈진 상태가 되어, 잡아먹히는 것과도 같은 느낌이 들었다"라고 데이비슨은 그때를 기억하기도 했다. 궁극적으로 그는 그녀 때문에 "당황"하고 그녀에게 "매혹"되었다고 할 수 있다. 동일한 말을 했음직한 일단의 다른 구애자들 모두가 그러했듯이 말이다. 9월 말 그녀는 퀸엘리자베스 호를 타고 유럽으로 향한다.

타오를 듯 강렬한 사랑

플래스는 케임브리지에 매료되었다. 어머니에게 전한 바에 따라면, 골목마다 전통으로 가득 차 있었고, 고풍스러움과 아주 오랜 세월에 걸쳐 형성된 일종의 여유로 풍요로웠다. 기묘하게 자갈로 바닥을 간 구불구불한 거리들과 노점 진열대가 꽉 들어차 있는 장터가 그녀를 즐겁게 하기도 했다. 그녀는 성찬식용 예복과도 같아 보이는 케임브리지 대학생들의 검은 가운을 걸친 채 자전거로 돌아다닐 수도 있었고, 폭이 좁은 캠 강을 따라 백조와 카누와 거룻배를 바라보면서 양쪽 강변의 버드나무 사이로 산보를 할 수도 있었다.

그녀가 머물고 있는 경사진 지붕 아래의 다락방은 산만한 구조의 낡은 저택인 휘트스테드Whitstead의 3층에 자리 잡고 있었다. 그 방의 창문을 통해 마을을 형성하고 있는 가옥들의 붉은 타일로 덮여 있는 지붕들과 뉴햄 대학 Newnham College의 기하학적으로 조성된 우아한 정원을 내려다볼 수 있었다. 수업 과정은 스미스 대학의 것과 비교해 볼 때 덜 조직화되어 있었지만, 공부를 해내기가 벅차기는 마찬가지였다. 2년 동안의 독서 과정이 끝날 때까지 시험은 없었지만, 일주일에 두 번 개별 지도교수와 만나야 했으며 지도교수는 그녀의 글을 읽은 다음 토론을 이끌었다. 그녀는 아침 시간에 진행되는 대형 강의에 참여하곤 했는데, 강의 담당 교수는 F. R. 리비스Leavis, 데이비드 데이세스, 배절 윌리Basil Willey와 같은 저명한 비평가들이었다. 그 강의들은 비극, 문학 비평과 D. H. 로렌스를 통해 본 영국의 윤리 사상가들에 대한 것이었다. 플래스가 어머니에게 전한 바에 따르면, 그러한 일련의 공부 과정은 "나의 무지無知가 형성해 놓은 거친 바람으로 가득한 진공 상태 위로 다리들을 건설하고자" 하는 시도였다는 것이다.

그녀는 자기와 만난 사람들 대부분에게 자신이 월등하게 능력이 있는 여학생이라는 인상을 심어 주었다. 플래스의 친구이면서 그녀와 마찬가지로 휘트스테드에 기거하던 제인 볼트젤Jane Baltzell의 회상에 따르면, 플래스의 몸짓, 깍지를 끼었다 풀었다 하는 두 손, 왼쪽 다리 위로 올려놓은 채 불안한 듯 끊임없이 흔들어 대는 오른쪽 다리를 통해 그녀의 신경이 얼마나 예민한 상태인가를 짐작할 수 있었다는 것이다. 마찬가지로 불안정한 에너지가 자전거를 탈 때에도 명백히 표출되곤 했는데, 그녀는 머리와 어깨를 앞쪽으로 기울인 채 격렬하게 페달을 밟아 돌리곤 했던 것이다. 볼트젤은 식당에서 저녁을 먹고 걸어서 돌아올 때조차도 플래스가 긴장되어 있음을 느낄 수 있었다고 한다. 이야기를 나누며 걸어가는 동안 플래스는 몸을 바짝 볼트젤에게 붙이고는 상대의 길을 가로막기 위해 위협이라도 하듯 대각선으로 비스듬히 몸을 기울여 상대를 압박했다는 것이다.

사교의 영역에 초점을 맞춰 이야기하자면, 플래스는 케임브리지 대학에는 여학생 한 명당 남학생이 열 명이라는 사실을 알고는 즐거워했다. 하지만 그녀는 곧 남학생의 대부분이 자기보다 나이가 어리고 아직 자기 확신이 부족하다는 사실을 깨닫게 되었다. 그녀는 또한 사람들과 어울리기 위한 한 방법으로 아마추어 연극 모임에 참여해, 미친 시인의 역할과 노란 옷을 걸친 매춘부의 역할을 맡아 연극에 참여하기도 했다. 올리브 히긴스 프라우티에게 보낸 편지에 의하면, 그녀는 키가 크고 칠흑 같은 머리에다가 붉은 뺨을 가진 허큘리스와도 같은 남자인 맬러리 워버^{Mallory Wober}를 만나 그에게 호감을 갖게 되었다. 인도에서 9년간을 보낸 워버는 진중하고 성실하다는 면에서 플래스에게 자기 동생을 떠올리게 하기도 하는 인물로, 다른 여자와 만나고 있었다. 하지만 그는 플래스에게 자신의 다양한 친구들을 소개함으로써 그녀의 교제 범위를 넓혀 주었다.

플래스는 다과회 자리에서 몇몇 남자를 더 알게 되었다. 겉으로 보아 그들은 모두 호감이 가는 인물들이었지만 동시에 지루해 보이는 인물들이기도 했다. 부분적인 이유긴 하나, 그들은 아직 학부 학생들이었고 그녀보다 몇 살 아래의 나이였기 때문이었다. 그들의 지루함을 부각시키기라도 하듯, 소르본느^{Sorbonne}에서 공부하고 있고 12월 초 그녀를 방문했던 리처드 서순이 그녀에게 호기심을 자극할 만한 편지들을 보내고 있었다. 크리스마스 휴가를 맞아 플래스는 파리로 가서 서순과 만났다. 그곳에서 서순은 플래스에게 도시 구경을 시켜 준 다음, 기차 편을 이용하여 그녀를 프랑스 남부로 데리고 갔다. 플래스는 프랑스에 흠뻑 빠져들었는데, 방스^{Vence}에 있는 교회에서는 신비로운 환영^{幻影}을 경험했다고 믿을 정도였다. 비록 서순이 플래스에게 다른 여자에 대해 이야기하고 두 사람 사이의 변치 않는 애정에 대해 그 어떤 관심도 보이지 않는 것 같았지만, 그녀는 그에게 그 어느 때보다 더 끌리고 있음을 느꼈다. 플래스는 어머니에게 서순이 그가 영국에서 만난 그 어떤 남자들보다도 더 똑똑할 뿐만 아니라 예리한 직관력을 갖추고 있고 생기발랄한 남자라는 점을 일러주었다. 하지만 그녀는 그들 사이의 연애가 끝났다는 점을, 프랑스 여행이 서순의 마지막 시험이었음을 스스로 인정할 수는 없었다. 사실은 그들이 헤어지고 나서 서순은 그녀에게 더 이상 편지를 보내지 말 것을 요구했다.

케임브리지에 돌아와서 그녀는 살을 에는 듯 차가운 바람에 냉정을 되찾게 되었다. 아침마다 자신의 방에서 그녀는 자신의 숨결이 서리처럼 하얀 한기로 변하는 것을 볼 수 있었으며, 머리를 말리거나 공부를 하고자 할 때 가스 난방 장치 위쪽으로 몸을 웅크려야만 했다. 2월이 되자 그녀는 부비강염으로 시달리게 되었으며, 기분도 몹시 우울해지게 되었다. 잠은 "꿈이라는 벌레에게 갉아 먹힌" 무덤과 같은 것이라고 일기장에 쓰기도 했다. 그녀는 그 어느 때보다도 더 의식적으로 자신이 "죽음의 얼룩"을 지니고 있음을 느끼면서, 점점 더 눈 밑의 갈색 상흔에 신경을 쓰게 되었다. 거의 언제나 그녀는 검은색의 옷을 입고 있었다. 과대망상에 사로잡혀 그녀는 휘트스테드에서 함께 지내는 사람들이 자신을 미친 사람으로 여기고 있다는 쪽으로 생각을 굳히고는, 집이 의혹과 무기력과 적개심으로 꽉 차 있다는 느낌에 빠져들게 되었다. 그녀는 자신이 미치지 않았음을 확인하기 위한 방편으로 교내 정신과 의사를 찾기도 했다. 하지만 일기장에서 그녀는 죽음에서 부활했지만 아직 자살이라는 자유를 위한 탈출구를 의식하고 있는 라자로에 자신을 비유하고 있었다.

소외된 채 외롭다는 느낌에 젖은 채 플래스는 시 쓰기에 집중했다. 학부생들을 위한 잡지인 〈체커즈Chequers〉에 두 편의 시를 발표했는데, 댄 휴즈Dan Huws라는 이름의 누군지 모르는 사람이 그녀의 시에 대해 비판한 글이 같은 호에 실리게 되었다. 그의 비판에 따르면, 그녀의 시는 딱딱하고 부자연스럽다는 것이었다. 그녀는 휴즈가 어떤 사람일까 궁금하기도 했으며, 또한 무시당한 것 같은 느낌에 기분이 상하기도 했다. 그녀에게는 자신의 시가 강할 때만이 자신에게 적합한 남성을 찾을 수 있을 것이라는 생각이 들기도 했다. 스미스 대학에서 최상의 학생이 되기를 원하도록 그녀를 몰아간 것과 같은 종류의 토템 신앙적 사고방식—즉, 무언가의 대상과 자신의 운명이 불가분의 관계에 있다는 사고방식—이었다. 이런 사고방식에 의거해, 마치 자신이 더할 수 없이 착하고 더할 수 없이 뛰어나게 일을 했을 때만이 보상을 받고 구원자를 찾을 수 있기라도 한 양, 완벽한 학점에 미달하는 그 어떤 상황을 상상하는 것만으로도 절망감과 자살 충동 쪽으로 그녀는 내몰렸던 것이다. 그녀가 쓰고 있는 "부드러운 6행 6연체 시들"과 소네트들은 "결정적으로 충격적인 사랑의 행위를 위해서는" 너무도 "보잘것없는 것"이라는 생각도 들었다. 그리하여 그녀는 한 묶음의 새로운 시들과 삽화를 〈뉴요커〉에 보냈다. 반려가 될 것이라고 예상하면서 말이다. 일기장에서 그녀는 오필리아가 물에 몸을 던져 죽기 전에 읊조린 마지막 구절을 인용한 다음, 자신에게 당황하지 말 것을 경고하고, 봄이 될 때까지 스토아학파의 철학자처럼 강한 극기심으로 견뎌 나가야 한다는 충고를 덧붙인다.

2월 말이 되어 그녀는 다시 한 번 교내 정신과 의사를 찾아가겠다고 마음먹는다. 그를 만나러 가는 길에 그녀는 떠들썩하게 야단스러운 소책자를 판매하고 있는 미국인과 만났다. 그가 팔고 있던 것은 〈세인트 보톨프즈 리뷰St.

〉라고 불리는 시 잡지 창간호였다. 그녀는 진료 순서를 기다리면서 사 가지고 간 그 소책자를 읽었는데, 그곳에 게재된 테드 휴즈^{Ted Hughes}의 시 몇 편을 읽고는 충격을 받았다. 그래서 그녀는 그를 만나야겠다고 마음먹게 되었다.

〈세인트 보톨프즈 리뷰〉의 이름은 이제는 하숙집으로 개조되었지만 전에는 목사관이었던 건물의 이름에서 따온 것으로, 주요 편집위원 가운데 한 명이 바로 그 집에 살고 있었다. 류크 마이어즈^{Luke Myers}는 테네시 출신으로, 미국 시인 앨런 테이트^{Allen Tate}의 조카였다. 그는 옛날 목사관이었던 집의 정원에 있는 낡은 닭장을 수리해서 그곳에 살고 있었다. 한편, 케임브리지 대학에서 인류학을 공부하고 최근에 졸업한 테드 휴즈는 〈세인트 보톨프즈 리뷰〉의 편집위원 가운데 한 사람이었다. 그는 런던에서 영화 제작사의 원고 교정원으로 일하고 있었으며, 케임브리지를 방문할 때마다 사람들이 들끓는 마이어즈의 움막에 기거했다. 그는 1956년 2월 마지막 주말에 그곳에 머물렀는데, 잡지 창간호 발간을 축하하기 위해 계획된 성대한 파티 때문이었다.

일기장에서 플래스는 자신이 방 안에 처박혀진 채 계단에서 들리는 발자국 소리—그러니까 한집에 살고 있는 친구들의 손님이 찾아와서 내는 소리—에 귀를 기울이고 있는 가고일[3]과 같다는 느낌이 들기 때문에 파티에 참석하게 되었다고 고백한 바 있다. 올해 들어 처음으로 보랏빛과 금빛의 크로커스가 막 꽃피기 시작했고, 그녀는 서순의 거부로 인한 마음의 상처가 아물도록 도움을 줄 수 있는 누군가를 만나기 원했다. 해미쉬^{Hamish}라는 이름의 남자가 파티가 있는 장소까지 그녀의 동반자가 되었는데, 그는 그녀가 찾는

---

3) 건축의 낙수물받이로 만들어 설치한 괴물상.

"타오를 듯 강렬한 사랑"의 대상은 아니었다. 그를 통해 "힘이 용솟음치도록" 희망할 수 있는 그런 대상은 아니었던 것이다.

파티 장소에 도착했을 때, 누군가가 피아노를 치고 있었고 다른 사람들은 춤을 추는 등 파티의 기운이 절정에 도달해 있는 것처럼 보였다. 그녀는 몇몇 젊은 남자들과 인사를 나누고 춤을 추었는데, 그들 가운데에는 〈세인트 보톨프즈 리뷰〉의 편집위원인 댄 휴즈도 있었다. 그는 극도로 창백하고 주근깨가 있는 젊은 남자로, 그녀의 시를 놓고 비방을 했던 것 때문에 불안해했다.

다음 날 끔찍한 숙취에 시달리면서 쓴 일기를 보면, 그녀는 자신이 "최악의 불상사"로 명명했던 사건—즉, 테드 휴즈와의 만남—에 대해 이야기하고 있다. 방에 들어서자마자 그녀는 그에게 주목했다. 그녀의 묘사에 의하면, 그는 "키가 크고, 검은 머리의 멋진 체격을 갖춘 남자아이, 그 자리에 있는 남자들 가운데 나에게 어울릴 만큼 키가 큰 유일한 남자"로, "등을 구부린 채 여자들에게 관심을 보이며 이리저리 왔다갔다 하고 있었다." 휴즈가 갑작스럽게 그녀 앞에 나타나, 그녀의 눈을 똑바로 쳐다보았다. 상당히 취해 있던 플래스는 〈세인트 보톨프즈 리뷰〉에서 읽었던 그의 시들 가운데 한 편에 나오는 구절들을 읊조리기 시작했다. 두 사람은 파티 장소 전체를 뒤덮고 있는 소음 때문에 목소리를 높여야 했다. 아무튼, 플래스가 기억하는 휴즈의 목소리는 "거대하다^{colossal}"로 표현될 수 있는 그런 것이었다. "거대하다"는 플래스가 일기장에서 자주 사용하는 표현이었다. 그녀는 자신의 아버지를 묘사하는 시에서 이 같은 표현을 사용하고자 했으며, 이 표현은 또한 그녀의 첫 번째 책의 제목이 되기도 했다. 일반적으로 이 표현은 그녀가 언젠가는 만나기를 희망했던 남자—그러니까 자신의 창작 능력에 대해 질투심을 갖지 않을 정도로 통이 큰 남자―의 몸매와 크기를 암시하는 단어로 사용되었다.

휴즈는 그녀를 이끌어 자그마한 방으로 안내했고, 그곳에서 그들은 얼마간의 브랜디를 함께 마셨다. 사건에 대한 플래스의 극적 진술에 따르면, 그는 소리를 치고 발을 구르며 이리저리 돌아다닌 다음 그녀에게 다가와 "난데없이 찍어누르듯" 그녀의 입술에 키스를 했다는 것이다. 그가 그녀의 목에 키스를 하려 했을 때 그녀는 그의 뺨을 물었고, 그리하여 그들이 방에서 나왔을 때 그의 얼굴 한쪽에 피가 흐르게 되었다는 것이다.(휴즈는 이 같은 진술이 과장된 것이라고 말하고 있다.)

플래스가 이야기한 것처럼, 당시의 장면을 장식하는 것은 프란츠 카프카 Franz Kafka 의 이야기에서 확인되는 것과 같은 너무도 돌발적인 만남과 부조리의 징후였고, 거기에는 낭만적 절정을 향한 자신의 기대를 만족시켜 줄 신화를 꿈꾸는 시인이 있었다. 직관적으로 그녀는 휴즈야말로 서순에 대한 기억을 가려 줄 수 있는 바로 그런 남자였고, "충돌하면서, 싸우면서" 자신을 줄 수 있는 그런 남자이기도 했다. 일기장에서 그녀는 사건들을 종종 폭력이나 성폭행이라는 용어로 기록했는데, 이 만남도 그런 용어로 표현했다. "충돌하면서"와 "싸우면서"와 같은 단어들은 이 책에서 묘사된 결혼 생활의 많은 일들의 특징이기도 하다. 이 단어들은 낭만주의자들의 세속적인 것에 대한 진정한 공포를, 그리고 강렬한 체험에 빠져들었다가 빠져나오고자 하는 욕망을 드러내기도 한다. 플래스에게 열정적 만남이란 자체의 정당성을 입증하기 위해 그만큼 격변적인 것이어야 했다.

아무리 그에게 끌렸지만, 플래스는 휴즈와 함께 파티 장소를 떠나지는 않았다. 그곳에서 그녀를 데리고 나온 사람은 해미쉬였다. 그녀는 방향 감각을 잃은 채 그의 방에서 그와 함께 혼란스러운 사랑을 나누며 그날의 남은 밤을 보냈다. 섹스는 그녀가 휴즈와 함께 하길 원했던 것을 대신하는 천박한 대체물일 뿐이었다. 휴즈는 런던으로 돌아가 영화 대본이 될 만한 것을 찾아 이야기를 읽는 일을 재개했다. 아무튼, 그녀에게 미친 그의 영향은 실로 엄청난 것이었으며, 그녀는 즉시 이를 욕망, 열정, 운명에 관한 시인 「추구^{Pursuit}」에서 추적하기 시작했다. 이 시는 강렬한 사랑이란 죽음으로 인도하는 타오르는 욕망의 성취와 동전의 양면과 같은 관계에 있는 것이라는 역설적 개념을 중심에 두고 창작된 작품이다. 휴즈 자신의 시편에서 감지되는 문체를 흉내 내어, 자연의 과정에 예리하고도 가차 없는 시선을 집중시킨 채, 그녀는 그를 사냥감을 추적하는 표범으로, 자신을 최후의 먹잇감으로 여기고는 "사랑에 이끌려" 쫓아오는 "검은 약탈자"로 그리고 있다. 이 시는 진정한 괴로움과 과장 사이의 균형을 유지하고 있는 작품이며, 그녀 자신의 능력에 진정한 변화가 일고 있음에 대한 초기 신호와 같은 작품이기도 하다. 말하자면, 그 지점까지 그녀가 해 왔던 작업의 수줍고 "잘디잔 가치"라고 생각했던 것들과의 결별을 암시하는 작품인 것이다.

여기에서 그녀의 주제는 시각의 측면에서 볼 때 지극히 사적인 것이지만, 무언가 거대하고 본질적인 것을 일깨우고 있다. 사랑과 죽음을 한 쌍으로 하고 있는 이 시는 암시의 측면에서 볼 때 그녀의 최상의 작품들과 비슷한 방식으로 죽음에 사로잡혀 있다. 딜런 토머스 또한 죽음에 대해 고통스럽게 의식하고 있었지만, 삶의 덧없음에 대해 격한 감정을 쏟아냈다. 그와는 달리 플래스는 항상 죽음을 불러들이고, 죽음이 충분히 가까운 곳에 있기를 원하는 동시에, 자신의 인생이 침체 상태에 빠져 있을 때나 가능성으로 인해 넘쳐날 때 모두 죽음에게 모습을 드러내기를 요청했던 것처럼 보인다. 서정적 낭만주의를 가장 훌륭하게 표현한 시 가운데 하나로 일컬어지는 「나이팅게일에게 부치는 송시」에서 존 키츠는 달콤하면서도 강렬한 황홀함과 고통을 일깨우면서, 자신이 "평온한 죽음과 반쯤 사랑에 빠져" 있음을 선언한 바 있다. 플래스의 경우, 열정과 죽음에 대한 그의 명상에는 그 어떤 평온한 요소가 존재하지 않는다. 마치 죽음의 폭력과 어두움만이 그녀 자신의 타는 듯한 강렬한 열정에 어울리기라도 하듯 말이다. 이는 낭만주의의 어둡고 현대적인 측면이라 할 수 있겠다. 시인 스티븐 스펜더는 플래스를 로버트 로월, 존 베리먼John Berryman, 시어도어 레트키, 그 밖의 전후 세대 시인들과 연관지어, 이들 모두가 랭보의 방식으로 자신들의 히스테리에 몰두한 시인들이라고 말한 바 있다. 이들 모두는 자신들의 절망을 연료로 삼아 분노를 키워 나갔으며, 자신들 내부의 우울증과 그들이 몸담고 있는 세계가 참기 어려울 정도로 직접 연결되어 있다고 느꼈다. (우울증과 관련하여, 로월과 레트키는 정신병원에 입원한 적이 있으며 베리먼은 자살을 했다는 점에 유의하기 바란다.)

다음 몇 주 동안 플래스는 계속해서 휴즈에 대한 느낌으로 채워질 마음의 공간을 서순에 대한 갈망으로 채워 넣었다. 비록 그가 여행을 할 것이며 미군에 입대할 생각을 갖고 있다는 식의 경고를 했지만, 봄방학을 이용해 파리에서 서순을 만나고자 하는 희망을 버리지 않으면서 말이다. 동시에 그녀는 고든 러마이어와 함께 차를 빌려 독일에서 이탈리아로 여행할 계획을 세우기도 했다. 그녀는 휴즈한테서 아무런 소식을 듣지 못했지만, 어느 날 밤 해미쉬와 술을 마시러 밖에 나가 있는 동안 얄궂게도 휴즈와 그녀가 알고 있는 또 한 남자인 류크 마이어즈가 휘트스테드 건물의 뒤쪽으로 와서 그녀의 방이라고 짐작되는 곳의 창문에다가 진흙을 던졌다는 사실을 알게 되었다. 이 사건이 그녀의 기분을 상하게 했다. 그녀는 이 사건을 여자 뒤꽁무니나 쫓아다니는 망나니 술주정뱅이로서의 휴즈의 명성과 연결시켰다. 그리고 자신의 이름이 진흙에 의해 어떤 형태로든 부당하게 더럽혀졌다고 느꼈다.

그녀가 할 수 있는 일이라고는 공부에 전념하는 것이었다. 특히 헨리 제임스 학자인 도로시아 크룩^{Dorothea Krook}이 담당하는 철학적 문학에 관한 강의에 열중했다. 플래스는 때 이르게 무기력해져 있는 것처럼 보이는 그 밖의 다른 여성 학감^{學監}들—그러니까 그녀가 「노처녀들^{Spinsters}」이라는 시에서 묘사하고자 했던, 별로 중요하지 않은 지식으로 머리를 가득 채우고 있는 디킨스적 인물들—과 비교해 크룩을 높게 평가하는 등, 그녀에 대해 존경의 마음을 갖고 있었다. 첫 수업이 시작되기 전 크룩은 플래스의 표정에 "응축된 강렬성"과 필사적인 반항심이 깃들어 있음에 주목했다. 플래스는 D. H. 로렌스의 『죽음에 이르렀던 사나이^{The Man Who Died}』에 대한 크룩의 강의에 깊은 흥미를 갖게 되었는데, 로렌스가 죽음을 맞이한 곳이 방스라는 사실을 알고는 섬뜩한 느낌을 갖지 않을 수 없었다. 방스는 플래스가 신비로운 환영과 만나는 영적 체험을 했던 교회가 있는 곳이기 때문이었다.

그녀는 런던으로 가서 휴즈를 만났고, 급수 시설과 화장실이 없는 방을 빌려 그와 함께 하룻밤을 보냈다. 그날 밤 그녀는 다만 자신이 일기장에 써 놓았던 예감이 옳은 것임을 확인할 수 있었다. 즉, 휴즈는 그녀의 "거대하고 엄청난 타격을 가할 만큼 맹렬하며 창조적인 동시에 급작스럽게 싹트고 있는 부담스러운 사랑"의 대상이 될 운명이라는 것이 그녀의 예감이었다.

그다음 날 아침 일찍 그녀는 파리로 떠났다. 세련되고 예절 바른 러마이어는 그녀의 어머니가 그녀의 남편감으로 원했던 "멋진" 젊은이 가운데 하나로, 단지 그녀의 자그마한 일부분만을 받아들이는 것으로 만족해 할 수 있는 그런 사람이었다. 그들의 여행은 딜런 토머스의 죽음에 존 맬컴 브리닌의 책임이 어느 정도인가를 놓고 논쟁하는 것으로 시작되었다. 그리고 그들은 로마에 도착할 때까지 언쟁과 다툼을 계속했다. 플래스는 이 같은 싸움이 러마이어에 대한 자신의 거부감으로 인해 싹튼 마음속의 짜증 때문일 것이라고 느꼈다. 결국 그녀는 영국행 비행기에 몸을 싣게 되자 마음이 편해졌다.

그곳 영국에서 플래스는 휴즈를 다시 만나게 되었는데, 휴즈는 케임브리지에서 4월과 5월의 대부분 기간을 보냈던 것이다. 그는 요크셔의 작은 마을에서 성장했는데, 그 마을에는 그의 아버지가 운영하는 신문 및 담배를 파는 가게가 있었다. 어린 시절부터 휴즈는 하이킹, 사냥, 낚시 등 야외 활동을 좋아했다. 그는 또한 15살부터 줄곧 글을 써 왔다. "기중기 같은 걸음걸이"의 휴즈는 플래스를 15마일 거리의 산보에 데리고 가기도 했으며, 그녀에게 숲이며 동물이며 땅에 관한 새로운 어휘들을 소개해 주기도 했다. 그녀는 그의 시를 좀 더 읽기도 했는데, 그녀가 보기에 시들이 "끔찍하고 사랑스러웠으며"(예이츠의 모순 어법적 표현인 "끔찍한 아름다움terrible beauty"을 적용한 표현임), 그녀의 작품 자체에 그의 영향이 묻어나기 시작했다. 휴즈의 매력은 D. H. 로렌스의 매력과 유사한 것이었다. 두 사람 모두 인간의 문제에 이성적 접근이 적절한 것인지에 의혹을 품고 있었다. 또한 두 사람 모두 기술 공학과 국가의 권력을 의심하고, 자연의 기적적인 힘의 존재를 고집스럽게 믿었다. 또한 두 사람은 모두 남자들과 여자들이 자신들의 자아를 승화시키고 결혼 생활에서 서로에게 자기 자신을 재구성할 수 있도록 허락할 때만이 비로소 양자 사이의 화해가 가능하다고 믿었다. 딜런 토머스에 동조하여 휴즈와 플래스는 자연이란 끔찍한 아름다움의 원천이고, 인간이 이를 설사 이해한다고 하더라도 다만 더듬더듬 서투르게 이해할 수 있을 뿐인 도저한 신적 능력이라는 견해에 뜻을 함께 했다. 현대에 와서 이러한 견해를 처음 내세운 사람

은 D. H. 로렌스로, 그는 이 같은 생각을 윌리엄 블레이크에게서 가져왔으
며, 이것이 낭만주의적 이교주의의 핵심이다. 토머스와 마찬가지로 플래스
는 자연에서 신화적 차원을 분별해 냄으로써 자신의 시를 좀 더 예언적이고
보편적인 것으로 만들 수 있음을 이해했다. 플래스는 이 같은 "예언 oracle"들
가운데 하나인 「변신 Metamorphosis」이라 불리는 작품을 어머니에게 보냈다. 이는
휴즈를 따라 달밤에 부엉이를 찾아 숲 속으로 들어갔던 때에 관한 시다. 이
시는 또한 그녀의 미학이 변화했음에 대한 증거물이기도 하다.

일기장에서 밝히고 있는 플래스의 관찰에 따르면, 너무도 많은 영국인들
이 사상들과 의견들이란 여성적인 것이 아닌 것으로 이해하고 있다는 것이
다. 하지만 그녀는 휴즈와 함께라면 의사소통에 어떠한 어색함도 느낄 수 없
었다. 그는 잘난 척하거나 허세를 부리는 사람이 아니었다. 케임브리지 대학
을 졸업한 다음 그는 장미 정원의 정원사로 일하기도 했고 제철소에서 야간
경비원으로도 일하기도 했다. 어머니에게 보낸 편지에서 플래스는 이렇게
쓰고 있다. 즉, 비록 이 "덩치가 크고 건장한 아담"과 함께 있는 일은 "엄청
난 상처만을 입을 뿐인" "끔찍한" 사건이긴 하지만, 자신은 "이 세상에서 가
장 힘이 센 남자"와 함께 있다는 것이다. 또한 휴즈의 목소리는 "신의 천둥
소리와도 같이" 엄청나며, 그는 "가수이자 이야기꾼이고, 사자獅子이자 세상
의 방랑객이고, 결코 멈출 줄 모르는 떠돌이"라는 것이다.

플래스는 휴즈를 과도하게 성장한 허클베리 핀으로 그 성격을 묘사하기
도 했는데, 1956년 봄에 그녀가 어머니에게 보낸 편지에는 그와 같은 성격
의 휴즈와 함께 나눈 "엄청난 크기의 유머"로 가득하다. 그는 자신의 꿈을
이야기하기도 했고, 동화와 우화를 들려주기도 했으며, 천궁도를 보고 별점
을 쳐 주기도 했다. 플래스는 그의 시를 타자기로 정리해서 미국에서 발행하

는 잡지에 보내기도 했다. 어머니에게 보낸 편지에서 그가 자신을 "세상 사람들이 입을 딱 벌리고 바라볼 수도 있는" 그런 시인이 되도록 도와줄 수 있을 것이라고 쓰기도 했다. 그가 옆에 있으면 그녀는 힘이 솟았으며, 유쾌하고, 거침없이 나오는 일련의 시로 넘쳐흘러 들어가는 힘에 고취되고 있는 것처럼 느끼기도 했다. 어머니에게 보낸 편지에 의하면, 그녀 자신의 목소리도 커져 이제는 더 이상 애처롭거나 기죽어 있지 않고, "물기가 배어 있고 요동치는" 것으로 바뀌었다는 것이다. 그녀의 황홀함 위로 드리워진 단 하나의 그림자는 외할머니가 암으로 세상을 뜬다는 소식이었다.

어머니가 돌아가신 다음 오릴리아 플래스는 오랫동안 마음먹어 왔던 유럽 여행을 위해 6월에 영국으로 건너왔다. 그 여행은 실비아와 함께 하기로 예정되어 있었지만, 계획이 바뀌게 된다. 그리고 런던에서 오릴리아는 실비아와 테드가 갑작스럽게 충동적으로 결혼을 한다는 소식을 듣고 깜짝 놀라게 된다. 결혼식 날짜는 6월 16일로, 그렇게 정한 것은 그날이 제임스 조이스^{James Joyce}의 『율리시즈^{Ulysses}』에 나오는 모든 사건이 일어나는 '블룸의 날'이기 때문이었다. 특별 결혼 허가장을 받고 오릴리아를 유일한 결혼식 하객으로 삼아 비밀리에 결혼식이 치러진다. 휴즈는 자기 가족에게조차 이 소식을 알리지 않았는데, 실비아가 결혼을 하게 되면 풀브라이트 장학생 자격을 박탈당할 위험이 있다고 걱정했기 때문이었다. 그가 살던 런던 아파트의 짐을 보관하기 위해 테드가 부모 집으로 간 사이에 실비아는 어머니에게 케임브리지를 구경시켜 주었다. 그리고 나서 세 사람은 파리로 향했다. 그곳에서 그들은 헤어졌는데, 오릴리아는 혼자 한 달 동안 유럽 여행을 했고, 테드와 실비아는 배낭을 짊어지고 소형 타자기를 지참한 채 스페인으로 여름을 보내기 위해 떠났다.

다시 미국으로

신혼부부는 버스를 타고 구불구불한 지중해 해안에 자리 잡고 있는 자그마한 어촌인 베니도름^{Benidorm}으로 갔다. 말쑥한 흰색 가옥들로 이루어진 그 마을에서 그들은 부엌을 함께 쓰는 조건으로 한 달 동안 방을 하나 빌렸다. 그런데 그들이 세를 든 집은 알고 보니 너무 시끄러웠고, 관광 안내소와 너무 가까이에 있었다. 휴즈는 너무 심하게 햇볕에 타 화상을 입었으며, 플래스는 이질에 걸려 앓아눕게 되었다. 그들만의 집을 구하게 되자 사정이 나아졌는데, 방을 빌릴 때보다 비용 부담이 더 크지는 않았다. 그들은 아침과 오후에 글을 쓰고, 사람들이 낮잠을 자러 가서 해변이 붐비지 않는 시간 동안 바닷가에서 2시간 동안 휴식을 취했다. 휴즈는 시와 일련의 동물 우화를 쓰는 일에 시간을 보냈고, 플래스는 시와 소설을 쓰는 데 시간을 썼다. 플래스는 어머니에게 보내는 편지를 휴즈에 대한 찬사로 가득 채우기도 했고, 일기장에는 그를 "우람하고 잘 생긴데다가 머리가 좋은" 남자라고 그를 평해 놓기도 했다. 하지만 7월 말이 가까워 올 무렵 보름달이 떴을 때 무언가 꼬집어 말할 수 없는 "잘못" 때문에 그녀는 곰곰이 생각에 잠기지 않을 수 없게 된다.

비록 스페인의 물가가 싸고 알뜰하게 경제적으로 살려고 노력했지만, 여름이 끝날 무렵 돈이 다 떨어지게 되었다. 부분적으로는, 무일푼 신세가 되었기 때문에, 또한 그들이 결혼을 했다는 사실을 테드의 부모에게 알리지 않은 실수를 범한 것에 대한 보상을 위해, 그들은 케임브리지의 수업이 시작되기 전 몇 주 동안 테드의 집에 가서 그의 부모와 함께 지내기로 결정했다. 헵턴스톨^{Heptonstall}은 브론테 자매가 살던 곳으로, 가파른 초록색 언덕과 자줏빛이 도는 황무지, 돌로 축조한 집들과 헤아릴 수 없이 많은 검은색 돌담으로 이루어진 지역이었다. 그곳에서 몇 마일 떨어진 곳에 한때 켈트 족의 중심지였던 마이섬로이드 Mytholmroyd가 있는데, 테드는 그곳에서 태어났다. 플래스는 그 지역의 신비롭고 초자연적인 측면에 마음이 끌려, 그 지방의 마녀를 찾아가기도 하고, 또 남편과 함께 점성술과 태로트 카드에 대해 공부하기도 했다. 그달 말이 가까워 올 무렵 그녀는 자신이 테드를 처음 만나고 나서 썼던 시 「추구」가 〈애틀랜틱 먼슬리〉에 게재되었다는 소식을 듣고 기뻐했다. 그녀를 기쁘게 한 것은 그것만이 아니었는데, 시카고에서 발행되는 잡지 〈포이트리 Poetry〉로부터 그를 만나고 나서 썼던 시 여섯 편을 더 보내 달라는 요청을 받기도 했다.

플래스는 자신의 결혼 때문에 풀브라이트 장학금 지급 약정을 위반한 것이 아닌가 아직도 걱정을 하면서 혼자 케임브리지로 돌아왔다. 플래스는 남편과 떨어져 있기 때문에 "끔찍하고 숨 막히며 야단스러운 우울증"에 시달리는 등 심란하여 정신을 집중할 수 없다고 어머니에게 호소하기도 했다. 그녀는 또한 도로시아 크룩에게 비밀을 털어놓기도 했는데, 크룩은 그녀에게 법적으로 결혼한 신분이 되었다는 사실을 당국에 통고할 것을 조언했다. 그래서 당국에 신고했을 때 자신의 결혼이 학교 공부를 마치는 데 아무런 장애가 되지 않으리라는 사실을 알게 되었다. 플래스는 낡고 퇴락한 집에 있는 값싼 아파트를 하나 얻게 되었다. 난방이 제대로 되지 않고 화장실도 함께 사용해야 하는 그 아파트로 11월 중순 휴즈와 함께 이사를 갔다. 크룩은 플래스가 추위에 대해 불평했던 것을 회상하기도 했는데, 플래스에게 추위에 떨어야 하는 것은 치욕적이고 자존심 상하는 일이었다. 크룩은 그녀에게 파라핀 난로를 빌려 주었는데, 그것이 도움이 되었다. 플래스의 개별 지도교수인 크룩은 적어도 일주일에 한 번 그녀를 만났는데, 플래스가 결혼 때문에 성품이 밝아졌다고 생각했다. 하지만 그녀는 플래스가 결혼을 하자마자 즉시 남편에게, 또한 결혼에 대한 관념에 정서적으로 의존적인 사람이 되었다는 사실을 깨닫게 되었다. 그리고는 행여 결혼 생활이 잘못되었을 때 어떤 일이 일어날까 걱정을 하기도 했다. 매사에 거리낌이 없는 휴즈는 부르주아 계층의 사람들이라면 따를 법한 대부분의 금기 사항에 개의치 않았다. 크룩의 친구인 웬디 캠벨^{Wendy Campbell}은 회상록에서 휴즈의 내부에 존재하는 거친 생명력—즉, 매력의 원천으로 작용할 수도 있지만 인간관계에서 위험을 야기할 수도 있는 휴즈의 모난 성격과 독립심—에 대해 언급하기도 했다.

플래스는 혼자 지내면서 시험 준비로 바쁜 시간을 보냈다. 그녀는 또한 케임브리지를 배경으로 하는 소설의 창작을 준비하는 일과 예일 대학에서 출간되는 젊은 시인 시집 시리즈에 시집 발간을 응모하기 위해 그동안의 시 원고를 정리하는 일에 열중해 있었다. 습기, 아파트의 냉기와 음침한 분위기, 그리고 영국 사회의 파벌적 엘리트주의에 진저리가 나서, 그녀는 스미스 대학에 편지를 하여 교수 자리를 알아보았다. 그녀는 자신의 창작 활동에 어쨌거나 불리하게 작용할 여교수 역할에 두려움을 갖고 있긴 했지만, 학문 사회에서의 경력은 아무리 짧은 기간의 것이라고 해도 그녀가 언제나 자기 확신을 위해 필요로 하는 정상적 정신 상태를 알려 주는 지표가 될 수도 있고, 또 가난으로부터 탈출하기 위한 임시방편이 될 수도 있었다.

휴즈는 BBC 방송에서 예이츠 시 읽기와 관계되는 일을 찾았고, 이어서 겨울이 되었을 때 전의 것보다는 더 정규적인 직업으로 케임브리지에 있는 소년 학교에서 교사 자리를 얻게 되었다. 휴즈와 플래스는 함께 인류학과 신화를 공부했으며, 로버트 그레이브즈^{Robert Graves}의 『백색의 여신^{The White Goddess}』을 같이 읽었다. 그녀는 휴즈의 시 원고와 자신의 시 원고를 타자로 정리해 영국 및 미국의 몇몇 잡지사에 보냈으며, 각자 몇 편의 시에 대한 게재 허락을 받았다. 하지만 무엇보다도 고무적인 것은 플래스가 뉴욕 92번가에 있는 YMHA(청년 히브리인 협회) 주최의 경연 대회에 응모했던 휴즈의 시 모음집 『빗속의 매^{The Hawk in the Rain}』가 1등상을 수상하게 되었다는 소식이었다. 이는 휴즈의 원고 모음이 하퍼 출판사에서 책의 형태로 출간될 수 있음을 의미했다. 플래스는 자기 어머니에게 보내는 편지에서 예이츠와 딜런 토머스 이래 가장 힘찬 시를 쓰는 시인이 바로 휴즈라고 쓰기도 했다. 편지에 의하면, 휴즈의 친절함에 마음이 편한 상태에서, 또한 그의 정신에 자극을 받은 상태에서, 플래스는 그의 천재성에 대해 확신한다고 쓰기도 했다. 어떤 면에서 보면 그는 자신의 아버지가 뒤에 남긴 빈 공간—"거대한 슬픔의 공동空洞"—을 채워 주는 역할을 하고 있음을 어머니에게 보내는 편지에 덧붙여 쓰기도 했다. 일기장에서 그녀는 그들의 생활이 너무도 완벽하게 뒤얽혀 있기 때문에 그가 없이 삶을 계속한다는 것은 상상조차 할 수 없음을 인정하기도 했다. "미치거나 자살할 것"이라는 것이 그녀의 예상이었다. 이처럼 그녀는 다시금 죽음의 망령을 일깨우고 있었다.

4월이 되어 스미스 대학은 플래스에게 1학년 영어 세 강좌를 가르치는 자리를 제안해 왔다. 스미스 대학의 학부생들이 교수와 성적으로 관계를 맺는다는 소문에 걱정이 되어 휴즈 역시 스미스 대학에서 강의를 맡도록 하겠다는 생각은 접어 버렸다. 하지만 근처의 몇몇 다른 대학에 그를 대신해 교수직 지원서를 제출했다. 그녀는 자신의 시 모음집이 예일 대학 젊은 시인 시집 발간 심사 과정에 최종심까지 올라가게 되었다는 소식을 듣게 되었다. 하지만 오든이 심사를 맡고 있는데다가 그가 스미스 대학에 있을 때 그녀의 시에 대해 충분히 좋은 인상을 받지 못했었기 때문에 선정되기는 어려울 것이라고 생각했다. 고생스럽게 시험을 치르고 나서, 또한 희망한 만큼 시험 성적이 월등히 좋지 않다는 데 실망을 하고는 1957년 6월 그녀와 휴즈는 그들의 짐을 상자에 꾸려 가지고는 미국으로 향하는 배에 올랐다.

뉴욕의 세관에서 그들을 맞이한 것은 그들이 가지고 온 『채털리 부인의 연인』을 훈계하듯 눈앞에서 흔들어 대는 세관원이었다. 웰즐리에서 이보다는 따뜻한 대접이 그들을 기다리고 있었다. 오릴리아 플래스는 실비아의 미국 친구들에게 휴즈를 소개하기 위해 성대한 가든파티를 준비했다. 파티가 끝난 뒤 워렌 플래스는 차로 그의 누이와 매형을 케이프 코드에 있는 오두막으로 데리고 갔다. 이 오두막은 오릴리아의 뒤늦은 결혼 선물로, 그녀가 테드와 실비아를 위해 여름 한 철 빌린 것이었다.

휴즈와 플래스 두 사람은 모두 그들이 스페인에서 그러했던 것처럼 주어진 시간을 창작에 사용하려 했다. 휴즈는 동물 우화와 시를 쓰는 일을 했으며, 그해 여름 몇몇 잡지에서 게재 허락 소식을 받았다. 케임브리지 대학에서 치른 시험의 중압감에서 아직 다 회복하지 못한 플래스는 소설을 쓰는 일을 재개하려 애를 쓰다가, 그 일을 잠시 미뤄 둔 채 단편소설을 썼다. 그녀의 생각으로 단편소설 쓰기는 일종의 준비 운동에 해당하는 것이었다. 7월 한 달 동안 그녀는 세 편의 단편소설을 썼는데, 그 가운데 가장 견실한 것은 참견하고 통제하려고 하는 어머니에 관한 작품이었다. 그녀는 자신의 글쓰기가 마음 깊은 곳에서 우러나오는 자신의 관심사와는 동떨어진 곳에서 이루어지고 있는 과장되고 작위적인 것임을 알고 있었다. 그녀는 그동안 버지니아 울프의 글을 읽고, 울프의 복잡하고 조심스러운 문체의 단아한 여유와 깊이에 매료되어 있었다. 하지만 이는 명백히 그녀가 자신의 소설 작품을 보내고자 하는 잡지인 〈레이디즈 홈 저널〉과 〈새터데이 이브닝 포스트〉에는 가장 어울리지 않는 그런 문체였다. 편집자의 강평이나 격려의 말 한마디 없이 잡지사가 그녀의 작품에 대한 게재 불가를 통고했을 때, 그래도 그녀는 여전히 좌절을 느끼지 않을 수 없었다. 일기장에서 그녀는 불변의 지표가 없다면 의미가 덜해 보일 인간사의 흐름에 이 같은 불변의 지표로서 명료한 자기표현과 출판이 자신에게 필요하다는 말을 되풀이하기도 했다. 8월이 되어 예일 대학의 젊은 시인 시집 시리즈에 발간 요청을 했던 원고가 반려되어 돌아왔을 때 그녀의 자신감은 크게 손상을 입었다. 비록 그녀 자신이 자신의 작품 가운데 많은 것들이 지나치게 작위적 장난기와 정숙한 척하는 태도를 담고 있는데다가 밋밋하다는 느낌을 갖고 있었음에도 불구하고, 자존심에 상처를 입지 않을 수 없었던 것이다.

불행하게도 1957년 가을 스미스 대학에서 강의를 시작할 때에도 계속 그녀의 자신감은 흔들리고 있었다. 매주 70명의 신입생이 제출한 작문 과제물을 읽으랴 강의 준비를 하랴 학생들과 면담을 하랴 하루 12시간씩 일을 하다 보니, 그녀는 곧 기진맥진하게 되었고, 자신의 글을 쓸 시간을 찾지 못하게 되었다. 그녀는 가르치는 일이 힘들었는데, 청중 앞에서 수줍음을 느끼는데다가 학생으로 있을 때에 비해 훨씬 더 큰 중압감이 내리누르기 때문이었다. 그녀는 풀브라이트 장학금을 받아 오스트레일리아에 가 있는 동생 워렌에게 보내는 편지에서 학문 사회의 이차적이고 파생적인 분위기가 싫다는 말을 하기도 했다. 예컨대, 비평가들이 D. H. 로렌스에 대해 어떻게 생각하는가를 놓고 마음이 텅 비어 있는 학부 학생들과 토론을 하기보다는 자기 자신의 글에 그가 미칠 수 있는 영향력을 생각하며 그의 글을 읽는 쪽을 선택하겠다는 것이었다.

그녀가 느끼는 불만의 일부는 기질적으로 둔감한 것을 참지 못한다는 데서 기인하는 것이기도 했다. 그녀는 수업 시간의 매 순간이 재기로 번득이고 생기로 충만해야 한다고 느꼈는데, 이런 기준 자체가 가능치 않은 것이었다. 일기장에서 그녀는 귀감이 되어야 한다는 내적 요구—악마적일 정도로 "살기에 가득 찬" 거부와 부정의 목소리로 인해 고통에 시달리고 있음을 인정하기도 했다. 즉, 그녀 안에 존재하는 떼쟁이 어린 여자아이의 목소리 때문에 고통에 시달려야 했던 것이다. 그녀는 자기 내부의 악마적 목소리와 싸우기로 결심하고, 그녀 자신의 것이든 학생들의 것이든 모든 결점을 인간적인 것인 동시에 보편적인 것으로 받아들이고자 했다. 하지만 플래스의 경우 그런 과정을 따르는 쪽보다는 머릿속으로 상상하는 쪽이 더 쉬웠다.

플래스가 자신의 수업 시간에 활기가 부족하다는 사실 때문에 느끼는 불만감과 싸움을 계속하고 있는 동안, 휴즈는 집에 머물면서 많은 작품을 창작했다. 그는 의자에서 일어나다가 발을 다쳤는데, 그런 일시적인 불편함이 그에게 방해물이 되지는 않았다. 〈뉴욕 타임즈 북 리뷰〉에 실린 W. S. 머윈^{Merwin}의 평문을 통해 『빗속의 매』가 좋은 평가를 받았으며, 〈뉴요커〉로부터 새로운 시 한 편에 대한 게재 허락의 소식을 받은 상태였다. 이로써 플래스가 가장 높이 평가하는 잡지로부터 휴즈는 세 번이나 게재 허락을 받은 셈이 되었다. 이 모든 일들이 그녀가 자신의 우울증을 덮고 있는 "검은 뚜껑"이라고 부른 것에 영향을 미쳤다. 그의 작품 생산성은 그녀의 작품 생산성과 반비례의 관계에 있었던 것이며, 이런 사정이 그녀 내부에 팽팽한 불안감을 촉발했으며, 동시에 작가들 사이의 통상적인 경쟁심보다는 더 쉽게 껴안을 수 있는 무언의 부당한 질투심에다가 두려움까지도 촉발했다.

그녀에게 휴즈의 성공은 암묵적인 위협에 해당하는 것이었다. 사랑을 이끌어낼 수 있을 만큼 값진 시를 써야 한다고 믿었던 완벽주의자 플래스는 스미스 대학에서 강의를 하는 동안 썼던 일기장의 맨 앞부분에 휴즈가 성공하면 할수록 그는 더욱더 그녀가 부족하다는 점을 깨닫게 될 것이라는 식의 자기 내면의 두려움을 드러내기도 했다. 그녀는 시인인 남편에 대한 이야기를 쓸 계획을 세우기도 했는데, 그의 뮤즈가 된 또 다른 여인에 대한 시인의 열정적 사랑이 그 이야기의 문학적 주제였다. 플래스는 결코 그 소설을 쓰지 않았지만, 그녀의 즉흥적 환상은 그녀의 정신 상태가 어떤 것이었는가를 보여 준다. 그녀의 마음은 배우자의 부정不貞에 대한 상당히 통상적인 염려의 마음을 대신하는 것으로 볼 수 있을 것이다. 그와 같은 마음속 저변의 두려움은 결코 그녀의 마음을 떠나지 않았으며, 단순히 소설 창작을 위해 가상적으로 생각해 보았을 뿐인 것이 아닌 실제 부정을 의심하게 되었을 때 후에 가서 그녀가 느끼곤 했던 격렬하면서도 균형 감각을 잃은 질투심이 야기했던 혼란의 원천으로 남게 된다.

가을 학기의 수업은 플래스를 완전히 탈진 상태에 이르게 했다. 바이러스성 폐렴에 걸렸던 몸을 추스를 겸, 플래스는 이어지는 크리스마스 휴가를 웰즐리에 있는 자기 어머니의 집에서 남편인 휴즈와 함께 보냈다. 휴즈는 봄 학기 동안 앰허스트에서 시간강사 자리를 얻게 되었다. 이로 인해 두 사람이 모두 아무 일도 하지 않은 채 다만 글쓰기에만 집중하면서 한 해를 보내자는 계획을 위해 돈을 저축할 수 있게 되었다. 두 사람은 보스턴에서 시인 W. S. 머윈과 만난 적이 있었는데, 그는 작가들이 교직에 의존하지 않은 채 먹고사는 일이 가능할 것이라는 암시를 그들에게 한 바 있었다. 이런 암시가 플래스와 휴즈 모두에게 대단한 호소력을 갖게 되었다. 그들은 문학을 하나의 공식에서 다른 하나의 공식으로 예외 없이 축소시키고 그 과정에 창작의 생명력을 고갈시키는 것처럼 보이는 문학 교육이라는 짐을 떠맡고 도시 변두리의 아파트에 묶여 살고 있다고 느끼고 있었던 것이다.

두 사람 모두 병을 앓고 있었는데, 휴즈는 소화기 계통의 이상 증세로, 플래스는 불면증으로 고생했다. 일기장에서 플래스는 미국이라는 나라가 진저리가 날 정도로 역겹다고 적고 있다. 그녀가 보기에 미국이란 나라는 주유소에서 출발해 저녁 식사를 위해 가는 식당으로 움직이는 차들의 행렬을 연상케 하는 곳이기 때문이다. 플래스가 스미스 대학의 영문과 학과장에게 다음 년도에 수업을 계속할 의사가 없다는 뜻을 전하자, 옛날에 그녀를 가르쳤던 교수 몇몇이 그녀의 경솔함을 나무랐다. 이로 인해 그녀는 더욱더 소외되어 있다는 느낌에 시달리게 되었다. 영문과 안에서 시인 앤서니 헥트^{Anthony Hecht}와 폴 로쉬^{Paul Roche}를 제외하면 동료 대부분이 그녀와 상당한 거리를 두고 있었다. 헥트와 로쉬 두 사람은 그녀의 결정을 이해하고, 그런 결정이 그녀가 자신의 일기장에서 "생명의 비전"이라고 명명한 것에 대한 감각—즉, 그녀와 같은 사람을 미치지 않도록 보호해 주는 의미심장한 삶의 연속성에 대한 깨달음—을 되찾는 데 도움이 될 것이라는 점을 이해해 주었다.

또 하나의 방해물은 일이었다. 그녀는 「돌고래와 돌 소년^{Stone Boy with Dolphin}」이라는 〈새터데이 이브닝 포스트〉에 어울릴 만한 낭만적 단편소설을 그해 봄에 썼다. 이 단편소설은 〈세인트 보톨프즈 리뷰〉 창간호 기념 파티에서 휴즈와의 만남을 나름대로 각색한 것인데, 그녀가 자신의 케임브리지에 관한 소설에 집어넣을 수 있기를 희망했던 작품이다. 이 작품은 "공격이 불가능한 자부심"으로 무장한 신데렐라(이는 명백히 마음속으로 그린 것을 투사한 것이라고 할 수 있겠는데, 플래스의 자부심이라는 것은 계란 껍질 만큼이나 부서지기 쉬운 것이었기 때문이다)와 같은 여주인공, "그녀의 광기를 차단하는 쇠창살 뒤에서 불타고 있는" 젤다 피츠제럴드의 영혼으로 이 소설에서 지칭한 바 있는 그런 정신에 의해 의식이 깨어 있는 여자가 전하는 이야기로 구성되어 있다. 플래스가 원했던 여주인공의 어조는 울프의 "신경증 환자의 명석함"이라는 요소와 로렌스의 열정을 혼합한 그런 것이었다. 그녀는 스미스 대학에서의 강의를 위해 상당히 많은 양의 로렌스의 작품을 다시 읽고 있었으며, 일기장에 적었듯 『무지개』로 인해 "숨이 넘어갈 듯한 놀라움"을 느끼기도 했다.

게으름 때문에 미칠 것 같다는 데서 오는 중압감을 해소하기 위해 무언가 생산적 작업이 필요했는데, 이야기를 쓰는 일은 그와 같은 생산적 작업에 대한 다급한 욕구를 채워 주었다. 하지만 진정으로 자신이 해야 할 일은 시를 쓰는 일이라는 것이 플래스의 느낌이었고, 3월 말 봄방학이 되어서야 그전까지 할 수 없었던 시 쓰는 일에 착수했다. 8일 동안에 그녀는 앙리 루소Henri Rousseau, 폴 클레Paul Klee, 지오르지오 데 키리코Giorgio de Chirico의 그림을 소재로 삼아 여덟 편의 시를 썼다. 이러한 시들은 "수정으로 만든 로코코 풍의 새장"과 같은 스미스 대학에서 자신의 마음을 해방시키는 데 도움이 되었다는 느낌을 그녀에게 주었다. 비록 이들 시는 여전히 장식적인 것이고 조심스러운 것이긴 했지만, 생애 마지막 몇 달 동안 한꺼번에 토해 내듯 『에어리얼』의 시편들을 창작해 낼 때의 그녀의 모습을 예견케 하는 격정적인 창작열에 사로잡혀 쓴 작품들이기도 했다. 휴즈는 자신의 누이에게 보낸 편지에서 플래스가 며칠 가량 하루에 열두 시간 동안 이 시들을 쓰는 일에 몰두했다고 전하면서, 학교에서 맡은 바 일을 끝냈을 그녀가 어떤 일을 할 수 있을까를 놓고 이런저런 생각을 해보기도 한다.

미술 작품에서 영감을 받아 쓴 시들은 남편의 시들처럼 완전히 인정을 받아 출판된 작품집과는 달리 아직까지 작업을 진행 중이어서 새롭게 그 모습을 갖춰 가고 있는 원고 모음에 첨가된다. 휴즈는 하버드 대학에서 시 낭송을 해 달라고 초청을 받기도 했다. 눈사태 때문에 청중은 거의 없었지만 그와 같은 초청 낭송회에 플래스는 휴즈와 함께 짜릿한 기쁨을 느꼈다. 비록 플래스 자신의 최근 시가 다시 한 번 〈뉴요커〉로부터 거절을 당하긴 했지만 말이다. 플래스는 자신이 휴즈에게 느끼는 친밀감에 대해, 그녀에 대한 그의 푸근한 보살핌에 대해, 서로가 공유하고 있는 시인으로서의 소명에 대해, 고독의 필요성에 대해, 또한 "거짓, 남용, 배신이 두렵다고 해서 유보할 수만은 없는" 사랑에 대해 자신의 생각을 일기장에 적기도 했다.

마지막 수업이 있던 날, 그녀가 일기장에서 꿈꾸었던 완벽한 친밀감이 문제시되는 상황이 발생했다. 그녀의 수업이 끝난 후 도서관에서 만나기로 서로 약속을 했지만, 도서관에 가 보니 휴즈는 그곳에 없었다. 그녀가 도서관에서 막 나오는데 스미스 대학 학부생들이 '천국의 연못'으로 부르는 밀회 장소에서 휴즈가 짧은 바지를 입은 갈색 머리의 소녀와 함께 길을 따라 걸어오고 있는 것이 눈에 띄었다. 플래스는 자신의 몇몇 남자 동료들이 부정을 저지르고 있다는 추측을 하고 있던 터였다. 자기 남편과 여자아이가 함께 걸어오고 있는 모습은 사소한 것이긴 하나 그녀에게는 한 방 얻어맞은 것 같은 충격을 주었다. 특히 그녀에게 자신이 누구인가를 밝히기도 전에 죄책감에 젖어 여자아이가 도망간 것처럼 보였기 때문에 충격은 더욱 컸다. 플래스는 즉각적으로 휴즈가 은밀한 애인과 만나 즐기고 있다는 결론을 내렸다. 그런 믿음 때문에 신체적 충돌이 있었으며, 이 과정에서 휴즈의 얼굴을 할퀴어 얼굴에 상처가 생기게 되었다. 마치 첫 만남에서 그의 뺨을 물었던 사건을 되풀이하듯, 또는 그 사건을 서투르게 다시 흉내 내듯. 플래스가 이번에 가진 의혹은 부당한 것이었다. 젊은 여자아이는 휴즈가 앰허스트 대학에서 가르치는 학생 가운데 하나일 뿐이었다. 휴즈가 도서관을 향해 걸어가는 도중 플래스의 눈에 띄기 바로 몇 초 전 우연히 마주친 학생이었다.

플래스와 휴즈 두 사람 모두 강의 부담에서 벗어난 채, 1958년 여름을 그들이 세든 노샘튼의 아파트에서 지냈다. 오릴리아 플래스는 생계 수단이 따로 없이 자유 기고가로 글을 쓰면서 생활하는 경우 생활이 얼마나 불안정하게 될 것인가에 대해 여러 번 되풀이해서 그들에게 경고했다. 비록 어머니의 충고가 1년 동안 보스턴에서 지낸 다음 유럽으로 돌아가려는 계획 및 미래에 대한 자신의 불안감을 증폭시켜 주긴 했지만, 그럼에도 여전히 실비아는 그와 같은 현실적 충고에 저항했다. 글 쓰는 일만 하면서 오랜 기간을 보낼 수 있으리라는 전망을 앞에 두고, 그녀는 히스테리와 무기력증이라는 "목을 졸라 질식시키는 올가미"에 걸려들게 되었다. 마치 올빼미 수컷 한 마리가 자기 가슴 위에 올라앉아 발톱으로 심장을 움켜쥐고 옥죄기라도 하듯, 자신이 느끼는 불안감은 "숨을 꽉 틀어막는" 그런 것이라고 일기장에서 단언하기도 했다. 결과적으로 그녀는 글을 쓸 수 없었는데, 그런 상황은 〈네이션 Nation〉과 〈스와니 리뷰 Sewanee Review〉로부터 게재 허락을 받고 6월 말 〈뉴요커〉가 두 편의 시를 싣겠다고 했음에도 불구하고 나아지지 않았다.

돈 문제와 어디에서 살 것인가를 놓고 부부 사이의 논쟁이 있었다. 여름이 끝나갈 무렵 그들은 보스턴의 비콘 힐 Beacon Hill 지역에 있는 자그마한 아파트를 찾아냈다. 돈 때문에 걱정이 되어, 또한 시 창작을 위한 제재를 찾아, 플래스는 매사추세츠 종합병원의 정신병동에서 환자들의 꿈을 기록하는 일을 하는 비서직을 구하게 되었다. 이때의 체험을 바탕으로 하여 「조니 패닉과 꿈의 경전 Johnny Panic and the Bible of Dream」이라는 이야기를 구상할 수 있게 되었다. 이는 정신병원에서 근무하는 비서가 사적 용도를 위해 비밀리에 꿈을 복사했다가 발각이 되어 전기 충격을 받는다는 카프카적 분위기의 이야기다. 플래스는 단지 두 달 동안 그 일을 할 수 있었다. 그녀가 일기장에서 적고 있듯, 이때의 경험은 『유리 종』에서 그녀가 사용하게 될 자료에 일정한 거리를 부여하게 되었고, 휴즈에 대한 의존—소용돌이치는 물과도 같이 그녀를 꼼짝 못하게 했던 그에 대한 의존—의 정도를 최소화하는 데 도움이 되기도 했다. 상대를 가르치려 드는데다가 자신의 관심사를 추구하는 데 광적인 남자와 결혼한 그녀는 그와 함께 삶을 살아가는 일이 바깥쪽 피부를 공유하는 것과 같음을 깨닫게 되었다. 명성이 어느 날 그를 못 견디게 하는 것은 아닐까, 또 흡혈귀처럼 서로의 피에 의존하여 삶을 살아가기 시작하게 되는 것은 아닐까, 그녀는 이 같은 걱정을 하기도 했다. 이는 분명히 프리다, 젤다, 케이틀린이 모두 이해했을 법한 시각이기도 하다.

우울증에 사로잡혀, 자신의 글을 놓고 고군분투하는 가운데, 플래스는 매클린 정신병원에서 그를 치료했던 정신과 의사 루스 뷰셔 박사와 상담을 재개했다. 그녀가 깨닫기에 남자들에 대해 자신이 품고 있다고 생각되는 의구심, 아버지가 그랬던 것처럼 자신의 남편이 언젠가는 자신을 포기할지도 모른다는 데 따른 잠재적 두려움을 해소하기 위해 의사를 다시 찾게 된 것이었다. 뷰셔 박사의 도움으로 그녀는 자신의 자기 혐오감의 상당 부분이 자기 어머니에 대한 혐오감에서 나온 것임을 깨닫게 되었다. 어머니는 사회적 순응을 대변하는 존재였기에 그처럼 플래스를 격노하게 만들었던 것이다. 휴즈와 함께 '위저 보드^{Ouija board}'라는 점판占板을 이용하여 친 심령술 점을 통해 플래스는 콜로서스^{Colossus}라 불리는 집단에 관여한 바 있는 프린스 오토^{Prince Otto}라는 심령한테서 메시지를 받기도 했다. 한편, 그녀는 1953년에 있었던 자신의 자살 시도가 자신의 아버지와 재회하려는 자신 나름의 방법이었음을 휴즈에게 고백하기도 했다. 현재 그녀의 마음속에서 휴즈는 죽은 자기 아버지에 대한 일종의 대리인 자격으로 서로 연결되어 있었다. 1959년 봄 플래스는 매사추세츠의 윈스롭에 있는 오토 플래스의 무덤을 방문한다. 그녀는 그와 같은 방문이 자신의 정신적 파탄을 재촉한 것으로 『유리 종』에서 묘사하기도 했다. 그녀는 또한 아버지와 관련하여 「진달래 길 위의 엘렉트라Electra at Azalea Path」와 「양봉가의 딸The Beekeeper's Daughter」이라는 두 편의 시를 창작하는 작업을 하기도 했다.

플래스는 일기장을 더할 수 없이 어두운 생각과 예감을 습관적으로 표현하기 위한 장소로 사용했으며, 그 안에 부셔 박사와의 상담의 결과로 도달하게 된 상당한 자각 상태에 대해 기록하기도 했다. 1959년 봄 그녀는 또한 로버트 로월의 작품에 끌리기도 했는데, 그 역시 정신적 파탄을 겪고 매클린 병원에서 치료를 받아 회복한 적이 있던 시인이다. 플래스는 그의 시를 읽었을 때 느껴지는 자연스러운 편안함에 깊은 인상을 받았다. 전에 남편의 작품에서만 느낄 수 있었던 그런 힘이 그의 작품에서 느껴졌던 것이다. 보스턴은 수많은 시인들이 살고 있는 곳으로, 사회적으로 그들과 만날 기회가 많은 곳이었다. 어느 날 저녁 식사 자리에서 그녀는 로월과 그의 아내 엘리자베스 하드윅Elizabeth Hardwick과 만나게 되었으며, 이를 계기로 보스턴 대학에서 열리는 그의 시 창작 교실에 청강생이 되기로 마음먹었다. 로월이 기억하는 당시의 플래스는 "광포한 유순함의 분위기"를 지니고 있었고, 명석하긴 하나 "억압으로 인해 쩔쩔매는" 긴장된 모습이었다고 한다. 또한 "부자연스러운 수줍음에서 나오는 조신함과 예의 바름"을 보였다는 것이다. 부드럽고 겸손한 로월은 자신의 창작 교실 수업을 독점하려 하지 않은 채, 학생들에게 서로 상대방의 시에 대해 비평을 하도록 권장했다. 로월은 또한 학생들이 전통적인 형식에 의존하고자 하는 마음을 누그러뜨리고자 했으며, 그 대신 아주 자연스러운 시어로 쓴 열린 시를 선호했다. 그는 또한 시가 효과적인 것이 되기 위해서는 시의 주제가 개인의 사적 체험에서 우러나오는 것이어야 한다는 충고의 말을 하기도 했다. 창작 교실에서 수강하는 동안 플래스가 쓴「포인트 셜리Point Shirley」라는 시는 대서양 연안에 있는 그녀의 할머니 집에 관한 것으로, 바로 이런 충고를 반영하고 있는 작품이다.

플래스는 함께 수업을 듣는 학생 가운데 하나인 앤 섹스턴Anne Sexton과 친한 사이가 되었다. 섹스턴은 웰즐리 출신에다가 또한 자살 미수 경험이 있는 기혼 여성이었다. 수업이 끝나면 그들은 섹스턴의 애인이었던 조지 스타벅George Starbuck과 함께 술을 마시거나 저녁 식사를 하곤 했다. 스타벅은 하우튼 미플린Houghton Mifflin 출판사의 편집자로, 함께 로월의 창작 교실 수업을 수강하고 있었으며 후에 섹스턴의 시집인 『베드럼으로, 그리고 돌아오는 길에To Bedlam and Part Way Back』의 출판을 돕게 되었다. 자신의 정신적 파탄에 관한 시 몇 편을 포함하고 있는 섹스턴의 시들은 솔직한 감정과 평이한 시어로 이루어져 있었으며, 그 점이 플래스의 마음을 끌었다. 자신의 창작 교실에서 로월이 제안한 열린 형식의 시 쓰기, 일상어로 된 작은 일화들의 다부짐에 대한 그의 강조가 플래스에게 깊은 인상을 남겼다. 또한 섹스턴으로부터 유사한 상황의 여자가 자신의 정신적 파탄 및 자살 미수의 체험을 어떻게 효과적으로 시화詩化할 수 있는가에 대해 배우기도 했다. 그녀는 스타벅 자신의 모방적 시에 대해서는 그다지 큰 인상을 받지 못했으며, 그의 시 모음이 자신의 것을 제치고 예일 대학의 젊은 시인 시집 시리즈에 선택되었을 때 낙담하지 않을 수 없었다.

플래스와 휴즈는 전국 여행을 하며 그해 여름을 보냈다. 휴즈가 구겐하임 장학금Guggenheim fellowship을 받았으며, 뉴욕 주의 새러토우가 스프링즈Saratoga Springs

에 있는 사설 예술인 마을인 야도^{Yaddo}에 머물 수 있게 되었다. 여기에서 이제 임신 중인 플래스는 자기만의 작업실을 갖게 되었고, 대부분의 가사 부담으로부터 해방되어 11주 동안 자유롭게 지낼 수 있었다. 하지만 쉽게 작품이 나오지 않았다. 일기장에서 그녀는 남편의 삶과 분리된 자신만의 삶을 살지 않은 채 그와 너무 가까이 지내는 것의 위험에 대해 의견을 밝히기도 했다. 그녀가 그처럼 필사적으로 추구했던 가까움이 또한 숨을 막히게 하는 것이고 위협적인 것이라는 사실을 알게 되었다. 흔들리는 시계추와도 같은 감정의 변덕스러움으로 인해 그녀의 마음은 갈가리 찢어졌다. 그녀는 잠을 이루는 데 어려움을 겪었으며, 이에 휴즈는 그녀에게 최면술을 동원하기 시작했다. 그는 또한 그녀에게 시 창작을 위한 주제 목록을 건네기도 했지만, 그녀는 어떻게 해서든 자기 자신의 글쓰기를 밀고 나가려 했다. 플래스는 단편소설과 장편소설을 쓸 생각이었으나, 다른 사람들에 대한 흥미의 부족으로 인해 어려움을 겪고 있다고 느끼기도 했다. "유리 벽 안에 갇힌 채" 다른 사람들과 따로 떨어져 서 있다는 느낌이 들기도 했던 것이다.

일기장에 그녀는 자기만의 체험을 향해 자기 자신을 "옛 상처와도 같이" 열어 놓기 전에는 작가로서 결코 성공할 수 없을 것이라고 예견하기도 했다. 그녀가 썼던 너무도 많은 시들이 "유령과 딴 세상의 불길한 분위기들"에 관한 것들이었다. 로월이 주관하는 창작 교실 덕분에 그녀는 좀 더 구어체적인 목소리, 동의어 사전에 덜 의존하고 있는 듯한 분위기를 띠는 목소리를 발견하기도 했다. 야도에서 그녀는 「거상^{The Colossus}」이라는 시를 썼는데, 신탁의 장소에 있는 조상^{影像}, 세월에 의해 산산이 부서진 거대한 토템, 자신이 그 위에 몸을 구부린 채 복원하려 애쓰는 거상으로 아버지 오토 플래스를 묘사한 이 시는 앞으로 나올 그녀의 첫 번째 시집의 표제시가 된다. 10월 말 경 자신의 스물일곱 번째 생일이 가까워올 무렵 그녀는 일곱 편의 연작시로 이루어진 「생일을 위한 시 ^{Poem for a Birthday}」를 쓰기 시작했는데, 이는 그 전에 시도했던 그 어떤 것보다 더 자전적 성격을 띠고 있다. 자신의 부모에 대해, 또한 자신의 정신적 파탄과 회복의 여러 측면에 대해 그녀 자신의 생각을 반영하고 있는 이 시는 플래스의 작품 세계에서 고백 시를 향한 새로운 전기를 보여 주는 명백한 증거이긴 하지만, 여기에는 여전히 생략으로 인해 이해가 어려운 모호한 요소가 존재한다. 그녀의 시 모음집은 여섯 군데의 출판사로부터 거절을 당했지만, 영국에 있는 하이네만 출판사의 어떤 편집자가 보낸 편지 한 통을 받게 되었다. 그 편집자는 〈런던 매거진〉에 그녀가 발표했던 일련의 시를 높이 평가하면서 좀 더 많은 그녀의 작품을 보여 줄 것을 요청했다.

자신의 그림자를 끌고서

플래스와 휴즈는 배를 타고 영국으로 돌아가 헵턴스톨에서 12월을 보낸다. 이미 임신 일곱 달이 된 그녀는 1월에 런던에서 임대료가 적당한 아파트를 찾다가, 마침내 W. S. 머윈과 그의 아내 디도^{Dido}가 살고 있는 집에서 가까운 곳에 있는 프림로즈 스퀘어^{Primrose Square}에서 방이 세 개인 자그마한 '플래트형'⁴⁾의 아파트에 입주하게 되었다. 플래스는 하이네만 출판사에 자신의 시 필사본을 보냈고, 곧 이어 출판사로부터 출판 허락을 받게 되었다. 휴즈는 이를 축하하여 세 권으로 된 D. H. 로렌스의 『시 선집^{Collected Poems}』을 사서 아내에게 선물하기도 했다.

4) Flat. 각 층에 한 가구가 살도록 설계된 아파트.

휴즈의 두 번째 시집인 『루퍼컬 Lupercal』이 1960년 이른 봄에 출판되었으며, 이 시집과 관련하여 〈옵저버〉에 기고하는 영향력 있는 평론가인 A. 앨버레즈로부터 대단히 호의적인 평가를 받았다. 휴즈는 『빗속의 매』로 섬머세트 모옴 Somerset Maugham 문학상을 받아, 이를 여행 경비로 사용했다. 거의 매일 학교나 대학에서 그의 시를 낭송해 달라는 부탁이 줄을 이었다. 그는 연극 각본을 쓰는 일도 하고 또 BBC에서 일을 하기도 했다. 영국 시단의 찬란한 빛 가운데 하나로 인정하는 찬사가 그를 둘러싸게 되자 그는 그만큼 바쁜 사회 활동을 해야 했다. 플래스는 한편으로는 T. S. 엘리엇이나 스티븐 스펜더를 만날 기회를 얻고 싶어 하면서 다른 한편으로는 휴즈의 영국인 친구들에게 쉽게 흥분하고, 무례하게 대했으며, 공격적이기도 하고, 심지어 적대적이기까지 했다. 디도 머윈이 받은 느낌에 의하면, 플래스는 휴즈에 대해 극단적인 과잉보호의 태도를 취했으며 특히 다른 여성들에 대한 질투심이 대단했다는 것이다.

디도 머윈의 관찰은 단지 플래스에게만 해당하는 것이 아니었다. 프리다 로렌스와 젤다 피츠제럴드 역시 남편과 그의 친구들 사이의 관계에 불협화음을 끼워 넣었던 것이다. 아무튼, 플래스는 자기 나름대로 인정을 받을 권리가, 휴즈의 명성이 높아지는 동안 그녀가 받지 못한 인정을 누릴 권리가 있다고 느꼈을 것임에 틀림없다. A. 앨버레즈가 〈옵저버〉를 위해 휴즈를 인터뷰하기 위해 집을 방문했을 때 그는 플래스를 시인이라기보다는 식품 광고에 등장하는 여자처럼 보인다고 생각했다. 사실, 그는 자신이 〈옵저버〉에 그녀의 시 가운데 한 편을 발표하게 했다는 사실을 그 당시에는 기억해 내지 못했다. 수많은 다른 사람들과 마찬가지로 그는 그녀를 실비아 플래스로 보기보다는 단지 테드 휴즈의 부인으로만 보았다. 일생 동안 남보다 뛰어나려고 애를 써 왔던 여성에게, 자신의 작품으로 자기를 인정할 것을 주장하는 여성에게, 다른 사람들에 의해 남편의 생의 변두리로 몰려 무시당하는 것은 속 타는 일일 수밖에 없었을 것이다.

아마도 이런 심사 때문이었는지 몰라도 그녀는 프림로즈 스퀘어에 있는 아파트의 자그마한 거실을 자신의 작업장으로 사용할 것을 고집했다. 애초 아파트의 공간이 너무도 협소한데다가, 그해 4월 1일 딸 프리다[Frieda]가 태어났기 때문에 더더욱 협소해지지 않을 수 없었다. 이로 인해 휴즈에게는 들어앉아 일할 공간이 남지 않게 되었다. 그래서, 프랑스에서 여름을 보내는 머윈 부부가 자신들의 서재를 테드에게 대신 사용할 것을 제안할 때까지, 그는 아파트 입구 쪽 코트를 걸어 놓는 데 사용되던 비좁은 공간에 빌려온 브리지 카드 게임용 탁자를 설치하고 자신의 작업 공간으로 삼았다. 머윈 부부의 제안은 일시적인 문제 해결의 방안이 되었지만, 영원한 해결책이 될 수는 없었고, 플래스의 삶이 더 편해질 수 있는 것도 아니었다.

『거상』은 1960년 가을 영국에서 출판되었는데, 이 시집은 아무런 상도 수상하지 못했고 주목도 거의 받지 못했다. 게다가 미국 쪽에서 출판해 주겠다는 출판사도 없었다. 앨버레즈가 〈옵저버〉에 이 시집에 대한 평을 썼는데, 플래스가 아직 일관된 자기 목소리를 형성하지 못한 상태라는 설득력 있는 인식이 담겨 있었다. 마치 언어와 형식이 그녀 자신의 내적 고통을 시 안쪽으로 들어서지 못하도록 하기 위한 수단이라도 되듯, 그녀의 수많은 시들이 장식적이고 바로크풍이며 수사적이었다. 앤 섹스턴은 플래스의 초기 작품들이 빌려 온 새장에 갇혀 있는 것 같은 느낌을 준다고 지적하고 또한『거상』에 수록된 수많은 시들이 위축되어 있을 뿐만 아니라 조심스럽게 또한 부자연스럽게 작위적이며, 시어들도 딱딱하다는 것이다. 앨버레즈가 주목한 바와 같이, 그녀의 시들은 때때로 발견의 과정보다도 더 청중에게 주의 집중을 요구하고 있다는 것이다. 일기장에서 플래스는 자신의 작품들이 영감에 의한 것이라기보다 때때로 부서지기 쉽고 겉으로만 그럴듯한 것임을, 그의 주제가 무언가 사적인 욕구에서 자연스럽게 나온 것이라기보다는 찾아 헤매다 겨우 나온 것임을 인정하기도 했다.

심지어 남편에 대해서도 경쟁심을 느낄 만큼 극도로 경쟁심이 강한 사람이었기에, 또한 자신의 작품이 인정받고 존경받기를 바란다는 점에서 어느 작가에 못지않은 사람이었기에, 플래스는 『거상』에 대한 반응에 실망했으며, 그녀가 느끼는 실망감은 충분히 이해할 만한 것이었다. 가뜩이나 협소한데 그 협소한 아파트를 새로 태어난 아기와 함께 나눠 써야 한다는 사실이 두 작가의 정신적 긴장감을 더욱 부채질하지 않을 수 없었다. 다시 한 번 그녀는 글을 쓴다는 일이 쉽지 않음을 깨닫고 있었으며, 아기를 돌보는 일이 그녀에게 어려움을 가중시켰다. 1960년 봄에 쓴 몇 안 되는 성공적인 작품 가운데 하나인 「한 생애 A Life」에서 그녀는 "자신의 그림자를 끌고 뱅뱅 맴도는" 여인의 모습을 상정하고 있다. 그녀가 여기에서 상정하고 있는 것은 그녀의 마지막 시편들을 장식하고 있는 과열된 토템 숭배적 운명론을 예견케 하는 무자비한 이미지이기도 하다.

1961년 1월 다시금 임신한 상태에서 플래스는 갑작스럽게 또 한 번의 질투심이 격렬하게 폭발하는 것을 경험하게 되었다. 휴즈는 연극 대본 작업을 하면서 극장 관계자들과 만나곤 했으며, 그 자신이 제안한 어린이를 위한 연속물과 관련하여 BBC 방송의 제작자 가운데 한 사람인 모이라 둘런 Moira Doolan 과 만날 약속을 하게 되었다. 그런데 둘런이 휴즈와의 약속을 재확인하기 위해 전화를 걸어 왔다. 우연히 전화를 받게 된 플래스는 둘런의 목소리를 듣고 그녀가 무언의 숨은 의도를 갖고 있는 젊은 여자라는 식의 불합리한 추정을 하게 되었다. 예상했던 대로 휴즈가 점심 식사를 하러 집으로 돌아오지 않자, 플래스는 그의 서류들, 연극 대본을 위한 초안들, 초고 형태의 시 원고들을 샅샅이 찾아내어 불태워 버렸다. 그녀의 행동이 극단적이라는 사실과 불을 사용했다는 사실은 젤다 피츠제럴드가 자신의 옷가지를 태웠을 때와 마찬가지로 무언가 의미심장한 징후를 보이는 것—즉, 온전한 정신과 광기 사이에 존재하는 심층 세계 내의 경계선을 그녀가 가로지르고 있음을 경고하는 것—이라 할 수 있다.

휴즈가 사건이 있은 후 한 시간이 지났을 무렵 돌아와 보니 아파트가 난장판이 되어 있었다. 그는 디도 머원에게 이 사건에 대해 자세히 털어놓았으며, 이 사건은 플래스에 대한 그의 신뢰감이 허물어지는 데 상당한 기여를 했음에 틀림없다. 그녀의 예측할 수 없는 적대감이 친구를 향한 것이었을 때는 받아들일 수 있었지만, 이번 공격은 직접 그를 향한 것이었다.

며칠 후에 플래스는 유산을 했는데, 이는 그녀가 자신을 얼마나 심하게 자극했는가를 암시하는 증거가 될 것이다. 두 주일 후에 그녀는 맹장 수술 일정이 잡혀 있어서 병원에 입원하게 되었다. 매클린 병원에 갇혀 지낸 이후 그녀는 병원을 두려워했다. 수술과 수술 후 회복 과정에 어느 정도 영감을 받아, 그녀는 일련의 새로운 시를 쓰기 시작했다. 이들 작품—그중에서도 특히 「튤립들Tulips」과 「석고에 갇혀In Plaster」—은 그녀가 "다부진 산문성"을 지닌 목소리로 규정한 바 있는 그런 목소리로, 또한 자신을 자신의 체험으로부터 분리해 내는 그런 반어적이고 비뚤어진 방식으로, 아주 자연스럽게 써 나간 것들이다. 수술에서 회복 과정을 거치는 동안, 〈뉴요커〉가 그녀의 시에 대해 우선적으로 검토할 수 있는 권리를 달라는 소식을 보내왔고, 또 앨프리드 A. 크노프 출판사가 그녀의 『거상』을 미국에서도 출판하기로 결정했다는 소식을 보내왔다. 프리다를 돌보는 동시에 플래스를 아직도 상당히 걱정하고 있던 휴즈 역시 기쁜 소식을 듣게 되었는데, 그는 『루퍼컬』로 문학상을 받게 되었으며, 또한 왕립 셰익스피어 극장에서 공연할 연극의 대본을 써 달라는 주문도 받게 되었다.

1961년 봄이 끝나갈 무렵 휴즈 부부는 모리스 자동차 회사 제품인 자그마한 스테이션왜건 형 차를 한 대 사서 시골 저택을 구하러 다녔다. 플래스는 다시 한 번 임신을 한 상태였으며, 아이를 또 갖게 될 수 있다는 사실로 인해 공간에 대해 그들은 더욱 심각하게 염려하게 되었던 것이다. 그녀는 〈마드무아젤〉에서 일을 하면서 보냈던 시절 및 마침내 자살을 기도했다가 매클린 병원에서 회복되었던 경험을 소재로 삼은 소설인 『유리 종』을 쓰기 시작했다. 창작 작업은 두 달 동안 아침마다 휴즈가 프리다를 돌보고 있는 동안 머윈의 서재에서 이루어졌다. 플래스가 신랄하고 거의 빈정대는 어투로 소설에서 자기 어머니를 묘사하고 있을 바로 그 무렵인 6월에 오릴리아 플래스가 찾아왔다. 오릴리아가 프리다를 돌보는 동안, 플래스와 휴즈는 시간을 내어 남 프랑스에 있는 머윈의 별장을 방문하며 일주일을 보낼 수 있었다. 디도 머윈에 따르면, 그들의 방문은 "섬뜩한 장거리 경주"였다고 한다. 플래스는 까닭을 알 수 없는 고통스러운 기분에 젖곤 했는데 방문 내내 바로 그런 기분에 젖어 있었다는 것이다. 당시 머윈의 별장에 역시 손님으로 와 있던 여자가 하나 있었는데, 플래스는 그 여자를 보면 묘하게 토라져 적의를 보였으며, 이윽고 휴즈에 대해 극도의 독점욕을 드러냈다는 것이다.

휴즈 부부는 그들의 능력에 닿는 집을 찾는 데 나머지 여름을 보냈다. 부동산 가격이 낮지만 런던에서 기차로 서너 시간 가야 닿을 수 있는 곳인 데

번^{Devon}에서 그들은 커다란 낡은 주택을 찾아냈다. '코트 그린^{Court Green}' 이라는 이름의 그 집은 초가지붕으로 된, 전에 목사관으로 쓰였던 황폐한 건물로, 수많은 사과나무와 체리나무가 점점이 서 있는 수 에이커의 대지 한가운데 있었다. 이 집과 주변은 탁 트인 시골의 분위기를 잘 살리고 있었다. 저축했던 돈을 몽땅 끌어들이고 부모 측의 도움을 받아, 휴즈 부부는 마침내 저당을 잡힌 채 집을 살 수 있었다. 그들은 또한 데이비드 위빌^{David Weevil}과 아씨아 위빌^{Assia Weevil} 부부와 알게 되기도 했는데, 그들은 휴즈 부부가 런던에서 살던 아파트에 입주하기를 원하는 젊은 부부였다.

9월 초 휴즈 부부는 그들이 새로 마련한 데번의 집으로 이사를 했다. 플래스는 딸을 돌보고 집과 정원을 정리했다. 그녀는 자기 소설의 초고를 끝냈으며, 자기 어머니나 미국의 친구들에게 고통을 주지 않기 위해 익명으로 그 소설을 출간하고자 했다. 그녀는 또한 『유리 종』에 대한 수정 작업을 하도록 창작 보조금을 받게 되었으며, 그녀가 살고 있는 시골집의 분위기에 행복해 했다. 휴즈는 집을 수리하기 위해 목공일을 했으며, 라디오 방송극의 대본을 쓰기도 하고, BBC 방송을 위해 어린이 프로그램을 준비하기도 했다. 표면적으로는 모든 일이 순탄하게 진행되고 있는 것처럼 보였다. 하지만 12월이 되어 날씨가 추워지자 그들이 살고 있는 집은 플래스에게 결코 충분히 따뜻한 곳으로 느껴지지 않았다. 미국에 살 때 중앙난방과 같은 생활의 이기^{利器}에 익숙해져 있었기 때문이다. 플래스는 통상적으로 겨울이 되면 우울증을 느끼곤 했다. 하지만 이번 경우 그녀는 자신의 우울증을 차가운 날씨뿐만 아니라 냉전의 위협에서 그 원인을 찾았다.

1962년 1월 17일 플래스는 아들 니콜라스^{Nicholas}를 출산했다. 그녀는 몹시 힘든 출산 과정을 견뎌야 했으며, 어린 두 아이를 돌보고 집안일을 하다 보니 그녀가 보기에는 글을 쓰는 데 필요한 충분한 시간이 결코 생기지 않을 것 같았다. 한편 그녀는 출산에 관한 「세 여인 Three Women」이라는 방송극을 쓰기도 했는데, 이는 딜런 토머스의 「밀크우드 아래서」의 영향을 반영한 작품이다. 하지만 서술상의 흥미와 유머를 결여하고 있으며, 플래스 자신의 우울한 기분을 반영하는 쪽이 더 강한 그런 작품이다.

겨울이 끝날 무렵 플래스의 기분은 나아지기는 커녕 더욱 어둡게 변해 갔다. 3월이 되어 그녀는 동상에 걸려 따끔따끔하고 가려운 상처 때문에 고통을 겪어야 했는데, 이는 전례 없는 그달의 혹독한 추위 때문에 생긴 병이었다. 그녀의 우울증에 또 하나 원인이 된 것은 이웃에 살던 사람의 점진적인 건강 악화였는데, 그 이웃 사람은 폐암 때문에 죽어가고 있었던 것이다. 그녀는 또한 BBC 방송과의 일 때문에 휴즈가 런던에 가는 것을 놓고 화를 내기 시작했고, 아직도 그녀가 그의 원고를 타자로 옮긴 다음 그를 대신해서 이를 출판사에 제출하는 일을 하고 있다는 데 대해서도 짜증을 부리기 시작했다. 그녀의 어두운 기분을 더욱 어둡게 하기라도 하듯, 휴즈는 열여섯 살짜리 여자아이—그러니까 플래스가 확인한 바로는 위험할 정도로 교태를 부리는 여자아이—의 가정교사 일을 하고 있었다.

플래스는 데번에서 자신이 만난 사람들 가운데 몇몇에 대해 자세한 메모를 계속해 왔는데, 이는 언젠가 자신의 결혼 생활에 관한 소설을 쓸 때 이용하고자 하는 희망에서 준비하던 자료였다. 동시에 그녀는 남편과의 좋지 않은 관계에 대해 시를 몇 편 쓰기도 했는데, 내용이 모호해진 데가 있는 최종 원고보다는 초고에서 갈등의 원인이 더 명료하게 드러나고 있다. 마치 남편한테 자신의 예감을 감출 필요가 있다는 데 거의 생각이 미치기라도 한 듯.

5월이 되어 그녀의 새로운 친구 엘리자베스 콤튼 Elizabeth Compton이 그녀를 방문했다. 콤튼은 북쪽으로 25마일 떨어진 곳에 살고 있었으며, 역시 작가와 결혼한 여자였다. 또한 휴즈 부부가 전에 살던 아파트에 살고 있는 데이비드와 아씨아 위빌 부부의 달갑지 않은 방문도 있었다. 데이비드 위빌은 아씨아의 세 번째 남편으로, 플래스는 아씨아가 더 이상 열정적으로 자기 남편에게 끌리고 있지 않은 상태며 이제 그녀는 테드 휴즈를 유혹하려는 의도를 숨기고 있다고 확신했다.

위빌 부부가 떠난 다음 쓴 작품이자 플래스가 자전적 자료를 너무도 노골적으로 사용하고 있는 첫 번째 작품이기도 한 「다툼Quarrel」이라는 시에서 그녀는 "옛날의 허물들이 만들어 놓은 깊고 쓰라린 홈"에 대해 언급하고 있는데, 마치 원을 그리며 움직이는 것에서 빠져나가지 못하는 듯 그 홈을 따라 걷고 있는 것으로 자신을 묘사하고 있다. 이 시는 마지막 작품들이 담고 있는 분위기—그러니까 무언가에 사로잡혀 홀려 있는 듯한 분위기—의 초기 징후를 드러내는 작품이며, 그녀의 망상증과 분노가 거의 연금술에서처럼 결합하여 새로운 형태로 바뀌어 있음을 보여 주는 작품이기도 하다. 후에 「사건Event」이라는 시로 개작된 이 시는 플래스가 자신의 결혼을 환상이 걷힌 새로운 시각에서 검토하고 있음을 보여 주기도 한다. 이에 이어 그녀가 썼던 「토끼 사냥꾼Rabbit Catcher」이라는 시에서 그녀는 결혼한 자신의 모습을 사냥꾼의 덫에 걸려 옥죄어 오는 올가미에 붙잡혀 있는 토끼에 비유하고 있다. 이는 신파조의 감상적 이미지로, 자신을 휴즈의 먹이로 묘사한 초기의 이미지를 떠올리게 하기도 한다. 아무튼, 그들이 처음 만났을 때 흥분과 놀라움 속에서 어렴풋이 그 모습을 드러냈던 전망이, 이제 강렬한 불안감으로 인해, 또한 그녀에 대한 위협이 진정한 것인 동시에 즉각적이고 피할 수 없는 것이라는 느낌으로 인해, 어두운 것으로 바뀌어 가고 있었다.

앨버레즈는 6월 초 휴즈 부부를 찾았을 때 그들 관계에 변화가 있었음을 알아차렸다. 실비아는 더 이상 "자신의 남편에게 부속물로서의 아내"와 같지 않았으며, 자기 자신의 집에서 독단적이고 단호하게 행동하는 사람으로 바뀌어 있었던 것이다. 그녀는 다시금 자기 삶을 스스로 통제하는 젊은 여인의 모습을 취하고 있었다. 그달 말경 오릴리아 플래스가 휴즈 부부를 방문했지만, 자기 딸이 내면으로 느끼는 고뇌를 알아차리지 못했다. 『집으로 보낸 편지들』이 명백히 보여 주고 있듯, 플래스는 가능한 한 최고의 밝은 빛으로 자신의 가정 상황을 덮어씌운 다음 이를 어머니에게 보여 주는 데 한결같았다. 그리고 그녀는, 어머니 앞에서 자신의 선택을 정당화해야 할 필요가 있음을 끊임없이 느끼기라도 하듯, 특히 자신의 결혼 문제에 대해 진실을 감추려 했다. 오릴리아는 자기 딸이 휴즈와 아씨아 위빌이 깊은 관계에 있는 것으로 믿고 있다는 것을 알 수 없었다. 플래스의 의혹은 몇 번의 묘한 전화 때문에 촉발되었는데, 이 같은 의혹이 아씨아를 자기 남편의 정부로 묘사한 「다른 한 사람The Other」과 같은 시를 낳게 했다.

7월 어느 날 어머니가 지켜보고 있는 동안 플래스는 휴즈의 다락방 서재로 가서 편지 몇 장과 자신의 결혼 생활에 관한 소설에 쓸 수 있는 몇 가지 노트들을 모았다. 이를 모닥불에 태우면서 플래스는 일련의 주문을 읊조렸으며, 이에 오릴리아는 어리둥절해지지 않을 수 없었다. 며칠 후에 그녀는 남편을 찾는 위장 전화를 받았는데, 그녀가 확신키로 그 전화는 아씨아한테서 온 것이었다. 격노한 그녀는 벽에서 전화선을 잡아 뜯어 버렸다.

이 같은 감정의 폭발이 있은 후에 휴즈는 런던으로 탈출했다. 한편 오릴리아 플래스는 근처에 있는 작은 집에 방 하나를 얻어 옮겨 갔으며, 8월 초 미국으로 돌아갈 때까지 그곳에 머물렀다. 오릴리아 플래스가 미국으로 돌아

갈 무렵 휴즈는 다시 '코트 그린'으로 돌아와 있었다. 휴즈 부부는 함께 웨일
즈로 여행을 했고, 플래스의 전 후원인이었던 프라우티 부인을 만나러 런던
으로 또 한 차례 여행을 했다. 두 여행 과정에 플래스는 여전히 자신이 행복
한 결혼 생활을 하고 있는 척했다. 하지만 몇 주 후에 그녀는 자신의 차를 길
바깥쪽으로 몰고 감으로써 다치진 않았지만 어쨌든 사고를 냈다. 후에 가서
그녀는 이 사고를 자살 기도였다고 주장하기도 했다. 플래스는 데번의 추위
를 피해 겨울을 나고자 하여 아일랜드로 여행을 계획했는데, 바로 이 또 한
번의 여행 도중 어느 지점에 이르러 휴즈는 자기 갈 길을 가고 플래스는 혼
자 영국으로 돌아오게 되었다.

'코트 그린'으로 돌아온 플래스는 가정의 평화라는 가면을 거칠게 벗어
던진 채, 가족과 친구들에게 보내는 일련의 편지에서 휴즈를 격렬히 비난하
기도 하고 또 자신을 남편의 배반에 따른 순진한 희생자로 그리기도 했다.
그녀는 남편과 갈라서기로 마음을 먹었는데, 그녀가 이런 결정을 하기까지
에는 전에 그녀를 치료했던 정신과 의사 루스 뷰셔 박사의 부추김도 있었고,
이와 함께 편지를 통한 그녀의 어머니와 프라우티 부인의 지지도 있었다. 휴
즈는 9월 초 '코트 그린'을 떠났다.

가을 몇 달 동안 플래스는 마음속에서 테드와 완벽한 아내로서의 자신의
이미지를 몰아내는 데 도움이 될 수 있는 시들—즉, 극도의 증오와 분노를
담고 있는 시들—을 쓰기 시작했다. 분노를 기름 삼아 타오르는 광포한 창
작 열기에 사로잡힌 채 시를 썼던 플래스는 자신이 이제까지 썼던 그 어느
시들보다 뛰어난 시들을 쓰고 있음을 깨닫고 있었다. 후에 그녀의 단편소설
들을 모아 책을 발간하면서 쓴 서문을 통해 휴즈는 플래스가 자기 자신의 고
통스러운 주체성을 자신의 시적 주제로 받아들인 후에야 비로소 자신의 진

정한 목소리를 찾게 되었다는 견해를 밝히고 있다. 휴즈에 의하면, "자기 자신 속으로의 뛰어듦이 그녀의 유일한 참된 방향이었다"는 것이다.

하지만 "자기 자신 속으로의 뛰어듦"이 여전히 그녀의 마음을 산란하게 했다. 잠을 이룰 수가 없어 그녀는 수면제를 복용하기도 했다. 어느 날 아침 완전히 기진맥진한 상태에서 그녀는 어쩌다 고기를 써는 칼로 한 손가락의 끝을 잘라 버리고 말았다. 그녀는 자신의 이 같은 경험을 시에 사용하고자 했으며, 이 사건이 자신에게 해를 가하고자 하는 저항할 수 없는 욕구에 대한 또 하나의 경고와도 같이 생각되었다. 그녀는 되풀이되는 독감과 불규칙적인 발열로 인해 고통을 받았으며, 가을 몇 달 동안에 체중이 9킬로그램이 빠지게 되었다. 10월이 되어 그녀는 이혼을 결심했고, 휴즈는 아이들 양육비로 매년 천 파운드의 돈을 지불하기로 약속했다. 당시 플래스는 에어리얼 Arial이라는 이름의 늙은 말을 타기 시작했는데, 그녀가 이제까지 쓴 시들을 모아 새로운 필사본으로 묶으면서 여기에 『에어리얼』이라는 제목을 붙였다. 그녀의 아버지가 한때 그랬던 것처럼 플래스도 양봉을 했으며, 양봉과 관련된 일곱 편의 시를 쓰기도 했다. 자신이 쓰고 있는 글에 확신을 갖고 있는 동안에도, 결혼을 망친 휴즈를 비난하다가 곧 이어 결혼에서 해방되었다고 느끼기도 하는 등, 그녀는 급격한 감정의 변화를 겪고 있었다.

편지를 통해 그녀는 휴즈가 자신을 시골에 고립시켜 놓았다는 이유로 그를 비난하기도 했다. 그리고 '코트 그린'이 제공할 수 있는 것보다는 좀 더 따뜻한 환경을 찾고 좀 더 빈번하게 사람들과 접촉을 하고자 하는 희망에서 런던에서 겨울을 나자는 쪽으로 마음을 먹었다. 그녀는 예이츠가 한때 살았던 적이 있는 프림로즈 힐 저택에서 아파트를 하나 찾아내고는 즐거워했다. 12월 초 아이들과 함께 그 아파트로 이사했다. 정기적으로 아이들을 찾는 휴즈한테서 받은 돈 및 어머니와 프라우티 부인한테서 받은 돈으로, 플래스는 곧 집을 하얀색 페인트로 칠했고, 자신을 위해 새 옷을 몇 벌 사기도 했다. 1월에 영국에서 『유리 종』이 출간되었으며, 그녀는 짤막한 산문을 써서 생활비를 벌겠다는 희망을 갖기도 했다. 그리고 자신의 결혼의 와해 과정을 소재로 하여 또 한 편의 소설을 쓸 계획을 세우기도 했다.

크리스마스가 되기 바로 전에 앨버레즈가 그녀의 집을 방문했을 때 그녀는 머리를 풀어 놓은 채 그를 맞았다고 한다. 그에 의하면, 머리가 너무도 길어서 거의 허리에 닿을 정도였다. 그가 생각하기에, 그녀는 수척해 보이긴 했지만 "자기 숭배 대상을 위한 의식儀式들로 인해 완전히 소진된 여사제와 같이" 얼굴에는 황홀해하는 빛이 서려 있었다는 것이다. 그녀에게 크리스마스는 외롭고 우울하게 지나갔다. 1월이 되어 눈이 내리고 세상이 얼음으로 덮였으며, 50년만의 혹한이 찾아오기도 했다. 하지만 플래스는 어느 때고 추위에 염증을 느끼는 그런 사람이었다. 다시금 그녀와 아이들은 열병과 독감에 무릎을 꿇어야 했다. 설상가상으로 〈뉴요커〉의 시 분야 편집자인 하워드 모스Howard Moss가 그녀가 보냈던 시에 대해 별다른 흥미를 느끼지 못하는 것 같았다. 『유리 종』은 두 군데의 미국 내 출판사들로부터 거절을 당했는데, 그녀의 작품이 충분하게 보편적이지 않고 한 개인의 사례사에 너무 가깝게 다가가 있는 것처럼 보인다는 것이 거절의 이유였다. 영국에서의 평도, 나쁘지는 않았지만 그렇다고 해서 열광적인 것도 아니었다.

2월 초에 플래스는 그녀가 알고 있는 그 지역 의사인 존 호더John Horder 박사를 찾아갔다. 우울증과 곧 닥쳐올 것 같은 정신적 파멸 상태에 대해 하소연하자, 호더 박사는 항우울증 치료약을 처방해 주면서, 그녀에게 도움을 받을 수 있을 만한 병원 시설을 찾아보겠다고 귀띔해 주었다. 독감으로 쇠약한 상태가 된데다가 전기 충격 치료법을 재개해야 한다는 두려움 때문에, 또한 아직도 그녀의 기분을 바꿔 주지 못하는 수면제와 항우울증 치료약 때문에, 그녀는 며칠 동안 친구들과 함께 시간을 보낸 다음 마침내 충분히 기운이 회복됐다고 느껴졌을 때 자신의 아파트로 돌아갔다.

2월 10일 밤 자정 무렵 그녀는 아래층에 살고 있는 이웃에게 우표 몇 장을 빌려 줄 것을 청했다. 10분가량이 지난 다음 그가 자기 아파트 문을 다시 열고 나와 보니 그녀가 차가운 복도 한가운데서 허공을 멍하니 응시한 채 서 있었다고 한다. 그날 밤 내내 그는 자기 침실 위쪽의 방에서 플래스가 왔다갔다 하는 발자국 소리 때문에 잠을 제대로 잘 수 없었다고 한다. 다음 날 아침 호더 박사가 보낸 간호사가 플래스의 집 초인종을 눌렀으나 그녀의 집에 들어갈 수가 없었다. 간호사는 문 아래쪽 틈으로 흘러나오는 가스 냄새를 맡고는 누군가를 불러 강제로 문을 열게 했다. 플래스는 오븐 안에 접어 놓은 천 조각 위에 머리를 올려놓은 채 부엌 바닥에 누워 있었다. 문과 창문의 틈은 모두 테이프로 봉해져 있거나 수건으로 메워져 있었다. 아이들에게는 빵과 밀크가 마련되어 있었으며, 아이들 방의 창문은 활짝 열려 있었다.

조지프 콘래드가 언젠가 설명한 바와 같이, 자살이란 아주 많은 경우 정신적 소진의 결과며, "야만적 에너지의 분출 행위가 아니라 완벽한 좌절의 마지막 증상"이다. 우리는 어느 것도 확신을 갖고 단언할 수가 없다. 즉, 플래스가 자신의 남편—또는 소문난 다른 한 여자가 망가뜨린 환상 속의 완벽한 결혼—에 의해 배신당하고 버림받은 사람으로 자신을 보았기 때문에 자살을 했는지, 또는 그녀가 이미 체험한 바 있는 정신적 파멸 상태, 전기 충격 치료법, 심리 요법으로 되돌아가야 한다는 것 때문에 공포에 질렸던 것인지, 우리는 알 수 없다. 집중력의 강도가 대단한 사람인 휴즈는 분명히 배우자감으로 쉬운 상대는 아니었다. 하지만 실비아 플래스를 아는 사람이라면 누구나 그녀 역시 마찬가지로 배우자감으로 쉬운 상대가 아니었음을 인정한다.

플래스의 죽음 뒤를 장식하는 것은 사후의 명성, 플래스의 삶에 대한 주목, 그녀의 마지막 시편들에 담긴 힘에 대한 갈채와 관련된 이야기들이다. 오릴리아 플래스나, 휴즈와 그의 아이들이나, 그녀의 죽음이 남긴 갖가지 반향음들로부터 손쉽게 탈출할 수는 없을 것이다. 오릴리아 플래스가 한때 주목한 바와 같이, 그들 모두는 영원히 "그녀의 과거에 묶여 있을" 수밖에 없을 것이다.[5]

좌절한 낭만주의자

질병은 플래스의 어린 시절을 지배하던 낯익은 특징이었다. 그녀가 아주 어렸을 때 독재적이고, 겉으로 보기에 누구도 대항할 수 없어 보이던 아버지의 죽음은 너무도 끔찍한 충격을 주어 항상 그녀 곁에 남아 있게 되었던 것이리라. 그녀의 어머니도 위궤양으로 고통을 받았으며, 그녀의 남동생 역시 천식

5) 이 자리에서 옮긴이로서 한마디 하지 않을 수 없다. 무엇보다도 타이텔의 글을 읽다 보면 실비아 플래스의 자살이 그녀 자신의 정신적 결함에서 비롯된 것이고 휴즈에게는 아무런 잘못이 없는 것처럼 느껴지기도 한다. 예컨대, 플래스는 자신의 남편에 대한 소유욕 때문에 다른 여자들과의 관계에 의심을 가진 것으로 묘사되고 있을 뿐, 그와 같은 의심이 사실로 확인된 것과 관련해서 타이텔은 아무런 말도 하지 않는다. 실제로 휴즈는 아씨아 위빌과 은밀한 관계를 맺고 있었으며, 실비아의 자살 다음 아씨아는 휴즈와 함께 실비아가 살던 집에서 살았다. 그리고 문제는 아씨아 역시 휴즈와 살다가 자살을 했다는 점이다. 그것도 휴즈와의 사이에 있던 아이의 목숨과 함께 자신의 목숨을 끊었다. 이런 점에서 아씨아는 자신의 아이를 살리기 위한 모든 조처를 취하고 자기만이 죽음에 이르렀던 실비아와 대조가 되기도 한다. 아무튼, 실비아의 죽음과 관련하여 테드 휴즈는 또 하나의 희생자라는 듯한 인상을 준다는 점에서 타이텔의 글을 읽는 데에는 최소한의 주의가 요구된다고 하겠다.

과 부비강염으로 고생을 했다. 하지만 플래스에게 질병은 더할 수 없이 자비로운 모습으로 위장을 한 채 다가와 여가라고 말할 수 있는 것에 이르는 기묘한 길의 역할을 했다. 일단 병에 걸리면 그녀는 빈둥거리거나 자기 발전을 위한 독서와는 관계없는 독서를 즐길 수 있었는데, 성취와 근면 그 자체를 목적으로 삼아 이를 강조하는 집안에서는 이것도 굳이 사치라면 사치일 수 있었던 것이다. 그녀는 아마도 질병을 지하 세계로까지 끌고 갔을 것이며, 그 질병이 그녀의 삶을 밝히는 척도가 되었을 것이다.

1950년대에 성년이 된 그녀는 부분적으로는 신경을 긁어 대는 어머니의 근심 및 당대의 엄격한 예의범절 때문에 제약을 받지 않을 수 없었다. 당대 미국 사회는 남에게 맞추고 순응해야 한다거나 체면을 지키고 품위를 유지해야 한다는 것에 높은 가치를 두고 있었던 것이다. 하지만 그녀의 성장 과정의 몇 측면을 보면 "끼워 맞추기"의 가치관과 충돌하는 것이 있다. 아이였을 때 그녀의 부모는 그녀에게 경쟁력을 갖추도록 자극했으며, 케임브리지에서 그녀는 자신의 예술적 자아를 일깨우거나 그 자아에 힘을 부여하기 위한 한 방법으로 "충격적일 정도로 격렬한" 사랑을 갈망했다. 스미스 대학에서 강의를 할 때 그녀는 더할 수 없는 재기로 번득이는, 누구보다도 뛰어난 선생이 되고자 했다. 시인으로서 그녀는 〈뉴요커〉에 작품이 발표되기를 무엇보다도 더 간절하게 갈망했고, 아내로서 그녀는 자신의 결혼 생활이 완벽의 극점에 도달하는 것이 되기를, 무엇으로도 무너뜨릴 수 없는 완벽한 일부일처제의 극점에 이르기를 원했다. 그녀는 돋보이고자 했으며 누구보다 뛰어난 사람이 되고자 했고, 또 주목받고 존경받는 사람이 되고자 했다. 끼워 맞추기와 두드러지기 사이의 갈등에서 오는 긴장감은 늦추어지지 않은 채 그녀의 생애 전체를 지배하는 울림으로 남아 있다.

50년대에 미국 여성의 인생 여정은 남편, 아이들, 가족 간의 유대, 주택 소유에 의해 결정되었다. 플래스가 좋아하던 잡지로 〈굿 하우스키핑 Good Housekeeping〉이라는 것이 있었는데, 스콧 피츠제럴드와 마찬가지로 그녀도 대중 잡지에서 자신이 동경하는 것 가운데 그 일부를 찾아냈으며, 스콧과 젤다 피츠제럴드와 마찬가지로 그녀 역시 성#에 대한 정의와 기대감이 급속히 바뀌고 있는 시대에 살면서 혼란을 느끼기도 했다. 우아하다고 할 수는 없는 외모의 다소 서투른 젊은 여자였던 그녀는 알맞은 남자가 나타날 때까지 심지어 지루함을 무릅쓰고서라도 그런 남자를 기다려야 한다는 어머니의 가르침에 길들어 있었다. 옆집에 사는 미래의 의사와 같은 신랑감, 처녀 상태로 시집을 가야 한다는 일반의 기대 속에 그와 같은 신랑감을 기다리도록 가르침을 받았던 것이다. 비록 자신이 마음대로 사용할 수 있는 정신을 소유하고 있음에도 불구하고, 스미스 대학에서 그녀는 세상이 미래의 어머니로서의 능력 및 살림하는 여자로서의 능력을 그녀에게 갖출 것을 요구하고 있다는 식의 가르침을 받았다. 자기 부정적이며 자기 통제적이던 그녀는 사회 활동과 가정생활을 분리할 수 있고 자신들의 욕망을 떠들어 대고는 이를 만족시킬 수 있는 자유가 남자들에게 주어져 있다는 사실에 부러움을 느끼기도 했다. 그녀가 이해하도록 강요받은 바에 의하면, 착한 여자란 결혼할 때까지 성적 욕망을 억제해야 하고, 자신의 세속적 야망이 균형 감각을 잃은 것이 되지 않도록 항상 조심해야 한다는 것이었다. 그 시대의 여성들에게 가해졌던 손상이 어떤 형태의 특정한 것이든, 50년대의 분위기가 숨 막히고 혼란스러운 것임을 깨달은 사람은 같은 세대의 시인들 사이에 단지 플래스 혼자만은 아니었다.

미국의 전후 시단을 지배했던 것으로 인식되고 있는 로버트 로월은 자신의 친구 존 베리먼에게 자기 세대의 사람들이 살고 있는 이 세계에는 무언가 묘하게 "비틀리고 결을 거스르는" 그 무언가가 있다고 고백한 적이 있었다. 그리고 "거의 익사 직전에 이른 것처럼 보일 정도로" 전력을 투구하여 자신들이 시를 쓴다는 사실을 깨닫고 있다고 말하고 있거니와, 여기에서 우리는 로월이 요약하는 그들 시대의 시인들의 운명을 감지할 수 있다. 로월은 일련의 정신적 파탄 상태로 고통을 겪고는, 실비아 플래스와 앤 섹스턴이 그랬듯, 매클린 병원에서 전기 충격 요법에 의한 치료를 받았다. 플래스와 마찬가지로 그녀 세대의 시인들 가운데 몇몇은 자살이라는 극단적 방법에 호소하기도 했다. 베리먼은 다리에서 뛰어내렸으며, 랜들 재럴^{Randall Jarrell}은 질주하는 차가 다가올 때 걸음을 멈추지 않았다.

본질적으로 누군가에게 인정을 받을 필요가 있던 국외자였던 플래스는 상황에 따라 적절한 가면을 찾도록 자신을 조정할 정도로 연기자의 능력을 갖고 있었다. 그러한 재능은 50년대의 미묘한 시대적 요구—즉, 무언가 기대되는 역할에 맞는 얼굴을 찾기 위한 거짓 잔꾀를 동원하도록 요구하던 시대적 사회규범—와 완벽하게 조화를 이루는 것이었다. 이런 점에서 보면, 그녀의 고등학교 선생이 그녀를 적응력이 뛰어난 학생으로 믿었던 것도 놀랄 일은 아니다. 그녀의 남자 친구 가운데 하나였던 고든 러마이어는 그녀가 깊은 우울증에 빠져 있을 때 더할 수 없이 열광적인 사람이 된다고 생각하기도 했다. 하지만 그녀가 그처럼 자신의 문제를 감출 수밖에 없었음은 50년대에 어떤 종류든 정신의 문제는 일종의 일탈이나 수치스러움의 원인으로 여겨졌기 때문일 것이다. 플래스가 수면제를 먹고 자살하려 했던 바로 그날 아침 그녀의 어머니는 그녀가 특히 명랑해 보인다고 생각하기도 했다.

표면상으로 드러나 있는 불가해한 정황의 변화 과정은 이상과 같다. 플래스에게 가면은 가면을 통해 현실의 극화를 배우고 있는 시인에게 일종의 기회를 제공했다. 하지만, 마지막 시편들이 보여 주듯, 그녀가 가면들을 부수고 뛰쳐나와 결과적으로 떠오르게 된 자신의 주체성을 자신의 주제로 삼을 수 있게 되었을 때 비로소 그녀의 진정한 힘이 빛을 발하고, 그녀의 낭만주의의 궁극적 근원이 그 문을 열게 되었던 것이다. 스미스 대학에서 그녀가 쓴 우등생 졸업 논문의 주제가 '이중성'이었는데, 그녀가 다룬 '이중성'의 문제는 50년대를 지배하던 표리부동을 옹호하는 사회 규범, 진정한 감정을 숨기는 것이 어떤 보호 가치를 갖는가를 암시하는 사회 규범에 대한 하나의 전형적 예이자 이들 규범을 암시하는 것인지도 모른다. 플래스는 엄청나게 자신을 희생하고서야 자신의 진정한 감정을 분출할 수 있었다. 『유리 종』에 묘사된 정신적 파탄과 전기 충격 치료법에 대한 기록이, 그리고 파탄 상태에 이른 결혼 생활이 이를 보여 준다.

플래스의 결혼 생활의 마지막 단계에는 무언가 비참하기도 하고 매혹적이기도 한 측면이 있거니와, 이는 어느 시대든 낭만주의자들이 내세우는 바의 불가능한 요구가 대체 어떤 것인가를 밝게 조명해 주고 있다. 플래스의 경우, 열광적 창작열에 불타 있는 동시에 참을 수 없는 고뇌에 시달리던 마지막 몇 달의 기간 동안, 그녀는 자기 삶의 가치를 따져 보았던 것이다. "비틀리고 결을 거스르는" 것이 있다고 느꼈던 그녀 세대의 다른 시인들과 마찬가지로, 어느 정도 그녀는 그녀의 정신적 고통으로 치러야 했던 끔찍한 희생과 그 고통으로 인해 누렸던 낭만적 보상 모두를 극명하게 보여 주고 있다. 만일 플래스가 극단적인 정서적 혼란의 희생자라면, 그녀의 예술은 그와 같은 혼란의 수정 같이 투명한 결정체일 것이다.

에필로그

모순으로 가득 찬 소란스러운 삶, 그리하여 자체의 부조화와 결함을 드러내는 삶은 그러한 삶으로 우리를 유혹하는 요인들을 가려 버릴 수도 있다. 또한 인간의 사유와 태도의 역사에서 그런 삶을 살았던 사람들이 수행했던 거대한 역할과 관련하여 우리가 느끼는 매력적 요소들을 보이지 않게 할 수도 있다. "열정적인, 너무나 열정적인"이라는 제목의 이 책에서 다룬 작가들은 모두 어리석음과 부조리—즉, 그들이 겉으로 천명한 시각과 비틀거리는 인간성 사이의 부조화를 드러내는 어리석음과 부조리—를 저질렀다는 비판에서 벗어날 수 없는 사람들이다. 그들의 작품은 그들이 어떻게 자신들의 이상을 체험에 대한 자신들의 이해와 화해시키려 했던가를 기록으로 보여 주고 있고, 우리가 바로 이 같은 기록에 주목하는 것은 그들의 비전에 대한 상상력으로 가득 찬 표현을 추적하여 그 좌표를 그리고, 나아가 그들의 예술적 성취도를 가늠해 보기 위해서다. 그럼에도 불구하고, 그들의 삶은 그들의 작업을 조명하는 데 필요한 빛의 역할을 하는 것 이외에도, 거칠고 해소되지 못한 갈등—인간 체험의 진실의 일부이기도 한 이 갈등—에 대한 설득력 있는 기록부의 역할을 하기도 한다.

여기에서 다룬 작가들은 모두 즉각적으로 또한 신들린 듯 사랑에 빠졌지만, 자신의 사랑에 대한 약속한 바의 강렬함을 끝까지 지탱하지 못했던 사람들이다. 열정적 충동에 사로잡혀, 또한 변모를 이끄는 사랑의 힘에 온갖 기대를 다 걸고서 시작한 결혼 생활은 가정적 삶으로 인해 야기되는 필연적 마찰로 인해 초조함의 단계로 옮겨 가게 된다. 폭풍처럼 격렬하고 경쟁이 개입되는 결혼 생활, 갈등으로 가득 차고 때로는 폭력이 난무하는 결혼 생활—이들 작가의 삶과 작품의 정서적 중심부를 형성하고 있는 이 같은 결혼 생활은 가정의 화목을 선전하기 위한 것들은 아니다.

이들의 결혼 생활은 양성의 분리와 관련하여 제기되는 20세기의 수많은 문제들을 노정하고 있다. 결혼 생활의 질서에 대한 기존의 개념들을 존중하기보다는 마음에 이끌리는 대상을 낭만적으로 추구하는 가운데, 어쩌면 셸리가 말하는 "단순히 감각의 교류가 아니라 우리의 총체적 본성의 교류에 대한 보편적 갈증"을 채우기라도 할 듯, 이들 작가는 자신들의 영혼과 어울리는 것처럼 보이는 영혼을 소유하고 있는 강력한 배우자를 선택했다. 하지만 결혼 생활의 당사자로서 그들은 쉴 새 없는 실패의 조건을 만들어 냈다. 로렌스, 피츠제럴드, 밀러는 교전 상태와 화해를 되풀이하는 결혼 생활을 상상력의 발동을 위한 필수적 지렛대, 또는 작품에 대한 영감의 원천으로 삼았다. 낭만적 고뇌가 절망감과 뒤섞이고 있는 역사적 순간에 성숙기를 보냈던 토머스와 플래스는 그 절망감을 모자이크처럼 얽혀 있는 그들의 삶과 작품 속에 융해해 넣었다.

비록 독립을 향해 가는 길이 그들의 시대가 그들에게 기대하는 바 때문에 막혀 달리 도리가 없었지만, 프리다 로렌스도, 젤다 피츠제럴드도, 준 밀러도, 또한 케이틀린 토머스도 관습이 그들에게 부과한 역할을 쉽게 수행해 내지 못했다. 이 책에 등장하는 여성들 가운데 유일하게 혼자 모든 면에서 독자적인 예술가로 인정을 받는 위치에 있었던 플래스도 다른 아내들과 마찬가지로 결혼 생활이 여자에게 부여하는 열등한 역할 때문에 당황해했다. 다른 여성들은 자기들의 남편만큼이나 업적을 성취하지 못하긴 했으나, 자신들의 정체성 확보를 위해 갖은 노력을 다하면서 부단히 활동적인 삶을 살았다. 비록 정체성에 대한 그들의 표현이 그들의 남편의 업적이 이루어진 곳이라는 지리적 공간 안에 머물러 있는 것이 되긴 했지만, 다양한 수준으로 그들은 남편의 예술적 비전에 기여를 했다. 자기주장의 측면에서 볼 때 그들은 집요하게 자신들을 개별자로서 우리의 의식 속에 각인시키려 애를 썼고, 또한 우리의 주목을 끌려 했다.

여기에서 제시된 아내들이 남편들보다 더 드러나게 폭력적이었다는 사실은 완전히 놀랄 만한 것은 되지 않는다. 그들의 폭력은 아마도 그들 앞에 열려 있기는 하지만 건너갈 수 없는 경계선 때문에 좌절했기 때문이었는지 모른다. 플래스라면 아마도 이렇게 표현했을지 모르겠지만, 그들이 결혼으로 얻은 결과는 점진적인 '부서짐 breaking'과 '수선 mending'의 과정이었다. 하지만 밀러의 경우를 제외하고 이들의 결혼 생활은 지속되었다. 이는 히스테리의 순간에 의거해서만 그들의 삶을 판단할 수 없다는 증거이기도 하다.

아무리 심각하고 쓰디쓴 분노라 할지라도 그 분노로 인해 얻을 수 있는 것이 하나 있는데, 그것은 상대의 내면을 언뜻 바라볼 수 있게 한다는 점이다.

즉, 분노는 남성들과 여성들 사이의 관계를 달리 상상해 볼 수 있는 새로운 방법에 대한 강렬한 욕구의 표현일 수 있다. 이들 작가는 전형적인 것처럼 보이기도 하는 결혼 상황에 대한 테스트의 기회를 우리에게 제공하고 있으며, 20세기의 여성들에게 그 모습을 드러내고 있는 기회와 위험이 어떤 것인지를 우리에게 일별하게 하기도 한다. 밀러의 말을 빌려 표현하자면, 이러한 남성들과 여성들은 모두 "자유로운 영혼의 영역에서" 온 '전권 대사들'이다. 자기 자신의 천성의 늪에서 헤어나지 못하는 가운데, 또한 그들 자신의 한계 및 사회사에서 그들이 처해 있는 순간의 한계 때문에 당황해하는 가운데, 비록 그들이 실패한 전권 대사라고 하더라도 말이다.

그들은 전환기 시대의 삶을 대변하고 있으며, 낭만주의 작가들의 혼란스러운 이상주의와 그들이 작동시킨 아직 이루어지지 않은 기대 사이의 봉합선 위, 바로 이 위에서 남성들과 여성들 사이의 정서적 평형에 대한 우리의 비전, 여전히 변화를 거듭하는 이 비전의 과정을 추적할 수 있을 것이다.

역자 후기

시인이나 작가가 그의 마음에 간직하고 있는 문학에
대한 열정과 사랑에 대한 열정 사이의 함수 관계는 공
적인 자리에서든 사적인 자리에서든 수없이 논의되어
온 주제이고, 바로 이 때문에 우리는 시인이나 작가의
생애에 깊은 관심을 갖게 마련이다. 일반적으로 사람
들은 시인이나 작가의 문학에 대한 열정은 사랑에 대
한 열정과 정비례할 것이라고 생각하게 마련이지만,
실제로 작가나 시인의 삶을 파고 들어가 보면 반드시
그렇지만은 않다는 것을 알 수 있다. 때로는 반비례하
는 경우도 있고, 때로는 탄젠트 곡선이나 사인 곡선 또
는 코사인 곡선을 그리는 경우도 있는 것이다. 아니,

그처럼 단순하고 명료한 수학적 함수 기호로는 도저히 설명되지 않는 것이 작가나 시인의 문학 및 사랑에 대한 열정이다. 어찌 인간의 삶이라는 것이 그처럼 단순하고 명료할 수 있으랴! 그리하여 작가나 시인의 삶에 대한 우리의 관심은 더욱 증폭되게 마련이다.

문학과 사랑에 대한 작가나 시인의 열정이라는 바로 이 문제를 다양한 각도에서 흥미롭고도 깊게 파헤친 노작 가운데 하나가 존 타이텔^{John Tytell}의 『열정적인, 너무나 열정적인^{Passionate Lives}』이다. "사랑에 빠진 D. H. 로렌스, F. 스콧 피츠제럴드, 헨리 밀러, 딜런 토머스, 실비아 플래스"라는 부제를 지닌 이 책은 우리 시대의 작가와 시인들 가운데 문학과 사랑에 대한 열정이라는 주제와 관련하여 특히 주목할 만한 사람들의 삶에 대한 생생하고도 흥미로운 기록을 담고 있다. 뉴욕 시립 대학 퀸즈 칼리지의 영문학과 교수인 타이텔은 이 책에서 개별적 인물들의 열정적인 삶 자체에 대한 미시적 관찰을 시도하는 동시에 이들 모두의 열정적 삶에서 확인되는 모종의 공통점에 대한 종합적 이해를 시도하고 있다. 타이텔 교수의 작업은 우리 시대의 문학과 그 문학에 열정을 바친 작가나 시인들을 둘러싸고 있는 신비의 베일을 벗기고 이를 종합적으로 이해하는 데 적지 않은 기여를 했다고 해도 지나친 말이 아닐 것이다.

　　문학과 사랑에 대한 작가나 시인의 열정에 대한 타이텔 교수의 흥미로운 추적과 이해에 매료된 국내의 몇몇 영문학자들은 이를 우리말로 번역하여 소개하자는 데 의견을 모으고, 각자 자신의 전공 및 관심 분야를 살려 다음과 같이 나누어 번역하였다.

제1장, 제6장, 에필로그　장경렬

제2장　윤혜준

제3장　강규한

제4장　전수용

제5장　이철

　　번역서의 제목은 원제인 '열정의 삶'에서 『열정적인, 너무나 열정적인』으로 바꾸었는데, 이는 국내의 독자들에게 좀 더 쉽게 다가가기 위해 번역자들의 의견을 모은 것임을 밝히고자 한다. 한편, 번역자들은 각자가 번역한 부분에 대해 책임을 지는 동시에 책 전체의 번역에 대해서도 공동 책임을 지기로 한다. 혹시 미진한 부분이나 잘못된 부분이 있으면 이를 번역자들에게 일깨워 주기를 독자 여러분께 간곡히 부탁드린다.

2009년 9월

번역자 일동

참고 문헌 정보

제2장 로렌스와 프리다

모든 로렌스 연구의 기본 자료는 에드워드 넬스^{Edward Nehls}가 편집한 거대한 3권짜리 『종합 전기^{Composite Biography}』(매디슨, 위스콘신 대학 출판부, 1957)이다. 넬스는 로렌스의 편지와 회고담, 그의 친구들의 회고담을 다수 모아 놓았다. 로렌스의 『편지 전집^{Collected Letters}』은 해리 무어^{Harry T. Moore}가 편집했다(뉴욕, 바이킹, 1962). 무어는 표준 전기로 인정받는 『지성을 갖춘 가슴^{The Intelligent Heart}』(뉴욕, 파러 스트라우스 & 영, 1954)을 썼는데, 이 책은 20년 후 개정 증보판 『사랑의 사제^{The Priest of Love}』(뉴욕, 파러 스트라우스 & 지루, 1974)로 출간됐다. 전쟁 기간 동안 로렌스의 영국 방랑 생활을 아주 잘 다룬 책은 폴 딜레이니^{Paul Delany}의 『D. H. 로렌스의 악몽^{D. H. Lawrence's Nightmare}』(뉴욕, 베이식 북스, 1978)이다. 폰 리히트호펜 가문과 프리다의 어린 시절 및 오토 그로스와의 연애에 대한 훌륭한 연구서는 마틴 그린^{Martin Green}의 『폰 리히트호펜 자매들^{The Von Richthofen Sisters}』(뉴욕, 베이식 북스, 1974)이다. 그린은 로렌스가 프리다의 독일적 요소에 너무나 매료된 나머지 그것들을 자기 소설에 이식시켰다고 생각한다. 그린은 프리다가 로렌스가 상상밖에는 하지 못하는 측면을 생생하게 몸소 보여 줌으로써 그에게 "영감을 줬을 뿐 아니라 그를 이끌었다"(362쪽)고 주장하는데, 이는 프리다의 역할을 과장한 것일 수 있다. 로버트 루카스[Robert Lucas]의 전기(뉴욕, 바이킹, 1972)는 이보다 프리다의 역할에 대해 훨씬 덜 정확하다. 오토 그로스의 편지는 텍사스 주 오스틴의 인문학연구소[Humanities Research Center]에 소장되어 있다. 로렌스와의 삶을 회고한 프리다의 책은 『내가 아니라 바람이다[Not I, but the Wind]』(뉴욕, 바이킹, 1934)가 있고, 그녀의 『회고록 및 편지[Memoirs and Correspondence]』(뉴욕, 크노프, 1964)는 E. W. 테들록[Tedlock, Jr.]이 편집했다. 해리 무어와 데일 몬테규[Dale B. Montague]가 편집한 『프리다 로렌스와 그 주변 인물들[Frieda Lawrence and Her Circle]』(햄든, 아컨 북스, 1981)에 일군의 후기 편지들이 발굴되어 수록되었다. 가장 중요한 회고록들로는 리처드 앨딩튼의 『한 천재의 초상, 그러나[A Portrait of a Genius But]』(뉴욕, 두얼, 스로언 & 피어스, 1950), 존 미들튼 머리의 『D. H. 로렌스를 회고함[Reminiscences of D. H. Lawrence]』(런던, 조나선 케이프, 1933)과 『두 세계 사이에서[Between Two Worlds]』(뉴욕, 줄리언 메스너, 1936), 〈하퍼즈[Harper's]〉 1953년 2월 호에 실린 버트런드 러셀의 신랄한 회고담과 그의 『자서전[Autobiography]』(뉴욕, 밴텀 북스, 1969), 가손-하디[R. Garthorne-Hardy]가 편집한 오톨라인 모렐의 회고록 『가싱튼에서의 오톨라인[Ottoline at Garsington]』(런던, 페이버 & 페이버, 1974), 세실 그레이[Cecil Gray]의 『의자 뺏기 놀이[Musical Chairs]』(런던, 홈 & 밴 탈, 1948) 등이 있다. 캐서린 맨스필드의 『일기, 1904-22[Journal: 1904-22]』(런던, 컨스터블, 1962)와 역시 그녀의 『존 미들튼 머리에게 보낸 편지[Letters to John Middleton Murry]』(런던, 컨스터블, 1951)도 좋은 자료다. 맨스필드와 머리의 결혼 생활을 가장 잘 다룬 책은 앤서니 앨퍼[Anthony Alper]의 전기 『캐서린 맨스필드[Katherine Mansfield]』(뉴욕, 크노프, 1953; 1972년에 개정)이다. 아주 쓸모 있는 간편한 비평서로는 대니얼 와이스[Daniel A. Weiss]의 『노팅엄의 오이디푸스[Oedipus in Nottingham]』(시애틀, 워싱턴 대학 출판부, 1962)가 있다. 제프리 마이어스^{Jeffrey Meyers}가 편집한 『D. H. 로렌스와 전통^{D. H. Lawrence} ^{and Tradition}』(앰허스트, 매사추세츠 대학 출판부, 1985)에 수록된 킹슬리 윗머^{Kingsley Widmer}의 논문 「로렌스와 니체적 기반^{Lawrence and the Nietzschean Matrix}」도 유익한 글이다.

제3장 스콧과 젤다

피츠제럴드에 관한 십여 권의 전기가 있지만 대부분 수준이 높지 않다. 피츠제럴드 자신이 그의 『일지^{Notebooks}』에서 이렇게 주장한다. "훌륭한 작가에 대한 훌륭한 전기는 한 권으로 그친 적이 없다. 그럴 수가 없는 것이다. 훌륭한 작가라면 많은 전기 작가가 있을 수밖에 없을 것이기 때문이다." 최고의 전기는 1949년에 처음 발간되고 1965년에 개정판이 출간된 아서 마이즈너^{Arthur Mizener}의 『낙원의 먼 저쪽^{The Far Side of Paradise}』 (보스턴, 휴튼 미플린)이다. 마이즈너의 전기는 여느 경우보다도 학문적인 깊이를 가지고 있지만, 이론에 관한 관심이 지나쳐 텍스트의 서사적 측면이 훼손되는 경우도 없지 않다. 피츠제럴드의 젊은 시절에 관한 서술은 마이즈너 전기에서 가장 주목할 만한 부분에 해당된다. 앤드류 턴벌^{Andrew Turnbull}의 『스콧 피츠제럴드^{Scott Fitzgerald}』(뉴욕, 맥밀런, 1962)는 피츠제럴드가 턴벌 부모에게 신세지며 지냈던 라 패 시절을 제외한다면 마이즈너 전기에서 기술된 것 이상의 부분이 새롭게 포함되어 있지는 않다. 턴벌의 전기에는 유명인을 추종하는 애호가의 열의와 결함이 함께 내포되어 있다. 낸시 밀포드^{Nancy Milford}의 『젤다^{Zelda}』는 아내를 통해 작가에 접근하는 초창기 전기 유형의 하나이다(리처드 엘먼^{Richard Ellman}의 조이스^{Joyce} 전기를 다시 쓴 브렌다 노라 매독스^{Brenda Nora Maddox}의 저작은 이러한 유형의 최근 실례에 해당된다). 밀포드는 정강정책을 실천에 옮기는 페미니스트가 아니다. 그녀는 젤다의 관점에 호의적이지만 피츠제럴드에 대한 공감도 잃지 않는다. 밀포드는 여느 작가보다 광범위하게 젤다의 편지와 정신 치료 기록을 인용하며 젤다의 정신이 와해되어 가는 안타까운 과정을 상당히 신뢰성 있게 기록하고 있다. 또 다른 전기에 제임스 멜로우James R. Mellow의 『발명된 삶Invented Lives』(보스턴, 휴튼 미플린, 1984년)이 있는데, 이 저술은 디테일을 쌓아 가며 분위기를 조성해 가기는 하지만 어떤 새로운 통찰을 제공하는 측면은 크지 않다. 멜로우의 전기는 급하게 저술된 느낌을 준다. 젤다 사망 년도도 잘못 기록되어 있는 등 적지 않은 오류가 발견된다. 이것보다 더 일찍 출간된 헨리 댄 파이퍼Henry Dan Piper의 『비판적 초상화A Critical Portrait』(뉴욕, 홀트 라인하트 & 윈스튼, 1965)가 오히려 더 정확한 저술이라고 할 수 있는데, 파이퍼는 정신이 무너져 내리는 말년의 젤다를 직접 방문한 적이 있었다.

피츠제럴드 자신의 회상은 에드먼드 윌슨Edmund Wilson의 『신경 쇠약』에 수록되어 있는데, 여기에는 『일지Notebooks』, 갖가지 편지들, 존 도스 패서스John Dos Passos, 글렌웨이 웨스콧Glenway Wescott, 폴 로젠펠트Paul Rosenfeld가 피츠제럴드에 관해 쓴 에세이 등이 포함되어 있다. 피츠제럴드 자신이 직접 쓴 「일 년 동안 사실상 아무것도 먹지 않고 살아가는 방법How to Live on Practically Nothing a Year」이 1924년 9월 20일 〈새터데이 이브닝 포스트〉에 게재되었다. 피츠제럴드의 『서한집Letters』(뉴욕, 스크라이브너, 1963)은 앤드류 턴벌에 의해 편집되었으며, 『스콧 피츠제럴드의 서신집The Correspondence of F. Scott Fitzgerald』(뉴욕, 랜덤 하우스, 1980)은 매튜 브루콜리Matthew J. Bruccoli와 마가레트 듀건Margaret Duggan에 의해 편집되었다. 또한, 『스콧에게/ 맥스에게: 피츠제럴드-퍼킨스 서신집Dear Scott/Dear Max: The Fitzgerald-Perkins Correspondence』(뉴욕, 스크라이브너, 1971)은 존 쿠얼John Kuehl과 잭슨 브라이어Jackson R. Bryer에 의해 편집되었으며, 헤밍웨이의 『서한 선집Selected Letters』(뉴욕, 스크라이브너, 1981)은 카를로스 베이커Carlos Baker에 의해 편집되었다. 프랜시스 스콧 피츠제럴드 스미스Frances Scott Fitzgerald Smith가 편집한 『스콧 피츠제럴드의 장부F. Scott Fitzgerald's Ledger』(1972년)와 매튜 브루콜리와 잭슨 브라이어가 편집한 『스콧 피츠제럴드와 그의 시대F. Scott Fitzgerald in His Own Time』(켄트, 켄트 주립대학 출판부, 1971)도 유용한 자료집에 속한다. 특히 『스콧 피츠제럴드와 그의 시대』에는 다양한 인터뷰, 대학 시절의 작품, 간략한 자서전적 기록 등이 포함되어 있다.

기억될 만한 회고록이 많이 있는데, 가장 주목할 만한 것은 헤밍웨이의 『해마다 날짜가 바뀌는 축제A Movable Feast』(뉴욕, 스크라이브너, 1964)이다. 몰리 캘러헌Morley Callaghan의 『파리의 그해 여름That Summer in Paris』(뉴욕, 카워드 맥캔, 1963), 쉴라 그레이엄Sheilah Graham의 『사랑스러운 이단자Beloved Infidel』(뉴욕, 밴텀, 1958)도 도움이 되는 자료이다. 머피 부부에 대한 생생한 기록은 캘빈 톰킨즈Calvin Tomkins의 『잘사는 것이 최대의 복수이다Living Well Is the Best Revenge』(뉴욕, 바이킹, 1971년)에 수록되어 있다. 필자에게 개인적으로 보다 도움이 되는 에세이는 에드먼드 윌슨의 〈책을 좋아하는 사람Bookman〉의 1922년 3월 부분과 『치아에 끼어 있는 음식The Bit Between My Teeth』(뉴욕, 파러 스트라우스 & 지루, 1966)에 수록된 에세이다. 필자는 이 책의 상당 부분을 읽은 후에 로렌스, 피츠제럴드, 딜런 토머스를 죽어 가는 아도니스의 후예로 연결시킬 수 있었는데, 이러한 생각은 필자에게 큰 자극이 되었다. 존 모셔John Mosher의 〈뉴요커〉 인물란 1926년 4월 17일자 기사 「모든 슬픈 젊은이」는 제임스 서버James Thurber의 1951년 4월 15일자 〈리포터〉 기사나 1945년 가을에 발행된 윌리엄 트로이의 〈악센트〉의 에세이만큼이나 통찰력이 있다. 피츠제럴드의 『시집Poems』(컬럼비아, 브루콜리 클라크, 1981)에는 제임스 딕키James Dickey가 쓴 다정다감한 서문이 수록되어 있다. 고어 비달Gore Vidal의 지적이지만 신랄한 에세이 「스콧의 경우Scott's Case」는 〈뉴욕 서평〉 1980년 5월 1일자에 게재되어 있다.

제4장 헨리와 준과 아나이스

노먼 메일러Norman Mailer가 지적했듯이 문학비평은 마치 헨리 밀러의 명성이 허공에 존재하는 것처럼 그를 크게 에둘러 갔다. 밀러의 편지와 원고의 대부분은 웨스트우드에 있는 로스앤젤레스 소재 캘리포니아 주립대UCLA 밀러 장서에 보관되어 있다. 그리고 다음과 같은 서간집 단행본이 몇 권 출간된 바 있다. 『예술과 무도함Art and Outrage』(뉴욕, 더튼, 1961)이란 제목으로 알프레드 페를레^{Alfred Perlés}와의 교신, 『사적인 교신^{A Private Correspondence}』(뉴욕, 더튼, 1963)이란 제목으로 더렐^{Durrell}에게 보낸 편지들, 월리스 파울리^{Wallace Fowlie}에게 보낸 편지들(뉴욕, 그로브, 1975)이 나왔다. 이 장을 쓰는 데 결정적인 기여를 한 것은 밀러가 친구 에밀 슈넬록^{Emil Schnellock}에게 보낸 편지들로서 『에밀에게 보낸 편지들^{Letters to Emil}』(뉴욕, 뉴 디렉션즈, 1989)이라는 제목으로 간행되었다. 또 하나의 유용한 서간집은 리처드 클레멘트 우드^{Richard Clement Wood}가 편집한 『수집가의 탐색 여행: 헨리 밀러와 리브스 차일즈의 교신^{Collector's Quest: the Correspondence of Henry Miller and J. Rives Childs}』(샬롯츠빌, 버지니아 대학 출판부, 1968), 그리고 마이클 프랭클^{Michael Fraenkel}과 밀러 사이의 교신을 담은 『햄릿^{Hamlet}』(런던, 까르푸, 1939)이 있다. 아나이스 닌에게 보낸 편지는 귄터 스툴만^{Gunther Stuhlman} 편집으로 『문학적 열정^{A Literate Passion}』(뉴욕, 하코트 브레이스 조바노비치, 1987)에 수록되었다. 닌의 일기는 이 장을 집필하는 데 특히 유용한 자료였으며 가장 중요한 자료는 마지막 권이자 무삭제본으로 출간된 『헨리와 준^{Henry and June}』(뉴욕, 하코트 브레이스 조바노비치, 1966)이다.

밀러처럼 친구가 많았던 인물치고는 회상록이 출판된 것은 별로 없다. 가장 중요한 자료는 알프레드 페를레의 『나의 친구 헨리 밀러^{My Friend, Henry Miller}』(뉴욕, 존 데이, 1956)이다. 신빙성이 훨씬 적은 자료로는 캐스린 윈슬로우^{Cathryn Winslow}의 『생명력 넘치는 헨리 밀러^{Henry Miller: Full of Life}』(로스앤젤레스, 타커, 1986)가 있다. 밀러 자신 수다스러운 회상을 종종 하는 편이었으며, 그중 몇은 인터뷰로 정리되었다. 그중 가장 훌륭한 것은 1975년 2월 27일자 〈롤링 스톤즈^{Rolling Stones}〉에 게재된 「우주적 관광객의 회상^{Reflections of a Cosmic Tourist}」이다. 참고할 만한 인터뷰는 조지 플림프튼^{George Plimpton}이 편집한 『파리 리뷰: 작업중인 작가들^{Paris Review: Writers at Work}』(뉴욕, 바이킹, 1963) 시리즈에 실린 것이다. 첫 번째 전기는 제이 마틴^{Jay Martin}의 『항상 즐겁고도 밝은^{Always Merry and Bright}』(산타 바버라, 카프라, 1978)이다. 마틴의 책은 다소 인상주의적인데 그는 대화를 지어내고 때로는 소설에서 나온 자료를 실제로 일어난 일로 만들기도 한다. 그는 또한 밀러의 편지를 그대로 인용하고는 그것이 자기의 말인 척하는 짜증나는 습관을 가지고 있기도 하다. 나는 메리 디어본^{Mary Dearborn}의 『살아 있는 사람 중 가장 행복한 자^{The Happiest Man Alive}』(뉴욕, 사이먼 & 슈스터, 1991)와 로버트 퍼거슨^{Robert Ferguson}의 『헨리 밀러: 생애^{Henry Miller: A Life}』(뉴욕, 노튼, 1991)에 대한 서평을 1991년 5월 5일 일요일자 〈워싱턴 포스트 북 월드〉에 실었다. 디어본은 정신분석학적인 반면, 퍼거슨은 침착하고 우회적이다.

밀러 비평은 메일러가 암시하듯이 볼 만한 것이 없다. 메일러 자신의 밀러 문집인 『천재와 욕망^{Genius and Lust}』(뉴욕, 밴텀, 1977)은 편파성이 있으며 부분적으로는 케이트 밀렛^{Kate Millet}의 『성의 정치학^{Sexual Politics}』에 나오는 공격에 대한 대항이긴 하지만 가장 직관적이고도 통찰력 있는 밀러 비평을 제공한다. 두 권의 차분하고도 지적인 비평서는 윌리엄 고든^{William Gordon}의 『헨리 밀러의 정신과 예술^{The Mind and Art of Henry Miller}』(배튼 루즈, 루이지애나 주립대학 출판부, 1967) 그리고 리온 루이스^{Leon Lewis}의 『헨리 밀러: 주요 작품들^{Henry Miller: Major Works}』(뉴욕, 쇼켄, 1986)이다. 루이스의 첫 번째 장은 밀러 비평 중 백미로 꼽힌다. 중요한 비평으로 이합 하산^{Ihab Hassan}의 『침묵의 문학^{The Literature of Silence}』(뉴욕, 크노프, 1967)이 있으며, 프레데릭 크루즈^{Freerick Crews}의 「동적인 예술^{Kinetic Art}」 또한 중요한 비평문으로서 원래 〈뉴욕 리뷰 오브 북스^{New York Review of Books}〉에 실린 서평이었으나 『회의적 참여^{Skeptical Engagements}』(런던, 옥스퍼드 대학 출판부, 1986)라는 책에 재수록 되었다.

제5장 토머스와 케이틀린

토머스는 수많은 논평과 회상을 불러일으킨 비범한 인간이었다. 어린 시절의 제일 친한 친구였던 다니엘 존스^{Daniel Jones}는 『내 친구 딜런 토머스^{My Friend, Dylan Thomas}』(뉴욕, 스크라이브너, 1977)에서 토머스의 스완지 시절을 묘사하고 있는데, 토머스가 어렸을 때 절대 병약하지 않았다고 주장할 때처럼 가끔 납득하기 어려운 설명들이 있다. 존스는 케이틀린에 대해서는 언급조차 하고 있지 않다. 케이틀린은 토머스와의 삶에 대해 세 권의 책을 냈다. 첫 번째 책인『미망인의 삶Leftover Life to Kill』(보스턴, 리틀 브라운, 1957)은 토머스 사후의 고갈 상태를 달래기 위한 가장 고통스럽고, 공들인 시도이다. 그다음에 나온『내 딸에게 보내는, 딱히 죽은 후에 쓴 것이 아닌 편지Not Quite Posthumous Letter to My Daughter』(보스턴, 리틀 브라운, 1963)는 조금 정보가 적고,『케이틀린Caitlin』(뉴욕, 헨리 홀트, 1986)은 테이프로 녹음된 회고들로 이루어진 일종의 구술적 전기로서 조지 트렘렛George Tremlett이 편집한 책이다. 미국 시 낭송 투어에 대한 표준적인 자료는 존 맬컴 브리닌John Malcolm Brinnin의『미국에서의 딜런 토머스Dylan Thomas in America』(보스턴, 리틀 브라운, 1955)이다. 파멜라 핸스포드 존슨Pamela Hansford Johnson의 회고는『내게 중요한 것Important to Me』(뉴욕, 스크라이브너, 1974)에서 발견된다. 토머스의 웨일즈에서의 어린 시절에 대한 활기찬 라디오 대담은『어느 아주 이른 아침에Quite Early One Morning』(뉴욕, 뉴 디렉션즈, 1954)에 모아져 있다. 유용한 편지 모음집으로는『버넌 왓킨스에게 보내는 편지Letters to Vernon Watkins』(뉴욕, 뉴 디렉션즈, 1957)가 있다.『편지 선집』(뉴욕, 뉴 디렉션즈, 1965)은 콘스탄틴 피즈기본Constantine Fitzgibbon이 편집했지만, 토머스가 쓴 아름다운 편지들은 그가 장식과 과장에 능하기 때문에 전기 작가들에게는 까다로운 자료들이다.

최고의 전기는 굴곡이 심하지만 분명히 콘스탄틴 피즈기본이 쓴 공식적인 전기(보스턴, 리틀 브라운, 1965)일 것이다. 여기에는 수많은 중요 편지와 기록들이 포함되어 있어서 이것들만으로도 말해 주는 것들이 많기 때문이다. 폴 페리스Paul Ferris의 전기(뉴욕, 다이얼 프레스, 1977)는 마지막 시기에 대해 잘 쓰고 있다. 유용한 사진집으로는 롤리 맥케나Rollie McKenna의『딜런의 초상화Portrait of Dylan』(오윙즈 밀즈, 스테머 하우스, 1982)가 있다. 가장 설득력 있는 비평문은 〈네이션〉 1954년 5월 15일자에 실린 윌리엄 엠프슨William Empson의『시 전집Colleted Poems』리뷰와 자신의 저서『문학 에세이Literary Essays』(런던, 올리버 & 보이드, 1956)에 있는 데이비드 데이셰즈David Daiches의 글, 그리고 〈파티전 리뷰

Partisan Review〉 1956년 봄호에 실린 엘리자베스 하드윅Elizabeth Hardwick의 에세이 등이다. 리처드 버튼이 설명한 토머스의 비극 배우적 기질에 대한 언급은 〈북 위크Book Week〉 1965년 10월 24일자에서 따온 것이다. 또한 잔 모리스Jan Morris의 『웨일즈의 문제The Matter of Wales』(런던, 옥스퍼드, 1984)에서도 도움을 받았다.

제6장 실비아와 테드

실비아 플래스의 어린 시절에 대해 살펴보고자 할 때 최상의 자료는 오릴리아 쇼버 플래스가 편집한『집으로 보낸 실비아 플래스의 편지들: 1950년에서 63년까지의 서한문 모음Letters Home by Sylvia Plath: Correspondence, 1950-63』(뉴욕, 하퍼 & 로우, 1975)일 것이다. 이 책은 플래스의 잘못된 이미지—그러니까 책임감 강하고 적응력이 있는 딸로서의 모습—를 보여 주고 있다는 점에서 비판의 대상이 되기도 한다. 좀 더 어둡고 정확한 모습을 접하기 위해서는 프랜시스 머컬러Frances McCullough와 테드 휴즈가 편집한『실비아 플래스의 일기장들: 1950〜62The Journals of Sylvia Plath: 1950-62』(뉴욕, 다이얼 프레스, 1982)를 참고할 것.

플래스의 전기와 관련하여 상당한 양의 논의가 있어 왔으나, 그 모든 논의가 테드 휴즈의, 그러니까 플래스와 실제 이혼을 한 적이 없기 때문에 플래스의 재산을 관리하고 있는 휴즈의 도움에 의한 것은 아니다. 린다 왜그너-마틴Linda Wagner-Martin의 『실비아 플래스Sylvia Plath』(뉴욕, 사이먼 & 슈스터, 1987)는 플래스가 스미스 대학에 다닐 때까지 미국에서의 삶을 대단히 세밀하게 보여 주고 있다. 그녀는 플래스의 결혼 생활이 파경에 이르는 데는 테드 휴즈에게 상당한 책임이 있다는 입장을 따르고 있다. 앤 스티븐슨Anne Stevenson의 『쓰디쓴 명성: 실비아 플래스의 생애Bitter Fame: A Life of Sylvia Plath』(보스턴, 휴튼 미플린, 1989)는 플래스의 초창기 삶에 대해서는 대충 건너뛰고 있지만 런던에서의 마지막 몇 년 동안의 삶에 대해서는 아주 자세하게 기록해 놓고 있다. 스티븐슨은 이 책을 통해 휴즈 및 그의 누이인 올뤈Olwyn—플래스의 친구였던 엘리자베스 콤튼

Elizabeth Compton에 따르면 올윈이 플래스의 재능과 아름다움에 질투심을 가지고 있었다고 함—의 입장을 대변하는 역할을 하고 있다고 하여 평자들의 공격을 받고 있다. 휴즈의 친구들 가운데 몇몇—예컨대, 디도 머윈Dido Merwin과 같은 사람—이 플래스와 함께 사는 것이 얼마나 어려운 일인가를 설명하는 글을 출판하기도 했다.

스미스 대학에 있을 당시의 플래스에 대한 유용한 회상이 둘 있는데, 낸시 헌터 스타이너Nancy Hunter Steiner의 『가까이에서 본 에어리얼A Closer Look at Ariel』(뉴욕, 하퍼 매거진, 1973)과 고든 러마이어Gordon Lameyer의 「스미스 대학에서의 실비아Sylvia at Smith」라는 글이 이에 해당한다. 이 글은 에드워드 버처Edward Butscher가 편집한 『여성으로서의 실비아 플래스와 그녀의 업적Sylvia Plath: The Woman and Her Work』(뉴욕, 도드 미드 & 컴퍼니, 1977)에 수록되어 있다. 스미스 대학에서의 실비아에 대한 또 하나의 기록이 앨프리드 캐진Alfred Kazin의 『뉴욕의 유대인New York Jew』(뉴욕, 크노프, 1978)에 수록되어 있다. 버처가 편집한 책에는 케임브리지 대학에서의 플래스를 회상하는 도로시아 크룩Dorothea Krook과 제인 볼트젤 쿱Jane Baltzell Koop의 글이 수록되어 있고, 플래스가 데번에서 살 때를 회상하는 클라리사 로슈Clarissa Roche와 엘리자베스 콤튼의 글도 수록되어 있다. 케임브리지에서의 플래스에 대한 또 한 편의 글로 웬디 캠벨Wendy Campbell이 쓴 것이 있는데, 이는 찰스 뉴먼Charles Newman이 편집한 『실비아 플래스의 예술The Art of Sylvia Plath』(블루밍턴, 인디애나 대학 출판부, 1971)에 수록되어 있다. 이 책에는 또한 로이스 에임즈Lois Ames의 「전기를 위한 서설적 노트Notes Toward a Biography」, 플래스가 로월Robert Lowell의 창작 교실 수업을 청강할 때의 이야기를 담고 있는 앤 섹스턴Anne Sexton의 「단골 술꾼은 노래를 해야 해요The Barfly Ought to Sing」, 테드 휴즈의 「실비아 플래스 시의 연대기적 순서The Chronological Order of Sylvia Plath's Poems」가 수록되어 있기도 하다. 플래스에 대한 앨버레즈A. Alvarez의 기록은 자살에 대한 그의 연구서인 『야만의 신Savage God』(뉴욕, 랜덤 하우스, 1972)에 나온다.

열정적인, 너무나 열정적인

현대 작가 5인의 사랑과 문학

첫판 1쇄 펴낸날 | 2009년 9월 28일

지은이 | 존 타이텔
옮긴이 | 장경렬, 윤혜준, 강규한, 전수용, 이철
펴낸이 | 박성규

펴낸곳 | 도서출판 아침이슬
등록 | 1999년 1월 9일(제10-1699호)
주소 | 서울시 마포구 합정동 411-2(121-886)
전화 | 02)332-6106
팩스 | 02)322-1740
이메일 | 21cmdew@hanmail.net

ISBN 978-89-88996-89-8 03800

책값은 뒤표지에 있습니다.